그리운 부모님 영전에 이 책을 바칩니다

최순영
연세대학교 영어영문학과·국어국문학과 졸업. 옮긴 책으로 데이비드 그레이버《가능성들》(공역), 이철수 판화집《네가 그 봄꽃 소식 해라》, Prime Dharma Master Kyongsan《The Shore of Freedom》,《The Path to Awaken to and Cultivate the Mind》, 메리 E. 윌킨스 프리먼《뉴잉글랜드 수녀》등이 있다.

앤1
그린게이블즈의 앤

지은이　　루시 모드 몽고메리
옮긴이　　최순영
디자인　　홍동원 김도형
발행일　　1판 1쇄 2025. 6. 1
펴낸이　　고윤주
펴낸곳　　동서문화사
창업　　　1956. 12. 12. 등록 16-3799
주소　　　서울 중구 마른내로 144 동서빌딩 3층
홈페이지　www.dongsuhbook.com
전화　　　546-0331~2　팩스 545-0331
ISBN　　 978-89-497-1972-6 04840
　　　　　978-89-497-1971-9(전8권)

이 책은 저작권법에 의해 보호를 받는 저작물이므로 무단전재와 무단복제를 금합니다.
잘못된 책은 구입하신 서점에서 바꿔 드립니다. 책값은 뒤표지에 있습니다.

앤 ANNE 1

Anne of Green Gables

그린게이블즈의 앤

루시 모드 몽고메리 / 최순영 옮김

그대는 아름다운 별 아래 태어나
넋과 불과 이슬로 이루어졌노라

—브라우닝*

---

*영국 빅토리아 시대의 대표적 시인 로버트 브라우닝(1812~1889)의 시 〈이블린 호프〉에서 따옴.

차례

린드 부인의 놀라움…13
매슈의 놀라움…25
마릴라의 놀라움…44
첫날 아침…54
지난날의 이야기…63
마릴라의 결심…71
기도…79
마음의 교육…84
린드 부인의 노여움…95
앤의 사과…105
주일학교…116
진실한 맹세…124
기다리는 즐거움…133

자수정 브로치 … 140
교실 소동 … 153
티 파티의 슬픈 결말 … 174
새로운 관심 … 190
애틋한 간호 … 199
콘서트, 대사건, 고백 … 212
지나친 상상 … 229
맛의 신기원 … 239
초대받은 앤 … 254
명예가 걸린 사건 … 260
발표회 준비 … 270
매슈와 봉긋 부풀린 소매 … 277
이야기 클럽 … 291

허영심의 대가 … 301
불운한 백합 공주 … 312
기념비적 사건 … 324
수험 준비 … 337
시내와 강이 만나는 곳 … 353
합격자 발표 … 363
호텔 콘서트 … 374
퀸즈아카데미 입학 … 388
꿈꾸는 겨울 … 398
영광과 꿈 … 405
죽음 … 413
길모퉁이 … 423

그린게이블즈의 앤

린드 부인의 놀라움

레이철 린드 부인은 애번리[1] 마을 큰길이 비탈져 내려오다 쑥 들어가 있는 작은 골짜기 언저리에 살고 있었다. 둘레에는 '숙녀의 귀걸이'라고도 불리는 자줏빛 꽃인 야생 푸크시아와 오리나무가 우거지고, 오래된 커스버트네 집 뒤편 숲에서 흘러내려오는 시냇물이 그 사이를 가로질러 흐른다. 이 기세 좋은 시냇물도 상류 쪽에서는 깊이를 알 수 없는 못이며 작은 폭포를 이루어 꽤 세차게 흐르지만, 린드네 집이 자리한 골짜기에 이를 즈음에는 잠잠해져 조용조용 흐른다. 그도 그럴 것이 린드 부인 집 앞을 지날 때는 시냇물조차 예의범절을 차리지 않을 수 없기 때문이다. 린드 부인이 창가에 앉아, 애고 어른이고 시냇물이고 할 것 없이 무심히 지나가는 모든 것들을 날카로운 눈초리로 지켜보다가, 조금이라도 이상하거나 미심쩍으면 끝까지 그 까닭을 캐내지 않고는 못 배긴다는 사실을 흐르는 시냇물도 아는 듯했다.

자기 일 제쳐놓고 남의 일에 열중하는 사람은 애번리뿐 아니라 다른 고장에도 얼마든지 있지만, 린드 부인은 자기 일을 말끔히 다 해놓고 다른 사람 일까지 참견하는 부지런함을 능력으로 지녔다. 그녀는 집안일을 야무지게 해치

---

1) 작가 몽고메리가 어린 시절에 자란 캐나다 동부 프린스에드워드섬 중부의 캐번디시를 모델로 한 가상의 마을.

우고, 솜씨가 좋아 바느질 모임에서도 중심인물이었으며, 교회에서도 주일학교 운영 봉사부터 교회 후원회며 해외전도 후원회의 중요한 일까지 두루두루 맡았다. 그러면서도 몇 시간이나 부엌 창가에 앉아 무명실로 퀼트[2] 침대보를 뜰 여유까지 있었다. 애번리 마을 부인들이 감탄하며 속삭대는 말에 따르면, 그런 걸 열 여섯 장이나 짰다는 것이다. 더욱이 린드 부인은 침대보를 뜨면서 내내 이 골짜기로부터 가파른 언덕 너머로 구불구불 이어진 황톳길 큰길로 끊임없이 눈길을 보내고 있으니 놀라운 일이었다.

애번리 마을은 세인트로렌스만[3]으로 비죽이 튀어나온 조그만 세모꼴 반도에 자리 잡고 있었다. 양옆이 바다여서 마을을 드나드는 사람은 모두 그 언덕을 지나야 하므로 린드 부인의 매와 같이 엄한 눈길을 피할 길이 없었다.

6월 첫 무렵 어느 날 오후, 그녀는 여느 때처럼 창가에 앉아 있었다. 따뜻하고 밝은 햇볕이 창문으로 비쳐들고, 집 아래 비탈면에 펼쳐진 과수원에는 수줍은 새색시 볼과도 같은 발그레한 꽃이 가득 피어 수많은 꿀벌들이 윙윙거리며 날고 있었다. 애번리 마을 사람들이 이름보다 '레이첼 린드의 남편'이라고 주로 지칭하는, 키 작고 소심한 토머스 린드가 헛간 너머 비탈진 밭에서 늦파종하는 순무씨를 뿌리고 있었다. 그리고 매슈 커스버트도 당연히 그린게이블즈(초록 지붕 집) 옆을 흐르는 시냇물을 따라 펼쳐진 넓은 황토밭에서 순무씨를 뿌리고 있을 시간이었다. 엊저녁 카모디의 윌리엄 J. 블레어네 가게에서 매슈가 피터 모리슨에게 내일 오후 순무씨를 뿌릴 예정이라고 말하는 것을 린드 부인이 들었으니 확실했다. 물론 물어본 이는 피터였다. 매슈 커스버트는 이제

---

2) 퀼트란 보통은 두 장의 헝겊 사이에 솜·털·깃털 등을 넣어 누빈 누빔이불인 패치워크 퀼트를 뜻하지만, 여기서는 흰 무명실로 직접 뜬 모티브를 이어붙인 침대보를 말함. 19세기 말 프린스에드워드섬에서는 이런 형태의 침대보가 패치워크 퀼트와 마찬가지로 널리 쓰였음.
3) 프린스에드워드섬 북부에 있는 실제의 만으로 뉴펀들랜드섬과 대서양을 바라보고 있음.

까지 살아오면서 단 한 번도 자기 편에서 먼저 말을 꺼낸 적이 없는 사람이기 때문이다.

그런데 한창 바빠야 할 그날 오후 3시 30분에 매슈 커스버트가 느긋하게 '이랴! 이랴!' 말을 채찍질하며 그녀 집 앞을 지나 언덕 쪽으로 마차를 달리는 게 아닌가. 흰 칼라가 달린 한 벌밖에 없는 나들이옷 차림인 것으로 보아 애번리 마을 밖으로 나가는 게 틀림없다. 더욱이 밤색 말이 끄는 사륜마차를 몰고 있으니 꽤 멀리 나가는 것이리라. 매슈 커스버트가 대체 어디로 가는지 그리고 무슨 볼일이 있는지 린드 부인은 몹시 궁금했다.

그가 만일 애번리 마을의 다른 남자였다면 린드 부인은 이런저런 단서를 맞춰본 끝에 제법 그럴듯한 해답을 찾아냈겠지만 매슈는 좀처럼 외출하는 일이 없는 사람이었다. 반드시 무슨 급한 용건이 생겨 저렇게 가는 것이리라. 매슈는 단언컨대 지구상에서 가장 부끄러움을 많이 타는 사람이어서 어디든 낯선 사람들 모임이나 누군가와 말해야 할 곳에 나가는 것을 굉장히 싫어했다. 그러므로 매슈가 흰 칼라를 단 나들이옷을 입고 멋진 사륜마차를 달리는 일은 좀처럼 없었다. 린드 부인은 아무리 궁리에 궁리를 해 봐도 도무지 알아낼 수가 없었다. 그래서 이 기분 좋은 오후가 엉망이 되어버렸다.

결국 린드 부인은 추리를 단념할 수밖에 없었다.

"차를 마신 다음 그린게이블즈에 가서 마릴라에게 매슈가 무슨 일로 어디에 갔는지 물어봐야겠어. 지금 이 시기에 샬럿타운[4]으로 나가는 것은 아닐 테고, 누군가의 집을 방문하는 것도 결코 아닐 거야. 만일 순무씨가 모자란다면 저렇게 차려입고 마차까지 타고 갈 리 없지. 그리고 의사를 부르러 가는 것치고

---

[4] 프린스에드워드아일랜드주의 주도(州都).

는 마차 속도가 너무 느려. 엊저녁 가게에 다녀온 이후에 무슨 일이 생긴 게 분명해. 그렇지만 뭐가 뭔지 도무지 알 수가 없네. 매슈 커스버트가 오늘 어디로 갔는지 알아내기 전에는 도저히 일이 손에 잡힐 것 같지 않아."

차를 마시고 린드 부인은 집을 나섰다. 그리 먼 거리는 아니었다. 커스버트 남매가 사는, 사방으로 창이 난 큰 집은 과수원에 둘러싸여 있었다. '린드네 골짜기'에서 큰길을 따라 올라가면 4분의 1 마일(약 400미터)이 채 안 되는 거리였지만 집이 깊숙이 들어앉아 있어 긴 오솔길을 걸어가야 하므로 실제 거리보다 먼 느낌이 들었다. 매슈 커스버트의 아버지도 그 피를 이어받은 아들과 마찬가지로 부끄러움을 많이 타고 말이 없었다. 숲속 깊숙이 숨어 살았다고는 할 수 없지만 되도록 마을과 멀리 떨어진 곳에 터를 잡고, 대지 맨 끄트머리에 그린게이블즈를 지었다. 그러므로 애번리 마을의 다른 집들이 옹기종기 모여 있는 큰길가에서는 거의 보이지 않았다.

린드 부인은 늘 생각했다.

"그런 곳에서 사는 것은 '산다'고 할 수가 없어. 그저 거기에 '우두커니 있다' 뿐이지."

집으로 이어진 오솔길은 새빨간 들장미가 흐드러지게 피어 있고 풀이 무성하게 우거진 가운데 마차 바큇자국이 깊게 패어 있었다.

그 바큇자국을 따라 걸음을 옮기며 린드 부인은 중얼거렸다.

"매슈랑 마릴라가 좀 특이한 것도 무리가 아니야. 이런 구석진 곳에 둘이서만 살고 있으니. 이 나무들이 말동무가 되어주는 것도 아닐 텐데. 뭐, 혹시라도 상대가 되어준다면, 절대 나무가 부족할 일은 없겠다만. 나라면 그래도 말이 통하는 사람들을 구경하는 게 더 좋을 것 같은데. 그런데도 둘은 이런 생활에 충분히 만족하고 있는 것도 같고. 아니면 익숙해져버린 건가. 아일랜드 속담에 사람은 무엇에든 길들여지는 법이어서 목매달리는 것도 익숙해지면 아무렇지 않다고들 하니까……."

　오솔길이 끝나고 린드 부인은 마침내 그린게이블즈 뒤뜰로 들어섰다. 잡초가 우거졌던 길과는 달리 푸른 뜰은 구석구석 깔끔히 손질되어 있었다. 한쪽에는 오래된 버드나무 몇 그루가 당당하게 늘어서고 반대쪽에는 롬바르디아 포플러가 가지런히 서 있다. 뜰에는 나뭇가지 하나, 돌멩이 하나 떨어져 있지 않았다. 만일 있었다면 마땅히 린드 부인 눈에 띄었을 것이다. 린드 부인은 마릴라 커스버트가 집 안만큼이나 뜰도 열심히 쓸고 닦을 것이라 짐작했다. 음식을 땅에 떨어뜨려도 흙 한 알갱이 묻지 않아 그대로 주워 먹어도 될 만큼 깨끗했다.

　부엌문을 몇 차례 세게 두드리니 그제야 들어오라는 소리가 들려왔다. 그녀는 안으로 성큼 들어갔다. 그린게이블즈 부엌은 반짝반짝 윤이 나 기분 좋은 곳이었다. 아니, 지나치게 깨끗이 정돈되어 여느 때는 사용하지 않는 응접실 같은 차가운 인상을 주지만 않았다면 기분 좋은 곳일 수 있었다. 동쪽과 서쪽에 창문이 마주 보며 있었고 뒤뜰 쪽으로 난 서쪽 창문에서는 부드러운 6월 햇빛이 온 방안을 비춰주고 있었다. 그러나 동쪽 창문은 새파란 담쟁이덩굴로 뒤덮여 그 잎새들 사이로 과수원의 만발한 하얀 벚꽃과 시냇가 골짜기에서 가느다란 가지를 뻗고 서 있는 자작나무가 틈새로 겨우 보일 따름이었다. 마릴라 커스버트는 자리에 앉을 일이 있으면 늘 동쪽 창가에 앉아 있었다. 모든 일을 진지하게 해나가는 그녀는 빛을 비추었다 그늘을 드리웠다 하는 변덕스런 햇빛이 영 정신없었기 때문이다. 오늘도 그녀는 거기에 앉아 뜨개질을 하고 있었다. 등 뒤 식탁에는 이미 저녁 식사 준비가 다 되어 있었다.

　문을 채 닫기도 전에 린드 부인은 그 식탁 위를 흘끗 보고 대강 알아차렸다.

접시가 세 개 놓인 것으로 보아 매슈가 손님을 데려오는 듯했다. 그러나 여느 때 쓰는 식기일 따름이었다. 설탕절임도 야생사과절임뿐이고, 케이크도 한 가지밖에 놓이지 않은 것을 보면 대단한 손님은 아닌 것 같았다. 그렇다면 어째서 매슈가 흰 칼라까지 달고 밤색 말이 끄는 사륜마차를 타고 나갔을까? 린드 부인은 언제나 조용하고 아무 일 없던 그린게이블즈에 어떤 이상한 일이 일어나고 있음을 느끼고 더욱 영문을 알 수가 없었다.

그러나 마릴라는 쾌활하게 말했다.

"어서 와요, 레이철. 참으로 기분 좋은 저녁이군요. 어서 앉아요. 댁에는 별일 없지요?"

마릴라 커스버트와 레이철 린드는 서로 비슷한 데가 없었지만, 어쩌면 바로 그런 점 때문에 오히려 우정이라고밖에 달리 말할 수 없는 감정이 서로의 마음속에 오가고 있는지도 모른다.

마릴라는 키가 크고 여윈 여자로, 어느 모로 보나 푸근한 데라곤 없었다. 흰 머리칼이 희끗희끗 보이기 시작한 검은 머리는 언제나 뒤로 둥글게 틀어 올려 흩어지지 않도록 철사 머리핀 두 개를 꽂아 단단히 고정했다. 소견이 좁고 융통성 없어 보이는 인상을 주었으며 실제로도 그러했다. 그러나 미소가 머문 입가에는 유머 감각이 희미하게 어린 표정이 감돌고 있었다.

린드 부인이 말했다.

"덕분에 잘 지내요. 그보다도 이 댁에 무슨 일이 있는 게 아닌가 염려했어요. 아까 매슈가 어디로 가기에 혹시 의사를 부르러 가는 게 아닌가 하고요."

그럴 테지, 짐짓 마릴라는 웃음이 나려는 듯 입꼬리가 씰룩하는 것을 꾹 참았다. 매슈가 뜻하지 않은 때 외출하는 것을 보면 이 호기심 많은 린드 부인이 가만히 있을 리 없으리라 이미 짐작하고 있었다.

"보다시피 나는 멀쩡해요. 어제는 머리가 몹시 아팠지만요. 매슈는 브라이트리버[5]에 갔어요. 노바스코샤[6]의 고아원에서 남자아이를 하나 데려오기로 했는데, 그 애가 오늘 저녁 기차로 오거든요."

 매슈가 오스트레일리아에서 오는 캥거루를 맞으러 브라이트리버에 갔다 해도 린드 부인은 이토록 놀라지 않았을 것이다. 너무 놀란 나머지 5초쯤 말문이 막혀버렸다. 마릴라가 자기를 놀리려 할 리야 없지만, 혹시 그런 게 아닌가 하는 의심이 들 정도였다.

 가까스로 말문이 열리자 부인은 눈을 껌벅거리며 물었다.

"정말인가요, 마릴라?"

"그럼요."

 마릴라는 마치 노바스코샤에 있는 고아원에서 남자아이를 데려오는 것이 애번리 마을의 어엿한 농가에서 봄이면 으레 치르는 연례 행사에 지나지 않으며 결코 신기한 일이 아니라는 듯 태연한 말투였다.

 린드 부인은 가슴이 철렁하는 것 같은 큰 충격을 받았다. 머릿속에 떠오르는 생각마다 느낌표가 찍혔다.

 '남자아이라고! 하필이면 마릴라와 매슈가 남자아이를 데려오다니! 더욱이 고아원에서! 그렇다, 틀림없이 세상이 뒤집히려 하고 있어! 앞으로 무슨 일이 일어나도 이만큼 놀라지 않을 거야! 무슨 일이 벌어져도!'

 린드 부인은 못마땅한 듯 쏘아붙였다.

"대체 왜 그런 생각을 하게 되었어요?"

 그녀에게 단 한마디 의논 없이 이루어진 일이니만큼 마땅히 인정할 수 없

---

5) 프린스에드워드섬의 헌터리버를 모델로 함.
6) 캐나다 남동쪽 끄트머리에 자리한 주(州). 좋은 항구가 많고 어업이 성함. 중심도시는 핼리팩스.

었다.

마릴라는 차분히 말했다.

"우리는 줄곧 생각해 왔던 일이에요. 크리스마스 전이었던가, 알렉산더 스펜서 부인이 우리 집에 들르셨을 때 봄이 되면 호프타운의 고아원에서 여자아이를 데려올 예정이라고 말씀하셨어요. 부인의 사촌이 호프타운에 살고 있어서 놀러 갔다가 그곳 고아원에 대해 잘 알게 됐다고 했거든요. 그 뒤로 매슈 오라버니와 이 일에 대해 여러 번 의논한 끝에 결국 남자아이를 데려오기로 결정했어요.

매슈 오라버니도 이미 나이가 들었지요. 레이철도 알다시피 벌써 예순이에요. 아무래도 기력도 예전 같지 않고, 심장에도 문제가 생겼어요. 게다가 일꾼 구하기가 얼마나 어려운지는 레이철도 잘 알잖아요. 그 머리 나쁜 팔푼이 프랑스 남자애[7]들밖에는 없는데, 그 애들도 그나마 애써 가르쳐 겨우 제구실을 할 때쯤이면 제멋대로 랍스터 통조림공장이며 미국으로 가버리니까.

처음에 매슈 오라버니는 본국인 영국의 고아원에서 데려오면 어떻겠느냐고 말했어요. 나는 딱 잘라 싫다고 했지요. 그야 본국의 아이도 괜찮을지 모르지만—나쁘다는 게 아니에요—런던 거리를 쏘다니던 부랑아 같은 아이는 질색이에요. 남의 아이니 누구를 데려오든 무언가 문제가 있겠죠. 그래도 캐나다 태생이면 마음이 좀 편할 것 같고 밤에도 마음 놓고 잠을 잘 수 있을 거 같다고 했지요. 그래서 스펜서 부인이 여자아이를 데리러 갈 때 우리에게도 남자아이를 보내 달라고 부탁하게 된 거예요.

---

[7] 《빨강머리 앤》 시리즈에서 프랑스계는 거의 고용인으로 나옴. 7년 전쟁 때인 1758년 영국이 프랑스군 요새를 격파해 프린스에드워드섬은 영국령이 되면서 프랑스계 주민은 대부분 섬을 떠났고, 그 무렵 이 섬에는 영국계 주민이 프랑스계 주민을 얕보는 풍조가 있었음.

지난주에 부인이 가신다길래 그 친척 되는 카모디의 리처드 스펜서 집안사람을 통해서 부인한테 10살이나 11살쯤 되는 영리한 남자아이로 데려다주시면 좋겠다는 말을 전했어요. 그만한 나이면 농사일도 제법 도울 수 있고 예의범절을 가르치기에 그리 늦지도 않으니까요. 우리는 그 아이를 사랑해주고 어엿한 가정교육을 시키며 학교에도 보낼 작정이에요. 오늘 알렉산더 스펜서 부인에게서 전보가 왔어요. 우편집배원이 역에서 배달해주었지요. 오늘 저녁 5시 30분 기차로 온다고요. 그래서 매슈 오라버니가 브라이트리버역으로 마중 나간 거예요. 스펜서 부인은 도중에 그 남자아이를 내려주고 그대로 화이트샌즈[8]역까지 가신답니다."

린드 부인은 언제나 자기 생각을 솔직하게 말하는 것을 자랑으로 여겨왔다. 이 놀라운 소식에 대해 충격이 조금 가라앉고 입장이 정리되자 곧 거침없이 이야기하기 시작했다.

"이봐요, 마릴라, 솔직히 말해 두 사람은 터무니없는 일을 저지르고 있어요. 정말이지 위험천만한 일이라고 단정해도 좋아요. 어떤 아이가 올지 알 수 없잖아요. 본 적도 없고 알지도 못하는 아이를 집 안에 들이는 거라고요. 그 아이 성격이 어떠하며 부모가 어떤 사람인지, 그리고 앞으로 어떻게 클지 아무것도 모르는 아이예요. 지난주에 신문에서 봤는데, 섬 서쪽에 사는 어떤 부부의 집에 고아원에서 데려온 남자아이가 밤중에 집에다 일부러 불을 질렀대요. 하마터면 두 사람 모두 침대에서 타 죽을 뻔했다고 기사에 났어요. 어떤 남자아이는 양자로 삼고 보니 날달걀을 빨아먹는 버릇이 있어서 아무리 고쳐주려 해도 안 되었다는 이야기도 있어요. 이번 일에 대해 내게 한마디라도 의논해주었다

---

[8] 프린스에드워드섬의 노스러스티코를 를 모델로 함. 캐번디시에서 동쪽으로 8km 떨어진 어촌.

면 틀림없이 말렸을 거예요."

욥에게 마음에도 없는 위로의 말을 건네는 세 친구처럼[9] 오히려 더 걱정스럽게 만드는 이야기를 듣고도 마릴라는 화내거나 놀라는 기색이 없었다. 부지런히 뜨개질을 계속하며 차근차근 말했다.

"레이철 말에도 일리가 있는 것은 알아요. 나도 좀 불안하니까요. 하지만 이번 일에 매슈가 어찌나 열심인지. 그 마음을 알게 되니 조용히 따르기로 했답니다. 오라버니가 스스로 무언가 결정하는 일은 좀처럼 없으니까요. 그런 때는 내가 양보해야 된다고 늘 생각하고 있어요. 그리고 이 세상에서 사람이 하는 일에는 무엇이든 위험이 따르는 거 아니겠어요. 생각해보면 자기 자식이라고 해서 마음 놓을 수도 없는 거고, 반드시 착한 사람이 된다는 보장은 없으니까요. 게다가 노바스코샤는 이 섬에서 가까우니, 영국이나 미국에서 데려오는 것과 달라요. 그 아이는 우리와 그리 동떨어진 사람이 아닐 거예요."

"어쨌든 잘되기를 바라지만……."

그럼에도 매우 의심스럽다는 투로 린드 부인은 말을 이었다.

"그 아이가 그린게이블즈에 불을 질러 잿더미로 만들거나, 우물에 독이 든 스트리크닌을 푸는 불상사가 벌어져도, 나더러 왜 진작 말리지 않았느냐는 원망은 말아요. 뉴브런즈윅에서 실제 있었던 일인데 고아원에서 데려온 아이가 우물에 그 약을 탄 바람에 집안사람들이 몹시 고통받다가 죽었다는 이야기를 들었어요. 하긴 이 경우는 여자아이였지만요."

"우리는 여자아이를 데려오는 게 아니에요."

마릴라는 우물에 독약을 넣는 일은 순전히 여자아이들 전문이며 남자아이

---

[9] 《구약성서》〈욥기〉의 욥이 질병과 재해에 시달리고 있을 때, 세 친구가 위로를 한다고 왔지만, 마음에 없는 말로 위로는커녕 도리어 욥을 슬프게 했다는 내용 참조.

는 결코 그런 짓을 할 리 없다는 투였다.

"여자아이를 데려다 기를 생각은 꿈에도 없어요. 나는 스펜서 부인의 마음을 모르겠더군요. 하긴 그 부인은 한번 마음먹으면 고아원 아이들을 모두 데려다 기르겠다고 할지도 모를 사람이지요."

린드 부인은 매슈가 섬 밖에서 오는 아이를 데려올 때까지 기다리고 싶었다. 그러나 아직 두 시간이나 남았음을 깨닫고 로버트 벨네 집에 가서 이 이야기를 들려줘야겠다고 마음먹었다. 소문이 자자하게 퍼질 것이라는 생각에 벌써 가슴이 두근거렸다. 린드 부인은 다른 사람을 놀라게 하는 일을 굉장히 좋아했다.

그녀가 돌아가자 마릴라는 좀 마음이 놓였다. 린드 부인의 비관적인 이야기를 듣고 있으면 불안과 걱정이 다시금 고개를 쳐들 것 같았기 때문이었다.

오솔길로 접어들자 린드 부인은 저도 모르게 뱉었다.

"아, 이런 일이 일어나다니. 이런 일은 앞으로도 결코 다시 없을 거야! 아무래도 꿈을 꾸고 있는 것만 같아. 하지만 그 애도 참 가엾어. 마릴라와 매슈는 아이에 대해 아무것도 모르니 아마도 어린애가 자기 할아버지만큼이나 현명하고 착실하리라 여기지 않겠어? 물론 그 애에게 할아버지가 있었다면 하는 말이지만, 그것도 사실 알 수 없는 노릇이고.

그나저나 그린게이블즈에 아이가 살게 되다니, 아무래도 기분이 묘한걸. 그 집에서는 아이 그림자도 어른댄 적 없었으니까. 그 집을 지었을 때는 매슈도 마릴라도 이미 다 컸었고, 지금의 그 두 사람을 보고 있으면 그들에게도 어린 시절이 있었다는 게 전혀 믿어지지 않기도 하고. 나라면 아무리 부탁받아도 그 고아의 처지는 되고 싶지 않을 거야. 아무튼 그 집에 오게 되다니, 그 애도 참 안됐네."

린드 부인은 자기 생각에 빠져서 걷는 동안 저도 모르게 들장미 덤불을 향해 중얼거리고 있었다. 만일 그때 브라이트리버역에서 참을성 있게 기다리는 그 아이를 보았다면 그 동정심은 한층 더 깊어졌을 것이다.

매슈의 놀라움

　매슈 커스버트와 밤색 말은 브라이트리버로 가는 8마일(약 13킬로미터) 거리를 여유롭게 즐기며 나아갔다. 아담한 농장 사이로 훤히 뚫린 길을 지나 나뭇진 향기가 코끝에 감도는 전나무숲을 빠져나와 자두나무에 안개 같은 하얀 꽃이 흐드러지게 핀 분지를 달렸다. 참으로 아름다운 길이었다. 과수원에서 바람결에 풍겨오는 사과꽃 향기가 온누리에 은은히 퍼지고, 나지막이 비탈진 목장은 진줏빛과 보랏빛 아지랑이가 저 먼 지평선까지 나풀대며 펼쳐져 있었다. 그리고

　　작은 새들은 소리 높이 지저귀네
　　마치 일 년 중 단 하루 찬란한 여름날인 양[1]

　매슈는 길에서 여자들과 마주쳐 목례를 해야 할 때만은 그렇지 못했지만 나름대로 드라이브를 즐기고 있었다. 이 프린스에드워드섬에서는 아는 사람이건 모르는 사람이건 길에서 마주치면 인사하게 되어 있었다.

---

[1] 미국 시인·비평가인 제임스 러셀 로웰(1810~1891)의 시 〈론펄 경의 몽상〉에서 따옴.

매슈는 마릴라와 린드 부인 말고는 여자들이 무서웠다. 여자의 마음은 통 알 수가 없고 은근히 자기를 웃음거리로 삼는 듯하여 거북스러웠다. 그의 이러한 생각은 어느 만큼 맞다고 할 수 있었다. 어색한 몸가짐에 구부정한 어깨 위로 회색 머리카락이 드리워지고 20살 때부터 텁수룩한 갈색 턱수염을 길러온 그의 모습은 어딘지 남다른 데가 있었다. 사실 그는 머리가 허옇게 된 점을 빼고는 20살 때나 60살인 지금이나 크게 다를 바가 없었다.

브라이트리버에 닿아보니 기차가 도착한 기미도 보이지 않았다. 좀 일찍 왔다고 생각하며 그는 브라이트리버의 작은 여관 앞에 말을 매놓고 역까지 뚜벅뚜벅 걸어갔다. 기다란 플랫폼은 한산했다. 사람이라곤 그 플랫폼 끄트머리에 쌓인 지붕널 더미 위에 여자아이가 하나 앉아 있을 뿐이었다. 매슈는 여자아이라는 것만 간신히 알아채고 그쪽으로는 눈길을 주지 않으며 빠른 걸음으로 그 옆을 지나갔다. 만일 얼핏 보기라도 했다면 그 아이가 잔뜩 긴장하면서도 기대에 찬 들뜬 표정과 모습으로 앉아 있는 것을 눈치챘을 것이다. 여자아이는 거기에 앉아서 무슨 일이 일어날 것인지, 또는 누가 올 것인지, 곰곰이 생각하고 있었다. 그것 말고는 아무 할 일도 없어 오로지 다소곳이 앉아 기다릴 따름이었다.

어느새 역장이 저녁 식사하러 집으로 돌아가려고 매표창구 문을 닫고 있었다. 5시 30분 기차가 곧 도착하는지 매슈는 물었다.

역장은 시원스럽게 대답했다.

"5시 30분 기차는 30분 전에 도착해 이미 떠났습니다. 하지만 당신을 만나려고 한 사람이 내렸지요. 조그만 여자아이였습니다. 아, 저기 앉아 있네요. 여성 대합실에서 기다리라고 했더니 밖이 더 좋다고 고집스레 말하더군요. 그래야 '상상을 펼칠 여지가 더 많아요.'라고 했던가. 좀 색다른 아이예요."

매슈는 어리둥절했다.

"여자아이가 아닌데…… 내가 데리러 온 건 남자아이거든요. 그 애가 여기 있어야 하는데. 스펜서 부인이 노바스코샤에서 데려다주기로 한 아이가……."

역장은 휙 휘파람을 불었다.

"무슨 착오가 생겼나 보네요. 스펜서 부인은 기차에서 내려 저 아이를 내게 맡기고 가셨습니다. 댁의 부탁으로 고아원에서 데려왔으니 곧 마중 나올 거라고요. 내가 아는 것은 그뿐입니다. 다른 아이는 없어요."

"알 수 없는 일이군."

매슈는 난처했다. 이럴 때 마릴라가 옆에 있어서 잘 처리해주면 얼마나 좋을까 생각했다.

역장은 대수롭지 않게 말했다.

"그럼 저 아이에게 물어보는 게 어떻겠습니까. 아마도 잘 설명해 줄 겁니다. 말을 꽤 잘하는 아이더군요. 어쩌면 댁에서 바라던 남자아이가 없었는지도 모르죠."

몹시 시장한 역장은 서둘러 가버렸다. 매슈는 가엾게도 사자 굴에 제 발로 걸어 들어가 잠자는 사자의 수염을 잡아당기는 것[2]보다 더 어려운 일, 그러니까 여자아이, 더욱이 낯선 고아 여자아이에게 다가가 어째서 남자아이가 오지 않았는지 물어보아야 했다. 그는 마음속으로 끙끙 앓으며 몸을 돌려 플랫폼 끝에 있는 여자아이 쪽으로 무거운 걸음을 천천히 옮겼다.

여자아이는 매슈가 아까 옆을 지나갈 때부터 줄곧 그를 쳐다보고 있더니 지금은 뚫어지게 바라보았다. 매슈는 눈길을 애써 다른 데로 돌리고 있었거니와,

---

[2] 스코틀랜드 작가 월터 스콧 경(1771~1832)의 이야기시 《마미언》에서 따옴.

비록 보았다 해도 그 아이가 어떤 모습을 하고 있는지 알지 못했을 것이다. 그러나 여느 사람이라면 다음과 같이 묘사했으리라.

나이는 11살쯤으로, 댕강 하니 짧고 꽉 끼는 볼품없는 원피스를 입고 있었다. 누렇게 바랜 칙칙한 회색의 원시[3] 천으로 된 옷이었다. 낡은 갈색 밀짚모자를 썼으며, 그 밑으로 눈에 띄게 빨간 머리를 양쪽으로 갈라 굵게 땋아 등까지 늘어뜨리고 있었다. 작은 얼굴은 파리하고 야위었으며 주근깨투성이였다. 입도 크고 눈도 컸다. 눈동자는 그때그때의 빛이나 기분에 따라 얼핏 초록색 또는 회색으로 보였다.

하지만 통찰력 있는 사람이라면 이 아이의 턱이 도드라지게 뾰족하고, 커다란 눈은 생기 있게 빛나며, 도톰한 입술은 사랑스럽고, 입매는 표현력이 풍부하며, 이마는 넓고 시원하다는 것을 알아차리리라. 다시 말해, 날카로운 눈을 지닌 사람이라면 숫기 없는 매슈 커스버트가 터무니없게도 두려워하는 이 길 잃은 여자아이에게 결코 평범하지 않은 영혼이 깃들어 있음을 꿰뚫어 보았을 것이다.

매슈는 자기 편에서 말을 건네는 성가신 일을 하지 않아도 되었다. 그가 자기 쪽으로 다가오고 있음을 알자 여자아이가 햇볕에 그을린 가느다란 손으로 이미 천이 낡을 대로 낡아빠진 옛날식 가방 손잡이를 꽉 움켜잡고 벌떡 일어서며 다른 한 손을 그에게 쑥 내밀었기 때문이다.

아이는 귀여운 목소리로 또랑또랑하게 말했다.

"그린게이블즈의 매슈 커스버트 씨죠? 이렇게 뵙게 되어 정말 반가워요. 혹시나 오시지 않으시는 건가 싶어 무슨 일이 생긴 건 아닌지 걱정하고 있던 참이

---

[3] 대체로 날실은 아마사나 면사, 씨실은 양모사를 사용하여 성글고 느슨하게 짠 값싼 직물로, 일상에서 실용적인 용도로 입는 일옷, 속옷, 잠옷 등을 만드는 데 주로 쓰였음.

었어요. 하지만 만일 오늘 저녁에 오시지 않는다면 철길을 따라 내려가 저 모퉁이의 큰 벚나무 위에서 밤을 지내야겠다고 마음먹었어요.

조금도 무섭지 않아요. 하얀 꽃이 흐드러지게 핀 벚나무 위에서 달빛을 받으며 잠자다니, 멋지겠지요? 마치 '대리석 깔린 넓은 방에 사는'[4] 기분이 들지 않을까요? 게다가 오늘 밤 안 오시면 내일 아침에는 꼭 오실 거라고 생각했거든요."

매슈는 여자아이의 앙상한 작은 손을 어색하게 잡았다. 그리고 그 순간 결심했다. 기쁨으로 눈을 반짝반짝 빛내는 이 아이에게 무언가 착오가 생겼다는 말을 차마 할 수는 없다, 일단 집으로 데려가 마릴라에게 맡기자, 아무튼 무슨 문제가 있었다 해도 이 아이를 브라이트리버에 그냥 두고 갈 수는 없다. 모든 이야기는 일단 그린게이블즈에 가서 하기로 하자.

그는 부끄러워하며 말했다.

"늦어서 미안하구나. 이리 오너라. 저쪽 뜰에 말을 매놓았다. 그 가방을 이리 다오."

여자아이는 기운차게 말했다.

"괜찮아요, 제가 들게요. 조금도 무겁지 않아요. 이 세상에서의 내 전 재산[5]이 들어 있긴 하지만 무겁지는 않아요. 그리고 요령껏 들지 않으면 손잡이가 빠져 버려서요. 꽤 낡은 가방이거든요.

아, 아저씨가 와주셔서 정말 감사해요. 꽃이 활짝 핀 벚나무 위에서 자는 것도 물론 멋지기야 했겠지만요. 집까지는 먼가요? 스펜서 부인은 8마일쯤 될 거

---

4) 영국의 극장 지배인·각본가인 앨프리드 번이 가사를 지은 오페라 《보헤미안 소녀》 2막 '집시 소녀의 꿈'이라는 노래에서 따옴.
5) 영국국교회의 《일반 기도서》 '결혼식 기도'의 한 구절 '이 세상에서의 내 전 재산을 그대에게 바친다'에서 따옴.

라고 하시던데 참으로 기뻐요. 저는 마차 타는 것을 무척 좋아하거든요.

아, 이제부터 아저씨와 한집에 살며 가족이 되다니 정말 멋져요. 지금까지는 이렇다 할 가족이 없었거든요. 고아원은 너무 싫었어요. 넉 달밖에 안 있었지만 진절머리 나요. 아저씨는 고아원에 있어 본 일이 없어 어떤 곳인지 잘 모르실 거예요. 상상도 할 수 없을 만큼 지독한 곳이에요. 그런 식으로 말하면 못쓴다고 스펜서 부인에게 꾸중 들었지만 나쁜 뜻은 없었어요. 나쁜 말은 자신도 모르게 툭 튀어나오는 건가 봐요.

고아원에 있는 친구들은 모두들 저에게 잘해주었어요. 하지만 거기는 머릿속으로 좋게 그려지지가 않아요. 기껏해야 다른 고아를 상상해 볼 따름이에요. 그 아이들에 대해 여러모로 공상해 보는 것도 퍽 재미있었어요. 이를테면 옆에 앉은 여자아이는 원래 백작의 딸인데 어릴 때 나쁜 유모에게 유괴되었다가 그 유모가 자기 죄를 고백하지 않고 죽어버렸다고, 밤새도록 잠도 안 자고 상상하는 거예요. 낮에는 그럴 틈이 없거든요. 그래서 이렇게 말랐나 봐요.

저 너무 심하게 말랐지요? 뼈와 가죽뿐이에요. 그래서 곧잘 상상하곤 해요. 내가 아주 예쁘고 포동포동하고 보조개가 쏙 들어가는 귀여운 여자아이라고 말이에요."

여기까지 말하고 여자아이는 입을 꾹 다물었다. 숨이 차기도 했지만 마차가 있는 곳까지 다 왔기 때문이었다. 한참 동안 여자아이는 잠자코 있었다. 이윽고 두 사람이 탄 마차는 마을을 뒤로 하고 좀 높은 언덕을 내려가기 시작했다. 길은 언덕의 부드러운 흙을 파들어가서 나 있었다. 그 때문에 언덕길 양옆은 그들 머리보다 몇 피트나 높은 둑을 이루고 꽃이 흐드러지게 핀 산벚나무와 흰 자작나무가 가지런히 늘어서 있었다.

마차 옆을 스치는 서양자두 꽃을 보고 여자아이는 손을 쭉 뻗어 나뭇가지를 꺾었다.

"예쁘죠! 둑에 드리워져 있는 이 꽃나무는 꼭 새하얀 레이스 같아요. 아저씨는 이걸 보면 무엇이 떠오르세요?"

매슈는 무표정한 얼굴로 말했다.

"글쎄다, 잘 모르겠구나."

"어머나, 안개처럼 뽀얗고 아름다운 베일을 쓴 신부예요. 아직 본 적은 없지만 충분히 상상할 수 있어요.

하지만 저는 신부가 될 수 없을 것 같아요. 이렇게 못생겼으니 아무도 나와 결혼하고 싶어하지 않겠죠. 외국으로 가는 선교사 말고는요. 선교사라면 그리 까다롭게 굴지 않을 거예요.

언젠가는 꼭 흰옷을 한 번 입어보고 싶어요. 그게 이 세상에서 꿈꾸는 가장 큰 행복이에요. 나는 예쁜 옷이 참 좋아요. 하지만 기억하는 한 지금까지는 한 번도 그런 옷을 입어본 적 없어요. 오히려 그만큼 더 즐거울지도 모르죠. 호화스러운 옷을 입은 자신의 모습을 상상할 수 있으니까요.

오늘 아침 고아원에서 나올 때 이 보기 흉한 낡은 옷을 입고 있는 제 자신이 몹시 부끄러웠어요. 고아는 모두 이런 옷을 입어요. 지난겨울에 호프타운의 상인이 원시 옷감 3백 야드(약 275미터)를 고아원에 기부했어요. 팔고 남은 거라고 말하는 이들도 있었지만 친절한 마음에서 기부했다고 믿고 싶어요.

기차에 올라탔을 때 사람들이 하나같이 나를 가엾이 여기는 것 같았어요. 하지만 나는 엷은 하늘색 비단 드레스를 입고 있다고 상상해보았어요. 어차피 내멋대로 공상할 바에는 멋있게 하는 편이 한결 좋지 않겠어요? 알록달록한 꽃과 하늘하늘한 깃털 장식이 달린 커다란 모자를 쓰고 금시계를 차고 부드러운 산양가죽 장갑을 끼고 구두를 신었다고 상상했어요. 그랬더니 기분이 좋아지면서 섬에 닿을 때까지 무척 즐거웠어요. 배에서 멀미도 하지 않았고요.

스펜서 부인은 다른 때라면 늘 멀미를 했는데 행여 내가 바다에 빠지지나 않을까 걱정하느라 그럴 틈이 없었다고 했어요. 나처럼 가만히 있지 못하는 아이는 처음 보았다고요. 그 덕분에 부인이 뱃멀미를 하지 않았다면 내가 가만히 있지 못하는 것도 그리 나쁘지는 않았죠? 나는 배 안에 있는 것들을 모두 봐두고 싶었어요. 배를 탈 기회가 다시는 없을지도 모르니까요.

어머나, 저기에도 벚꽃이 가득 피어 있네요! 이 섬이 무척 마음에 들어요. 앞으로 여기서 산다고 생각하니 너무너무 기뻐요. 나는 프린스에드워드섬이 이 세상에서 가장 아름다운 고장이라는 말을 소문으로만 들었거든요. 늘 내가 여기서 사는 모습을 상상했었어요. 하지만 정말로 살게 되리라고는 꿈에도 생각지 못했는데 이렇게 이루어지다니 꿈만 같아요.

이곳의 길은 참 붉고 색다르네요. 샬럿타운에서 기차를 타니까 창밖으로 황톳길이 한눈에 들어왔어요. 그래서 스펜서 부인한테 어째서 저토록 붉으냐고 여쭤봤어요. 그랬더니 모른다며 제발 이제 더 이상 묻지 말아 달라고 하셨어요. 벌써 천 가지도 넘게 물어봤잖니, 라면서요. 어쩌면 그만큼 귀찮게 물어보았는지도 모르지만, 누구에게 물어보지 않으면 어떻게 여러 가지 일들을 알 수 있겠어요? 그런데 아저씨, 저 길은 진짜 왜 붉은 건가요?"

당황한 매슈가 눈만 껌벅거리며 말했다.

"글쎄다, 나는 모르겠구나."

"그럼 이것도 언젠가는 알아내야 할 일 가운데 하나가 됐어요. 앞으로 알아볼 일이 잔뜩 있다는 것은 참 멋진 일이에요. 살아 있다는 기쁨을 느껴요. 세상에는 재미난 일들이 얼마든지 있으니까요. 모든 것을 다 알고 나면 즐거움이 반으로 줄지 않을까요? 그렇게 되면 그만큼 상상할 거리가 없어지겠죠?

"아저씨, 제가 말이 너무 많죠? 모두들 그렇게 말해요. 조용히 있는 편이 좋다면 그렇게 할게요. 어려운 일이긴 하지만 마음만 먹으면 잠자코 있을 수 있어요."

놀랍게도 매슈는 그 아이와 있다 보니 기분이 좋아졌다. 말 없는 사람들이 흔히 그렇듯 매슈 또한 상대가 혼자 계속 쫑알쫑알 이야기하고, 게다가 굳이 맞장구칠 필요가 없을 때면 말 잘하는 사람이 마음껏 이야기하는 것을 잠자코 듣는 게 좋았다. 그러나 설마 자기가 이런 어린 여자아이를 상대로 유쾌해지리라고는 생각조차 한 일이 없었다. 그는 여자라는 것만으로도 질색이고, 소녀는 더더욱 그러했다. 소녀들이 그를 곁눈질하며 무서워서 슬슬 피하는 것을 그는 참을 수가 없었다. 그 애들은 마치 자기들이 한마디라도 하면 매슈가 입을 크게 벌리고 한입에 삼킬 듯 덤벼들리라 여기는 것 같았다. 애번리의 점잖은 집안 딸들은 모두 그러했다. 하지만 이 주근깨투성이의 엉뚱한 소녀는 달랐다. 매슈의 둔한 머리로 이 활기찬 아이의 머리를 따라가는 게 쉬운 일은 아니었지만, 이 아이의 재잘거림이 어쩐지 싫지 않았다.

그는 언제나처럼 수줍어하며 말했다.

"마음 내키는 대로 이야기하려무나. 나는 상관없으니까."

"어머나, 정말 기뻐요. 나는 아저씨와 잘 지낼 것 같아요. 이야기하고 싶을 때 얼마든지 할 수 있으니까요. 아이들이란 눈에는 보이되 귀에 들려선 안 된다는 꾸지람을 듣지 않아도 된다고 생각하니 마음이 놓여요. 이제까지 그런 말을 백만 번도 더 들었어요. 그리고 내가 너무 거창한 단어를 쓴다고 비웃거든요. 하지만 굉장한 생각을 재미있게 전하려면 거창한 말을 쓸 수밖에 없지 않나요?"

매슈가 공감하며 말했다.

"그럴 테지. 네 말이 맞는 것 같구나."

"스펜서 부인은 내 혀가 풍선처럼 입속에 둥둥 떠 있는 것 같다고 했지만 그렇지 않아요. 제대로 목구멍에 딱 붙어 있어요.

스펜서 부인 말로는 아저씨네 집을 그린게이블즈라고 부른다고 했어요. 그래서 나는 그 주변에 대해서까지도 여러 가지를 물어보았어요. 집 둘레에 나무가 빙 둘러 있다면서요. 그 말을 듣고 나는 더욱 기뻤어요. 나무를 무척 좋아하는데 고아원에는 나무가 한 그루도 없었거든요. 회칠한 낮은 울타리 안에 고작 작은 나무 두세 그루만 있을 뿐이었어요. 마치 나무들마저 고아들 같아서 보고 있으면 자꾸만 울고 싶어졌지요.

그 나무들에게 '아, 가엾디가엾은 나무들아! 만일 너희들이 다른 나무들과 함께 울창한 숲속에 살면서 뿌리에 이끼가 자라고 준벨(Junebell)[6]이 피어 있고 가까이에 시냇물이 흐르고 새들이 가지에서 노래를 부른다면 좀더 잘 자랄 수 있지 않겠니? 하지만 여기서는 그럴 수가 없어. 작은 나무들아, 너희들 마음을 가슴 저리도록 잘 알아.'라고 늘 말해주었어요.

오늘 아침, 그 나무들을 고아원에 남겨두고 오기가 마음 아팠어요. 아저씨도 너무나 정들어 헤어지기 싫을 때가 있었겠지요? 그린게이블즈 옆에도 시냇물이 있나요? 스펜서 부인에게 물어보는 걸 깜박 잊었어요."

"그래, 있지. 집 바로 아래에 흐르고 있단다."

"어머나, 멋져요! 시냇가에 사는 게 내 꿈이었거든요. 이것까지 이루어질 줄은 정말 몰랐어요. 꿈은 그리 간단히 실현되는 게 아니잖아요. 꿈이 이루어지다니 정말 근사해요. 저는 지금 거의 더할 나위 없이 행복해요. 완전한 행복이라고는 할 수 없지만요. 왜냐하면…… 아저씨, 이게 무슨 색이라고 생각하세요?"

---

[6] 이것은 몽고메리가 붙인 이름이며, 6월에 피는 종 모양의 꽃으로 린네풀을 일컫는 듯함.

여자아이는 땋아 늘인 한쪽 머리털을 어깨에서 앞으로 잡아당겨 매슈의 눈앞에 들어올렸다. 매슈는 여자의 머리 빛깔을 알아맞히는 일이 서툴렀지만 이 경우만은 그리 힘들지 않았다.

"빨강 아니냐?"

소녀는 머리털을 다시 뒤로 늘어뜨리며 깊은 한숨을 쉬었다. 그 한숨은 발 끝에서부터 복받쳐 올라와 오랜 세월 동안 쌓이고 쌓인 슬픔을 모두 토해내는 듯했다.

소녀는 체념하듯 말했다.

"네, 지독한 빨강이에요. 이제 제가 어째서 완전히 행복해질 수 없는지 아시겠죠. 빨강머리를 가진 사람은 모두 그래요. 다른 점은 그리 마음에 걸리지 않아요. 마른 몸이며 주근깨투성이 얼굴, 초록빛 눈, 그런 것은 아무렇지도 않아요. 상상으로 얼마든지 잊을 수 있으니까요. 얼굴은 예쁜 장밋빛이고 눈은 별처럼 반짝이는 제비꽃 빛깔의 사랑스러운 눈동자라고 생각할 수 있어요.

하지만 이 빨강머리만은 아무래도 잊을 수가 없어요. 내 머리는 반짝반짝 빛나는 검은색이다, 까마귀 날개처럼 새카맣다, 마음속으로 열심히 주문을 걸어도 여전히 빨간색임을 알기 때문에 가슴이 미어질 것만 같아요. 이것이 생애의 슬픔이라는 것이겠지요. 언젠가 소설에서 생애의 슬픔을 안고 살아가는 소녀 이야기를 읽은 적 있어요. 하지만 빨강머리 때문은 아니었어요. 그 소녀는 눈부신 금빛 머리가 설화 석고(雪花石膏) 같은 이마에서 등으로 한올 한올 물결치고 있었대요. 설화 석고 같은 이마란 어떻게 생긴 것인지 모르겠어요. 아저씨는 아세요?"

"글쎄다, 나도 잘 모르겠구나."

매슈는 좀 얼떨떨해짐을 느꼈다. 소년 시절 소풍 가서 다른 아이에게 이끌려

회전목마를 탔을 때에도 이런 기분이었다.

"어쨌든 예쁠 게 틀림없어요. 그 소녀는 성스러울 만큼 아름다웠거든요. 성스러울 만큼 아름답다는 건 어떤 느낌인지 상상해본 일 있으세요?"

"아니, 전혀 없는걸."

매슈는 꾸밈없이 털어놓았다.

"저는 여러 번 해 봤어요. 만일 성스러운 아름다움과 눈부시게 똑똑한 머리와 천사같이 착한 마음 가운데 하나를 고르라면 어느 것이 좋을까요?"

"글쎄다, 나는 모르겠구나."

"저도 모르겠어요. 도무지 고를 수가 없어요. 하지만 어차피 그 가운데 어느 것도 가질 수 없을 테니 무엇을 고르든 결국 마찬가지예요. 아무튼 나는 천사같이 착한 아이가 못 되는 것만은 틀림없어요. 스펜서 부인 말로는…… 어머나, 커스버트 씨! 어머나, 커스버트 씨! 어머나, 커스버트 씨!"

이것은 스펜서 부인이 한 말은 아니었다. 그렇다고 그 소녀가 마차에서 굴러 떨어진 것도 아니고, 매슈가 깜짝 놀랄 만한 일을 한 것도 아니었다. 다만 마차가 길모퉁이를 돌아 '가로수길'에 이르렀을 뿐이었다.

뉴브리지 사람들이 '가로수길'이라고 부르는 이곳은 4, 5백 야드 되는 한 줄기 도로로, 여러 해 전 좀 괴짜인 어떤 늙은 농부가 길 양쪽에 심은 큰 사과나무가 가지를 뻗어 멋진 아치를 이루고 있었다. 올려다보면 머리 위로 눈처럼 흰 향기로운 꽃이 하늘을 덮는 지붕이 되어 멀리까지 뻗어 있었다. 우듬지 아래에는 보랏빛 땅거미가 자욱하게 깔려 있었다. 저 멀리 앞쪽에 바라보이는 갖가지 빛깔로 물든 저녁놀은 대성당의 통로 맨 끝에 걸린 스테인드글라스 장미창처럼 빛나고 있었다.

너무나 아름다운 광경에 취해버린 소녀는 아무 말도 하지 못했다. 몸을 뒤로

젖혀 마차에 기댄 채 두 손을 꼬옥 마주 잡고 머리 위에서 흩날리는 하얀 꽃잎들이 이룬 찬연한 광경을 황홀하게 올려다보고 있었다. 마차가 이미 그곳을 지나 뉴브리지로 가는 긴 언덕을 내려가고 있었지만 소녀는 꼼짝도 하지 않고 입도 열지 않았다. 여전히 황홀한 표정으로 저 멀리 저녁놀이 지고 있는 서쪽 하늘을 바라보고 있었다. 타오르는 듯한 저녁 하늘을 배경으로 흘러가는 화려한 환상을 보고 있는 것 같았다.

마차는 뉴브리지로 들어섰다. 이곳은 작지만 부산스러운 마을로, 개들이 컹컹 짖어대고 남자아이들이 마구 떠들어댔으며 호기심 많은 사람들이 창밖으로 얼굴을 빼꼼히 내밀고 있었지만 여자아이는 잠자코 있었다. 3마일(약 4.8킬로미터)이나 더 가는 동안 소녀는 아무 말도 하지 않았다. 쉴 새 없이 재잘거리기도 하지만 한번 입을 다물면 그에 못지않게 조용히 있을 수 있는 모양이었다.

매슈는 소녀가 그토록 한참 동안 말하지 않는 까닭을 짐작할 수 없어 초조한 마음에 용기를 내어 먼저 말을 꺼냈다.

"무척 고단하고 배도 고프지? 하지만 이제 거의 다 왔어. 겨우 1마일(약 1.6킬로미터)밖에 안 남았으니까."

소녀는 한숨을 내쉬며 몽상에서 깨어났다. 그리고 영혼이 별빛을 따라 멀리 하늘나라에서 헤매다니다 돌아온 사람처럼 꿈꾸는 듯한 눈으로 매슈를 물끄러미 쳐다보았다.

소녀는 속삭였다.

"아, 커스버트 씨, 우리가 지나온 그 새하얀 길, 그곳을 뭐라고 부르나요?"

어디를 말하는 걸까. 매슈는 잠시 생각한 끝에 대답했다.

"아, 그 '가로수길' 말이냐? 아주 예쁜 곳이지."

"예쁘다고요? '예쁘다'는 말만으로는 부족해요. '아름답다'로도 모자라요. 그 어떤 말도 다 어림없어요. 아, 정말 경이롭고 경이로웠어요! 상상의 세계보다도 멋진 곳을 처음으로 봤거든요. 여기가 벅차오르는 것 같았어요."

소녀는 조그만 손을 가슴에 갖다 댔다.

"이상하게 이 언저리가 콕콕 쑤시는 듯 저렸지만 기분 나쁜 느낌은 아니었어요. 아저씨도 그런 아픔을 느껴본 적 있으세요?"

"글쎄다, 그런 일이 있었는지 어떤지 기억나지 않는구나."

"저는 여러 번 있었어요. 장엄하게 아름다운 것을 보면 반드시 그래요. 그토록 아름다운 곳을 그저 '가로수길'이라고만 부르는 것은 옳지 않아요. 그런 이름은 아무 뜻이 없잖아요. 뭐라고 하면 좋을까⋯⋯ 그래, '환희의 하얀 길'. 상상이 펼쳐지는 듯한 멋진 이름이지요?

저는 장소나 사람의 이름이 마음에 들지 않으면 언제나 저만의 새로운 이름을 지어 마음속으로는 그렇게 불러요. 고아원에 헵지바[7] 젠킨스라는 이름의 여자아이가 있었는데, 저는 마음속에서 늘 그 애를 로절리아 드비어라고 불렀어요. 다른 사람들은 그곳을 '가로수길'이라고 해도 저는 '환희의 하얀 길'이라고 할래요.

1마일만 더 가면 정말 집에 닿나요? 기쁘기도 하고 슬프기도 해요. 이 드라이브가 아주 마음에 들거든요. 즐거운 일이 끝나면 나는 어김없이 슬퍼져요. 앞날의 일은 알 수 없고, 게다가 좋은 일은 계속되지 않잖아요. 내 경우는 언제나 그랬어요. 하지만 집에 간다는 생각을 하면 기뻐요. 내가 기억하는 한 내겐 집이라는 게 없었어요. 진짜 집으로 간다고 생각하니 너무너무 좋아서 또 아까처럼 가슴이 저려 와요. 아, 저기도 예쁜걸요!"

---

[7] 《구약성서》〈열왕기 하〉에 나오는 예루살렘의 유대왕 므낫세의 어머니 헵시바에서 유래한 이름.

마차가 언덕 꼭대기를 넘어서자 두 사람의 눈 아래 연못이 보였다. 그것은 길고 구불구불하여 마치 강처럼 보였다. 못 중간쯤에 다리가 걸려 있었다. 거기서부터 못 끄트머리까지 노르스름한 띠를 두른 듯한 모래 언덕이 길게 이어지고, 그 너머는 짙푸른 만(灣)이었다.

못의 물은 갖가지 색으로 빛나고 있었다. 연보라, 장밋빛, 맑은 초록 등의 빛깔 말고도 일일이 이름 붙일 수 없을 만큼 미묘한 색채가 수면에 떠올랐다 가라앉았다 하며 넘실대고 있었다. 다리 저편의 기슭에는 못 둘레까지 전나무와 단풍나무 숲이 우거져 물 위에 그 그림자가 깃들어 있었다. 물가에서 꽃이 만개한 서양자두나무가 가지를 드리운 모습은, 새하얀 옷을 입고 발돋움하여 자기 모습을 비춰보려는 소녀와도 같았다. 못 위쪽의 늪에서는 맑고 구슬픈 가락의 개구리 합창이 나직이 들려왔다.

그 너머 언덕의 사과나무 과수원에 조그만 회색 집이 언뜻 보였다. 아직 날이 저물지도 않았는데 그 창문 하나에 불이 켜져 반짝반짝 빛나고 있었다.

매슈가 말했다.

"저것은 '배리네 연못'이란다."

"어머나, 그 이름도 어울리지 않아요. 나라면 뭐라고 할까…… '반짝이는 윤슬의 호수'라고 부르겠어요. 네, 참 잘 어울려요. 가슴이 두근거리는 것을 보면 알 수 있어요. 나는 잘 어울리는 이름을 찾아내면 가슴이 두근거리거든요. 아저씨도 그런 기분이 들 때가 있어요?"

매슈는 생각해 보았다.

"글쎄다. 아, 오이 모종을 심으려고 삽으로 밭의 흙을 팔 때 나오는 징그러운 구더기를 보면 언제나 그런 기분이 들더구나. 그 모양이 아주 보기 싫거든."

"어머나, 그런 것하고는 전혀 다르다고 생각되는데, 아저씨에게는 같나요? 나는 구더기와 '반짝이는 윤슬의 호수'는 너무 동떨어지게 여겨져요. 그런데 왜 '배리네 연못'이라고 하는 건가요?"

"배리 씨가 저 과수원집에 살고 있기 때문이겠지. 저 집 이름은 '언덕의 과수원'이란다. 그 뒤에 있는 떨기나무 숲이 없다면 여기서도 그린게이블즈가 보일 텐데. 하지만 다리를 건너 길을 돌아가야 하니 아직 반 마일은 더 달려야겠구나."

"배리 씨 댁에 여자아이가 있나요? 너무 어리지 않은, 저만 한 아이 말예요."

"11살쯤 된 여자아이가 있지. 다이애나라고 해."

"어머나!"

앤은 숨을 깊이 들이마셨다.

"어쩌면 그렇게 사랑스러운 이름일까요!"

"글쎄다, 내게는 그리스도교도답지 않은 이름처럼 들리는구나.[8] 제인이나 메리 같은 점잖은 이름이 더 좋을 듯한데. 다이애나가 태어났을 때 마침, 그 집에 학교 선생님이 하숙하고 있었는데, 그 선생님에게 부탁해서 지었지."

"내가 태어났을 때에도 그런 선생님이 가까이 있었더라면 좋았을 텐데요. 어머나, 벌써 다리에 이르렀어요. 눈을 꼭 감아야겠어요. 다리를 건널 때는 늘 무서워요. 한가운데쯤 갔을 때 다리가 잭나이프처럼 접혀 그 사이에 끼여버리지 않을까 상상되거든요. 그래도 한가운데쯤에 이르면 살짝 눈을 떠봐요. 다리가 정말로 접힌다면 그 모습을 보고 싶으니까요.

마차 바퀴 소리가 정말 신나게 덜컹덜컹 울리네요! 나는 이 소리도 아주 좋아해요. 이 세상에 이렇듯 좋아할 게 많으니 참 멋지지 않나요? 아, 다 건넜어

---

8) 다이애나가 성경이 아니라, 로마신화 속 사냥의 여신 디아나에서 유래한 이름이기 때문.

요. 이제 뒤돌아 다리를 봐야지. 잘 자거라, '반짝이는 윤슬의 호수'야. 저는 좋아하는 것에게 사람에게 하듯이 언제나 잘 자라는 인사를 해요. 그들도 기쁠 거예요. 저 호수가 내게 미소 짓는 것 같아요."

마차가 다시 언덕을 올라가 길모퉁이를 돌자 수채화처럼 멋진 풍경이 펼쳐졌다. 매슈는 말했다.

"자, 이제 집에 거의 다 왔다. 그린게이블즈는 저기……."

"제발 말하지 마세요."

소녀는 얼른 가로막았다. 손가락으로 가리키려고 매슈가 들어올린 팔을 붙잡고 눈을 감았다.

"내가 알아맞혀 볼게요. 틀림없이 맞힐 거예요."

소녀는 눈을 뜨고 그 언저리를 둘러보았다. 마차는 언덕 꼭대기에 있었다. 해가 넘어간 지는 좀 되었지만 아직 사라지지 않은 부드러운 빛을 받아 풍경이 여전히 또렷하게 보였다. 서쪽에 거무스름한 교회의 뾰족탑이 금잔화빛 저녁 하늘을 배경으로 솟아 있었다. 언덕 아래쪽은 작은 골짜기였고 거기서 완만하게 기어오르는 비탈면을 따라 아담한 농장들이 띄엄띄엄 보였다. 소녀는 깊은 생각에 잠겨 그 농장 하나하나에 찬찬히 눈길을 주었다. 그리고 마침내 길에서 좀 들어간 왼편에 있는 집에 눈길이 멈췄다. 집을 둘러싼 숲은 저녁 어스름 속에 가라앉고 꽃이 한창 핀 나무들로 희뿌옇게 보이는 곳이었다. 그 위의 맑게 갠 남서쪽 하늘에 커다란 수정 같은 흰별이 길잡이처럼, 그리고 앞날의 행복을 약속해주듯 반짝이고 있었다.

"저 집이죠?"

소녀는 손끝으로 가리켜 보였다.

매슈는 기쁜 듯 밤색 말등을 고삐로 찰싹 때렸다.

"그래, 맞았다! 스펜서 부인에게서 들었겠지?"

"아니요, 아무것도 가르쳐주지 않았어요. 스펜서 부인이 말씀해주신 것들은 어느 집에나 해당되는 평범한 것뿐이었어요. 그 이야기만 들어서는 어떤 곳인지 전혀 짐작할 수 없었어요. 그런데 저 집을 보는 순간 우리 집이라는 생각이 들었어요.

아, 꿈만 같아요. 아저씨, 아마 내 팔에는 온통 멍이 들어 있을 거예요. 오늘 팔을 몇 번이나 꼬집어 보았는지 몰라요. 불안한 마음이 들면서 모든 게 산산조각 날 것만 같은 두려운 마음이 들어서요. 그래서 정말인지 아닌지 자꾸만 꼬집어 봤어요. 그러다가 이것이 꿈이라도 좋으니 되도록 오래오래 꾸어야겠다고 생각하게 되었어요. 그래서 꼬집는 걸 그만두었죠. 그런데 꿈이 아니라 정말이군요. 이제 집에 다 왔으니까요."

가슴이 벅찬 여자아이는 행복한 숨을 내쉬고 다시 입을 다물었다. 매슈는 불안스럽게 자꾸 몸을 옴지락거렸다. 이 집 없는 아이가 이토록 간절히 바라는 곳에서 결국엔 살 수 없다는 말을 해야 할 사람이 자기가 아닌 마릴라인 것을 그나마 다행으로 여겼다.

마차는 '린드네 골짜기'를 유유히 지나갔다. 이미 어둑어둑했지만 밖이 잘 내다보이는 창문에서 레이첼 린드 부인이 그들을 바라보지 못할 만큼 어둡지는 않았다. 그들은 다시 언덕을 올라가 그린게이블즈로 난 긴 오솔길에 접어들었다. 집이 가까워짐에 따라 모든 게 드러날 순간이 점점 다가오고 있음을 생각하자 매슈는 견딜 수 없는 기분에 위축되어 갔다. 그의 머릿속에는 마릴라와 자기가 이 착오로 인해 겪을 피해보다 이 아이가 얼마나 낙심할까 하는 걱정뿐이었다. 소녀의 꿈꾸는 듯한 눈에서 반짝임이 사라질 것을 생각하면 자기가 마치 살아 있는 무언가를 죽이기라도 하는 듯한 기분이 들어 마음이 언짢았다. 어린 양이나 송아지나 그 밖의 가엾은 조그만 생명을 죽여야 할 때 느끼는 먹먹한 기분이었다.

두 사람이 뒤뜰에 들어섰을 때 주위는 캄캄했고, 포플러잎이 바람에 살랑살랑 흔들리고 있었다.

매슈가 안아서 마차에서 내려주자 소녀는 귓가에 속삭였다.

"쉿! 나무가 잠꼬대를 하고 있어요. 귀 기울여 보세요. 아마 멋진 꿈을 꾸고 있나 봐요."

'이 세상에서의 전 재산'이 든 작은 가방을 꼭 쥐고 소녀는 매슈의 뒤를 따라 집 안으로 들어갔다.

마릴라의 놀라움

매슈가 문을 열자 마릴라가 급히 나와 맞았다. 그러나 눈앞에 빨강머리를 땋아 내린 답답한 옷을 입은 여자아이가 눈을 초롱초롱 빛내며 서 있는 것을 보고는 깜짝 놀라며 무르춤했다.

그녀는 저도 모르게 쏘아붙였다.

"매슈 커스버트, 저 애는 누구죠? 남자아이는 어디 있어요?"

매슈는 우물쭈물 얼버무렸다.

"남자아이는 오지 않았어. 이 아이밖에 없었어."

아직 이름도 묻지 않은 것을 생각하며 그는 소녀 쪽으로 고개를 돌렸다.

"남자아이가 오지 않았다고요! 그럴 리가 있나요. 스펜서 부인에게 분명 남자아이를 데려와 달라고 부탁드렸는데요."

"어쨌든 스펜서 부인이 데려온 것은 이 아이뿐이었어. 역장에게 몇 번이나 확인했지. 하는 수 없이 이 아이와 집으로 왔어. 무슨 사정이 생겼는지 모르지만, 역에 그대로 둘 수는 없으니까."

그녀는 부들부들 떨며 외쳤다.

"맙소사, 이 일을 어쩌지!"

이런 이야기가 오가는 동안 소녀는 잠자코 듣고만 있었다. 눈길이 두 사람

사이를 왔다 갔다 하며 얼굴에서 핏기가 가셨다. 갑자기 소녀는 두 사람의 말뜻을 알아차린 듯했다. 손에 꼭 쥐고 있던 소중한 가방이 바닥에 나동그라지고 소녀는 한 발자국 앞으로 뛰어나가 두 손을 꼭 마주 잡았다.

놀란 소녀는 소리를 질렀다.

"나를 원치 않으신다고요! 남자아이가 아니어서 바라지 않는단 말씀이죠! 이런 일이 생기리라는 것쯤 예상했어야 했는데. 이제까지 나를 원한 사람은 아무도 없었으니까요. 모든 일이 너무 순조로워서 오래가지 않으리라는 것쯤 생각했어야 했는데! 나를 진정 바라는 사람은 한 명도 없다는 것도! 아, 나는 어떻게 하면 좋지? 저 울어버릴 것 같아요."

소녀는 그러더니 정말로 훌쩍거리기 시작했다. 식탁 옆 의자에 앉아 두 팔을 탁자 위로 내던져 얼굴을 묻고 서럽게 엉엉 울었다. 마릴라와 매슈는 어쩔 줄 몰라하며 난로를 사이에 두고 서로 얼굴을 마주 보며 서 있었다. 상대에게 책임을 떠넘기고 자신은 어떻게든 이 상황을 피하고 싶은 심정이었다. 두 사람 다 무슨 말을 해야 할지, 또 어떻게 해야 할지 알 수 없었다.

결국 마릴라가 당황한 표정으로 이 난국을 수습하러 나섰다.

"얘야, 너무 그렇게 울지 마라."

"아니에요, 그럴 수 없어요!"

소녀는 번쩍 얼굴을 쳐들었다. 얼굴에 눈물 자국이 번져 있고 입술이 파르르 떨렸다.

"만약 아주머니가 고아인데 자기를 길러주리라 여기고 들어간 집에서 남자아이가 아니니 필요 없다고 한다면 울지 않겠어요? 아, 내 인생 최대의 비극이에요!"

오랜 세월 묻혀 있던 어색한 미소 비슷한 것이 마릴라의 입가에 떠올라 그녀의 딱딱한 표정을 한결 부드럽게 했다.

"자, 이젠 그만 울어라. 오늘 밤은 쫓아 보내지 않을 테니. 어떻게 된 일인지 자초지종을 알아볼 때까지 여기 있어야 하니까. 이름이 뭐지?"

소녀는 잠시 망설이더니 이윽고 진지한 목소리로 말했다.

"코딜리아라고 불러주시겠어요?"

"코딜리아라고 불러 '달라'고! 그게 네 이름이냐?"

"아니에요. 엄밀히 말하면 제 이름은 아니지만 코딜리아로 불러주시면 좋겠어요. 멋지고 우아한 이름이거든요."

"무슨 말을 하는지 알 수 없구나. 코딜리아가 아니면 뭐란 말이냐?"

"앤 셜리······."

소녀는 내키지 않는 듯 더듬거리더니 얼른 덧붙였다.

"하지만 부탁이에요. 코딜리아라고 불러주세요. 저는 어차피 여기에 잠깐 동안만 있게 될 테니 뭐라고 부르든 상관없잖아요. 앤은 전혀 낭만적이지 못한 이름이에요."

마릴라는 인정사정없이 매섭게 말했다.

"낭만적이지 못하다고? 바보 같은 소리! 앤이란 아주 얌전하고 알기 쉽고 점잖은 이름이야. 부끄러워할 것 하나도 없어."

앤이 변명했다.

"어머나, 부끄러워하는 게 아니에요. 코딜리아라는 이름이 더 좋을 뿐이에요. 적어도 지난 몇 년 동안은 늘 내 이름을 코딜리아라고 여겨왔어요. 어릴 때는 제럴딘이라고 상상했었지만 지금은 코딜리아가 훨씬 더 좋아요. 하지만 앤이라고 부르려면 끝에 e자를 붙여 불러주세요."

또다시 멋쩍은 듯한 미소를 띠고 마릴라는 찻주전자를 집어들며 물었다.

"e자를 붙이건 안 붙이건 부를 때는 똑같은데, 대체 무슨 상관이라고 호들갑이니?"

"어머나, 전혀 달라요. e가 붙어 있으면 훨씬 멋있게 보여요. 아주머니는 사람 이름을 들을 때 그 이름이 인쇄된 글씨로 눈앞에 떠오른 적 없으세요? 저는 늘 그래요. 그리고 Ann은 왜 그런지 보기 흉하지만 Anne은 훨씬 품위가 있어요. e자가 붙은 앤으로 불러주시면 코딜리아라고 부르지 않아도 얼마든지 참겠어요."

"알았다. 그럼 e자가 붙은 앤, 어째서 이런 일이 생겼는지 말해줄 수 있겠니? 우리는 스펜서 부인에게 남자아이를 데려다 달라고 부탁드렸는데, 고아원에 남자아이가 없었니?"

"아뇨, 얼마든지 있었어요. 하지만 스펜서 부인은 분명 11살쯤 된 여자아이를 바란다고 말씀하셨어요. 그래서 원장 선생님은 제가 괜찮을 거 같다고 말씀해주셨지요. 얼마나 기뻤는지 어젯밤은 너무 설레서 한잠도 못 잤어요. 그런데……."

소녀는 매슈에게로 원망의 눈길을 돌리며 덧붙였다.

"왜 역에서 제가 필요 없다고 말하지 않으셨어요. '환희의 하얀 길'이며 '반짝이는 윤슬의 호수'를 보지 않았다면 이토록 괴롭지는 않을 텐데."

마릴라는 해명을 요구하는 듯이 매슈에게 되물었다.

"이 아이가 대체 무슨 말을 하고 있는 거예요?"

매슈는 당황하며 말했다.

"이 아이는…… 이 아이는 오면서 우리가 주고받은 이야기에 대해 말하는 거야. 나는 헛간에 말을 좀 넣고 올 테니 돌아오면 곧 식사를 할 수 있게 해다오."

매슈가 나가자 마릴라는 한숨을 내쉰 뒤 말을 이었다.

"스펜서 부인은 너 말고 또 누구를 데려왔지?"

"아주머니는 릴리 존스를 데려가셨어요. 릴리는 5살이고 아주 귀여워요. 머리색은 밤색이고요. 만일 제가 예쁘고 밤색 머리였다면 이 집에 있게 해주시겠어요?"

"아니야. 우리는 매슈의 밭일을 도울 남자아이가 필요해. 여자아이는 그런 일을 못 하니까. 자, 어서 모자를 벗어라. 모자와 가방을 현관 앞 탁자 위에 놓고 오마."

앤은 힘없이 모자를 벗었다.

매슈가 돌아오자 세 사람은 식탁 앞에 앉았다. 하지만 앤은 음식이 통 넘어가지 않았다. 버터 바른 빵을 조금 입에 넣고 그저 우물거릴 따름이었다. 작은 부채꼴 유리접시에 덜어진 야생사과절임을 포크로 깨작거릴 뿐 음식은 조금도 줄어들지 않았다.

아이를 가만히 지켜보던 마릴라는 흡사 그것이 큰 흠이라도 되는 듯이 엄한 목소리로 물었다.

"왜 먹지 않니?"

앤은 땅이 꺼질 듯 한숨을 쉬었다.

"먹을 수가 없어요. 저는 지금 절망의 구렁텅이에 빠져 있거든요. 아주머니는 그럴 때도 먹을 수 있으세요?"

마릴라는 어깨를 으쓱하며 무뚝뚝하게 말했다.

"절망의 구렁텅이에 빠져본 일이 없어서 모르겠구나."

"정말이세요? 그럼 절망의 구렁텅이에 빠졌다고 상상해 본 적은 있으세요?"

"아니, 없어."

"그렇다면 어떤 기분인지 모르겠네요. 아주 지독한 느낌이에요. 먹으려 해도 목이 꽉 메어 아무것도 넘어가지 않거든요. 달콤한 초콜릿 캐러멜조차 먹을 수가 없어요. 2년 전에 초콜릿 캐러멜을 하나 먹어본 적이 있었는데 입안에서 사르르 녹는 것이 정말 맛있었어요. 그다음부터 초콜릿 캐러멜을 잔뜩 가진 꿈을 자주 꾸었지만 언제나 맛보기 직전에 깨어났어요. 제가 잘 먹지 않는다고 기분 상하지는 않으셨으면 좋겠어요. 모두 정말 맛있어 보이지만 도저히 목에 넘어가지가 않아서 그래요."

헛간에서 돌아온 뒤 한마디도 하지 않던 매슈가 입을 열었다.

"이 아이는 몹시 지쳐 있는 모양이다. 그만 재우는 게 좋겠어, 마릴라."

마릴라는 앤을 어디에 재워야 하나 고민했다. 남자아이가 오면 재우려고 부엌 옆방에 쓸 만한 깨끗한 침상을 마련해 두었지만 여자아이를 재우기에는 알맞지 않은 듯했다. 그렇다고 집 없는 떠돌이 아이를 위해 손님방을 내줄 수도 없으니, 그렇다면 동쪽 지붕 밑 다락방에 재우는 수밖에 없었다.

마릴라는 촛불을 켜 들고 앤에게 따라오라고 말했다. 앤은 풀이 죽어 힘없이 따라갔다. 지나는 길에 현관 앞 탁자 위에 놓여 있는 모자와 가방을 집어들었다. 현관홀은 깨끗했고 그녀가 들어간 다락방은 그보다 더 깨끗했다.

마릴라는 세 발 달린 세모진 협탁 위에 촛불을 내려놓고 정돈되어 있던 침대의 이불을 젖혔다.

"잠옷은 있겠지?"

앤은 고개를 끄덕였다.

"네, 두 벌 있어요. 고아원 원장 선생님이 만들어주셨는데 너무 꽉 껴요. 아이들에게 고루 만들어줘야 했기 때문에 여유가 없어서 고아원 옷은 모두 꽉 껴요. 특히 제가 있던 고아원은 가난해서 더욱 그랬어요. 이런 잠옷이 싫지만, 옷자락이 끌릴 만큼 길고 목 둘레에 레이스가 달린 예쁜 잠옷을 입었다고 얼마든지 꿈꿀 수 있어요. 그나마 그것이 큰 위안이 되지요."

"그만 재잘거리고 얼른 옷 갈아입고 자거라."

마릴라는 문득 린드 부인의 말을 떠올리며 덧붙였다.

"촛불을 너에게 맡겨놓을 수는 없으니 곧 촛불을 가지러 오마. 불이라도 나면 큰일이거든."

마릴라가 나가자 앤은 슬픈 얼굴로 방 안을 둘러보았다. 회칠을 한 새하얀 벽은 텅 비어 있어 찬바람이 휑 부는 듯했다. 앤은 저 벽도 아무것도 걸치지 않은 벌거숭이 모습을 마음 아파할 거라 생각했다. 바닥도 휑뎅그렁한 마루 한가운데 앤이 이제껏 본 적도 없는 둥근 깔개[1]가 덩그러니 깔려 있을 따름이었다. 방 한구석에 선반기(旋盤機)로 둥글게 깎아내어 만든 4개의 거무스름한 짧은 기둥으로 받쳐진 오래된 침대가 놓여 있었다. 그 맞은편 구석에 세모난 탁자가 놓이고, 아무리 단단한 바늘 끝도 휘어질 만큼 딱딱하고 불룩한 빨간 벨벳 바늘꽂이가 장식되어 있었다. 그 위에는 가로세로 길이가 각각 15센티미터, 20센티미터인 작은 거울이 걸렸다. 침대와 탁자 사이의 벽에 위치한 창문에는 얼음처럼 새하얀 모슬린 커튼이 드리워지고, 그 반대편 벽에는 조그마한 세면대[2]가 있었다. 온 방 안에 무어라 말할 수 없는 엄격함이 감돌아 앤의 뼛속까지 스며들었다.

훌쩍훌쩍 울며 급히 옷을 벗은 앤은 꽉 끼는 잠옷으로 갈아입고 침대 속에 들어갔다. 그리고 베개에 얼굴을 묻고 머리까지 이불을 뒤집어썼다. 마릴라가 촛불을 가지러 올라가자 낡아 보이는 옷가지가 방바닥에 여기저기 흩어진 채

---

1) 버리지 않고 모아둔 헌 천을 잘라 끈을 만들어, 그것을 중심에서부터 둥글게 땋아 이어 붙인 것으로, 검소한 마릴라의 성격이 엿보임.
2) 집안에 수도·화장실이 없었던 시대의 침실 세면대는 받침대 위에 세수하기 위한 세면기와 물병 등이 놓여 있었음.

놓여 있었다. 앤의 모습은 보이지 않았지만, 침대가 파도치듯 들썩이고 있어 그 속에 누군가가 있음을 짐작케 했다.

마릴라는 무언가 생각에 잠겨 천천히 앤의 옷을 주워 노란 의자 위에 단정하게 개켜 놓았다. 그리고 촛불을 집어들고 침대로 다가갔다.

그녀는 나직이 말을 걸었다.

"잘 자거라."

어색하긴 해도 불친절한 말투는 아니었다.

앤의 핼쑥한 얼굴과 커다란 눈이 이불을 헤치고 불쑥 나왔다.

"내게 오늘 밤만큼 불행한 밤이 없다는 것을 뻔히 아시면서 어떻게 '잘 자라'는 말을 할 수 있으세요?"

소녀는 나무라듯 말하고 다시 이불 속으로 숨어 버렸다.

마릴라는 천천히 부엌으로 내려가 설거지를 하기 시작했다.

매슈는 마음이 어수선하여 담배를 뻐끔뻐끔 피우고 있었다. 불결하고 나쁜 습관이라고 마릴라가 이마를 찌푸렸기 때문에 그는 좀처럼 담배를 물지 않았다. 그러나 때로 어떤 감정의 배출구가 필요해서 못 견디게 피우고 싶은 때도 있으리라 여기며 마릴라는 짐짓 못 본 척했다.

"일이 성가시게 되었어요."

억눌렀던 화를 참지 못하고 마릴라가 말했다.

"직접 가지 않고 사람을 통해 말을 전해 이런 일이 생긴 거예요. 로버트 스펜서 집안사람 누군가가 잘못 전한 게 틀림없어요. 저 애를 고아원으로 돌려보내야 할 테니 오라버니나 내가 스펜서 부인에게 다녀와야겠어요."

매슈는 마지못해 중얼거렸다.

"꼭 그렇게 해야 할까."

"'그렇게 해야 할까'라니요! 그렇게 생각하지 않는단 말인가요?"

"글쎄다. 마음씨 고운 귀여운 아이더라, 마릴라. 저렇게 우리 집에 있고 싶어 하는데 돌려보낸다는 것은 어쩐지 몹시 가엾구나."

매슈가 평생 물구나무선 채로 살고 싶다고 말했어도 마릴라는 이토록 놀라지 않았을 것이다.

"매슈 커스버트! 지금 저 애를 이 집에 있게 하자는 얘긴가요?"

말뜻을 추궁당하자 매슈는 당황하며 더듬거렸다.

"글쎄, 아니야, 그렇지 않아. 그런 뜻으로 한 말은 아니다. 아무튼…… 저 애를 우리 집에 있게 하는 건 어려운 일이겠지."

"그럼요, 저 여자아이가 무슨 쓸모가 있단 말이에요?"

"하지만 우리가 저 불쌍한 아이에게 쓸모가 있을지도 모르지."

매슈의 말은 참으로 뜻밖이었다.

"매슈 커스버트, 저 애에게 완전히 홀려버렸군요! 이 집에 두고 싶다고 버젓이 얼굴에 씌어 있어요."

"글쎄다, 참 재미있는 아이야."

매슈는 물러서지 않았다.

"역에서 여기까지 오는 동안 저 애가 새처럼 재잘댄 이야기를 너도 들었으면 알 텐데."

"그래요, 참으로 말을 잘하더군요. 금방 알 수 있었어요. 하지만 그런 건 좋은 점이 못 돼요. 그리고 나는 말 많은 아이를 아주 싫어해요. 무엇보다 고아 여자아이는 필요 없지만, 설혹 쓸모가 있다 해도 나라면 저 애를 선택하지 않았을 거예요. 저 애는 어딘지 내가 이해할 수 없는 데가 있어요. 안 돼요, 당장 돌려보내야 해요."

매슈가 타이르듯 말했다.

"내 밭일을 위해서는 프랑스 소년을 고용하면 돼. 저 애는 너의 좋은 말동무가 될 거야."

마릴라는 무뚝뚝하게 말했다.

"나는 말동무 같은 건 조금도 아쉽지 않아요. 그리고 저 애를 두고 싶은 마음도 없고요."

"그렇구나. 결국 네 말대로 해야겠지, 마릴라."

매슈는 엉거주춤 일어나 느릿느릿 파이프를 집어넣었다.

"나는 이만 자러 가야겠다."

매슈는 잠자리에 들었다. 마릴라도 설거지를 끝낸 뒤 꼿꼿이 허리를 세우고 결코 받아들일 수 없다는 듯 고집스런 얼굴로 자기 방에 올라갔다. 2층 지붕 밑 동쪽 다락방에서는 의지가지없고 사랑에 굶주린 외톨박이 아이가 울다 지쳐 쓸쓸히 잠들어 있었다.

첫날 아침

앤이 잠에서 깨어나자 해는 이미 하늘 높이 솟아 있었다. 앤은 벌떡 일어나 침대 위에 앉아 잠이 덜 깬 눈을 창가로 돌렸다. 방 안 가득히 밝은 햇빛이 들이비치고, 창밖에 무언가 하얀 것이 하늘하늘거리고 그 너머로 푸른 하늘이 보였다.

앤은 잠시 자신이 어디 있는지 생각나지 않았다. 밝은 아침 햇살을 보고 처음에는 왠지 즐겁고 가슴 뛰는 기분이 들었지만, 곧 어젯밤의 무서운 기억이 불현듯 되살아났다.

'여기는 그린게이블즈, 이 집 사람들은 내가 남자아이가 아니라서, 나를 바라지 않아!'

그러나 지금은 상쾌한 아침이다. 더욱이 창밖에는 하늘거리고 있는 활짝 핀 벚꽃이 눈부시게 빛났다. 앤은 침대에서 바닥으로 폴짝 뛰어내려 창가로 달려갔다. 들어올려야 열리는 창문은 좀처럼 올려지지 않고 삐걱거리기만 했다. 간신히 열자, 워낙 오랫동안 굳게 닫혀 있어서인지 뻑뻑하여 받침대로 굳이 받쳐 두지 않아도 떨어질 염려는 없었다.

앤은 무릎을 꿇고 창문에 기대어 6월의 아침 풍경을 바라보았다. 앤의 눈동자가 기쁨으로 빛났다.

'아, 너무 아름다워. 이렇게 아름다운 곳이 또 있을까. 그런데도 나는 여기에 살 수 없다니! 아니, 머무를 수 있다고 꿈꾸어 보자. 여기에서는 상상의 날개를 한껏 펼 수 있어.'

창밖에는 거대한 벚나무가 손을 내밀듯 가지를 뻗고 있었다. 온통 꽃으로 뒤덮여 잎은 거의 보이지 않았다. 집 양옆은 넓은 과수원이었다. 한쪽은 사과나무, 다른 한쪽은 벚나무가 우거져 꽃송이가 마치 하늘에서 춤추며 눈처럼 내려와 소복하게 쌓인 듯 가지가 휘어질 만큼 하얀 꽃이 만발해 있었다. 나무 밑은 풀밭으로 노란 민들레가 흐드러지게 피었고, 앞뜰에 핀 보랏빛 라일락꽃에서는 그윽하게 달콤한 향기가 바람결에 실려 방 안으로 풍겨왔다.

클로버로 뒤덮인 푸른 목초지가 비탈져 내려간 골짜기에는 노래하듯 시냇물이 흐르고 자작나무숲이 하늘로 기지개를 켜듯 가지를 뻗고 있었다. 그 아래에는 풀고사리며 이끼 등 풀들이 다보록하게 돋아나 있으리라. 골짜기 건너편에 가문비나무며 전나무의 싱그러운 초록빛으로 펼쳐진 언덕 위에는 '반짝이는 윤슬의 호수'에서 보았던 작은 집의 회색 지붕이 나무들 사이로 보였다. 왼편의 큰 헛간 너머로 들판 저 멀리 반짝반짝 물결치는 봄의 바다가 보였다.

아름다운 것을 사랑하는 앤은 경치 하나하나를 놓치지 않고 눈에 담아두려고 온 정신을 쏟아 바라보았다. 가엾게도 앤은 이토록 아름다운 곳을 본 적이 없었다. 이곳은 앤이 늘 꿈꾸던 세계와 다름없었다.

앤은 그 아름다움에 이끌려 다른 일을 모두 잊고 그 자리에 가만히 무릎 꿇고 앉아 있다가 누군가의 손이 어깨에 와서 닿는 순간 문득 제정신으로 돌아왔다. 어느새 마릴라가 이 어린 몽상가의 옆에 다가와 있었던 것이다.

마릴라는 쌀쌀맞게 말했다.

"아직 옷도 입지 않았구나."

아이에게 어떤 식으로 말을 걸면 좋을지 마릴라는 알 수 없었다. 그 때문에 마음과 달리 쌀쌀맞고 불친절한 태도로 대하게 되었다.

앤은 일어서서 깊이 숨을 들이마셨다.

"아, 어쩌면 이렇게도 멋있을까요."

앤은 창밖의 세상을 손끝으로 가리켜 보였다.

"저 커다란 벚나무는 꽃은 많이 피지만 열매는 그리 열리지 않는단다. 그저 작고 벌레 먹은 것들뿐이야."

"어머나, 제가 말한 것은 벚나무뿐만이 아니에요. 물론 벚나무도 정말 눈부시게 아름다워요. 그 나무도 그것을 알고 꽃망울을 터뜨리는 것 같아요. 하지만 제가 멋있다는 건 이 모든 걸 말하는 거예요. 뜰도, 과수원도, 시냇물도, 숲도, 이 드넓은 세상의 모든 것이 사랑스러워요.

이런 화창한 아침에는 세상이 온통 사랑스럽지 않으세요? 까르르 터지는 웃음소리가 여기까지 들려와요. 시냇물이란 어찌나 명랑한지 늘 웃고 있어요. 겨울에도 얼음 밑에서 시냇물이 졸졸 흐르며 웃는 소리가 들려와요. 그린게이블즈 옆에 시냇물이 있어서 얼마나 기쁜지 몰라요.

나를 이 집에 두지 않을 테니 그런 건 아무래도 상관없지 않냐 하시겠지만 그렇지 않아요. 두 번 다시 이곳을 볼 수 없다 해도, 그린게이블즈에 시냇물이 있다는 사실을 늘 기억하고 싶어요. 만일 시냇물이 없었다면 있는 게 좋을 텐데 하면서 늘 가시처럼 마음에 걸릴 거예요.

어제는 '절망의 구렁텅이'에 빠져 허우적댔지만 지금은 그렇지 않아요. 아침에는 그런 기분이 들 수 없거든요. 새로운 하루를 맞이할 수 있다는 건 참으로 멋진 일이에요. 아주머니가 바라는 아이가 나였다면, 언제까지나 여기서 행복하게 살게 될 거라 상상하고 있던 참이었거든요. 상상하는 동안은 즐거웠어요.

하지만 갑자기 모든 게 슬퍼져요. 언젠가는 현실로 반드시 되돌아와야 하다니 몹시 괴로워요."

가까스로 말할 틈을 얻은 마릴라는 재빠르게 말했다.

"상상 같은 건 이제 그만하고, 어서 옷을 입고 아래층으로 내려오너라. 아침식사 준비가 다 되었으니 얼른 세수하고 머리를 빗어야지. 창문은 열어놓은 채 두고 이불은 개켜서 침대 발치에 놓아라. 되도록 빨리해."

앤의 몸놀림이 제법 재빠르다는 것을 마릴라는 알 수 있었다. 10분도 채 못 되어 단정하게 옷을 갈아입고 말끔히 세수한 뒤 머리도 곱게 빗질해 땋아서 아래층으로 내려왔기 때문이다. 마릴라가 시키는 대로 다 했다는 만족감에 앤은 뿌듯해 있었다. 그러나 사실은 이불을 개켜야 하는 것을 까맣게 잊고 있었다.

마릴라가 가리키는 의자에 미끄러지듯 앉으며 앤은 말했다.

"오늘 아침은 배가 무척 고파요. 어젯밤에는 세상이 온통 바람이 쌩쌩 몰아쳐 짐승이 울부짖는 광야[1] 같았지만 오늘 아침은 그렇지 않아요. 햇빛이 밝아서 즐거워요.

아! 그렇지만 비 오는 아침도 무척 좋아해요. 아무튼 아침이란 즐겁다고 생각지 않으세요? 그날 하루 동안 무슨 일이 일어날지 얼마든지 상상할 수 있거든요. 그렇지만 오늘은 비가 오지 않아서 다행이에요. 먼지처럼 쌓인 고민거리를 털어버리려면 역시 맑은 날씨가 좋거든요.

저에게는 힘껏 참고 버텨나가야 할 일이 너무 많아요. 소설 속 슬픈 주인공처럼 어려움을 꿋꿋이 견뎌내는 장면을 공상으로 떠올릴 때는 자기 자신이 기

---

[1] 《구약성서》 〈신명기〉 32장 10절.

특하기도 하고 재미도 있지만, 그런 일을 실제로 당하면 가슴이 찢어지듯 아파 와요."

마릴라가 말했다.

"제발 그만 떠들어라. 너는 어린아이가 말이 너무 많구나."

화들짝 놀란 앤은 얼른 말을 그쳤다. 입을 꼭 다물고 잠자코 있는 아이를 보니 그 또한 부자연스러워 마릴라는 오히려 초조해졌다. 매슈도 말이 없었다. 그러나 그가 말이 없는 것은 적어도 자연스러운 일이었다. 그리하여 아침 식사는 아주 조용한 가운데 이루어졌다.

이윽고 앤은 상념에 젖어 들었다. 입을 기계적으로 움직이며 식사했다. 눈은 말똥말똥 크게 뜨고서 창밖의 하늘을 바라보고 있지만, 아무것도 보지 않는 듯했다. 마릴라는 더욱 애가 타서 조마조마해졌다. 이 남다른 아이는 눈앞의 식탁에 앉아 있어도 마음은 상상의 날개를 펴고 먼 구름나라로 올라가 있는 게 아닐까 하는 불안한 기분에 사로잡혔다. 누가 이런 아이를 집에 두려 하겠는가.

그러나 매슈는, 아무 쓸모도 없는 이런 여자아이를 집에 두고 싶어하고 있다! 어젯밤과 마찬가지로 그것을 간절히 원하고 있고 또 앞으로도 그럴 것이라 마릴라는 짐작했다. 매슈는 그런 사람이었다. 한번 마음먹으면 입을 꾹 다물고 놀라울 만큼 끈질기게 밀고 나간다. 그 고집스러움은 말을 하지 않는 만큼 열 배나 더 효과가 있었다.

식사가 끝나자 앤은 몽상에서 깨어나 설거지를 하겠다고 당차게 말했다.

마릴라는 의심스러운 듯 물었다.

"깨끗이 할 수 있겠니?"

"잘할 수 있어요. 아기 보는 일이라면 더 잘할 수 있지만요. 많이 해 봤거든요.

이 댁에 내가 돌봐줄 만한 아기가 없어 유감이에요."

"손이 가는 아이는 더는 필요 없을 것 같구나. 너 하나만으로도 충분히 벅차니까. 너를 도대체 어떻게 해야 할지 난 알 수가 없는데, 오라버니도 참 엉뚱한 사람이야."

앤은 입을 뾰족이 내밀었다.

"아저씨는 좋은 분이에요. 인정 많고, 아무리 내가 옆에서 재잘거려도 아저씨는 귀찮아하지 않았어요. 오히려 기뻐하며 들어주셨어요. 처음 만난 순간부터 우리는 닮은꼴 영혼일 것 같은 느낌이 들었어요."

마릴라는 콧방귀를 뀌었다.

"닮은꼴 영혼이라는 게 둘 다 좀 별난 구석이 있다는 뜻이라면 그런 것 같긴 하구나. 그럼 설거지를 해 보거라. 뜨거운 물을 써서 깨끗이 씻은 다음 잘 말려야 한다. 오후에 화이트샌즈에 마차를 몰고 가서 스펜서 부인을 만나 네 일을 결정지으려면 나는 오전에 이것저것 해야 할 일이 많긴 하구나. 너도 함께 가야 하니 너는 설거지 마치거든 2층에 올라가 이불부터 개고."

설거지하는 동안 날카로운 눈으로 지켜보고 있던 마릴라는 앤이 일을 제법 야무지게 잘한다는 것을 파악했다. 그러나 이불을 포개어 접는 단계에 이르러서는 일이 생각처럼 쉽지 않았다. 깃털이불을 처음 써본 터라 다룰 줄 몰랐던 것이다. 그래도 앤은 그럭저럭 이불을 반듯이 개켜 놓았다. 그 일이 끝나자 마릴라는 앤이 성가시게 굴까 봐 점심때까지 밖에 나가 놀다 오라고 말했다.

앤은 눈을 반짝이며 문 쪽으로 쪼르르 달려갔다. 그러나 문가에서 우뚝 멈춰서더니 몸을 돌려 돌아와 탁자 앞에 앉았다. 마치 앤의 머리에 누가 촛불 끄는 덮개라도 씌운 듯 기쁨의 빛이 사라지고 없었다.

당황한 마릴라가 물었다.

"이번에는 또 왜 그러니?"

이 세상의 모든 즐거움을 단념한 순교자와도 같은 투로 앤은 말했다.

"도저히 밖으로 나갈 용기가 나지 않아요. 여기서 살 수 없게 된다면 그린게이블즈가 아무리 좋아진들 소용없을 테니까요. 저기 있는 나무하고 꽃, 과수원이며 시냇물과 친해진다면 틀림없이 그린게이블즈를 사랑하게 될 거예요. 지금도 괴로운데 이 이상 가슴 아플 일은 만들고 싶지 않아요.

물론 밖으로 나가보고 싶어요. 모두들 나를 부르고 있는 것 같아요. '앤, 앤, 이리 나와. 앤, 앤, 함께 놀자.'라고 하면서. 하지만 여기 있는 편이 좋겠어요. 아무래도 이별해야 할 텐데 좋아지면 서로 난처하잖아요. 그리고 좋아지려는 마음을 누른다는 것은 너무 어려운 일이잖아요?

실은 그래서 여기서 살게 된다 했을 때 기뻐서 어쩔 줄 몰랐어요. 아무런 거리낌 없이 이토록 많은 것을 듬뿍듬뿍 사랑할 수 있으리라 여겼으니까요. 하지만 그 달콤한 꿈은 끝났어요. 이제는 운명을 받아들일 작정이니 마음이 흔들리지 않도록 여기 앉아 있겠어요. 그런데 저 창가에 놓인 제라늄은 이름이 뭐예요?"

"애플제라늄이란다."

"아, 그런 품종 말고요. 아주머니가 저 꽃을 뭐라고 부르는지 알고 싶어요. 이름을 지어주지 않으셨어요? 그럼 제가 지어줘도 괜찮을까요? 음, 보니는 어떨까요? 여기 있는 동안 저 꽃을 보니라 해도 상관없겠죠? 제발 그렇게 부르게 해주세요!"

"그래, 너 좋을 대로 해라. 하지만 제라늄에 이름을 붙여서 뭘 어쩌자는 거니?"

"어머나, 제라늄이라도 이름이 있으니 친구처럼 다정한 느낌이 들잖아요. 그저 제라늄이라고만 부르고 다른 이름이 없으면 어쩐지 제라늄이 상처받을 것 같아요. 아주머니도 그냥 여자라고만 불린다면 얼마나 싫겠어요?

그래요, 보니라고 부르겠어요. 오늘 아침 이층 창밖의 벚나무에도 이름을 지어주었어요. 온통 하얀 꽃으로 뒤덮여 있어 '눈의 여왕'으로 지었죠. 물론 일 년 내내 꽃이 피어 있는 건 아니지만, 다른 계절에도 충분히 상상할 수 있잖아요?"

마릴라는 도망치듯 그 자리를 떠나 지하실로 감자를 가지러 내려가며 중얼거렸다.

"여지껏 살면서 저런 아이는 듣도 보도 못했어. 오라버니 말대로 확실히 재미는 있는 아이네. 이제는 나도 저 아이가 다음에는 무슨 말을 할까 은근히 기다려질 지경이니까. 이러다간 나까지 저 아이의 마법에 걸려버리겠어. 오라버니는 벌써 걸려 있지. 아침에 밭으로 나갈 때 어제 했던 말이 얼굴에 그대로 씌어 있었는걸. 다른 남자들처럼 분명하게 말로 좀 해주면 오죽 좋아. 그래야 이쪽에서도 하고 싶은 말을 하고 설득할 수 있지. 그저 눈으로만 마음을 내비치는 사람한테 어떻게 대거리를 할 수 있겠어."

마릴라가 지하실에서 돌아오니 앤은 팔꿈치를 세워 턱을 괴고 하늘을 올려다보며 다시 몽상에 잠겨 있었다. 마릴라는 좀 이른 점심 식사를 차리는 동안 앤을 그대로 내버려두었다.

"매슈, 오늘 오후 마차랑 암말을 써도 괜찮죠?"

마릴라가 묻자 매슈는 말없이 고개를 끄덕였다. 그리고 근심스러운 눈으로 앤을 지그시 보았다. 마릴라는 그 눈길을 가로막으며 딱 잘라 말했다.

"화이트샌즈에 가서 이 문제를 처리해야지요. 앤도 데려갈게요. 스펜서 부인이 이 애를 노바스코샤로 되돌려보내도록 손써줄 거예요. 오라버니가 마실 차는 식탁에 준비해 놓았어요. 우유 짜는 시간 전에 돌아올게요."

매슈는 여전히 아무 말이 없었다. 마릴라는 어쩐지 괜한 말로 자기 기운만 뺀 기분이 들었다. 대답하지 않는 여자도 마찬가지지만 말 없는 남자만큼 답답하고 신경에 거슬리는 것은 없다.

떠날 시간이 되자 매슈는 마차에 밤색 말을 매주었다. 마릴라와 앤은 훌쩍 올라탔다. 매슈가 뜰의 나무 대문을 열어주자 마차는 천천히 그린게이블즈를 떠나갔다. 그때 매슈는 누구에게 들으라는 것인지, 그저 혼잣말인지 알 수 없는 말을 웅얼거렸다.

"크리크에서 제리 부트 녀석이 오늘 아침에 왔길래 여름 동안 일을 도와달라고 말해 두었어."

마릴라는 못 들은 척하며 말에 힘껏 채찍질을 했다. 그런 대우를 받아본 적 없는 살찐 암말은 화들짝 놀라서 무서운 속도로 오솔길을 쏜살같이 달려 내려갔다. 심하게 흔들리는 마차에서 마릴라는 뒤돌아 매슈를 보았다. 대문에 기대서서 멀어져가는 두 사람을 쓸쓸하게 바라보는 그의 모습이 눈에 들어왔다.

지난날의 이야기

"나는 이 드라이브를 즐기기로 마음먹었어요."

앤은 비밀을 털어놓듯이 말했다.

"지금까지의 경험으로 미루어 즐거워지겠다고 마음만 단단히 먹으면 거의 언제나 즐거워질 수 있어요. 물론 마음을 '단단히' 먹는 일이 중요하지만요. 마차를 타고 있는 동안은 고아원으로 돌아가야 한다는 생각은 하지 않고 가는 길을 충분히 즐길래요.

어머나, 저것 보세요. 조그만 들장미 한 송이가 예쁘게 피어 있네요! 마치 자신이 장미로 태어나기를 잘했다며 뽐내는 거 같아요. 만일 저 꽃이 말을 할 수 있다면 재미있겠죠? 틀림없이 아름다운 이야기를 들려줄 거예요.

핑크빛은 이 세상에서 가장 매력적인 빛깔이에요. 나는 핑크색을 아주 좋아해요. 하지만 아무래도 그런 옷을 입을 수는 없어요. 빨강머리인 사람이 핑크빛 옷을 입는 건 무리거든요. 그런데 혹시 어릴 땐 빨강머리였는데, 어른이 되어 머리색이 달라졌다는 이야기를 들어본 적 있으세요?"

마릴라는 쌀쌀맞게 말했다.

"내가 아는 한 없고, 네 머리색도 예외는 아닐 게다."

앤은 한숨을 푹 내쉬었다.

"아, 내 희망이 또 하나 사라졌어요. 내 인생은 그야말로 '피어보지 못한 희망이 묻힌 싸늘한 무덤' 같아요. 어떤 책에서 읽은 말인데, 절망할 때마다 되풀이하며 스스로 위로해요."

"그 말이 어떻게 위로가 되는지 나는 전혀 모르겠구나."

"굉장히 멋있고 로맨틱하게 들리잖아요. 소설의 여주인공이 된 기분이에요. 나는 로맨틱한 것을 무척 좋아해요. '피어보지 못한 희망이 묻힌 무덤'만큼 낭만적인 게 있을까요? 비록 실망하는 일이 있어도 이 말을 알고 있어서 오히려 기쁠 정도예요. 오늘도 '반짝이는 윤슬의 호수'를 지나가나요?"

"배리네 연못은 지나가지 않는다. 네가 말하는 '반짝이는 윤슬의 호수'가 그게 맞다면 말이야. 오늘은 바닷가길로 간단다."

앤은 꿈꾸듯 말했다.

"바닷가길이라는 말도 근사해요. 이름에서 느껴지는 울림처럼 정말 멋진 곳인가요? 아주머니가 바닷가길이라고 말한 순간 아름다운 광경이 마음속에 떠올랐어요. 화이트샌즈(흰 모래밭)도 예쁜 이름이죠, 애번리만큼은 아니지만요. 애번리는 꼭 노랫소리처럼 들려요. 화이트샌즈까지는 얼마나 멀어요?"

"5마일(약 8킬로미터)쯤 되겠지. 너는 이야기하는 것을 좋아하는 모양이니 이왕이면 너에 대해 이야기해 보려무나."

앤은 얼굴을 찌푸리며 강력하게 말했다.

"저에 대한 이야기는 그리 말할 만한 가치가 있는 게 없어요. 상상해서 이야기를 하는 편이 훨씬 더 재미있을 거예요."

"지어낸 이야기 따윈 난 관심 없으니 있는 그대로의 사실을 처음부터 이야기하거라. 어디서 태어났고 나이는 몇 살이지?"

앤은 한숨을 쉬고 하는 수 없이 사실대로 말하기 시작했다.

"지난 3월로 11살이 되었어요. 태어난 곳은 노바스코샤주의 볼링브로크예요. 아버지 이름은 월터 셜리로 볼링브로크 고등학교 선생님이었어요. 어머니 이름은 버사 셜리였구요. 월터도 버사도 모두 아름다운 이름이죠? 부모님 이름이 멋있어서 다행이에요. 만일 아버지 이름이 제디다이아(예디디야)[1]였다면 한평생 무거운 짐이 되었을 거예요."

여기서 유익한 교훈을 하나라도 가르쳐줘야겠다고 생각한 마릴라는 말을 가로챘다.

"그 사람의 행동이 올바르기만 하면 이름 같은 건 아무래도 상관없어."

그러자 앤은 고민에 잠긴 얼굴이 되었다.

"과연 그럴까요? 잘 모르겠어요. 장미는 다른 이름을 가졌다 해도 여전히 달콤한 향기를 풍길 거라고[2] 어느 책에 씌어 있는 것을 보았지만, 나는 그 말이 결코 믿어지지 않아요. 만일 장미가 엉겅퀴니 미나리아재비니 하는 이름이라면 그런 좋은 향기가 날 것 같지 않거든요. 아버지가 제디다이아라는 이름이었더라도 역시 좋은 분이었겠지만 그래도 어쩐지 싫어요.

어머니도 아버지처럼 선생님이었는데 아버지와 결혼한 뒤 교사 일을 그만뒀대요. 남편 뒷바라지와 집안일만으로도 보통 일이 많은 게 아니라서요.

토머스 아주머니 말로는 부모님은 볼링브로크의 노랗게 칠을 한 자그마한 집에서 살림을 시작했는데, 두 분 모두 세상 물정 모르는 어린아이 같았고 교회의 쥐처럼 가난했대요. 나는 그 집을 본 적 없지만 몇천 번이나 상상해 봤어

---

1) 이스라엘 왕국의 제3대 왕인 솔로몬의 다른 이름으로, 히브리어로 '신의 사랑을 받는 자'라는 뜻. 몽고메리는 단편소설 〈제디다이아의 로맨스〉에서 '제디다이아라는 이름에는 사랑의 향기가 나지 않는다'고 썼음.
2) 셰익스피어의 희곡 《로미오와 줄리엣》 2막 2장에서 줄리엣의 대사.

요. 응접실 창문 위로 인동덩굴이 기어오르고, 앞뜰에는 라일락이 피고, 대문 바로 옆에는 은방울꽃이 늘어져 있을 거예요. 물론 창문마다 모슬린 커튼이 드리워져 있고요. 모슬린 커튼을 치면 집이 더욱 돋보여요.

저는 그 아담한 집에서 태어났대요. 토머스 아주머니는 나처럼 못생긴 갓난아기는 처음 봤다고 했어요. 깡마르고 작은데 눈만 커다랬다고요. 하지만 어머니는 내가 굉장히 예쁜 아기라고 생각했대요. 가난한 청소부 아주머니보다 어머니 판단이 올바르지 않았을까요?

어쨌든 어머니가 나를 보고 만족하셨다니 기뻐요. 만일 어머니를 실망시켰다면 슬퍼서 견딜 수 없을 것 같아요. 어머니는 내가 태어난 지 석 달 만에 열병으로 돌아가셨으니까요. '어머니' 하고 부를 수 있을 만큼 자랄 때까지 살아 계셨더라면 좋았을 텐데. '어머니'라는 말은 가만히 불러보면 아주 다정한 느낌이 들어요. 그러다 아버지도 나흘 뒤에 똑같이 열병으로 돌아가셨어요. 그래서 전 고아가 된 거죠.

토머스 아주머니 말로는 이웃 사람들이 나를 어떻게 해야 좋을지 몰라 당황했대요. 그때도 나를 원하는 사람은 없었어요. 그게 내 운명인가 봐요. 아버지와 어머니 고향은 멀었고 친척도 없었대요. 집은 가난하고 남편은 심한 술주정꾼이었지만 결국 토머스 아주머니가 나를 맡아 키워주었어요. 그런데 우유를 먹고 자란 아이는 다른 아이들보다 꼭 더 착한 아이가 되나요? 제가 말썽 부릴 때마다 토머스 아주머니는, 우유를 먹여 키웠는데 어째서 그렇게 나쁜 짓을 하냐고 꾸짖었거든요.

토머스 씨네가 볼링브로크에서 메리스빌로 이사하게 돼서 저도 따라갔어요. 8살 때까지 그 집 아이들을 돌봐주며 살았지요. 나보다 어린 아이들이 넷이나 있어 손이 많이 갔어요. 그런데 어느 날 토머스 아저씨가 기차에 치어 갑자기 세상을 떠난 거예요. 아저씨의 어머니가 아주머니와 아이들은 데려다 함께 살겠지만 나는 남의 아이니 더 이상 필요 없다고 말했어요. 그래서 토마스 아주머니는 난감해했어요.

그때 강 상류에 살던 해먼드 아주머니가 나를 맡겠다고 했어요. 내가 아이들을 잘 돌보는 것을 알고 있었거든요. 해먼드 아주머니네 집은 나무 그루터기밖에 없는 무척 쓸쓸한 곳이었는데, 상상력이 없으면 도저히 살 수 없는 삭막한 곳이에요. 해먼드 아저씨는 그곳에서 작은 제재소를 했고, 아주머니는 쌍둥이를 세 번이나 낳아 아이가 여덟이나 되었어요. 마지막 쌍둥이가 태어났을 때 저는 웬만하면 아기를 좋아하지만 쌍둥이가 연달아 셋이나 되니 버겁다고 아주머니에게 똑똑히 말씀드렸어요. 얘도 안아줬다, 쟤도 안아줬다 하려니까 매일같이 녹초가 되어버렸거든요.

2년 넘도록 해먼드 아주머니 댁에서 계속 살았는데, 아저씨가 돌아가시자 아주머니는 아이들을 여기저기 친척들에게 나눠 맡기고 미국으로 가버리셨어요. 이번에는 정말 나를 데려가겠다는 사람이 아무도 없어 하는 수 없이 호프타운의 고아원에 가게 되었죠. 고아원도 아이들이 너무 많아 받아줄 형편이 안 된다고 했지만, 어쩔 수 없이 나를 맡아주었어요. 그렇게 해서 스펜서 부인이 오실 때까지 네 달 동안 그 고아원에 있었던 거예요."

이야기를 마치자, 앤은 다시 한번 한숨을 쉬었다. 이번에는 이야기를 끝냈다는 안도의 한숨이었다. 세상이 자기를 반기지 않았던 지난 일들을 이야기하는 게 마음이 내키지 않은 듯했다.

마차 방향을 바닷가길 쪽으로 바꾸며 마릴라는 물었다.

"학교에 다닌 적은 있니?"

"얼마 다니지 못했어요. 토마스 아주머니 댁에서 지낼 때는 마지막 해에 잠시

다녔는데, 해먼드 아주머니 댁에서는 학교가 너무 멀어 겨울에 눈이 내리면 걸어다닐 수 없었고, 여름에는 방학이라 봄가을에만 다녔어요. 하지만 고아원에서는 날마다 학교에 다녔어요.

저는 글도 꽤 잘 읽고 시도 많이 외우고 있어요. 〈호엔린덴의 전투〉,[3] 〈플로든 전투 뒤의 에든버러〉,[4] 〈라인 강변의 빙겐〉[5]은 다 외우고요, 그 밖에 《호수의 여인》[6]도 제임스 톰슨의 〈사계〉[7]도 거의 줄줄 외워요.

아주머니는 등골이 오싹해지는 시를 좋아하시나요? 《로열 리더》[8] 제5권에 〈폴란드 함락〉[9]이라는 시가 실려 있는데, 소름 끼치는 말이 잔뜩 씌어 있어요. 나는 아직 5권을 배우지 않았어요. 4권을 배우고 있거든요. 하지만 상급생 언니들이 곧잘 빌려줘서 봤어요."

곁눈질로 앤을 훔쳐보며 마릴라는 물었다.

"토머스 아주머니와 해먼드 아주머니는 너에게 잘해주셨니?"

"네, 네……."

앤은 머뭇거리며 말했으나 감수성 예민한 작은 얼굴이 홍당무처럼 빨개지며 당황하는 표정이었다.

"두 분 다 그럴 마음은 있었어요. 되도록 친절하게 대해주려고 노력했다는 걸 알아요. 따뜻한 마음이 있었다면 행동이 반드시 그러지 못했더라도 괜찮아요. 두 분 다 살아가는 데 걱정거리가 많았어요. 남편이 심한 술주정꾼인 데다

---

3) 스코틀랜드 시인·저널리스트 토머스 캠벨(1777~1844)의 전쟁시.
4) 스코틀랜드 작가 윌리엄 에드먼스턴 에이턴(1813~1865)의 대표작.
5) 영국 사회개혁주의자·작가 캐럴라인 노턴(1808~1877)이 쓴 이야기시.
6) 월터 스콧의 이야기시.
7) 스코틀랜드 시인 제임스 톰슨(1700~1748)의 봄·여름·가을·겨울의 사계절 4부작을 합친 시.
8) 런던의 넬슨사가 1876년에 시리즈로 출판, 프린스에드워드섬에서 학교 교과서로 채택된 책.
9) 각주 3번의 지은이 캠벨의 시.

가, 쌍둥이를 연달아 세 번이나 낳는다면 당연히 힘들지 않았겠어요? 하지만 저한테 잘해주려는 마음이 있었던 것만은 분명해요."

마릴라는 더 이상 묻지 않았다. 앤은 입을 다물고 바닷가길을 황홀하게 바라보고 있었다. 마릴라는 밤색 말을 건성으로 몰며 깊은 생각에 잠겼다. 이 아이에 대한 연민의 정이 갑자기 마릴라의 마음에 울컥 솟아올랐다. 어쩌면 이다지도 사랑에 굶주린 메마른 삶을 살아왔을까. 가난과 무관심으로 점철된 고단한 삶을…….

마릴라는 앤의 지난 이야기 속 행간에 감추어진 진실을 헤아릴 줄 아는 속 깊은 어른이었다. 이 아이가 정말로 집을 갖게 되었다며 그토록 좋아한 것도 무리가 아니었다. 되돌려 보내는 것은 마음 아픈 일이다. 만일 자기가 매슈 오라버니의 변덕스러움을 받아들여 이 아이를 집에 있게 한다면? 물론 매슈는 그렇게 하고 싶어한다. 아이도 성품이 반듯하니 제대로 가르치면 엇나가지 않고 잘 자랄 것 같다.

'아이가 말은 좀 많지만 주의를 주면 고쳐지겠지. 게다가 말씨도 예절에 벗어나거나 거친 데가 없고, 어딘지 모르게 기품마저 있어. 부모들이 착실한 사람이었던 것 같아.'

바닷가길은 '나무가 우거지고 거칠고 인적 없는'[10] 곳이었다. 오른쪽 전나무 숲은 오랜 세월 몰아치는 바닷바람과 맞서 싸워 왔음에도 불구하고 끄떡없이 울창하게 우거져 있었다. 길 왼쪽의 가파른 붉은 사암 절벽은 때때로 길에 너무 바짝 붙어 있어, 이 밤색 말처럼 침착한 암말이 아니었다면 마차에 탄 사람의 간담이 서늘해졌을 것이다. 절벽 아래에는 파도에 깎인 큰 바위 무더기며

---

10) 노예해방을 지지한 미국의 퀘이커교도 시인 존 그린리프 휘티어(1807~1892)의 시 〈구두장이 키자의 공상〉에서 따옴.

잔돌이 보석처럼 깔린 모래 후미[11]가 군데군데 있었다. 그 너머에 희미하게 빛나는 새파란 바다 위로, 갈매기들이 햇살에 은빛으로 반짝이는 날개를 펴고 하늘 높이 날아오르고 있었다.

눈을 크게 뜨고 황홀하게 바다를 바라보고 있던 앤이 입을 열었다.

"바다는 근사해요. 전에 메리스빌에 살 때, 토머스 아저씨가 짐마차를 빌려 10마일(약 16킬로미터)이나 떨어진 바닷가로 온 식구를 데리고 나들이를 간 적이 있었어요. 그날도 하루 종일 아이들을 돌봐야 했지만 즐거웠어요. 그 뒤 몇 해 동안이나 그 행복한 날의 추억을 곱씹었어요. 이곳은 메리스빌 바닷가보다 더 아름다워요.

갈매기도 멋져요. 갈매기가 되고 싶은 생각은 없으세요? 저는 한 번쯤 되어보고 싶어요. 만일 여자아이가 되지 않았다면 말예요. 해가 솟을 때 일어나 물 위로 춤추듯 와서 하루 종일 아름다운 푸른 바다 위를 멀리 날아다니다 밤에는 둥지로 돌아와 날개를 쉬는 거예요. 아, 저의 그런 모습이 눈에 보이는 것 같아요. 저기 바로 앞에 보이는 큰 집은 뭐예요?"

"화이트샌즈 호텔이야. 커크 씨가 경영하고 있지. 아직 관광철이 아니어서 손님들 모습이 보이지 않지만 여름이 되면 미국 사람들이 많이 오지. 이 바닷가가 꽤 좋은 피서지인 모양이야."

앤은 슬픈 듯 말했다.

"혹시 스펜서 부인댁이면 어쩌나 했어요. 이대로 그냥 도착하지 않으면 좋을 텐데. 어쩐지 모든 일이 끝나버릴 것 같아서요."

---

11) 물가나 산길이 휘어서 굽어져 들어간 곳.

마릴라의 결심

이윽고 두 사람은 스펜서 부인 집에 도착했다. 화이트샌즈의 후미에 세워진 노란색의 큰 저택이었다. 부인은 상냥한 얼굴에 놀라움과 반가움이 뒤섞인 표정을 띠며 현관으로 나왔다.

부인이 외쳤다.

"어머나! 오늘 우리 집에 오실 줄은 생각지도 못했어요. 하지만 잘 오셨어요. 말을 마구간에 넣으라고 할까요? 앤, 너도 잘 있었니?"

"고맙습니다. 덕분에 잘 있었어요."

앤은 미소도 짓지 않았다. 마치 먹구름이 앤을 온통 뒤덮고 있는 듯한 인상이었다.

마릴라가 말했다.

"말이 쉬는 동안 잠시 실례하겠어요. 빨리 돌아가겠다고 매슈 오라버니와 약속했답니다. 실은 스펜서 부인, 좀 착오가 생긴 것 같아 어디서부터 잘못되었는지 확인해 보려고 찾아왔어요. 우리는 고아원에서 남자아이를 데려다주십사 말을 전했었거든요. 오라버니 되시는 로버트 씨에게 10살이나 11살쯤 되는 남자아이를 바란다고 말씀드렸었습니다."

스펜서 부인은 당황하며 말했다.

"마릴라 커스버트, 그럴 리가! 로버트는 딸 낸시를 시켜 전갈을 보냈는데, 그 애가 두 분께서 여자아이를 바란다고 말했거든요. 그렇지 않니, 플로라 제인?"

부인은 현관 층계 위에 모습을 나타낸 딸에게 도움을 청했다. 플로라 제인은 진지한 얼굴로 맞장구쳤다.

"확실히 낸시는 여자아이라고 했어요."

스펜서 부인이 말했다.

"이 일을 어쩌죠? 큰일 났군요. 하지만 이렇게 된 건 내 탓이 아니에요, 미스 커스버트. 나는 부탁하신 일을 성의껏 해냈다고 생각하고 있었어요. 낸시는 너무 덜렁거려서 늘 조심하라고 단단히 이르곤 했는데 말이죠."

마릴라는 체념한 듯 말했다.

"아니, 우리가 부주의했어요. 직접 찾아뵙고 말씀드렸다면 이런 일이 없었을 텐데. 중요한 용건을 그런 식으로 전했으니 잘못이었지요. 어쨌든 이런 문제가 생긴 이상 지금이라도 어떻게든 해결하는 수밖에 없겠어요. 저 애를 고아원으로 돌려보낼 수 있을까요? 다시 받아줄까요?"

스펜서 부인은 생각에 잠기며 말했다.

"아마도 가능하겠지만…… 굳이 돌려보낼 필요는 없다고 생각해요. 마침 피터 블뤼엣 부인이 어제 오셔서 집안일을 도와줄 여자아이가 있으면 좋겠다고 말씀하셨거든요. 아시다시피 피터 댁은 대가족이어서 일하는 사람을 구하기 힘들지요. 앤이 아주 딱 적격이겠네요. 하느님 뜻이로군요."

마릴라는 하느님 뜻이 이 일과 무슨 상관이 있을까 생각했다. 이 귀찮은 고아를 쫓아버릴 좋은 기회가 뜻밖에 찾아왔는데도 마릴라는 전혀 고마운 생각이 들지 않았다.

마릴라는 피터 블뤼엣 부인과는 안면만 있는 정도인데, 키가 작고 군살이라고는 1그램도 붙지 않은, 날카롭게 생긴 여자로 알고 있었다. 부인에 대한 소문은 온 마을에 자자하여 마릴라의 귀에도 들려왔다. '일을 무섭게 해내며 남도 심하게 부린다'는 평판이었다. 그 집에서 쫓겨난 하녀들은 하나같이 부인이 툭 하면 화를 내고 인색하며, 아이들은 버릇도 없고 걸핏하면 티격태격한다는 좋지 못한 소문을 퍼뜨렸다. 그런 집에 보냈다가 앤이 어떤 일을 당할지 알 수 없다는 생각이 들자 마릴라는 꺼림칙했다.

"어쨌든 안으로 들어가서 의논하지요."

그때 스펜서 부인이 큰 소리로 말했다.

"어머, 마침 저 오솔길로 블뤼엣 부인이 걸어오고 있네요! 이 무슨 우연일까요."

스펜서 부인은 두 사람을 응접실로 먼저 안내했다. 응접실은 몸이 떨릴 만큼 싸늘했다. 짙은 녹색 블라인드를 하도 오랫동안 닫아두어 방 안에 남아있던 마지막 한 방울의 온기마저 사라져버린 것 같았다.[1]

"마침 잘 됐어요. 이 자리에서 문제를 바로 해결할 수 있으니까요. 편한 의자에 앉으세요, 미스 커스버트. 앤은 이 보조의자에 앉으렴. 얌전히 굴어야 한다. 모자는 저한테 주세요. 플로라 제인, 주방에 가서 주전자를 불에 올려다오.

어서 오세요, 블뤼엣 부인. 이야기할 게 있는데, 잘 오셨어요. 서로 인사하세요. 이분은 블뤼엣 부인, 이분은 미스 커스버트예요. 아, 잠시 실례할게요. 플로라 제인에게 오븐에서 빵을 꺼내라고 말하는 것을 깜박 잊었네요."

스펜서 부인은 블라인드를 올리고 서둘러 방을 나갔다. 앤은 말없이 의자에 앉아 꼭 쥔 두 손을 무릎 위에 올리고 뚫어져라 블뤼엣 부인을 바라보았다. 정

---

[1] 응접실은 중요한 손님을 맞는 방으로, 좀처럼 사용되지 않고 여느 때는 차양을 철저하게 쳐서, 고급 가구와 카펫이 햇볕에 바래지 않도록 주의를 기울임.

말 이 심술궂은 얼굴과 매서운 눈초리를 한 부인 집으로 가야 하는 것일까? 그렇게 생각하자 앤은 목구멍으로 무언가 치밀어오르면서 눈물이 핑 돌았다. 더 이상 눈물을 억누를 수 없던 찰나에 스펜서 부인이 돌아왔다. 발갛게 상기된 얼굴에 환한 웃음을 머금고 있는 그 모습은 어떤 난관도 헤치고 나아가 그 자리에서 곧바로 해결하려는 기세였다.

"이 아이 때문에 조금 말썽이 생겼답니다, 블뤼엣 부인. 나는 커스버트 남매분께서 여자아이를 바란다는 전갈을 받았는데, 실은 남자아이를 원하셨다는군요. 부인이 어제 말씀하신 대로 일손이 필요하다면 이 아이가 안성맞춤이라고 생각하는데요."

블뤼엣 부인은 날카로운 눈으로 머리부터 발끝까지 앤을 훑어보았다.

그녀는 물었다.

"몇 살이냐? 그리고 이름은?"

앤은 겁에 질려 더듬거렸다.

"앤 셜리요."

차마 이름의 철자 끝에 e자를 붙여달라고 할 용기는 나지 않았다.

"나이는 11살이에요."

"흠! 볼품없는 아이로군. 하지만 강단은 있어 보이는구나. 뭐니 뭐니 해도 강단 있는 애들이 제일 쓸 만하니까. 어쨌든 우리 집에 있게 되면 얌전하고 빠릿빠릿하고 예의 바르게 굴어야 해. 그리고 자기가 먹는 몫만큼 일해야 하지, 알겠니? 그럼 이 참에 내가 이 아이를 댁의 손에서 바로 치워 드리죠. 괜찮겠죠, 미스 커스버트? 갓난쟁이가 어찌나 보채는지 내가 아주 진이 다 빠졌어요. 댁만 좋다면 곧바로 데려가겠습니다."

앤은 파리한 얼굴로 고개를 떨군 채 말없이 있었다. 그 비참한 모습에 마릴라는 마음이 흔들렸다. 가까스로 벗어난 덫에 다시 걸린 힘없는 작은 사슴 같은 모습이었다. 마릴라의 양심은 행여 지금 이 가엾은 아이를 내친다면 평생 동안 그 모습이 뇌리에서 떠나지 않을 것 같았다. 게다가 마릴라는 블류엣 부인이 못마땅했다. 이 여리고 '감수성 예민한' 아이를 저런 여자에게 넘겨주다니! 안 된다. 그런 몹쓸 짓은 도저히 할 수 없다!

마릴라는 천천히 말했다.

"글쎄요, 어떻게 하면 좋을지…… 오라버니와 나는 이 아이를 꼭 돌려보내야겠다고 결정지은 건 아니에요. 오라버니는 오히려 이 아이를 집에 두고 싶어하는 쪽이지요. 오늘은 다만 어째서 이런 착오가 생겼는지 알아보려고 왔던 것이고요.

이 아이를 데리고 돌아가 오라버니와 다시 잘 의논해 보겠어요. 오라버니 말을 들어보지 않고 결정짓기는 좀 뭣해서요. 우리 집에 두지 않게 되면 내일 밤 이 아이를 댁으로 데려다주든가 다른 사람 편에 보내도록 하겠습니다. 내일 안으로 아무 소식 없으면 이 아이는 우리 집에 살게 된 것으로 여겨주세요. 괜찮겠지요, 블류엣 부인?"

그러자 블류엣 부인은 퉁명스럽게 말했다.

"하는 수 없지요."

마릴라의 이야기를 듣고 있는 동안 앤의 얼굴은 마치 아침 해가 솟아오르듯 밝아져 왔다. 절망 어린 눈에서, 희망의 빛이 비치기 시작했다. 눈빛이 짙어지며 샛별처럼 반짝반짝 빛이 났다. 전혀 다른 사람이 된 듯싶었다.

애초에 새로운 요리책을 빌리러 그곳을 방문했던 블류엣 부인이 스펜서 부인과 함께 주방으로 나가자 앤은 벌떡 일어나 마릴라에게 달려갔다.

앤은 숨을 죽이며 속삭였다. 혹여 큰 소리로 말했다가 자기의 행운이 산산

조각 나버리기라도 할 것 같았다.

"저기, 아주머니, 저를 그린게이블즈에 있게 할지도 모른다는 게 정말이세요? 분명 그렇게 말씀하셨죠? 아니면 제가 지금 상상을 하고 있는 걸까요?"

마릴라는 비꼬듯 말했다.

"현실과 공상도 구별 못 할 정도라면 상상 같은 건 그만두는 게 좋겠다, 앤. 그래, 네가 들은 대로야. 하지만 아직 결정지은 것은 아니고, 어쩌면 블뤼엣 부인에게 너를 보낼지도 몰라. 나보다 그 부인에게 훨씬 더 네가 필요한 것은 사실이니까."

앤은 흥분하여 말했다.

"그 집에 갈 바에는 고아원으로 돌아가는 편이 나아요. 그 사람은 뭐랄까, 마치…… 마치 송곳처럼 생겼어요."

앤의 이런 말투를 지금 잘 타일러두지 않으면 안 되겠다고 생각한 마릴라는 웃음이 풋 나오려는 것을 꾹 참았다.

그녀는 엄격하게 말했다.

"너 같은 조그만 여자아이가 처음 보는 어른을 그런 식으로 흉보다니 부끄러운 일인 줄 알아. 네 자리에 가서 얌전히 앉아 있거라. 재잘대지 말고 착한 아이답게 굴어야 해."

"저를 데리고 있어주기만 한다면 아주머니 말씀은 무엇이든지 들을게요."

앤은 순순히 제자리로 돌아갔다.

그날 저녁 두 사람이 그린게이블즈로 돌아갔을 때 매슈는 집 앞 오솔길까지 마중 나와 있었다. 마릴라는 매슈가 오솔길에서 서성거리고 있는 것을 이미 멀리서 보았고 그 까닭도 짐작했다. 아니나 다를까 마릴라가 앤을 데리고 돌아온 것을 본 매슈는 마음이 놓인 듯 가슴을 쓸어내리고 있었다. 그러나 마릴라는 그날 있었던 일에 대해 아무 이야기도 하지 않았다. 헛간 뒤뜰에서 우유를 짜며 그때야 비로소 마릴라는 앤의 지난 이야기와 스펜서 부인 집에서 있었던 일을 오라버니에게 대강 이야기했다.

매슈는 여느 때와 달리 험악한 표정을 지으며 말했다.

"블뤼엣 부인 같은 사람에게는 비록 개나 고양이라 하더라도 줄 수 없어."

마릴라도 인정했다.

"그런 사람은 나도 좋아하지 않아요. 그렇지만 그 집에 보내든지 우리가 키우든지 결정해야 해요. 하지만 오라버니가 저 애를 좋아하는 것 같고, 나도 기꺼이……라기보다 다른 도리가 없잖아요? 이것저것 고심하는 동안 차츰 마음이 그쪽으로 기울어졌어요. 나도 모르게 어떤 의무감 같은 것을 느꼈어요. 나는 어린아이, 특히 여자아이를 길러본 적이 없어서 온갖 실수를 저지르겠지만 열심히 해 보겠어요. 저 아이와 같이 살아도 나는 상관없다는 것이 나의 결정이에요."

매슈의 소심한 얼굴이 기쁨으로 빛났다.

"그럴 테지. 네가 그렇게 말해주리라 믿고 있었다. 아주 재미있는 아이야."

"쓸모 있는 아이라고 말할 수 있다면 더욱 좋겠지요. 어떻게든 잘 가르쳐봐야죠. 오라버니는 내 양육 방식에 결코 참견하지 마세요. 아이도 낳아본 적 없는 여자가 아이 기르는 방법을 잘 모르기야 하겠지만, 아무리 그래도 결혼도 안 한 늙은 남자보다는 낫지 않겠어요. 저 아이 교육은 내게 맡겨주세요. 오라버니는 그저 내가 잘못했다 싶을 때만 조용히 끼어들면 돼요."

매슈는 안심하며 말했다.

"그래, 그러고말고, 마릴라. 네가 하고 싶은 대로 하거라. 지나치게 응석을 받아주지 않는 선에서 상냥하고 친절하게만 대해주려무나. 저 아이가 너를 좋아하게 되면 그다음은 큰 문제 없이 네가 바라는 대로 쉽게 다룰 수 있을 거야."

오라버니가 여자에 대해 뭘 아느냐고 말하듯 마릴라는 대꾸도 하지 않고 우유통을 들고 버터 제조실로 갔다. 그리고 우유를 크림 분리기에 살살 부어서 거르면서 중얼거렸다.

'여기서 살아도 좋다는 이야기를 저 아이에게 하는 것은 내일로 미루자. 오늘 이야기했다가는 그 애는 너무 흥분해서 밤새 한숨도 못 잘 테니. 마릴라 커스버트, 너는 이제 꼼짝 못 하게 됐어. 설마 부모 없는 여자아이를 데려다 기르게 되리라고 생각이나 해 본 적 있어야지. 이 사실만으로도 어이가 없는데, 이런 일이 벌어지게 한 장본인이 여자아이라면 그토록 늘 두려워하던 매슈 오라버니라니 벌어진 입이 다물어지지 않을 정도야. 아무튼 우리는 결정했으니, 나머지는 하느님이 알아서 해주시겠지.'

기도

그날 밤 마릴라는 앤을 침실로 데려가 엄숙한 얼굴로 말했다.

"얘야, 어제는 옷을 벗어 마룻바닥에 내동댕이쳐 놓았더구나. 나는 그런 칠칠치 못한 짓은 용납 못 한다. 옷을 벗으면 차곡차곡 개켜서 의자 위에 놓도록 해라. 깔끔하지 못한 여자아이를 이 집에 들일 생각은 추호도 없으니까."

앤은 말했다.

"어젯밤에는 너무 슬퍼서 옷까지 신경 쓸 여유가 없었어요. 오늘 밤에는 차곡차곡 접어 놓을게요. 고아원에서도 늘 그렇게 시켰거든요. 하지만 두 번에 한 번 꼴로 깜빡하기는 했지만요. 빨리 잠자리에 들어 조용히 많은 상상을 하고 싶어서요."

"여기서 살게 된다면 꼭 기억해야 해."

마릴라는 앤의 손놀림을 지켜보았다.

"옳지, 잘 개켰다. 그럼 이제 기도드린 다음 잠자리에 들거라."

앤은 태연히 말했다.

"기도드려본 적 없는데요."

마릴라는 소스라치게 놀랐다.

"어머나, 그게 무슨 말이냐, 앤? 기도를 배운 적 없니? 하느님은 언제나 어린 소녀가 기도하기를 기다리고 계신단다. 하느님이 어떤 분인지 모르니, 앤?"

앤은 줄줄 막힘없이 말했다.

"하느님은 영이시며 그의 존재하심과 지혜와 권능과 거룩하심과 의로움과 선하심과 진실하심이 무한하시고 영원하시고 변치 않는 분이시다.[1]"

마릴라는 얼마쯤 마음이 놓였다.

"조금은 알고 있구나. 세상에! 완전한 이교도는 아니니 그나마 다행이다. 그건 어디서 배웠지?"

"고아원 주일학교에서요. 교리문답집을 모두 외우게 했거든요. 이따금 멋있는 구절이 나와서 아주 좋아했어요. '무한하시고 영원하시고 변치 않는' 이 표현은 참으로 장엄해요. 마치 크나큰 오르간 소리처럼 당당하게 들려요. 시라고는 할 수 없어도 듣고 있노라면 꼭 시 같은 느낌이 들어요."

"지금은 시 이야기를 하고 있는 게 아니야. 기도에 대해 말하고 있잖니. 밤마다 기도하지 않는 것이 얼마나 나쁜 일인지 모르니? 너는 나쁜 아이로구나."

앤은 입을 뾰로통하니 내밀었다.

"아주머니도 빨강머리였다면, 착한 아이가 되기보다 나쁜 아이가 되기 쉽다는 걸 아실 거예요. 빨강머리가 아닌 사람은 그 괴로움을 모르죠. 토머스 아주머니로부터 하느님이 '일부러' 내 머리를 빨갛게 만드셨다는 이야기를 듣고 그날부터 하느님에 대해 좋은 마음이 들지 않았어요. 게다가 밤에는 몹시 지쳐서 기도드릴 기운도 없었거든요. 쌍둥이를 돌봐야 하는 아이에게 기도까지 하라는 것은 무리예요. 그렇게 생각지 않으세요?"

마릴라는 앤에게 당장 종교교육을 시작해야겠다고 굳게 마음먹었다. 한시

---

[1] 신을 이렇게 정의하고 있는 것은 장로교 《웨스트민스터 소요리문답》의 질문4.

도 머뭇거릴 시간이 없었다.

"우리 집에 있는 동안은 반드시 기도해야 한단다."

앤은 기꺼이 받아들였다.

"아주머니가 바라신다면 물론 할게요. 아주머니 말씀이라면 무엇이든 잘 들을 거예요. 그런데 오늘 하루만 뭐라고 기도할지 알려주실 수 있을까요? 내일부터 할 기도는 잠자리에 들어서 멋진 말을 생각해내겠어요. 가슴이 두근거려요. 그러고 보니 기도란 제법 재미있을 것 같아요."

이 아이는 하느님이며 기도에 대해 정말로 이해하고 있는 것일까 마릴라는 당혹감을 느끼며 말했다.

"먼저 무릎을 꿇어야지."

앤은 마릴라의 다리께에 무릎 꿇고 진지한 얼굴로 올려다보았다.

"어째서 기도드릴 때는 무릎을 꿇지요? 진심으로 기도드리고 싶을 때 저라면 어떻게 할지 가르쳐드릴까요? 혼자 드넓은 들판이나 깊은 숲속에 들어가 끝없이 펼쳐진 새파랗고 아름다운 하늘을 높이높이 올려다봐요. 그러면 마음에 기도의 문이 열리는 것처럼 느껴질 거예요. 네, 무릎을 꿇었어요. 뭐라고 기도드릴까요?"

마릴라는 더더욱 난처해졌다. 마릴라는 아이들이 흔히 하는 취침 기도인 '이제는 나의 몸을 자리에 눕히어······'를 앤에게 가르치려고 했었다. 그러나 모든 일에는 그에 맞는 격이 있음을 마릴라는 알고 있었다.

하얀 잠옷을 입은 천사 같은 아이가 어머니 무릎에 머리를 대고 혀 짧은 소리로 옹알거리듯 말하는 그처럼 단순한 기도는 이 조숙한 주근깨투성이 여자아이에게는 도무지 어울리지 않아 그녀는 생각을 바꾸었다. 애정을 받아본 적 없는 앤이 사람을 매개로 느낄 수 있는 하느님의 사랑을 깨닫지 못하여 기도를 가벼이 여기는 것도 무리가 아니었다.

그래서 마릴라는 말했다.

"너는 혼자 기도드릴 수 있을 만큼 큰 아이니까 스스로 생각해 보렴. 하느님의 은총에 감사하고 네 소망을 이루어주십사 진심으로 기도드려라."

"그럼 열심히 해 보겠어요."

앤은 마릴라의 무릎에 얼굴을 묻고 기도했다.

"하늘에 계신 은총 가득하신 하느님…… 교회에서 목사님이 그렇게 말씀하셨으니 혼자 기도드릴 때도 이렇게 하면 되겠죠?"

앤은 잠시 고개를 들고 마릴라를 본 다음 다시 숙였다.

"하늘에 계신 은총 가득하신 하느님, '환희의 하얀 길'이며 '반짝이는 윤슬의 호수'며 '보니'며 '눈의 여왕'을 알게 해주셔서 고맙습니다. 진심으로 감사드립니다. 지금으로서는 감사드릴 게 이것뿐입니다. 소원에 대해서는 너무 많아 모두 말씀드리려면 시간이 걸리니까 가장 중요한 두 가지만 말씀드리겠습니다. 부디 그린게이블즈에 살게 해주세요. 또 하나는 자라서 아름다워지게 해주세요. 제발 부탁입니다. 이만 마치겠습니다. 앤 셜리 올림.

이렇게 하면 될까요?"

앤은 일어서며 진지한 얼굴로 물었다.

"좀 더 생각할 시간이 있었다면 꽃처럼 아름다운 말을 할 수 있었을 거예요."

마릴라는 깜짝 놀랐다. 그러나 앤의 이런 터무니없는 기도는 하느님을 공경하는 마음이 부족해서가 아니라, 다만 종교에 대해 무지하기 때문임을 알 수 있었다. 마릴라는 앤을 잠자리에 들게 하고 이불을 덮어주면서 내일은 무슨 일이 있어도 기도하는 법을 가르쳐줘야겠다고 마음속으로 생각했다.

마릴라가 촛불을 들고 방을 나가려는데 앤이 뒤에서 불렀다.

"지금 막 생각났어요. 기도 마지막에 '이만 마치겠습니다' 대신 '아멘'을 해야 했는데…… 목사님들이 하시듯 말예요. 그것을 깜박 잊고 어서 끝맺음을 해야 한다는 생각에 그렇게 말해버렸어요. 그 때문에 효과가 다를까요?"

"글쎄, 그리 다를 것 같지는 않구나. 자, 착하지. 어서 자거라."

"오늘 밤은 마음 놓고 '안녕히 주무세요.' 할 수 있어요."

앤은 행복한 미소를 지으며 얼굴을 베개에 묻었다.

마릴라는 부엌으로 돌아가 식탁 위에 촛불을 단단히 세운 다음 눈을 똑바로 뜨고 매슈를 바라보며 말했다.

"저 아이는 역시 누군가가 잘 가르쳐야 해요. 어쩜 이교도와 다를 바가 없더라니까요. 오늘 밤 처음으로 기도해봤다니, 믿을 수 있겠어요? 내일은 목사관에 가서 《새벽녘》[2]을 모두 빌려와야겠어요. 그리고 사람들 앞에 내보내도 좋을 알맞은 옷을 만드는 대로 곧 주일학교부터 보내야겠어요.

이제부터 무척 바빠질 거예요. 아무튼 세상이란 각자 자기 몫의 고난을 감당하지 않고 살아갈 수는 없는 법이겠죠. 지금까지 나는 한가롭게 살아왔지만, 이제 내게도 차례가 돌아온 셈이에요. 힘껏 해 보는 수밖에요."

---

2) Peep of Day. 영국 종교서 저자 파벨 리 모티머(1802~1878)가 저술한 어린이용 기독교 교리서.

마음의 교육

마릴라는 앤이 그린게이블즈에 살도록 결정했다는 사실을 이튿날 오후까지 이야기해주지 않았다. 오전 동안 이것저것 심부름을 시키며 앤이 바쁘게 일하는 모습을 마릴라는 주의 깊게 지켜보았다. 점심때가 되었을 즈음 앤이 몸놀림이 재빠르고 정직하며 이해력도 좋은 아이임을 알게 되었다. 앤의 가장 큰 결점은 일하는 도중 공상에 젖어버리면 꾸지람을 듣거나 큰 실수를 저질러 제정신이 들 때까지 모든 것을 완전히 잊어버린다는 점이었다.

점심 설거지를 끝낸 뒤 앤은 최악의 사태를 맞더라도 겁내지 않겠다는 굳은 결의를 얼굴에 드러내며 마릴라 앞에 우뚝 섰다. 조그맣고 여윈 몸은 머리 꼭대기부터 발끝까지 바르르 떨렸고, 얼굴은 발개졌으며, 눈동자가 툭 튀어나올 만큼 크게 뜨여져 있었다.

앤은 두 손을 마주 잡고 애원하듯 말했다.

"부탁이에요, 아주머니. 나를 다른 집으로 보내려는지 아니면 여기 머물게 하실 건지 가르쳐주세요. 아침 내내 참아왔지만 이제 더 이상은 참을 수 없어요. 너무 괴로워요. 제발 알려주세요."

앤의 간절한 부탁에도 귀 기울이지 않고 마릴라는 덤덤하게 말했다.

"내가 시킨 대로 행주를 뜨거운 물에 헹구지 않았더구나. 그 일부터 끝낸 다음 뭐가 됐든 물어보려무나."

앤은 부엌으로 가서 행주를 깨끗이 헹구었다. 그리고 다시 돌아와 애원하는 눈길로 마릴라를 바라보았다.

더 이상 가르쳐주지 않을 핑계가 없었으므로 마릴라는 말했다.

"그럼 이야기해주마. 매슈 오라버니와 나는 너를 여기에 두기로 결정했다. 네가 착한 아이답게 말을 잘 듣고, 감사하는 마음을 갖는다면 말이다. 아니, 얘야, 왜 그러니?"

앤은 어찌할 바를 몰랐다.

"왜 그런지 알 수 없지만 자꾸 눈물이 나와요. 너무나 기뻐서요. 아, 아니, 그 말로는 모자라요. '환희의 하얀 길'과 벚나무를 보고 무척 기뻤지만…… 이 기분은 훨씬 멋져요! 아, 너무나 행복해요. 착한 아이가 되도록 열심히 노력할게요. 힘은 들겠지만요. 토머스 아주머니는 내가 감당할 수 없을 만큼 못된 아이라고 늘 말씀하셨거든요. 그런데 저는 왜 울고 있을까요?"

마릴라는 타이르듯 말했다.

"흥분해서 그렇겠지. 의자에 앉아 마음을 가라앉혀라. 너는 툭하면 울기도 잘 울고 웃기도 잘 웃는구나. 그래, 앞으로 여기서 살도록 해라. 우리는 네게 필요한 것을 모두 제대로 해줄 작정이야. 물론 학교에도 보내겠지만 이제 2주일 뒤면 방학이니 9월 새 학기부터 다니도록 해라."

앤이 물었다.

"이제부터 뭐라고 부르면 되나요? 미스 커스버트라고 할까요? 마릴라 아주머니라고 부를까요?"

"그냥 마릴라라고 부르면 돼. 주변에도 미스 커스버트라고 부르는 사람이 없어서 그건 영 어색하구나."

"그냥 마릴라라고 부르면 실례가 될 것 같아요."

"존경하는 마음을 가지고 부르면 실례될 것 없어. 애번리에서는 목사님 말고는 모두 그냥 마릴라라 하지. 목사님은 미스 커스버트로 부르지만, 그것도 생각날 때뿐이야."

"마릴라 이모…… 이렇게 부르고 싶어요."

앤은 조르듯이 덧붙여 말했다.

"나는 이모나 고모도 없고, 다른 친척도 하나도 없거든요. 할머니마저도요. 마릴라 이모라고 부른다면 정말 가족이 된 듯한 기분일 거예요. 그러면 안 될까요?"

"안 되지. 나는 네 이모도 아니고, 거짓되게 불리는 것은 내키지 않아."

"제 이모라고 상상하면 되잖아요?"

"나는 그럴 수 없어."

마릴라는 엄한 표정을 지어 보였다.

앤은 눈을 크게 뜨고 고개를 갸우뚱거리며 물었다.

"현실과 다른 일은 결코 상상해보신 적 없나요?"

"전혀."

"어머나!"

놀란 앤은 숨을 깊이 들이마셨다.

"미스…… 아니, 마릴라, 그럼 무척 재미없겠네요!"

그러자 마릴라는 반박했다.

"사물을 실제와 다르게 상상하는 것은 좋은 일이 아니란다. 하느님이 우리를 어떤 환경에 놓아두신 것은 상상으로 그것을 바꾸게 하기 위해서가 아니야. 그러고 보니 생각나는구나. 앤, 거실에 가서…… 발을 깨끗이 털고 파리가 들어가지 않도록 조심하면서, 벽난로 선반에 놓인 그림이 그려진 카드를 가져오너라. 카드에 주기도문이 씌어 있으니 오후 동안 그것을 외우도록 해. 어젯밤처럼 허황된 기도는 두 번 다시 듣고 싶지 않구나."

앤은 변명했다.

"어젯밤은 분명 서툴렀어요. 하지만 연습할 틈도 없이 너무 갑작스러웠거든요. 처음 기도드리는 사람이 잘할 리 없지 않겠어요? 하지만 어젯밤 마릴라에게 약속했듯이 잠자리에 들어 멋진 기도를 생각해냈어요. 목사님 기도만큼 길고 훌륭하며 시적인 것이었죠. 그런데 오늘 아침에 깼더니 하나도 생각나지 않는 거예요. 그런 훌륭한 기도는 두 번 다시 떠오를 것 같지 않아요. 어째서인지는 몰라도 두 번째로 떠오르는 것은 언제나 첫 번째보다는 별로니까요. 그렇게 생각지 않으세요?"

"앤, 네게 한 가지 일러두겠는데, 내가 무슨 일을 시키면 그렇게 우뚝 서서 쓸데없는 말을 늘어놓고 있지 말고 바로바로 해주었으면 좋겠다. 자, 어서 가서 시킨 일을 해라."

앤은 곧 현관을 지나 그 건너편에 있는 거실로 갔으나 돌아오지 않았다. 10분 동안 기다리다가 마릴라는 뜨개질감을 놓고 무서운 얼굴로 거실에 가보았다. 거실에서 앤은 두 개의 창문 사이 벽에 걸린 그림을 올려다보며 꼼짝도 않고 서 있었다. 두 손을 뒤로 잡고, 꿈꾸는 듯 눈이 별처럼 반짝이고 있었다. 창밖의 사과나무와 담쟁이덩굴 사이를 통해 비쳐 들어오는 희고 푸른 햇빛이 황홀한 듯 올려다보는 그녀의 작은 몸을 성스러운 광휘로 감싸고 있었다.

마릴라는 엄한 목소리로 물었다.

"앤, 대체 무슨 생각을 하고 있는 게니?"

앤은 문득 제정신으로 돌아왔다.

"저걸 보고 있었어요."

앤은 '어린이를 축복하는 그리스도'[1]라는 제목의 선명한 다색 석판화를 가리켰다.

"나도 저 아이들 가운데 있다고 상상하고 있었어요. 혼자 떨어져 구석에 서 있는 파란 옷을 입은 저 여자아이가 나라고 여겼어요. 외톨이로 쓸쓸해 보이지요? 저 아이도 분명 저처럼 부모님이 없을 거예요.

그래도 다른 아이들과 마찬가지로 축복받고 싶어, 아이들이 모여선 끄트머리에 부끄러운 듯 살며시 다가섰어요. 예수님 말고는 아무도 몰랐으면 좋겠다고 생각하면서요. 저 아이의 기분을 나는 잘 알 수 있어요. 나를 이 집에 살게 해주겠느냐고 마릴라에게 물어보았을 때처럼, 저 아이 가슴도 두근거리고 작은 손에 땀이 배어 있을 거예요. 예수님이 자기를 못 보시면 어쩌나 걱정하면서요.

하지만 예수님은 그 아이를 보시겠지요. 그다음엔 어떻게 될까요? 저 여자아이는 조금씩 조금씩 예수님에게로 다가가 바로 옆까지 갈 거예요. 그러면 예수님은 저 아이를 보시고 머리에 손을 얹어주실 거예요. 아, 너무나 기뻐서 가슴이 뛸 거예요. 하지만 저 그림을 그린 화가가 예수님 얼굴을 저렇듯 슬프게 그리지 않았더라면 더 좋았을 텐데요. 잘 들여다보면 예수님 그림은 다 그래요. 나는 예수님 얼굴이 저렇게 슬프지 않았으리라고 여겨요, 그렇지 않다면 아이들이 예수님을 무서워했을 테니까요."

어째서 좀 더 빨리 앤의 입을 다물게 하지 못했을까 후회하며 마릴라는 냉큼 말했다.

---

[1] 《신약성서》〈마태복음〉 19장 13절~15절에서 유래하여 그려진 종교화.

"앤, 그런 말 하면 못써. 예수님에 대해 정말 불경한 태도야."

앤은 눈을 크게 떴다.

"어머나, 저는 진심으로 경건한 마음이었는걸요. 불경한 뜻은 조금도 없었어요."

"물론 그렇겠지. 아무튼 하느님에 대해 그런 식으로 함부로 말하면 못써. 그리고 또 하나, 내가 무엇을 가져오라고 하면 빨리 가지고 와야지 그림 앞에서 그렇게 공상에 빠져 있으면 안 돼. 잘 새겨듣거라. 자, 이제 그 카드를 가지고 곧장 부엌으로 가서 그 기도문을 외우도록 해."

앤은 사과꽃이 가득 꽂힌 꽃병에 카드를 세우고 마주 앉아—앤이 식탁을 꾸미기 위해 꽃을 꺾어가지고 들어왔을 때 마릴라는 흘끗 곁눈질해 보았지만 아무 말 하지 않았다—두 손으로 턱을 괴고 잠시 동안 침묵 속에서 열심히 기도문을 외우기 시작했다.

그러나 곧 다시 입을 열었다.

"나는 이 기도문이 참 좋아요. 정말 아름다운 거 있죠. 전에도 들은 적 있어요. 고아원 주일학교 선생님이 기도드리는 것을 들었거든요. 하지만 그때는 그리 좋지 않았어요. 선생님은 쉰 목소리로 음침하게 읊었거든요. 그래서 기도라는 건 괴로운 의무인 줄 알았어요. 이것은 시가 아니지만 꼭 시를 읽는 기분이 들어요. '하늘에 계신 우리 아버지, 아버지의 이름이 거룩히 빛나시며'[2] ……정말이지 마치 노랫소리 같아요. 아, 저한테 이것을 외우라고 해주셔서 정말 기뻐요. 미스……아니, 마릴라."

마릴라는 무뚝뚝하게 말했다.

---

2) 《신약성서》〈마태복음〉 6장 9절과〈누가복음〉 11장 2절.

"그렇게 생각한다면 어서 입을 다물고 외우도록 해."

앤은 사과꽃이 꽂힌 꽃병을 기울여 핑크빛 봉오리에 살짝 입맞춘 다음 다시 얼마 동안 기도문을 열심히 외웠다.

잠시 뒤 앤이 또 물었다.

"마릴라, 애번리에서 마음의 벗[3]을 만날 수 있을까요?"

"무슨 벗이라고?"

"마음의 벗…… 저, 절친한 친구 말이에요. 속마음을 터놓고 이야기할 수 있는 닮은꼴 영혼이요. 나는 그런 친구와의 만남을 오래전부터 꿈꾸어 왔었어요. 실제로 만나지는 못할 수도 있다고 생각했지만, 여기에 와서 한꺼번에 소원이 몇 가지나 이루어졌으니 이것도 혹시 이루어지지 않을까 하는 마음이 들어요. 만날 수 있을 거라고 생각하세요?"

"다이애나 배리라는 아이가 '언덕의 과수원'에 살고 있지. 너와 나이가 비슷하고 아주 착하단다. 마침 지금은 카모디의 친척집에 가고 없지만 너의 좋은 친구가 될지도 모르겠다. 그렇지만 네가 얌전히 굴지 않으면 버릇없는 아이라고 배리 부인이 다이애나와 놀지 못하게 할지도 몰라. 아주 까다로운 분이거든."

앤은 호기심으로 눈을 반짝이며 사과꽃 너머로 마릴라를 보았다.

"다이애나는 어떤 아이예요? 설마 빨강머리는 아니겠죠? 나만으로도 지긋지긋한데 마음의 벗마저 빨강머리라면 견딜 수 없을 거예요."

"다이애나는 아주 예쁜 아이란다. 눈도 머리도 까맣고 뺨은 장밋빛이지. 그런데 무엇보다 마음씨도 착하고 영리해. 그게 겉모습보다 더 중요한 일이야."

---

3) 영국 낭만주의 시인 존 키츠(1795~1821)의 시 〈가을에게〉의 '안개와 무르익는 결실의 계절이여/ 만물을 성숙시키는 태양의 절친한 마음의 벗(bosom-friend)이여'에서 따옴.

마릴라는 《이상한 나라의 앨리스》에 나오는 공작부인처럼 교훈을 좋아했다.[4] 자기가 키우는 아이에게 무슨 말을 할 때마다 반드시 한 마디 교훈을 덧붙여야만 한다고 굳게 믿고 있었다.

그러나 마릴라의 굳은 신념이 무색하게 앤은 교훈은 귀담아듣지도 않고 즐거운 이야기만 쏙 빼먹었다.

"그 아이가 예쁘다니 기뻐요. 내가 예뻐지기는 어려운 일이니 마음의 벗만이라도 어여쁘면 좋겠어요. 토머스 아주머니 댁에 있을 때 거실에 투명한 유리문이 달린 책장이 있었거든요. 책은 한 권도 없었지만 아주머니가 소중히 여기는 사기그릇과 설탕절임이 그 속에 들어 있었어요. 넣어둘 만한 설탕절임이 남아 있는 경우에 말이지만요. 그 책장의 유리문 한 짝은 토머스 아저씨가 어느 날 밤 술에 취해 때려 부순 바람에 깨져 있었어요. 그래서 남아 있는 한쪽 유리문에 비치는 내 모습을 보면서, 책장 속에 살고 있는 다른 아이라고 상상하곤 했어요. 나는 그 소녀에게 케이티 모리스라는 이름을 지어 주었어요. 우리는 무척 사이가 좋았어요. 특히 일요일에는 몇 시간이나 케이티에게 말을 걸었어요. 털어놓지 못할 이야기가 없었어요. 케이티와 이야기하는 게 저에게는 즐겁고 위로가 되었어요. 우리는 책장에 마술이 걸려 있어 내가 주문을 외어야만 책장 문이 열리고, 아주머니가 사기그릇이나 설탕절임을 넣어둔 책장이 아니라 케이티 모리스가 사는 세계로 들어간다고 생각했어요. 내가 들어가면 케이티 모리스는 내 손을 잡고 일 년 내내 따스한 햇빛이 비치고 꽃이 피어 있는 황홀한 요정의 나라로 데려갔어요. 우리는 언제까지나 그곳에서 행복하게 살았어요.

---

4) 《이상한 나라의 앨리스》에 나오는 공작부인은 "어떤 일에든, 찾으려 들면 교훈을 찾을 수 있는 법이다."라면서 입만 열면 앨리스에게 교훈을 늘어놓았음.

해먼드 아주머니 댁으로 가게 되었을 때 케이티 모리스를 남겨두고 가는 게 무척 슬펐어요. 그 아이도 나와 똑같은 기분이었죠. 책장문 안쪽에서 내게 작별의 키스를 할 때 그 애도 울었거든요.

해먼드 아주머니 댁에는 책장이 없었지만, 집에서 가까운 강을 따라 조금 거슬러 올라가면 기다랗고 좁은 초록빛 골짜기가 있어서, 정말 사랑스러운 메아리가 울렸어요. 그리 크게 말하지 않아도 이쪽에서 한 말이 고스란히 되돌아왔지요. 나는 그 산울림을 비올레타라는 이름의 작은 소녀라고 상상했어요. 우리는 서로 사이좋은 친구가 되었죠. 케이티 모리스만큼은 아니지만, 거의 비슷한 정도로 비올레타를 좋아했어요.

그런데 고아원으로 가게 된 마지막 날 밤 비올레타에게 작별인사를 했더니 그 애도 너무너무 슬픈 목소리로 잘 가라고 했어요. 나는 비올레타를 잊을 수 없어 고아원에서는 마음의 벗을 사귀려 하지 않았어요. 그런 상상을 할 여유도 없었지만, 그보다 그럴 마음이 들지 않았어요."

마릴라는 무뚝뚝하게 말했다.

"차라리 다행이구나. 그런 이상한 행동은 나는 용납 못 한다. 너는 네 상상이 절반쯤은 정말 일어난 일이라고 여기는 듯한데, 살아 있는 진짜 친구를 사귀고 그런 허황된 생각은 그만하는 게 좋겠구나. 그리고 배리 부인에게 케이티 모리스니 비올레타 같은 이야기를 해선 안 된다. 너를 이상한 아이라고 여길 테니까."

"어머나, 그런 말은 안 해요. 아무에게나 할 수 있는 이야기가 아니거든요. 소중한 추억이어서 함부로 보일 수 없어요. 하지만 마릴라에게는 말하고 싶었어요. 어머, 사과꽃 속에서 커다란 꿀벌이 튀어나왔어요. 사과꽃 속에 살다니, 멋져요! 바람에 하늘거리며 잠든다면 꿈같겠지요. 나는 사람, 아니 여자아이가 아니라면 꿀벌이 되어 꽃 속에 살고 싶어요."

마릴라는 빈정거렸다.

"어제는 갈매기가 되고 싶다고 하더니. 마음이 잘도 바뀌는구나. 이제 그만 잠자코 기도문을 외우거라. 너는 옆에 누군가 있으면 말하지 않고는 못 배기는가 보다. 네 방에 올라가 외우도록 해."

"아, 거의 다 외웠어요. 이제 딱 한 줄 남았는걸요."

"시키는 대로 해. 이층으로 올라가서 마지막까지 완전히 외워. 저녁 차리는 걸 도와달라고 부를 때까지 나올 생각 말고."

"사과꽃을 가져가도 되나요?"

"안 돼. 방 안에 꽃잎이 떨어지면 너저분해지니까. 애초에 꽃나무는 꺾지 말고 그냥 뒀어야지."

"저도 그런 생각이 들긴 했어요. 꽃을 꺾으면 아름다운 생명을 죽이는 것 같았거든요. 내가 이 사과꽃이었다면 꺾이는 게 싫었을 테니까요. 하지만 이겨낼 수 없는 유혹이었어요. 도저히 뿌리칠 수 없는 유혹을 받았을 때 마릴라는 어떻게 하나요?"

"앤, 네 방으로 가라는 말을 들었겠지?"

앤은 한숨을 폭 쉬고 지붕 밑 동쪽 방으로 올라가 창가에 놓인 의자에 앉았다.

"자, 이 기도문의 마지막 한 줄은 층계를 올라오며 다 외웠으니까 이제부터 이 방에 있으면 좋겠다고 여겨지는 물건들을 상상해야지. 바닥에는 분홍색 장미무늬가 가득한 하얀 벨벳 카펫이 깔리고, 창문에 핑크빛 비단 커튼이 드리워졌다고 생각해야지. 가구는 마호가니야. 본 일은 없지만 이름만 들어봐도 무척 호화로울 것 같으니까. 내가 앉아 있는 의자는 푹신한 소파이고, 핑크색, 파란색, 빨간색, 금색의 화려한 비단 쿠션이 잔뜩 쌓여 있어.

내가 이 긴 소파에 우아하게 기대앉으면 그 모습이 벽에 걸린 커다란 거울에 비칠 거야. 나는 키가 크고 여왕의 기품이 느껴지는 데다 하얗고 긴 레이스 드레스를 입은 채로 가슴에는 진주 십자가를 걸고 머리에는 진주 머리핀을 꽂고 있어. 내 머리털은 칠흑 같은 밤처럼 새까맣고 피부는 투명한 상아처럼 하얗지.

내 이름은 코딜리아 피츠제럴드 공주…… 아니야, 안 돼, 이것만큼은 아무리 상상을 해도 진짜처럼 느껴지지 않아."

앤은 춤추듯이 작은 거울 앞으로 다가가 들여다보았다. 턱이 뾰족한 주근깨투성이 얼굴과 진지한 잿빛 눈이 앤을 마주 보고 있었다.

"너는 그냥 그린게이블즈의 앤에 지나지 않아. 내가 코딜리아 공주라고 상상하면 꼭 이 주근깨투성이 얼굴이 지금처럼 눈앞에 떠오른단 말이야. 하지만 어디에도 속하지 않은 앤보다 그린게이블즈의 앤이 훨씬 좋아."

앤은 허리를 굽혀 거울에 비친 자기 얼굴에 다정하게 입을 맞추고 활짝 열려 있는 창가로 되돌아갔다.

"눈의 여왕님, 안녕하세요. 골짜기의 자작나무님과 언덕 위의 회색 집도 안녕하세요. 다이애나가 내 마음의 벗이 되어줄까. 그렇게 된다면 얼마나 좋을까. 그러면 나는 다이애나를 진심으로 사랑하겠어. 하지만 케이티 모리스며 비올레타도 잊지 않을 거야. 만일 잊어버린다면 그 애들이 무척 상처받을 테고, 나는 누구의 마음도 아프게 하고 싶지 않으니까. 상대가 비록 책장 유리문에 비친 소녀, 메아리 소녀라 할지라도 말이야. 그 애들을 잊지 않도록 날마다 입맞춤을 보내줘야겠어."

앤은 입술에 손가락을 대어 벚꽃 저편을 향해 두 번 입맞춤을 보냈다. 그러고는 손으로 턱을 괴고 끝없는 상상의 바다 위로 표표히 떠나갔다.

린드 부인의 노여움

레이철 린드 부인이 앤을 보러 온 것은, 앤이 그린게이블즈에 살기 시작한 지 두 주일이나 지난 뒤였다. 이토록 늦어진 까닭은 린드 부인이 게을러서가 아니라 때아닌 심한 독감에 걸려 지난번 그린게이블즈를 방문한 뒤 내내 집 안에서 누워 지내야 했기 때문이었다. 린드 부인은 좀처럼 병에 걸리는 일이 없어 앓는 사람을 경멸했지만, 독감만은 예외로 여겼으며 하느님의 섭리와 마찬가지라고 했다. 마침내 집 밖으로 나다녀도 좋다는 의사의 허락이 떨어지자마자 부인은 그린게이블즈로 달려갔다. 마릴라와 매슈가 맡아 기른다는 고아가 보고 싶어 견딜 수 없었기 때문이다. 이미 그 아이에 대한 갖가지 소문과 억측이 애번리 마을에 두루 퍼져 있었다.

앤은 그 두 주일 동안 잠자는 시간만 빼고 한순간도 헛되이 보내지 않으며 하루하루를 즐기고 있었다. 언저리의 모든 나무며 덤불들을 하나하나 기억하고 완전히 친해졌다. 사과나무 과수원 아래에서 좁고도 긴 오솔길이 시작되어 숲속으로 이어진 것도 발견했다. 그 길 끝까지 마음 내키는 대로 느릿느릿 걸어가면 시냇물이 흐르고, 통나무다리를 건너고, 전나무숲을 빠져나가, 산벚나무가 터널을 이룬 곳을 지나게 되었다. 구석에서는 풀고사리가 우거져 있고, 갈라져 나간 옆길에는 단풍나무와 마가목이 손을 맞잡듯 가지를 뻗고 있었다.

앤은 골짜기의 샘과도 친해졌다. 깊고 맑으며 얼음처럼 차가운 물이 퐁퐁 솟아나는 샘이었다. 미끈미끈한 붉은 사암으로 둘러싸이고, 둘레에 커다란 손바닥 모양의 풀고사리가 돋아 있었다. 샘 건너편에는 시냇물이 흐르고, 통나무다리가 걸려 있었다.

춤추듯 통나무다리를 사뿐사뿐 건너가면 언덕이 나왔다. 그곳에는 전나무와 가문비나무가 하늘을 찌를 듯 우거져 낮에도 땅거미가 내려앉은 듯 컴컴했다. 숲속에는 귀엽고 소박한 '준벨'이 가녀린 모습으로 수없이 꽃을 피우고 있었고, 지난해 만발했던 꽃송이들의 정령인 듯한 파리한 앵초꽃 몇 송이가 바람에 나부끼고 있었다. 나뭇가지 사이에 쳐진 거미줄은 은실처럼 반짝이고, 전나무 가지와 드리워진 잎들은 정답게 서로 이야기를 주고받는 듯 살랑살랑 울렸다.

앤의 이런 황홀한 탐사 여행은 일하는 사이사이 30분쯤 짬이 날 때 마릴라가 나가서 놀다 오라고 허락해주면 이루어졌다. 돌아오면 앤은 자기가 보고 들은 것을 매슈와 마릴라의 귀가 아플 만큼 재잘거렸다. 매슈는 귀찮아하는 기색 없이 오히려 즐거운 미소를 띠며 처음부터 끝까지 귀 기울였다. 마릴라는 그 수다를 듣다가 어느새 넋을 잃고 빠져들고 있음을 깨달을 즈음 곧 앤에게 '그만.' 하고 퉁명스럽게 명령하곤 했다.

린드 부인이 왔을 때 앤은 과수원에 있었다. 붉게 타오르는 새빨간 저녁놀을 받아 바람에 나부끼는 파릇파릇한 풀밭을 발길 닿는 대로 마음껏 걷고 있었다. 앤이 없는 사이 부인은 자기가 앓은 독감에 대해 마음껏 이야기할 수 있어 기분이 좋았다. 얼마나 아팠으며 맥박은 어떻게 뛰었는지 아주 세밀한 부분까지 빼놓지 않고 린드 부인이 어찌나 흥에 겨워 이야기하던지, 마릴라는 유행성 독감에도 그 나름의 보상이 따르는 모양이라고 여길 정도였다. 이야기를 모두 끝내자 부인은 자기가 찾아온 진짜 목적을 나직이 털어놓았다.

"이 댁에 아주 깜짝 놀랄 일이 생겼다는 소문을 들었어요."

마릴라는 말했다.

"놀란 것으로 치면 내가 제일 놀랐죠. 지금은 마음이 가라앉았지만요."

린드 부인은 안됐다는 듯이 말했다.

"그런 일이 생겼으니 얼마나 난처했겠어요. 그 아이를 돌려보낼 수는 없었나요?"

"돌려보낼 수는 있었지만 그냥 두기로 했죠. 매슈 오라버니가 퍽 마음에 들어했거든요."

마릴라는 린드 부인이 불만스러운 표정을 지었으므로, 처음에는 이야기할 생각이 없던 것까지 그만 입 밖에 내고 말았다.

"실은 나도 그 아이를 좋아하게 되었어요. 물론 결점이 없는 것은 아니지만, 온 지 얼마 안 되는데도 그 아이 덕분에 집안이 분위기가 확 달라졌답니다. 아주 명랑하고 귀여운 아이예요."

린드 부인은 얼굴을 찌푸려 보였다.

"굉장히 무거운 짐을 지게 됐군요. 더구나 마릴라는 아이를 길러본 경험도 없으니까요. 그 아이에 대해 알지도 못할뿐더러 과연 어떤 성정을 타고났을지조차 제대로 모르는 거잖아요? 그 아이가 자라서 어떤 사람이 될지도 알 수 없고요. 나는 마릴라를 낙담시키려고 이런 말을 하는 게 아니에요."

마릴라는 담담하게 대꾸했다.

"낙담하지 않아요. 나는 일단 결정지으면 바꾸지 않는 성미죠. 앤을 보고 싶겠지요? 불러올게요."

앤은 곧 뛰어들어왔다. 과수원 산책을 마음껏 즐기고 돌아온 참이어서 얼굴에 생기가 넘쳐흐르고 있었다. 그러다 뜻밖의 낯선 손님을 보고는 당황한 듯 문가에 주춤거리며 섰다.

앤의 모습은 기묘하기 이를 데 없었다. 고아원에서 입고 온, 꽉 끼고 껑충한 옷 밑으로 삐져나온 가냘픈 다리는 보기 흉할 만큼 말라 있었다. 까뭇까뭇 깨알 같은 주근깨는 여느 때보다 더 많고 두드러져 보였다. 모자를 쓰지 않아 바람에 제멋대로 날려 헝클어진 머리털은 타오르는 불길처럼 새빨갰다. 이때만큼 앤의 머리가 빨갛게 보인 적은 없었다.

"정말이지 외모를 보고 키우기로 한 아이는 아니군요."

린드 부인은 힘주어 말했다. 세상에는 상대방이야 어떻게 생각하든 내키는 대로 거침없이 말하는 것을 자랑으로 여기고, 또한 그 말이 재미있어 주변 사람들에게 인기 있는 부류의 사람이 있는데, 린드 부인도 그런 부류 가운데 하나였다.

"빼빼 마른 못생긴 아이로군요, 마릴라. 얘, 좀 더 가까이 와봐라. 얼굴을 자세히 한번 좀 보자. 아이구, 맙소사! 무슨 주근깨가 이렇게 많을 수 있담. 머리털은 꼭 당근같이 새빨갛구나. 어서 이리 가까이 오라니까."

앤은 가까이 가기는 했으나 린드 부인이 기대했던 것과는 좀 달랐다. 한달음에 부엌을 가로질러 린드 부인 앞으로 가서 우뚝 섰다. 얼굴에 분노가 가득하고 입술은 파르르 떨렸으며 그 가냘픈 몸도 머리끝에서 발끝까지 바들바들 떨고 있었다.

앤은 발을 쾅쾅 구르며 소리를 질렀다.

"아줌마 같은 사람은 싫어요! 싫어, 싫어! 정말 싫어!"

싫다는 말을 할 때마다 발 구르는 소리가 더욱 커졌다.

"아줌마가 뭔데 나한테 빼빼 마르고 못생겼다고 말할 수 있어요? 어떻게 주근깨투성이에다가 빨강머리라 볼품없다는 소리를 할 수 있냐고요? 아줌마는 정말이지 예의 없고 뻔뻔스럽고 인정이라고는 손톱만큼도 없는 사람이에요!"

마릴라가 놀라 외쳤다.

"앤!"

그러나 앤은 조금도 굽히지 않고 여전히 린드 부인을 쏘아보고 있었다. 머리를 치켜들고 눈을 번뜩이며 주먹을 움켜쥐고 마치 뜨거운 증기처럼 격렬한 분노를 푹푹 내뿜었다.

앤은 되풀이했다.

"어쩌면 그럴 수 있어요! 만일 아줌마가 이런 말을 들으면 어떤 기분이 들겠어요? 뚱보에 맵시 없고 상상력이라곤 조금도 없는 사람이라는 말을 듣는다면 말예요. 어때요? 내가 그렇게 말해서 기분 상하죠? 나는 아무렇지도 않아요! 오히려 기분이 좋아요. 아줌마 마음을 아프게 해주고 싶네요. 술주정꾼 토머스 아저씨도 나에게 심한 말을 했지만, 아줌마만큼 상처 입히지는 않았어요. 아줌마 같은 사람은 결코 용서할 수 없어요, 절대로!"

콰당! 콰당!

겁먹은 린드 부인이 소리를 질렀다.

"세상에 이런 대단한 성질을 부리는 아이가 또 있을까!"

가까스로 마릴라가 엄하게 말했다.

"앤, 네 방으로 가거라. 내가 올라갈 때까지 방에서 나오면 안 된다."

앤은 울음을 터뜨리며 현관홀로 통하는 문으로 돌진한 다음 문을 쾅 닫았다. 얼마나 세게 닫았는지 바깥벽에 걸린 양철통이 덜컹거릴 정도였다. 그러고 나서 회오리바람이 몰아치듯 층계를 뛰어 올라갔다. 아까보다 나직하기는 해도 2층에서 들려온 쾅 하는 소리로 지붕 밑 동쪽 방의 방문도 어지간히 세게 닫혔음을 짐작할 수 있었다.

레이철 린드 부인이 엄숙한 목소리로 말했다.

"저런 아이를 길러야 하다니 딱하게 됐네요, 마릴라."

마릴라는 뭐라고 사과의 말을 할 작정이었다. 그러나 실제로 입 밖으로 나온 것은, 그 무렵뿐만 아니라 나중에 다시 떠올려 봐도 마릴라 자신 또한 깜짝 놀랄 만한 말이었다.

"그 아이 앞에서 생김새에 대해 이러니저러니 흉보는 것은 좋지 않았다고 생각해요, 레이철."

린드 부인은 머리끝까지 화가 나서 말했다.

"마릴라 커스버트, 지금 눈앞에서 그 아이의 지독한 짓을 보고도 설마 그 애 편을 드는 건 아니겠지요?"

마릴라는 천천히 말했다.

"나는 그 아이의 역성을 드는 게 아니에요. 물론 오늘 한 행동은 예의에 어긋났으니 따끔하게 타이를 필요가 있겠지요. 하지만 좀 더 너그럽게 봐주어야 해요. 제대로 교육받지 못했으니까요. 게다가 레이철도 그 아이에게 너무 심한 말을 했어요."

마릴라는 이런 이야기를 하는 자기 자신에게 또 한 번 놀라면서도 마지막 말을 덧붙이지 않을 수 없었다.

린드 부인은 모욕당한 듯 불쾌한 얼굴로 일어섰다.

"맙소사, 이제부터는 말을 가려서 해야 한다는 것을 명심하도록 하죠, 마릴라. 어떤 사람의 자식인지도 모르는 불쌍한 고아의 예민한 마음을 먼저 배려해야 하니까요. 화가 나서 이러는 건 아니에요. 염려 말아요. 마릴라가 가엾어 화낼 기분도 들지 않아요. 앞으로 저 아이 때문에 애깨나 먹을 테니까요. 내 말은 들을 것 같지도 않지만, 그래도 애를 열 명을 낳아 기르면서 둘을 잃어본 내 경험에서 우러나온 충고를 하자면, 아까 마릴라가 말한 대로 '따끔하게 타이를' 때는 적당히 매질을 해야 한다는 거예요. 저 아이에게는 그 방법이 가장 효과가 있을 것 같군요. 애가 아주 성질이 보통이 아니에요. 그 불같은 성미는 머리색하고 딱 들어맞네요. 그럼 잘 있어요, 마릴라. 앞으로도 자주 놀러 와요. 나는 이 집에 한동안은 걸음을 못 할 것 같으니까요. 이런 봉변과 모욕을 당하기는 난생처음이네요."

말을 마친 린드 부인은 다른 때 같았으면 그 뚱뚱한 몸 때문에 언제나 뒤뚱뒤뚱 걸었을 테지만, 고개를 획 돌리고 재빠르게 나가버렸다.

마릴라는 심각한 표정으로 앤의 방에 올라갔다. 층계를 올라가며 마릴라는 어떻게 하면 좋을까 궁리했다. 아까 벌어졌던 광경에 매우 당황하여 가슴이 방망이질하듯 뛰었다.

'하필이면 화를 터뜨려도 린드 부인 앞에서 터뜨리다니 운도 나빴지!'

이때 갑자기 마릴라는 자기가 아이의 성격에서 지독한 결점을 발견하고 낙담하기보다, 하필이면 그 점을 린드 부인에게 들켜 망신당한 걸 부끄러워하는 마음이 더 강한 것을 깨닫고 스스로를 나무랐다. 그럼 어떤 방법으로 앤에게 벌을 주어야 할 것인가. 매질의 효력은 린드 부인의 아이들을 보아 분명했지만 마릴라는 내키지 않았다. 어린아이를 때리다니, 결코 그럴 수 없다. 어떤 다른 방법으로 앤이 스스로 뉘우치도록 해야 한다.

앤은 침대에 엎드려 엉엉 울고 있었다. 깨끗한 이불 위에 흙투성이 구두를 신고 올라갔다는 사실도 염두에 없는 것 같았다.

마릴라는 되도록 부드러운 목소리로 불렀다.

"앤."

대답이 없었다.

목소리를 한층 더 높여 마릴라는 말했다.

"앤, 침대에서 내려와 내 말을 잘 듣거라."

앤은 침대에서 느릿느릿 내려와 의자에 몸을 꼿꼿이 세우고 앉았다. 울어서 얼굴은 퉁퉁 부어 있었고 눈물이 그렁그렁한 눈은 고집스럽게 바닥을 내려다보고 있었다.

"정말 어이없는 행동이었어, 앤. 부끄럽지 않니?"

"그 사람이 내게 못생긴 빨강머리라고 말할 권리는 없어요."

앤은 말대꾸했다. 도저히 받아들일 수 없다는 반항적인 태도였다.

"너도 그렇게 화를 내며 대들 권리는 없었다, 앤. 내가 아주 부끄러워 혼났어. 차마 보고 있을 수가 없었지. 특히 린드 부인 앞에서는 얌전하게 행동해주기를 바라고 있었는데 오히려 망신을 시켰으니 말이다. 린드 부인이 못생긴 빨강머리라고 한 말에 어째서 그렇게 화냈는지 도무지 알 수 없구나. 너 자신도 늘 그렇게 말하지 않니."

앤은 또다시 울며 말했다.

"내 입으로 말하는 것과 남에게 듣는 것은 아주 달라요. 스스로는 그렇게 알고 있어도 남들은 그렇게 생각하지 않기를 바라죠. 마릴라는 내 성질이 고약하다고 여기겠지만 참을 수 없었어요. 그런 말을 듣는 순간 무언가가 치밀어 오르고 숨이 콱 막히는 듯해서 잠자코 있을 수 없었어요."

"어쨌든 좋은 망신거리가 되었다. 이렇게나 좋은 이야깃거리가 생겼으니 앞으로 린드 부인은 네 소문을 마구 퍼뜨리고 다닐 거야. 그래, 틀림없이 그럴 테지. 그런 식으로 화내는 게 아니었어, 앤."

앤은 눈물을 흘리며 호소했다.

"만일 누가 마릴라에게 대놓고, 빼빼 마르고 못생겼다고 하면 어떤 기분이 들지 생각 좀 해 보세요."

별안간 오래된 기억이 마릴라의 뇌리에 스쳤다. 어릴 때 어떤 숙모가 "가엾어라, 어쩌면 애가 저렇게도 칙칙하고 못생겼을까."라고 자신에 대해 말하는 소리를 들었기 때문이다. 그때 입은 마음의 상처는 쉰 살이 될 때까지 단 하루도 잊은 적이 없었다.

조금 누그러진 마릴라는 부드러운 목소리로 말했다.

"린드 부인이 그런 말을 한 건 나도 좋게 여기지 않아, 앤. 레이철이 생각 없이 너무 함부로 말하는 편이지만, 그렇다 해도 네가 그런 태도를 보여서는 안 되지. 처음 만난 사람인 데다 어른이고 우리 집에 온 손님 아니냐? 이 세 가지 가운데 하나만 해당되어도 공손하게 대해야 해. 그런데 너는 예의 없고 건방지고 또……."

이때 문득 마릴라의 머리에 알맞은 벌이 떠올랐다.

"린드 부인 댁에 가서, '화를 내서 죄송합니다, 부디 용서해주세요.' 이렇게 빌고 오너라."

그러자 앤은 고집스럽고 침울하게 말했다.

"결코 그럴 수 없어요. 어떤 벌이라도 달게 받을게요. 뱀과 도마뱀이 잔뜩 모여 사는 어둡고 질척질척한 땅굴에 가두고 빵과 물만 줘도 좋아요. 불평하지 않을게요. 하지만 린드 부인에게 용서해 달라고 비는 것만은 못 하겠어요."

마릴라는 퉁명스럽게 대꾸했다.

"질척질척한 땅굴에 사람을 가두는 일은 하지 않아. 더욱이 애번리에 땅굴 같은 건 없어. 린드 부인에게는 반드시 용서를 빌어야 하고, 또 그렇게 하도록 만들 테니 용서를 빌 결심이 설 때까지 이 방에서 한 발짝도 나오면 안 된다."

앤은 고개를 푹 숙였다.

"그렇다면 이 방에서 언제까지나 나갈 수 없겠네요. 린드 부인에게 잘못했다는 말을 할 수는 없어요. 어떻게 그럴 수 있겠어요. 잘못했다는 생각이 들지 않는걸요. 마릴라를 난처하게 한 건 죄송스럽게 여기고 있어요.

하지만 그 부인에게는 그 정도의 말을 해도 좋다고 생각해요. 속이 후련했어요. 잘못했다는 생각도 들지 않는데 용서를 빌 수 있겠어요? 그런 일은 상상도 못 하겠어요."

"아마 하룻밤 자고 나면 너의 그 상상력이 잘 돌아가게 될 게다."

마릴라는 이만 나가려고 일어섰다.

"오늘 밤 잘 생각해서 마음을 고쳐먹도록 해. 너는 그린게이블즈에 있게 해주면 착한 아이가 되겠다고 약속했는데, 지금 같아서는 그 말과 꽤 거리가 먼 것 같구나."

분노가 태풍처럼 몰아치는 앤의 가슴에 '파르티아인의 일격'[1]과도 같은 말을 던져놓고 마릴라는 부엌으로 내려갔다. 마음이 뒤숭숭하여 갈피를 잡을 수 없었다. 마릴라는 앤뿐만 아니라 자신에게도 화가 났다. 린드 부인의 그 아연실색하던 표정을 생각하면 웃음이 새어 나오려는 듯 입술이 씰룩거려 나쁜 줄 알면서도 큰 소리로 웃고 싶어 견딜 수 없었다.

---

[1] 고대 서아시아 파르티아 왕국의 기병이 달아나면서 또는 달아나는 척하면서 뒤를 향해 활을 쏜 습관에서, 최후의 일격 또는 신랄한 말이라는 뜻.

앤의 사과

 마릴라는 그날 밤, 낮에 일어난 일에 대해 매슈에게 아무 말도 하지 않았다. 그러나 다음 날 아침에도 앤이 식사하러 내려오지 않자 그 까닭을 말하지 않을 수 없었다. 마릴라는 앤의 행동이 얼마나 무례했는지 매슈에게 납득시키려고 애를 쓰며 사건의 전말을 털어놓았다.

 "레이철 린드는 그런 소리를 들을 만도 하지. 남의 일에 참견 잘하고 말도 너무 많은 할멈이니까."라는 것이 매슈의 반응이었다.

 "어머나. 오라버니에게는 두 손 두 발 다 들었어요. 앤이 몹쓸 짓을 했는데도 그 아이 편을 들다니! 이러다 아예 벌이 필요 없다고 하겠군요."

 매슈는 우물우물 대꾸했다.

 "글쎄다…… 아니, 꼭 그렇다는 건 아니야. 조금은 벌을 줘야겠지. 하지만 아이에게 너무 엄하게 하지 말아다오, 마릴라. 아무도 제대로 교육시키지 않았다는 사실을 잊어선 안 돼. 어쨌든 먹을 건 갖다줬겠지?"

 마릴라는 화가 나서 말했다.

 "내가 아이 버릇을 고치려고 굶기기라도 한다는 거예요? 식사는 꼬박꼬박 갖다주고 있어요. 하지만 저 아이가 린드 부인에게 용서를 빌겠다고 할 때까지는 방에서 내보내지 않겠어요. 이미 결정한 일이니 바꿀 수 없어요."

앤이 고집을 꺾지 않았으므로 식탁의 한 자리가 계속 빈 채로 아침, 점심, 저녁 식사는 모두 조용히 끝났다. 마릴라는 식사 때마다 쟁반에 이것저것 음식을 가득 담아 방으로 날라다 주었다. 그리고 한참 뒤 다시 가지러 갔으나 음식은 거의 손도 대지 않다시피 했다. 마릴라가 쟁반을 들고 내려오면 매슈는 앤이 조금이라도 먹었을지 근심스러운 눈길로 바라보았다.

그날 저녁 마릴라가 소들을 데리러 목초지로 나가자, 헛간 언저리를 서성거리며 기회를 엿보던 매슈는 도둑처럼 몰래 집 안으로 들어가 살금살금 2층으로 올라갔다.

여느 때 매슈는 부엌하고 현관 옆에 있는 좁은 자기 침실만 오갔으며, 어쩌다 목사님이 차를 마시러 오면 용기를 내어 주춤주춤 응접실이나 거실로 들어가는 일이 있을 뿐이었다. 봄에 마릴라가 손님용 침실의 벽지를 바를 때 도와주기 위해 들어갔을 뿐 자기 집인데도 2층에는 별로 올라가 본 적이 없었다. 그마저도 4년 전 일이었다.

매슈는 방문 앞에 멈춰 서서 몇 분 동안 망설였다. 그리고 심호흡을 한 번 하고는 문을 똑똑 두드린 다음, 살그머니 방문을 열고 안을 들여다보았다.

앤은 창가의 노란 의자에 앉아 슬픈 표정으로 뜰을 내려다보고 있었다. 그 조그마한 애처로운 모습을 보자 매슈는 가슴이 미어지는 것 같았다. 문을 조용히 닫고 앤 곁으로 서서히 다가갔다.

"앤."

마치 누가 들을까 겁내듯 그는 속삭였다.

"어떠냐, 앤?"

앤은 힘없이 미소 지었다.

"그저 그래요. 여러 가지 상상을 하고 있어요. 그러면 시간 가는 줄 모르거든요. 물론 외롭기는 해요. 하지만 그것에도 곧 익숙해져야겠죠."

앤은 다시 미소 지었다. 아무리 오랫동안 갇혀 있어도 결코 굽히지 않겠다는 태도였다.

매슈는 여기로 올라온 용건을 빨리 말해야 한다는 사실이 머리에 떠올랐다. 마릴라가 평소보다 서둘러 돌아올지도 모르기 때문이다.

그는 나직이 속삭였다.

"그런데 말이다, 앤, 차라리 마릴라가 시킨 일을 얼른 해치우는 편이 낫지 않겠니? 어차피 언젠가는 해야 할 테니까. 마릴라는 한번 말을 꺼내면 어떻게든 해내고야 마는 사람이란다. 지독한 고집쟁이거든. 앤, 너무 시간 끌지 말고 끝내버리렴."

"린드 부인에게 사과하란 말인가요?"

매슈는 힘주어 말했다.

"그래, 사과해야지. 아무리 언짢아도 네가 참아내야 하지 않겠니. 그래야 모든 일이 풀릴 테니까. 내가 하고 싶은 말은 바로 이거였어."

앤은 생각에 잠기며 천천히 말했다.

"아저씨를 위해서라면 할 수 있을 것 같아요. 내가 사과를 해도 거짓말이 되지는 않아요. 지금은 내가 잘못했다는 생각이 드니까요. 하지만 어젯밤에는 그렇지 않았어요. 밤새도록 화가 났어요. 밤중에 세 번이나 눈을 떴는데, 그때마다 화가 나서 견딜 수 없었어요. 오늘 아침에서야 마음이 좀 가라앉았어요. 이제는 화도 나지 않아요. 맥이 빠져버린 것 같고, 부끄러운 생각만 들어요. 그래도 린드 부인에게 도저히 사과할 수 없다고 생각했어요. 그럴 바에는 차라리 이대로 언제까지나 갇혀 있는 편이 낫다고 여겼지요. 하지만 아저씨를 위해서라면 무엇이든 하겠어요. 아저씨가 정말 그것을 바라신다면……."

"그야 물론이지. 그렇게 해주기를 기다리고 있었단다. 아래층에 네가 없으니 무척 적적하더구나. 어쨌든 원만하게 해결하고 오너라. 자, 착하지."

앤은 체념하며 말했다.

"알겠어요. 마릴라가 돌아오면 뉘우치고 있다고 말하겠어요."

"그게 좋겠다. 그래야지, 앤. 내가 이런 말을 했다는 소리는 마릴라에게 결코 하지 말아라. 내가 쓸데없이 간섭했다고 여길지도 모르니까. 참견하지 않기로 약속했거든."

앤은 엄숙하게 약속했다.

"아무리 으름장을 놓아도 내 비밀을 파헤칠 수 없어요.[1] 그런데 으름장은 뭐길래 그걸 놓아서 사람의 비밀을 알아내는 걸까요?"

그러나 매슈는 이미 나가고 없었다. 일이 너무 쉽게 풀려 스스로도 믿을 수 없을 정도였다. 자기가 한 일을 마릴라가 알아차리면 큰일이다 싶어 아예 말을 놓아 먹이는 목초지 끄트머리까지 쏜살같이 달아났다.

마릴라가 집으로 돌아오자 층계 난간 위에서 "마릴라!"라는 가냘픈 목소리가 들려왔다. 마릴라는 깜짝 놀라기도 하고 기쁘기도 했다.

현관홀로 들어서며 마릴라는 짐짓 아무렇지 않은 척 물었다.

"왜 그러니?"

"생각 없이 화내고 예의에 어긋나는 행동을 해서 죄송했어요. 린드 부인에게 가서 용서를 빌겠어요."

"알았다."

---

[1] 원문을 직역한 표현은 '사나운 말이라도 비밀을 끄집어낼 수 없다'. 중세시대에는 각각 다른 두 마리 또는 네 마리의 사나운 말에 사람의 팔다리를 묶고, 그 말을 반대 방향으로 몰아서 사람을 찢어 죽이는 거열형이 있었기 때문에, 그런 끔찍한 형을 받는 한이 있더라도 비밀을 지킨다는 의미로 이런 표현이 생겼음.

마릴라의 쌀쌀맞은 대답에 안도의 빛 같은 것은 보이지 않았다. 그러나 마음속으로는 만일 앤이 이대로 굽히지 않는다면 도대체 어떻게 하나 걱정하고 있던 참이었다.

"우유를 짜고 난 뒤 데려다주마."

우유를 다 짠 다음 마릴라와 앤은 오솔길을 나란히 걸어갔다. 마릴라는 가슴을 펴고 의기양양하게 앞서 걸어갔지만, 앤은 고개를 숙인 채 기운이 없었다. 그러나 한 걸음 한 걸음 내디디면서 절반쯤 왔을 무렵 앤은 마치 마법에 걸린 듯 활기를 되찾았다. 고개를 들어 붉게 물든 저녁 하늘을 바라보며 들뜬 기분을 애써 참고 있는 듯 가뿐한 걸음으로 걸었다. 마릴라는 못마땅한 듯 눈썹을 찡그리며 그 변화를 지켜보았다. 기분이 상해 있는 린드 부인 앞에 데려갈 만한, 죄를 뉘우친 모습으로 보이지는 않았기 때문이다.

마릴라는 퉁명스럽게 물었다.

"대체 무슨 꿍꿍이니, 앤?"

앤은 꿈꾸듯 말했다.

"린드 부인에게 뭐라고 하면 좋을까 생각하고 있어요."

마릴라는 할 말이 없었다. 아니, 할 수가 없었다. 그러나 마릴라는 어쩐지 앤에게 벌을 주려 했던 일이 엉뚱하게 되어나가는 듯한 예감이 자꾸만 들었다. 앤이 이렇듯 밝고 황홀한 표정을 짓는 까닭이 선뜻 이해되지 않았다.

앤의 그런 표정은 린드 부인댁에 다다를 때까지 계속되었다. 그때 부인은 부엌 창가에 앉아 뜨개질을 하고 있었다. 그런데 부인의 얼굴을 보는 순간 앤의 얼굴이 서서히 어두워졌다. 후회하는 표정이 침울한 얼굴에 스며 나왔다. 앤은 레이철 린드 부인 앞에 무릎을 꿇으며 부디 용서해 달라는 듯 조용히 두 손을 내밀었다.

그리고 앤은 떨리는 목소리로 말했다.

"아, 린드 아주머니, 정말 잘못했습니다. 제 깊은 슬픔은 결코 말로 나타낼 수 없을 거예요. 설령 사전 한 권에 담긴 말을 모두 쓴다 해도 모자랄 겁니다.

지난번 일은 아주머니에게 몹시 실례되는 행동이었어요. 그리고 신세 지고 있는 매슈와 마릴라에게도 큰 폐를 끼쳤고요. 친절한 두 분은 남자아이가 아닌 저를 받아주시고 그린게이블즈에 살게 해주셨건만, 저는 그 은혜를 저버리는 나쁜 아이였습니다. 벌을 받고, 선량한 사람들로부터 따돌림을 당해 마땅합니다.

아주머니가 있는 그대로 진실을 말했는데 다짜고짜 화부터 냈으니 너무도 불량한 행동이었습니다. 아주머니 말씀은 모두 사실입니다. 저는 빨강머리에 주근깨투성이고 빼빼 마른 데다 못생겼지요. 제가 아주머니에게 한 말도 사실이긴 하지만 그런 말을 해선 안 됐어요.

아, 린드 아주머니, 부디 저를 용서해주세요. 그렇지 않으면 평생 슬픔에 잠겨 살아가야 할 것입니다. 아무리 제 성격이 고약하더라도 가엾은 고아를 일생 동안 고통 속에 살게 하고 싶지는 않으시겠죠? 결코 그렇지 않으리라 믿어요. 너그러이 사과를 받아주겠다고 말씀해주세요, 린드 아주머니."

앤은 두 손을 가슴 앞에 모아 쥐고 고개를 수그린 채 판결을 기다렸다. 앤이 진심으로 뉘우치고 있음은 의심할 여지가 없었다. 말 한 마디 한 마디에 그것이 느껴졌다. 마릴라도 린드 부인도 앤의 말이 진정임을 인정했다.

그러나 마릴라는 앤이 '굴욕의 골짜기'[2]에 놓인 주인공처럼 이 상황을 즐기고 있어서 몹시 당황했다. 자기가 생각해 낸 사과의 말에 취해 철저한 자기 비

---

2) 17세기 영국 종교가 존 버니언(1628~1688)의 《천로역정》에서 따옴.

하를 도리어 즐기는 듯하였다. 마릴라가 자랑스럽게 생각했던 건전한 처벌을 앤은 완전히 쾌락으로 바꾸어버리고 말았다.

그러나 사람 좋은 린드 부인은 본래 통찰력이 그리 뛰어나지 못해서 거기까지는 꿰뚫어 보지 못했다. 그저 앤이 진심으로 용서를 비는 것으로만 여겼고, 얼마쯤 남의 일에 참견 잘하는 결점이 있긴 해도 바탕은 착한 사람이므로 말끔히 노여움을 풀었다.

부인은 다정하게 말했다.

"자, 얘야, 어서 일어나거라. 물론 용서하고말고. 나도 너에게 너무 심한 말을 했다고 생각해. 하지만 나는 그런 식으로 마구 말하는 사람이니 이해해다오. 사실 네 머리가 너무 빨갛기는 하거든. 하지만 내가 어릴 때 학교에 함께 다니던 친구는 너처럼 빨강머리였는데 자라서 금빛이 도는 아름다운 적갈색이 되었단다. 그러니 네가 그렇게 된다 해도 나는 결코 놀라지 않을 게다."

앤은 벌떡 일어서며 숨을 깊이 들이마셨다.

"어머나, 린드 아주머니! 아주머니는 내게 희망의 불을 밝혀 주셨어요. 앞으로 늘 아주머니를 은인으로 여기겠어요. 아, 어른이 되어 내 머리털이 아름다운 적갈색이 된다면 나는 어떤 일이라도 참을 수 있을 거 같아요. 머리털이 아름다운 적갈색이라면 착한 아이가 되는 것도 그리 어렵지 않다고 생각지 않으세요?

저, 두 분이 이야기하는 동안 뜰에 나가 사과나무 그늘 아래에 앉아 있어도 괜찮을까요? 거기서는 마음껏 상상을 할 수가 있거든요."

"암, 좋고말고. 어서 나가보아라. 그리고 갖고 싶으면 저기 구석에 피어 있는 흰 수선화를 꺾어 꽃다발을 만들어도 괜찮아."

함박웃음을 지으며 앤이 신나서 나가자 린드 부인은 기운차게 일어나 램프에 불을 켰다.

"정말 남다른 아이로군요. 이쪽 의자에 앉아요, 마릴라. 지금 앉아 있는 의자보다 편할 거예요. 그것은 일꾼 남자아이용이니까요.

저 아이는 확실히 다른 아이들과 달라요. 마음을 끄는 힘이 있다고나 할까? 나는 이제 마릴라와 매슈가 저 아이를 기르는 데 대해 전처럼 놀라거나 안됐다는 생각을 버리게 됐어요. 좋은 아이로 잘 자랄 것 같아요. 물론 저 아이의 말투며 몸짓이 독특한 구석이 있기는 하죠. 어딘지 좀 과장하는 경향이 있어요. 하지만 사리 판단을 잘하는 차분한 사람들과 함께 살게 되었으니 언젠가 조금씩 고쳐지겠지요. 그리고 성격이 상당히 급한 것 같은데, 그런 아이들은 발끈했다가는 금세 가라앉아서 오히려 교활하게 남을 속이는 짓은 하지 않지요. 간사하고 꾀 많은 아이는 정말 질색이에요. 어쨌든 저 아이가 마음에 들어요, 마릴라."

마릴라가 린드 부인 집을 나오자 앤은 흰 수선화 한 다발을 들고 그윽한 향기가 감도는 저녁놀 진 과수원에서 모습을 나타냈다.

오솔길을 걸어가며 앤은 자랑스럽게 말했다.

"아까 썩 잘했죠? 이왕 사과할 바에는 제대로 싹싹 빌어야겠다고 생각했어요."

"그래, 확실히 그렇긴 하더구나, 지나칠 만큼 말이다."

그 연극과도 같던 용서를 비는 말을 생각하면 웃음이 터져 나올 것 같아 마릴라는 난처했다. 더구나 지나치게 사과를 잘한 앤을 도리어 꾸짖어야 하나 싶은 고민마저 밀려왔다. 그러나 굳이 그런다면 어불성설이 아니겠는가! 결국 이번 일에 대해 엄격하게 주의를 주는 것으로 자신의 양심과 타협을 했다.

"앤, 그렇게 사과해야 할 일은 두 번 다시 저지르지 않기 바란다. 공연히 버럭

버럭 화내는 것은 좋지 않아."

앤은 한숨을 쉬며 말했다.

"사람들이 내 모습에 대해 이러쿵저러쿵하지만 않으면 아무 일 없을 텐데요. 다른 일에는 화가 잘 안 나는 편인데도, 머리색에 대해서만큼은 너무 말을 많이 들어서 그만 울컥 화가 치밀어요. 내가 더 자라면 머리털이 정말 아름다운 적갈색으로 바뀔까요?"

"겉모습에 대해 너무 신경 쓰면 못써, 앤. 너는 아주 허영덩어리 같구나."

앤은 뾰로통해서 말했다.

"제가 못생긴 걸 아는데 어떻게 허영덩어리가 될 수 있겠어요? 저는 예쁜 것을 좋아하는데 거울에 아름답지 못한 내 얼굴이 비치면 절망 속에 빠져 너무 서글퍼져요. 무엇이든 흉한 것을 보았을 때는 그런 기분이 들어요. 한편으로는 애처로운 생각도 들고요."

"행실이 반듯한 사람이 겉모습도 아름다워 보이는 법이야."

마릴라는 격언을 인용했다.

그러자 앤은 수선화[3] 향기를 맡으며 미심쩍다는 듯 말했다.

"그런 말을 전에도 들은 일이 있지만 믿지 않아요. 수선화는 참 사랑스러운 꽃이에요. 이것을 주시다니. 나는 이제 친절한 린드 아주머니를 미워하지 않아요. 사과하고 용서받는다는 건 무척 기분 좋은 일 같아요. 오늘 밤은 별이 총총 빛나고 있어요. 만일 별에서 살 수 있다면 마릴라는 어느 별이 좋아요? 나는 저 언덕 위에서 반짝이는 크고 환한 별이 좋겠어요."

---

3) 수선화는 요정 에코의 사랑을 받아들이지 않은 벌로, 호수에 비친 자기의 아름다운 모습과 사랑에 빠져 스스로를 그리워하다 죽어서 호숫가에 수선화로 피어났다고 하는 미소년 나르키소스에서 이름을 따옴.

휙휙 방향을 바꾸는 앤의 생각을 따라잡으려다가 지쳐버린 마릴라는 얼른 말했다.

"앤, 이제 그만 입 좀 다물어라."

두 사람이 집 앞 오솔길로 들어설 때까지 앤은 아무 말도 하지 않았다. 산들바람이 불어와 이슬에 젖은 알싸한 고사리 향기가 두 사람을 감쌌다. 언덕 위 그린게이블즈의 부엌에서 새어 나오는 따스한 불빛이 나뭇가지 사이로 깜빡이고 있었다. 갑자기 마릴라에게 몸을 바싹 갖다 대며 앤은 마릴라의 차가운 손 안에 자신의 조그만 손을 밀어 넣었다.

그리고 얼굴 가득히 미소를 띤 채 말했다.

"저 집이 우리 집이다 생각하며 돌아가니 참으로 즐거워요. 저는 그린게이블즈가 몹시 마음에 들어요. 이제까지는 아무 데도 좋아한 적 없고, 우리 집이라고 여긴 곳도 없었어요. 아, 마릴라, 난 너무나 행복해요. 지금 같은 기분이라면 기꺼이 감사기도를 드리고 싶고, 어렵게 느껴지지도 않아요."

앤의 가냘픈 손이 자기 손에 닿았을 때 어떤 따뜻한 정이 마릴라의 가슴에 솟아올랐다. 아마도 여지껏 느껴보지 못했던 모성애 같은 것인지도 모른다. 그런 감정에 익숙지 못한 마릴라는 그것이 더할 나위 없이 달콤하여 순간 당황했다. 여느 때의 평온한 마음으로 돌아가기 위해 마릴라는 교훈을 이끌어냈다.

"앤, 착한 아이가 되면 언제나 행복해질 수 있단다. 그때는 기도문 외는 것도 전혀 어렵지 않지."

앤은 골똘히 생각에 잠기며 말했다.

"기도문을 외는 것과 기도하는 것은 좀 다른 것 같아요. 이제 나는 바람이라고 상상하고 싶어요. 저 나무 위를 빙빙 돌며 후후 불다가, 싫증 나면 여기 이 작은 고사리 위로 춤추듯 살며시 내려와 샹들리에처럼 매달려 있는 잎사귀를 흔들죠. 그러다가 린드 아주머니네 뜰로 날아가 꽃들을 하늘하늘 춤추게 하고, 그런 다음 클로버 들판을 단번에 휩쓸고 달려가요. 그리고 '반짝이는 윤슬의 호수'로 다가가 살살 다독이듯 잔물결을 일으키는 거예요. 아, 바람에는 상상의 나래를 한껏 펼칠 수 있는 여지가 얼마든지 있어요! 지금은 더 이상 이야기하지 않겠어요, 마릴라."

마릴라는 안도의 한숨을 내쉬었다.

'아, 고마워라, 참 다행이야. 하느님께 감사해야지.'

주일학교

"어떠냐, 마음에 드니?"

마릴라가 물었다. 앤은 침대 위에 펼쳐 놓은 세 벌의 새 원피스를 야릇한 표정으로 바라보며 서 있었다.

하나는 갈색 깅엄[1] 천으로, 여름에 행상인이 가져왔을 때 매우 튼튼해 보여 마릴라가 미리 사둔 것이었다. 또 하나는 검은색과 흰색이 교차하는 바둑판무늬 새틴 천으로 지난겨울 할인 매대에서 사온 것이다. 나머지 하나는 아무리 요모조모 살펴보아도 예쁘다고 할 수 없는, 푸르스름하니 뻣뻣한 천으로, 며칠 전 카모디의 가게에서 사왔다.

마릴라가 손수 만든 세 벌 모두 비슷비슷해 보였다. 아무 장식 없는 치마 부분과 마찬가지로 윗옷은 수수하며 몸에 딱 맞았고, 소매통은 팔이 겨우 들어갈 정도로 좁았다.

앤은 무표정한 얼굴로 말했다.

"상상의 도움을 빌어 마음에 들었다고 해둘게요."

예상치 못한 반응에 마릴라는 화가 났다.

---

[1] 굵은 실로 격자무늬를 넣어서 짠 면직물.

"마음에 들었다고 해둔다니? 아, 마음에 들지 않는단 말이지! 어디가 나빠 그러니? 산뜻하고 깨끗한 새 옷인데!"

"맞아요."

"그럼, 어째서 마음에 들지 않는단 말이냐?"

앤은 마지못해 입을 열었다.

"그야…… 그야…… 예쁘지 않으니까요."

"예쁘지 않다고?"

마릴라는 "흥!" 하고 코웃음을 쳤다.

"너에게 예쁜 옷을 만들어 줄 생각은 조금도 없어. 똑똑히 말해두지만 그것은 네 허영심을 키울 뿐이야. 이 옷들은 모두 점잖고 쓸데없는 주름이나 장식 없이 아주 튼튼하고 실용적인 옷이야.

이번 여름은 이 세 벌로 지내도록 해라. 갈색 깅엄 옷과 파란 옷은 학교에 다닐 때 입으면 좋을 테고, 새틴 옷은 교회에 갈 때 입도록 해. 옷은 언제나 단정하고 깨끗하게 입도록 해라. 옷이 찢기지 않도록 조심하고. 고아원에서 입고 온 거친 원시 천의 댕강 올라간 옷에 비하면 무슨 옷이든 고맙게 여겨야 될 텐데."

앤이 오해를 바로잡으려는 듯 말했다.

"물론 고맙게 생각하고 있어요. 하지만 이 가운데 만일 봉긋 부풀린 소매가 달린 옷이 한 벌이라도 있다면 더욱 고맙게 생각했을 거예요. 요즘은 퍼프 소매가 유행하고 있잖아요?[2] 그런 옷을 입으면 가슴이 두근거릴 것 같아요."

"안됐지만 가슴이 두근거릴 일은 접어두는 게 좋겠구나. 안타깝게도 그런 소

---

[2] 유럽에서는 1880년대부터 세기말까지, 북미에서는 1893~1896년에 크게 유행함. 천을 넉넉히 사용해 풍선처럼 부풀린 듯한 퍼프소매 옷이 신대륙 서민들 사이에도 유행한 배경은, 영국에서 18세기 말부터 시작된 산업혁명 이후 방적기와 직조기의 보급으로 옷감 가격이 싸졌기 때문.

매를 만드는 데 낭비할 만한 헝겊이 없으니까. 내 눈에는 부풀린 소매가 우스꽝스러워 보이기만 하던데. 깔끔하고 얌전한 소매가 최고지."

앤은 슬픈 표정으로 호소했다.

"그렇지만 저 혼자만 수수하고 점잖을 바에는 차라리 다른 사람들과 마찬가지로 우스꽝스러워 보이는 편이 훨씬 더 나은걸요."

"정말 한심한 소리를 하는구나! 어서 옷을 차곡차곡 개켜 옷장 속에 넣어라. 그런 다음 앉아서 주일학교 공부를 해. 벨 씨에게서 네 수준에 맞는 책을 빌려왔으니까. 내일은 교회에 가야 한다."

마릴라는 몹시 화가 나서 쿵쿵거리며 아래층으로 내려갔다.

앤은 두 손을 마주 잡고 서서 물끄러미 옷을 바라보다 실망하여 중얼거렸다.

"퍼프소매가 달린 흰옷을 입고 싶은데…… 그런 옷을 달라고 기도를 드렸지만, 그리 기대하지는 않았어. 하느님은 하찮은 고아의 옷 걱정까지 하실 틈이 없을 테니까. 마릴라의 처분만 기다리는 수밖에 없었지. 하지만 다행히도 내게는 상상력이 있으니까, 이 가운데 한 벌은 아름다운 레이스 장식이 달리고 세 단 겹쳐진 부풀린 소매가 달린 새하얀 모슬린 옷이라 생각하면 돼."

다음 날 아침, 두통이 심해지는 탓에 마릴라는 앤을 주일학교에 데려다주지 못하게 되었다.

마릴라는 말했다.

"린드 부인댁에 들러서 가거라, 앤. 아주머니가 너를 알맞은 반에 넣어줄 게다. 예절 바르게 다소곳이 행동해야 한다. 공부가 끝나면 린드 부인에게 우리 자리를 가르쳐 달라 해서 얌전히 앉아 목사님 설교를 잘 들어야 한다. 이것은 헌금으로 바칠 1센트야. 사람들을 물끄러미 쳐다보거나 덤벙대며 침착하지 못한 태도를 보여선 안 된다. 집에 돌아오면 설교할 때 목사님이 성서에 있는 어떤 구절을 인용하셨는지 나에게 이야기해 다오."

앤은 흑백 바둑판무늬의 뻣뻣한 새틴으로 몸을 감싼, 조금도 나무랄 데 없는 차림새로 나갔다. 옷 길이는 충분히 여유를 두어 천을 아꼈다는 말을 들을 염려는 없었지만, 품은 꼭 맞아 앤의 앙상한 몸을 한층 두드러져 보이게 했다.

새로 산 모자는 작고 평평하며 반들거렸으며, 역시나 지나치게 단순했다. 마음속으로 리본이나 꽃이 달린 모자를 은근히 기대하고 있었던 앤에게는 실망스럽기 그지없었다. 그러나 아쉽게도 리본은 구할 수 없었지만 꽃은 큰길에 다다르기 전에 얼마든지 있었다. 오솔길을 걸어가다가 앤은 황금색 미나리아재비가 바람결에 나부끼고 들장미가 한창 피어 있는 것을 보고 잔뜩 꺾어 얼른 화환을 만들어 모자에 얹었다. 사람들이 보고 어떻게 생각하든 앤은 매우 만족스러웠다. 연분홍과 노란 꽃으로 어지럽게 꾸민 빨강머리를 자랑스럽게 쳐들고 가벼운 발걸음으로 큰길을 걸어갔다.

린드 부인 집으로 가니 부인은 이미 나간 뒤여서 앤은 머뭇거리지 않고 혼자 교회에 갔다. 교회에 닿으니 문 앞에 공작새처럼 하양, 파랑, 핑크 등 갖가지 화려한 빛깔의 옷으로 몸단장한 여자아이들이 삼삼오오 모여서는, 머리에 특이한 화환을 얹고 자기들 무리 속으로 들어온 낯선 소녀를 잔뜩 호기심에 찬 눈으로 바라보았다.

애번리의 여자아이들은 이미 앤에 대한 떠도는 소문을 듣고 있었다. 린드 부인은 앤이 화를 잘 내는 아이라고 했고, 그린게이블즈에서 일하는 소년 제리 부트는 늘 혼자 중얼거리며 나무나 꽃들에게 말을 건네는 머리가 이상한 여자아이라고 말했다. 여자아이들은 앤을 보자 책으로 입을 가리고 서로 소곤거렸다. 앤에게 먼저 친절하게 말을 걸어오는 사람은 아무도 없었다. 개회예배가 끝나고 미스 로저슨의 성경공부반에 들어갔을 때도 마찬가지였다.

미스 로저슨은 주일학교에서 20년 동안 줄곧 가르쳐온 중년 여성이었다. 그녀의 수업 방식은, 책에 쓰인 질문을 읽은 뒤 대답을 시켜야겠다고 생각한 여자아이를 책 너머로 매섭게 쏘아보는 것이었다. 그녀는 여러 번 앤 쪽을 쏘아보았으며 앤은 마릴라의 특별훈련 덕분에 수월하게 대답할 수 있었다. 그러나 질문도 대답도 모두 그 참뜻을 이해하고 있었는지는 의심스러웠다.

앤은 미스 로저슨이 마음에 들지 않았다. 그리고 다른 여자아이들은 모두 퍼프소매가 달린 옷을 입고 있는데 자기만 그렇지 못해 무척 비참했다. 퍼프소매가 달린 옷조차 입지 못하는 인생은 살 가치가 없다고 생각했다.

앤이 돌아오자 마릴라는 물었다.

"주일학교는 괜찮았니?"

모자에 꽂았던 화환은 시들어 오솔길에 버리고 왔으므로 마릴라는 당분간 그 일을 모른 채 지내게 되었다.

"주일학교란 참 재미없는 곳이에요. 너무 따분해서 가기 싫어요."

마릴라는 꾸짖었다.

"앤 셜리!"

앤은 후유 긴 한숨을 쉬고 흔들의자에 앉아 제라늄 '보니'의 잎에 입을 맞추고 푸크시아 꽃을 향해 손을 흔들었다.

그리고 이 몸짓과 주일학교에 대해 해명했다.

"내가 없는 동안 보니가 쓸쓸했을까 봐서요. ……음, 주일학교에서는 말씀하신 대로 얌전히 있었어요. 린드 아주머니는 벌써 떠난 뒤여서 나 혼자 교회까지 갔어요. 다른 여자아이들과 함께 들어가 예배드리는 동안 창가에 자리 잡고 앉았어요.

벨 씨의 기도는 정말 지독하게 길었어요. 그나마 창가에 앉아서 다행이었어요. 그렇지 않았다면 몹시 지루해서 도중에 도망쳤을 거예요. 마침 창문으로 '반짝이는 윤슬의 호수'가 내다보여 밖을 바라보면서 온갖 멋진 상상을 할 수 있었어요."

"그러면 못써. 벨 씨의 기도를 잘 들어야지."

"하지만 벨 씨는 내게 이야기한 게 아니라 하느님에게 했으니까요. 게다가 그리 열심히 하는 것 같지 않았어요. 하느님이 너무 멀리 계시니까 기도드릴 보람이 없다고 생각했나 봐요. 대신 혼자서 짧은 기도를 드렸어요.

호숫가에 늘어선 흰 자작나무가 찰랑찰랑한 물 위에 가지를 드리우고 빛이 그 사이로 비쳐 물속 깊은 곳까지 스며들고 있었어요. 아, 마릴라, 마치 아름다운 꿈을 꾸고 있는 것 같았어요! 나는 가슴이 마구 뛰어 저도 모르게 '고맙습니다, 하느님' 두세 번 되풀이해서 말했어요."

마릴라는 걱정스러운 눈길로 물었다.

"설마 큰 소리로 말하지는 않았겠지?"

"네, 작은 목소리로 말했어요. 한참만에 벨 씨의 기도가 끝나고 나는 미스 로저슨의 성경공부반으로 들어가라는 말을 들었어요. 그 반에는 여자아이가 아홉 명 있었는데 모두 퍼프소매가 달린 옷을 입고 있었어요. 내 소매도 부풀어 있다고 상상하려 했지만 잘 안 됐어요. 어째서일까요? 방에 혼자 있을 때는 쉽사리 내 소매가 부풀어 있다고 생각할 수 있었는데, 진짜로 그런 소매가 달린 옷을 입은 아이들이 주위에 앉아 있으니까 무척 어려웠어요."

"주일학교에서 겨우 옷소매에 대한 생각이나 하면 못써. 공부에 집중해야지. 그런 것쯤은 알고 있는 줄 알았는데."

"어머나, 알고 있어요. 그리고 많은 질문에 또박또박 대답도 잘했어요. 미스 로저슨은 내게 산더미처럼 많은 질문을 했어요. 그건 불공평하다고 생각해요.

나도 물어볼 말이 많았지만 내키지 않아 그만두었어요. 왠지 닮은꼴 영혼일 거 같지 않았거든요.

다른 아이들은 모두 성경 구절을 운문으로 옮긴 종교시를 암송했어요. 선생님은 내게 아는 종교시가 있느냐고 물었어요. 하지만 나는 모른다고 솔직하게 말했죠. 하지만 〈주인 무덤 앞의 충실한 개〉[3]라도 좋다면 암송할 수 있다고 했어요. 《로열 리더》 제3권에 실려 있는데, 종교시는 아니지만 무척 슬프고 쓸쓸한 시여서 괜찮을지도 모른다고 생각했어요. 선생님은 그 시는 안 되니까 다음 주까지 제19번 종교시를 암송해 오라고 하셨어요. 교회에 있는 동안 그것을 읽어보았는데 참으로 멋진 시였어요. 특히 다음 두 줄은 가슴이 콩닥콩닥 뛸 만큼 훌륭했어요.

미디안[4]이 저주받은 날
학살당하는 기병대가 순식간에 쓰러지듯[5]

'기병대'도 '미디안'도 무슨 뜻인지는 모르지만 무척 비극적으로 들려요. 그 시를 암송할 다음 주 일요일이 기다려져요. 일주일 내내 연습해야겠어요.

주일학교가 끝난 뒤 설교를 들으러 갔어요. 미스 로저슨에게 마릴라 자리를 가르쳐달라고 부탁드렸지요. 린드 아주머니는 멀리 떨어진 곳에 앉아 계셨거든요. 나는 조용히 앉아 있었어요.

설교에 인용된 성경구절은 〈요한 묵시록〉 3장 2절과 3절이었어요. 굉장히 길

---

3) 미국 시인 리디아 시고니(1791~1865)의 시.
4) 《구약성서》 〈출애굽기〉 2장에서 모세가 이집트에서 탈출해 정착한 곳.
5) 《구약성서》 〈판관기〉 8장 및 《구약성서》 〈이사야서〉 9장 3~4절 참고.

었지요. 내가 목사님이라면 좀 더 짧고 경쾌한 것을 골랐을 거예요. 설교도 지루하게 길었어요. 성경구절이 길어 거기에 맞춰야 했나 봐요. 목사님 말씀은 하나도 재미없었어요. 상상력이 모자란 탓이 아닌가 싶어요. 결국 설교를 잘 귀담아듣지 않았어요. 참으로 가슴 설레게 하는 놀라운 상상이 잇달아 마음속에 떠올랐거든요."

마릴라는 앤의 이야기를 듣고 엄하게 꾸짖어야겠다고 생각했지만 아무래도 그럴 수 없었다. 뭐니 뭐니 해도 앤의 말 가운데 일부는 부정할 수 없는 사실이었기 때문이다. 특히 목사님의 설교며 벨 씨의 기도에 대한 앤의 의견은, 입 밖에 내지는 않았지만 마릴라가 여러 해 동안 마음속 깊이 생각해 오던 그대로였다. 여태까지 희미하게 간직해 두었던 비판의 소리가 이 순진무구하고 거침없는 아이의 입을 빌어 눈에 보이는 뚜렷한 비난의 화살로 형태를 바꾸어 나타난 듯한 느낌이 들었다.

진실한 맹세

다음 금요일에야 비로소 마릴라는 화환으로 꾸민 앤의 모자에 대한 이야기를 들었다. 린드 부인 집에서 돌아온 마릴라는 앤을 불렀다.

"앤, 린드 부인에게 들었는데 지난 일요일에 미나리아재비며 장미로 모자를 덕지덕지 꾸미고 교회에 갔었다면서? 대체 왜 그런 어이없는 짓을 했니? 좋은 구경거리가 되었겠구나."

"연분홍과 노랑이 내게 어울리지 않는다는 건 잘 알고 있어요."

"어울리지 않는다고! 한심하구나. 내가 나쁘게 여기는 건 색깔이 아니라 모자를 꽃으로 꾸몄다는 점이야. 넌 정말 엉뚱한 아이구나!"

앤은 반박했다.

"옷에는 꽃장식을 달면서 모자에는 왜 안 되는지 모르겠어요. 옷에 핀으로 꽃을 단 아이는 얼마든지 있던데, 뭐가 달라요?"

그러나 마릴라는 이런 아리송한 말에는 휩쓸리지 않고 어디까지나 확실하고도 호되게 꾸중하며 말했다.

"그렇게 말대답하지 말고, 앤. 앞으로 두 번 다시 그런 짓 하지 말아라. 네가 들어오는 걸 보고 린드 부인은 쥐구멍이라도 있으면 어디든 숨어버리고 싶은 심정이었다고 하더라. 부인은 화환을 떼어버리도록 주의를 주고 싶었지만 자리가 너무 멀리 떨어져 있어 그럴 수 없었다고 했어. 모두들 심하게 흉봤다지 뭐냐. 네가 그런 우스꽝스러운 모습을 하고 간 건 아마 내가 상식이 없기 때문이라고들 생각할 게다."

"어머나, 정말 죄송해요."

앤의 눈에서는 이내 눈물이 또르르 흘러내렸다.

"폐가 될 줄은 미처 깨닫지 못했어요. 장미와 미나리아재비가 너무 예쁘고 향기로워서 모자에 장식하면 멋지겠다는 생각만 했어요. 모자에 조화를 꽂은 아이들은 많이 있잖아요.

저는 정말이지 마릴라를 자꾸 성가시게 하는 것만 같아요. 이럴 바에는 고아원으로 다시 돌아가는 편이 나을지도 모르겠어요. 아마 그렇게 되면 평생 괴로워 견딜 수 없을 거예요. 지금도 이렇게 야위었는데, 틀림없이 폐병에 걸리고 말 거예요. 하지만 마릴라의 속을 썩이는 것보다 그편이 나을지도 모르죠."

마릴라는 화가 났다. 아니, 그보다도 고작 어린아이를 울게 만든 자기 자신이 한심스러웠다.

"어리석은 소리 그만하거라. 너를 고아원으로 돌려보낼 생각은 조금도 없어. 다른 아이들처럼 행동하고 비웃음거리가 되지 않으면 된 거야. 이젠 그만 뚝 그쳐라.

참, 너에게 알려줄 일이 있다. 다이애나 배리가 오늘 오후에 돌아왔다는구나. 때마침 배리 부인한테 치마 옷본을 빌리러 그 댁에 갈 일이 있는데 가고 싶으면 함께 가도 좋아. 다이애나랑 인사하고 얼굴이라도 익힐 겸."

뺨에 아직 눈물이 마르지 않은 채 앤은 벌떡 일어나 두 손을 마주 잡았다. 가장자리를 감침질하고 있던 마른 행주가 무릎에서 떨어졌지만 알아차리지 못했다.

"아, 마릴라, 두려워요. 드디어 때가 되었군요. 그 아이가 나를 좋아하지 않으면 어쩌지요! 그건 내 일생에서 가장 비극적인 결말이 될 거예요."

"호들갑 떨지 말아라. 그리고 부디 장황하게 말하지 말아다오. 어린아이가 그런 식으로 이야기하면 아주 이상해. 다이애나는 아마 너를 좋아할 거야. 걱정할 것 없어. 조심해야 할 사람은 다이애나 어머니지. 그 부인 마음에 들지 않으면 다이애나가 아무리 너를 좋아해도 소용없단다. 린드 부인에게 대들었던 일이며 미나리아재비를 두른 모자를 쓰고 교회에 갔던 이야기를 그 어머니가 들었다면 너를 어떻게 생각하겠니. 공손하게 굴어야 한다. 그분을 깜짝 놀라게 하는 말은 삼가야 해. 아니, 너 정말로 떨고 있구나!"

앤은 얼굴이 하얗게 굳어져 사시나무 떨듯 온몸을 바들바들 떨고 있었다.

모자를 가지러 달려가며 앤은 말했다.

"아, 마릴라, 마음의 벗이 되어주기 바라는 아이를 만나러 간다면 저처럼 마릴라도 흥분할 거예요. 더구나 그 아이 어머니 마음에 들지 않을지도 모른다고 생각하면 더더욱이."

두 사람은 시냇물을 건너 전나무 언덕을 올라가 지름길로 '언덕의 과수원'에 갔다. 마릴라가 부엌문을 똑똑 두드리자 배리 부인이 나왔다. 키가 큰 부인은 까만 눈과 검은 머리에다가 강한 의지가 보이는 입매를 하고 있었다. 부인은 자기 아이들을 엄하게 다룬다는 평판이 자자했다.

부인은 손님을 따뜻하게 맞았다.

"어서 오세요. 마릴라, 맡아 기른다는 여자아이가 바로 이 아이인가요?"

마릴라는 소개했다.

"네, 앤 셜리라고 한답니다."

앤은 숨을 헐떡이며 덧붙였다.

"끝에 e자를 붙여요."

긴장하여 목소리가 덜덜 떨렸지만 이토록 중요한 일을 잘못 알게 해서는 안 된다고 굳게 마음먹은 듯했다. 배리 부인은 앤의 말이 들리지 않았는지, 아니면 무슨 뜻인지 몰랐는지 악수하고는 상냥하게 물었다.

"지내기는 어떠니?"

앤은 진지한 투로 말했다.

"마음은 좀 어수선하지만 몸은 건강해요. 감사합니다, 아주머니."

그리고 주위에 들릴 듯 말 듯한 목소리로 마릴라에게 속삭였다.

"그리 잘못 말한 건 없죠, 마릴라?"

다이애나는 소파에 앉아 책을 읽고 있다가 두 손님이 들어오자 가만히 내려놓았다. 어머니를 닮은 까만 눈동자와 머리 그리고 장밋빛 뺨을 한 예쁜 소녀였다. 그리고 입꼬리가 올라가 명랑해 보이는 표정은 아버지를 쏙 빼닮았다.

배리 부인이 딸을 소개했다.

"얘는 내 딸 다이애나란다. 다이애나, 앤과 함께 뜰에 나가 네 꽃밭을 보여주렴. 그렇게 책만 보고 있으니 눈이 나빠져 큰일이야."

그리고 두 아이가 뜰로 나가자 마릴라에게 말했다.

"저 아이는 책을 너무 많이 읽는답니다. 게다가 말릴 수가 없어요. 애들 아빠가 저 애를 편들어 주니까요. 눈만 뜨면 책에 몰두해 있으니 그래도 친구가 생겨 잘됐어요. 밖에서 노는 시간이 좀 더 많아질 테니까요."

뜰에서는 거무스름한 전나무 고목 사이로 비쳐드는 따사로운 저녁 햇살을 가득 받으며 앤과 다이애나가 몽긋몽긋한 참나리 무더기를 사이에 두고 멋쩍은 미소를 지으며 마주 보고 있었다.

배리 씨네 정원은 온통 꽃으로 뒤덮인 들판 같았다. 운명의 기로에 선 이같이 중요한 순간만 아니었다면 앤을 얼마나 기쁘게 했을까. 뜰은 커다란 늙은 버드나무들과 키 큰 전나무들로 둘러싸이고, 그 아래에 나무 그늘을 좋아하는 꽃들이 아기자기하게 피어 있었다. 조개껍데기로 단정하게 가장자리를 두른 오솔길이 선물 꾸러미들을 묶는 빨간 리본처럼 정원을 직각으로 정연하게 나누고, 그 사이 꽃밭에는 고풍스러운 꽃들이 어우러져 피어 있었다.

장밋빛 하트 모양을 한 수줍은 금낭화, 크고 소담한 진홍색 작약, 단아한 하얀 수선화, 가시 많은 스코틀랜드 장미, 핑크·파랑·하양 색색의 매발톱꽃, 은은한 비누패랭이꽃, 그리고 서전우드, 쑥이며 댕기풀이며 박하풀덤불, 보랏빛 난초인 아담과 이브, 나팔수선화가 아옹다옹 서로 뽐내듯 피어 있었다. 그 밖에 깃털처럼 섬세한 하얀 꽃잎에서 달콤한 향기를 뿜는 한 무더기의 클로버, 새침한 느낌의 물꽈리아재비 위에 불타듯 피어오른 새빨간 꽃들이 있었다.

뜰의 아름다움에 석양은 가기 아쉬운 듯 서성거리고, 꿀벌이 윙윙 날아다녔으며, 바람도 차마 떠나지 못한 채 나뭇잎 사이를 오가며 살랑살랑 불고 있었다.

앤은 두 손을 마주 잡고 소곤대는 목소리로 말했다.

"저, 다이애나, 너는…… 저, 나를 조금이라도 좋아할 수 있을 것 같니? 내 마음의 벗이 될 수 있을 만큼?"

다이애나는 빙그레 웃었다. 다이애나는 말하기 전에 언제나 웃는 버릇이 있었다. 다이애나는 솔직하게 말했다.

"응, 좋아할 수 있지. 네가 그린게이블즈에 살게 되어 참 기뻐. 함께 놀 친구가 있다는 건 즐거운 일일 거야. 지금까지는 함께 놀 친구가 가까이에 없었어. 내 동생은 너무 어리고."

앤은 열띤 목소리로 물었다.

"영원히, 영원히 내 친구가 되겠다고 '맹세(swear)'할 수 있니?"

다이애나는 흠칫 놀라 나무라듯 물었다.

"어머나, '저주'를 하라니. 그런 나쁜 말은 하면 안 되잖아."

"아니야, 내가 말하는 건 그런 뜻이 아니야. 그 말에는 두 가지 뜻이 있어."[1]

다이애나는 의심스러운 듯 고개를 갸우뚱거리며 말했다.

"나는 한 가지밖에 못 들어봤어."

"또 한 가지 다른 뜻이 있어. 조금도 나쁜 뜻이 아니야. 맹세하고 엄숙하게 약속한다는 뜻이지."

다이애나는 마음 놓으며 승낙했다.

"그렇다면 좋아. 어떻게 하면 되니?"

"먼저 손을 서로 잡아야 해."

앤은 엄숙하게 말했다.

"흐르는 물 위에서 손을 서로 잡고 맹세해야 하지만, 이 오솔길을 흐르는 물이라고 상상하자. 내가 먼저 서약할게. 해와 달이 없어지지 않는 한 내 마음의 벗, 다이애나 배리에게 충실할 것을 엄숙하게 맹세합니다. 자, 이번에는 네 차례야. 내 이름을 넣어서 하면 돼."

다이애나는 먼저 귀엽게 샐쭉 웃고 나서 서약을 되풀이한 다음 까르르 방울 소리처럼 또 웃었다.

"너는 정말 별나구나. 네가 남다르다는 말은 이미 들었어. 하지만 나는 너를 무척 좋아하게 될 것 같아."

돌아갈 때 다이애나는 마릴라와 앤을 통나무다리까지 바래다주었다. 두 소

---

[1] swear. '(신을 두고) 맹세한다'는 뜻 외에도 '(신을 모독하는 말로) 저주한다'는 뜻으로도 쓰임.

녀는 어깨동무를 하고 걸었다. 그리고 시냇가에서 내일 오후 무엇을 하며 함께 놀 것인지 이것저것 산더미만큼 약속하고 헤어졌다.

그린게이블즈 뜰을 걸어가며 마릴라가 물었다.

"어떠냐, 다이애나가 너와 닮은꼴 영혼인 것 같니?"

"네, 물론이에요."

가슴이 벅찬 앤은 마릴라의 비꼬는 뜻을 알아차리지 못하고 만족스러운 듯 숨을 크게 내쉬었다.

"아, 마릴라, 나는 지금 프린스에드워드섬에서 가장 행복한 소녀예요. 오늘 밤에는 꼭 열심히 기도를 드리겠어요. 다이애나랑 저는 내일 윌리엄 벨 씨네 자작나무숲에다 소꿉놀이할 집을 짓기로 했어요. 장작 헛간에 있는 깨진 사기 그릇을 가져가도 되죠? 다이애나 생일은 2월이고 내 생일은 3월이에요. 그저 우연의 일치겠지만 운명이라는 생각이 들지 않으세요?

다이애나는 기꺼이 저에게 책을 빌려준다고 했어요. 굉장히 재미있고 몸이 떨릴 만큼 흥미진진한 책이래요. 그리고 숲속의 야생 백합이 피어 있는 곳을 가르쳐주겠대요. 다이애나는 감정이 풍부한 눈을 하고 있어요. 내 눈도 그랬으면 얼마나 좋을까요.

또 '개암나무 골짜기의 넬리'[2]라는 노래를 가르쳐준다고 했어요. 참, 내 방에 걸어놓을 그림도 준대요. 아주 아름다운 그림이래요. 하늘색 비단 드레스를 입은 어여쁜 여인을 그린 그림인데 재봉틀회사 사원이 줬대요.

나도 다이애나에게 뭔가 줄 것이 있으면 좋겠어요. 내가 다이애나보다 키는 1인치(약 2.5센티미터) 크지만 그 애는 나보다 통통해요. 또 날씬한 게 훨씬 우

---

2) 미국 작곡가 조지 프레더릭 루트(1820~1895)가 작곡한 대히트곡.

아해 보이니 살이 빠졌으면 좋겠다고 말했지만, 빼빼 마른 나를 위로해 주기 위해서 그냥 해준 말인 것 같아요.

　우리는 조개껍데기를 주우러 언젠가는 바닷가에 갈 거예요. 통나무다리 밑 샘을 '드리아스[3]의 샘'이라 부르기로 했어요. 아주 고상한 이름이죠? 전에 그런 이름의 샘이 나오는 이야기를 읽은 적 있어요. '드리아스'는 말하자면 얌전한 요정이라 할 수 있어요."

　마릴라는 가까스로 한마디 끼어들었다.

　"어쨌든 말을 너무 많이 해서 다이애나가 질려버리지 않도록 해라. 그리고 무슨 계획을 세우든 하루 종일 놀아선 안 돼. 네 할 일을 하고 난 다음에 놀아야 한다는 것을 잊어선 안 된다, 앤."

　앤의 행복의 잔은 가득 차 있었는데 매슈가 더욱 흘러넘치게 해주었다. 매슈는 카모디에 물건을 사러 갔다가 막 돌아온 참이었다. 그는 변명하는 듯한 쑥스러운 표정으로 마릴라의 얼굴빛을 살피며 주머니에서 주춤주춤 조그만 꾸러미를 꺼내 앤에게 주었다.

　"네가 초콜릿 캐러멜을 좋아한다고 말한 게 기억나 좀 사왔다."

　마릴라는 콧방귀를 뀌었다.

　"흥, 그런 것은 이와 위장에 나빠요. 앤, 그런 슬픈 얼굴은 하지 말아라. 매슈 오라버니가 모처럼 사다준 것이니 먹어도 좋아. 하지만 박하사탕이라면 더 좋았을 텐데. 그쪽이 몸에 더 좋으니까 말이야. 한꺼번에 모두 먹어버리면 안 돼. 그랬다가는 배탈이 날 게다."

　앤은 힘찬 목소리로 말했다.

---

[3] 그리스신화에 나오는 나무의 요정.

"그런 일은 없을 거예요. 오늘 밤에는 하나만 먹겠어요, 마릴라. 그리고 절반은 다이애나에게 주면 안 될까요? 나눠주면 나머지 절반이 두 배는 더 맛있을 거예요. 그 아이에게 줄 것이 생겨서 정말 기뻐요."

앤이 자기 방으로 올라가자 마릴라는 말했다.

"저 아이의 좋은 점은 인색하지 않다는 거예요. 여러 결점 가운데에서도 아이들이 자기밖에 모르는 양 행동하는 것은 참을 수 없이 보기 싫거든요.

세상에. 저 아이가 온 지 3주밖에 안 되었는데 마치 옛날부터 우리와 함께 살아온 듯한 느낌이 들어요. 이제 저 아이가 없는 우리 집은 꿈도 꿀 수 없어요.

그렇다고 해서 의기양양한 표정은 짓지 마세요, 오라버니. 여자가 그런 얼굴을 해도 싫은데 남자가 그러면 더더욱 참을 수 없어요. 어쨌든 깨끗이 손들고 인정할게요. 찬성하길 잘했다고 생각해요. 저 아이가 차츰 좋아져요. 하지만 매슈 커스버트, 너무 으스대지는 말아요."

기다리는 즐거움

'앤이 들어와 바느질해야 할 시간이 지났는데.'

마릴라는 시계를 흘끗 보고 창밖으로 눈을 돌렸다. 더위 속에서 모든 것들이 꾸벅꾸벅 졸고 있었다. 온통 노오란 햇빛에 에워싸인 8월 오후였다.

'들어오라고 한 시간보다 30분이나 더 다이애나와 놀고도 이번에는 또 장작더미 위에 앉아 오라버니에게 쉴 새 없이 재잘거리고 있단 말이지. 일해야 할 시간인 줄 뻔히 알면서. 오라버니도 오라버니지, 저 아이의 수다에 넋이 빠져 멍하게 듣고 있으니 한심하기 짝이 없어. 저렇게 혼이 빠진 사람은 처음 본다니까. 저 아이가 재잘거릴수록, 그리고 이상한 말을 하면 할수록 오라버니는 더욱더 기뻐하거든.'

"앤 셜리, 당장 들어오너라. 안 들리니?"

마릴라가 창문을 똑똑 두드리자 앤이 뜰에서 뛰어 들어왔다. 눈이 반짝반짝 빛나고 얼굴은 발그레하니 앵두처럼 물들었으며, 풀어헤친 빨강머리는 등 뒤에서 물결처럼 나부끼고 있었다.

앤은 숨을 헐떡이며 말했다.

"마릴라, 다음 주에 주일학교에서 소풍을 간대요. '반짝이는 윤슬의 호수' 바로 옆 하면 앤드루스 씨네 들판으로요. 그리고 주일학교 교장선생님인 벨 씨 부인과 린드 아주머니가 아이스크림을 만들어주신대요. 생각해 봐요, 마릴라. '아이스크림'이란 말예요! 마릴라, 저도 소풍에 가도 되나요?"

"앤, 시계를 보렴. 몇 시까지 집에 들어오라고 했지?"

"2시요. 하지만 소풍은 신나잖아요, 마릴라? 제발 가게 해주세요. 나는 아직 소풍을 한 번도 가본 적 없어요. 꿈은 꾸었지만, 진짜 소풍은 여태까지……"

"그래, 나는 너에게 2시까지 돌아오라고 말했다. 그런데 벌써 2시 45분이 아니냐? 어째서 내 말을 안 들었는지 알고 싶구나, 앤."

"되도록 지키려고 했어요. 하지만 '아이들와일드'가 얼마나 매력적인 곳인지 몰라서 그러시는 거예요. 그리고 매슈에게 소풍 이야기를 해야 했거든요. 얼마나 기뻐하며 내 이야기를 들어줬는지 몰라요. 부탁이에요, 가도 되죠?"

"아이들와……인지 뭔지 하는 곳의 유혹에 자꾸 빠지지 않도록 조심해라. 내가 시간을 정해 주는 것은 제대로 지키라는 뜻이지 30분이나 늦으라는 게 아니야. 그리고 돌아오는 도중에 매슈가 이야기를 잘 들어주더라도 너무 오래 얘기할 필요도 없어.

소풍이라면 물론 가도 좋아. 너는 주일학교 학생이고 다른 아이들이 모두 가는데 너만 못 가게 하는 것은 도리가 아니니까."

"그런데…… 그런데……."

앤은 말을 더듬었다.

"다이애나가 말했는데, 모두들 바구니에 먹을 것을 잔뜩 담아 가야 한대요. 하지만 나는 요리를 못하잖아요. 게다가…… 게다가…… 나는 퍼프소매가 달린 옷을 못 입고 소풍 가는 것은 상관없지만 바구니를 안 가지고 간다면 무척 부끄러울 거예요. 다이애나의 말을 들으니 그 점이 자꾸만 마음에 걸려요."

"그런 일이라면 걱정할 것 없어. 내가 과자를 구워 바구니에 담아 줄 테니까."

"아, 친절한 마릴라! 아, 어쩌면 이토록 다정하세요! 아, 진심으로 고마워요!"

잇따른 '아!'의 감탄이 끝나자 앤은 마릴라를 꼬옥 끌어안고 파리한 볼에 열렬하게 입맞춤을 했다. 어린아이의 부드러운 입술이 얼굴 여기저기에 마구 닿는 것은 마릴라가 태어나 처음으로 경험하는 일이었다. 갑자기 일어난 놀라운 쾌감을 맛보며 마릴라의 가슴은 설렜다. 앤의 충동적인 입맞춤을 받고 매우 기뻤지만 속마음과는 다르게 입에서는 무뚝뚝한 목소리가 튀어나왔다.

"자, 자, 이제 그만. 그보다 시킨 일이나 빨리 해주었으면 좋겠구나. 요리 이야기가 나왔으니 말인데, 그렇잖아도 너에게 슬슬 가르쳐주려던 참이었다. 하지만 너는 너무 덤벙거려서 좀 더 침착해진 다음에 시작해야겠다고 생각했었지. 요리할 때에는 주의를 집중해야 하거든. 만들면서 도중에 손을 멈추거나 멍하니 다른 생각을 할 틈이 없으니까. 그럼 차 마시는 시간이 될 때까지 패치워크 만들기를 해라."

"패치워크 꿰매는 건 정말 싫은 일이에요."

앤은 우울한 얼굴로 한숨을 쉬며 반짇고리를 찾아다가 빨간색과 흰색 마름모꼴 헝겊을 한 무더기 꺼내놓고 그 앞에 앉았다.

"바느질에는 재미있는 점도 있어요. 하지만 패치워크 만들 때는 공상을 잠시도 할 수 없거든요. 연달아 바늘을 놀려 꿰매나가야 하는데 정말 끝이 없는 것 같아요.

물론 저는 노는 것 말고는 할 일이 없는 다른 그 어떤 곳에 있는 앤보다 패치워크를 만들고 있는 그린게이블즈의 앤인 지금이 훨씬 좋다고 생각해요. 하지만 패치워크 만들 때도 다이애나와 놀 때처럼 시간이 눈 깜짝할 사이에 지나가면 좋을 텐데.

우리는 정말 재미있게 놀았어요. 상상은 대개 내가 해요, 그게 내 특기잖아요? 다이애나는 다른 모든 면에서 정말 나무랄 데가 없어요.

　시냇물 저쪽의 우리 밭과 배리 씨네 밭 사이에 좁은 빈터가 있잖아요? 윌리엄 벨 씨네 땅 말예요. 그 구석에 흰 자작나무가 둥글게 심어져 있어요. 아주 낭만적인 곳이에요. 거기에 '아이들와일드'라는 소꿉놀이 집을 만들었어요.

　시적인 이름이죠? 그 이름을 생각해 내려고 밤새도록 잠도 자지 못했어요. 마침 꾸벅꾸벅 잠들려는 순간 그 이름이 섬광처럼 머리에 번쩍 떠올랐어요. 그 이름을 듣고 다이애나는 굉장히 '황홀하다고' 했어요.

　멋지게 꾸민 우리 집을 보러 오지 않겠어요, 마릴라? 이끼 낀 커다란 돌이 의자고 나무와 나무 사이에 걸친 판자는 선반이에요. 접시는 모두 그 선반 위에 얹어 놓았어요. 물론 이 빠진 그릇들뿐이지만 새 그릇이라고 상상하는 것은 아무 문제 없어요. 빨강과 노랑 담쟁이덩굴이 자잘하게 그려진 접시는 특히 예뻐요. 응접실에는 그 접시와 요정 거울이 가지런히 놓여 있어요.

　요정의 거울은 꿈처럼 아름다워요. 다이애나가 닭장 뒤 숲속에서 우연히 찾아냈어요. 알록달록 무지개 같은 일곱 가지 색으로, 아직 다 자라지 않은 어린 무지개예요. 다이애나 어머니가 전에 집에 걸려 있던 램프에서 깨져나간 조각이라고 했대요. 하지만 어느 날 밤 요정이 무도회에 왔다가 잃어버린 거울이라고 상상하는 편이 더 멋있어서 우리는 요정의 거울이라고 불러요. 매슈는 우리에게 식탁을 만들어주겠다고 했어요.

　그리고 배리 씨네 밭에 있는 동그란 작은 샘을 '윌로미어(버드나무 호수)'로 이름 지었어요. 다이애나가 빌려준 책에서 딴 거예요. 그 책은 가슴이 설레게 하는 사랑 이야기였어요, 나라면 단 한 사람으로 충분할 테지만 여주인공에게는 연인이 다섯이나 있어요. 여주인공은 무척 아름다운데, 온갖 시련을 겪어요. 그리고 기절을 참 잘해요.

나도 쓰러질 수 있다면 좋을 텐데. 그건 참 낭만적이잖아요? 난 몸이 비쩍 마르긴 했어도 아주 튼튼하거든요. 그래도 요즘은 살이 좀 찌는 것 같아요. 그렇지 않아요? 날마다 아침에 일어나 팔꿈치에 보조개같이 움푹 팬 곳이 생겼나 안 생겼나 살펴봐요.

이번에 다이애나는 소풍 때 입고 갈 반소매 옷을 어머니가 새로 만들어준대요. 아, 다음 수요일은 날씨가 좋아야 할 텐데. 무슨 일이 생겨 못 가게 되면 몹시 낙심할 거예요. 아마도 그럭저럭 살아가겠지만 그 슬픔이 평생 응어리로 맺혀 있을 거예요. 이번 소풍을 못 가면 다음에 소풍을 백 번 간다 해도 풀리지 않을 거 같아요.

아이들은 '반짝이는 윤슬의 호수'에서 보트를 탈 거래요. 그리고 아까도 말했듯 아이스크림이 있어요. 먹어본 적이 없어서 아이스크림이 어떤 맛인지 다이애나가 말해 주려 했지만 그 맛은 상상으로는 도무지 알 수 없는 것 같아요."

"앤, 시간을 재보니 너는 10분 동안이나 쉼 없이 재잘댔어. 말한 시간만큼 입을 다물고 있을 수 있는지 시험 삼아 한번 해 보렴."

앤은 마릴라가 시키는 대로 입을 꾹 다물었다. 그러나 그 주일 내내 자나깨나 소풍에 대한 이야기, 소풍에 대한 생각, 소풍에 대한 꿈으로 지냈다. 토요일은 비가 주룩주룩 내렸다. 앤은 비가 계속 내려 수요일에도 그치지 않으면 어쩌나 반쯤 정신이 나간 듯하여 마릴라는 패치워크를 더 꿰매도록 시켜 앤의 흥분을 가라앉혀주어야만 했다.

일요일, 앤은 교회에서 돌아오며 마릴라에게 목사님이 설교단에서 소풍에 대한 이야기를 할 때 자기는 너무 흥분한 나머지 온몸이 싸늘해졌다고 말했다.

"등골이 오싹했어요, 마릴라! 그 말을 하기 전까지는 정말 소풍을 가게 될 것인지 믿을 수 없었거든요. 그저 내 상상에 지나지 않는지도 모른다는 생각이 자꾸만 들었어요. 하지만 목사님이 설교단에서 하신 말씀은 반드시 믿어야죠."

마릴라는 한숨을 쉬며 말했다.

"너는 무슨 일이건 너무 집착하는 버릇이 있어. 그런 식으로 산다면 평생 절망의 연속일 게다."

앤은 큰 소리로 말했다.

"어머나, 마릴라. 어떤 일을 손꼽아 기다리는 것이 그 일의 즐거움의 절반을 차지하는걸요. 비록 기대했던 일이 이루어지지 않는다 해도 기다리는 즐거움을 그 사람에게서 몽땅 뺏을 수는 없어요. 린드 아주머니는 '아무것도 바라지 않는 자는 복이 있나니 실망하는 일이 없을 것임이요.'[1]라고 말했지만, 아무것도 바라지 않기보다는 차라리 실망하는 편이 더 나아요."

마릴라는 그날 자수정 브로치를 달고 교회에 갔다. 교회에 갈 때는 늘 그렇게 하는 게 습관이었다. 마릴라는 브로치를 집에 두고 교회에 가는 건 모독행위며, 성경이나 헌금할 돈을 잊고 가는 것과 마찬가지로 나쁘다고 생각했다.

이 자수정 브로치는 마릴라가 가장 소중하게 여기는 물건이었다. 뱃사람이었던 삼촌이 마릴라의 어머니에게 선물한 것으로, 어머니가 마릴라에게 마지막으로 남겨준 것이었다. 고풍스러운 달걀 모양 브로치로, 가장자리를 자수정으로 꾸몄으며 속에는 마릴라 어머니의 머리털이 고이 들어 있었다. 마릴라는 보석에 대해 그리 아는 바가 없어 그 자수정이 실제로 얼마나 귀한지는 잘 알지 못했으나 무척 아름답다고 생각했다. 자기 눈에는 보이지 않아도 갈색 새틴 옷 가슴 언저리에서 보랏빛으로 반짝이는 자수정을 늘 기분 좋게 느꼈다.

그것을 처음 보았을 때 앤은 감탄의 소리를 질렀다.

---

1) 《신약성서》〈마태복음〉 5장 3~10절의 '산상수훈'에서 예수가 제자들에게 설교한 '여덟 가지 천복(신이 주는 행복)'에 대한 패러디.

"어머나, 마릴라, 정말 우아한 브로치예요. 이런 브로치를 달고 설교나 기도에 귀를 기울일 수 있을까요? 나는 못 할 거예요. 자수정이란 정말 아름다운 것이네요. 전에 내가 마음속으로 그리던 다이아몬드와 비슷해요.

다이아몬드가 어떤 것인지 보지 못했을 때 다만 책에서 읽고 상상했었어요. 다이아몬드는 반짝반짝 빛나는 아름다운 보랏빛 돌이라고 여겼었거든요. 그런데 어떤 부인이 진짜 다이아몬드 반지를 낀 것을 보았을 때 너무 실망해 눈물이 핑 돌아 울어버렸어요. 물론 무척 아름답기는 했지만 생각하고 있던 것과는 달랐거든요.

브로치를 만져보아도 될까요? 자수정이란 선한 제비꽃의 영혼이라고 생각지 않으세요?"

자수정 브로치

소풍 이틀 전인 월요일 밤, 마릴라는 당황한 얼굴로 자기 방에서 내려왔다.

"앤."

마릴라는 깨끗한 식탁에 앉아 완두 콩깍지를 까며 종달새가 지저귀듯 '개암나무 골짜기의 넬리'라는 노래를 하고 있는 앤을 불렀다. 감정을 듬뿍 담아 부르는 노래 솜씨로 보아 다이애나가 얼마나 성의껏 잘 가르쳤는지 알 수 있었다.

"혹시 내 자수정 브로치를 못 봤니? 엊저녁 교회에서 돌아와 바늘꽂이에 꽂아둔 것으로 기억하는데, 아무리 찾아봐도 없구나."

앤은 시간을 되돌리듯 천천히 말했다.

"내 기억에는…… 오늘 오후 마릴라가 후원회에 간 뒤 살짝 봤어요. 때마침 방문 앞을 지나다가 바늘꽂이에 꽂혀 있는 게 보였어요. 자세히 보고 싶어서 안으로 들어갔죠."

마릴라는 순간 무서운 표정을 지으며 다그쳐 물었다.

"브로치를 만졌니?"

"네에."

앤은 순순히 인정했다.

"브로치를 가슴에 꽂아보았어요. 어떤 느낌이 들까 하고요."

"너에게 그럴 권리가 없잖니. 아이들은 남의 물건에 함부로 손을 대는 게 아니야. 첫째, 내 방에 들어간 것부터 잘못됐고, 둘째, 자기 것도 아닌 남의 브로치를 만져선 안 되는 거였어. 그 브로치를 어디에 두었지?"

"다시 제자리에 두었어요. 가슴에 달아 본 건 1분도 안 됐어요. 정말 손댈 생각은 없었거든요. 방 안에 들어가 브로치를 달아보는 게 나쁜 짓인 줄은 미처 몰랐어요. 이제 알았으니 다시는 그러지 않을게요. 똑같은 잘못을 두 번 다시 저지르지 않는 게 내 장점이거든요."

"너는 브로치를 제자리에 두지 않았어. 분명 서랍장 위에 없거든. 들고 나갔든지, 아니면 어떻게든 했을 거야, 앤."

"틀림없이 제자리에 두었어요."

앤은 재빠르게 말했는데 마릴라에게는 그것이 매우 건방져 보였다.

"바늘꽂이에 꽂았는지 작은 도자기 접시 위에 놓았는지는 잘 생각나지 않지만 틀림없이 제자리에 두었어요."

"그럼 다시 한번 보고 오마."

마릴라는 흥분을 가라앉히고 공정한 태도를 취하기로 결심했다.

"네가 브로치를 제자리에 두었다면 아직 거기 있겠지. 없다면 네가 제대로 놓지 않은 거야."

마릴라는 자기 방으로 가서 샅샅이 찾아보았다. 서랍장 위뿐만 아니라 브로치가 있을 만한 장소는 모조리 살폈지만 보이지 않아 다시 부엌으로 돌아왔다.

"앤, 아무 데도 없어. 어서 말해 봐. 브로치를 어떻게 했지? 네 입으로 인정했듯 브로치를 마지막으로 본 사람은 너야. 자, 바른 대로 말해. 밖으로 가지고 나갔다가 잃어버렸니?"

"아니에요. 들고 나가지 않았어요."

앤은 진지한 표정으로 말하며 화가 잔뜩 나서 노려보고 있는 마릴라를 물끄러미 쳐다보았다.

"브로치를 가지고 나오지 않았어요. 정말이에요. 이 일 때문에 단두대에 올라가야 한다 해도 그 말은 변하지 않아요. 나는 단두대가 어떤 것인지는 잘 모르지만요. 그러니 마음대로 하세요."

앤의 '마음대로 하세요.'라는 말은 자기 주장을 강조하기 위한 것이었는데, 마릴라에게는 반항적인 태도로 받아들여졌다.

마릴라는 날카로운 목소리로 말했다.

"너는 분명 거짓말하고 있어, 앤. 나는 알 수 있어. 스스로 사실대로 말할 생각이 없다면 더 이상 듣고 싶지 않다. 네 방에 가 있거라. 진실을 털어놓을 때까지 그 방에서 나오면 안 돼."

앤은 조용히 물었다.

"이 완두콩을 가져갈까요?"

"아니다. 콩깍지는 내가 깔 테니 그대로 놔두고, 내가 시키는 대로 해."

앤이 나가자 마릴라는 폭풍이 몰아치듯 격렬한 마음의 동요를 느끼며 저녁 식사 준비를 해야 했다. 이내 소중한 브로치가 걱정되었다.

초조한 마음으로 콩깍지를 까며 마릴라는 생각했다.

'만일 앤이 잃어버렸다면 어떻게 하지? 밖으로 들고 나가고도 시치미를 뚝 떼다니 정말 나쁜 아이야. 그런데도 저토록 태연한 얼굴을 하다니!

설마 이런 일이 생길 줄은 몰랐어. 그야 브로치를 훔칠 생각은 없었겠지. 그저 장난감 삼아 가지고 놀거나 항상 빠져 있는 그 공상을 충족시키기 위해 한 짓일 거야. 그래, 틀림없이 저 아이가 가져갔어. 그 애가 들어갔다 나온 다음 내가 들어갈 때까지 방에 들어간 사람이 아무도 없는데. 자기 입으로 그렇게 말했잖아. 이보다 확실한 증거가 어디 있담.

아마도 브로치를 잃어버리고 벌받을까 봐 겁나서 털어놓지 못하는 거겠지. 저렇게 새빨간 거짓말을 하다니 정말 소름이 끼치는걸. 이 일은 버럭 해서 화부터 내는 성격보다 더욱 난처한 일이야. 믿을 수 없는 아이를 이미 집안에 들여놓았으니 큰일이군.

교활하고 정직하지 못한 것—그 두 가지 못된 점을 앤이 지녔다는 건 브로치를 잃어버린 것보다 더욱 나쁜 일이야. 저 아이가 사실대로 말했다면 이토록 속이 상하지는 않을 텐데.'

마릴라는 그날 밤, 여러 번 자기 방에 가서 브로치를 찾았으나 끝내 보이지 않았다.

자기 전 앤의 방으로 가보았지만 아무 성과도 없었다. 앤은 끝까지 브로치의 행방을 모른다고 주장했으며, 그럴수록 마릴라는 앤이 저지른 일이라는 확신을 더욱 굳힐 뿐이었다.

다음 날 아침 마릴라는 매슈에게 그 이야기를 했다. 매슈는 당황하여 무어라 말할 수가 없었다. 그저 앤을 믿었다. 하지만, 사태가 앤에게 불리하다는 사실을 인정하지 않을 수 없었다.

매슈는 이런 말을 하는 게 고작이었다.

"혹시 서랍장 뒤로 떨어진 게 아닐까?"

마릴라는 단호하게 말했다.

"서랍장을 움직여보고 서랍도 빼보았어요. 틈이란 틈은 모두 찾아봤어요. 브로치는 아무 데도 없어요. 저 아이가 가져가놓고 거짓말하는 거예요. 정말 끔찍한 일이에요. 오라버니, 이 사실을 받아들여야만 해요."

매슈는 풀이 죽어 물었다.

"글쎄다, 어떻게 할 작정이냐?"

마음속으로는 이 문제를 처리할 사람이 자기가 아니라서 다행스럽게 생각했다. 이번 일만큼은 간섭하고 싶지 않았다.

"털어놓을 때까지 방에서 나오지 못하게 하겠어요."

마릴라는 지난번에 이 방법으로 성공한 사실을 되새기며 다부진 표정을 지었다.

"일단 그렇게 하면서 두고 봐야죠. 저 아이가 브로치를 어디에 두었는지 털어놓기만 하면 찾을 수 있을지도 모르죠. 하지만 어찌 됐든 엄한 벌을 줘야겠어요."

"글쎄다, 벌은 줘야겠지."

매슈는 엉거주춤하며 모자를 집어들었다.

"나는 이 문제에서 빠져 있겠다. 참견하지 말라고 한 건 너니까."

마릴라는 모두에게 버림받은 기분이었다. 린드 부인을 찾아가 의견을 물어볼 수도 없었다. 마릴라는 쓸쓸한 표정으로 앤의 방에 들어갔으며, 나올 때는 더욱 심각한 얼굴로 나왔다. 앤은 끝까지 브로치를 가져가지 않았다고 주장했다. 앤은 그때까지 내내 울고 있었던 모양이었다. 막상 그 모습을 보니 앤이 가엾어 가슴이 아팠지만 마릴라는 마음을 굳게 먹고 그 감정을 억눌렀다.

그러고 나서 마릴라는 딱 잘라 말했.

"털어놓을 때까지 이 방에서 나오면 안 된다. 각오하고 있어."

앤이 외쳤다.

"하지만 내일은 소풍날이잖아요, 마릴라! 설마 소풍에 못 가게 하지는 않겠죠? 오후만이라도 밖으로 나가게 해줘요. 그다음부터는 마릴라가 하라는 대로 얼마든지 이 방에 있을게요. 무슨 일이 있어도 소풍은 꼭 가고 싶어요."

"아니, 아무 데도 못 간다, 앤."

앤은 울먹이며 말했다.

"그렇지만, 마릴라!"

그러나 마릴라가 매몰차게 문을 쾅 닫고 이미 나가버린 뒤였다.

수요일 아침이 되었다. 소풍가기에 안성맞춤인 화창한 날씨였다. 그린게이블즈 언저리에서 새들이 지저귀고 있었다. 뜰의 성모 백합에서 풍겨오는 향기로운 내음이 '앞을 보지 못하는 바람결에 실려'[1] 창문마다 안으로 물씬 흘러들어, 마치 축복의 요정처럼 실내에 감돌았다. 우묵땅의 자작나무는 기쁜 듯 가지를 살살 흔들었다. 앤이 여느 때처럼 인사해주기를 기다리고 있는 것 같았다. 그러나 앤은 창가에 다가가지 않았다.

마릴라가 아침 식사를 들고 올라가자 앤은 침대 위에 단정히 앉아 있었다. 얼굴은 핼쑥했지만 결연한 태도였다. 앤은 입술을 꼭 다물고 눈을 똥그랗게 뜨고 있었다.

"마릴라, 모두 털어놓을게요."

"그러냐!"

마릴라는 그러면 그렇지 하는 얼굴로 쟁반을 내려놓았다. 다시금 마릴라의 방법이 성공을 거둔 것이다. 그러나 이 성공이 마릴라에게는 너무나 씁쓸했다.

"그럼 어디 네 말을 들어보자, 앤."

"제가 자수정 브로치를 가져갔어요."

앤은 무심히 말하기 시작했다. 마치 학과공부를 암송하는 듯한 말투였다.

"마릴라가 말한 대로 내가 가져갔어요. 방 안에 들어갈 때는 그럴 생각이 없

---

[1] 셰익스피어 희곡 《자에는 자로》에서 감옥에 갇힌 클로디오의 대사.

었어요. 하지만 가슴에 꽂은 순간 너무 예뻐서 갖고 싶은 유혹을 이길 수 없었어요. 브로치를 달고 '아이들와일드'에 가서 피츠제럴드 가문의 딸 코딜리아 아가씨가 되어 놀면 정말 멋있을 거라고 여겼어요. 진짜 자수정 브로치를 달고 있으면 나를 코딜리아 아가씨라고 생각하기가 훨씬 쉬울 것 같았거든요.

다이애나와 함께 장미열매로 목걸이를 만들었지만 자수정에 비하면 아무것도 아니었어요. 그래서 브로치를 가져갔어요. 마릴라가 돌아오기 전에 제자리에 갖다 둘 작정이었죠.

조금이라도 더 오래 브로치를 달고 싶어 돌아가는 길에 큰길을 빙 둘러갔어요. '반짝이는 윤슬의 호수'의 다리를 건너갈 때 다시 한번 브로치를 보려고 가슴에서 떼었어요. 아, 햇빛을 받아 그 브로치는 아름답게 반짝였어요! 그리고 다리 위로 몸을 내민 바로 그때 그만 손에서 미끄러져 아래로 떨어지고 말았어요.

네, 그래요. 풍덩 물속에 빠지고 말았어요. 보랏빛으로 반짝이며 깊이깊이 물속으로, '반짝이는 윤슬의 호수' 속으로 영원히 가라앉고 말았어요. 이것이 제가 고백할 내용의 전부예요, 마릴라."

마릴라의 가슴속에 또다시 격렬한 노여움이 끓어올랐다. 이 아이는 내 소중한 브로치를 잃어버리고도 지금 여기 앉아 조금도 뉘우치거나 미안해하는 기색 하나 없이 넉살 좋게 이야기하고 있다.

마릴라는 흥분하지 않으려고 애를 쓰며 말했다.

"앤, 너무하구나. 너같이 나쁜 아이는 처음 봤다."

앤은 침착하게 말했다.

"네, 저도 그렇게 생각해요. 그러니 기꺼이 벌을 받겠어요. 저에게 벌주는 것은 마릴라의 의무예요. 그것을 지금 당장 해주겠어요? 그리고 나서 홀가분한 기분으로 소풍에 가고 싶으니까요."

"소풍이라고! 맙소사! 소풍 갈 일은 결코 없을 게다, 앤 셜리! 그것이 네가 받을 벌이다. 네가 한 짓에 비하면 너무 가벼운 처사지!"

"소풍에 보내주지 않겠다고요?"

앤은 벌떡 일어나 마릴라의 손을 잡았다.

"가도 좋다고 분명히 약속했잖아요! 제발, 마릴라, 보내주세요. 그래서 모두 털어놓았잖아요. 어떤 벌이라도 받을 테니 소풍만은 가게 해주세요. 마릴라, 부탁이에요, 부디 보내주세요. 아이스크림을 생각해 보세요! 내게는 아이스크림을 먹을 기회가 두 번 다시 오지 않을지도 몰라요."

마릴라는 매달리는 앤의 손을 무자비하게 뿌리쳤다.

"아무리 울어도 소용없어, 앤. 무슨 일이 있어도 보내지 않을 테니 더 이상 아무 말 하지 마."

마릴라의 마음을 움직일 수 없음을 알아차린 앤은 두 손을 마주 잡고 외마디 소리를 지르며 침대 위에 쓰러졌다. 그리고 실망과 절망이 뒤섞인 구렁텅이 속에서 몸부림치며 울부짖었다.

방에서 도망치듯 빠져나오며 마릴라는 숨을 헐떡거렸다.

"이럴 수가! 저 아이는 머리가 이상해진 게 틀림없어. 제정신이라면 저럴 수 없지. 만일 제정신이라면 정말 나쁜 아이야. 아, 아무래도 레이철이 처음부터 옳았던 것 같아. 하지만 이미 쟁기를 잡았으니 이제 뒤돌아 보지 않을 거야."[2]

비참한 아침이었다. 마릴라는 잊기 위해 맹렬히 일했다. 마침내 아무것도 할 일이 없어 현관 바닥과 우유와 치즈를 놓아둔 선반까지 벅벅 문질러 닦았다.

---

2) 《신약성서》 〈누가복음〉 9장 62절.

선반도 현관도 굳이 그럴 필요가 없을 정도로 이미 깨끗했지만 그래도 마릴라는 닦고 또 닦았다. 그리고 밖에 나가 뜰을 쓸었다.

점심 식사 준비가 다 되어 마릴라는 층계에 올라서서 앤을 불렀다. 앤은 눈물에 젖은 얼굴로 슬픈 듯 힘없이 아래를 내려다보았다.

"내려와 식사해라, 앤."

앤은 훌쩍이며 말했다.

"먹고 싶지 않아요. 아무것도 먹을 수 없어요. 가슴이 터질 것 같은걸요. 나를 이처럼 슬프게 만든 것에 대해 마릴라는 언젠가 양심의 가책을 받을 거예요. 하지만 용서하겠어요. 그때 내가 용서했다는 것을 잊지 말아주세요. 그러니 제발 식사하라는 말은 하지 마세요. 특히 돼지고기 넣은 야채 수프는 도저히 넘어갈 것 같지 않아요. 이렇듯 비탄에 빠진 사람에게 돼지고기 넣은 야채 수프는 너무나도 안 낭만적인 음식이니까요."

마릴라는 머리끝까지 화가 나서 부엌으로 돌아와 매슈에게 불평을 퍼부었다. 매슈는 내면의 정의감과 앤에 대한 그릇된 동정이 마음속에 엇갈려 어찌할 바를 몰랐다.

"글쎄다, 그 아이가 브로치를 만지거나 거짓말을 해선 안 되긴 안 되는 거였지."

매슈는 우울한 표정으로 접시에 담긴 돼지고기 넣은 야채 수프를 탄식하듯 바라보았다. 앤의 말처럼 번뇌에 시달릴 때 먹기에는 적절치 않은 음식이라 그런지 도통 입맛이 돌지 않는 것 같았다.

"하지만 저 아이는 아직 어리고…… 무척 가여운 소녀가 아니냐. 저토록 소풍에 가고 싶어하는데 안 보내는 것은 좀 너무하지 않을까?"

"매슈 커스버트, 정말 어처구니가 없군요. 오히려 나는 너무 쉽게 용서해 주었다고 생각해요. 더욱이 저 아이는 자기가 얼마나 나쁜 짓을 했는지 조금도 모르는 것 같아요. 나는 그 점이 가장 걱정스러워요.

진심으로 자기가 나쁘다는 것을 뉘우친다면 이토록 심란하지 않을 거예요. 게다가 오라버니도 앤이 잘못했다고 나무라지 않네요. 오라버니는 늘 무턱대고 저 아이를 편들고 있어요. 내가 모르는 줄 알아요?"

"글쎄다, 저 아이는 아직 어리니까."

매슈는 웅얼거리는 목소리로 되풀이했다.

"그리고 얼마쯤은 너그럽게 봐주어야 하지 않겠니, 마릴라. 저 아이는 제대로 교육을 받지 못했으니까."

그러자 마릴라는 반박했다.

"지금 그래서 받고 있는 중이잖아요."

매슈는 공격을 당하여 말문이 막혔지만 진심으로 마릴라의 말에 동의한 것은 아니었다. 침울한 점심 식사였다. 명랑한 사람은 고용인 제리 부트뿐이었다. 마릴라는 제리의 천진난만함도 자기를 놀리는 듯싶어 울컥울컥 부아가 치밀었다.

설거지를 하고 빵을 반죽한 뒤에 암탉에게 모이를 주고 나자 마릴라는 하나밖에 없는 검은 레이스 숄이 떠올랐다. 월요일 오후 후원회에서 돌아와 숄을 벗을 때 터진 데가 눈에 띄었었다. 마릴라는 그것을 꿰매놓으려고 침실로 올라갔다.

숄은 상자에 담아 트렁크에 넣어두었었다. 마릴라가 숄을 꺼냈을 때 창가에 빽빽이 뻗은 담쟁이잎 사이로 햇빛을 받아 무언가가 보랏빛으로 반짝 빛났다. 놀란 마릴라는 숨이 턱 막혀 그것을 얼른 집어들었다. 레이스 숄에 걸려 매달려 있는 것은 그토록 찾아헤매던 자수정 브로치가 아닌가! 마릴라는 정신이 아득했다.

"어머나! 이게 어찌 된 일이지? 배리네 연못에 가라앉은 줄 알았던 브로치가 여기 있으니. 저 아이는 어째서 브로치를 가지고 나가 잃어버렸다고 말했을까? 내가 뭐에 홀리기라도 했었나. 이제야 생각이 나네. 월요일 오후 숄을 벗어서 서랍장 위에 잠깐 올려놓았었지. 그때 브로치가 숄에 걸렸었나 봐. 어쩌면!"

마릴라는 브로치를 들고 앤의 방으로 갔다. 앤은 눈물도 말라버렸는지 창가에 쓸쓸히 앉아 있었다.

마릴라는 무서운 표정으로 말했다.

"앤 셜리, 지금 막 브로치가 검은 레이스 숄에 걸려 있는 것을 발견했어. 아까는 어째서 그런 허황된 말을 했는지 알아야겠다."

앤은 슬픈 얼굴로 대꾸했다.

"어머나, 말하지 않으면 이 방에 가둬 두겠다고 했잖아요. 그래서 나는 거짓말을 하기로 마음먹었어요. 그렇게 해서라도 소풍을 가고 싶었으니까요. 어젯밤 잠자리에 들어서 죄를 뉘우치듯 자백할 줄거리를 더듬어봤어요. 되도록 재미있게 만들어보았죠. 잊어버리지 않도록 여러 번 되풀이했어요. 마릴라가 결국 소풍에 못 가게 해서 모든 노력이 물거품이 되고 말았어요."

마릴라는 저도 모르게 풋 웃음이 터져 나왔다. 자신이 너무 심했다고 생각하지 않을 수 없었다.

"앤, 너한테 두 손 두 발 다 들었다! 어쨌든 내가 잘못했어. 이제야 깨달았구나. 이제까지 내게 한 번도 거짓말한 적 없었으니 네 말을 믿어야 했는데. 그렇지만 하지도 않은 짓을 했다고 말한 너도 나빠. 거짓말은 나쁜 짓이야. 하지만 내가 그렇게 하도록 만들었으니 나를 용서해 준다면 나도 너를 용서해 주마. 우리 다시 한번 잘 해 보자. 앤, 어서 소풍 갈 준비를 해라."

앤은 손뼉을 짝 치며 소리쳤다.

"어머나, 마릴라, 늦지 않았을까요?"

"아니, 아직 2시야. 이제 겨우 모두들 모였을 테지. 도시락 먹을 때까지는 아직 한 시간이나 남아 있어. 세수하고 얼른 머리 빗고 깅엄 옷을 입어라. 바구니에 먹을 것을 담아줄게. 과자를 많이 구워 놓았다. 그리고 제리에게 마차를 준비시켜 소풍 장소까지 데려다주라고 하마."

"오, 마릴라!"

큰 소리로 외치며 앤은 불꽃이 튀듯 벌떡 일어나 세면대로 쪼르르 뛰어갔다.

"5분 전만 해도 비참한 기분이라, 이럴 바에는 차라리 태어나지 않았더라면 좋았을 거라 여겼는데, 지금은 죽어서 아름다운 천사가 된다 해도 거절하겠어요!"

그날 저녁 몹시 지치긴 했으나 더할 나위 없는 행복에 취한 앤이 그린게이블즈로 돌아왔다. 이루 말할 수 없는 만족감에 젖어 있었다.

"아, 마릴라. 오늘은 성찬 같은 날이었어요. '성찬 같다'는 말은 오늘 메리 앨리스 벨이 쓰는 것을 듣고 배웠어요. 정말 멋진 표현이죠?

모든 것들이 훌륭했어요. 맛있게 도시락을 먹은 다음 하먼 앤드루스 씨가 '반짝이는 윤슬의 호수'에서 우리들을 보트에 태워줬어요. 한 번에 여섯 명씩요. 제인 앤드루스는 하마터면 보트에서 떨어질 뻔했지요. 수련꽃을 꺾으려고 몸을 내밀었거든요. 앤드루스 씨가 그 애 허리 리본을 조금만 늦게 잡았더라면 물에 풍덩 빠졌을 거예요. 그런 일은 차라리 내가 당했더라면 좋았을 텐데. 물에 빠져 하마터면 죽을 뻔한 일은 두고두고 이야기할 수 있는 낭만적인 경험일 것 같아요.

그리고 나서 우리는 달콤한 아이스크림을 먹었어요. 입안에서 사르르 녹는 아이스크림이 얼마나 맛있었는지 말로는 표현할 수 없어요. 그야말로 기막힌 맛이었거든요, 마릴라."

그날 밤 마릴라는 양말 바구니를 앞에 놓고 꿰매면서 매슈에게 모두 이야기했다.

"솔직히 내가 잘못했다는 것을 인정해요. 그리고 이번 일을 통해 한 가지 배웠고요. 그렇지만 앤의 '고백'은 지금도 웃음이 터져 나와요. 웃어서는 안 되는데. 어쨌든 앤이 거짓말을 한 것만은 사실이니까요. 하지만 그리 나쁘다는 생각이 들지 않네요. 나에게도 어느 정도는 책임이 있으니까요. 앤은 어딘지 이해할 수 없는 데가 있어요. 그래도 크게 걱정할 필요는 없는 듯해요. 그리고 무엇보다, 저 아이가 있는 한 집안이 절대 지루할 새는 없겠어요."

교실 소동

"세상에 이토록 멋진 날이 또 있을까!"

앤은 숨을 깊이 들이마셨다.

"이런 날은 살아 있다는 것만으로도 행복하지 않니? 아직 태어나지 않은 사람들은 이런 날을 모를 테니 정말 가엾어. 물론 그 사람들에게도 좋은 날이 오겠지만, 바로 오늘을 살아볼 수는 없을 거 아냐. 더욱이 학교 가는 길이 이토록 아름답다니 더욱 멋진 일이야."

"큰길로 돌아서 가는 것보다 이 길이 훨씬 더 좋아. 큰길은 흙먼지도 많이 날리고 덥거든."

다이애나는 실제적인 관점에서 말하고, 도시락이 담긴 바구니를 들여다보며 맛있는 라즈베리 타르트 세 개를 열 명의 여자아이들이 나눠 먹는다면 과연 한 사람당 몇 입씩이나 돌아갈까 마음속으로 헤아려 보았다.

애번리 여학생들은 도시락을 나눠 먹는 습관이 있었다. 라즈베리 타르트 세 개를 혼자서 다 먹거나 가장 친한 친구하고만 나눠 먹으면 그 아이에게는 평생 지워지지 않는, 지독한 깍쟁이라는 낙인이 찍히는 것이다. 그러므로 타르트를 열 명이 나눠 먹어야 하는데, 그러자면 한 사람에게 너무 조금씩 돌아가므로 먹으나마나였다.

앤과 다이애나가 학교로 가는 길은 참으로 아름다웠다. 마음의 벗인 다이애나와 함께 둘이서 걸어가는 것은 상상의 덧칠을 하지 않아도 될 만큼 매우 즐거운 일이라고 앤은 생각했다. 큰길로 돌아서 간다면 전혀 낭만적이지 않았겠지만, '연인의 오솔길'이며 '윌로미어'며 '제비꽃 골짜기'며 '자작나무길'은 무척 낭만적이었다.

'연인의 오솔길'은 그린게이블즈의 과수원 아래에서 시작해 숲속 깊숙이 들어가 커스버트네 농장 끝까지 이어져 있었다. 그 길을 지나 뒤쪽 목초지로 소를 몰고 가기도 하고 겨울에는 집까지 장작을 날라오기도 했다. 앤은 그린게이블즈에 온 지 한 달도 채 못 되어 그 길을 '연인의 오솔길'이라고 이름 지었다.

앤은 마릴라에게 설명했다.

"다이애나와 나는 아주 재미있는 책을 읽고 있어요. 그 책에 '연인의 오솔길'이 나와요. 우리도 그런 길이 있었으면 했죠. 너무나 아름다운 이름이죠? 연인들이 정말로 그 길을 나란히 걸어다니지는 않지만 굉장히 낭만적이에요. 게다가 연인들이 팔짱을 끼고 걷고 있는 모습도 눈앞에 그려져요. 나는 그 길이 마음에 쏙 들어요. 그 길에서는 상상한 것을 소리 내서 말해도 나를 이상하다고 할 사람이 아무도 없으니까요."

앤은 아침에 혼자 집을 나와 '연인의 오솔길'을 지나 시냇가로 갔다. 거기서 다이애나가 앤을 맞았다. 두 소녀는 단풍나무 아치 밑을 지나 오솔길을 계속 걸어갔다.

앤이 미소 지으며 먼저 말문을 열었다.

"단풍나무는 붙임성 있는 나무야. 언제나 살랑살랑 소리 내어 무언가 속삭이거든."

마침내 두 소녀는 통나무다리에 이르렀다. 그곳에서 오솔길을 벗어나 배리 씨네 뒤쪽 밭을 지나 '윌로미어'를 지나간다. '윌로미어' 너머는 '제비꽃 골짜기' 였다. 그곳은 앤드루 벨 씨네 큰 숲 그늘에 쏙 들어가 있는 조그맣고 새파란 우묵땅이었다.

앤은 마릴라에게 말했다.

"지금은 제비꽃이 없어요. 하지만 봄이 되면 제비꽃이 엄청나게 많이 핀다고 다이애나가 말했어요. 마릴라, 보랏빛 제비꽃이 눈에 선하지 않으세요? 그것을 생각하면 가슴이 벅차서 숨이 멎을 것 같아요. 그래서 그곳을 '제비꽃 골짜기' 라고 이름 지었어요.

다이애나는 나처럼 곳곳마다 멋진 이름을 붙이는 사람은 처음 보았대요. 뭐라도 잘하는 게 있다는 것은 좋은 일이죠.

'자작나무길'은 다이애나가 지은 이름이에요. 다이애나가 그렇게 하고 싶다고 해서 그대로 했어요. 나라면 그저 평범한 '자작나무길'보다는 좀 더 시적인 이름을 지어주었을 거예요. 그런 이름은 아무나 지을 수 있거든요. 하지만 '자작나무길'은 세상에서 가장 아름다운 곳 가운데 하나예요, 마릴라."

앤뿐만 아니라 길을 잃어 우연히 그곳으로 간 사람들도 같은 생각을 하게 된다. 그것은 좁고 꾸불꾸불한 길로, 울퉁불퉁한 긴 언덕을 넘어 벨 씨네 숲을 지나고 있다. 숲속으로 비쳐드는 햇살이 여러 겹으로 겹쳐진 에메랄드빛 나뭇잎을 뚫고 들어와 티 없는 다이아몬드처럼 찬란했다. 길 양옆에는 하얀 줄기와 날씬한 가지의 싱싱한 어린 자작나무가 줄지어 있었다. 길을 따라 풀고사리며 앵초꽃이며 은방울꽃이며 새빨간 채진목 열매들이 다보록하게 있었다. 늘 상쾌한 향내가 감돌았으며 머리 위의 나뭇가지에서는 새들이 옹그리고 앉아 지저귀고 바람이 간지럽히고 지나가면 나뭇잎들은 살랑살랑 흔들리면서 소리 내어 웃었다. 앤과 다이애나가 조용히 걸어가는 일은 참으로 드물었지만, 이따금 말없이 가다 보면 토끼가 길을 가로질러 깡충깡충 뛰어가는 것이 보였다. 골짜기를 내려가면 오솔길은 큰길로 이어진다. 거기에서 가문비나무 언덕을 넘으면 바로 학교였다.

애번리 학교는 회칠을 한 흰색 건물로 처마가 낮고 넓은 창문이 시원스레 달려 있었다. 교실에는 뚜껑을 여닫을 수 있는 편리하고 튼튼하면서 고풍스러운 책상들이 가지런히 놓여 있었다. 책상에는 3대에 걸친 학생들 이름과 흡사 상형문자 같은 이런저런 낙서가 새겨져 있었다. 학교 건물은 큰길에서 쑥 들어간 곳에 있고 뒤에는 울창한 전나무숲이 자리 잡았으며 맑은 시냇물이 흐르고 있었다. 아이들은 아침에 등교하면 우유병을 시냇물에 두었다가 점심때 차가워진 우유를 맛있게 꼴깍꼴깍 마셨다.

9월 첫날, 마릴라는 속으로 여러 가지 걱정을 하며 앤을 학교에 보냈다. 그토록 별난 아이가 다른 아이들과 사이좋게 잘 지낼 수 있을까? 그리고 과연 수업시간에 입을 다물고 얌전히 있을까?

그러나 마릴라의 우려와 달리 모든 일이 순조로웠다. 그날 저녁 앤은 명랑하게 집으로 돌아왔다.

앤이 말했다.

"학교가 마음에 퍽 들어요. 하지만 선생님은 그리 신통한 분 같지 않아요. 줄곧 콧수염을 비틀며 프리시 앤드루스에게 묘한 눈길을 보냈거든요. 프리시는 벌써 어른이에요. 올해 16살인데 내년에 샬럿타운의 퀸즈아카데미[1] 입학시험을 치르려고 수험 준비를 하고 있어요.

틸리 볼터가 말해줬는데, 선생님이 프리시에게 흠뻑 빠졌대요. 프리시는 진

---

1) 샬럿타운의 프린스 오브 웨일즈 칼리지를 모델로 함.

주알같이 고운 피부에 갈색 곱슬머리를 우아하게 빗어올리고 있어요. 프리시는 맨 뒷줄의 긴 의자에 앉아 있고, 선생님도 대개 거기에 앉아 있어요. 공부를 가르치기 위해서라고 하지만, 루비 길리스의 말로는 선생님이 프리시의 석판에 무엇인가 쓰자 프리시가 읽고 얼굴을 붉히며 웃었대요. 그것은 틀림없이 공부와 아무 관계도 없는 거라고 루비가 말했어요."

마릴라는 엄격하게 꾸짖었다.

"앤 셜리, 선생님에 대해 다시는 그런 말 하면 못쓴다. 너는 고작 선생님을 비판하러 학교에 가는 게 아니야. 선생님은 너에게 지식을 가르쳐주는 분이고 너는 공부해야 할 의무가 있어. 집에 돌아와 선생님 흉을 보지 않도록 해라. 알겠니? 학교에서는 얌전하게 굴었겠지?"

앤은 조금도 망설임 없이 말했다.

"그럼요. 그리 어렵지도 않았어요. 나는 다이애나 옆에 앉았어요. 우리 자리는 창가에 있어서 '반짝이는 윤슬의 호수'가 바로 보여요. 학교에는 재미있는 여자아이들이 많아서 점심시간은 특히 '성찬 같'았어요. 함께 놀 수 있는 여자친구가 많아서 정말 즐거워요. 하지만 다이애나가 가장 좋고, 앞으로도 변함없을 거예요. 나는 다이애나를 숭배하고 있어요.

다른 아이들보다 공부가 훨씬 뒤떨어져 있어 큰일이에요. 다른 아이들은 교과서 제5권을 배우고 있는데 저만 아직 제4권이거든요. 좀 부끄러워요. 하지만 나만큼 상상력이 풍부한 아이는 한 명도 없어요. 그건 금방 알 수 있었어요.

오늘은 지리랑 캐나다 역사, 그리고 읽기와 받아쓰기를 공부했어요. 필립스 선생님은 내 철자가 엉망이라면서 틀린 데를 잔뜩 고쳐놓은 석판을 높이 쳐들고 모든 아이들에게 보여주었어요. 그렇게까지 무안을 줄 필요는 없지 않나요, 마릴라. 처음 온 아이에게는 좀 더 친절히 대해야 한다고 생각해요.

루비 길리스는 나한테 사과를 주었고, 소피아 슬론은 '집까지 바래다줘도 될까?'라고 적힌 예쁜 핑크빛 카드를 빌려주었어요. 내일 돌려줄 거예요. 틸리 볼터는 오후 내내 구슬반지를 끼고 있으라며 잠시 빌려줬어요. 내 방에 있는 낡은 바늘꽂이에서 진주알을 몇 개 떼어내도 괜찮지요? 나도 반지를 만들고 싶어요.

그리고 있잖아요, 마릴라, 제인 앤드루스가 내게 이런 말을 했어요. 프리시 앤드루스가 세라 길리스에게 내 코가 아주 예쁘다고 말하는 것을 미니 맥퍼슨이 듣고 자기한테 말했다고요. 마릴라, 예쁘다는 말을 들은 건 태어나 처음이에요. 얼마나 설레었는지 마릴라는 모를 거예요. 정말 제 코가 예쁜가요? 마릴라라면 사실대로 말해주겠죠?"

마릴라는 짧게 말했다.

"네 코는 괜찮게 생긴 편이지."

마음속으로는 앤의 코가 매우 예쁘다고 생각했지만 짐짓 담담한 투로 말했다.

그 뒤 3주일 동안은 아무 탈 없이 잘 지나갔다. 그리고 이 상쾌한 9월 아침에 가벼운 걸음으로 즐겁게 '자작나무길'을 사뿐사뿐 걸어가는 앤과 다이애나는 애번리에서 가장 행복한 소녀들이었다.

다이애나가 말했다.

"오늘 길버트 블라이드가 학교에 올 거야. 여름 내내 뉴브런즈윅의 삼촌댁에 가 있었는데 지난 토요일 밤에 돌아왔어. 굉장히 잘생긴 남자애야, 앤. 그리고 여자아이들을 엄청 짓궂게 놀려댄단다. 아주 못살게 굴어."

다이애나는 몹시 놀림이 받고 싶다는 말투였다.

"길버트 블라이드? 현관 벽 위에 '주목'이라고 쓴 글씨 밑에 줄리아 벨의 이름과 나란히 씌어 있던 남자애 말이니?"

머리를 번쩍 치켜들며 다이애나가 말했다.

"응, 하지만 길버트는 아마 줄리아 벨을 그다지 좋아하지 않을 거야. 줄리아 벨 얼굴에 주근깨가 너무 많아서 그걸로 구구단을 외웠다고 길버트가 흉봤으니까."

앤은 부탁했다.

"어머나, 나한테 주근깨 이야기는 하지 마. 내가 이렇게 주근깨투성이인데 그런 말을 하면 어떡하니. 하지만 현관 벽의 '주목'이라는 글씨 밑에 남자애와 여자애 이름을 나란히 쓰는 것처럼 우스꽝스러운 일은 없을 거야. 내 이름과 남자애 이름을 나란히 쓸 용기 있는 사람이 누군가 있다면 어디 한번 보고 싶어."

앤은 서둘러 덧붙였다.

"물론 그런 일을 하는 사람은 아무도 없겠지만."

그리고 앤은 한숨을 푹 내쉬었다. 자기 이름이 적히는 것은 싫었지만 그럴 가망도 없다고 생각하니 자존심이 상했다.

다이애나가 말했다.

"마음 쓸 거 없어."

다이애나의 까만 눈과 윤기 흐르는 부드러운 머릿결은 애번리 남학생들의 가슴을 설레게 하여 여섯 번이나 현관 벽 위에 이름이 올랐었다.

"장난으로 그러는 거지, 뭐. 그리고 네 이름이 적히지 않을 거라고 단정해서는 안 돼. 찰리 슬론이 너한테 흠뻑 빠졌어. 찰리는 자기 어머니한테 학교에서 네가 가장 똑똑한 아이라고 말했다던걸. 얼굴이 예쁘다는 것보다 그게 더 좋은 거잖아."

그러나 어디까지나 여자인 앤은 아쉬워하면서 이렇게 말했다.

"아니, 그렇지 않아. 나는 똑똑한 것보다 아름다운 편이 훨씬 더 좋아. 게다가 나는 찰리 슬론이 싫어. 눈이 툭 튀어나온 남자아이는 질색이야. 누군가가 찰리 이름과 내 이름을 나란히 써놓는다면 나는 결코 그 충격을 이겨내지 못할 거야. 하지만 학급에서 1등하는 것은 좋긴 하지."

다이애나는 말했다.

"이제부터 길버트가 너와 같은 반에 들어가게 될 거야. 전에는 그 애가 늘 1등을 했어. 이미 14살이지만 아직 제4권을 배우고 있단다. 4년 전에 그 애 아빠가 병 때문에 본토인 서부의 앨버타로 요양하러 가게 되었는데 그 아이도 같이 갔어. 그곳에 사는 3년 동안은 길버트는 학교에 거의 다니지 않았고 애번리에 돌아온 다음부터 다시 다니기 시작했대. 이제부터는 1등하기가 그리 쉽지 않을 거야, 앤."

앤은 재빨리 말했다.

"원하는 바야. 겨우 9살이나 10살밖에 안 된 아이들 속에서 1등 한다고 해서 자랑스럽지는 않거든. 어제 '비등(沸騰, ebullition)'이라는 단어를 썼는데 조지 파이가 맨 먼저 쓰기 시작했어. 그런데 조지는 책을 훔쳐보는 거야. 필립스 선생님은 프리시를 보고 있느라 못 봤지. 하지만 난 분명 봤어. 내가 얼어붙을 듯한 경멸의 눈길을 보내니까 그 애는 얼굴이 빨개지면서 결국 철자를 틀리고 말았어."

큰길 울타리를 기어올라가며 다이애나는 성난 목소리로 말했다.

"파이네 자매들은 모두 사기꾼이야. 어제도 거티 파이가 시냇물에 가서 내 자리에 자기 우유병을 담갔단다. 어떻게 그럴 수가 있니? 지금 그 애하고는 말도 안해."

필립스 선생님은 교실 뒷자리에서 프리시 앤드루스가 라틴어 읽는 것을 듣고 있었다. 다이애나가 앤에게 조용히 속삭였다.

"네 옆 통로 건너편 같은 줄에 앉은 아이가 길버트 블라이드야, 앤. 잘생겼는지 좀 봐."

앤은 길버트를 슬쩍 보았다. 때마침 길버트는 앞에 앉은 루비 길리스의 길게 땋은 금발을 의자 등받이에 몰래 핀으로 꽂느라 정신없었다. 길버트는 키가 크고 갈색 곱슬머리에 연한 밤색 눈을 가진 소년으로 입가에 장난기 어린 미소를 띠고 있었다.

이윽고 루비 길리스는 계산이 끝난 문제를 선생님에게 갖다내려고 일어서다가 꽥 소리를 지르며 뒤로 쓰러지듯 다시 주저앉았다. 머리털이 몽땅 뽑혀버릴 듯 몹시 아팠던 것이다. 놀란 아이들은 모두 루비를 보았다. 필립스 선생님이 무서운 표정으로 노려보자 루비는 울음을 터뜨렸다. 길버트는 재빨리 핀을 뽑아 감추고 시치미를 뚝 뗀 얼굴로 역사 공부를 시작했다. 그러나 아이들이 모두 조용해지자 길버트는 앤을 보고 우스꽝스러운 몸짓을 하며 윙크했다.

앤은 다이애나에게 속삭였다.

"네가 말한 길버트 블라이드는 확실히 잘생겼어. 하지만 좀 뻔뻔스러운 것 같아. 처음 보는 여자아이한테 윙크하다니 예의가 없네."

그러나 진짜 소동이 벌어진 것은 오후가 되어서였다.

필립스 선생님은 언제나처럼 뒤쪽 구석자리에서 프리시 앤드루스에게 대수 문제를 설명해 주고 있었다. 다른 아이들은 풋사과를 사각사각 베어 먹거나 소곤소곤 이야기하였다. 또는 석판에 그림을 그리거나 귀뚜라미를 실에 묶어 통로를 이리저리 끌고 다니며 저마다 제멋대로 놀고 있었다.

길버트 블라이드는 앤 셜리의 눈길을 자기 쪽으로 돌리려 애쓰고 있었다. 그러나 모든 게 허사였다. 앤은 그때 길버트 블라이드의 존재는 물론 애번리의 다른 아이들도 전혀 안중에 없었다. 학교 자체를 완전히 잊어버리고 있었다. 앤은 두 손으로 턱을 괴고 서쪽 창문으로 보이는 '반짝이는 윤슬의 호수'의 새파란 물빛을 바라보며 머나먼 꿈나라를 헤매고 있었다. 자기가 그리고 있는 환상 말고는 아무것도 들리지도, 보이지도 않았다.

여태까지 길버트 블라이드는 마음만 먹으면 늘 여자아이 관심을 자기 쪽으로 끌 수 있었고, 실패한 일도 없었다.

'두고 봐, 무슨 일이 있어도 저 애 눈길이 이쪽으로 쏠리도록 할 테니까. 저 뾰족한 턱에, 커다란 눈망울이 우리 학교의 다른 여자애들하고는 딴판인, 저 빨강머리 앤 셜리라는 여자애를 말이야!'

길버트는 통로 너머로 손을 뻗어 앤의 길게 땋아내린 빨강머리 끝을 잡아 들어올려 나직하지만 또박또박 말했다.

"당근! 당근!"

앤은 문득 길버트 쪽을 돌아보았다. 앙갚음을 하듯이 그를 무섭게 쏘아보았다.

그뿐 아니라 주먹을 쥐고 벌떡 일어섰다. 조금 전까지 빠져있던 몽상이 엉망이 되어버렸다. 분노로 들끓는 앤이 길버트를 똑바로 노려보았다. 눈동자가 노여움으로 한순간 번뜩이더니 순식간에 눈물이 흘러넘쳐 그 불꽃이 사라졌.

앤은 화를 참지 못해 외쳤다.

"비겁한 녀석! 나쁜 자식! 어떻게 감히 그런 말을 할 수가 있어!"

그리고 쾅당 하는 소리가 났다. 앤이 석판으로 길버트의 머리를 내리친 것이다. 그것은 두 조각으로 갈라졌다. 물론 머리가 아니라 석판이.

애번리 아이들은 언제나 소동을 좋아했다. 특히 이번 일은 재미있는 구경거리였다. 모두들 깜짝 놀랐지만 또한 너무 기뻐서 '오' 하며 호들갑스레 감탄의 소리를 질렀다. 다이애나는 숨을 삼켰고, 히스테리가 있는 루비 길리스는 또 울음을 터뜨렸다. 토미 슬론은 입을 딱 벌린 채 이 대활극을 지켜보았다. 그동안 귀뚜라미는 모두 달아나버렸다.

필립스 선생님은 통로를 성큼성큼 걸어와 앤의 어깨를 꽉 움켜잡았다. 그리고 성난 목소리로 물었다.

"앤 셜리, 무슨 짓이냐?"

앤은 아무 말도 하지 않았다. 차마 '당근'이라고 놀림받은 것을 아이들 앞에서 말할 수 없었다. 그때 용감하게 입을 연 것은 길버트였다.

"잘못했습니다, 선생님. 제가 놀렸기 때문입니다."

필립스 선생님은 길버트의 말을 무시했다. 그리고 엄한 목소리로 지적했다.

"우리 학생 가운데 이렇듯 성질 고약한 아이가 있다는 게 참으로 안타깝구나."

앤이 자기 제자인 만큼 불완전한 인간의 마음속에 있는 모든 사악한 격정을 뿌리째 뽑아버려야 한다는 말투였다.

"앤, 수업이 끝날 때까지 칠판 앞 교단에 서 있거라."

이런 벌을 받으니 차라리 회초리로 맞는 편이 훨씬 낫겠다고 앤은 생각했다. 감수성이 예민한 앤의 마음은 회초리로 맞은 것만큼이나 파르르 떨렸.

앤은 해쓱한 얼굴로 이를 악물고 선생님의 명령에 따랐다. 필립스 선생은 분필을 들고 앤의 머리 위 칠판에 힘주어 썼다.

'앤 셜리의 성질은 고약합니다. 앤 셜리는 자제심을 배워야 합니다.'

선생님은 이 글을 소리 내어 읽었다. 글씨를 읽지 못하는 1학년 아이도 그 뜻을 알 수 있도록 하기 위해서였다.

앤은 이 글이 적힌 칠판 앞에서 학교가 끝날 때까지 나머지 오후 시간 동안 서 있었다. 앤은 울지 않고 고개를 숙이지도 않았다. 가슴속에서 분노가 자그르르 들끓고 있어 그토록 괴로운 굴욕도 의연하게 견디어낼 수 있었다. 다이애나는 안타까워하며 앤을 바라보았고 찰리 슬론은 분개하여 몇 번이나 고개를 저었고 조지 파이는 심술궂은 웃음을 띠었다. 앤은 노여움이 가득 찬 눈길과 감정을 억누르지 못하고 빨개진 얼굴로 아이들을 마주 보았다. 물론, 길버트 블라이드 쪽은 거들떠보지도 않았다.

'두 번 다시 그 녀석 얼굴을 보면 나는 사람이 아니야! 두 번 다시 그 녀석과 말하면 사람도 아니야!'

학교가 파하자 앤은 빨강머리를 도도하게 치켜들고 쏜살같이 밖으로 걸어 나갔다. 길버트 블라이드가 앤을 붙잡으려 했다.

길버트는 진심으로 미안한 얼굴로 머리를 긁적이며 말했다.

"앤, 네 머리 갖고 놀린 것은 정말 잘못했어. 진심으로 미안해. 이제 그만 화 풀어."

앤은 완전히 무시하며 경멸하는 태도로 그 앞을 휙 지나갔다.

길을 걸어가며 다이애나가 절반은 비난하듯 또 한편으로는 감탄하듯 말했다.

"어머나, 정말 대단해, 앤."

길버트가 사과하다니 자기 같으면 금세 용서할 거라고 다이애나는 생각했다.

하지만 앤은 단호히 말했다.

"난 결코 길버트 블라이드를 용서할 수 없어. 그리고 필립스 선생님도 e자를 빼먹고 내 이름을 썼어. 한 마디로 '내 영혼이 쇠사슬에 매인'[2] 기분이었어."

다이애나는 앤의 말이 무슨 뜻인지 전혀 이해하지 못했지만, 어쨌든 몹시 처

---

[2] 《구약성서》 〈시편〉 105편 18절.

절했다는 것만은 짐작할 수 있었다.

다이애나는 위로하듯 다독이며 말했다.

"길버트가 네 머리털을 가지고 놀려댔다고 너무 신경 쓰지 마. 그 아이는 어느 여자아이건 놀려댄단 말이야. 내 머리털이 새까맣다고 얼마나 웃었다구. 나더러 까마귀라고 몇 번이나 놀렸는걸. 게다가 그 아이가 사과한 일은 한 번도 본 적이 없어."

앤은 치를 떨며 말했다.

"까마귀라고 놀리는 것과 당근이라고 놀리는 것은 전혀 달라. 길버트 블라이드는 모질게 고문당하는 것만큼이나 내 마음을 상하게 했어, 다이애나."

그 일뿐이었더라면, 앤의 고통은 어찌어찌 무마되고 문제가 조용히 가라앉았겠지만, 불행은 한번 벌어지면 잇달아 꼬리를 물고 일어나는 법이다.

애번리 학생들은 점심시간이면 언덕 너머 벨 씨네 가문비나무숲에서 나뭇진[3]을 뜯으며 놀았다. 그곳이라면 선생님이 하숙하고 있는 이븐 라이트 씨네 집을 지켜볼 수 있기 때문이었다. 필립스 선생님이 그 집에서 나오면 학생들은 교실을 향해 달려갔다. 그러나 거기서 학교까지 거리는 라이트 씨네 오솔길의 세 배쯤이나 되어 학생들은 대개 선생님보다 3분쯤 늦게 숨을 헐떡거리며 교실로 뛰어갔다.

당근 사건 다음 날 필립스 선생님은 새삼 생각난 듯 학생들이 지각하는 버릇을 이참에 고쳐줘야겠다고 결심하여 점심 식사하러 가기 전에 아이들에게 자기가 돌아왔을 때는 모두 제자리에 앉아 있어야 한다고 따끔하게 일렀다. 그러면서 늦는 사람은 벌주겠다고 말했다.

---

[3] 그즈음 프린스에드워드섬의 어린이들은 가문비나무의 나뭇진을 껌처럼 씹는 풍습이 있었음.

남자아이들과 여자아이들은 조금 맛볼 만큼만 나뭇진을 뜯고 곧 돌아올 작정으로 여느 때처럼 가문비나무숲으로 갔다. 그러나 숲속에서 노란 나뭇진 덩어리를 이리저리 찾고 있으면 시간을 까맣게 잊어버리고 말았다. 아이들은 나뭇진을 뜯으며 빈둥빈둥 숲속을 돌아다녔다. 언제나 그렇듯 오래된 가문비나무 위에서 망을 보던 지미 글로버가 "선생님 오신다!" 하고 소리칠 때까지 아이들은 시간 가는 줄 몰랐다.

땅 위에서 놀던 여자아이들은 금방 달려가 그럭저럭 시간에 맞춰 들어갔지만, 남자아이들은 나무 위에서 내려와야 했으므로 여자아이들보다 늦었다. 그리고 나뭇진을 뜯지 않고 숲속 깊숙이 들어가 있던 앤이 꼴찌였다. 앤은 나무 그늘에 사는 신비한 야생의 여신이라도 된 듯이 머리에 검은 나리꽃 화환을 쓰고 허리까지 자란 고사리 덤불을 헤치고 걸어다니며 노래를 흥얼거리고 있었던 것이다. 그러나 앤은 사슴같이 재빨랐으므로 장난꾸러기 요정처럼 달려 문가에서 남자아이들을 따라잡아 마침 선생님이 모자걸이에 모자를 걸고 있을 때 남자아이들과 함께 교실로 들어갔다.

아이들 버릇을 고쳐줘야겠다는 필립스 선생님의 열성은 이미 식어 있었다. 열 명이 넘는 아이들에게 일일이 벌을 준다는 것은 성가신 일이었다. 그러나 일단 선언한 이상 처벌을 내릴 필요가 있으므로 본보기로 알맞은 대상이 없나 교실을 둘러보는데, 마침 숨을 헐떡거리며 자리에 앉는 앤이 눈에 띄었다. 벗는 것을 깜박한 나리꽃 화환이 한쪽 귓가로 삐뚜름하게 얹혀 있어 흐트러진 모습이 한층 눈에 도드라졌다.

선생님은 잔뜩 비꼬며 말했다.

"앤 셜리, 너는 남자아이들과 함께 있기 좋아하는 듯하니 오늘 오후에는 원 없이 그러도록 해주마. 머리에서 그 꽃부터 당장 떼고 길버트 블라이드 옆에

가 앉아."

 이 말을 듣고 다른 남자아이들이 킥킥 웃음소리를 냈다. 다이애나는 안타까워 얼굴이 핼쑥해졌다. 그녀는 앤의 머리에서 화환을 조심스레 벗겨내고 손을 꼭 쥐어주었다. 앤은 마치 석상처럼 굳어져 눈을 휘둥그렇게 뜨고 선생님을 쳐다보았다.

 필립스 선생님은 엄한 목소리로 물었다.

"내 말을 들었겠지, 앤?"

"네, 들었습니다, 선생님. 하지만 진심으로 말씀하신 거라고는 생각지 않았어요."

"틀림없는 진심이다."

 선생님은 여전히 잔뜩 비꼬면서 비웃듯이 말했다. 아이들은, 특히 앤은 그 말투를 몹시 싫어했다. 아이들의 아픈 데를 건드리는 말투였다.

"당장 내가 시키는 대로 해."

 한순간 앤은 반항적인 태도를 취하려는 듯했다. 그러나 어쩔 수 없음을 알고 벌떡 일어나 통로를 건너갔다. 길버트 블라이드 옆에 앉자 책상 위에 두 팔을 얹고 그 위에 얼굴을 묻었다.

 그때 그 얼굴을 언뜻 본 루비 길리스는 학교에서 돌아가는 길에 아이들에게 말했다.

"나는 그런 기분 나쁜 얼굴은 즁말로[4] 처음 봤어. 창백한 얼굴에 온통 빨간 반점이 돋아 있었어."

 앤으로서는 이제 모든 게 끝난 것이나 다름없었다. 똑같이 벌을 받아야 할

---

[4] '정말로'라는 뜻의 actually(액추얼리)를 acksually(액슈얼리)라고 발음하고 있음.

열 명 남짓한 아이 가운데 자기만 벌받는 것도 싫었지만, 남자아이 옆에 앉아야 하는 일은 더더욱 싫은 일이었다. 더욱이 길버트 블라이드 옆이라니, 상처에 소금을 뿌리는 격이어서 도저히 참을 수 없었다. 참으려 해도 헛일이었다. 앤의 온몸은 창피함과 노여움과 굴욕감으로 화끈 달아올랐다.

처음에 다른 아이들은 앤을 보며 소곤소곤 속삭이기도 하고 서로 쿡쿡 찌르며 웃기도 했다. 그러나 앤은 끝내 고개를 들지 않았고, 길버트도 분수공부를 열심히 하고 있는 듯했으며, 다른 아이들도 저마다 자기 공부를 하기 시작해 앤의 일은 잊어버렸다.

이윽고 필립스 선생님은 역사 수업을 받을 학생들을 불러 모았다. 앤도 함께 공부하는 과목이었다. 그러나 앤은 움직이지 않았다. 수업을 시작하기 전에 '프리실라에게'라는 시를 쓰고 있던 필립스 선생님은 까다로운 시의 운을 생각하느라 앤이 없는 것을 알아차리지 못했다.

한 번은 아무도 보지 않을 때 길버트가 책상 속에서 '너는 사랑스러워'라는 글씨가 쓰인 하트 모양의 작은 핑크빛 캔디를 꺼내 앤의 팔꿈치 옆에 살짝 밀어 놓았다. 앤은 일어서서 그 하트 모양 캔디를 손가락 끝으로 조심스레 집어 바닥에 떨어뜨리고 발뒤꿈치로 산산조각 나게 짓밟았다. 그리고 길버트 쪽은 거들떠보지도 않고 다시 책상에 엎드렸다.

수업이 끝나자 앤은 자기 자리로 돌아와 교과서, 펜, 잉크, 성경, 계산 연습장 등 책상 속에 있는 것을 남김없이 꺼내 깨진 석판 위에 가지런히 쌓아 올렸다.

큰길로 나오자마자 다이애나가 이유를 물었다.

"그걸 왜 집으로 모두 가져가니, 앤?"

차마 여기에 올 때까지 물을 용기가 나지 않았던 것이다.

앤이 분을 못 참겠는지 씩씩거리며 대답했다.

"내일부터 학교에 나오지 않을 거야."

놀란 다이애나는 정말이냐고 묻는 듯이 앤을 빤히 바라보았다.

"마릴라가 그렇게 하도록 허락해 줄까?"

앤은 어깨를 으쓱하며 말했다.

"허락하지 않을 수 없을걸. 나는 저런 선생님이 있는 학교에 두 번 다시 가지 않을 테니까."

다이애나는 금방이라도 울음을 터뜨릴 것 같았다.

"어머나, 앤! 너무해. 그럼 나는 어떻게 하니? 필립스 선생님은 내가 싫어하는 거티 파이와 함께 앉힐 거야. 지금 거티는 혼자 앉아 있으니까. 틀림없어. 제발 부탁이니 그냥 학교에 나와."

앤은 괴로운 듯 신음하며 말했다.

"너를 위해서라면 어지간한 일은 다 참고 할 수 있어, 다이애나. 손발이 잘려 나간다 해도 상관없지만 이것만은 안 돼. 그러니 다시는 그런 말을 해서 나를 괴롭히지 말아줘."

다이애나는 슬퍼했다.

"생각 좀 해 봐. 학교를 그만두면 얼마나 많은 즐거움을 놓치게 되는데. 우리 시냇가에 예쁜 집을 짓기로 했잖아. 그리고 다음 주에는 공놀이를 할걸. 너 공놀이해 본 일 없지? 얼마나 재미있는데.

그다음에 새 노래를 배울 거야. 제인 앤드루스가 지금 그 노래를 연습하고 있는 중이야. 그리고 앨리스 앤드루스가 다음 주에 새로 나온 팬지[5] 책을 가져온다고 했어. 우리 모두 시냇가에 앉아 하나씩 낭독할 거야. 앤, 너 낭독을 좋

---

[5] 미국 아동문학가 이저벨라 맥도널 올던(1841~1930)이 팬지라는 필명으로 어린이의 생활을 그린 백여 권의 시리즈를 집필·편집·출판했음.

아하잖니."

무슨 말을 해도 앤은 끄떡하지 않았다. 다시는 필립스 선생님이 있는 학교에 가지 않겠다고 결의를 굳게 다졌던 것이다.

집에 돌아오자 마릴라에게도 그 이야기를 했다.

마릴라는 가벼이 웃어넘겼다.

"바보 같은 소리!"

앤은 진지한 표정으로 마릴라를 책망하듯 바라보았다.

"바보 같은 소리가 아니에요. 모르겠어요, 마릴라? 난 모욕당했단 말예요."

"모욕이라고! 안 돼. 내일도 얌전히 학교에 가거라."

앤은 조용히 고개를 저었다.

"싫어요. 결코 학교에 가지 않겠어요, 마릴라. 집에서 공부하게 해주세요. 잠자코 조용히 지낼게요. 학교에는 정말 가지 않겠어요."

마릴라는 그제야 앤의 작은 얼굴에 드러난 굳은 결심을 알아차렸다. 그 고집을 꺾으려면 무척 힘들겠다고 여겼다. 마릴라는 현명하게도 더 이상 강요하지 않기로 마음먹었다.

'오늘 밤 레이철과 의논해야겠어. 지금은 앤에게 더 말을 해 본들 안 통할 것 같아. 흥분해 있는 데다 한번 마음먹으면 끝까지 고집을 부리거든. 저 아이 말을 들어보면, 필립스 선생님이 좀 강압적으로 일을 처리한 것 같군. 하지만 아이에게 그런 말을 할 수는 없지.

아무튼 레이철과 상의해 봐야겠어. 아이를 열 명이나 학교에 보냈으니 이럴 때 어떻게 하면 좋을지 잘 알겠지. 지금쯤 벌써 이 이야기를 누군가한테 들었을 거야.'

마릴라가 찾아갔을 때 린드 부인은 여전히 열심히 침대덮개를 짜고 있었다.

마릴라는 좀 쑥스러워하며 말을 꺼냈다.

"내가 왜 이렇게 찾아왔는지 알지요."

린드 부인은 고개를 끄덕였다.

"앤이 학교에서 벌인 소동 때문이겠지요. 틸리 볼터가 학교에서 돌아오는 길에 들러 이야기해주었답니다."

"그 아이를 어떻게 하면 좋을지. 다시는 학교에 가지 않겠대요. 그렇게 흥분하는 건 처음 보았어요. 그 아이를 학교에 보낸 뒤부터 언제 무슨 일이 일어날지 몰라 늘 마음이 조마조마했었어요. 아무 일 없이 순조롭게 흘러가는 게 오래갈 리 없다고 여겼거든요. 감수성이 보통 예민해야 말이죠. 어떻게 하면 좋을까요, 레이철?"

린드 부인은 자기 의견을 물어오는 것을 무척 좋아했으므로 상냥하게 말했다.

"글쎄요, 나 같으면 얼마 동안 그 아이가 하는 대로 내버려두겠어요. 필립스 선생님에게 어느 정도는 잘못이 있다고 생각해요. 물론 이런 말을 아이들에게 해선 안 되죠. 어제 앤이 화낸 데 대해 벌준 것은 옳지만 오늘은 사정이 달라요. 똑같이 늦은 다른 아이들도 벌주었어야 했어요.

더구나 벌로 여자아이를 남자아이와 함께 앉히다니, 좋지 않은 일이에요. 지나쳤어요. 틸리 볼터는 몹시 흥분하며 화내더군요. 그 아이는 처음부터 끝까지 앤 편을 들었어요. 다른 아이들도 모두 앤 편이라고 말했고요. 앤은 아이들에게 꽤 인기가 있나 봐요. 모두들 이렇게 좋아할 줄 미처 몰랐어요."

마릴라는 놀라 물었다.

"그럼 집에 있도록 허락하는 편이 좋단 말인가요?"

"그래요. 나 같으면 그 아이 스스로 이야기를 꺼낼 때까지 학교에 대해 일절 말하지 않겠어요. 염려 말아요, 마릴라. 앤은 1주일만 지나면 냉정을 되찾아 학교에 가겠다고 할 테니까요.

지금 강제로 학교에 보내면 더욱 큰 소동이 벌어질지 몰라요. 더 꼬이게 되죠. 복잡한 일이 자꾸 일어날 바에는 차라리 학교를 쉬는 편이 나아요. 공부면에서도 지금 학교에 가지 않는다고 해서 크게 뒤떨어지지는 않을 거예요.

필립스 선생님은 교사로서 실격이에요. 아이들을 전혀 통제하지 못하고 있다더군요. 저학년 아이들은 내버려두고 퀸즈아카데미에 진학할 상급생만 가르치고 있으니까요. 삼촌이 이사가 아니었다면 그 선생은 이 학교에 선생직으로 계약을 1년 더 연장하지도 못했을 거예요. 그 이사가 나머지 두 사람을 좌지우지하면서 혼자 휘젓고 다니는 형편이니, 이 섬 아이들 앞날이 근심스러워요."

린드 부인은 고개를 설레설레 내저었다. 자기가 이 지방 교육기관의 우두머리라면 문제를 좋은 방향으로 처리하겠다는 말투였다.

마릴라는 린드 부인의 충고에 따라 앤에게 학교에 가라는 잔소리를 하지 않았다. 앤은 집에서 공부하며 잔일도 거들고 쌀쌀한 가을의 보랏빛 땅거미 속에서 다이애나와 놀기도 했다. 길에서나 주일학교에서 길버트 블라이드를 만나면 앤은 싸늘한 표정을 지으며 그냥 지나쳤다. 앤의 노여움을 풀어주고 싶어하는 길버트의 마음은 누구 눈에나 뚜렷했지만 앤은 전혀 받아들이지 않았다. 둘 사이에서 그들을 화해시키려 애쓰는 다이애나의 노력도 소용없었다. 앤은 길버트 블라이드를 평생 미워하겠다고 마음먹은 것 같았다.

그러나 길버트를 미워하는 것만큼 앤은 다이애나를 사랑했다. 사랑도 미움도 똑같이 강렬한 앤은 열정을 다이애나에게 쏟았다.

어느 날 밤, 마릴라가 사과바구니를 들고 과수원에서 돌아오자 어둑어둑한 동쪽 창가에 앉아 앤이 엉엉 울고 있었다.

마릴라가 물었다.

"이번에는 대체 무슨 일이냐, 앤?"

"다이애나 때문이에요."

앤은 더욱 크게 울었다.

"나는 다이애나를 깊이 사랑해요. 마릴라, 다이애나 없이는 단 하루도 살 수 없어요. 하지만 어른이 되어 다이애나가 결혼하면 나를 두고 멀리 떠나고 말 거예요. 아, 나는 어떻게 하면 좋아요? 다이애나의 남편 될 사람이 미워요. 다이애나의 결혼식이며 앞으로 펼쳐질 모든 일들을 상상해 봤어요. 다이애나는 새하얀 드레스를 입고 베일을 써서 여왕님처럼 고상해 보일 거예요. 나는 들러리로 역시 아름답게 한껏 부풀린 소매가 달린 옷을 입고서, 가슴이 미어지는데도 겉으로는 웃음 짓고 있죠. 그리고 다이애나에게 작별의 말을 건네죠. 잘 가, 다이애나……."

목멘 소리로 여기까지 말하고 앤은 다시 엎드려 울기 시작했다. 흐느낌은 점점 더 심해졌다. 마릴라는 웃음을 억누르느라 찌푸려진 얼굴을 감추려 재빨리 돌아섰지만 도저히 참을 수 없었다. 바로 옆 의자에 쓰러지듯 앉아 배를 움켜쥐고 웃기 시작했으므로 밖에서 뜰을 지나가던 매슈가 깜짝 놀라 걸음을 멈추었다. 마릴라의 저런 웃음소리를 매슈가 들어본 적이 있었던가?

겨우 웃음을 그치고 마릴라는 말했다.

"앤 셜리, 쓸데없는 걱정을 하려거든 좀 가까운 앞날의 일을 염려하려무나. 네 상상력은 정말 알아줘야겠다."

티파티의 슬픈 결말

그린게이블즈의 10월은 아름다웠다. 자작나무는 햇살처럼 황금빛으로 물들고, 과수원 뒤쪽 단풍나무는 울긋불긋해지고, 오솔길을 따라 늘어선 산벚나무는 이루 말할 수 없이 매혹적인 짙은 자줏빛과 청동색으로 단장했다. 드넓은 초원도 가을 햇볕을 받아 반짝이고 있었다.

앤은 자기를 둘러싸고 있는 아름다운 풍경을 마음껏 즐겼다.

어느 토요일 아침, 붉은색으로 화려하게 물든 나뭇가지를 한아름 안고 춤추듯 뛰어 들어오며 앤은 소리쳤다.

"마릴라! 이 세상에 10월이 있어서 아주 즐거워요. 10월 없이 9월에서 11월로 건너뛴다면 재미없을 거예요. 이 단풍나무 가지를 보세요. 가슴이 두근거리지 않나요? 내 방을 온통 이 나뭇가지로 꾸밀래요."

미적 감각이 전보다 조금도 나아지지 않은 마릴라는 나무랐다.

"집 안 어질러질라. 너는 밖에서 무엇이든지 가지고 들어와 방을 너무 지저분하게 만들더구나. 침실은 잠자기 위해 있는 거란다."

"어머나, 꿈을 꾸기 위한 곳이기도 하잖아요, 마릴라. 아기자기한 것으로 둘러싸인 방에서 자면 좋은 꿈을 꿀 수 있거든요. 이 단풍 든 나뭇가지를 파란 꽃병에 꽂아 내 방 탁자 위에 둘래요."

"그럼 층계에 잎사귀가 떨어지지 않도록 조심해라. 나는 오늘 오후, 카모디에서 열리는 후원회 모임에 다녀오마. 아마 어두워진 뒤 돌아올 것 같으니, 매슈 오라버니와 제리의 저녁은 네가 차려야겠다. 지난번처럼 식탁에 앉고 보니 차가 준비되어 있지 않은 일은 없도록 해."

앤은 겸연쩍은 듯이 말했다.

"그날 깜박한 것은 정말 죄송해요. '제비꽃 골짜기'에 이름을 지어주려고 머릿속이 가득 차 있었기 때문에 다른 일은 그만 잊고 말았어요. 하지만 매슈는 아주 너그러웠어요. 조금도 꾸짖지 않고 손수 차를 만들고는 잠깐만 기다리면 된다고 했거든요. 그동안 내가 재미있는 요정이야기를 해드렸더니 조금도 지루해 하지 않았어요. 아주 아름다운 이야기였어요. 사실 끝부분이 기억나지 않아 제가 지어서 끝맺음했는데, 매슈는 어디가 이은 자리인지 모를 만큼 잘했다고 했어요."

"매슈 오라버니는 네가 한밤중에 일어나 점심을 차려줘도 좋다고 할 사람이야. 하지만 이번에는 잊으면 안 된다. 그리고—네가 혼이 빠져서 전보다 더 큰 실수를 할지도 모르니 이런 말을 해도 좋을지 모르겠다만—이따가 오후에 다이애나를 불러 함께 차를 마시면 어떻겠니?"

"어머나, 마릴라!"

앤은 두 손을 꼭 마주 잡았다.

"최고예요! 마릴라도 역시 상상력이 있었어요. 그렇지 않고서야 내가 그런 차 모임을 동경하고 있다는 걸 어떻게 알았겠어요. 누군가를 티 파티에 초대하면 즐겁고 어른이 된 기분이 들 거예요. 손님을 초대하니 차 준비하는 것을 잊어버릴 염려도 없어요. 저, 마릴라, 장미무늬 찻잔 세트를 써도 좋을까요?"

"당치도 않아! 귀한 장미무늬 찻잔 세트라니! 나중에는 또 무엇을 하겠다고 들지 모르겠구나. 그것은 목사님이나 후원회 사람들이 올 때만 쓰는 거야. 헌 갈색 찻잔을 꺼내 쓰도록 해라. 하지만 노란 항아리의 버찌 설탕절임을 먹어도 좋아. 슬슬 이제 맛이 들었겠지. 그리고 과일케이크와 생강 쿠키도 먹으렴."

스르르 눈을 감으며 앤은 말했다.

"내가 식탁의 상석에 앉아 차를 따르는 모습이 눈에 선해요. 그리고 다이애나에게 설탕을 넣겠느냐고 다정하게 묻는 거예요! 다이애나가 설탕을 넣지 않는다는 것을 알고 있지만 모르는 척하고 물어봐야 해요. 그리고 과일케이크와 설탕절임을 더 들라고 권하죠.

아, 상상만 해도 가슴이 두근거려요. 다이애나가 오면 손님용 침실로 데려가 거기서 모자를 벗으라고 해도 좋을까요? 그리고 응접실로 데려가도 좋아요?"

"안 돼. 너와 네 손님은 거실로 충분해. 하지만 요전번 밤에 교회 손님들이 왔을 때 먹고 남은 라즈베리 시럽이 병에 반쯤 있으니 먹고 싶으면 둘이서 타 마셔도 좋아. 거실 벽장 두 번째 선반에 있단다. 과자하고 같이 먹으면 맛있을 거야. 매슈 오라버니는 감자를 배에 실으러 갔으니 아마 차 마실 시간에 맞춰서는 못 올 것 같구나."

앤은 다이애나를 티 파티에 초대하기 위해 '드리아스의 샘'을 거쳐 가문비나무 오솔길을 올라가 '언덕의 과수원'까지 날듯이 뛰어갔다. 마릴라가 카모디를 향해 마차를 타고 나간 얼마 뒤 다이애나는 두 번째로 좋은 외출복을 입고 티 파티에 어울리는 모습으로 나타났다. 여느 때는 노크도 없이 부엌으로 뛰어 들어오던 다이애나도 이날만은 정문 현관으로 와서 우아하게 똑똑 문을 두드렸다.

역시 두 번째로 좋은 옷을 입은 앤이 문을 열어주었다. 두 소녀는 처음 만나는 사람들처럼 정중하게 미소를 머금고 악수했다. 다이애나는 앤의 침실인 동쪽 방으로 안내되어, 그곳에서 모자를 벗어놓고 거실로 들어가 가지런히 발을 모으고 앉아 10분 동안 이야기했다. 평소에 하지 않는 격식 차린 행동이 쭉 계속되었다.

앤은 그날 아침 기운차게 사과를 따고 있는 배리 부인을 보았지만 마치 그런 일이 없었던 양 점잖게 물었다.

"어머니께서는 안녕하세요?"

"고맙습니다. 덕분에 매우 건강하세요. 커스버트 씨는 오늘 오후 릴리 샌즈호에 감자를 실으러 간다는 말을 들었는데요?"

다이애나 역시 아침에 매슈의 마차로 하면 앤드루스네 집까지 갔으면서도 그렇게 물었다.

"네, 그래요. 올해는 감자가 풍년이래요. 댁에서도 수확이 많겠지요?"

"덕분에 꽤 많이 거두었답니다. 사과도 많이 땄지요?"

앤은 그만 거드름 피우는 걸 잊고 발딱 일어서며 말했다.

"응, 굉장히 많이 땄어. 과수원에 가서 레드 스위팅 사과를 따먹자, 다이애나. 마릴라가 나무에 남아 있는 것은 모두 따먹어도 좋다고 했어. 마릴라는 마음이 무척 넓어. 차 마실 때 과일케이크랑 버찌 설탕절임도 먹으라고 했고. 하지만 손님에게 대접할 것을 미리 말하는 건 예의에 벗어나는 일이니 음료 이름은 말하지 않겠어. 이것만은 말해 둘게. 'ㄹ'자로 시작되는 이름이고 빨간 빛깔이야. 나는 빨간 음료를 몹시 좋아해. 너는? 다른 빛깔의 음료보다 두 배나 더 맛있거든."

가지가 땅바닥까지 늘어질 만큼 열매가 주렁주렁 매달린 과수원에서 노는 게 너무 즐거워 두 소녀는 오후 내내 그곳에서 머물렀다. 파란 풀밭에 앉아 부드러운 가을빛을 쬐고 사과를 아삭아삭 먹으며 마음껏 재잘거렸다.

다이애나는 학교 소식을 앤에게 전했다. 할 얘기가 산더미처럼 많았다.

"나는 거티 파이랑 앉게 돼서 우울해. 거티는 석판에 글을 쓸 때 언제나 석필로 석판을 지익지익 긁는 소리를 내서 소름이 끼친다니까. 루비 길리스는 크리크의 메리 조 할머니에게 얻은 마술 조약돌에 주문을 걸어 사마귀를 깨끗이 떼었어. 맹세컨대 사실이라고 했어. 초승달이 뜨는 날 밤에 그 조약돌로 사마귀를 문지른 다음 왼쪽 어깨 너머로 던져버렸는데, 사마귀가 깨끗이 없어졌다는 거야.

찰리 슬론과 엠 화이트의 이름이 현관 벽 위에 나란히 씌어 있어 엠 화이트가 몹시 화를 냈어. 샘 볼터는 수업 중에 필립스 선생님한테 꼬박꼬박 말대답을 해서 회초리로 맞았거든. 그랬더니 샘의 아버지가 학교로 찾아와 두 번 다시 자기 아들에게 손대면 가만두지 않겠다고 했대. 매티 앤드루스는 새로 산, 붉은 후드가 달리고 술이 늘어진 파란 망토를 입고 왔는데 너무 으스대는 통에 얄미워. 리지 라이트는 메이미 윌슨이랑 말을 안 하고 지내. 메이미 윌슨의 큰언니가 리지 라이트의 큰언니 애인을 가로챘기 때문이야.

아이들은 모두 앤이 없어서 섭섭해해. 네가 다시 학교에 나오기를 간절히 바라고 있어. 그리고 길버트 블라이드는……."

그러나 앤은 길버트 블라이드의 이야기는 듣고 싶지 않았으므로 후다닥 일어나서는, 집으로 들어가 라즈베리 시럽을 물에 타서 마시자고 말했다.

앤이 거실 벽장의 두 번째 선반을 보니 라즈베리 시럽이 없었다. 자세히 찾아보니 그것은 맨 윗선반 구석에 있었다.

앤은 시럽 병을 쟁반에 받쳐 큰 컵 하나와 함께 탁자 위에 놓았다.

앤은 다시 정중하게 말했다.

"어서 많이 드세요. 저는 지금은 마시지 않겠어요. 사과를 너무 많이 먹었더니 생각이 없네요."

다이애나는 컵에 가득 따라 그 새빨간 빛을 황홀하게 바라보며 우아하게 조금씩 마셨다.

다이애나는 말했다.

"참 맛있는 라즈베리 시럽이구나, 앤. 라즈베리 시럽이 이렇게 맛있는 줄 미처 몰랐어."

"맛있다고 하니 기뻐. 마시고 싶은 만큼 얼마든지 마셔. 나는 잠시 가서 불을 좀 보고 올게. 집안일이란 참 여러모로 신경 써야 하는 게 많은 것 같아."

앤이 부엌에서 돌아오자 다이애나는 두 잔째 라즈베리 시럽을 마시고 있었다. 앤이 권하는 대로 석 잔째도 마다하지 않았다. 이만큼이면 상당한 양인데 그 라즈베리 시럽이 확실히 맛있는 모양이었다.

다이애나는 말했다.

"이렇게 맛있는 것은 처음 마셔봐. 린드 아주머니는 자기가 만든 게 맛있다고 자랑했지만 그것보다 훨씬 맛있어. 전혀 맛이 달라."

앤은 마릴라 편을 들었다.

"마릴라가 만든 게 린드 아주머니네 있는 것보다 훨씬 더 맛있을 거야. 마릴라는 요리솜씨가 아주 좋거든. 나에게도 가르쳐주지만 요리를 만든다는 것은 정말 어려운 일이야. 그렇잖니, 다이애나? 요리에는 상상의 여지가 조금도 없어. 정해진 대로 해야만 하니까. 지난번에는 케이크를 만들 때 그만 밀가루 넣는 것을 깜박 잊었단다. 너와 나를 등장인물로 한 아름다운 이야기를 상상하고 있었거든.

그 이야기는 이런 것이었어. 너는 천연두에 걸려 매우 위독해. 모두들 너를 멀리했지만 나는 태연히 네 침대 곁에 붙어 앉아 간호해 주어서 네 병이 깨끗이 나았어. 하지만 나는 천연두에 걸려 죽고 말아. 결국 묘지의 포플러 밑에 묻히게 돼. 너는 내 무덤 옆에 장미나무를 심고 눈물로 그 나무를 적시는 거야. 너는 자기를 위해 목숨 잃은 젊은 날의 친구를 영원히 잊지 못하지. 너무나 슬픈 이야기였어, 다이애나.

케이크 반죽을 하는 동안 눈물이 비처럼 주루룩 흘러내려 볼을 적셨단다. 하지만 밀가루 넣는 것을 잊어버렸으니 케이크는 실패로 끝났지. 밀가루를 넣지 않고 어떻게 케이크가 될 수 있겠니. 마릴라는 몹시 화냈지만 어쩔 수 없었어.

나는 자꾸 일만 저질러 큰일이야. 지난주에는 푸딩 소스 때문에 마릴라를 망신시켰단다. 화요일 점심때 건포도 든 푸딩을 먹었는데, 푸딩 절반과 소스가 한 단지쯤 남아서 마릴라가 디저트로 한 번 더 먹을 수 있다며 뚜껑을 덮어서 식료품 저장실 선반에 올려두라고 했지.

나는 그럴 생각이었는데 그것을 식료품 저장실에 들고 갔을 때 문득 수녀가 된 내 모습이 머리에 떠올랐지 뭐니. 물론 나는 프로테스탄트지만 가톨릭이라고 상상만 한 거야. 실연으로 인해 깊은 상처를 입고 수녀원으로 들어간다는 줄거리였지. 그래서 나는 소스에 뚜껑 덮는 것을 잊고 말았어.

이튿날 아침에야 생각나 식료품 저장실로 뛰어가보니 푸딩 소스 속에 생쥐 한 마리가 빠져 죽어 있지 않겠니! 얼마나 놀랐던지. 생쥐를 숟가락으로 떠내서 뜰에 버리고 그 숟가락은 세 번이나 물로 빡빡 씻었단다. 마릴라는 밖에서 우유를 짜고 있었는데 돌아오면 소스를 돼지에게 줘도 좋으냐고 물어볼 작정이었어.

하지만 마릴라가 돌아왔을 때 나는 서리의 요정이 되어 숲속을 헤매며 나무들을 빨강 노랑으로 마음대로 바꿔놓는 장면을 상상하고 있었어. 그래서 푸딩 소스 일을 까맣게 잊고 말았단다. 그러다가 마릴라가 사과를 따오라고 하기에 과수원으로 갔어.

그날 아침 스펜서베일의 체스터 로스 씨 부부가 왔어. 그분들은 아주 점잖은 분들이었어. 특히 부인이 말이야. 마릴라가 불러서 가보니 이미 점심 식사 준비가 끝나 모두들 식탁에 앉아 있었지. 되도록 예의 바르고 의젓하게 행동하려 애썼어. 예쁘지는 않아도 고상한 소녀라는 인상을 부인에게 심어주고 싶었거든.

모든 일이 잘 흘러가고 있었는데, 후식으로 마릴라가 한 손에 푸딩을 들고 또 한 손에 따뜻하게 데운 푸딩 소스 단지를 들고 들어오는 순간 나는 그만 깜짝 놀랐어. 그것을 보자 모든 게 생각나 의자에서 벌떡 일어나 소리를 질러버린 거야.

'마릴라, 그 푸딩 소스는 안 돼요. 그 속에 생쥐가 빠져 죽었는데 말씀드리는 걸 깜박 잊었어요.'

아, 다이애나, 나는 백 살까지 산다 해도 그 아찔했던 순간을 결코 잊을 수 없을 거야. 체스터 로스 부인이 나를 뚫어지게 바라보는데, 그대로 땅속으로라도 꺼지고 싶을 만큼 부끄러웠어. 부인은 완벽한 주부라는 소문이 자자한 분이니, 우리를 어떻게 생각했겠니?

마릴라는 얼굴이 빨개졌지만 그 자리에서는 한마디도 꾸지람하지 않았어. 그 소스와 푸딩을 도로 들고 나가 대신 딸기 설탕절임을 가져왔어. 그뿐 아니라 내게도 딸기 설탕절임을 먹으라고 했는데 한 입도 먹을 수가 없었어. 친절을 베푸는 게 핀 숯을 내 머리에 놓아서[1] 오히려 내 잘못을 벌하는 것만 같았

---

1) 《구약성서》〈잠언〉 25장 21~22절과 《신약성서》〈로마서〉 12장 20절의 '네 원수가 배고파하거든 음식을 먹이고 목말라하거든 물을 마시게 하라. 그리 하는 것은 핀 숯을 그 머리에 놓는 것과 일반이요.'에서 따옴.

지. 체스터 로스 부부가 돌아간 다음 나는 마릴라에게 호되게 꾸중을 들었어. 어머, 다이애나, 왜 그러니?"

다이애나는 휘청거리며 일어났다가 두 손으로 머리를 움켜쥐더니 다시 주저앉았다.

다이애나는 어눌한 투로 중얼거렸다.

"나…… 나…… 속이 안 좋아. 나…… 바로 집으로 가야겠어."

앤은 낙심하여 외쳤다.

"어머나, 아직 차도 마시지 않았는데 돌아가다니, 왜 그러니? 곧 차를 끓여 올게."

다이애나는 멍하니 있더니, 결심한 듯이 되풀이했다.

"집으로 가야겠어."

앤은 애원했다.

"어쨌든 점심만은 먹고 가. 과일케이크하고 버찌 설탕절임을 조금이라도 먹어야지. 소파에 잠시 누워 있어. 아마 곧 나아질 거야. 어디가 아프니?"

"집에 갈 테야."

다이애나는 그 말만 되풀이할 따름이었다. 앤이 아무리 부탁해도 소용없었다.

앤은 슬펐다.

"차도 마시지 않고 가는 손님이 어디 있어. 얘, 다이애나, 너 정말 천연두에 걸린 건 아니니? 만일 그렇다면 문제없어. 내가 간호해 줄 테니까. 결코 너를 저버리지 않을 거야. 하지만 차는 마시고 가. 어디가 아픈 거니?"

다이애나는 대답했다.

"자꾸 어지러워."

확실히 다이애나의 걸음걸이는 비틀거렸다. 앤은 다이애나의 모자를 꺼내다 주고 속상한 마음에 울면서 배리 씨네 뜰의 울타리까지 바래다 주었다. 돌아오면서도 내내 눈물을 흘렸다. 앤은 슬퍼하며 남은 라즈베리 시럽을 벽장에 도로 넣고 매슈와 제리의 저녁 식사준비를 했지만 기운이 하나도 없었다.

이튿날은 일요일이었는데 아침부터 저녁때까지 비가 억수로 쏟아져 앤은 한 발짝도 밖에 나가지 못했다.

월요일 오후, 마릴라는 린드 부인 집으로 앤을 심부름 보냈다. 그런데 몇 분 뒤 앤이 눈물을 줄줄 흘리며 오솔길을 달려왔다. 그리고 부엌으로 들어와 소파에 엎드려 몸부림치며 마구 울부짖었다.

마릴라는 걱정되어 물었다.

"이번에는 대체 뭐가 잘못되었니? 또 린드 부인에게 건방진 말을 한 것은 아니겠지?"

앤은 대답하지 않고 더욱 심하게 흐느낄 뿐이었다.

"앤 셜리, 묻는 말에 대답을 해야지. 당장 똑바로 앉아. 어째서 우는지 말해봐."

앤은 겨우 일어나 앉았다. 마치 온몸이 먹구름으로 뭉쳐진 것 같았다.

앤은 얼굴을 양손으로 가리고 울면서 이야기했다.

"오늘 린드 아주머니가 배리 아주머니 댁에 갔는데 그분이 나에 대해 몹시 화를 냈대요. 아주머니 말로는 토요일에 내가 다이애나를 취하게 해서 망측한 꼴로 만들어 집에 보냈다는 거예요. 그리고 나는 세상에서 가장 나쁜 아이니 다시는 다이애나와 놀지 못하게 하겠다고 했대요. 아, 마릴라, 슬퍼서 견딜 수가 없어요."

마릴라는 어리둥절하여 앤을 쳐다보다가 가까스로 입을 열었다.

"다이애나를 취하게 했다고! 네 머리가 이상한 거냐, 앤? 아니면 배리 부인이 어떻게 된 게냐? 대체 다이애나에게 뭘 마시게 했지?"

"라즈베리 시럽밖에 마시지 않았어요."

앤은 서럽게 울며 덧붙였다.

"라즈베리 시럽을 마시고 취할 줄은 몰랐어요. 아무리 다이애나가 큰 컵으로 석 잔이나 마셨다 해도 라즈베리 시럽이 사람을 취하게 할 줄은 정말 몰랐어요. 마치 토머스 아주머니의 남편 이야기 같아요! 나는 다이애나를 취하게 할 생각이 조금도 없었어요."

"시럽을 마시고 취하다니, 별소리를 다 듣겠구나!"

마릴라는 거실 옆 식료품 저장실로 갔다. 그 저장실 선반에는 병이 하나 있었다. 마릴라는 그것이 까치밥나무 열매로 담근 3년 된 과실주병임을 금방 알았다. 마릴라의 과실주 담그는 솜씨는 애번리에서도 유명했다. 하긴 배리 부인을 비롯한 몇몇 엄격한 사람들 가운데에는 마릴라가 과실주를 담근다고 몹시 비난하는 이도 있었다.

그 순간 마릴라는 '아차.' 싶었다. 자신이 라즈베리 시럽을 식료품 저장실이 아닌 지하실에 넣어두고 앤에게 잘못 말했던 것이다. 마릴라는 과실주병을 들고 부엌으로 돌아왔다. 마릴라의 얼굴은 억지로 웃음을 참는 기색이었다.

"앤, 너는 확실히 말썽을 일으키는 데는 천부적인 소질이 있는 모양이다. 네가 다이애나에게 마시게 한 것은 라즈베리 시럽이 아니라 까치밥나무 열매로 만든 과실주였어. 네가 맛을 보고도 차이를 몰랐니?"

앤은 말했다.

"나는 안 마셨거든요. 분명 라즈베리 시럽인 줄만 알았어요. 나는 정성을 다하여 대접하려 애썼는데, 다이애나는 도중에 속이 안 좋다면서 집으로 돌아갔어요. 배리 아주머니가 린드 아주머니한테 다이애나가 곤드레만드레 취했다고 그랬대요. 아주니가 웬일이냐고 묻자 다이애나는 바보처럼 헤벌레 웃기만 하더니, 그대로 잠자리에 들어 몇 시간이나 쿨쿨 잤대요. 그래서 입냄새를 맡아보고 다이애나가 취한 걸 알았대요. 다이애나는 하루 종일 머리가 아파 누워 있었고 배리 아주머니는 화가 머리끝까지 났대요. 내가 일부러 그랬다고 생각했겠죠."

마릴라는 퉁명스럽게 말했다.

"나 같으면 뭐가 됐든 한꺼번에 석 잔이나 마시는 먹보 다이애나를 야단치겠다. 라즈베리 시럽이라도 큰 컵으로 석 잔이나 마시면 속이 안 좋아질 법도 하지. 그건 그렇고, 내가 과실주를 담근다고 트집 잡던 사람들[2]에게 좋은 화젯거리가 되겠구나. 하긴 목사님도 찬성하지 않아서 요 3년 동안 과실주를 전혀 담그지 않았지만 혹시 약으로 쓸 일이 있을까 싶어 이 한 병만 남겨두었던 건데. 자, 착하지. 이젠 그만 울어라. 이번 일은 안됐지만 네 잘못이 아니야."

"어떻게 울지 않을 수 있겠어요. 내 마음은 갈가리 찢어졌어요. 운명의 별은 내 편이 되어주지 않아요.[3] 다이애나와 나를 영원히 갈라놓았어요. 아, 마릴라, 처음 우정의 맹세를 할 때 이렇게 되리라고는 생각지도 못했어요."

"바보 같은 소리 마라, 앤. 배리 부인도 네 탓이 아니라는 걸 알면 오해를 풀겠지. 부인은 네가 몹쓸 장난이라도 쳤다고 여기고 있을 게다. 오늘 저녁에 부인에게 가서 사정 이야기를 하면 오해를 풀 거야."

"다이애나 어머니는 분개하고 계시대요. 그런 분을 만나는 게 어쩐지 겁이

---

2) 19세기 말 캐나다 사회에서는 교회와 부인회가 금주운동을 추진하고 1900년대에는 주정부에서 금주법을 제정해 주류판매를 금지했음. 마릴라처럼 집에서 제조하거나 소지하는 것은 금지되지 않았지만, 사회적으로 좋지 않게 보는 풍조가 있었음.
3) 《구약성서》〈판관기〉 5장 20절 참고.

나요."

앤은 한숨을 쉬었다.

"대신 가주시겠어요? 나보다 훨씬 위엄 있으니까요. 마릴라가 이야기하면 들어줄지도 몰라요."

그편이 현명한 방법이라 여기며 마릴라는 말했다.

"그러자꾸나. 이젠 눈물을 닦아라, 앤. 잘될 거야."

그러나 '언덕의 과수원'에서 돌아오며 마릴라는 일이 순리대로 풀릴 거라고 믿었던 자신의 생각이 틀렸음을 알았다. 앤은 마릴라가 돌아오기를 기다리고 있다가 현관 앞까지 뛰어나와 맞았다.

앤은 마릴라를 보자 슬프게 말했다.

"아, 마릴라, 틀려버렸군요. 얼굴에 씌어 있어요. 배리 아주머니가 용서해 주지 않았군요?"

마릴라는 버럭버럭 화를 냈다.

"배리 부인도 참! 아니, 나는 이제까지 그렇게 말귀를 못 알아듣는 사람은 처음 봤다. 모든 게 그저 실수고 네가 나빴던 게 아니라는 말을 아무리 해도 전혀 믿어 주지 않더라.

그리고 과실주를 만든 나를 트집 잡으면서 나더러 과실주를 마셔도 취하지 않는다고 늘 말했잖느냐고 하지 않겠니? 그래서 나도 똑똑히 대꾸해 줬지. '과실주란 단번에 큰 컵으로 석 잔이나 마시는 게 아닙니다. 우리 집 아이가 그런 짓을 했다면 혼을 내서 정신이 번쩍 들게 했을 거예요.'라고 말이야."

마릴라는 몹시 흥분하여 부엌으로 들어가버렸다. 현관에는 심란해진 소녀만 덩그러니 남게 되었다. 이윽고 앤은 모자도 쓰지 않고 땅거미 지는 스산한 가을 오솔길을 걸어갔다. 시든 클로버 풀밭을 지나 통나무다리를 건너 가문비나무숲 위에 나직이 떠 있는 파리한 달빛을 받으며 단호한 얼굴로 성큼성큼 걸어갔다. 나직하게 문을 두드리는 소리에 배리 부인이 나가보니 현관 밖 층계에 핼쑥한 얼굴에 간절한 눈빛을 한 앤이 애원하는 듯한 모습으로 서 있었다.

순간 부인의 얼굴이 굳어졌다. 배리 부인은 편견이 심하고 호오가 분명한 사람이었다. 화났을 때는 냉혹하고 완고하게 입을 다물어버리기 때문에, 마음을 돌리기 가장 힘든 종류의 사람이었다. 부인은 앤이 순전히 악의로 다이애나에게 술을 먹였다고 믿었다. 그러므로 자기 딸이 이런 아이와 더 이상 가까이 지내면 나쁜 물이 들 것이라고 진심으로 생각하고 있었다.

부인은 떨떠름한 표정으로 쌀쌀맞게 물었다.

"무슨 일로 왔지?"

앤은 두 손을 마주 잡았다.

"아, 배리 아주머니, 부디 용서해 주세요. 저는…… 다이애나를 취하게 할 생각은 조금도 없었습니다. 어떻게 그런 짓을 할 수 있겠어요? 아주머니가 만일 친절한 분들에게 신세 지고 있는 가엾은 고아이고 이 세상에서 마음의 벗이라고는 단 하나밖에 없다면, 설마 그 친구를 일부러 취하게 할 수 있겠어요? 저는 정말 그게 라즈베리 시럽인 줄 알고 다이애나에게 줬어요. 아, 다이애나와 놀지 못하게 한다는 말은 부디 거둬주세요. 그렇지 않으면 내 생애는 슬픈 먹구름으로 뒤덮이고 말 거예요."

인심 좋은 린드 부인이 이런 말을 들었다면 금방 노여움을 풀었겠지만 배리 부인에게는 아무 효과도 없어 더욱 가혹해질 뿐이었다. 앤의 거창한 말이며 연극이라도 하는 듯한 과장된 몸짓에 이 아이가 자기를 놀리고 있을지도 모른다고 생각했다.

배리 부인은 냉정하고 무자비하게 말했다.

"너는 우리 다이애나와 친하게 지낼 자격이 없는 아이야. 어서 집으로 썩 돌아가거라."

앤은 입술이 파르르 떨렸다.

"그럼 작별의 말이라도 할 수 있게 한 번만 다이애나를 보게 해주시면 안 될까요?"

"다이애나는 아버지와 함께 카모디에 가고 없어."

이 말을 끝낸 부인은 안으로 들어가 문을 쾅 닫았다.

앤은 절망하여 터덜터덜 그린게이블즈로 돌아왔다. 앤은 힘없이 마릴라에게 말했다.

"마지막 희망도 사라져버렸어요. 배리 아주머니를 만나러 갔다가 심한 모욕을 받았어요, 마릴라. 그분은 인품이 좋지 않은 것 같아요. 이제는 기도하는 수밖에 없겠지만, 그것도 그리 효과가 있을 것 같지 않네요. 하느님도 배리 아주머니 같은 완고한 사람은 감당하지 못할 테니까요."

마릴라는 꾸짖었다.

"앤, 그런 말 하면 못써."

이런 때 웃어선 안 된다고 생각하면서도 마릴라는 웃음이 툭 터져 나와 견딜 수 없었다. 요즘은 그런 일이 너무 자주 있어 마릴라는 매우 난처했다. 실제로 그날 밤 매슈에게 그 일을 이야기할 때 마릴라는 앤이 배리 부인에게 간청하는 몸짓을 상상하며 한바탕 깔깔대며 웃었다.

그러나 잠자리에 들기 전 방으로 살그머니 들어가 눈물에 젖어 잠든 앤의 얼굴을 들여다보는 마릴라의 얼굴에는 여느 때와 달리 정다운 미소가 감돌았다.

눈물로 얼룩진 앤의 얼굴에 흩어져 있는 머리칼을 쓸어주며 마릴라는 중얼거렸다.

"가엾어라."

그리고 베개 위로 몸을 굽혀 앤의 발그레한 뺨에 입맞춤을 했다.

새로운 관심

이튿날 오후, 부엌 창가에서 몸을 구부리고 패치워크를 만들던 앤이 문득 밖을 보니 '드리아스의 샘'가에서 다이애나가 손짓하고 있는 게 보였다. 앤은 벌떡 일어나 쏜살같이 그곳으로 달려 내려갔다. 그 감정이 풍부한 눈에 놀라움과 희망이 엇갈렸지만, 다이애나의 풀 죽은 얼굴을 보고 희망은 실망으로 변해버렸다.

앤은 숨 가쁘게 말했다.

"어머니의 화가 아직 풀리지 않았구나."

다이애나는 슬퍼하며 고개를 끄덕였다.

"맞아, 앤. 어머니는 너와 놀면 안 된다고 했어. 나는 엉엉 울면서 앤의 잘못이 아니라고 말했지만 소용없었어. 애원해서 겨우겨우 너와 작별의 말을 하고 오라는 허락을 받았을 뿐이야. 어머니는 10분 이상 걸리면 안 된다고 했어. 지금 시계를 보고 계셔."

앤은 울먹이며 말했다.

"영원한 이별을 말하는 데 고작 10분이라니, 너무 짧구나. 아, 다이애나, 하지만 친구로서 더 사랑하는 사람이 생기더라도 나를 결코 잊지 않겠다고 약속해 주겠지?"

다이애나는 흐느끼며 말했다.

"그럼, 물론이지. 내 마음의 벗은 너밖에 없어. 다른 친구는 갖고 싶지도 않아. 그 누구도 너만큼 사랑할 수 없거든."

앤은 두 손을 꼭 마주 잡았다.

"어머나, 다이애나! 너 정말 나를 사랑하니?"

"정말이고말고. 몰랐어?"

앤은 깊은 한숨을 내쉬었다.

"응, 나를 좋아하는 건 알았지만 설마 사랑해 주리라고는 생각지 않았어. 그런 일이 있으리라고는 상상도 못 했거든. 이제까지는 그런 사람이 없었으니까. 아, 나는 행복해! 이 사랑은 너와 나 사이에 가로놓인 암흑의 길을 영원히 비춰주는 한 줄기 빛이야. 다이애나, 다시 한번 말해줘."

다이애나는 또렷이 말했다.

"너를 진심으로 사랑해, 앤. 언제까지 변함없이 사랑해."

앤은 엄숙하게 한 손을 내밀었다.

"나 또한 그대를 영원토록 사랑하리, 다이애나. 앞으로 펼쳐질 나날에 그대와의 추억은 고독한 내 인생을 별처럼 비추리라. 다이애나여, 내 그대와 작별하며 그대의 칠흑 같은 검은 머리 한 줌을 영원한 보물로서 간직하고픈데 내 소원을 들어주겠느뇨?"

"무언가 자를 게 있어야지."

앤의 감격스러운 말투에 눈물을 줄줄 흘리면서도 다이애나는 현실로 되돌아갔다.

"응. 마침 패치워크 만들 때 쓰던 가위가 앞치마 주머니에 있어."

앤은 자못 엄숙한 태도로 다이애나의 머리카락을 조금 잘랐다.

"이제 작별을 고하노라, 나의 사랑하는 벗이여. 가까이 살고 또한 마음은 영원히 그대의 것이건만 앞으로 서로 낯모르는 이로 살아가야 하도다."

앤은 다이애나가 뒤돌아볼 때마다 열심히 손을 흔들며 다이애나가 보이지 않을 때까지 그 자리에 서 있었다. 그런 다음 집으로 돌아갔으나, 이 낭만적인 이별마저도 앤에게 그다지 위안을 주지 못했다.

앤은 마릴라에게 말했다.

"모든 게 끝났어요. 이제부터 다른 친구는 결코 사귀지 않겠어요. 나는 전보다 훨씬 비참해요. 지금은 케이티 모리스와 비올레타마저 없으니까요. 그리고 있다 해도 전과 다를 거예요. 현실에서 만난 친구를 알고 나니까 상상으로 만난 친구는 어딘지 만족스럽지 못한걸요.

다이애나와 나는 샘가에서 애달픈 이별을 했어요. 신성한 추억으로 나에게 영원히 남을 거예요. 매우 비극적인 말을 써서 '그대'라고 했어요. '그대'는 '너'라는 말보다 훨씬 낭만적으로 들리거든요.

다이애나는 내게 머리카락을 조금 주었어요. 나는 그것을 작은 주머니에 넣어 평생 목에 걸고 다닐 작정이에요. 이 머리털은 내 무덤에 함께 넣어주세요. 나는 그리 오래 살 수 있을 것 같지 않으니까요. 냉정한 배리 아주머니도 내가 죽어서 싸늘하게 누워 있는 것을 보면 후회하는 마음이 들어 다이애나를 내 장례식에 보내줄 거예요."

하지만 마릴라는 시큰둥하게 말했다.

"그렇게 재잘거릴 수 있는 한 네가 슬픔 때문에 죽을 염려는 없을 것 같구나, 앤."

다음 월요일, 앤은 책가방을 들고 입을 꾹 다문 채 자기 방에서 내려와 마릴라를 놀라게 했다.

앤은 말했다.

"오늘부터 학교에 가겠어요. 나에게는 이 방법밖에 없거든요. 마음의 벗을 무자비하게 나로부터 떼어놓았으니, 학교에 가서 그 아이를 바라보며 지난날의 추억에 조용히 잠기는 수밖에 없어요."

마음속으로는 크게 기뻐하면서도 마릴라는 덤덤히 말했다.

"수업 내용이나 산수문제에 대한 생각을 하는 편이 좋을 게다. 다시 학교에 다니려거든 더 이상은 석판으로 남의 머리를 때리는 일은 없기 바란다. 얌전히 굴고 선생님 말씀을 잘 들어야 해."

앤은 우울한 표정으로 마릴라의 말에 동의했다.

"모범생이 되도록 노력할게요. 재미있는 일은 아닐 거예요. 필립스 선생님이 미니 앤드루스를 모범생이라고 말했지만, 그 애에게는 상상력이라든가 활기가 전혀 없거든요. 우둔하고 지루해 보이고 아무 감정도 없는 표정이에요. 지금의 나도 따분한 상태니까 쉽사리 모범생이 될 수 있을 것 같아요.

나는 큰길로 다니겠어요. 둘이서 걷던 '자작나무길'을 혼자 걸어가면 슬퍼서 견딜 수 없을 테니까요. 아마 나는 엉엉 울고 말 거예요."

학교에 돌아간 앤은 친구들에게 크게 환영을 받았다. 놀 때는 앤의 상상력이, 노래 부를 때는 앤의 낭랑한 목소리가, 점심시간 낭독 때는 앤의 연극적인 몸짓이 없어서 모두들 내심 섭섭해하고 있었던 것이다.

루비 길리스는 성서낭독 시간에 자두를 세 개 꺼내 살그머니 주었고, 엘라 메이 맥퍼슨은 화초 카탈로그 표지에서 잘라낸 커다란 노란 팬지 그림을 주었다. 그것은 책상을 꾸미는 그림으로 애번리 학교에서는 귀중품이었다. 소피아 슬론은 앞치마 가장자리 꾸미는 데 잘 어울리는 새로운 레이스 뜨기 방법을 가르쳐주겠다고 했다. 케이티 볼터는 석판을 닦는 데 쓰는 물을 담을 때 쓰라며 향수병을 주었고, 줄리아 벨은 가장자리가 물결무늬로 잘려진 연분홍빛 종이에 다음과 같은 시를 정성껏 써서 주었다.

앤에게
황혼이 장막을 드리우고
반짝이는 별 하나 콕 박아 그것을 걸 때
부디 잊지 말아다오, 그대에게 벗이 있음을
그 벗이 비록 멀리서 서성일지라도

그날 밤, 앤은 가슴이 벅차서 어쩔 줄 몰라 하며 마릴라에게 말했다.
"모두들 이토록 환영해줄 줄은 정말 생각지도 못했어요."
앤을 '기꺼이' 맞이한 것은 여자아이들뿐만이 아니었다. 점심시간 뒤 앤이 자기 자리로 돌아오니—필립스 선생님은 앤을 모범생인 미니 앤드루스와 함께 앉도록 명령했다—책상 위에 먹음직스러운 커다란 스트로베리 사과가 놓여 있었다. 그것을 집어들어 한 입 베어 물려는 순간 앤은 문득 애번리에서 스트로베리 사과가 열리는 곳은 '반짝이는 윤슬의 호수' 저쪽에 있는 블라이드네 과수원뿐이라는 생각이 떠올랐다. 앤은 마치 새빨갛게 타고 있는 뜨거운 석탄이라도 집은 듯 황급히 사과를 떨어뜨리고 일부러 보란 듯이 손수건으로 손을 닦았다. 사과는 그대로 책상 위에 놓여 있었는데, 이튿날 아침 교실을 청소하고 불을 지피는 소년 티머시 앤드루스가 좋아하며 가져갔다.
찰리 슬론이 오후에 앤에게 준 석필은 빨강과 노랑 줄무늬 종이가 예쁘게 감긴 것으로, 보통의 석필은 1센트인데 이것은 2센트였다. 앤은 스트로베리 사과를 받았을 때와는 달리 몹시 기뻐하며 그 석필을 정중하게 받아들고 선물한 친구에게 생긋 미소를 던졌다. 앤에게 홀딱 빠져 있는 소년은 너무 기쁜 나머지 천국으로 날아오를 듯 황홀해하다가 받아쓰기에서 큰 실수를 저질러 필립스 선생님에게 방과 후에 남아서 다시 쓰라는 벌을 받았다.

그러나 '브루투스의 흉상 없는 시저의 웅장하고 아름다운 행렬은 로마에서 가장 훌륭한 그 사람을 더욱 생각나게 했을 뿐'[1]으로, 거티 파이와 나란히 앉은 다이애나 배리에게서는 아무 선물도, 눈길도 없자 앤의 기쁨은 차츰 사라졌다.

그날 밤 앤은 마릴라에게 한탄했다.

"한 번쯤 내게 미소를 던질 수도 있을 텐데 말예요."

그러나 이튿날, 깜짝 놀랄 만큼 예쁘게 접은 편지와 조그만 꾸러미가 다른 아이들의 손을 거쳐 앤의 손에 건네졌다. 편지에는 이렇게 씌어 있었다.

나의 사랑하는 앤

엄마는 학교에서도 너와 놀거나 이야기해선 안 된다고 했어. 기분 나쁘게 생각하지 말아줘. 나는 여전히 너를 사랑해. 너와 모든 비밀 이야기를 나누고 싶어 견딜 수 없어. 거티 파이가 싫어 죽겠어.

너에게 주려고 빨간 종이로 이 책갈피를 만들었어. 요즘 한창 유행하는 것인데, 학교에서는 세 사람밖에 만들 줄 모른단다. 이걸 보며 내 생각을 해줘.

너의 충실한 벗
다이애나 배리

---

[1] 영국 시인 조지 고든 바이런(1788~1824)의 기행시 《차일드 해럴드의 편력》에서 따옴.

앤은 편지를 읽고 책갈피에 입맞춤한 다음 교실 저쪽에 앉은 다이애나에게 당장 답장을 보냈다.

그리운 나만의 다이애나에게

물론 나는 기분 나쁘게 여기지 않아. 네가 어머니 말씀을 듣는 것은 어쩔 수 없는 일이니까. 그리고 우리의 영혼은 교감할 수 있거든.

네가 준 아름다운 선물은 영원히 간직할게. 미니 앤드루스는 참 좋은 아이야—상상력은 없지만. 하지만 이미 너와 가장 친한 마음의 벗이 된 이상 미니의 마음의 벗이 될 수는 없어. 철자법이 틀렸다면 미안해.[2] 조금씩 나아지고는 있지만 아직 철자법이 서툴러.

죽음이 우리를 갈라놓을 때까지 그대의
앤 또는 코딜리아 셜리

추신. 오늘 밤 네 편지를 베개 밑에 고이 두고 자겠어.

앤 또는 코딜리아

앤이 다시 학교에 다니게 된 다음부터 마릴라는 무슨 일이 일어날까 봐 은근히 걱정했다. 다행히 아무 일도 일어나지 않았다. 미니 앤드루스의 모범생 기질이 알게 모르게 옮기라도 한 것인지 그 뒤 앤은 필립스 선생님과도 잘 지냈다.

무슨 학과든 길버트 블라이드에게만은 지지 않으려고 앤은 열심히 공부했

---

[2] '마음의 벗'의 철자인 bosom friend를 앤은 busum friend라고 잘못 썼음.

다. 두 사람의 경쟁은 마침내 누구의 눈에나 뚜렷이 띄게 되었다. 경쟁이라고는 해도 길버트는 전혀 악의가 없는데, 앤은 그렇지 않은 것 같았다. 앤은 한번 틀어지면 쉽사리 분이 풀리지 않는 성격이었다. 사랑 못지않게 미움도 강렬했다.

앤은 학교공부에서 길버트와 경쟁하고 있다는 사실을 인정하고 싶지 않았다. 그것은 자신이 완강하게 무시하고 있는 길버트의 존재를 인정하는 셈이 되기 때문이었다. 그러나 그들이 경쟁하고 있다는 것은 틀림없는 사실이었고 우등생의 명예는 그 두 사람 사이를 왔다 갔다 했다.

길버트가 철자법에서 1등을 하면 다음에는 앤이 기다랗게 땋아 늘인 머리칼을 마구 휘저으며 길버트를 쓰러뜨린다. 어느 날 아침, 길버트의 계산이 모두 정확하여 그의 이름이 우등생으로 칠판에 올랐다. 그러자 그 이튿날 아침에는, 밤새도록 소수(小數)와 씨름하고 학교에 나온 앤이 1등을 했다. 또 어느 날에는 같은 점수를 받은 두 사람의 이름이 함께 칠판에 적혔다. 그것은 '주목'이라는 글자 밑에 이름이 나란히 쓰이는 것만큼 싫은 일이었다. 앤은 싫어하고 길버트는 만족해하는 것을 누구나 눈치챌 수 있었다.

매달 월말에 치르는 필기시험 때면 긴장감은 이루 말할 수 없었다. 첫 달에는 길버트가 3점 더 높았고, 그다음 달에는 앤이 5점 차이로 그를 가볍게 물리쳤다. 애써 얻은 승리도 길버트가 아이들 앞에서 앤에게 진심으로 축하의 뜻을 나타냈기 때문에 앤의 기분을 망치고 말았다. 길버트가 분한 표정을 지었다면 앤은 훨씬 고소했을 것이다.

필립스 선생님은 그리 좋은 교사는 아니지만, 앤처럼 열심히 공부하는 학생이라면 어떤 교사의 지도를 받든 대개 나아지기 마련이다. 학기가 끝날 즈음 앤과 길버트는 함께 5학년으로 진급하여 각 주요 과목의 기초 공부를 시작해도 좋을 만큼 되었는데, 그것은 라틴어·기하·프랑스어·대수였다. 나폴레옹이

연합군에게 크게 패한 워털루 전투에서처럼 앤에게 참패를 안겨준 과목은 기하였다.

앤은 투덜투덜했다.

"기하는 정말 싫은 과목이에요, 마릴라. 알쏭달쏭해서 도저히 이해가 안 돼요. 상상력을 발휘할 구석이 전혀 없는 과목이라니까요. 필립스 선생님은 나같이 기하를 못하는 학생은 처음 보았대요. 그리고 길…… 아무튼 우리 반에 기하를 무척 잘하는 학생을 이기지 못하니 분해 견딜 수 없어요.

다이애나도 나보다 잘해요. 하지만 다이애나에게 지는 것은 아무렇지도 않아요. 서로 말도 못 하고 떨어져 지내지만 지금도 다이애나를 열렬히 사랑하거든요. 다이애나를 생각하면 나는 슬퍼져요. 하지만 마릴라, 이토록 재미있는 세상에서 늘 슬퍼하며 지낼 수는 없잖아요."

애틋한 간호

큰 사건은 대개 작은 일에서 비롯되는 법이다. 캐나다 총리가 선거연설을 하러 프린스에드워드섬에 오게 된 일은 언뜻 보기에 그린게이블즈에 사는 앤 셜리의 운명과 그리 큰 관계…… 아니, 아무 관계도 있을 것 같지 않았다. 그런데 긴밀히 연결되어 있었다.

총리가 이 섬을 찾아온 것은 1월이었으며, 샬럿타운에서 개최된 대연설회는 그의 충실한 지지자들과 지지자 아닌 사람들까지도 참석해 대성황을 이루었다. 애번리 사람들은 거의 총리가 소속된 보수당을 지지하고 있어 집회가 열린 밤에 꽤 많은 남자와 여자들이 30마일(약 48킬로미터)이나 떨어진 샬럿타운으로 갔다.

린드 부인도 예외는 아니었다. 부인은 총리와 반대당인 자유당 지지자였으나 정치에 열렬한 관심을 쏟고 있었으므로 자신이 참석하지 않은 정치집회란 있을 수 없다고 믿고 있었다. 그래서 부인은 남편과—토머스가 가면 말을 잘 돌봐줄 것이므로—마릴라 커스버트와 함께 샬럿타운으로 갔다. 마릴라도 정치에 은근히 흥미를 느끼고 있었으며 총리를 직접 볼 기회는 앞으로 없으리라는 생각에 두말없이 따라나섰다. 이튿날 마릴라가 돌아올 때까지 집에는 앤과 매슈가 남아 있기로 했다.

마릴라와 린드 부인이 대규모 집회를 즐기는 동안 앤과 매슈는 그린게이블즈의 아늑한 부엌을 둘이서 차지하고 있었다. 구식 워털루 난로에 불이 빨갛게 타오르고, 유리창에는 새하얗게 낀 성에의 결정이 반짝이고 있었다. 매슈는 소파에 앉아 잡지 《농부의 옹호자》를 읽으며 꾸벅꾸벅 졸았고 앤은 식탁에서 열심히 공부하고 있었다. 그러나 앤은 아까 낮에 제인 앤드루스가 빌려준 새 책이 얹힌 시계 선반 쪽으로 자꾸만 눈길을 던지지 않을 수 없었다. 제인이 그 책을 읽으면 가슴이 마구 설렌다고 말했으므로 앤은 읽고 싶어 견딜 수 없었다. 그러나 그 유혹에 넘어가버리면 내일 길버트에게 지고 만다. 앤은 시계 선반에 등을 돌리고 앉아 책이 없다고 상상하기로 했다.

"매슈, 학교 다닐 때 기하공부를 하셨죠?"

매슈는 퍼뜩 잠에서 깨어나며 말했다.

"글쎄다, 아니, 하지 않았어."

"했더라면 좋았을 텐데……."

앤은 아쉬움에 한숨을 내쉬었다.

"그랬다면 지금 제 마음이 어떤지 알았을 거예요. 기하공부를 해 보지 않았으면 완전히 공감하는 것은 무리잖아요. 기하는 내 일생에 어두운 그림자를 짙게 드리우고 있어요. 기하는 정말 질색이에요, 매슈."

매슈는 위로하듯 타이르며 말했다.

"글쎄다, 잘 모르겠구나. 너는 무엇이든 잘할 수 있으리라 생각해. 지난주 카모디의 블레어네 가게에서 필립스 선생님을 만났는데, 네가 학교에서 공부를 가장 잘하고 이해력도 빠른 학생이라고 하시더구나. 테디 필립스를 나쁘게 말하는 사람도 있지만 나는 괜찮은 선생 같더구나."

매슈는 앤을 칭찬하는 사람이면 그 누구라도 '괜찮은' 사람으로 여길 마음의 준비가 되어 있었다.

하지만 앤은 투덜댔다.

"선생님이 기호를 바꾸지만 않는다면 나는 틀림없이 기하를 지금보다 더 잘할 수 있을 거예요. 내가 가까스로 정리(定理)를 모두 암기했다 싶으면, 선생님은 칠판에 쓸 때 그 책에 있는 것과 다른 기호를 쓰니까, 완전히 혼란에 빠지고 말아요. 선생님은 그런 비겁한 일을 해선 안 된다고 생각지 않으세요? 우리는 지금 농업을 배우고 있어요. 얼마 전에 이 섬의 길이 어째서 붉은지 드디어 알게 됐어요.[1]

지금쯤 마릴라와 린드 아주머니는 무엇을 하고 있을까요? 오타와[2]에서 지금과 같은 방법으로 정치를 한다면 캐나다는 결국 파멸로 치닫고, 그것은 유권자에 대한 대단한 경고라고 린드 아주머니가 말했어요. 여자에게도 투표권을 준다면 좋은 변화가 일어날 거라고도 했어요. 매슈는 어느 당에 투표하겠어요?"

매슈는 망설임없이 말했다.

"그야 보수당이지."

매슈는 맹목적으로 철저하게 보수당을 믿고 있었다.

그러자 앤은 당차게 말했다.

"그럼 나도 보수당이에요. 매슈가 보수당을 지지해서 기뻐요. 왜냐하면 길…… 우리 반 남자아이 가운데 자유당을 지지하는 아이가 있거든요. 필립스 선생님도 자유당을 지지할 거예요. 프리시 앤드루스의 아버지가 그렇거든요. 루비 길리스가 그랬는데, 남자가 구혼할 때는 반드시 그 상대방 어머니의 종교

---

1) 토양에 산화제이철이 함유되어 있어 산화된 철의 녹빛처럼 붉게 보임.
2) 캐나다 수도.

와 아버지의 정당에 맞춰야 한대요. 정말인가요, 매슈?"

"글쎄다, 잘 모르겠구나."

"청혼해 본 적 있어요, 매슈?"

이제까지 한 번도 그런 생각을 해 본 적 없는 매슈는 당황했다.

"글쎄다, 했는지 안 했는지 기억나지 않는구나."

앤은 두 손으로 턱을 괴고 차츰차츰 상상에 잠겼다.

"아마 가슴이 두근거리겠죠? 루비 길리스는 어른이 되면 많은 연인을 자기 마음대로 휘두르면서 애태우겠다고 말했어요. 그러나 그것은 좀 지나친 거 같아요.

나 같으면 믿음직스러운 연인 한 사람만 있으면 충분하다고 생각하거든요. 루비 길리스는 언니들이 많아 이런 일에 훤해요. 린드 아주머니가 말하는데 길리스네 딸들은 날개 돋친 듯 팔렸대요.

필립스 선생님은 거의 밤마다 프리시 앤드루스를 만나러 가요. 선생님은 프리시의 공부를 도와주러 간다고 하지만 미란다 슬론도 퀸즈아카데미에 시험을 치르거든요. 미란다는 훨씬 더 머리가 나빠서 프리시보다 선생님의 도움이 더 절실히 필요할 텐데도 선생님은 미란다에게는 전혀 가지 않아요. 이 세상에는 내가 이해할 수 없는 일이 굉장히 많아요, 매슈."

매슈도 인정했다.

"글쎄다, 나도 모든 것을 안다고 할 수는 없단다."

"어머나, 공부를 마저 해야겠어요. 끝날 때까지 제인이 빌려준 저 책을 보지 않기로 하겠어요. 하지만 유혹이 너무 커요. 책에 등을 돌리고 있는데도 거기 있는 게 뚜렷이 보이거든요. 제인은 그 책을 읽으면서 자꾸 눈물이 나와 혼났다고 했어요. 나는 눈가를 적시게 하는 슬픈 책을 무척 좋아해요.

하지만 저 책을 거실로 가져가 잼을 넣어두는 찬장에 넣고 자물쇠로 채울까 해요. 그 열쇠를 아저씨에게 드릴 테니 공부가 끝날 때까지 맡아주세요. 내가 무릎 꿇고 부탁해도 주면 안 돼요. 유혹을 뿌리친다고 아무리 말로 하는 것보다, 열쇠를 손에 넣을 수 없으면 유혹을 이기기 더 쉬울 거 같거든요. 매슈, 지하실에 가서 러싯 사과를 가져올까요? 차가운 사과를 먹고 싶지 않으세요?"

매슈는 러싯 사과를 입에 대지도 않지만 앤이 좋아하므로 따라 주었다.

"글쎄다, 그럼 좀 먹어볼까."

앤이 접시에 사과를 가득 담아 지하실에서 신나게 올라오는데 밖의 널빤지를 깐 길에 다급한 발소리가 나더니 부엌문이 열리고 머리에 숄을 두른 다이애나가 파리한 얼굴로 숨을 헐떡이며 뛰어들어왔다. 깜짝 놀란 앤은 그만 촛불과 사과접시를 떨어뜨리고 말았다. 접시와 양초는 쨍그랑 요란한 소리를 내며 지하실 층계를 굴러 지하실 바닥에 흩어졌다. 이튿날 마릴라는 그것을 주우며 집에 불이 나지 않은 게 천만다행이었다고 가슴을 쓸어내렸다.

앤이 외쳤다.

"아니, 왜 그러니, 다이애나? 어머니가 드디어 허락해 주셨니?"

다이애나는 어쩔 줄 몰라 바들바들 떨면서 말했다.

"아니야, 앤. 빨리 좀 와줘. 미니 메이가 몹시 아파. 아기를 돌보는 메리 조 말로 크루프[3]래. 아버지와 어머니는 샬럿타운에 가셨고 의사 선생님을 부르러 갈 만한 사람이 아무도 없어. 미니 메이가 많이 아픈데도 메리 조는 어떻게 해야 좋을지 모르겠다는 거야. 앤, 나는 무서워 미쳐버릴 것 같아."

매슈는 아무 말 하지 않고 모자와 외투를 집어들더니 다이애나 옆을 지나

---

3) 후두 가장자리에 섬유소성의 가막이 생기는 급성 후두염.

어두운 뜰로 나갔다.

급히 모자와 외투를 몸에 걸치며 앤은 말했다.

"매슈는 카모디로 의사 선생님을 부르러 가기 위해 마차를 채비하러 나갔어. 매슈와 나는 닮은꼴 영혼이라서 서로 아무 말 하지 않아도 무슨 생각을 하는지 알 수 있거든."

다이애나는 흐느꼈다.

"카모디에 가도 의사 선생님은 없을 거야. 블레어 선생님이 샬럿타운으로 가는 것을 보았거든. 스펜서 선생님도 없을 거야. 메리 조는 크루프에 걸린 사람을 본 일이 없대. 린드 아주머니도 없으니 어떡하면 좋지, 앤!"

앤은 기운을 북돋아주며 말했다.

"울지 마, 다이애나. 나는 크루프에 대해 잘 알아. 전에 내가 말했지, 해먼드 아주머니 댁에 쌍둥이가 있었다고 말이야.

쌍둥이를 세 쌍이나 돌보면 자연히 경험도 풍부해져. 그 아이들이 모두 도미노가 넘어지듯 차례차례 크루프에 걸린 일이 있었어. 이페칵[4]병을 가져올 테니 잠깐만 기다려. 너희 집에 없을지도 모르니까. 자, 어서 가자."

두 소녀는 손을 꼬옥 잡고 뛰어나가 '연인의 오솔길'을 지나 얼어붙은 들판을 내달렸다. 숲속 지름길은 눈이 깊어서 빨리 갈 수 없었다. 앤은 미니 메이의 일이 몹시 걱정스러웠지만, 한편으로는 이 상황이 매우 낭만적이었고 마음의 벗과 그런 낭만을 다시금 함께 맛보는 기쁨에 차분할 수가 없었다.

꽁꽁 얼어붙는 듯한 추운 밤이었다. 캄캄한 어둠 속에 눈이 쌓인 비탈길이 은빛으로 반짝였다. 고요한 들판 위에 커다란 별이 찬란하게 비치고 있었다.

---

[4] 토근(吐根)이라는 식물의 뿌리로, 구토를 유발하는 성분이 함유되어 있음. 크루프와 같은 후두염에 걸린 아이에게 먹여 담이나 목구멍에 생긴 가막을 배출시킴.

여기저기에 끝이 뾰족하고 거무스름한 전나무가 서 있고 서리가 얼어붙은 나뭇가지 사이로 바람이 쌩쌩 소리 내며 불어댔다. 앤은 오랫동안 헤어져 있던 마음의 벗과 이 아름답고 신비스러운 자연 속을 함께 거닐게 된 것이 한없이 애틋했다.

3살 난 미니 메이는 확실히 심각한 상태였다. 미니는 부엌 소파에 누워 높은 열로 가쁜 숨을 헐떡이고 있었는데, 그 숨소리가 온 집 안에 들릴 만큼 컸다. 크리크에서 온 메리 조는 넙데데한 얼굴에 투실투실한 프랑스 처녀였다. 배리 부인이 집을 비우는 동안 아이를 봐달라고 고용했는데, 그녀는 어찌할 바를 몰라 쩔쩔매고 있었다. 또 안다 해도 해 볼 만한 용기가 없는 것 같았다.

앤은 능숙한 솜씨로 척척 처리해 나가기 시작했다.

"미니 메이는 크루프에 걸린 게 맞아. 상태가 퍽 나쁘지만 나는 더 심한 경우도 돌봐준 적이 있거든. 먼저 물을 끓여야겠어. 주전자에 물이 조금밖에 없잖니, 다이애나!

자, 가득 물을 부었으니 메리 조는 난로에 장작을 넣어줘. 메리를 나무랄 생각은 없지만 그 정도는 좀 더 미리미리 해둘 수도 있었을 거 같은데. 나는 미니 메이의 옷을 벗겨 눕힐 테니 너는 부드러운 플란넬 헝겊을 찾아다줘, 다이애나. 이젠 이페칵을 먹여야겠어."

미니 메이는 이페칵을 마시지 않으려 했지만 앤은 세 쌍의 쌍둥이를 허투루 기른 것이 아니었다. 가슴이 죄어드는 듯한 기나긴 밤 사이에 이페칵은 여러 번 미니의 목구멍 안으로 또르르 흘러 내려갔다. 두 소녀는 괴로워하는 미니 메이를 한시도 떠나지 않고 간호했다. 메리 조는 자기가 할 수 있는 일이라면 무엇이든 해야겠다는 마음에 계속 장작을 집어넣어 후두염 전문병원에서 쓰고도 남을 만큼 물을 팔팔 끓였다.

매슈가 의사를 데려왔을 때는 이미 3시가 넘어 있었다. 의사를 쉽게 찾을 수 없어 멀리 스펜서베일까지 가야만 했던 것이다. 절박한 고비는 간신히 넘긴 뒤였다. 미니 메이는 쌔근거리며 깊이 잠들어 있었다.

앤은 말했다.

"저는 거의 단념할 뻔했었어요. 미니 메이가 점점 나빠지더니 마지막에는 해먼드네 쌍둥이들보다 더 심해졌거든요. 숨이 끊어지는 줄 알았어요. 저 병에 든 이페칵을 한 방울도 남기지 않고 먹였어요. 마지막 한 방울을 먹일 때 나는 혼자 생각했어요. 다이애나나 메리 조가 들으면 너무 걱정할 것 같아서 차마 소리 내어 말할 수 없었거든요. 어쨌든 안 될지도 모르지만, 이것이 남겨진 마지막 희망이라고 말예요. 그런데 3분도 채 못 되어 저 애는 기침을 하며 목구멍을 막고 있던 가래를 토하더니 나아지는 게 아니겠어요?

얼마나 마음이 놓였는지 도저히 말로는 나타낼 수 없어요. 그저 헤아려 달라는 수밖에 없어요. 그렇죠, 선생님, 말로는 제대로 나타낼 수 없는 일도 있겠죠?"

"암, 그렇고말고."

의사는 앤의 얼굴을 보았다. 마치 앤에 대하여 감탄에 휩싸여 감출 수 없는 듯한 표정이었다.

나중에 의사는 배리 부부에게 말했다.

"커스버트 씨 댁에 있는 그 빨강머리 소녀는 참으로 슬기로운 아이더군요. 그 아이가 아기의 목숨을 구했습니다. 그 아이가 아니었다면 내가 도착했을 때는 이미 늦어버렸을 테니까요. 그 또래 아이로선 상상할 수 없을 만큼 훌륭한 솜씨였고 놀라울 만치 침착했습니다. 아기 병세를 설명할 때 그 소녀의 형형한 눈빛은 정말 굉장했어요."

하얀 눈이 내린 화창한 겨울 아침에서야 앤은 집으로 돌아갔다. 한숨도 자지 못해 졸린 눈을 하고 있었지만 좁다란 하얀 들판을 가로질러 '연인의 오솔길'의 반짝반짝 빛나는 아름다운 단풍나무 아치 밑을 걸어가며 매슈에게 기운차게 이야기했다.

"매슈, 참으로 멋진 아침이죠? 이 세계는 하느님이 스스로 즐기기 위해 상상력을 동원해서 만들어놓으신 것 같아요. 저 나무들을 보세요. 내가 훅 불면 그대로 날아갈 것 같아요.

하얀 눈이 소복이 쌓이는 이 세상에 살 수 있다는 건 참으로 행복하지 않아요? 그리고 뭐니 뭐니 해도 해먼드 아주머니가 쌍둥이를 세 쌍이나 낳기를 정말 잘했어요. 그렇지 않았다면 나는 미니 메이를 구하지 못했을지도 모르니까요. 해먼드 아주머니에게 쌍둥이를 낳았다고 화낸 것을 지금은 깊이 후회하고 있어요.

아저씨, 나는 너무 졸려요. 오늘은 도저히 학교에 못 가겠어요. 간다 해도 눈을 뜨고 있을 것 같지 않아요. 그렇다고 집에 마냥 있을 수도 없어요. 왜냐하면 내가 안 가면 길……딴 애들이 1등을 할 거라서요. 나중에 따라잡으려면 힘들거든요. 하기야 어렵긴 해도 따라잡을 때의 만족감도 굉장할 거예요."

앤의 핼쑥한 얼굴과 눈 밑에 생긴 다크서클을 살피며 매슈는 말했다.

"글쎄다, 너라면 잘할 수 있을 것 같구나. 걱정 말고 어서 잠자리에 들어 쉬어라. 다른 일은 내가 할 테니까."

앤은 아주 깊이 잠들어 점심때가 훨씬 지나서야 눈을 떴다. 장밋빛으로 노을진 겨울 오후였다. 앤이 잠든 동안에 돌아온 마릴라가 앉아서 뜨개질을 하고 있었다.

마릴라의 얼굴을 보자 앤은 신나서 외쳤다.

"어머나, 총리를 만나봤어요? 잘생겼나요?"

"글쎄다, 그 사람은 잘생겨서 총리가 된 것은 아니더라. 그 사람 코가 어찌나 우습던지![5) 연설은 참 잘하더구나. 나는 내가 보수당이라는 것을 자랑스럽게 생각해. 레이철 린드는 자유당이니까 총리를 마음에 들어하지 않았지만.

어서 식사하도록 해라. 저녁은 오븐에 들어있어, 앤. 그리고 식료품 저장실에 자두 설탕절임 있는 것도 꺼내다 먹고. 배고프지? 오라버니한테 지난밤 이야기를 들었다. 크루프를 치료하는 방법을 네가 알고 있어서 정말 다행이었어. 나라면 아무것도 못 했을 거야. 크루프를 앓는 사람은 본 일도 없으니까.

애야, 식사가 끝날 때까지 말하면 안 된다. 네 얼굴을 보니 말을 하고 싶어 좀이 쑤시는 듯 하지만 다 먹을 때까지 참아라."

마릴라는 앤에게 할 말이 있었지만 그때는 잠자코 있었다. 그 말을 하면 앤이 흥분해서 식사 같은 현실적인 일을 깨끗이 잊어버리리라 여겼기 때문이다.

앤이 자두까지 다 먹고 나자 마릴라가 말했다.

"배리 부인이 아까 오셨었다, 앤. 너를 만나고 싶어했지만 내가 깨우지 않았다. 네가 미니 메이의 생명을 구해주었다며, 과실주 사건은 미안하다고 하더라. 다이애나를 취하게 할 생각이 없었다는 걸 이제 알았으니, 지금까지의 일은 깨끗이 잊어버리자 하더구나. 다시 다이애나의 좋은 친구가 되어줄 수 없겠느냐고 부탁했어.

네 마음이 내킨다면 오늘 저녁 그 댁에 와도 좋다고 했어. 다이애나는 어제 일로 심한 감기에 걸려 밖으로 나올 수 없다더구나. 아, 앤 셜리, 그렇게 팔짝팔짝 뛰지 말아라."

---

5) 코가 큰 것으로 유명했던 보수당 출신 총리 존 A. 맥도널드(1815~1891)를 가리킴.

마릴라는 주의를 주어야만 했다. 벌떡 일어났을 때 앤의 표정과 몸짓은 마치 하늘을 나는 요정 같았고 얼굴은 환히 빛나고 있었다.

"아, 마릴라, 지금 당장 가도 되죠? 설거지는 갔다 와서 할게요. 이렇게 가슴이 마구 뛰는데 지금 설거지 같은 자질구레한 일에 얽매일 수는 없어요."

"오냐, 그러렴. 빨리 갔다 오너라."

마릴라는 너그러웠다.

"앤 셜리, 너 정신 나갔니? 빨리 이리 돌아와 옷을 걸치고 가거라. 모자도 쓰지 않고 이미 가버렸군. 이건 마치 바람에게 말하는 거나 다름없다니까. 머리카락을 나부끼며 과수원으로 달려가는 저 아이 모습은 정말 볼만하네. 저러다 감기나 걸리지 말아야 할 텐데."

어둑어둑 땅거미가 질 무렵, 앤은 눈 속을 춤추는 듯한 모습으로 돌아왔다. 눈이 부시도록 하얗게 빛나는 눈벌판, 거무스름한 가문비나무 골짜기 위에 펼쳐진 연한 금빛과 분홍빛 서남쪽 하늘엔 진주알 같이 커다란 어둠별이 반짝이고 있었다. 눈 쌓인 언덕에서 차가운 바람결에 들려오는 썰매의 방울소리는 마치 요정의 종소리와도 같았다. 하지만 그 아름다운 방울소리도 앤의 가슴을 가득 채우고 입술에서 흘러나오는 노래에 비하면 아무것도 아니었다.

앤은 기뻐하며 말했다.

"여기 서 있는 소녀는 최고로 행복한 앤이에요, 마릴라. 나는 더할 나위 없이 행복해요. 비록 빨강머리라도 말이에요. 지금 그런 건 아무 문제도 안 돼요.

배리 아주머니는 나의 두 볼에 입맞추며 눈물을 흘렸어요. 그러고는 '너무나 고맙다, 은혜를 갚을 길이 없구나.'라고 하셨죠. 나는 매우 난처했지만 되도록 의젓하게 말했어요.

'저는 아주머니에게 서운한 마음을 갖고 있지 않아요. 분명히 말하지만 다이애나를 취하게 할 생각은 결코 없었어요. 그러니 이제부터는 지난날은 '망각의 망토'[6]로 덮어버리고 잊도록 해요.'

위엄 있는 말이었다고 생각지 않아요, 마릴라? 악을 선으로 갚는 기분이었어요.

그리고 다이애나와 재미있게 놀았죠. 다이애나는 카모디의 큰어머니에게 배운 새로운 코바늘뜨기 방법을 가르쳐주었어요. 애번리에서 그것을 아는 사람은 우리 둘뿐이에요. 그 뜨개질 법을 아무에게도 알려주지 않기로 엄숙하게 맹세했어요. 그리고 다이애나는 빨간 장미꽃이 그려져 있고 시가 쓰인 아름다운 카드를 한 장 주었어요.

내가 그대를 사랑하듯 그대가 나를 사랑하는 한
이 세상 그 무엇도 우리를 갈라놓지 못하리

보세요. 이 카드예요, 마릴라. 우리는 필립스 선생님에게 다시 전처럼 함께 앉게 해달라고 부탁할 작정이에요. 거티 파이는 미니 앤드루스와 앉으면 돼요.

배리 아주머니는 특별한 손님을 대접할 때 쓰는 찻잔에 차를 주었어요. 그것을 보고 얼마나 가슴이 두근거렸는지 말로 다할 수 없어요. 이제까지 그런 대접을 받아본 일은 한 번도 없으니까요. 우리는 새콤달콤한 과일케이크랑 파운드케이크랑 도넛, 그리고 두 종류의 설탕절임을 먹었어요.

배리 아주머니는 내게 '차를 더 따라줄까?' 하며 '여보, 비스킷 그릇을 앤에게 넘겨줘요' 하잖겠어요. 어른 대접을 받는 것만으로도 이렇게 좋으니 진짜로

---

[6] 영국 시인 펠리시아 도로시아 헤먼즈(1793~1835)의 시 〈제노바의 밤의 한 장면〉에서 따옴.

어른이 되면 얼마나 멋있을까요."

마릴라는 한숨지으며 말했다.

"글쎄다, 어떨지……."

앤은 아랑곳하지 않고 단호하게 말했다.

"아무튼 나는 어른이 되면 여자아이들에게 깍듯이 대하겠어요. 여자아이들이 거창한 말을 쓴다고 해도 비웃지 않고요. 그것이 얼마나 그 아이의 마음을 상하게 하는지 쓰라린 경험으로 잘 알고 있거든요.

차를 마신 뒤 우리는 태피[7]를 만들었어요. 하지만 실패하고 말았어요. 다이애나도 나도 태피를 만들어본 일이 없거든요. 다이애나가 접시에 버터를 바르는 동안 내가 휘저어야 하는데 그만 잊어버려 태우고 말았어요. 그 태피를 접시에 담아서 부엌에 놓고 식히는데 고양이가 그 접시를 밟고 지나가 그만 버릴 수밖에 없었어요. 하지만 요리 그 자체는 무척 재미있었어요.

돌아올 때 배리 아주머니는 자주 놀러 오라고 했어요. 다이애나는 창가에 서서 내가 '연인의 오솔길'에 이를 때까지 내내 입맞춤을 던져주었죠.

마릴라, 오늘 밤이야말로 기도를 드리고 싶은 마음이 저절로 우러나요. 이번 일을 기념으로 특별히 새로운 기도를 생각해 내야겠어요."

---

[7] 설탕과 버터로 만드는 엿과 비슷한 과자.

콘서트, 대사건, 고백

2월 어느 날 저녁, 앤이 자기 방에서 급히 내려오며 물었다.

"마릴라, 다이애나에게 아주 잠깐만 갔다 와도 될까요?"

마릴라는 못마땅한 듯이 말했다.

"해가 다 졌는데 이 늦은 시간에 나가다니, 무슨 일이 있니? 다이애나와는 학교에서 같이 걸어오고, 그러고도 헤어지지 못해서 저 눈밭에 서서 30분도 넘게 재잘거렸잖니. 그런데도 또 만나야겠다는 말이냐?"

앤은 끈기 있게 말했다.

"하지만 다이애나가 만나고 싶어하거든요. 굉장히 중요한 이야기가 있대요."

"그걸 네가 어떻게 아니?"

"창가에서 신호를 보냈어요. 촛불과 마분지로 표현하기로 되어 있죠. 창가에 촛불을 세우고 마분지를 그 앞에서 흔들어 불을 깜빡거리게 하는 방법이에요. 그 깜빡거림의 수에 따라 신호가 달라져요. 내가 생각해 낸 거예요."

마릴라는 힘주어 말했다.

"어련하겠니. 그러다가 언젠가는 그 어리석은 신호인가 뭔가 때문에 커튼을 태우게 생겼구나."

"어머나, 우리는 굉장히 조심하고 있으니 염려 마세요, 마릴라. 정말 재미있어요. 두 번 깜빡이면 '너 거기 있니?'라는 뜻이고, 세 번 깜빡이면 '그래'라는 뜻이에요. 그리고, 네 번은 '아니'라는 뜻이죠. 마지막으로 다섯 번은 '중요한 이야기가 있으니 빨리 와줘'라는 뜻이에요. 다이애나는 지금 막 다섯 번 깜빡이는 신호를 보냈어요. 그러니 무슨 용건인지 알고 싶어 참을 수가 없어야죠."

마릴라는 비꼬듯 말했다.

"그럼 더 이상 참을 필요 없다. 갔다 오너라. 하지만 딱 10분만 이야기하고 돌아와야 한다, 알겠니?"

앤은 어김없이 10분 만에 돌아왔다. 다이애나와 중대한 소식에 대한 토론을 제한된 시간 안에 해치운다는 게 얼마나 어려운 일인지 웬만한 사람은 알지도 못할 것이다.

"마릴라, 무슨 일이었는지 알아요? 내일은 다이애나의 생일이잖아요. 그래서 다이애나 어머니가 다이애나더러 학교에서 돌아올 때 나도 같이 집으로 와서 하룻밤 자도 좋다고 말했대요.

그리고 다이애나의 사촌들이 뉴브리지에서 커다란 썰매를 타고 왔다가 내일 밤 공회당에서 개최되는 '토론 클럽' 주최 콘서트에 가는데, 다이애나와 나도 데려가겠대요. 물론 마릴라가 허락해 주셔야 되는 일이지만요. 마릴라, 보내 주실 거죠? 아, 가슴이 콩닥콩닥 뛰어요."

"그 두근거리는 가슴은 곧 가라앉을 게다. 너는 가지 않을 테니까. 뭐니 뭐니 해도 자기 집 잠자리가 제일이지. 그리고 '토론 클럽'의 콘서트라니, 어림도 없어. 아직 어린 여자아이가 그런 곳에 드나드는 게 아니야."

앤은 호소했다.

"어머나, '토론 클럽'은 어엿하고 믿을 수 있는 모임이에요."

"물론, 그렇겠지. 하지만 벌써부터 너를 콘서트 같은 데 보내서 늦도록 밖에 나돌아다니게 할 수는 없어. 그게 어디 아이들이 해도 될 일이니? 배리 부인이 다이애나를 그런 곳에 보낸다는 게 나한테는 깜짝 놀랄 일이구나."

앤은 울음을 터뜨릴 것 같았다.

"하지만 이번은 여느 때와 다르잖아요. 다이애나의 생일은 1년에 한 번뿐인 특별한 날인 걸요. 프리시 앤드루스가 〈오늘 밤 종은 울리지 않으리〉[1]라는 시를 암송한대요. 아주 도덕적인 시예요. 그 시를 들으면 내게 좋은 영향을 줄 거예요. 성가대는 거의 찬송가와 비슷할 만큼 슬픈 노래를 네 곡 부른대요.

아, 그리고 목사님도 오신대요. 정말이에요. 설교는 아니지만 그와 비슷한 말을 하시겠죠. 제발 부탁이에요. 보내주세요, 마릴라."

"내 말이 안 들리니, 앤? 어서 부츠를 벗고 자러 올라가거라. 8시가 넘었어."

"또 한 가지 있어요, 마릴라."

앤은 마치 이것이야말로 마지막 방법이라는 말투였다.

"배리 아주머니는 우리가 손님용 침실에서 자도 좋다고 다이애나에게 말했대요. 아직 어린 소녀 앤이 귀한 대접을 받으며 손님 침대에서 잔다는 것은 명예스러운 일이라고 생각지 않으세요?"

"그런 명예는 없어도 좋다. 더 이상 아무 말 말고 올라가 자거라, 앤."

앤이 훌쩍이며 마지못해 2층으로 올라가자, 이 대화가 오가는 동안 소파에서 깊이 잠든 척하고 있던 매슈가 눈을 크게 뜨고 똑똑히 말했다.

"마릴라, 앤을 보내주는 게 좋을 것 같구나."

마릴라는 반박했다.

"안 돼요. 저 아이를 기르는 사람이 누구예요? 나인가요, 오라버니인가요?"

---

[1] 미국 시인 로즈 하트윅 소프(1850~1939)의 시. 만종이 울리는 동시에 처형될 청년이 죽지 않도록, 그의 연인이 종탑으로 올라가 그 종이 울리지 못하게 한다는 내용.

"글쎄다, 너겠지."

매슈는 인정했다.

"그렇다면 참견하지 말아주세요."

"글쎄다, 간섭하는 것은 아니지만 의견은 말할 수 있지. 내 생각으로는 앤을 보내는 것이 좋겠다."

마릴라는 단호하게 반대했다.

"오라버니는 앤이 가고 싶다 하면 달나라에라도 보낼 거예요. 다이애나네 집에서 자는 것뿐이라면 또 몰라요. 하지만 콘서트에는 결코 보낼 수 없어요. 가게 되면 틀림없이 감기에 걸릴 테고, 쓸데없는 생각으로 머릿속이 가득 차서 법석 떨 게 뻔하거든요. 마음을 가라앉히는 데 족히 1주일은 더 걸릴 거예요. 저 아이가 어떤지 그리고 그 성격을 어떻게 다루면 좋은지는 오라버니보다 내가 더 잘 알고 있어요."

그러나 매슈는 고집스레 되풀이했다.

"앤을 보내줘야 해, 마릴라."

논쟁은 질색이지만 매슈는 자기 의견을 내세워야 할 때 결코 물러서지 않았다. 누구보다 매슈의 성격을 잘 알기에 마릴라는 난처해서 입을 다물고 말았다.

이튿날 아침, 앤이 설거지하고 있을 때 매슈는 헛간으로 나가다가 걸음을 멈추고 또다시 마릴라에게 말했다.

"나는 앤을 보내줘야 한다고 생각한다, 마릴라."

한순간 마릴라의 표정이 험악해졌지만 어쩔 수 없음을 깨닫고 딱 잘라 말했다.

"좋아요, 저 아이를 보내겠어요. 그렇지 않으면 오라버니 마음이 언짢아질 테니까요."

앤은 식료품 저장실에 있다가 물이 뚝뚝 흐르는 행주를 든 채 쪼르르 달려왔다.

"아, 마릴라, 그 멋진 말을 다시 해주세요."

"한 번이면 충분하다. 이번 일은 매슈 오라버니가 결정한 것이니 나는 상관하지 않겠다. 네가 남의 집에서 자든 말든 한밤중에 사람 많은 공회당에 다녀와 폐렴에 걸리든 말든 나는 모르는 일이야. 모두 매슈 오라버니 탓이니까.

앤 셜리, 너는 마룻바닥에 기름기가 잔뜩 있는 물을 떨어뜨리고 있잖니. 너처럼 부주의한 아이는 처음 봤다."

앤은 얼른 뉘우치며 말했다.

"어머나, 미안해요, 마릴라. 나는 왜 이렇게 실수만 하는지 모르겠어요. 하지만 그렇지 않은 일도 있으니 너그러이 봐주세요. 학교 가기 전에 모래로 문질러 얼룩을 지울게요.[2]

콘서트에 갈 생각으로 너무 마음이 들떠 있었어요. 아직 한 번도 가본 일 없으니까요. 다른 아이들이 학교에서 콘서트 이야기를 하면 나는 입도 뻥긋할 수 없었어요.

이런 기분을 마릴라는 몰랐겠지만 매슈는 이해해줬어요. 아, 이해해주는 사람이 있다는 것은 참으로 즐거운 일이에요, 마릴라."

그날 몹시 흥분한 앤이 학교에서 공부를 제대로 할 리 없었다. 길버트 블라이드가 철자법에서 1등을 했고, 암산에서도 두말할 나위 없었다. 그러나 콘서트와 손님용 침대를 생각하면 앤에게 그런 것쯤은 아무렇지도 않았다. 앤과

---

[2] 바닷가 모래를 뿌려 바닥을 비비는 청소법으로, 그즈음 북미 동부 연안의 가정에서 이용됨.

다이애나는 하루 종일 그 일에 대해 소곤거렸으므로 만일 필립스 선생님이 더 엄격한 교사였다면 두 아이는 심한 벌을 받았을 게 틀림없었다.

앤은 자기가 콘서트에 가지 못한다면 도저히 참을 수 없을 거라 생각했다. 그날 내내 학교에서는 온통 그 이야기뿐이었다. 애번리의 토론 클럽은 겨울 동안 2주일에 한 번씩 열리므로 지금까지도 간단한 무료 행사는 몇 차례 있었다. 그러나 이번에는 도서관 경비를 마련하기 위해 10센트의 입장료를 받는 만큼 성대한 것이었다. 애번리의 젊은 사람들은 콘서트를 위해 몇 주일 동안 열심히 연습했고 어린 학생들도 언니와 오빠들이 출연하므로 특별한 관심을 가지고 있었다. 9살 이상 학생이면 누구나 들어갈 수 있었는데, 다만 캐리 슬론만은 아버지가 마릴라와 마찬가지로 어린 여자아이가 밤에 열리는 콘서트에 가는 것은 좋지 않다며 못 가게 했다. 캐리 슬론은 오후 내내 문법책 위에 엎드려 서럽게 울면서 이 세상은 살 필요 없다는 생각마저 했다.

앤의 흥분은 수업이 끝날 무렵부터 차츰 크레센도로 고조되기 시작하더니 드디어 콘서트에 가게 되자 거의 황홀경에 빠질 만큼 최고조에 이르렀다. 우아한 찻잔에 알맞게 우러난 차를 마시니 귀한 대접을 받는 듯했다. 그런 다음 2층 다이애나의 작은 방에서 맵시 있게 몸단장하는 일로 접어들었다. 다이애나는 앤의 앞머리를 지금 한창 유행하는 퐁파두르[3] 스타일로 빗어주었고, 앤은 다이애나의 리본을 독특한 방법으로 묶어주었다. 뒷머리 모양은 서로 여섯 번이나 다시 곱게 빗어가며 아름답게 꾸몄다. 단장을 마쳤을 때 두 소녀의 뺨은 빨갛게 달아오르고 눈이 반짝반짝 빛났다.

사실 앤은 자기의 아무 장식 없는 커다란 탬 오섄터 모자[4]와 집에서 만든

---

[3] 루이 15세의 총희였던 퐁파두르 부인(1721~1764)에게서 유래된 헤어스타일.
[4] 스코틀랜드인이 즐겨 쓴, 위에 둥근 술이 달리고 챙이 없으며, 베레모 비슷한 큼지막한 울 모자.

낡고 소매가 좁은 잿빛 외투를 다이애나의 멋진 털가죽 모자와 산뜻한 짧은 웃옷을 번갈아 비교해 보고 얼마쯤 열등감을 느끼지 않을 수 없었다. 그러나 자기에게는 상상력이 있으니 그것을 발휘하면 된다고 스스로 위로했다.

이윽고 다이애나의 사촌인 머리 집안사람들이 털가죽 외투 차림으로 지푸라기를 잔뜩 깐 커다랗고 푹신푹신한 썰매[5]를 타고 뉴브리지에서 왔다. 앤은 공회당으로 가는 길이 무척 즐거웠다. 썰매가 비단처럼 부드러운 길을 미끄러지듯 달려갈 때 썰매 날 아래로 눈이 뽀드득뽀드득 소리를 냈.

그곳에는 웅장한 저녁 경치가 펼쳐져 있었다. 흰 눈이 쌓인 산들과 짙푸른 세인트로렌스만이 영롱한 저녁놀의 둘레를 에워싸고 있었다. 마치 진주와 사파이어로 된 찬란한 그릇에 붉은 포도주와 불꽃이 가득 담겨 있는 듯한 광경이었다. 짤랑짤랑 울리는 방울 소리[6]와 숲의 요정이 재잘거리는 듯 멀리서 천진난만한 웃음소리가 사방에서 들려왔다.

앤은 설레는 마음에 털가죽 웃옷 속 장갑을 낀 다이애나의 손을 꼬옥 잡았다.

"아, 다이애나, 아름다운 꿈을 꾸고 있는 것 같지 않니? 내가 여느 때와 같은 얼굴을 하고 있을까. 기분이 전혀 달라서 겉으로 드러날 것 같은데."

다이애나는 반달 모양의 눈웃음을 띠며 말했다.

"너 오늘 아주 예뻐."

그 이름은 스코틀랜드 시인 로버트 번스(1759~1796)가 쓴 같은 제목의 시 《탬 오섄터(섄터의 탬)》의 주인공인 농부 탬이 쓰고 있었던 데서 유래.
5) 캐나다 동부 해안은 겨울이 되면 눈이 깊이 쌓여 마차로 이동하는 게 불가능하므로, 썰매가 운송수단이었음. 그즈음의 썰매는 불에 달군 돌과 모피, 짚으로 보온하는 게 필수였음.
6) 썰매는 속도가 빠른 데다 일반도로를 지나지 않기 때문에 어두울 때의 갑작스러운 충돌사고를 예방하기 위해 방울을 다는 게 의무로 규정되어 있었음.

마침 사촌으로부터 어여쁘다는 말을 들은 뒤여서 다이애나는 그 말을 앤에게도 해줘야겠다고 생각했다.

"이제까지와는 비교도 안 될 만큼 살결이 고와."

그날 밤 일정은, 적어도 청중 가운데 한 사람에게는 그야말로 '스릴'과 재미를 연이어 느끼게 하였다. 그리고 앤이 다이애나에게 말했듯 그것은 시간이 갈수록 더해갔다.

프리시 앤드루스는 새로 만든 핑크빛 비단 드레스를 곱게 차려입고 부드러운 하얀 목에 진주목걸이를 걸었다. 그녀가 머리에 카네이션을 꽂고—이 꽃은 선생님이 샬럿타운에서 일부러 주문해 온 것이라는 소문이 파다하게 나돌았다—'한 줄기 빛도 없는 어둠 속에서 사다리를 타고 올라왔을 때'[7] 앤의 몸은 격렬한 감동으로 몹시 떨렸다. 그리고 합창단이 '가련한 데이지는 저 높은 하늘로'라는 노래를 부를 때 앤은 천사의 모습이 그려진 프레스코화라도 있는 듯 천장을 뚫어지게 올려다보았다. 샘 슬론이 '소커리가 암탉을 보금자리에 앉히는 방법'[8]이라는 이야기를 그림과 함께 곁들어 말하자 앤이 큰 소리로 웃어 주위사람들도 덩달아 웃었다. 애번리 같은 시골에도 잘 알려져 있는 그 이야기가 재미있어서라기보다 오히려 앤이 웃는 게 재미있었기 때문이었다. 필립스 선생님이 시저의 유해를 앞에 놓고 마크 안토니우스의 연설[9]을 가슴이 찡하도록 멋들어지게—한 구절이 끝날 때마다 프리시 앤드루스의 얼굴을 보며—열연

---

7) 앞서 각주1번(214쪽)에 나온 소프의 시 〈오늘 밤 좋은 울리지 않으리〉.

8) 독일계 이민자 농부 소커리가 썼다는 코믹한 풍의 작품. 암탉을 보금자리에 앉히려다 실패한 어리숙한 모습을, 다분히 희화화된 독일어 억양이 섞인 영어로 재미있게 들려주는 내용.

9) 셰익스피어의 《줄리어스 시저》 3막 2장에서. "나의 친구여, 로마 시민이여, 동포여, 귀를 빌려주시오."로 시작되는 유명한 이 안토니우스의 연설을 듣고, 로마 시민은 시저(카이사르)를 암살한 브루투스에게 반감을 품게 됨.

했으므로 앤은 만일 로마 시민들이 들고일어났다면 자기도 그 자리에서 반란에 가담할 것이라는 생각마저 들었다.

프로그램 가운데 오직 하나만은 앤의 관심을 끌지 못했다. 길버트 블라이드가 〈라인 강변의 빙겐〉을 암송했을 때 앤은 다이애나의 사촌 로더 머리가 도서관에서 빌려온 책을 읽었다. 낭독이 끝나자 다이애나는 손바닥이 아프도록 박수를 쳤지만, 앤은 몸을 꼿꼿이 한 채 꼼짝도 하지 않고 앉아 있었다.

그렇게 해서 집에 돌아온 것은 11시였다. 말할 수 없이 즐거운 시간이었으며 먼 훗날 다시 한번 서로 이야기를 주고받으며 떠올릴 만한 추억거리를 안게 되었다. 모두들 잠들어 집 안은 캄캄하고 고요했다. 앤과 다이애나는 발소리를 죽이며 응접실로 들어갔다. 기다랗게 생긴 그 방을 지나가야 그 안쪽에 손님용 침실이 있었다. 응접실은 따뜻했고 난로에는 타다 남은 불기가 불빛을 어렴풋이 던져주고 있었다.

다이애나가 다정하게 말했다.

"여기서 옷을 갈아입자. 따뜻해서 기분 좋아."

앤은 꿈꾸는 표정으로 물었다.

"오늘 밤은 너무너무 재미있었어. 무대에 올라가 암송한다면 정말 멋있을 거야. 얘, 다이애나, 우리도 암송해 달라는 부탁을 받을 수 있을까?"

"물론 언젠가는 그런 부탁을 받겠지. 늘 상급생에게 부탁하니까. 길버트 블라이드는 우리보다 두 살밖에 안 많은데 자주 부탁받아. 그 애 참 잘 하더라. 앤, 너는 그 애가 낭독할 때 어째서 듣지 않는 척했니? 그 애가 '그리고 또 한 여자가 있습니다. 누이는 아닙니다'라는 대목을 읽을 때 너를 똑바로 쳐다보았단다."

하지만 앤은 엄하게 대꾸했다.

"다이애나, 너는 내게 가장 소중한 마음의 벗이야. 하지만 그런 너일지라도 그 아이 이야기를 하는 것만큼은 내가 도저히 용납할 수 없어. 옷 다 갈아입었니? 우리 누가 먼저 침대에 뛰어드는지 시합할까?"

이 제안은 다이애나의 마음에 쏙 들었다. 두 소녀는 하얀 잠옷 차림으로 나비처럼 나풀거리며 기다란 응접실을 지나 손님용 침실 문턱을 살짝 넘어 함께 침대로 뛰어들었다. 그 순간 무엇인가가 두 소녀의 몸 밑에서 움직이며 짓눌린 듯한 비명을 질렀다.

"아이쿠, 이게 뭐야!"

어떻게 침대에서 내려와 그 방을 나왔는지 앤도 다이애나도 알 수 없었다. 다만 기억나는 것은 정신없이 뛰어나온 뒤 부들부들 떨며 2층으로 살며시 올라간 일뿐이었다.

앤은 소리 죽여 물었다.

"아까 그 사람 누구니? 아니면 '그게' 대체 뭐였니?"

추위와 놀라움으로 앤의 이가 덜덜 떨리며 서로 부딪쳤다.

"맙소사. 조지핀 할머니야."

다이애나는 숨이 막힐 듯이 배꼽을 잡고 웃었다.

"틀림없어. 어째서 거기 계시는지는 모르지만, 아마 화가 머리끝까지 났을 거야. 큰일이야, 아주 무서운 분이거든. 그렇지만 이렇게 우스운 일은 난생처음이야."

"조지핀 할머니는 어떤 분이니?"

"아버지의 고모이신데, 샬럿타운에 사셔. 나이가 무척 많지. 아마 일흔 몇 살일 거야. 조지핀 할머니를 보면 할머니에게도 어린 시절이 있었을까 하는 생각이 든다니까.

할머니가 오신다는 것은 알고 있었지만 이렇게 빨리 오실 줄 몰랐어. 굉장히 엄한 분이니 내일 크게 꾸지람 들을 거야. 어쨌든 미니 메이와 함께 자는 수밖에 없겠어. 자면서 발길질이 정말 심한데."

다음 날 이른 아침 식사 시간에 조지핀 배리 할머니는 모습을 나타내지 않았다. 배리 부인은 두 소녀에게 상냥한 미소를 지어보였다.

"어젯밤 재미있었니? 너희들이 돌아올 때까지 깨어 있으려 했는데 너무 고단해서 깜빡 잠들어버렸지. 조지핀 할머니가 오셔서 2층에서 잘 수밖에 없다는 말을 할 참이었는데. 다이애나, 할머니가 주무시는 걸 방해하진 않았겠지?"

다이애나는 조심스럽게 아무 말 하지 않았지만 식탁 너머로 양심의 가책과 재미가 뒤섞인 미소를 앤과 몰래 주고받았다. 배리네에서 벌어진 큰 소동은 오후 늦게 마릴라의 심부름으로 린드 부인 집에 갈 때까지 앤은 전혀 모르고 있었다.

"어젯밤 너와 다이애나가 배리 할머니를 돌아가실 만큼 놀라게 했다더구나."

린드 부인은 위협적인 목소리로 말했지만 눈은 웃고 있었다.

"다이애나 어머니가 아까 카모디로 가는 길에 들러서 말했는데, 매우 난처하게 되었다더라. 배리 할머니가 아침에 일어나 굉장히 화내셨다더구나. 조지핀 배리가 성을 내면 아무도 손을 못 쓰지. 다이애나하고 말도 안 하신대."

앤은 고개를 수그리며 말했다.

"다이애나 탓이 아니에요. 내가 나빴어요. 누가 먼저 침대에 뛰어드나 시합하자고 했거든요."

"역시 그랬군!"

린드 부인은 예상이 맞아들어 기분이 좋아졌다.

"네가 생각해 낸 일인 줄 짐작했지. 어쨌든 난처하게 됐어. 배리 할머니는 한

달쯤 머무를 작정으로 왔지만 이런 곳에 하루도 더 있을 수 없다며 내일이 일요일인데도 상관없이 돌아가겠다고 하신다는구나. 데려다줄 사람만 있으면 오늘이라도 당장 돌아가고 싶다고 하시면서 말이야.

할머니는 다이애나의 음악공부 수업료 석 달치를 주시겠다고 약속했는데, 그런 말괄량이에게는 한 푼도 줄 수 없다고 하신다더라. 오늘 아침 그 댁에서는 아마 크게 난리를 치렀을 거다. 그 할머니는 아주 큰 부자거든. 배리 부인은 그분의 심기를 건드리고 싶지 않았을 거다. 그런 말을 입 밖에 내지야 않았지만 나는 사람 얼굴을 보면 다 알지."

앤은 풀이 죽어서 말했다.

"저는 어쩌면 이토록 불운을 몰고 다닐까요. 늘 말썽을 일으키고, 더구나 세상 그 어떤 일이라도 해주고 싶은 가장 소중한 친구마저 말려들게 하니 말예요. 어째서 자꾸 꼬이기만 하는지 아주머니는 아세요?"

"그것은 네가 침착하지 못하고 생각이 나면 앞뒤 가리지 않고 덤벼들기 때문이야. 무슨 일이건 머릿속에 떠오르는 대로 그 자리에서 말하거나 행동하니 그렇지."

앤은 뽀로통해서 말했다.

"어머나, 하지만 그게 가장 좋은 방법이 아닐까요? 어떤 멋있는 생각이 문득 머리에 떠오르면 그 자리에서 해야지 이것저것 따지면 다 망쳐버리거든요. 그렇게 느낀 적 없으세요?"

공교롭게도 린드 부인에게는 그런 경험이 없었다. 부인은 차분히 고개를 저었다.

"앤, 어쨌든 조금은 깊이 생각하는 습관을 길러라. 너는 '뛰어들기 전에 먼저 주위를 살펴라.' 이 격언을 명심해야 돼. 특히 손님용 침대에 뛰어들기 전에는 말이야."

린드 부인은 자기의 가벼운 농담이 마음에 들어 웃었지만 앤은 골똘히 생각에 잠겼다. 웃어넘길 수 없는 중대한 일인 것 같았다. 린드 부인 집에서 나온 앤은 얼어붙은 들판을 가로질러 '언덕의 과수원'으로 갔다. 다이애나가 부엌문에서 앤을 맞이했다.

앤은 소리 죽여 말했다.

"조지핀 할머니가 어젯밤 일로 무척 화내셨지?"

다이애나는 닫혀 있는 거실문을 돌아보고 나직이 웃으며 말했다.

"응. 온몸을 부들부들 떨며 화내셨단다, 앤. 무섭게 야단맞았어. 나처럼 예절을 모르는 아이는 처음 보셨대. 그리고 그런 아이를 기른 부모는 더욱 부끄러운 줄 알라는 거야. 할머니는 더 이상 이 집에 있을 수 없다고 성화였지만 나는 아무렇지도 않아. 아버지와 어머니는 난처하시겠지만."

당황한 앤이 물었다.

"어째서 내 탓이라는 말을 하지 않았니?"

다이애나는 못마땅한 목소리로 말했다.

"내가 그럴 사람 같니? 나는 고자질이나 하는 사람이 아니야, 앤 셜리. 그리고 이 일은 어디까지나 나도 같이 잘못한 거니까."

앤은 또렷이 말했다.

"그럼 내가 직접 가서 말씀드리겠어."

놀란 다이애나는 눈을 크게 떴다.

"앤 셜리, 너 설마! 할머니는 너를 잡아먹을 듯 야단칠 거야!"

앤은 애원했다.

"더 이상 나에게 겁주지 마. 차라리 탄알이 날아올 대포의 구멍 앞에 서 있고 싶은 심정이야. 하지만 그만둘 수 없어. 내가 한 짓이니까 고백하는 게 맞아. 고백이라면 다행히 여러 번 해 본 경험이 있거든."

다이애나는 말했다.

"할머니는 거실에 계셔. 정 그렇다면 가보렴. 나는 싫어. 그리고 가도 별 소용 없을 거야."

이런 말을 들으며 앤은 가까스로 용기를 내어 사자굴로 몸을 돌렸다. 단호한 걸음걸이로 거실 쪽으로 다가가 똑똑 문을 두드렸다.

엄한 목소리가 들려왔다.

"들어와라."

마르고 단정하고 까다로운 미스 조지핀 배리는 난로 옆에서 뜨개바늘을 빠르게 움직이며 뜨개질하고 있었다. 노여움이 아직 가시지 않았는지 금테 안경 너머로 눈이 번쩍였다. 다이애나인 줄 알고 의자를 돌렸는데 핼쑥하고 겁에 질린 낯선 얼굴의 여자아이가 서 있었다. 커다란 눈망울에 죽음이라도 각오한 듯한 용기와 몸이 오그라드는 두려움이 뒤섞여 있었다.

미스 조지핀 배리는 날카롭게 물었다.

"너는 누구냐?"

작은 방문자는 두 손을 꼭 잡고 떨리는 목소리로 말했다.

"저는 그린게이블즈에 사는 앤입니다. 고백할 일이 있어서 왔습니다."

"고백이라니, 무슨 소리지?"

"어젯밤 할머니 침대에 뛰어든 것은 모두 제 탓이라는 사실을 털어놓으려 합니다. 제가 그렇게 하자고 말했거든요. 다이애나는 결코 그런 짓을 할 아이가 아니에요. 다이애나는 아주 얌전해요, 배리 할머니. 다이애나를 나쁜 아이라 여기는 것은 잘못이에요."

"잘못이라고? 다이애나도 함께 뛰어들었는데 말이냐? 점잖은 집안에서 그런 짓을 해서야 되겠니?"

그러나 앤은 굽히지 않게 주장했다.

"그저 장난삼아 한 일입니다. 이렇게 진심으로 사과드리고 있으니 용서해 주세요. 부디 다이애나에 대한 노여움을 풀어주세요. 그리고 음악공부를 할 수 있도록 도와주세요. 다이애나는 음악공부를 꼭 하고 싶어해요. 하고 싶은 것을 못 할 때 어떤 기분이 드는지 저는 잘 알고 있어요. 화를 내시려거든 저에게 내세요. 어릴 적부터 늘 꾸중을 들어왔기 때문에 익숙해서 다이애나보다 잘 참을 수 있거든요."

노부인의 눈에서 차츰 언짢은 마음이 사라지고 그 대신 흥미를 느끼는 기색이 떠올랐다.

그러나 목소리만은 여전히 엄하게 울렸다.

"장난삼아 했다 해도 용서할 수 없다. 내가 어렸을 적에는 여자아이가 그런 짓을 하면 큰일 났지. 긴 여행 끝에 피곤해서 푹 잠들어 있는데 다 큰 여자아이 둘이 갑자기 달려드는 바람에 잠이 확 깨면 어떤 기분이 드는지 너는 모를 거다."

앤은 열심히 말했다.

"모르지만 상상할 수는 있어요. 아마 굉장히 놀라셨으리라고 생각해요. 하지만 우리 말도 좀 들어주세요, 배리 할머니. 할머니에게 상상력이 조금이라도 있으시다면 한번 우리들 입장이 되어봐 주세요. 침대에 아무도 없는 줄 알았기 때문에 우리도 역시 깜짝 놀랐어요. 얼마나 놀랐는지 말문이 막힐 정도였어요. 그리고 우리가 그 침대에서 자도록 약속되어 있었는데 잘 수 없어서 얼마나 실망했겠어요. 할머니는 손님용 침대에서 주무시는 게 흔히 있는 일이시겠지만 그런 명예스러운 대우를 한 번도 받아본 적 없는 고아 소녀였다면 얼마나 섭섭했을지 한번 헤아려 주세요."

치솟던 화가 깨끗이 사라졌다. 조지핀 배리 할머니는 깔깔거리기 시작했다. 그 웃음소리를 듣고 부엌에서 너무나 걱정되어 꼼짝 못 하고 있던 다이애나는 가슴을 쓸어내리며 안도의 한숨을 내쉬었다.

할머니는 인자하게 말했다.

"내 상상력은 아마 녹슬어 있을 게다. 오랫동안 쓰지 않았으니까. 너희들도 제법 할 말이 있었던 모양이로구나. 결국 누구 입장에서 보느냐에 달렸겠지. 어쨌든 앉아라. 그리고 너에 대한 이야기를 좀 해주렴."

앤은 공손히 말했다.

"죄송하지만 그럴 수 없습니다. 할 수 있다면 그렇게 하고 싶어요. 할머니는 겉으로는 무서워 보이지만 재미있는 분인 것 같고, 어쩌면 저와 닮은꼴 영혼일지도 모르니까요.

하지만 지금은 마릴라 커스버트 댁으로 빨리 돌아가야 해요. 마릴라 커스버트는 저를 맡아 어엿한 사람으로 길러주시는 친절한 분이에요. 그분은 매우 열심히 가르치고 있지만 제가 툭하면 말썽을 부려 뜻대로 잘 되지는 않아요. 제가 침대에 뛰어들었다 해서 마릴라를 나쁘게 생각지 말아주세요. 하지만 제가 집으로 가기 전에 다이애나를 용서하고 예정대로 애번리에 오래 머물지 알려주실 수는 없을까요?"

"네가 가끔 여기 와서 말동무가 되어준다면 그럴지도 모르지."

그날 밤, 할머니는 다이애나에게 은으로 만든 예쁜 팔찌를 주었고, 어른들에게 여행가방을 풀었음을 통보했다.

조지핀 배리 할머니는 솔직하게 말했다.

"그 앤이라는 아이의 이야기를 더 듣고 싶어서 여기 있기로 했다. 참 재미있는 아이야. 내 나이쯤 되면 말동무를 구하기가 좀처럼 쉽지 않거든."

이 이야기를 듣고 마릴라는 매슈에게 한마디만 했다.

"내가 뭐라고 했어요? 밤에 외출하고 남의 집에서 자게 해선 안 된다고 했잖아요."

미스 배리는 예정했던 한 달보다 훨씬 오래 이 집에 머물렀고 전보다 한결 다루기 쉬운 손님이 되어 있었다. 그 까닭은 앤이 늘 노부인을 기분 좋게 해주었기 때문이었다. 두 사람은 아주 다정한 친구 사이가 되었다.

할머니는 떠날 때 아쉬워하며 말했다.

"얘야, 앤, 언젠가 네가 샬럿타운에 오면 꼭 우리 집에 들러야 한다. 특별히 손님을 위한 침대에서 자게 해줄 테니까."

앤은 마릴라에게 말했다.

"배리 할머니와 나는 닮은꼴 영혼이었어요. 언뜻 보기에는 그런 것 같지 않지만요. 매슈를 만났을 때처럼 단박에 그런 사람인 걸 알지는 못했지만 차츰 알게 되었지요.

생각했던 것만큼 닮은꼴 영혼이 그리 적은 것은 아닌가 봐요. 이 세상에 그런 사람이 여럿 있다고 생각하니 정말 기뻐요."

지나친 상상

봄은 또다시 그린게이블즈에 찾아왔다. 눈부시도록 아름답지만 변덕스럽고 망설임 많은 여인처럼 다가오는 캐나다의 봄. 4월과 5월에 걸쳐 싸늘한 기운을 거느리고 와 핑크빛 저녁놀로 물들여 긴긴 밤사이 기적 같은 소생과 성장을 가져다주는 봄. 따뜻하게 포근히 감싸주면서도 더할 나위 없이 신선하였다. '연인의 오솔길' 단풍나무들은 빨간 싹을 내밀었고, '드리아스의 샘'가에는 곱슬곱슬한 어린 고사리가 기운차게 흙을 밀어올리고 있었다. 비탈길을 올라간 사일러스 슬론네 집 뒤의 황무지에는 갈색 잎 밑에서 별모양의 귀여운 연분홍빛과 하얀 메이플라워[1]가 방긋 모습을 드러내어 달콤한 향기를 내뿜고 있었다. 활짝 갠 오후 소년 소녀들은 꽃을 따러 나가 팔에 한아름 예쁜 꽃을 바구니에 담고 구름 한 점 없는 저녁 하늘 밑에서 즐겁게 노래를 부르며 돌아오곤 했다.

이 풍경에 매혹된 앤이 말했다.

"메이플라워가 없는 곳에 사는 사람들은 참으로 가엾어요. 다이애나는 그

---

[1] 5월에 피는 봄꽃을 두루 일컫는 말로, 영국과 아메리카 대륙에서 가리키는 꽃의 종류가 다름. 영국의 메이플라워는 주로 산사나무나 기린초 등을 뜻하는 반면, 캐나다를 포함한 아메리카 대륙에서는 트레일링 아르부투스를 가리킴. 후자는 숲속 나무 그늘 아래의 산성 토양에서 자라는 여러해살이풀로, 넓은 타원형 이파리 사이로 흰색 또는 연분홍색 꽃잎 다섯 장이 달린 작고 향기로운 꽃이 무리 지어 핌.

나름대로 더 좋은 게 있을 거라고 했지만, 메이플라워보다 아름다운 게 있을까요, 마릴라?

다이애나는 또 메이플라워가 어떤 꽃인지 모르는 사람은 그것이 없어도 굳이 쓸쓸하지는 않을 거라고도 했어요. 하지만 진짜로 그렇다면 얼마나 슬프겠어요. 메이플라워가 어떤 꽃인지도 모르고 죽는다는 건 그야말로 비극이에요.

내가 메이플라워를 어떻게 생각하는지 알아요, 마릴라? 메이플라워는 지난여름에 피었다가 시든 꽃의 넋이라고 생각해요. 그리고 여기는 그 꽃들의 천국이죠.

오늘은 무척 재미있게 지냈어요. 우리는 오래된 샘 옆 이끼 낀 널찍한 기슭에서 점심을 먹었어요. 무척 낭만적인 장소예요. 찰리 슬론이 아티 길리스에게 그 샘을 뛰어넘어보라고 했어요. 아티는 폴짝 뛰어넘었죠. 해 보라고 시키는데 비겁하게 꽁무니 뺄 수는 없으니까요. 학교에서는 누구나 그렇게 해요. 요즘은 그 놀이가 우리들 사이에 유행이거든요.

필립스 선생님은 꽃을 꺾어 프리시 앤드루스에게 주었어요. '향기로운 꽃을 아름다운 사람에게'[2]라는 말이 들렸어요. 틀림없이 책에서 찾아낸 구절이겠지만, 선생님에게도 조금쯤은 상상력이 있다고 인정해 주어야겠어요.

내게도 누군가가 메이플라워를 꺾어주었지만 차갑게 거절했어요. 그 애 이름은 결코 입에 담지 않기로 맹세했으니 말하지 않겠어요.

우리는 메이플라워로 예쁜 화환을 만들어 알록달록 모자를 꾸몄어요. 집으로 돌아올 때 두 줄로 서서 꽃다발과 화환을 안고 '언덕 위의 우리 집'[3]을 신나

---

[2] 셰익스피어의 《햄릿》에서 덴마크 왕비가 햄릿의 연인 오필리아의 유해에 꽃을 바치면서 하는 대사.
[3] W. C. 베이커가 작사·작곡한 노래.

게 노래 부르며 행진했어요.

굉장히 멋있었어요, 마릴라. 사일러스 슬론 댁에서는 가족들이 모두 뛰어나와 쳐다보았고, 길에서 만난 사람들도 저마다 걸음을 멈춰 서서 우리가 지나갈 때까지 눈을 동그랗게 뜨고 바라보았어요. 우리는 그야말로 센세이션을 불러 일으켰어요."

"왜 아니겠니! 그렇게 우스꽝스러운 짓을 하고 다녔으니"

이것이 마릴라가 느낀 바였다.

메이플라워에 이어 제비꽃이 활짝 피었다. '제비꽃 골짜기'는 온통 꽃에 파묻혀 보랏빛으로 물들었다. 앤은 학교에 갈 때 성스러운 땅을 밟는 듯한 걸음걸이와 경건한 눈빛으로 그곳을 지나갔다.

앤은 다이애나에게 말했다.

"왜 그런지 모르겠지만, 제비꽃 골짜기를 지나갈 때는 길……누군가가 학급에서 나보다 공부를 잘하건 못하건 상관없다는 생각이 들어. 하지만 학교에 닿으면 그런 마음이 싹 없어지는 거 있지.

내 마음속에는 여러 앤이 있나 봐. 내가 온갖 말썽을 일으키는 것은 그 때문이 아닌가 여겨질 때도 있어. 내 마음속에 앤이 오직 하나만 있다면 틀림없이 편안하겠지. 하지만 그렇게 되면 지금만큼 재미있을 것 같지 않아."

6월 어느 날 저녁때 일이었다. 과수원이 다시 핑크빛 꽃으로 둘러싸이고, '반짝이는 윤슬의 호수' 위쪽 늪에서는 개구리가 목청을 돋워 개굴개굴 노래 부르며, 온누리에 클로버와 전나무 향기가 가득할 때, 앤은 창가에 앉아 있었다. 앤은 그때까지 잠자코 공부하다가 어두워져 책을 읽을 수 없게 되자, 다시 아름다운 꽃을 피운 '눈의 여왕'을 바라보며 공상에 젖기 시작했다.

이 작은 다락방은 거의 변함이 없었다. 옛날과 마찬가지로 벽은 흰색이고 바늘꽃이는 딱딱하며, 의자도 노란색인 채 등받이가 경직된 듯 우뚝 서 있었다. 그러나 방 전체의 분위기는 완전히 바뀌었다. 생기로운 숨결이 느껴지는 개성이 구석구석에 스며들어 있었다. 흔히 여자아이 방 안에 놓여 있는 동화책이나 원피스, 리본 때문도 아니었고 테이블 위의 사과꽃이 꽂힌 이 빠진 파란 꽃병과도 상관없는 그 어떤 것이었다. 그것은 마치 이 방에 있는 생기발랄한 주인이 밤낮없이 꾸는 온갖 아름다운 꿈이, 비록 만질 수는 없지만 눈에 보이듯이 고스란히 드러나 무지개와 달빛으로 짠 얇은 장막이 되어 이 아무 장식 없는 벽을 뒤덮고 있는 것 같았다.

잠시 뒤 앤이 학교 갈 때 입는 앞치마 몇 장을 다림질해서 들고 마릴라가 빠른 걸음으로 들어왔다. 그것을 의자등받이에 걸쳐놓고 후유 한숨 쉬며 털썩 앉았다. 마릴라는 오후부터 머리가 아파 견딜 수가 없었다. 이제 통증은 사라졌으나 기운이 없었고, 그야말로 '녹초'가 되어 있었다.

앤은 걱정스러운 얼굴로 마릴라를 보았다.

"할 수만 있다면 내가 대신 아팠으면 좋겠어요. 마릴라를 위해서라면 기꺼이 참을 수 있을 것 같아요."

"네가 일을 해줘서 쉬었더니 금방 나았다. 평소에 비해 큰 실수 없이 잘한 것 같더라만, 매슈 오라버니의 손수건에까지 풀을 먹일 필요는 없었어! 그리고 여느 사람들은 파이를 데우기 위해 오븐에 넣으면 살짝 따뜻해졌을 때 점심 식사로 꺼내 먹는데, 너는 새까맣게 타버릴 때까지 그냥 두더구나. 네 방식은 확실히 보통하고는 많이 달라."

두통이 한번 나면 마릴라는 언제나 좀 빈정거리는 말투가 되었다.

앤은 부끄러워하며 말했다.

"어머나, 죄송해요. 파이를 데우려고 오븐에 넣고서는 지금까지 잊고 말았어요. 점심 식사 때 어쩐지 뭐가 빠진 것 같은 느낌이 들었지만, 생각나지 않았어요. 일을 시작할 때는 쓸데없는 공상은 하지 말고 눈앞의 일에만 집중하기로 오늘 아침에 굳게 결심했죠.

파이를 오븐에 넣을 때까지는 그럭저럭 잘 참았지만, 어느덧 유혹에 못 이겨 상상에 빠지고 말았어요. 나는 마법에 걸린 공주님이 되어 탑 속에 외로이 갇혔는데, 검은 말을 탄 훌륭한 기사가 와서 구해 준다는 이야기를 생각했죠. 그래서 파이는 까맣게 잊고 말았어요.

손수건은 언제 풀을 먹였는지 모르겠어요. 다림질을 하면서는 내내 시냇물 저편에서 발견한 섬 이름을 뭐라고 지을까 고민했었거든요. 무척 아름다운 곳이에요. 단풍나무 두 그루가 나란히 있고 시냇물이 그 주위를 에워싸며 흐르고 있어요. 가까스로 멋진 이름이 떠올라, '빅토리아섬'이라고 이름 붙였어요. 아무튼 여왕님 생일[4]에 발견했으니까요. 다이애나와 나는 여왕님에게 아주 충성하거든요.

어쨌든 파이와 손수건 일은 용서해 주세요. 오늘은 특별한 날이어서 꼭 말을 잘 듣고 싶었는데 말이에요. 마릴라, 1년 전 오늘 무슨 일이 있었는지 기억해요?"

"글쎄, 특별히 생각나는 건 없구나."

"어머나, 마릴라, 제가 그린게이블즈에 온 날이잖아요. 나는 무슨 일이 있어도 이 날은 결코 잊을 수 없어요. 내 인생이 완전히 달라진 날이니까요. 그야 물론 마릴라에게는 이렇다 할 감격이 없겠죠. 지난 1년 동안 저는 무척 행복했어요. 괴로운 일도 있었지만 시간이 흐르니 아픈 기억은 사라지고 말아요. 마릴라,

---

[4] 빅토리아 여왕(재위 1837~1901)의 탄생일인 5월 24일은 대영제국 식민지의 축일. 프린스에드워드 섬은 여왕의 아버지 켄트 공(결혼 전에는 에드워드 왕자)을 기념해 붙인 이름.

혹시 나를 받아준 것을 후회하세요?"

"아니, 그렇지 않아."

마릴라는 이따금 앤이 그린게이블즈로 오기 전에는 무슨 재미로 살았을까 하는 생각마저 들었다.

"후회는 안 한다. 공부 다 했으면 배리 부인에게 가서 다이애나의 앞치마 옷본을 빌려오너라."

앤은 외쳤다.

"어머나, 벌써 어두워졌는데요."

"어둡다고? 아직 밝은데 뭘 그러니. 너는 해 진 다음에도 잘도 쏘다녔잖니."

앤은 열심히 마릴라를 설득시켰다.

"내일 아침 일찍 갔다 오겠어요. 해가 뜨자마자 갔다 올게요."

"앤 셜리, 어째서 말을 듣지 않니? 네 새 앞치마는 오늘 밤에 만들어야 해. 여러 말 말고 빨리 갔다 오너라."

앤은 내키지 않는 듯 모자를 집으며 말했다.

"그럼 큰길 저쪽으로 돌아서 가야겠어요."

"큰길로 돌아가면 30분이나 더 걸리잖니! 무슨 말을 하는 게냐!"

앤은 하는 수 없이 솔직하게 털어놓았다.

"도깨비가 나오는 무서운 숲을 어떻게 지나가란 말예요?"

마릴라는 어이가 없었다.

"도깨비 나오는 숲이라고! 돌기라도 했니? 도깨비가 대체 어디서 나온단 말이냐?"

앤은 목소리를 죽이며 속삭였다.

"시냇물 저쪽 가문비나무숲에서요."

"바보 같은 소리! 도깨비 나오는 숲은 아무 데도 없어. 대체 누가 그런 어리석은 말을 하더냐?"

"누가 한 게 아니에요. 다이애나와 함께 상상했어요. 이 언저리는 너무 평범하잖아요. 그래서 우리는 그곳을 4월부터 '도깨비숲'이라 이름 지었어요. 아주 낭만적이죠, 마릴라? 가문비나무숲은 굉장히 어둠침침하거든요.

우리는 소름 끼칠 만큼 무서운 상상을 했어요. 저녁 이맘때쯤이면 시냇가에 하얀 옷을 입은 여인이 서성이면서 두 손을 마주 잡고 슬픈 목소리로 흐느껴 우는 거예요. 이 여인을 보면 가족 가운데 누군가가 가까운 시일 안에 죽게 돼요. 그리고 살해된 아이의 유령이 '아이들와일드' 모퉁이길에 갑자기 나타나죠. 뒤에서 몰래 살금살금 다가와 섬뜩한 손가락으로 지나가는 사람의 손을 덥석 잡아요.

아, 마릴라, 생각만 해도 오싹 소름이 끼쳐요. 게다가 목 없는 남자가 오솔길을 왔다 갔다 하고 나뭇가지 사이에서는 해골이 무서운 얼굴로 노려보고 있어요. 이렇게 어두워졌는데 무서워서 어떻게 '도깨비숲'을 지나요? 틀림없이 하얀 도깨비가 나무 뒤에서 손을 뻗쳐 나를 움켜쥘 거예요."

어이가 없어 아무 말도 못 하고 듣고만 있던 마릴라가 참다못해 외쳤다.

"그런 어처구니없는 말은 그만둬! 앤 셜리, 너는 자신이 지어낸 그런 터무니없는 이야기를 믿니?"

앤은 말을 더듬거렸다.

"완전히 믿지는 않지만…… 낮에는 아무렇지도 않아요. 하지만 어두워지면 달라요. 유령은 밤이 되면 돌아다니거든요."

"앤, 유령이란 없어."

하지만 앤은 절박한 듯 말했다.

"어머나, 마릴라, 본 사람이 있는걸요. 그것도 착실하고 정직한 사람들이에요. 찰리 슬론이 말하는데, 할아버지가 돌아가신 1년 뒤 어느 날 밤, 어슬렁어슬렁 집으로 소를 몰고 오는 것을 할머니가 보았대요. 찰리 슬론의 할머니가 거짓말할 분이 아니라는 건 마릴라도 알죠. 신앙심도 깊은 분이에요.

그리고 토머스 부인의 아버지도 어느 날 밤 '잘린 목이 몸통에 달랑달랑 매달려 있는 불붙은 어린 양'이 집까지 쫓아왔대요. 부인의 아버지는 그것이 형님의 유령이며 자신이 9일 안에 죽을 징조라고 했다더군요. 그대로 되지는 않았지만 2년 뒤 돌아가셨대요. 그러니 분명 있다고 할 수 있어요. 더구나 루비 길리스의 말로는……"

마릴라는 단호하게 앤의 말을 가로막았다.

"앤 셜리, 다시는 그런 이야기를 입에 담지 마라. 네 상상이라는 것이 아무래도 이상하다고 여겼지만, 그 결과가 이렇게까지 된다면 더 이상 참지 못하겠구나.

지금 곧바로 배리 아주머니한테 갔다 오너라. 반드시 가문비나무숲을 지나서 말이다. 그래야 도깨비가 없다는 것을 네가 똑똑히 알 수 있을 테니까. 그리고 두 번 다시 '도깨비숲' 이야기를 하면 못써."

앤은 안 가겠다고 울며 떼쓰고 싶었다. 실제로 그렇게 부탁했다. 정말 무서웠기 때문이었다. 앤의 상상력은 제멋대로 부풀어 올라 해가 기울면 가문비나무숲이 무서워 견딜 수 없었다.

그러나 마릴라는 엄격했다. 유령이 나온다고 무서워하는 앤을 샘가까지 억지로 끌고 가 통나무다리를 건너 그 하얀 옷을 입은 여자며 목 없는 유령이 숨어 있다는 침침한 숲을 향해 똑바로 걸어가라고 명령했다.

앤은 서럽다는 듯이 흐느끼며 말했다.

"아, 마릴라, 어쩌면 이렇게 무정할 수 있어요? 만일 하얀 도깨비가 나타나 나를 끌고 가면 어떡하겠어요?"

마릴라는 태연히 말했다.

"그런 일이 생기면 내가 감당하마. 그러니 여러 말 말고 빨리 갔다 오너라. 내가 한번 말하면 뒤로 물러서지 않는다는 것을 너도 알겠지. 고작 유령이나 상상하는 너의 버릇을 이번에 단단히 고쳐줘야겠어. 자, 빨리 가거라."

앤은 어쩔 수 없이 시키는 대로 했다. 후들거리는 다리로 통나무다리를 겨우 건너 어두운 오솔길을 바들바들 떨면서 걸어갔다. 앤은 이때의 일을 결코 잊을 수 없었다. 지나친 상상을 한 것을 이내 후회했다. 자신의 상상이 낳은 요사스러운 괴물들이 여기저기 어두운 그늘에 숨어 뼈만 앙상한 채 싸늘해진 손을 뻗어 자기들을 만들어낸 여자아이를 앞다투어 붙잡으려는 듯했다. 하얀 것이 훅 날아와 앤의 심장은 순간 멎어버리는 것만 같았는데, 숲속의 축축한 갈색 낙엽 위에 떨어진 것을 보니 우묵땅에서 날아온 흰 자작나무 껍질이었다. 오래된 두 가닥의 큰 나뭇가지가 서로 부딪쳐 길게 바스락거리며 소리를 내자 앤의 이마에 구슬 같은 땀방울이 맺혔다. 머리 위 어둠 속을 휙휙 날아가는 박쥐소리가 앤의 귀에는 저 세상 괴물의 날갯소리처럼 푸드덕푸드덕 크게 들렸다.

숲을 겨우 빠져나와 윌리엄 벨 씨네 밭에 이르자 앤은 마치 뒤에서 하얀 귀신들이 쫓아오기라도 하듯 죽을힘을 다해 뛰었다. 그리하여 배리네 부엌에 이르렀을 때는 너무 숨이 차서 헐떡거리며 겨우 앞치마 옷본을 빌려달라는 용건을 말했다. 다이애나가 없었으므로 오래 머무를 구실도 없어, 앤은 다시 그 무서운 길을 지나 돌아가야만 했다. 하얀 도깨비 모습을 보느니 차라리 나뭇가지에 머리를 부딪쳐 죽는 편이 낫다고 생각하며 앤은 눈을 꼭 감고 달렸다. 가까스로 통나무다리에 이르러 구르듯이 건너자 앤은 몸을 떨면서 안도의 숨을 내쉬었다.

마릴라가 비꼬듯 말했다.

"도깨비에게 붙잡히지 않은 모양이로구나."

앤은 두려움에 이가 딱딱 부딪치는 소리를 내며 말했다.

"아, 머, 마릴라, 앞으로 나는 무…… 무슨 일이 있어도 그……그 숲이 평범한 장소일지라도 만족하고, 다신 이상한 상상을 하지 않겠어요."

맛의 신기원

"만남이 있으면 헤어짐이 있는 법이고, 이별은 또 다른 만남의 시작이라는 린드 아주머니 말대로 이 세상에는 온통 그런 일투성이예요."

6월 마지막 날 앤은 슬픈 목소리로 말하며 부엌 식탁 위에 석판과 책을 내려놓고 눈물에 흠뻑 젖은 손수건으로 발갛게 된 눈을 닦았다.

"내가 손수건을 두 장이나 가지고 학교에 가기를 잘했다고 생각지 않아요, 마릴라? 어쩌면 필요할지도 모른다는 예감이 들었거든요."

마릴라는 어깨를 으쓱대며 말했다.

"선생님이 학교를 그만두신다고 해서 네가 손수건이 두 장이나 필요할 만큼 필립스 선생님을 좋아하는 줄은 미처 몰랐구나."

앤은 학교에서 있었던 일을 돌이켜보며 말했다.

"선생님이 좋아서 눈물 흘린 건 아니에요. 그저 다른 아이들이 울어서 저도 같이 울었던 것뿐이에요. 루비 길리스가 처음으로 훌쩍이기 시작했어요. 루비 길리스는 늘 필립스 선생님이 싫다고 입버릇처럼 말했는데, 참 이상하지요. 선생님이 작별의 말을 하려고 일어서자 여자아이들이 모두 하나둘씩 울음을 터뜨렸어요.

나는 울지 않으려고 필립스 선생님이 길⋯⋯아니, 남자아이 옆에 앉혔던 일과 내 이름을 칠판에 쓸 때 e자를 붙이지 않은 일을 생각하려 했어요. 그리고 기하 시간에 너 같은 열등생은 처음 보았다고 혀를 차던 일이며, 내 철자가 틀렸다고 비웃었던 일도요. 선생님은 걸핏하면 심술궂게 비꼬는 말을 했거든요. 그런데 마릴라, 어찌 된 일인지 그런 일은 하나도 떠오르지 않고 눈물만 나왔어요.

제인 앤드루스는 한 달 전부터 필립스 선생님이 가시면 너무나 속이 후련해서 눈물이 한 방울도 안 나올 거라고 말해 왔어요. 그런데 누구보다도 어깨를 들썩일 만큼 크게 울며 남동생에게 손수건까지 빌리는 야단을 떨었어요. 남자아이들은 울지 않았거든요. 제인은 손수건이 필요 없다며 가져오지 않았대요.

아, 마릴라, 가슴이 터질 것만 같았어요. 필립스 선생님은 '드디어 작별해야 할 때가 왔습니다.'라는 말로 시작했어요. 굉장히 감동적인 연설을 해서 가슴이 찡했어요. 선생님 눈에도 눈물이 맺혔어요. 지난날을 더듬어 보니 너무 안타까운 마음이 들어요. 늘 흉을 보고 선생님 얼굴을 우스꽝스럽게 만화로 그렸고, 선생님과 프리시의 일을 놀렸으니까요. 나도 미니 앤드루스 같은 모범생이었더라면 좋았을 거라고 후회했어요. 그 아이는 아무런 양심의 가책을 받을 필요가 없을 테니까요.

여자아이들은 집으로 돌아오면서도 내내 울었어요. 울음이 그칠 만하면 캐리 슬론이 '작별해야 할 때가 왔습니다.'를 되풀이했기 때문이에요. 모두들 겨우 울음을 그치려다 또다시 울어버리곤 했어요.

마릴라, 나는 진심으로 가슴 아파요. 하지만 이제부터 두 달이나 여름방학이라고 생각하면 언제까지나 절망 속에 빠져 있을 수 없죠. 우리는 새 목사님이 부인과 함께 역 쪽에서 오는 것을 봤어요. 필립스 선생님이 가셔서 슬프긴 하지만 새 목사님에게 조금씩 마음이 끌린다 해서 나쁠 건 없겠죠?

부인은 아름다운 분이었어요. 여왕님만큼 아름답다고 할 수는 없지만요. 목사님 부인이 여왕님만큼 아름다우면 그리 좋은 일이 아니겠죠. 오히려 나쁜 예가 될지도 몰라요. 린드 아주머니는 뉴브리지의 목사님 부인이 유행의 첨단을 걷는 옷을 입어서 나쁜 선례를 남겼다고 말했어요. 이번에 새로 오신 목사님 부인은 퍼프소매가 달린 예쁜 하늘색 모슬린 옷을 입고 장미꽃 장식이 달린 모자를 쓰고 있었어요.

제인 앤드루스는 목사님 부인이 부풀린 소매가 달린 옷을 입는 것은 지나치게 유행을 따르는 일이라고 했지만, 나는 그런 매정한 말은 하지 않았어요. 부풀린 소매 옷을 입고 싶은 기분을 잘 아니까요. 그리고 그분은 아직 목사님 부인이 된 지 얼마 안 되었으니 그럴 수 있지 않겠어요? 목사님과 그 부인은 목사관에 들어갈 준비가 갖추어질 때까지 린드 아주머니 댁에 머무른대요."

그날 저녁 마릴라는 지난겨울에 빌려온 퀼팅 틀을 돌려주러 린드 부인 집에 다녀와야겠다며 나갔다. 그 밖의 다른 동기가 있었다 해도, 그것은 애번리 마을사람들이 두루 지니고 있는 사랑스러운 약점인 호기심으로 이해해 주어야 한다. 린드 부인은 이제까지 남에게 여러 물건을 빌려주었고, 그 가운데에는 다시 돌려받지 못하리라 체념한 것도 몇 가지 있었는데, 그날 밤 그런 것들을 잇달아 돌려받았다. 새로 부임해 온 목사가, 더구나 아내와 함께 묵고 있기 때문이다. 통 별일이라고는 일어나지 않는 이 조용한 시골 마을에 사는 사람들이 호기심을 못 이겨 찾아왔다고 해서 이상할 것은 하나도 없었다.

앤에게 상상력이 없다는 평을 들은 늙은 벤틀리 목사는 18년 동안이나 애번리에서 목회자 일을 맡았다. 벤틀리 목사는 처음 부임해 왔을 때부터 홀아비였으며 그 뒤로도 내내 그러했다. 해마다 누구누구와 결혼할 것이라는 소문은 그칠 줄 몰랐지만 말이다. 지난해 2월, 그는 마을사람들과 일일이 악수를 하면서 석별의 정을 듬뿍 받고 이 고장을 떠났다. 빈말로나마 설교를 잘한다고 할 수는 없었지만, 오랜 세월 많은 사람들 마음속에 이 착한 노목사에 대한 애정이 자라났던 것이다.

그 뒤 애번리 사람들은 매주 일요일마다 수많은 '목사 후보며 지원자'들이 시험적으로 설교하는 것을 들으며 종교적인 유흥을 즐기고 있었다. 이 사람들 가운데 누구를 택할지는 전적으로 교회 장로들에게 맡겨져 있었지만, 커스버트네 지정석 한구석에 얌전히 앉아 있는 빨강머리 소녀에게도 여러 의견이 있어 매슈를 상대로 이 문제에 대해 마음껏 토론했다. 하지만 마릴라는 어떤 형태로든 목사님에 대해 이러쿵저러쿵 이야기하는 것은 좋지 않다며 이 토론에 끼어들지 않았다.

앤은 최종적인 평가를 말하기 시작했다.

"스미스 목사님은 아마 안 될 거예요, 매슈. 린드 아주머니는 그 목사님의 설교가 매우 서툴다고 했지만, 내 생각으로 그분의 가장 큰 결점은 벤틀리 목사님과 마찬가지로 상상력이 없다는 거예요.

그와 반대로 테리 목사님은 상상력이 지나치게 많아요. 내가 '도깨비숲' 때문에 실수했듯이 너무 마구 뻗어가는 경향이 있어요. 게다가 그분의 신학은 정통적이지 못하다고 린드 아주머니가 말했어요.

그리고 그레셤 목사님은 좋은 분이고 신앙심도 두터운 것 같지만 우스운 이야기를 너무 많이 해서 교회가 온통 웃음바다가 되니 위엄이 없어요. 목사님이란 얼마쯤 위엄이 있어야 하지 않을까요, 매슈?

제 생각에는 마셜 목사님이 단연 매력이 있었어요. 그런데 린드 아주머니 말로 그분은 아직 독신이래요. 아직 약혼도 하지 않았대요. 아주머니는 특히 그 점을 자세히 알아보신 것 같아요. 애번리에 결혼 안 한 젊은 목사님을 받을 수는 없다고 했어요. 그러다 신자 가운데 누군가와 결혼이라도 하게 되면 일이 복잡해진다고요. 린드 아주머니는 참 먼 앞일까지 내다보는 분이에요, 그렇죠?

앨런 목사님을 부른 것은 참으로 잘한 일이라고 생각해요. 설교가 재미있고 기도도 습관적으로 하는 게 아니라 진심이 담겨 있어 마음에 쏙 들어요. 린드 아주머니는 그분도 만족할 수는 없지만 고작 연봉 750달러로 완벽한 목사님을 기대하는 건 무리라고 했어요. 어쨌든 그분의 신학은 건전하대요. 아주머니는 교리에 대해 철저히 물었거든요.

아주머니는 목사님 부인의 집안을 잘 알고 있는데, 훌륭한 사람들로 여자들이 집안일을 야무지게 잘 꾸려나간다고 했어요. 린드 아주머니는 건전한 신앙을 지닌 남편과 현명하고 살림 잘하는 아내가 이상적인 목사 가정이라고 말했죠."

새로 부임한 목사와 그 아내는 젊고 인상 좋은 사람들로 결혼한 지 얼마 안 되었다. 그들은 자신이 택한 일에 뜨거운 열정을 쏟고 있었다. 애번리 사람들은 처음부터 마음을 활짝 열어 두 사람을 맞이했다. 노인이든 젊은이든 너나없이 솔직하고 쾌활한 젊은 목사에게 호의를 나타냈고, 밝고 조용하며 자그마한 부인을 친절히 대했다.

앤은 곧 앨런 부인을 진심으로 좋아하게 되었다. 그녀가 자기와 닮은꼴 영혼이라는 것을 한눈에 알 수 있었기 때문이다.

주일학교에서 돌아오자 앤은 신나서 말했다.

"앨런 부인은 정말 멋져요. 주일학교에서 우리 반을 가르쳤는데 훌륭한 선생님이에요. 부인은 선생님만 일방적으로 질문하는 것은 공평하지 못하다고 했어요. 나도 오래전부터 생각하고 있던 일이라 반가웠어요. 무엇이든 묻고 싶은 게 있으면 참지 말라고 하셔서, 궁금한 게 많은 나는 냉큼 질문을 했어요. 제가 질문을 참 잘하거든요."

마릴라는 힘주어 말했다.

"어련하겠니."

"나 말고 질문한 애는 루비 길리스뿐이었어요. 그 애는 글쎄, 올여름 주일학교에서 소풍을 가느냐고 묻지 않겠어요. 그때 배우고 있던 것과는 아무 관계도 없는 엉뚱한 질문이었어요. 우리는 사자굴 안으로 들어간 다니엘[1]에 대해 배우고 있었거든요. 하지만 앨런 부인은 방긋 웃으며 아마 갈 거라고 대답했어요. 앨런 부인의 웃는 얼굴은 무척 아름다워요. 두 볼에 보조개가 폭 파여요. 나도 보조개가 있었으면 좋겠어요.

여기 처음 왔을 때만큼 마르진 않았지만 보조개가 생기려면 아직 멀었어요. 만일 보조개가 생기면 저도 다른 사람에게 틀림없이 선한 영향력을 줄 수 있을 것 같아요. 앨런 부인이 그러는데, 우리는 다른 사람에게 선한 영향력을 줄 수 있도록 애써야 한대요.

그 밖에도 좋은 말씀을 많이 해주셨어요. 이제까지 종교가 이토록 즐거운 것인 줄 정말 몰랐어요. 어쩐지 늘 따분한 느낌이 들었거든요. 하지만 앨런 부인은 달라요. 그분처럼만 될 수 있다면 나도 독실한 크리스천이 되고 싶은 심정이에요. 결코 벨 씨 같은 크리스천은 되고 싶지 않지만요."

마릴라는 엄하게 말했다.

"벨 씨에 대해 그런 식으로 말하면 못써. 그분은 훌륭한 분이야."

앤은 고개를 끄덕이며 동의했다.

"어머나, 물론 벨 씨는 훌륭한 분이에요. 그러나 그분은 선량한 사람이지만 즐거워 보이지는 않아요. 만일 내가 선량한 사람이 되면 나는 너무나 기뻐서

---

[1] 《구약성서》〈다니엘서〉 6장 참고.

하루 종일 춤추고 노래할 거 같아요. 앨런 부인은 어른이니까 그렇게 하지는 않겠죠. 그리고 목사님 부인이 그런 행동을 하면 위엄이 없어지니까요. 앨런 부인은 자신이 크리스천임을 아주 자랑스럽게 생각하고 있어요. 굳이 하느님을 믿지 않아도 천국에 갈 수 있다 해도 그분은 기꺼이 크리스천이 되고 싶어할 것 같아요."

마릴라는 곰곰이 생각에 잠기며 말했다.

"가까운 시일 안에 앨런 목사님 내외분을 초대해야겠다. 아직 초대하지 않은 집은 우리뿐인 것 같더라. 어디 보자. 다음 주 수요일쯤 모시면 좋겠군.

하지만 매슈 오라버니에게는 아무 말 하지 마라. 두 분이 오는 것을 알면 무슨 구실이든 만들어 다른 데 가려 할 테니까. 벤틀리 목사님과는 오래된 사이여서 괜찮았지만 새 목사님과 사귀기는 그리 쉽지 않을 테고, 더구나 목사님 부인 앞에서는 또 벌벌 떨 테니 말이야."

"죽은 사람처럼 입을 꾹 다물고 비밀을 반드시 지키겠어요. 그런데 마릴라, 그날 케이크는 제가 만들도록 해주세요. 앨런 부인을 위해 뭔가 해드리고 싶어요. 요즘은 저도 케이크를 곧잘 만들잖아요?"

"그래, 층층케이크를 구워보렴."

마릴라가 허락했다.

월요일에서 화요일까지 그린게이블즈에서는 손님을 맞이하려는 준비로 정신이 없었다. 목사 부부를 초대한다는 것은 그만큼 의미 있는 대단한 행사였다. 마릴라는 애번리의 어느 주부보다도 잘 대접해야겠다고 마음먹었다. 앤은 기쁘기도 하고 떨리기도 해서 정신이 없었다. 화요일 저녁 늦게까지 그 일로 다이애나와 이야기를 주고받았다. 두 소녀는 '드리아스의 샘'가의 커다란 붉은 바위에 걸터앉아 전나무 수액을 바른 작은 나뭇가지로 물 위에 무지개무늬를 만들고 있었다.

"이젠 모든 준비가 다 되었어, 다이애나. 다만 케이크만은 그날 아침에 내가 만들기로 했어. 베이킹파우더를 넣어 만드는 비스킷은 마릴라가 식사 바로 전에 굽겠다고 했지. 마릴라와 나는 지난 이틀 동안 눈코 뜰 새 없이 너무 바빴어.

목사님 가족을 초대한다는 건 굉장한 일인가 봐. 이런 경험은 태어나서 처음이야. 만들어 놓은 음식을 네게 보여주고 싶을 정도라니까. 눈이 휘둥그레질 거야. 한천으로 굳힌 병아리고기, 차게 식힌 소혓바닥, 그리고 젤리도 빨강과 노랑 두 종류나 있어. 휘핑크림을 얹은 레몬파이와 버찌파이, 그리고 세 종류의 쿠키와 과일케이크도 있어. 마릴라가 목사님이 오셨을 때만 내놓는 특제 노란 자두 설탕절임도 있고 그 밖에 파운드케이크랑 아까 말한 층층케이크와 비스킷이 있단다. 빵도 새로 구운 것과 그전에 만든 것 두 가지를 모두 준비했어. 혹시라도 목사님이 소화불량에 걸려서 새로 구운 빵을 못 드실 경우를 대비해서. 린드 아주머니가 말했는데 목사님은 대개 소화불량에 잘 걸리신대. 하지만 앨런 씨는 아직 목사님이 된 지 얼마 안 되었으니 그렇지 않을 거야.

나는 내가 만들어야 할 층층케이크를 생각하면 몸이 오싹해져. 아, 다이애나, 잘못 만들면 어떡하지! 어젯밤에 나는 머리가 커다란 층층케이크 모양을 한 무서운 도깨비에게 쫓기는 꿈을 꾸었어."

"걱정 마. 잘될 거야."

다이애나는 언제나 상냥하게 위로해줄 줄 아는 좋은 친구였다.

"2주일 전 '아이들와일드'에서 점심때 네가 만든 케이크를 먹었잖아. 아주 맛있었어. 정말이야."

"응, 하지만 케이크란 꼭 특별히 맛있게 만들어야겠다고 생각하면 잘 안 되고 망쳐버리는 수가 있거든."

앤은 나뭇진이 특별히 많이 붙은 나뭇가지를 물에 띄우며 한숨을 쉬었다.

"하지만 이젠 하늘에 맡기고 특히 반죽할 때 밀가루를 빠뜨리는 일은 없도록 조심하는 수밖에 없어. 어머나, 다이애나, 물 위를 봐. 정말 예쁜 무지개야. 우리가 돌아간 뒤 숲의 요정 드리아스가 살며시 나타나 저 무지개를 스카프로 삼을지도 모르겠어."

"드리아스는 없을 거야."

다이애나의 어머니 또한 '도깨비숲' 이야기를 듣고 몹시 꾸중했다. 그래서 다이애나는 앤처럼 끝없는 상상의 날개를 펼치는 것을 그만두기로 했다. 그리 해를 끼치지 않을 숲의 요정일지라도 차라리 그 존재를 믿지 않는 편이 현명하다고 생각했다.

안타까워하며 앤은 말했다.

"하지만 드리아스가 있다고 상상하는 것은 괜찮아. 밤마다 자기 전에 나는 창밖을 내다봐. 요정이 바위에 앉아 샘물을 거울 삼아 머리를 빗고 있지 않나 하고 말이야. 아침이슬 속에 발자국이 남아 있는지 찾아볼 때도 있어. 아, 다이애나, 드리아스의 존재에 대한 믿음을 버리지 말아줘!"

드디어 수요일 아침이 되었다. 앤은 너무나 흥분하여 이리 뒤척 저리 뒤척 잠을 이루지 못하고 날이 새자마자 일어나고 말았다. 어제저녁 샘가에서 물장난한 탓으로 앤은 감기에 걸려 코가 꽉 막혀 있었다. 그러나 그날 아침은 폐렴에라도 걸렸으면 모를까 요리에 대한 앤의 열의를 식게 할 수는 없었다. 아침식사가 끝나자 앤은 곧바로 케이크를 만들기 시작했다. 마침내 오븐 문을 닫고 난 다음 앤은 비로소 한숨을 돌렸다.

"이번에는 빠뜨린 게 하나도 없는 것 같아요, 마릴라. 하지만 잘 부풀지 모르겠어요. 베이킹파우더가 잘 듣지 않으면 어떡하죠? 새 통에 들어있던 것을 꺼내 쓰긴 했지만요.

린드 아주머니가 말했는데, 요즘은 불순물이 섞인 것이 많아 좋은 베이킹파우더인지 어떤지 믿을 수가 없대요. 정부가 이 문제에 손대야 한다고 했어요. 하지만 보수당 정부가 그런 일을 다룰 리 없대요. 마릴라, 케이크가 부풀지 않으면 어떻게 해요?"

이 근심에 대해 마릴라는 냉담하기 이를 데 없었다.

"그것 아니더라도 다른 음식이 먹고도 남을 만큼 충분한데 무슨 걱정이니."

그러나 케이크는 잘 부풀었다. 금빛 거품처럼 폭신하고 부드러운 모습으로 오븐에서 나왔다. 앤은 너무 기뻐서 두 뺨이 발갛게 물든 채 가로로 자른 케이크 사이에 루비처럼 새빨간 젤리를 몇 층이나 듬뿍 끼워넣었다. 그리고 상상 속에서 앨런 부인이 그것을 먹고, 한 조각만 더 달라고 부탁하는 장면을 마음에 그려 보았다.

들뜬 앤이 물었다.

"가장 좋은 찻잔을 쓸 거죠? 고사리 잎과 들장미를 꺾어 식탁을 꾸며도 될까요?"

깔끔한 것을 좋아하는 마릴라는 윽박질렀다.

"그런 건 다 실없는 짓이야. 중요한 것은 음식이지 겉치레 같은 장식 따윈 아무 상관 없어."

"배리 아주머니 댁에서는 꽃으로 식탁을 꾸몄어요."

앤에게 에덴동산에서 이브를 꾀던 뱀의 못된 꾀가 숨어 있지 않다고 말할 수는 없었다.

"그걸 보시고 목사님이 예쁘다고 칭찬했대요. 입과 눈이 모두 즐거워지는 향연이었다고요."

"그럼 어디 마음껏 한번 꾸며보든가."

마릴라는 허락했다. 배리 부인뿐만 아니라 그 누구에게든 져서는 안 된다는 생각에서였다.

"단 그릇을 놓을 자리는 충분히 남겨둬야 한다."

다행히 앤은 배리 부인을 훨씬 능가하는 솜씨로 꾸몄다. 장미와 고사리 잎으로 독특한 예술적 감성을 한껏 발휘하여 식탁을 꾸몄으므로 목사 부부는 자리에 앉자마자 입을 모아 그 아름다움을 칭찬했다.

마릴라는 사실대로 말했다.

"모두 앤의 솜씨랍니다."

앨런 부인이 앤에게 참 잘했다는 듯이 미소를 보냈으므로 앤은 너무 행복하여 하늘에라도 날아오를 듯한 기분이었다.

매슈도 얼떨결에 참석하게 되었다. 어떤 연유로 그 자리에 함께 앉게 되었는지는 하느님과 앤밖에 알지 못했다. 초대 이야기를 듣고 매슈가 하도 수줍어하면서 안절부절못해서 결국 마릴라는 자기 힘으로는 도저히 어쩔 수 없다고 체념하고 있었다. 그런데 앤이 매슈를 잘 달래어 참석시킨 덕에, 그는 가장 좋은 옷에 하얀 칼라를 달고 식탁 앞에 앉아 제법 즐거운 듯 목사와 이야기를 하고 있었다. 앨런 부인에게는 한 마디도 말을 건네지 않았다. 오히려 그것은 바라는 쪽이 잘못일지도 모른다.

'모든 일은 결혼식 종처럼'[2] 축복하듯 순조롭게 진행되어 드디어 앤의 층층 케이크가 나올 차례가 되었다. 앨런 부인은 그때까지 한 번에 전부 맛볼 수 없

---

[2] 바이런의 시 《차일드 해럴드의 편력》에서 따옴.

을 만큼 여러 음식을 대접받았다며 정중히 사양했다.

그러나 마릴라는 앤의 낙심하는 표정을 보고 상냥하게 말했다.

"저, 앨런 부인, 부디 한 조각만 드실 수 없을까요. 앤이 부인을 위해 특별히 만든 것이랍니다."

"그렇다면 꼭 맛보아야겠군요."

앨런 부인은 미소 지으며 세모꼴로 자른 커다란 조각을 집어들었다. 목사도 마릴라도 이에 따랐다. 앨런 부인이 한 입 베어먹었는데, 무어라 말할 수 없는 기묘한 표정이 얼핏 스쳐 지나갔다. 그러나 부인은 아무 말 없이 열심히 먹었다. 마릴라는 그 표정을 재빠르게 알아차리고 자기도 그 케이크를 얼른 먹어보았다.

얼굴이 화끈 달아오른 마릴라는 놀라 외쳤다.

"앤 셜리! 대체 케이크 속에 무엇을 넣은 거니?"

앤은 몹시 근심스러운 얼굴로 말했다.

"요리책에 씌어 있는 대로 했어요, 마릴라. 왜 그러세요?"

"왜 그러다니! 이게 무슨 일이람. 부인, 그만 잡수세요. 앤, 직접 먹어봐라. 무슨 향료를 넣었지?"

"바닐라예요."

그리고 한 입 먹어본 앤의 얼굴은 부끄러워 새빨갛게 달아올랐다.

"바닐라를 넣었을 뿐이에요. 아, 마릴라, 아마 베이킹파우더 때문인가 봐요. 어쩐지 이상하다고 생각했어요. 그 베이……."

"베이킹파우더가 어떻다는 거냐! 향료 때문이야. 네가 넣은 바닐라 병을 가져오너라."

앤은 부엌으로 뛰어가 갈색 액체가 담긴, '최고급 바닐라'라는 노란 상표가 붙은 작은 병을 가져왔다.

마릴라는 그것을 받아들고 마개를 열어 냄새를 맡았다.

"맙소사. 앤, 너는 바르는 진통제를 케이크의 향료로 썼구나. 지난주에 진통제 약병을 깨뜨려 나머지 약을 오래된 빈 바닐라 병에 담아두었단다. 내게도 책임이 있어. 너에게 미리 말했어야 하는 건데…… 그런데 어째서 냄새를 맡아 보지 않았니?"

앤은 거듭되는 수치스러움에 하염없이 울었다.

"그럴 수가 없었어요. 감기에 걸려 코가 막혔거든요."

이 말을 마치자 앤은 자기 방으로 달려가 침대에 몸을 던지고 아무도 쉽게 다가가 위로를 건넬 수 없을 만큼 서럽게 울었다.

얼마 뒤 가벼운 발소리가 층계에서 나더니 누군가가 방 안으로 스윽 들어왔다.

"아, 마릴라."

앤은 얼굴도 들지 않고 베개에 묻은 채로 흐느꼈다.

"나는 영원히 구원받을 수 없어요. 이번 실수는 언제까지나 지워지지 않을 거예요. 모두에게 알려질 테죠. 애번리에서는 무슨 일이건 비밀이 없으니까요. 내가 만든 케이크에 대해 다이애나가 물어보면 거짓말을 할 수는 없거든요.

앞으로는 진통제를 케이크 향료로 쓴 아이라며 손가락질 받겠지요. 그리고 길……학교의 짓궂은 남자아이들도 놀려댈 거예요. 아, 마릴라, 크리스천다운 동정심이 조금이라도 있다면 내게 내려가 설거지하라는 말은 말아줘요. 목사님과 부인이 돌아가신 다음에 할게요.

다시는 앨런 부인을 뵐 낯이 없어요. 부인을 독살하려 했다고 생각할지도 모르잖아요. 린드 아주머니는 은혜를 베푼 사람을 독살하려던 못된 고아를 알고 있다고 말했어요. 하지만 진통제에는 독이 들어 있지는 않죠? 물론 케이크에다 넣어서 먹는 건 아니지만, 몸 안에 흡수되도록 하는 것 아닌가요? 제발 앨런 부인에게 그렇게 전해 주겠어요?"

"네가 얼른 일어나서 직접 말하면 어떻겠니."

다정한 목소리가 들려왔다.

앤이 벌떡 일어나니 앨런 부인이 침대 곁에 서서 미소를 머금고 앤을 내려다보았다.

부인은 앤의 핼쑥한 얼굴을 근심스럽게 바라보며 말했다.

"자, 착하지. 이젠 그만 울렴. 누구나 저지를 수 있는 재미있는 실수인데 뭘 그러니."

앤은 풀이 죽어서 말했다.

"아니에요. 이런 실수를 저지르는 사람은 저밖에 없을 거예요. 저는 그 케이크를 정말 맛있게 만들어서 대접하고 싶었어요, 앨런 부인."

"잘 알고 있어. 그 케이크가 맛이 있든 없든 온갖 정성을 다한 너의 친절한 마음에 나는 무척 고마워하고 있단다. 이제 그만 울고 함께 아래층에 내려가자. 네 꽃밭을 구경시켜줬으면 하는데. 미스 커스버트 말씀으로는, 네가 가꾸는 꽃밭이 따로 있다면서. 내가 꽃을 워낙 좋아해서 꼭 보고 싶어."

앤은 부인이 말하는 대로 아래층으로 내려가 다시 명랑한 기분으로 돌아갔다. 그리고 앨런 부인이 자기와 닮은꼴 영혼인 것을 하느님께 다시 한번 감사드렸다. 진통제가 든 케이크는 누구도 입에 올리지 않았다. 손님이 돌아간 뒤 앤은 그런 엄청난 짓을 저질렀는데도 뜻밖에 즐거운 날이었다고 생각했다.

앤은 가슴을 쓸어내리며 말했다.

"마릴라, 내일이라는 날은 아직 아무 실수도 저질러지지 않은 새로운 날이라니 참 다행이지 않아요?"

하지만 마릴라는 깊은 한숨을 내쉬었다.

"내일도 틀림없이 또 실수를 저지를 게다. 너 같은 실수의 천재는 본 적이 없어, 앤."

앤은 슬픈 듯이 고개를 끄덕였다.

"네, 나도 잘 알고 있어요. 하지만 이 점 하나만은 알아주세요. 나는 같은 실수를 두 번 되풀이하지 않는다는 것을 말예요."

"날마다 새로운 실수를 저지르니 결국 마찬가지 아니냐."

"어머나, 마릴라, 모르세요? 한 사람이 저지르는 실수에는 한계가 있다는 걸 말예요. 그러니 끝까지 가면 언젠가 내 실수도 바닥이 날 거예요. 그렇게 생각하니 마음이 조금은 놓여요."

마릴라가 말했다.

"어쨌든 그 케이크는 돼지에게 주고 오너라. 사람이야 어디 먹을 수 있겠니? 제리 부트도 못 먹을 거야."

초대받은 앤

"아니, 또 무슨 일이 있었니? 눈이 왜 그렇게 휘둥그레져 들어오니."

앤은 우체국에 다녀온 참이었다.[1]

"어디서 닮은꼴 영혼을 또 하나 만나기라도 한 거냐?"

흥분과 설렘이 앤의 온몸을 휘감고 있었고 눈 속에서 반짝반짝 빛났으며 이목구비 하나하나에서 흘러넘치고 있었다. 앤은 바람결에 날려온 요정처럼 8월 저물녘의 부드러운 햇살과 나른한 그림자 속을 춤추며 오솔길을 달려왔다.

"그건 아니에요, 마릴라. 궁금하세요? 저 내일 오후 목사관에 초대받았어요. 앨런 부인이 저에게 보내는 편지를 우체국에 두고 갔어요. 이것 보세요. '그린게이블즈의 미스 앤 셜리에게'라고 씌어 있어요. 미스라고 불리는 것은 처음이에요. 아, 가슴이 두근거려요. 이 편지를 보물처럼 영원히 간직하겠어요."

하지만 마릴라는 이 굉장한 소식을 냉정하게 받아들였다.

"앨런 부인은 주일학교 학생들을 차례로 초대한다고 했어. 그러니 너무 흥분

---

[1] 그즈음에는 집집마다 우편물을 배달하는 제도가 없어, 각자 우체국에 가서 자기한테 온 우편물이 있는지 확인하고 받아갔음.

할 것 없다. 너는 무슨 일이건 좀 침착하게 받아들일 줄 알아야 해."

그것은 앤의 본성을 바꾸라는 말이나 다름없었다. 앤처럼 '넋과 불과 이슬'[2]로 이루어진 사람에게는 이 세상의 기쁨이며 고통이 남보다 세 배나 더 격렬하게 느껴지는 것이다. 마릴라도 이 점을 깨닫고 막연한 불안을 느끼고 있었다. 그처럼 격정적인 사람은 인생의 고통을 더 가혹하게 느끼리라 여겨 걱정스러웠던 것이다. 다만 삶에서 기쁨을 길어올릴 그릇 또한 그만큼 커서 그것을 상쇄하고도 남는다는 사실은 간과하고 있었다. 마릴라는 앤을 얌전하고 변덕스럽지 않은 인품으로 바꾸도록 교육하는 게 자기 의무라고 생각했다. 그것은 얕은 여울에서 춤추는 햇빛에게 반짝이는 것을 그만두라는 것과 다를 바 없이 앤에게는 불가능한 일이었다. 마릴라는 스스로도 그리 효과가 없음을 인정하지 않을 수 없었다.

소중하게 꿈꿔온 희망이나 계획이 좌절되면 앤은 곧바로 '깊은 고뇌의 심연'에 빠져들어갔다. 그와 반대로 그 일이 이루어지면 아찔할 만큼의 환희의 절정으로 뛰어올랐다. 이토록 몸도 마음도 잠시도 가만히 있지 못하는 아이를 예절 바르며 나무랄 데 없는 얌전한 소녀로 만드는 일에 마릴라는 서서히 절망을 느끼기 시작했다. 그러면서도 때로는 지금 그대로의 앤이 훨씬 마음에 들었다. 그러한 생각을 스스로는 결코 인정하려 하지 않았지만 말이다.

그날 밤 앤은 바람의 방향이 북동풍으로 바뀌어 내일은 비가 올 것 같다는 매슈의 말을 듣고 슬퍼서 조용히 잠자리에 들었다. 바람에 스치는 집 주변의 포플러 이파리 소리에 앤의 가슴은 죄어들었다. 뚝뚝 떨어지는 빗방울 소리처럼 들렸기 때문이다. 그리고 아득히 세인트로렌스만에서 들려오는 아스라한

---

[2] 속표지의 로버트 브라우닝의 시 참조.

파도 소리도 여느 때였다면 장엄하게 울리는 낯선 리듬에 이끌려 즐겁게 귀 기울였겠지만, 그날 밤만큼은 맑은 날씨를 간절히 바라는 이 소녀에게는 폭풍우와 재앙의 징조로 여겨질 따름이었다. 앤은 아침이 결코 다시는 오지 않을 것만 같았다.

그러나 모든 일에는 끝이 있는 법. 끝나지 않을 것 같은 밤이 지나고 목사관에 초대받은 날 아침이 밝았다. 매슈의 예측이 빗나가 날씨가 매우 좋았으므로 앤은 가뿐히 하늘이라도 오를 것 같은 기분이었다.

아침 설거지를 하며 앤은 외쳤다.

"아, 마릴라, 오늘은 누구를 만나건 모두 좋아할 수 있을 것 같아요. 제 기분이 얼마나 좋은지 모르시겠죠? 늘 이러면 좋겠어요! 날마다 초대받는다면 아마 틀림없이 모범생이 될 거예요.

하지만 마릴라, 누구네 집에 초대받는다는 건 중대한 일이에요. 한편으로는 걱정스러워요. 예의를 제대로 지키지 못하면 어떡하죠? 게다가 목사관에 초대받은 건 처음이라 자신이 없어요.

얼마 전 《패밀리헤럴드》[3] '에티켓'란에 실린 예의범절에 대한 기사를 열심히 읽어두긴 했지만, 터무니없는 실수를 저지르거나 해야 할 일을 잊을까 봐 걱정이에요. 정말정말 더 먹고 싶을 때 더 달라고 해도 예의에 어긋날까요?"

"명심해야 할 것은 자기 생각만 해서는 안 된다는 점이야, 앤. 너는 앨런 부인의 마음을 헤아려 어떻게 하면 가장 기뻐할지에 대해 생각하도록 해라."

이번만큼은 마릴라가 간결하고 적절한 충고를 했다고 할 수 있었다.

"정말 그렇군요, 마릴라. 나 자신에 대한 생각은 잠시 접어두겠어요."

---

3) 정식 제목은 《더 패밀리 헤럴드 앤드 위클리 스타》라는 농가용 주간지.

앤은 방문을 마치고 해 질 녘 황금빛과 장밋빛으로 물든 구름을 꿈꾸듯 올려다보며 돌아왔다. 예의에 심하게 어긋나는 큰 실수는 저지르지 않고 돌아온 모양이었다. 그러고는 부엌문 옆 커다란 붉은 사암에 걸터앉아 깅엄 옷을 입은 마릴라의 무릎에 피곤한 곱슬머리를 기대고 목사관에서의 즐거웠던 일을 모조리 이야기했다.

서늘한 바람이 서쪽 끄트머리 전나무 언덕에서 불어와 수확을 앞둔 밭 위를 스치고 포플러 우듬지를 술렁이게 했다. 과수원 위에는 별이 하나 반짝였고 '연인의 오솔길'에서는 고사리와 살랑거리는 나뭇가지 사이를 반딧불이 누비고 다녔다. 그것을 바라보는 앤으로서는, 어쩐지 바람도 별도 반딧불도 모두 하나가 되어 무어라 말할 수 없이 감미롭고 몽환적인 분위기를 만들어내는 느낌이 들었다.

"아, 마릴라, 아주 매혹적인 한때였어요. 이제까지 살아온 보람이 있었다고 해도 좋을 만큼 멋진 날이었어요. 앞으로 목사관에 다시는 초대받지 못한다 해도 이 기분은 언제까지나 마음에 남을 거예요.

그곳에 도착하니 앨런 부인이 문가까지 나와 맞아주었어요. 아름다운 엷은 핑크빛 오건디 옷을 입고 있었어요. 프릴이 많이 달린 반소매 옷이었죠. 그야말로 천사 같았어요. 나도 어른이 되어 목사 부인이 되었으면 하는 마음마저 들었어요, 마릴라.

목사라면 내 빨강머리를 그리 문제 삼지 않겠죠. 그런 세속적인 일에는 신경 쓰지 않을 테니까요. 하지만 목사 부인이 될 사람은 천성이 착해야 할 거예요. 나는 결코 그렇지 못하니, 생각해 봐야 헛일이죠. 선천적으로 착한 사람도 있고 착하지 못한 사람도 있는데 나는 착하지 못한 사람에 속해요.

린드 아주머니는 나에게 원죄(原罪)가 있다고 말했어요. 아무리 내가 착해지려고 무던히 애를 써도 선천적으로 착한 사람만큼 되지는 못할 거예요. 아마 기하 공부와 비슷하겠죠. 하지만 애를 쓴다는 사실만으로도 조금은 의미가 있지 않을까요?

앨런 부인은 선천적으로 착한 사람이에요. 나는 그분을 열렬히 사랑해요. 매슈나 앨런 부인처럼 첫눈에 좋아지는 사람도 있고 린드 아주머니처럼 노력해야 하는 사람도 있어요. 린드 아주머니는 아는 것이 많고 교회에서 많은 활동도 하니까 마땅히 좋아해야 할 텐데, 늘 나 자신에게 타이르지 않으면 깜박 잊어버려요.

목사관에는 화이트샌즈의 주일학교 여자아이도 와 있었어요. 로레타 브래들리라는 예쁜 아이였어요. 닮은꼴 영혼인 것 같지는 않았지만 좋은 아이였어요.

다 함께 우아하게 차를 마셨어요. 나는 '에티켓'란에 씌어 있는 규칙대로 제법 잘했다고 생각해요. 차를 마신 다음 앨런 부인이 오르간을 치며 노래를 불렀어요.

로레타와 내게도 노래를 불러보라고 하셨죠. 앨런 부인은 내 노래를 듣더니 목소리가 좋다면서 앞으로 주일학교 성가대에 들어가라고 했어요. 아, 생각만 해도 가슴이 두근거려요. 다이애나처럼 성가대에서 노래 부르고 싶었거든요. 하지만 내게는 그럴 자격이 없다고 여겨 체념하고 있었어요.

로레타는 먼저 돌아갔어요. 오늘 밤 화이트샌즈 호텔에서 큰 연주회가 열리는데 언니가 암송을 한대요. 호텔에 묵고 있는 미국사람들이 샬럿타운 병원을 돕기 위해 격주로 연주회를 연대요. 그래서 화이트샌즈 사람들도 많이 출연시키는 거라고 했어요. 로레타도 언젠가는 출연하게 될 거래요. 나도 모르게 존경 어린 눈길로 그 아이의 얼굴을 바라보았죠. 로레타가 돌아간 뒤 앨런 부인과 나는 마음을 열고 많은 이야기를 주고받았어요.

지나온 모든 것을 털어놓았어요. 토머스 아주머니의 쌍둥이 이야기, 케이티 모리스며 비올레타의 이야기도 말예요. 그리고 그린게이블즈에 오게 된 일이며 기하 때문에 애먹었던 일도요. 그랬더니 뭐라고 말했는지 알아요, 마릴라? 앨런 부인도 기하는 질색이었다는 거예요. 내가 얼마나 용기를 얻었는지 알겠죠?

돌아오려는데 린드 아주머니가 목사관에 왔어요. 그리고 무슨 말을 했는지 알아요? 이사회에서 애번리 학교에 새로운 선생님을 모셔오기로 했대요. 미스 뮤리얼 스테이시라는 이름의 여선생님이래요. 정말 낭만적인 이름 아니에요?

린드 아주머니는 지금까지 애번리에 여선생님을 모셔온 적이 없다면서, 매우 위험한 개혁이라고 했어요. 하지만 여선생님이 오시다니, 멋지다고 생각해요. 개학날까지 앞으로 2주일이나 어떻게 기다리죠? 선생님을 빨리 보고 싶어요."

명예가 걸린 사건

그러나 앤은 2주일이 지난 뒤에도 선생님을 만날 수 없었다.

바르는 진통제를 넣은 케이크 사건이 일어난 지 거의 한 달이나 지났으므로 앤이 슬슬 다른 사고를 친다 해도 이상할 것은 조금도 없었다. 물론 그동안에 돼지 먹이통에 부어야 할 탈지유를 그만 털실을 담아두는 바구니에 쏟아부었다든지, 갖가지 공상에 젖어 통나무다리 위를 걸어가다가 다리에서 떨어져 시냇물 속으로 빠져버렸다든지 하는 자잘한 사고는 굳이 꼽을 일도 못 되었다.

앤이 목사관에 초대받아 다녀온 지 일주일째 되었을 때 다이애나 배리가 파티를 열었다.

앤이 마릴라에게 유쾌하게 말하며 안심시켰다.

"딱 몇 명만 부른 특별한 파티예요. 같은 반 여자아이들만 초대받았거든요."

모두들 신나게 놀며 차를 마실 때까지는 아무 문제 없었다. 그러다 차를 다 마신 뒤 뜰로 나갔을 때쯤엔 이미 이런저런 놀이에 싫증나 뭔가 나쁜 장난이라도 떠오르면 당장 시작할 기세였다. 그리하여 누군가가 생각해 낸 것이 '도전놀이'였다.

'도전놀이'는 그 무렵 애번리 마을 아이들 사이에 유행하고 있었다. 처음에는 남자아이들이 시작했는데, 곧 여자아이들에게도 퍼졌다. '할 수 있다면 해봐'라고 도전받은 사람은 그대로 해야만 했다. 그러다 보니 그해 여름 동안 애번리에서 아이들이 저지른 어리석은 짓들은 엮으면 책 한 권이 될 정도였다.

맨 처음에 캐리 슬론이 루비 길리스에게 집 앞 오래된 버드나무의 높은 나뭇가지까지 올라가보라고 했다. 루비 길리스는 그 나무에 있는 통통하게 살찐 초록색 애벌레가 소름 끼칠 만큼 싫었고, 새로 지은 모슬린 옷이 행여라도 찢어졌을 때의 어머니 얼굴이 눈앞에 아른거렸지만, 날쌔게 그 나무에 기어올라가 캐리 슬론을 꺾었다.

다음으로는 조지 파이가 제인 앤드루스에게 왼발 하나로만 서서 한 번도 쉬지 않고 온 뜰을 한 바퀴 돌아오라 했다. 물론 오른발을 땅에 대어서도 안 된다고 단단히 일러주었다. 제인 앤드루스는 시키는 대로 기운차게 돌기 시작했다. 그러나 세 번째 모퉁이를 돌 때 힘이 쭉 빠져 꼼짝 못 하게 되어, 스스로 패배를 선언하지 않을 수 없었다.

조지 파이의 의기양양한 태도가 좀 눈에 거슬린 앤 셜리는, 뜰 동쪽의 판자 울타리 위를 걸을 수 있으면 걸어보라고 했다. 판자 울타리 위를 걷는 것은 경험 없는 사람이 하기에는 생각보다 훨씬 더 기술이 필요했으며 머리와 발뒤꿈치의 균형을 잘 잡아야 하는 일이었다. 그러나 조지 파이는 인기 있는 사람이 될 자질은 없어도 울타리 위를 잘 걸을 수 있는 재능을 갖고 태어났을 뿐 아니라 상당한 연습도 되어 있었다. 조지 파이는 이런 하찮은 일은 도전받을 가치도 없는 일이라는 듯 배리네 판자 울타리를 아무렇지 않게 가뿐히 걸어가 보였다. 이 뛰어난 재주를 보고 모두들 내키지 않았지만 박수를 보내지 않을 수 없었다. 지금까지 다른 소녀들도 울타리 위를 걸어보려고 무척 애써본 결과 그것이 쉬운 일이 아님을 잘 알고 있었기 때문이다. 조지는 울타리에서 내려오자 승리감에 두 뺨이 빨갛게 물든 채 앤에게 도전적인 눈길을 보냈다.

앤은 땋아늘인 빨강머리를 뒤로 홱 젖히며 말했다.

"그까짓 낮은 울타리 위를 걸어가는 일쯤 아무것도 아니야. 내가 메리스빌에 살 때 알던 어떤 아이는 지붕마루 위를 걸어다닌 일도 있어."

그러자 조지 파이는 대놓고 반박했다.

"거짓말. 지붕마루 위를 걸어다닐 수 있는 사람이 어디 있니? 아무튼 너는 결코 못 할 거야."

앤이 앞일을 생각지 못하고 오기로 외쳤다.

"내가 못 한다고?"

"그럼 어디 한번 해봐."

조지는 거만하게 말했다.

"이 집 부엌 지붕으로 올라가서 당장 지붕마루 위를 걸어보란 말이야."

앤의 얼굴이 하얘졌다. 그러나 그렇게 하는 수밖에 다른 도리가 없었다. 앤은 부엌 지붕 밑에 걸려 있는 사다리 쪽으로 걸어갔다. 다른 소녀들은 어찌할 바 몰라 발을 동동 구르며 그저 "어머, 어떡해!" 하고 외칠 뿐이었다.

너무 놀라 다이애나가 매달렸다.

"앤, 제발 그만둬. 그러다 떨어져서 죽어. 조지 파이 말은 듣지 마. 그런 위험한 일을 도전하게 하다니 비겁해."

하지만 앤은 엄숙하게 말했다.

"하는 수밖에 없어 다이애나. 내 명예가 걸려 있으니까. 나는 저 지붕마루 위를 걷든지 아니면 떨어져 죽든지 둘 중 하나밖에 방법이 없어. 만일 내가 죽으면 내 진주알 반지를 네가 가져도 좋아."

앤은 모두들 숨 죽이고 지켜보는 가운데 사다리를 딛고 훌쩍 지붕마루로 올라가 아슬아슬하게 균형을 잡으며 걷기 시작했다. 그러나 자신이 터무니없이 높은 곳에 서 있으며 아무리 풍부한 상상력도 지붕 위를 걷는 일에는 결코 도움이 되지 않는다는 것을 뒤늦게 깨닫고 눈앞이 캄캄해졌다. 그래도 용기 내어 대여섯 발자국쯤 앞으로 나아갔는데, 비극의 그림자가 덮쳐왔다. 앤의 몸이 휘청하더니 균형을 잃고 여름햇볕에 달궈진 뜨거운 지붕에서 굴러 아래에 있는 담쟁이덩굴 속으로 쿵 떨어진 것이다. 심장이 바짝바짝 조여드는 듯한 긴장감 속에 지켜보던 여자아이들이 일제히 비명을 질렀지만 일은 이미 끝나 버린 뒤였다.

만일 사다리로 올라간 쪽 지붕에서 떨어졌다면 진주알 반지는 앤이 다이애나에게 남긴 유품이 될 뻔했지만 다행히도 앤이 떨어진 반대쪽 지붕은 현관까지 제법 길게 죽 이어져 있어 땅바닥과도 아주 가까운 편이라 큰일은 일어나지 않았다. 다이애나와 다른 여자아이들은 정신없이 집을 빙 돌아 달려갔다. 루비 길리스만은 땅에 뿌리박힌 듯 서서 히스테리 증세를 일으키고 있었다. 달려가 보니 앤은 헝클어진 담쟁이덩굴 속에 새하얗게 질린 채 쓰러져 있었다.

놀란 다이애나는 친구의 몸을 덥석 잡으며 울먹이는 목소리로 말했다.

"앤, 너 죽은 거 아니지? 아, 앤, 제발 뭐라고 한 마디만 해줘. 죽었는지 안 죽었는지 말 좀 해 봐."

여자아이들은 앤이 비틀거리며 겨우 몸을 일으켜 뭐라고 가냘프게 말을 하자 살아 있다는 사실에 후유 안도의 숨을 쉬었다. 그 가운데에서도 가장 안도한 사람은 조지 파이였다. 상상력은 그리 없는 편이지만, 앤 셜리가 비극적으로 단명하게 되면 자기가 그 원인이 된 여자아이라고 낙인찍힐 미래를 떠올리며 잔뜩 겁먹고 있던 참이었기 때문이다.

"괜찮아, 다이애나, 나는 죽지 않았어. 하지만 감각이 없는 것 같아."

캐리 슬론이 흐느끼며 물었다.

"어디가? 대체 어디가 그렇단 말이니, 앤?"

앤이 대답하려고 하는데 배리 부인이 나타났다. 부인을 보고 앤은 어떻게든 일어서려 했지만 너무 아파서 날카로운 외마디 비명을 지르며 다시 주저앉고 말았다.

당황한 배리 부인이 물었다.

"왜 그러니? 어디 다쳤니?"

앤은 숨을 헐떡거리며 말했다.

"발목이요. 아, 다이애나, 아버지한테 부탁해서 나 좀 집까지 데려다달라고 해주겠니? 도저히 걸을 수가 없어. 제인이 한 발로 이 뜰 한 바퀴 돌지 못한 걸 보니, 집까지 한 발로 뛰어서 돌아갈 수는 없을 것 같아."

마릴라가 과수원에서 냄비 한 가득히 여름 사과를 따고 있을 때 배리 씨가 통나무다리를 건너 언덕을 올라오는 게 보였다. 그 옆으로 배리 부인의 모습도 보이고 그 뒤에 여자아이들이 줄줄이 따라오고 있었다. 배리 씨의 팔에는 앤이 그의 어깨에 머리를 기댄 채 안겨 축 늘어져 있었다.

그 순간 마릴라는 중요한 사실을 깨달았다. 가슴을 푹 찌르는 듯한 어떤 두려움에 사로잡히며 그제야 앤이 자기에게 어떤 존재인지 안 것이다. 앤을 좋아한다는…… 아니, 앤에게 큰 애정을 가지고 있다는 건 마릴라도 이미 어느 정도 인정하고 있었다. 그러나 그 순간 정신없이 언덕을 뛰어내려가면서 자신에게 이 세상에서 앤보다 더 소중한 존재는 없음을 가슴 저리도록 느꼈다.

마릴라는 숨을 헐떡이며 물었다.

"배리 씨, 이 아이가 어떻게 된 거죠?"

평소에는 자제심 강하고 분별력 있는 마릴라였으나 이때만은 핏기가 가신 얼굴로 동요하고 있었다.

앤이 고개를 들며 말했다.

"마릴라, 너무 놀라지 마세요. 지붕마루 위를 걸어가다가 떨어졌어요. 아마 발목을 살짝 삔 것 같아요. 그나마 목뼈가 부러지지 않은 게 불행 중 다행이에요."

"너를 파티에 보낼 때 이런 일이 일어날지도 모른다고 생각했어야 하는 건데."

가슴을 쓸어내리는 안도감에 마릴라의 입에서는 저도 모르게 뾰족한 말이 튀어나왔다.

"배리 씨, 이쪽으로 오세요. 그 아이를 소파에 눕혀주세요. 아이고, 이 아이가 기절해 버렸네!"

말 그대로였다. 발목의 아픔을 이기지 못한 앤은 또 하나의 소원을 이루었다. 그때 앤은 죽은 듯이 기절했던 것이다.

밭에서 한창 바쁘게 일하고 있던 매슈가 이 소식을 듣고 한걸음에 달려와 곧바로 의사를 부르러 갔다. 이윽고 온 의사의 진단으로 상처가 뜻밖에도 깊다는 사실을 알게 되었다. 발목뼈가 부러진 것이다.

그날 밤 마릴라가 지붕 밑 동쪽 방으로 들어오자 핼쑥한 얼굴로 침대에 누워 앤이 동정을 구하듯 말했다.

"마릴라, 나를 가엾게 여겨주겠어요?"

속상한 마릴라는 블라인드를 내리고 램프에 불을 켜며 대답했다.

"모두 네 탓인데도?"

"그러니 가엾게 여겨달라는 거예요. 모든 것이 내 탓이라고 생각하니 견딜 수 없어요. 다른 사람 탓으로 돌릴 수 있다면 훨씬 마음이 편할 텐데요. 만일 지붕마루 위를 걸어가보라고 도전받았다면 마릴라는 어떻게 했겠어요?"

"나 같으면 발을 땅에 꼭 붙이고 서서 멋대로 지껄이게 내버려두겠다. 그런

시답지 않은 말에 넘어갈 사람이 어디 있겠니?"

앤은 한숨을 푹 내쉬었다.

"마릴라는 심지가 굳은 분이니까 그렇겠지만 나는 달라요. 조지 파이에게 멸시를 받는다면 참을 수 없을 것 같았거든요. 게다가 나를 두고두고 무시했을 테니까요.

더구나 이 일로 이미 충분히 벌을 받았으니 너무 꾸짖지 말아주세요. 막상 겪어보니 기절한다는 게 그리 좋은 일은 아니네요. 그리고 의사 선생님이 발목을 치료할 때 너무 아파서 견딜 수 없었어요. 앞으로 6주일이나 7주일 동안 꼼짝도 할 수 없으니, 새로 오시는 여선생님도 못 만나게 됐어요. 다시 학교에 다니게 될 무렵에는 이미 새롭다는 말이 어울리지 않겠죠. 그리고 길……다른 아이들보다 학과 진도도 한참 뒤떨어지겠죠.

아, 괴로운 일만 가득한 비참한 존재가 되고 말았어요. 하지만 마릴라가 내게 화내지 않는다면 무엇이든지 꾹 참을 수 있어요."

"얘야, 화 같은 건 내지 않을 테니 걱정 마라. 운이 나빠 그렇게 되었다고 해두자. 하지만 네 말대로 여러 가지 괴로운 일이 기다리고 있을 게다. 자, 아무 말 말고 저녁 식사를 하려무나."

"그래도 내게 상상력이 있어 다행이지 않아요? 완전히 나을 때까지는 무척 도움이 될 것 같아요. 상상력 없는 사람이 뼈가 똑 부러졌다면 뭘 하면서 견딜 수 있을까요?"

이 사건이 일어난 뒤 7주라는 지루하기 짝이 없는 기간 동안 앤은 마음껏 상상할 수 있어서 참으로 다행이라는 생각을 수없이 했다. 그렇다고 해서 줄곧 공상에만 의존했던 것은 아니었다. 문병객이 그칠 새 없었고, 책이며 꽃을 들고 와서 애번리 아이들 사이에 일어난 이런저런 소식을 전해 주는 소녀 한두 명의 모습을 하루도 빠지지 않고 그린게이블즈에서 볼 수 있었기 때문이다.

처음으로 절룩거리며 걸을 수 있게 된 날, 앤은 안도하며 기쁜 투로 말했다.

"모두들 너무나 친절했어요, 마릴라. 누워만 있어야 하는 것은 즐거운 일이 아니었지만 좋은 면도 있었어요. 친구가 얼마나 많은지 알 수 있었거든요. 벨 씨까지 문병을 와주실 줄은 몰랐어요. 벨 씨는 닮은꼴 영혼이라고 할 수는 없지만 좋은 분이에요. 그분의 기도에 대해 이러쿵저러쿵한 내가 정말 나빴어요. 진심으로 기도해도 그렇지 않은 것처럼 들리게 하는 말버릇이 있나 봐요. 조금만 조심하면 고칠 수 있을 텐데…… 제가 그래서 넌지시 그런 뜻을 내비쳤어요. 이를테면 혼자서 짧은 기도를 드릴 때 재미있게 하기 위해 내가 얼마나 열심히 연구하는지 말씀드렸죠. 벨 씨는 어렸을 때 발목이 부러졌던 이야기를 해주었어요. 벨 씨에게도 어린 시절이 있었다고 생각하니 참 이상하게 느껴져요. 내 상상력에도 한계가 있는 것인지 그것만은 머릿속에 그려지지 않더라고요. 아이였던 모습을 상상해도 하얀 수염을 기르고 안경을 쓴 모습이 자꾸만 떠올라요. 다만 자그마하다는 점만 다를 뿐이죠.

그에 비해 앨런 부인의 어렸을 적 모습을 떠올리기는 아주 쉬워요. 앨런 부인은 문병을 열네 번이나 와 줬어요. 정말 고마운 일 아니에요, 마릴라? 목사님 부인은 여러 가지로 할 일이 많아 시간이 없을 텐데 말예요. 더구나 그분과의 대화는 매우 즐거웠어요. 네가 나빴다든지 앞으로는 착한 아이가 되라든지 하는 말씀은 없었거든요.

린드 아주머니는 올 때마다 그런 말을 해요. 더욱이 아무리 말해 봐야 소용없다는 투로요.

조지 파이도 문병 왔었어요. 그 아이는 내게 지붕 위를 걸어보라고 도전한 것을 진심으로 후회하는 게 티가 나서 되도록 친절하게 말을 받아주었어요.

만일 그때 죽었다면 그 아이는 평생 무거운 죄책감을 짊어지고 살아야 했을 테니까요.

그리고 다이애나는 정말 충실한 벗이에요. 제 쓸쓸한 병상을 위로해 주기 위해 날마다 와주었으니까요.

아, 하지만 빨리 학교에 다닐 수 있게 되었으면 좋겠어요. 왜냐하면 새로 오신 선생님이 좋다는 이야기를 정말 많이 들었거든요. 여자아이들은 저마다 선생님이 더할 나위 없이 상냥한 분이라고 했어요. 다이애나는 선생님이 아름다운 금빛 곱슬머리에 그만큼이나 예쁜 눈을 하고 있다고 말했어요. 선생님이 입은 옷도 예쁘대요. 그리고 그 소매는 애번리에서 가장 크게 부풀어 있대요.

한 달에 두 번씩 금요일 오후에 암송 수업이 있는데, 누구나 빠짐없이 시를 읊거나 연극이며 소설의 대화극을 연기해야 한대요. 아, 생각만 해도 가슴이 두근거려요. 그런데 조지 파이는 암송이 싫대요. 상상력이 없기 때문이겠죠. 다이애나와 루비 길리스와 제인 앤드루스는 다음 금요일에 발표할 〈오전 왕진〉[1]이라는 대화극을 연습하고 있어요.

그리고 암송 수업이 없는 금요일 오후에는 야외 수업이 있어서 선생님이 아이들을 숲으로 데려가, 다 같이 고사리며 꽃이며 새들을 관찰한대요. 또 날마다 아침저녁으로 체조를 한대요.

린드 아주머니는 그런 공부 지도법은 들어본 일이 없다고 했어요. 그게 다 여선생님이 와서 그렇다나요. 하지만 얼마나 멋있어요? 틀림없이 선생님은 나와 닮은꼴 영혼인 분일 거예요."

마릴라는 말했다.

---

1) 《금요일 오후를 위한 대화극집》에 수록된 미국 의학자·시인이었던 올리버 웬델 홈스(1809~1894)의 시.

"전과 조금도 달라지지 않은 것이 딱 하나 있구나, 앤. 배리 씨네 지붕에서 떨어졌는데도 네 혀는 조금도 다치지 않았어."

발표회 준비

또다시 10월이 돌아왔다. 앤은 다시 학교에 다니게 되었다.

온 세상이 붉은빛과 금빛으로 황홀하게 빛나는 10월. 날이 새면 부드러운 햇빛을 받아 골짜기에 온통 안개가 서렸다. 안개는 자수정빛·진줏빛·은빛·장밋빛·청회색으로, 흡사 가을의 요정이 태양에게 마시게 하려고 골짜기에 따라 놓은 술 같았다. 방울방울 맺힌 이슬이 촉촉히 들판을 적셔 은빛 비단을 펼쳐놓은 듯했다. 숲속에는 낙엽이 쌓여 그 위를 달릴 때마다 바스락바스락 소리를 냈다. '자작나무길'은 노란 지붕을 씌운 듯했고, 길섶의 고사리는 시들어 갈색으로 물들어 있었다.

달팽이처럼 느릿느릿 마지못해 가는 것이 아니라, 총총 뛰는 듯 가벼운 걸음으로 학교로 가는 길에는 소녀들[1]의 가슴을 콩콩 뛰게 하는 아릿함이 공기 속에 감돌고 있었다. 앤은 다이애나 옆 조그만 갈색 책상에 다시 앉게 된 것이 너무나도 즐거웠다. 통로 저쪽에서 루비 길리스가 눈짓을 해 보였고, 캐리 슬론은 쪽지를 보냈으며, 줄리아 벨은 뒷자리에서 껌을 건네주었다. 앤은 연필을 깎고 책상 속의 그림카드를 정리하면서 다시 찾아온 행복을 곱씹었다. 인생이 정

---

[1] 셰익스피어의 《뜻대로 하세요》 2막 7장, '투덜대는 소년은 가방을 흔들며, 아침에 빛나는 얼굴로, 느릿느릿 기는 달팽이처럼, 마지못해 학교에 간다.' 참조.

말 아름답게 여겨졌다.

새로 온 선생님에게서 앤은 진실하고도 믿음직스러운 또 한 사람의 친구를 발견했다. 스테이시 선생님은 총명하고 공감 잘하는 젊은 여성으로, 학생들 마음을 사로잡았다. 그뿐만 아니라 한 사람 한 사람이 저마다 지닌 가장 뛰어난 지적·도덕적 자질을 끌어내 길러주는 재능이 아주 풍부했다. 앤은 이런 유익한 감화를 받으며 꽃처럼 활짝 피어났다. 그리고 집으로 돌아오면 무엇이든 감탄하며 들어주는 매슈와 한 마디라도 비판하지 않고는 못 배기는 마릴라에게 학교에서 일어난 일을 열심히 말해주었다.

"난 스테이시 선생님을 진심으로 사랑해요. 참으로 숙녀다운 분인 데다, 말씀하실 때 목소리는 또 얼마나 우아한데요. 내 이름을 부를 때 e자를 붙여서 발음하는 게 마음속으로 느껴진다니까요.

오늘은 오후에 암송을 했어요. 내가 《스코틀랜드의 메리 여왕》[2]을 암송하는 것을 두 분이 들었다면 참 좋았을 뻔했어요. 정말이지 온 마음을 다 기울여 암송했거든요.

돌아올 때 루비 길리스가 그랬다니까요. '돌아가신 아바마마의 용기를 저에게 주시옵고, 여리디 여린 여인의 마음이여, 이만 안녕' 이 부분을 내가 암송할 때 온몸이 오싹해졌다고요."

흐뭇해하면서 매슈가 말했다.

"그럴 테지, 언젠가 헛간에서 내게도 한번 들려주렴."

앤은 망설이며 말했다.

"네, 물론이에요. 하지만 아까만큼 잘할 수 있을지 모르겠어요. 교실의 모

---

[2] 스코틀랜드 시인·법률가 헨리 글래스포드 벨(1803~1874)의 시.

든 학생들이 앞에 앉아서 제 한 마디 한 마디를 숨 죽여 듣고 있을 때만큼 흥분되지는 않을 테니까요. 매슈의 온몸이 오싹해질 정도로 암송할 순 없을 거예요."

마릴라가 말했다.

"몸이 오싹해졌다는 말이 나왔으니 말인데, 린드 부인이 지난주 금요일에, 까치 둥지를 찾으려고 남자아이들이 벨 씨네 언덕에 있는 높은 나무 위를 기어올라가는 것을 보았을 때 그야말로 온몸이 오싹해졌다고 하더라. 스테이시 선생님은 어째서 그런 일을 시키니?"

앤은 선생님을 위하여 둘러댔다.

"자연관찰 시간에 까치 둥지가 있어야 했거든요. 야외 수업은 정말 재미있어요. 스테이시 선생님이 설명을 잘해주시거든요. 야외 수업에 대한 글을 지었는데 내가 가장 잘 썼어요."

"그런 말을 자기 입으로 하는 것은 좀 뭐하지 않니? 선생님이 말씀하신다면 또 모를까."

"어머나, 선생님이 그렇게 말씀했어요, 마릴라. 내가 우쭐대는 것은 결코 아니에요.

기하는 형편없는데 어떻게 우쭐댈 수 있겠어요. 기하에도 이젠 얼마쯤 서서히 눈이 뜨이는 것 같지만요. 스테이시 선생님이 알기 쉽게 가르쳐주셔서 조금씩 알게 되는 것 같아요. 그래도 기하를 가장 잘할 수 있게 되지는 못할 거예요. 그 점을 생각하면 겸손해져요.

하지만 작문은 아주 좋아해요. 스테이시 선생님은 대개 자유 주제를 주시지만 다음 주에는 훌륭한 사람에 대해 쓰라고 하셨어요. 너무나 많아서 누구를 써야 할지 모르겠어요. 죽은 다음에도 여전히 존경을 받아 누군가의 글 속에 담긴다니 참으로 굉장한 일 아닌가요?

아, 나도 훌륭한 사람이 되었으면 좋겠어요. 나는 커서 간호사가 되어 적십자사에 들어간 뒤에 자비의 메신저로 전쟁터에 나가고 싶어요.

물론 선교사로 외국에 나가게 되지 않는 경우에 한해서지만요. 그편이 훨씬 더 낭만적이니까요. 하지만 선교사가 되려면 착한 사람이어야겠지요? 나는 늘 거기서 걸려 접어 버려요.

그리고 우리는 날마다 체조를 하고 있어요. 체조를 하면 몸이 날씬해지고 소화를 촉진시키죠."

마릴라가 놀라며 말했다.

"잘도 소화를 촉진시키겠다!"

그런 것은 모두 쓸데없는 일이라고 진심으로 생각했기 때문이었다.

그러나 12월에 접어들어 스테이시 선생님이 제안한 계획 앞에 금요일 오후의 야외 수업도 암송도 신체 단련도 모두 빛을 잃고 말았다. 그 계획이란 애번리 학교 학생들이 참여하여 크리스마스날 공회당에서 발표회를 열자는 것으로, 학교에 걸 국기 구입 비용을 그 입장료로 일부 충당하려는 훌륭한 목적이 있었다.

학생들은 이 계획이 마음에 들어 한 사람도 빠짐없이 대찬성했으며 곧 행사 준비를 시작했다. 출연자로 뽑힌 아이는 너나없이 흥분했지만, 그 가운데 누구보다도 열광한 것은 앤 셜리였다. 앤은 온 힘을 다하여 연습에 임했다. 그러나 마릴라의 반응은 영 떨떠름했다. 왜냐하면 그런 일이 터무니없이 어리석은 짓으로밖에 여겨지지 않았기 때문이다.

마릴라는 불평을 털어놓았다.

"머릿속이 쓸데없는 생각으로 꽉 차서 괜히 공부시간을 낭비할 뿐이야. 아이들이 발표회를 열 계획이나 세우고 연습하느라 이리 뛰고 저리 뛰는 것에 결코 찬성할 수 없어. 허황해지고 당돌해지고 나돌아다니기나 좋아하게 되지."

앤은 호소했다.

"훌륭한 목적을 위한 일인데도요? 국기는 애국심을 길러주는 거예요, 마릴라."

"너희들이 무슨 애국심 같은 것을 생각하겠니. 그저 놀고 싶어서 그러지."

"하지만 나라를 사랑하는 마음과 오락이 결합되면 더욱 좋지 않겠어요? 그 발표회 계획이 얼마나 멋있는지 한번 들어보세요. 합창이 여섯 곡이고 다이애나가 독창을 해요.

저는 두 개의 대화극에 출연해요. 〈험담억제협회〉[3]와 〈요정 여왕〉이에요. 남자아이들도 대화극을 할 거예요. 게다가 저는 암송도 두 번이나 해요, 마릴라. 그것을 생각하면 온몸이 떨려요. 하지만 설렘으로 가득한 기분 좋은 전율이에요.

그리고 마지막으로 활인화(活人畫)[4]를 하게 되어 있는데 〈믿음·소망·사랑〉이에요. 다이애나랑 루비, 그리고 저 이렇게 세 사람이 출연해요. 셋 다 머리를 길게 늘어뜨리고 새하얀 옷을 입고 나가게 되어 있어요.

저는 '소망' 역이에요. 이런 식으로 두 손을 마주 잡고 두 눈은 높은 곳을 바라보죠. 2층에서 암송 연습을 할 텐데 이상한 목소리를 내도 놀라지 마세요. 가슴이 찢어질 듯이 울부짖어야 하는 대목이 있거든요. 예술적으로 섬세히 표현해야 하니까 굉장히 어려워요, 마릴라.

그런데 조지 파이는 심통이 났어요. 대화극에서 하고 싶은 역을 맡지 못했

---

[3] 《금요일 오후를 위한 대화극집》에 수록된 토머스 S. 데니슨의 대화극.
[4] 역사·회화 등의 명장면을 재현해 분장한 사람이 그림 속 등장인물처럼 보이게 하는 구경거리.

거든요. 요정 여왕 역을 맡고 싶어했는데, 그런 우스꽝스러운 일이 어디 있겠어요. 조지처럼 살찐 요정 여왕이 있다는 말을 들어본 적 있어요? 요정 여왕은 날씬해야죠. 그래서 제인 앤드루스가 여왕이 되고 나는 시중드는 요정 가운데 하나예요. 조지가 빨강머리 요정도 뚱뚱한 요정만큼이나 말이 안 된다고 했지만 그런 말은 귀담아듣지 않기로 했어요.

나는 흰 장미화관을 쓰고, 루비 길리스에게서 실내용 구두를 빌리기로 했어요. 저한테는 부츠밖에 없어서요. 요정은 구두를 신어야 하거든요. 부츠를 신은 요정이 대체 어디 있겠어요. 발끝에 구리를 댄 부츠[5]는 더구나 안 어울리죠.

우리는 가문비나무하고 전나무 가지를 엮어 그 가운데에 핑크빛 얇은 종이로 만든 장미를 붙여 공회당을 예쁘게 꾸밀 거예요. 그리고 청중이 모두 앉은 다음 에마 화이트가 오르간으로 행진곡을 치면 우리는 두 줄로 입장해요.

아, 마릴라가 나만큼 흥분되지 않다는 건 나도 알고 있어요. 하지만 마릴라의 앤이 돋보인다면 더없이 좋지 않겠어요?"

"나는 그저 네가 얌전하게 있었으면 좋겠다. 이 야단법석이 다 끝나고 네가 차분해지면 나는 진심으로 기쁠 게다. 요즘 너는 대화극이며 암송이며 활인화에 정신이 팔려 다른 일은 무엇 하나 제대로 하는 게 없잖니. 네 혀만은 여전히 지칠 줄 모르고 변함없이 바삐 움직인다만."

앤은 한숨을 쉬고 뒤뜰로 나갔다. 잎이 떨어진 포플러 우듬지 사이로 가냘픈 초승달이 연둣빛으로 물든 서쪽 하늘에 걸려 있는 게 보였다. 때마침 매슈가 장작을 패고 있었다.

앤은 나무 그루터기에 오도카니 앉아 발표회 이야기를 했는데, 적어도 여기

---

[5] 그즈음 캐나다 시골 어린이들은 대개 나쁜 도로 사정과 추위 때문에 발등과 복사뼈를 덮고 발부리에 흠이 생기지 않도록 구리가 대어진 부츠를 주로 신었음.

에는 열심히 귀 기울여주는 사람이 있었다.

앤의 열띤 얼굴을 매슈는 미소 짓고 내려다보며 말했다.

"그럴 테지, 아마 틀림없이 멋진 발표회가 될 거야. 그리고 너는 훌륭하게 해낼 테지."

앤도 미소 지었다. 이 두 사람은 가장 마음 맞는 친구였다. 한편으로 매슈는 앤의 훈육을 자신이 책임지지 않아도 되어서 하늘에 감사했다. 그것은 마릴라에게만 주어진 의무였다. 만일 그것이 자신의 의무였다면 자신의 여린 마음과 그 의무 사이에 끼어 가끔은 견디기 어려운 처지에 내몰렸을지도 모른다. 지금 매슈는—마릴라의 말을 빌리면—'앤의 응석'을 실컷 받아줄 수 있었다. 그러나 생각해 보면 이것이 반드시 그릇된 일이라고 할 수는 없었다. 아주 작은 '공감'이 온갖 철저하고도 바람직한 '훈육'만큼이나 좋은 효과를 내는 수가 종종 있기 때문이다.

매슈와 봉긋 부풀린 소매

매슈는 어찌할 바를 몰라 십여 분째 진땀을 빼고 있었다. 저물녘의 잿빛 어스름이 내려앉은 싸늘한 12월의 어느 저녁이었다. 매슈가 부엌에 들어가 무거운 부츠를 벗으려고 장작더미가 있는 한쪽 구석에 앉았던 그때, 앤과 학교 친구들이 거실에서 한창 〈요정 여왕〉 연습을 하고 있는 것을 미처 몰랐기 때문이었다. 이윽고 소녀들은 왁자지껄 떠들며 현관홀을 지나 부엌으로 들어왔다. 소녀들은 매슈가 있는 줄 알지 못했다. 수줍음을 잘 타는 매슈가 벗은 부츠 한 짝을 한 손에 든 채 장작더미 뒤 어두컴컴한 그림자 속으로 몸을 숨겼기 때문이었다.

매슈는 소녀들이 옷을 챙겨 입고 모자를 쓰면서 대화극이며 발표회에 대해 이야기를 주고받는 광경을 거의 10분 동안이나 조용히 지켜보고 있었다. 앤도 아이들에게 둘러싸여 눈을 반짝이며 다른 아이들과 마찬가지로 재잘대고 있었다. 그러나 매슈는 문득 그런 앤의 모습에서 어딘지 소녀들과 다른 점이 있음을 깨달았다. 앤은 누구보다도 명랑한 표정이었고 눈은 큰 별처럼 반짝였으며 오똑한 코를 가지고 있었다. 부끄러움이 많아 사람을 그리 잘 쳐다보지 않는 매슈의 눈에도 이것은 뚜렷이 보였다. 그러나 매슈의 마음을 불편하게 만든 차이점은 그런 것이 아니었다. 그렇다면 어디가 다르단 말인가?

다른 소녀들이 서로 팔짱을 끼고 꽁꽁 얼어붙은 오솔길을 걸어간 뒤 혼자 남은 앤이 책에 빠져든 다음에도 한참 동안 이 일이 매슈의 머리에서 떠나지 않았다. 마릴라에게 이야기할 수도 없었다. 말해 봐야 다른 아이들은 이따금 입을 다무는 수도 있지만 앤은 결코 그러지 못하는 점이 바로 차이라고 코웃음치며 말할 게 뻔하기 때문이었다. 그 대답은 그에게 별 도움이 되지 않을 거라고 생각했다.

그날 밤, 마릴라가 싫어하는 것을 알면서도 매슈는 담배를 피우며 이 어려운 문제를 풀기 위해 골몰했다. 두 시간이 넘도록 담배연기를 뻐끔뻐끔 내뿜으며 머리를 쥐어짠 끝에 매슈는 겨우 그 답을 찾아낼 수 있었다. 앤의 옷차림이 다른 아이들과 달랐다!

이 일에 대하여 생각하면 할수록 앤이 이제까지 다른 여자아이들과 비슷한 모양의 옷을 입어본 일이 없다는 사실이 또렷해졌다. 그린게이블즈에 온 뒤로 단 한 번도 없었다. 마릴라는 지금까지 아무 장식도 없는 어두운색의 밋밋한 옷을 만들어 앤에게 입혔다. 언제나 같은 옷본을 사용했기 때문에 모양마저 똑같았다. 매슈는 옷에도 유행이라는 게 있다는 사실만 얼핏 아는 정도였지만, 그렇게 무감한 그조차도 앤의 옷소매가 다른 소녀들과 전혀 다르다는 것을 확실히 알 수 있었다. 매슈는 그날 저녁 앤과 함께 있던 여자아이들을 하나하나 머리에 떠올려보았다. 모두 빨강, 파랑, 핑크, 하양 등 화사한 옷을 입고 있었다. '어째서 마릴라는 앤에게 아무 장식도 없는 수수한 옷을 입힐까' 하고 매슈는 생각했다.

물론 그것도 좋았다. 앤의 양육을 책임진 사람은 마릴라고 무언가 현명한 의도가 있을 것이다. 그렇지만 아이에게 한 벌쯤 예쁜 옷을 입혀서 나쁠 것도 없지 않은가. 다이애나 배리가 늘 입는 그런 옷을 매슈는 앤에게도 한 벌 사주어야겠다고 마음먹었다. 그 정도의 일은 마릴라도 쓸데없는 간섭이라고 하지 않겠지. 앞으로 2주일 뒤면 크리스마스다. 예쁜 새 옷이라면 크리스마스 선물로도 딱 좋다. 매슈는 만족스레 안도의 숨을 내쉬었다. 매슈가 마침내 파이프를 집어넣고 잠자리에 든 다음, 마릴라는 문을 모조리 열어젖혀 집 안을 환기시켰다.

다음 날 저녁 무렵 매슈는 옷을 사러 카모디로 갔다. 결정한 일은 빨리 해치우는 편이 좋으리라 여겼다. 그 일이 결코 쉽지 않으리라는 것을 매슈는 알고 있었다. 매슈는 물건을 잘 고르는 편이었으나 여자아이 옷이고 보니 옷가게 주인과 의논하지 않을 수 없었다.

곰곰이 생각한 끝에 매슈는 윌리엄 블레어네 가게를 피해 새뮤얼 로슨네 가게로 가기로 했다. 두말할 나위도 없이 커스버트네 단골가게는 블레어 상점이었다. 장로교회에 나가고 보수당에 투표해야 하는 것과 마찬가지로 이것은 양심의 문제라고 할 수 있었다. 그러나 블레어 상점에서는 이따금 두 딸들이 손님을 맞는 수가 있어 매슈를 두렵게 했다. 무엇을 사야 할지 정확히 알고 있고 그것을 가리키기만 하면 될 경우엔 그 딸들에게도 대처할 수 있지만, 이러저러한 거라고 설명하고 또 의논도 해야 하므로, 이번만은 아무래도 남자 점원이면 좋겠다고 매슈는 생각했다. 그래서 새뮤얼이나 그 아들이 손님을 맞는 로슨 상점에 가기로 한 것이다.

아뿔싸! 그러나 매슈는 새뮤얼이 요즈음 가게를 확장해 여점원을 둔 사실을 미처 모르고 있었다. 이 여점원은 부인의 조카딸로 아주 활달한 젊은 여자였다. 머리를 크게 부풀려 퐁파두르식으로 올려 빗었으며, 갈색 눈에서 매혹적인 미소가 떠나지 않았다. 화려한 옷을 입었으며, 손목에 팔찌를 몇 개나 끼고 있어 몸을 움직일 때마다 반짝반짝 빛나며 짤랑거리는 소리를 냈다. 매슈는 가게 안에서 그녀의 모습을 보자마자 그만 당황한 데다가 화려한 팔찌 때문에 더더욱 정신을 못 차리게 되었다.

여점원 미스 루실라 해리스는 두 손으로 카운터를 톡톡 두드리며 싹싹하게 물었다.

"커스버트 씨, 무엇이 필요하세요?"

당황한 매슈는 말을 더듬으며 물었다.

"저, 저…… 그러니까…… 혹시 갈퀴 있습니까?"

미스 해리스는 좀 놀라는 눈치였다. 12월 중순인데 갈퀴가 필요하다니 무리도 아니었다.

"글쎄요, 한두 개 남아 있을 것 같기는 한데요…… 2층 창고에 있을 테니 가 보고 올게요."

그녀가 찾으러 간 동안 매슈는 마음을 가라앉히려 애쓰며 다시 한번 도전하려 했다.

미스 해리스는 갈퀴를 가지고 내려와 다시 상냥하게 물었다.

"커스버트 씨, 달리 필요한 것이 또 있으세요?"

매슈는 간신히 용기를 쥐어짜서 대답했다.

"글쎄요, 이왕 가게에 왔으니…… 그걸 좀 가져갈까…… 아니, 저……보고 싶은데…… 그러니까…… 건초씨를…… 조금만 살 수 있을까요."

미스 해리스는 매슈 커스버트가 별난 사람이라는 말은 전부터 들었다. 그러나 이쯤 되면 머리가 돌았다고 단정할 수밖에 없었다.

그녀는 쌀쌀맞게 대꾸했다.

"건초씨는 봄에 취급합니다. 요즘은 없어요."

"아, 네, 그럴 테지요…… 그럴 테지요…… 당연히 그렇겠네요."

가엾은 매슈는 말을 더듬으며 커다란 갈퀴를 쥐고 문 쪽으로 걸어갔다. 입구에서 아직 돈을 치르지 않았음을 깨닫고 매슈는 하는 수 없이 다시 돌아섰다. 미스 해리스가 거스름돈을 세고 있는 동안 매슈는 용기 내어 마지막 시도를 했다.

"저…… 죄송하지만…… 혹시…… 그, 그러니까, 뭐냐면…… 설탕을…… 조금…… 보여주었으면 합니다만."

미스 해리스는 참을성 있게 물었다.

"백설탕인가요? 흑설탕인가요?"

매슈는 기어드는 목소리로 말했다.

"아…… 네…… 흑설탕을 좀."

미스 해리스는 팔찌를 짤랑거리며 손으로 가리켰다.

"저쪽의 나무통 속에 있어요. 지금은 그 한 종류뿐이에요."

매슈는 이마에 구슬땀을 흘리며 말했다.

"그럼……20파운드 주십시오."

매슈가 정신을 제대로 차린 것은 마차를 몰고 집에 거의 절반쯤 오고 난 뒤였다. 매우 기분이 찜찜했지만, 의리를 저버리면서까지 새뮤얼 로슨네 가게로 갔으니 인과응보라는 생각도 들었다. 집에 도착한 매슈는 갈퀴를 연장 창고에 감춰두고 설탕은 마릴라에게 갖다주었다.

마릴라는 외쳤다.

"흑설탕이라고요! 아니, 뭣하러 이렇게 많이 사왔어요? 고작 농장 일 도와주는 인부의 죽이나 검은 과일케이크 만들 때나 쓴다는 걸 알잖아요. 더구나 겨울에는 어차피 제리도 당분간 없고 케이크는 벌써 다 만들어 놓았어요. 더구나 질이 전혀 좋지 않네요. 거칠고 빛깔이 까맣네요. 윌리엄 블레어 상점에는 이런 설탕을 안 갖다 놓을 텐데."

"나는…… 사다 놓으면 다 쓸 데가 있겠거니 했지."

매슈는 그럭저럭 그 자리를 벗어났다.

골똘히 생각한 끝에 이 사태에 대처하기 위해서는 여자의 도움이 필요하다는 결론에 이르렀다. 그러나 마릴라는 안 된다. 그의 계획에 대해 그 자리에서 찬물을 끼얹을 것이다. 의지할 사람은 린드 부인뿐이었다. 애번리에서 매슈가 조언을 구할 여자는 린드 부인 말고는 없었다. 할 수 없이 매슈는 그녀에게 갔다. 친절한 부인은 그의 손에 안긴 무거운 고민의 짐을 선뜻 떠맡아주었다.

"앤에게 입힐 옷을 마련하고 싶단 말이지요? 물론 내가 맡겠어요. 내일 카모디에 나갈 일이 있으니 보고 오지요.

특별히 요구할 점은 없나요? 없다고요? 그럼 내 판단에 맡겨줘요. 앤에게는 우아한 짙은 갈색이 썩 잘 어울릴 텐데, 윌리엄 블레어 상점에 무척 예쁜 새 글로리아[1] 옷감을 들여놓았더라고요.

아무래도 만드는 것도 내가 하는 편이 낫겠죠? 마릴라가 만들면 앤이 미리 알게 되어 깜짝 선물로 주고 싶은 매슈의 의도가 빗나갈 염려도 있으니까요. 조금도 성가실 것 없어요. 바느질을 좋아하니까요. 내 조카딸 제니 길리스의 치수에 맞게 하면 될 거예요. 키며 몸집이 앤과 쌍둥이처럼 비슷하거든요."

매슈는 말했다.

"그렇게 해주시면 정말 고맙겠습니다. 그리고…… 그리고…… 뭐랄까요…… 실은…… 그 소매의 모양이 요즘은 옛날과 다른 것 같더군요. 만일 그리 어려운 일이 아니라면, 내 생각으로는…… 그 새로운 모양으로 만들어줬으면 합니다."

---

[1] 전통적으로 날실은 비단, 씨실은 방모 털실로 촘촘히 짠 얇은 천.

"부풀린 퍼프소매 말씀이죠? 물론이죠. 매슈, 조금도 걱정하지 말아요. 최신 유행으로 만들 테니까요."

매슈가 돌아간 다음 레이철은 혼잣말로 중얼거렸다.

"그 가엾은 아이가 단 한 번이라도 예쁜 옷을 입은 모습을 볼 수 있다면 얼마나 좋은 일이겠어. 마릴라가 해 입히는 옷은 정말 못 봐줄 지경이었으니까. 몇 번이나 말해 주고 싶었지만 꾹 참았지. 남의 말이라면 도무지 듣는 성미가 아니잖아. 독신이면서도 아이를 기르는 문제에 있어 자기가 남보다 몇 배나 잘 안다고 생각하고 있으니까.

모든 일이 그렇긴 해. 아이를 기른 경험이 있는 사람이라면 모든 아이에게 꼭 들어맞는 단 한 가지 방법이란 없다는 것을 알지만, 경험이 없는 사람일수록 '비례식'[2]처럼 간단하게 생각하거든. 단순히 수학처럼 식에다 숫자를 채워 넣기만 하면 정답이 나온다고 여긴단 말이야.

하지만 피와 살로 만들어진 복잡한 사람이 산수처럼 정확하게 답이 딱딱 나올 수야 없지. 그 부분이 마릴라 커스버트의 착각이야. 지금과 같은 옷을 앤에게 입히면 앤이 겸손해질 줄 생각하지만 자칫 시기나 불만의 원인이 되는 게 고작이지. 그 아이도 자기 옷이 여느 아이들과 다르다는 것쯤은 알고 있을 테니까.

그런데 설마 매슈가 그 차이를 알아채리라고는 전혀 상상도 못 했어! 그 사람은 60년 넘게 잠들어 있다가 이제야 깨어난 거야."

그 뒤 2주일 동안 마릴라는 매슈에게 무슨 비밀이 있다고 눈치는 챘지만, 크리스마스 이브에 린드 부인이 완성된 옷을 가져올 때까지 그 내용에 대해서는

---

[2] 수학의 정리. A : B=C : D에서 B와 C(내항)의 곱은 A와 D(외항)의 곱과 같다는 법칙.

전혀 짐작하지 못했다. 마릴라는 일단 아무렇지도 않은 듯 응대했지만, 마릴라가 만들면 앤이 미리 알게 될 우려가 있기 때문이었다는 린드 부인의 그럴싸한 설명을 결코 곧이곧대로 받아들인 것은 아니었다.

마릴라는 얼마쯤 딱딱하긴 해도 너그러운 목소리로 말했다.

"지난 2주일 동안 매튜 오라버니가 뭔가 꿍꿍이가 있는 듯 혼자 싱글거리던 이유가 이것이었군요? 어떤 엉뚱한 짓을 하고 있다는 건 짐작하고 있었어요.

나로서는 이제 더 이상 앤에게 새 옷을 지어줄 필요가 없다고 생각했거든요. 올가을에 따뜻하고 실용적인 옷을 세 벌이나 지어주었으니까요. 그 이상은 사치예요. 이 소매에 들어간 천만 가지고도 블라우스 한 벌은 더 나오겠어요.

오라버니는 앤의 허영심만 부추길 뿐이에요. 그 아이는 이미 공작새처럼 허영기가 가득한 데 말이에요. 어쨌든 이것으로 그 아이도 만족하겠군요. 그 우스꽝스러운 소매가 유행하고 난 다음부터 줄곧 입고 싶어한 것을 나도 아니까요. 처음에 한 번 조르더니 그다음부터는 두 번 다시 입 밖에 내지 않았지만요.

퍼프소매가 날이 갈수록 커지더니 요즘은 마치 풍선처럼 터무니없이 부풀었어요. 내년쯤에는 그런 소매의 옷을 입은 사람은 몸을 비스듬히 하지 않으면 문을 지나다닐 수도 없을 거예요."

크리스마스 아침은 은세계를 이루었다. 12월에 접어들어 맑은 날씨가 계속되었고 사람들은 눈이 내리지 않는 '그린 크리스마스'가 될 거라고 생각했다. 그러나 밤 사이 푹신하게 내린 눈이 애번리를 몰라보게 바꿔놓았다.

앤은 서리꽃이 핀 창문으로 다가가 기쁜 눈으로 밖을 내다보았다. '도깨비숲'의 전나무는 모두 하얀 깃털로 뒤덮인 듯 우아하고 기품 있었다. 자작나무와 산벚나무의 잎이 떨어진 가지에는 진주가 주렁주렁 달린 것 같았다. 밭은 온통 눈벌판이 되어 군데군데 보조개처럼 폭폭 패여 있었다. 차가운 공기에는 매우 상쾌한 알싸함이 느껴졌다.

앤은 그린게이블즈에 울려 퍼질 듯한 큰 목소리로 노래를 부르며 아래층으로 뛰어내려갔다.

"마릴라, 메리 크리스마스! 매슈, 메리 크리스마스! 정말 멋진 크리스마스죠? 화이트 크리스마스라 정말 기뻐요. 이렇게 온 세상이 하얗게 돼야 비로소 진짜 크리스마스 같잖아요? 나는 '그린 크리스마스'는 싫어요. 진짜 초록색도 아니거든요. 지저분하고 바랜 갈색과 회색뿐이니까요. 그런데 어째서 '그린'이라고 하는지 모르겠어요. 어머나, 어머나, 매슈! 이거 설마 나한테 주는 거예요? 아, 매슈!"

매슈는 주춤주춤 꾸러미를 펼쳐 마릴라의 눈치를 살피며 속에 든 원피스를 꺼냈다. 마릴라는 짐짓 한심하게 여기는 척하며 차를 따르고 있었지만 꽤 흥미로운 듯 곁눈질로 그 광경을 보고 있었다.

앤은 옷을 받아들더니 경건한 침묵 속에서 꼼짝하지 않고 바라보았다.

아, 얼마나 아름다운 옷인가! 반들거리는 비단의 부드러운 갈색 글로리아 옷감, 셔링 주름을 듬뿍 잡고 밑단을 프릴로 장식한 우아한 치마, 허리에 정성 들인 핀턱 주름이 들어간 상의, 얇은 레이스를 잔물결처럼 주름 잡아 두른 목깃, 그리고 소매, 이것은 그야말로 특별했다! 팔꿈치 언저리까지 긴 커프스가 이어지고, 그 위에 두 단으로 커다랗게 부풀린 퍼프소매가 달려 있었다. 부풀린 소매의 두 단 사이는 촘촘히 셔링 주름을 잡아 바느질해 갈색 비단 리본으로 장식되어 있다.

매슈는 수줍어하며 말했다.

"앤, 네게 주는 크리스마스 선물이다. 왜 그러니, 앤? 마음에 들지 않니? 어찌 된 일이냐……."

앤의 눈에 차츰 눈물이 고여 그렁그렁 가득 찼기 때문이었다.

"마음에 드냐고요? 아, 매슈!"

앤은 옷을 의자 위에 살포시 내려놓고 두 손을 꼭 마주 잡았다.

"매슈, 완벽하게 우아한 옷이에요. 아, 뭐라고 감사의 말을 드려야 할지 모르겠어요. 게다가 이 소매! 마치 행복한 꿈을 꾸고 있는 것 같아요."

마릴라가 가로막듯 말했다.

"자, 자, 어서 아침이나 먹자꾸나. 나는 네게 옷이 더 이상 필요 없다고 생각하지만 매슈 오라버니가 모처럼 주는 것이니 소중히 다루도록 해라. 이것은 머리 묶을 때 쓰라고 린드 부인이 주고 간 리본이야. 옷에 어울리는 갈색으로 주고 가셨더구나. 자, 이리 와서 앉아라."

앤은 기뻐 어쩔 줄 몰라하며 말했다.

"도저히 아침을 먹을 수 없을 것 같아요. 이런 찬란한 순간에 비하면 아침 식사는 너무나 밋밋하게 여겨져요. 지금은 저 옷을 바라보며 눈으로 요기를 하고 싶어요.

퍼프소매가 아직 유행하고 있어 정말 다행이에요. 내가 퍼프소매 옷을 입어보기 전에 유행이 바뀌어버렸다면 한평생 마음에 남았을 거예요. 언제까지나 안타까워했겠지요.

린드 아주머니가 이렇게 예쁜 리본까지 주시다니 참으로 친절하세요. 이제부터는 정말 착한 아이가 되어야겠어요. 이런 일이 생길 때마다 언제나 모범이 될 만한 아이가 못 된다는 점이 마음에 걸려요.

앞으로는 그렇게 돼야 한다며 늘 단단히 결심하곤 했어요. 하지만 뿌리치기 어려운 유혹을 받으면 그 결심대로 실행하기란 여간 어려운 일이 아니에요. 언제나 유혹에 넘어가 버리거든요. 하지만 이제부터는 정말 힘껏 노력하겠어요."

밋밋한 아침 식사가 끝나자 새빨간 얼스터코트[3]를 입은 다이애나의 쾌활한 모습이 눈으로 하얗게 뒤덮인 통나무다리에 나타났다.

앤은 언덕을 달려 내려가 다이애나를 맞이했다.

"메리 크리스마스, 다이애나! 정말 즐거운 크리스마스야. 너에게 보여줄 것이 있어. 매슈가 나한테 정말 예쁜 옷을 선물로 줬단다. 커다랗게 부풀린 소매가 달린 옷을 말이야. 그보다 더 예쁜 옷은 내 상상 속에서도 있을 수 없을 정도야."

다이애나는 숨을 할딱거리며 말했다.

"나도 너에게 줄 게 있어, 앤. 자…… 이 상자야. 조지핀 할머니가 여러 가지 선물을 담은 커다란 상자를 보내셨어. 그리고 이건 너에게 주라고 하신 거야. 사실은 어젯밤에 가져왔으면 더 좋았겠지만 어두워진 뒤에야 선물이 왔거든. 차마 그 '도깨비숲'을 지나오기가 무서웠어."

앤은 상자를 열어 속을 들여다보았다.

처음에 눈에 띈 것은 '앤에게, 메리 크리스마스' 이렇게 적힌 한 장의 카드였다. 이어서 더할 나위 없이 우아한 어린 양가죽 구두가 보였다. 구두 끝이 구슬로 장식되어 있고 새틴 리본과 빛나는 버클장식이 달려 있었다.

앤은 기뻐하며 외쳤다.

"아! 다이애나, 이것은 너무 훌륭해. 나는 틀림없이 꿈을 꾸고 있나 봐."

다이애나 또한 즐거워하며 말했다.

"나 같으면 하느님의 은혜라고 말하겠어. 이젠 루비의 구두를 빌리지 않아도 되잖니. 정말 잘됐어. 그 애 구두는 네 발에 비해 치수가 두 사이즈나 크잖아.

---

[3] 아일랜드 북동부 얼스터 지방산 나사로 만들어져 이 이름이 붙여진 털외투로, 보통 허리띠가 있고 깃이 넓으며, 앞에 두 줄로 단추가 달려 있음.

요정이 구두를 질질 끌며 걸어나간다면 보기 좋은 일이 아니었을 거야. 조지 파이가 좋아할 뻔했지. 그나저나 앤, 그저께 연습 끝나고 저녁에 롭 라이트가 거티 파이와 함께 돌아갔다더라. 이렇게 놀라운 이야기를 들은 적 있니?"

그날 애번리 학생들은 하루 종일 열띤 흥분 속에 싸여 있었다. 공회당을 꾸미는 일과 마지막 총연습을 해야 했기 때문이었다.

발표회는 저녁때부터 시작되어, 그야말로 대성공이었다. 조그만 공회당 가득히 손님이 들어찼으며, 출연자들은 모두 자기 역할을 멋있게 해냈다. 특히 앤은 그 가운데서도 유독 빛나는 스타가 되었다. 샘 많은 조지 파이조차도 이것을 부인할 수 없었다.

"정말 황홀한 밤이었어."

앤은 발표회가 끝나고 다이애나와 함께 어두운 밤하늘의 별을 바라보며 집으로 돌아가고 있었다.

다이애나는 현실적인 이야기를 했다.

"모든 일이 잘됐어. 10달러쯤 번 것 같아. 앨런 목사님이 샬럿타운 신문에 이 이야기를 기사로 싣겠다고 했단다."

"어머나, 다이애나, 우리 이름이 정말로 신문에 실리니? 생각만 해도 가슴이 두근거려. 네 독창은 정말 멋있었어. 앙코르를 받았을 때는 나까지 자랑스러웠어. '저런 영예를 누리는 사람이 내 마음의 벗이라니……'라고 혼잣말을 했을 정도야."

"어머나, 너의 암송도 터질 듯한 박수갈채를 받았잖니, 앤. 그 슬픈 시는 무어라 말할 수 없을 만큼 감동적이었어."

"그때는 얼마나 긴장을 했던지 앨런 목사님이 내 이름을 불렀을 때 어떻게 무대로 올라갔는지 하나도 기억나지 않아. 마치 수많은 눈동자들이 나를 속속들이 들여다보는 듯해서 잠시 동안 아무 말도 나올 것 같지 않더라니까. 그래서 이 멋진 퍼프소매를 떠올렸더니 용기가 솟았어. 이 부풀린 소매에 부끄럽지 않도록 멋지게 해내겠다고 결심했지.

막상 낭독을 시작했지만 내 목소리가 멀리서 희미하게 들려오는 것 같고 나 자신이 앵무새가 된 듯한 기분이었단다. 방에서 연습을 많이 해둔 것은 정말 하느님 은혜야. 그렇지 않았더라면 어림없었을 거야. 내 신음 소리는 어떻게 들렸니?"

다이애나는 확신에 찬 투로 말했다.

"참으로 멋진 신음 소리였어."

"다 끝나고 내가 자리에 앉을 때 슬론네 아주머니가 눈물을 닦으셨어. 내 암송이 누군가에게 감동을 주었다고 생각하니 감격스러웠지. 발표회에 출연하는 것은 무척 낭만적인 일이지? 언제까지나 잊을 수 없는 추억이 될 거야."

그러자 다이애나가 말했다.

"남자아이들의 대화극도 잘했다고 생각하지 않니? 특히 길버트 블라이드는 너무 멋졌어. 앤, 길버트에 대한 너의 태도는 너무 차가워. 아, 잠깐만, 내 말 좀 들어줘. 요정의 대화극을 마치고 네가 뛰어서 무대에서 퇴장할 때 네 머리에 꽂혔던 장미가 한 송이 떨어졌는데 길버트가 그것을 주워 가슴 주머니에 꽂는 것을 난 똑똑히 보았어. 듣고 있니? 너는 매우 낭만적인 아이니까 이 이야기가 마음에 들 거야."

하지만 앤은 도도하게 말했다.

"그 애가 무엇을 하건 나와는 아무 상관 없어. 어쨌든 고작 그 애 생각으로 내 시간을 낭비할 필요도 없고, 다이애나."

그날 밤 20년 만에 발표회에 갔다 온 마릴라와 매슈는 앤이 자러 올라간 다음에도 오래도록 부엌 난로가에 앉아 있었다.

매슈는 의기양양하게 말했다.

"어떻더냐, 앤이 누구보다도 잘했지?"

마릴라도 끄덕이며 동의했다.

"그래요, 참으로 잘했어요. 정말 영리한 아이예요, 매슈. 그리고 외모도 빠지지 않고요. 나는 발표회에 대해 찬성하지 않았지만, 끝나고 보니 그리 나쁜 일은 아닌 것 같았어요. 어쨌든 오늘 밤은 앤이 몹시 자랑스러웠어요. 그 애에게는 이런 말을 하지는 않겠지만요."

"그럴 테지, 나도 자랑스러웠다. 난 그래서 2층으로 올라가기 전에 그렇게 말해줬다. 이제 슬슬 저 애 장래에 대해 고민해야 하지 않나 싶구나, 마릴라. 애번리 학교만으로는 부족할 테니까."

"생각할 시간은 아직 많이 있어요. 이제 3월이 되면 겨우 13살인걸요. 하지만 오늘 밤에는 부쩍 자란 것이 눈에 띄더군요. 린드 부인이 옷을 좀 길게 만들어 더 커 보였어요. 저 애는 머리가 좋으니 앞으로 퀸즈아카데미에 보내는 게 좋겠어요. 하지만 아직 1, 2년은 아무 결정도 하지 않아도 괜찮지 않을까요?"

"글쎄다, 이따금 생각해보는 것도 나쁘지는 않아. 이런 일은 신중할수록 좋은 법이니까."

이야기 클럽

애번리 아이들이 마음을 가라앉히고 평범한 일상생활로 돌아가는 데는 오랜 시간이 걸렸다. 특히 앤은 몇 주일이나 흥분의 도가니 속에 있던 터라 모든 일이 무미건조하고 따분하고 쓸데없게 느껴졌다. 발표회 이전의 날들처럼 조용한 기쁨의 나날로 돌아갈 수 있을까. 앤은 다이애나에게도 말했듯 처음 얼마 동안은 도저히 그럴 수 없을 것 같았다.

마치 50년이나 더 된 옛날 일처럼 앤은 슬프게 말했다.

"지난날과 같은 생활로 돌아간다는 것은 절대로 불가능할 것 같아, 다이애나. 아마 시간이 지나면 나아지겠지만, 발표회 때문에 일상생활이 망가질지도 모르겠어.

마릴라가 반대한 것은 그 때문이었나 봐. 마릴라는 분별 있는 사람이야. 분별한다는 것은 훌륭한 일이라고 생각해. 하지만 나는 분별력 있는 사람이 되고 싶지 않아. 아무리 생각해 봐도 낭만적이지 않거든.

내가 그렇게 될 가능성은 전혀 없다고 린드 아주머니는 말했어. 하지만 알 수 없지. 지금 같아서는 어쩌면 분별 있는 사람이 될지 모른다는 생각이 들기도 하거든. 아마 내가 피곤한 탓인지도 몰라. 어젯밤에는 오랫동안 잠을 이룰 수 없었어. 눈이 말똥말똥해서 발표회 일만 자꾸 머리에 떠오르지 않겠니. 멋진 지난날의 추억을 되돌아보며 더듬어보는 건 정말 근사한 일이야."

그러나 애번리 학교도 결국 어느덧 예전의 궤도로 돌아갔고, 그전에 관심을 끌었던 일들이 다시 아이들의 마음을 사로잡았다.

발표회가 아무 흔적도 남겨놓지 않은 것은 아니었다. 무대에서의 자리 순서 때문에 다투었던 루비 길리스와 에마 화이트는 지금 다른 책상에 따로 떨어져 앉았고, 그로써 3년이나 이어져온 우정이 깨지고 말았다. 그리고 조지 파이와 줄리아 벨은 석 달 동안이나 서로 말하지 않았다. 줄리아 벨이 암송할 때 관객들에게 인사하던 모습이 꼭 암탉이 머리를 꾸벅거리는 것처럼 보였다고 조지 파이가 베시 라이트에게 말했는데, 베시가 그 말을 줄리아에게 전했기 때문이다. 슬론네 아이들은 벨네 아이들과 어울리지 않게 되었다. 벨네는 슬론네 아이들이 너무 많이 출연했다고 불평했고, 슬론네는 벨네가 주어진 얼마 안 되는 역할도 제대로 못 했다고 반박했다. 그리고 찰리 슬론은 무디 스퍼전 맥퍼슨과 싸웠다. 앤 셜리가 낭독할 때 몹시 으스댔다고 무디 스퍼전이 말하여 찰리 슬론에게 호되게 맞았던 것이다. 그 결과 무디 스퍼전의 여동생 엘라 메이는 그 겨울 동안 내내 앤 셜리와 말하지 않으려 했다.

이런 하찮은 옥신각신을 뺀다면 스테이시 선생님의 작은 왕국은 원만하게 흘러가고 있었다.

겨울의 하루하루는 빠르게 지나갔다. 유달리 따뜻한 겨울이어서 눈도 그리 내리지 않아, 앤과 다이애나는 거의 날마다 '자작나무길'을 걸어서 학교에 다녔다.

앤의 생일날, 두 소녀는 가벼운 걸음으로 걸어가고 있었다. 쉴 새 없이 이야기를 주고받았으면서, 눈을 크게 뜨고 귀도 열심히 기울였다. 스테이시 선생님이 '겨울의 숲을 걸어가며'라는 주제로 작문을 써오라고 해서 두 소녀는 숲을 자세히 살펴볼 필요가 있었다.

앤은 엄숙한 기분으로 말했다.

"다이애나, 나는 오늘 13살이 되었어. 내가 청소년이 되다니 믿을 수 없어. 오늘 아침 눈을 떴을 때 모든 것이 달라진 듯한 느낌이 들더라. 너는 13살이 된지 한 달이나 지났으니 그리 신기하지도 않겠지만, 어쩐지 인생이 훨씬 더 즐거운 거 같아.

앞으로 2년만 있으면 정말 어른이 되잖니. 그때는 거창한 말을 써도 놀림받지 않는다고 생각하니 정말 기뻐."

"루비 길리스는 15살이 되면 곧바로 애인을 사귀겠다고 말했어."

이 말에 앤은 경멸하는 투로 말했다.

"루비 길리스는 애인 생각밖에 안 해. 그 아이는 '주목'이라는 글자 아래에 남자아이랑 나란히 이름이 적히면 몹시 화가 난 척하지만 속으로는 좋아서 어쩔 줄 몰라. 이런 말을 하는 것은 험담이 되겠지.

앨런 부인은 남의 험담을 절대로 하지 말라고 하셨는데. 하지만 험담은 저도 모르는 사이에 나오지 않니? 나는 조지 파이 이야기만 나오면 꼭 험담이 돼버려. 그래서 그 애에 대해서는 입에 담지 않기로 했어. 너도 눈치채지 않았니?

나는 되도록 앨런 부인처럼 되려고 애쓰고 있단다. 부인은 정말 흠잡을 데 없는 분이야. 앨런 목사님도 그렇게 생각하고 계신대. 린드 아주머니는 앨런 목사님은 부인이 걸어간 길에 입이라도 맞출 거라고 하더라. 그러면서 목사가 어떤 사람에 대해 그처럼 열렬히 애정을 쏟는 것은 좋은 일이 아니라는 말도 했어. 하지만 목사님도 사람인 이상 여느 사람과 마찬가지로 자칫하면 빠지기 쉬운 죄를 벗어나기란 어렵지 않겠니.

지난 일요일 오후 나는 앨런 부인과 자칫하면 빠지기 쉬운 죄에 대해 아주 흥미진진한 이야기를 주고받았어. 안식일인 일요일에 주고받을 수 있는 화제란 한정되어 있는데 이것은 그 가운데 하나였거든. 나의 경우에 자칫하면 빠지기 쉬운 죄는, 너무 상상을 많이 해서 자신의 임무마저 잊는 거야. 고치려고 무척 애쓰고 있는데, 이제 진짜로 13살이 되었으니 좀 나아질지도 모르지."

다이애나가 말했다.

"앞으로 4년만 있으면 우리는 머리를 올릴 수 있어. 앨리스 벨은 아직 16살인데 벌써 머리를 올렸잖니. 좀 이상해 보였어. 나는 17살까지 기다릴 테야."

앤은 단호한 목소리로 말했다.

"만일 내 코가 앨리스 벨처럼 휘어 있다면 절대로…… 아니야, 이 이상 말하면 안 되겠어! 아주 심한 험담이 되어버릴 것 같으니까. 그 애의 코와 내 코를 비교하려 했으니 이건 허영심이야. 전에 코에 대해 칭찬받은 일이 있은 뒤로는 코에 대한 생각을 너무 자주 하거든. 하지만 그 때문에 크게 위안받고 있는 것은 사실이야.

어머나, 다이애나, 저 깡충깡충 뛰는 토끼 좀 봐. 우리가 숲에 대한 작문을 지을 때 저 토끼에 대해서도 쓰면 좋겠지? 숲은 여름에도 좋지만 겨울에도 멋진 것 같아. 온통 새하얗고 고요해서 마치 아름다운 꿈을 꾸며 깊은 잠을 자고 있는 것 같아."

"숲에 대한 작문은 그리 어렵지 않을 거야. 그럭저럭 쓸 수 있을 테니까. 하지만 월요일에 제출할 작문은 난감해. 스테이시 선생님께서 스스로 만들어낸 이야기를 쓰라고 하시다니, 정말!"

"어마, 그거야 아무것도 아닐 텐데."

"너는 상상력이 있으니까 그럴 테지만, 그런 재능을 타고나지 못한 사람은 힘들어. 너는 벌써 다 썼겠지?"

앤은 고개를 끄덕이며 만족한 낯빛을 보이지 않으려 애썼지만 처참히 실패했다.

"지난 월요일 밤에 썼어. 〈질투에 불타는 연적, 또는 죽음도 갈라놓을 수 없는 사랑〉이라는 제목이야. 마릴라에게 읽어줬더니 쓸데없는 헛소리라고 대수롭지 않게 여겼어. 매슈는 굉장히 좋다고 했지. 난 매슈의 비평을 받아들이기로 했어.

무척 슬프고 아름다운 이야기야. 내가 쓰면서도 슬퍼서 엉엉 울었다니까. 코딜리아 몬모런시[1]와 제럴딘 시모어[2]라는 아름다운 두 소녀 이야기야. 두 소녀는 같은 마을에 살면서 서로 진심으로 사랑하고 있었어. 코딜리아는 칠흑같이 검은 풍성한 머리를 땋아 작은 보석관처럼 머리에 두르고 반짝이는 검은 눈을 가졌지. 제럴딘은 여왕님처럼 눈부신 금발이고 눈은 벨벳 같은 보랏빛이야."

다이애나는 믿을 수 없다는 듯이 말했다.

"어머, 보랏빛 눈을 한 사람은 본 적 없는걸."

"나도 본 적 없지만, 상상해 보았어. 뭔가 특별한 점이 있었으면 했거든. 그리고 제럴딘의 이마는 설화석 같아. 설화석 같은 이마가 어떤 것인지 이제는 알아. 13살이 되니까 12살 때보다 훨씬 여러 가지를 알 수 있게 됐어."

두 사람의 운명에 흥미를 느낀 다이애나가 물었다.

"코딜리아와 제럴딘은 어떻게 됐니?"

"두 소녀는 16살의 아름다운 처녀로 성장했어. 그때 버트럼 드비어라는 젊은

---

[1] 코딜리아는 셰익스피어의 《리어왕》의 셋째 딸. 몬모런시(프랑스어로는 몽모랑시)는 프랑스 식민지 시대 캐나다 초대총독으로 유명.
[2] 앤이 지은 이야기는 영국 시인 로버트 브라우닝의 아내이자 본인도 시인인 엘리자베스 배럿 브라우닝(1806~1861)의 시 《레이디 제럴딘을 향한 구애》에서 아이디어를 따옴. 여주인공 제럴딘뿐 아니라, 남자주인공도 버트럼으로 이름이 같음.

이가 이 마을에 나타나 아름다운 제럴딘과 사랑에 빠지게 됐어.

제럴딘이 탄 마차의 말이 마구 달릴 때 버트럼이 구해주지. 그는 정신을 잃은 제럴딘을 팔에 안고 3마일(약 4.8킬로미터)이나 떨어진 곳에 있는 그녀 집으로 데려가. 마차가 엉망으로 망가져서 더는 탈 수 없었거든.

하지만 버트럼이 청혼하는 장면을 그려내기가 무척 힘들었어. 아직까지 겪어본 적 없으니까. 루비 길리스에게 남자들이 어떻게 청혼하는지 아느냐고 한번 물어보았지. 결혼한 언니들이 여럿 있으니까 알 것 같아서 말이야.

루비는 맬컴 앤드루스가 언니 수전에게 청혼할 때 현관홀에 있는 식료품 저장실에 숨어서 엿듣고 있었대. 맬컴이 수전에게 아버지로부터 자기 이름으로 된 농장을 물려받았다는 이야기를 한 다음 '어때, 올가을에 나한테 시집오면 어떻겠어?' 하자 수전이 '음…… 아니…… 모르겠어…… 어떻게 할까.'라고 하더니 금방 약혼했다지 뭐니. 그런 식의 청혼은 아무리 생각해도 낭만적이라고 할 수 없어.

그래서 나 혼자 상상해서 쓰기로 했지. 화려하고도 시적으로 만들기 위해 버트럼이 무릎을 꿇게 했어. 요즘은 그런 일을 하지 않는다고 루비 길리스가 말했지만 말이야.

제럴딘은 승낙하는데, 그 대사가 한 페이지나 계속돼. 그것을 쓰느라 나는 무척 애먹었어. 다섯 번이나 고쳐 썼지. 최고의 걸작이라고 할 수 있을 거야.

버트럼은 제럴딘에게 다이아몬드 반지와 루비 목걸이를 선물하고 유럽으로 신혼여행을 가자고 했어. 굉장한 부자니까. 하지만 안타깝게도 두 사람 앞에 어두운 그림자가 비치기 시작해. 코딜리어도 역시 마음속으로 버트럼을 사랑하고 있었거든. 제럴딘이 약혼했다면서 목걸이와 반지를 보여주자 분노가 부글부글 끓어올라. 제럴딘에 대한 애정이 격렬한 증오로 바뀌어 버트럼과 결코 결혼할 수 없게 만들겠다고 맹세해. 그러면서도 겉으로는 여전히 좋은 친구처럼 대하지.

어느 날 저녁 제럴딘과 코딜리아는 소용돌이치는 급한 물살 위에 놓인 다리에 서 있게 됐어. 아무도 보는 이가 없는 줄 알고 코딜리아가 비웃으며 제럴딘을 떨어뜨려. 모든 것을 지켜보고 있던 버트럼은 '나는 그대를 구하리, 그 무엇과도 바꿀 수 없는 내 사랑 제럴딘이여.' 하고 소리치며 곧 물속으로 뛰어들었어. 하지만 가엾게도 버트럼은 자기가 헤엄칠 줄 모른다는 것을 잊었던 거야. 그래서 두 사람은 꼭 껴안은 채 물에 빠져 죽고 말았어. 두 사람의 시체는 강가로 떠밀려 올라왔지.

두 사람은 한 무덤에 묻히고 장엄한 장례식이 치러졌어. 다이애나, 이야기의 마지막은 결혼식보다 장례식이 더 낭만적이지 않니? 코딜리아는 양심의 가책으로 미쳐버려 정신병원에 갇히게 돼. 저지른 죄에 대한 정당한 벌이지."

"어쩌면 그렇게 잘 썼니!"

다이애나는 한숨을 쉬었다. 그녀도 매슈와 같은 부류에 속하는 비평가였다.

"순전히 자기 머리만으로 그런 멋있는 이야기를 생각해 내다니 정말 신기해, 앤. 나로서는 도저히 엄두도 못 낼 일이야. 나도 너처럼 상상력이 풍부하면 얼마나 좋겠니."

앤은 들뜬 목소리로 말했다.

"상상력을 기르면 돼. 다이애나, 좋은 생각이 떠올랐어. 우리 둘이서 '이야기 클럽'을 만들어 이것저것 써보면 어떨까. 네가 혼자서 쓸 수 있을 때까지 상상력을 기르는 것은 중요한 일이야. 스테이시 선생님이 그랬어. 그리고 올바른 방향을 잡을 필요도 있어. 내가 '도깨비숲' 이야기를 하자 선생님은 그 방향이 옳지 못하다고 했어."

이렇게 해서 이야기 클럽이 생겨나게 되었다. 처음에는 다이애나와 앤, 두 사람뿐이었다. 그러나 마침내 제인 앤드루스, 루비 길리스 그리고 또 한두 사람 더 들어오게 되었다. 모두들 상상력을 기를 필요가 있다고 느꼈기 때문이었다. 단, 남자아이들은 받지 않기로 했다. 비록 루비 길리스는 남자아이들도 받는 편이 더욱 활기 있어 좋을 것이라는 의견을 냈지만. 그리고 회원들은 1주일에 한 편씩 이야기를 써오기로 했다.

앤은 마릴라에게 말했다.

"아주 재미있는 모임이에요. 한 사람씩 자기가 써온 것을 읽고 다 함께 이야기를 나누어요. 그것을 저마다 소중히 간직해 두었다가 자손들에게 읽어줄 작정이에요. 우리는 필명을 써요. 내 필명은 로저먼드 몬모런시예요. 모두들 생각보다 꽤 잘 써요.

루비 길리스는 좀 감상적인 데가 있어요. 이야기 속에 사랑을 속삭이는 장면이 지나치게 많거든요. 넘침은 모자람만 못하다고 했으니 좋지 않아요.

그에 비해 제인의 것은 그런 장면이 너무 없어요. 낭독할 때 쑥스럽기 때문이래요. 그래서 제인의 이야기는 무척 진지한 것뿐이에요.

다이애나는 살인하는 장면을 덮어놓고 많이 넣어요. 등장인물을 어떻게 다루어야 좋을지 골치 아플 때는 곧 죽여서 없애버리는 거래요.

이야기 소재는 대개 내가 알려줘야 하지만 그리 힘든 일은 아니에요. 얼마든지 이야깃거리가 떠오르니까요."

마릴라는 비꼬았다.

"그 이야기인지 뭔지를 쓴다는 것만큼 쓸데없는 일은 없을 게다. 허튼 생각만 잔뜩 머리에 집어넣고 공부에 쏟아야 할 시간을 낭비하게 되니까. 이야기책을 읽는 것만도 시간을 많이 잡아먹는데 거기다 쓰기까지 하다니 참으로 한심하구나."

앤은 꿋꿋이 설명했다.

"하지만 우리는 어떤 이야기를 쓰든 반드시 그 속에 교훈이 담도록 애쓰고 있어요, 마릴라. 이것은 내가 제안한 거예요. 착한 사람은 반드시 보답받고 악한 사람은 거기에 알맞은 벌을 받지요. 틀림없이 좋은 효과가 있을 거예요. 교훈이란 참으로 중요한 것이라고 앨런 목사님도 말씀하셨어요.

내가 쓴 이야기 한 편을 앨런 목사님과 부인에게 읽어드렸더니 두 분 모두 좋은 교훈이 담겨 있다고 했어요. 다만 웃을 장면이 아닌 데서 소리 내어 웃었어요. 저는 내가 쓴 이야기를 읽고 사람들이 울어주면 기분이 더 좋던데 말예요. 제인과 루비는 슬픈 장면에 이르면 대개 울었거든요.

다이애나는 조지핀 할머니에게 이야기 클럽에 대해 편지를 써 보냈어요. 그랬더니 우리가 지은 이야기를 몇 편 보여 달라는 회답이 왔어요. 그래서 가장 좋은 네 편을 깔끔하게 베껴 써서 보내드렸죠. 조지핀 할머니는 그렇게 재미있는 이야기는 이제까지 읽어본 적 없다는 답장을 보내셨어요. 그건 좀 의외였어요. 이야기는 모두 비극적이었고 등장인물 대부분이 죽거든요.

아무튼 조지핀 할머니를 즐겁게 해드렸다니 기뻐요. 우리 모임이 조금이라도 세상을 위해 좋은 일을 했다는 증거니까요. 앨런 부인은 바로 그 점을 우리가 하는 모든 일의 목표로 삼아야 한다고 했어요. 우리도 그럴 작정으로 열심히 노력하지만 무슨 일에 열중하게 되면 다른 일들을 그만 잊어버리는 수가 있어요. 나는 어른이 되면 앨런 부인처럼 되고 싶어요. 가능성이 조금이라도 있을까요, 마릴라?"

"가능성이 아주 높다고 말할 수는 없을 것 같구나."

이것이 나름 마릴라의 격려 말이었다.

"앨런 부인이 너처럼 쓸데없는 짓이나 하고 해야 할 일을 잘 잊어버리는 아이는 아니었을 테니까."

앤은 진지하게 말했다.

"그랬겠죠. 하지만 앨런 부인도 언제나 훌륭하지는 못했을 거예요. 부인이 직접 말해 줬는데, 어릴 때는 장난이 심했고 말썽도 많이 부렸대요.

그 말을 듣고 용기를 얻었어요. 하지만 다른 사람이 예전에 나쁜 아이였다는 말을 듣고 자신감을 얻는다는 건 좋지 않은 일이겠죠? 린드 아주머니가 그렇게 말했어요. 린드 아주머니는 누군가가 아무리 어릴 때였더라도 못된 짓을 했다는 말을 들으면 충격을 받는대요. 어느 목사님이 어렸을 때 고모 댁 부엌에서 딸기 타르트를 훔쳤다는 고백을 듣고부터 그 목사님을 존경할 수 없다고 했어요.

나라면 그렇게 생각하지 않겠어요. 목사님이 그 일을 뉘우치고 그런 고백을 했다는 건 고귀한 일이고, 지금 장난치고 후회하는 남자아이들이 그 이야기를 들으면 자기도 커서 목사가 될 수 있을 거라며 얼마나 용기를 얻겠어요. 그것이 내 의견이에요, 마릴라."

"앤, 내 의견을 말하자면 말이다, 지금쯤 설거지가 깨끗이 끝나고도 남았을 텐데 너는 이야기하는 데 정신 팔려 30분이나 늦어지고 있구나. 해야 할 일을 먼저 한 다음 재잘대는 교훈을 좀 배우면 어떻겠니?"

허영심의 대가

4월도 저물어가는 어느 날 저녁, 마릴라는 교회 후원회 모임을 끝내고 집으로 돌아가고 있었다. 마릴라는 마침내 추운 겨울이 뒤로 물러가고 설레는 봄이 다가왔음을 느꼈다. 환희의 봄은 젊고 명랑한 사람에게뿐만 아니라 늙고 침울한 사람에게도 똑같이 설레는 즐거움을 준다고 생각했다. 마릴라는 자신의 느낌이나 생각을 헤아려 보는 사람은 아니었다. 그래서 그녀는 여느 때와 마찬가지로 자신이 후원회 일이며 해외 포교를 위한 헌금상자나 교회에 깔 새로운 카펫 등에 대해 고민하고 있다고 여겼다.

그러나 그러한 일상적인 고민 밑바닥에서 마릴라는, 저녁 햇살을 받은 이내가 연보랏빛으로 뿌옇게 물들어가는 붉은 들판, 시냇물 건너편의 목장으로 길게 드리워진 우듬지가 뾰족한 전나무 그림자, 거울 같은 호수를 둘러싸고 세상이 멈춰버린 듯 서 있는 단풍나무의 빨간 새싹, 잿빛 풀밭 밑에서 깨어나고 움트고 있는 온갖 것들을 조화롭게 의식하고 있었다. 봄의 생명력이 온누리에 넘쳐흐르니 언제나 냉정한 중년 여인의 걸음걸이도 몸속 깊숙이에서 솟구쳐오르는 반가움에 자늑자늑해지고 있었다.

그린게이블즈가 나뭇가지 사이로 보이자, 여러 창문에 찬란하게 비추는 햇살을 마릴라는 깊은 애착을 느끼며 그윽하게 바라보았다. 마릴라는 촉촉히 젖은 오솔길을 따라 한 걸음 한 걸음 조심스레 내딛으며 집에 가면 탁탁 소리 내어 타오르는 난롯가에 저녁 식사가 다 차려져 있으리라 생각하니 무척이나 기분이 좋았다. 앤이 그린게이블즈에 온 이후에 생겨난 변화였다.

그러나 마릴라가 부엌으로 들어섰을 때 저녁 식사가 차려져 있기는커녕 난로의 불은 꺼져 있어 썰렁했고 앤의 모습은 아무 데도 보이지 않았다. 마릴라는 몹시 허전함을 느끼며 화마저 났다. 잊지 말고 5시에 저녁 준비를 해놓도록 앤에게 단단히 일러두고 나갔건만 이제 마릴라는 서둘러 외출복을 벗어놓고 매슈가 밭일을 마치고 돌아오기 전에 식사 준비를 서둘러야만 되었다.

불쏘시개로 쓸 나무를 큰 칼로 공연히 더 힘주어 깎으며 마릴라는 성난 목소리로 말했다.

"미스 앤께서 왕림하시면 제대로 결판을 내야지."

매슈도 이미 집에 돌아와 늘 앉는 구석자리에서 저녁 식사가 되기를 잠자코 기다리고 있었다.

"앤은 틀림없이 다이애나와 돌아다니며 이야기를 쓰느니 대화극 연습을 하느니 그러면서 쓸데없는 소리만 지껄이고 있을 거예요. 시간이 얼마나 지났는지, 해야 할 일이 어떻게 됐는지 깡그리 잊었을 테지요.

그런 일들을 당장 그만두게 해야겠어요. 앨런 부인이 앤처럼 사랑스럽고 영리한 아이는 처음 보았다고 아무리 칭찬한다 해도 상관없어요. 사랑스럽고 영리하면 뭐해요. 허튼 생각으로 머릿속이 꽉 차 있어서 다음에 무슨 일을 저지를지 알 수도 없는데. 겨우 한 가지 말썽이 그쳤나 싶으면 또 새로운 말썽이 시작이고.

아이구, 맙소사. 오늘 후원회에서 레이철 린드가 바로 그렇게 말했을 때 나는 다짜고짜 화를 냈는데, 지금 내가 똑같은 말을 하게 될 줄이야. 앨런 부인이 앤을 감싸주고 나섰으니 망정이지, 그렇지 않았다면 여러 사람 앞에서 레이철한테 심한 말을 했을 거예요.

앤에게 결점이 많은 걸 누가 모르나요. 나도 그 점을 부인할 생각은 조금도 없지만 그 애를 기르는 사람은 나지 레이철 린드가 아니거든요. 하기야 애번리에 사는 한 레이철한테 걸리면 가브리엘 대천사라도 꼬투리를 잡히고 말 테지만요.

하지만 그렇다 한들 앤이 이렇게 늦게 돌아와도 괜찮다고 할 수는 없어요. 오후에는 집안일을 말끔히 하도록 단단히 일러두었거든요. 지금까지는 그 애가 아무리 결점이 많다 해도 시킨 일을 어기거나 미덥지 못한 아이라는 인상을 준 일은 없었어요. 그런데 오늘은 그런 점이 나타나 실망이 크네요."

"글쎄다, 무슨 일인지 모르겠구나."

매슈는 참을성이 많고 현명하였다. 더욱이 배가 몹시 고팠으므로 말참견을 하지 않았다. 마릴라가 불평하고 싶은 대로 실컷 말하게 두는 게 가장 좋다고 여겼다. 지금까지 경험으로 미루어 쓸데없는 토론으로 시간을 낭비하지 않으면 마릴라는 화나 있을 때라도 눈앞에 놓인 일을 재빨리 해치운다는 것을 잘 알고 있었다.

"그래도 너무 빨리 그렇게 단정하지 않는 편이 좋을 것 같다. 그 아이가 시킨 일을 어떤 사정으로 어겼는지 밝혀질 때까지 미덥지 못하다는 말을 하는 것은 좀 일러. 그럴 만한 이유가 있었는지도 모르니까. 앤은 설명을 잘하잖니."

마릴라는 반박했다.

"집에 있으라고 했는데 없으니 그렇죠. 이 점만은 내게 납득할 만한 변명을 할 수 없을 거예요. 오라버니가 그 아이 역성을 들 거라는 건 이미 알고 있었어요. 하지만 그 아이를 기르는 사람은 오라버니가 아니라 나예요."

저녁 식사가 다 되었을 때는 이미 캄캄해졌다. 통나무다리나 '연인의 오솔길'을 지나 의무를 소홀히 했을 때의 부끄러운 얼굴로 숨을 헐떡거리며 돌아올 줄 알았는데 아직 앤은 돌아오지 않았다.

마릴라는 뚱한 얼굴로 설거지를 끝냈다. 그리고는 지하실로 내려가는 데 불빛이 필요했으므로 늘 앤의 방 탁자에 놓여있는 양초를 가지러 동쪽 방에 올라갔다. 불을 켜고 돌아보니 침대 위 베개에 머리를 묻은 채 엎드려 있는 앤의 모습이 눈에 띄었다.

마릴라는 깜짝 놀라며 물었다.

"아이고, 깜짝이야. 어떻게 된 거냐? 여태껏 자고 있었니, 앤?"

앤은 분명치 않은 목소리로 대답했다.

"아니에요."

걱정이 된 마릴라는 침대 쪽으로 가까이 다가가며 물었다.

"어디 아프니?"

앤은 사람 눈을 영원히 피하려는 듯이 머리를 더욱더 깊숙이 베개에 묻었다.

"아니요, 안 아파요. 하지만 제발 가주세요. 그리고 나를 보지 마세요, 마릴라. 나는 절망의 구렁텅이에 빠져 있으니까요. 누가 반에서 1등을 하건, 작문을 가장 잘 짓건, 성가대에서 노래를 부르건 조금도 관심 없어요. 그런 하찮은 일은 아무래도 좋아요. 나는 이제 아무 데도 갈 수 없거든요. 내 인생은 완전히 끝났어요. 부탁이에요. 제발 나가주세요, 마릴라. 그리고 나를 보지 마세요."

"무슨 말인지 모르겠구나."

너무나 어리둥절해진 마릴라는 그 까닭을 물었다.

"앤 셜리, 대체 왜 그러니? 무슨 일을 저질렀니? 제대로 일어나 앉아서 말해, 어서. 자, 이제 얘기해 봐. 왜 그러지?"

앤은 하는 수 없이 시키는 대로 침대에서 내려와 방바닥에 섰다.

그리고 기어들어가는 목소리로 말했다.

"마릴라, 내 머리를 봐요."

마릴라는 촛불을 들고 앤의 등 뒤에서 물결치는 머리칼을 자세히 들여다 보았다. 그것은 정말로 이상한 색이었다.

"앤 셜리, 머리에다 무슨 짓을 한 거니? 맙소사 녹색이 아니냐!"

굳이 무슨 색이냐고 묻는다면 녹색이라고 할 수밖에 없었다. 기묘하게 탁한 청동빛으로, 군데군데 원래의 빨간색이 줄무늬처럼 섞여 한층 더 음산한 인상을 주었다. 그 순간 본 앤의 머리만큼 기괴한 머리털을 마릴라는 이제껏 본 적이 없었다.

앤은 신음했다.

"네, 녹색이에요. 나는 빨강머리만큼 싫은 색은 없다고 생각했어요. 하지만 이제 녹색 머리털은 그 열 배나 더 싫은 빛깔이라는 것을 알았어요. 아, 마릴라, 내가 얼마나 비참한 기분인지 모를 거예요."

마릴라는 한숨을 쉬며 말했다.

"아, 네가 어째서 그 꼴이 되었는지 도무지 짐작도 할 수 없구나. 하지만 꼭 알아내야겠다. 부엌으로 따라 내려오너라. 여기는 추워서 도저히 더는 못 있겠구나. 그리고 네가 한 짓을 자세히 털어놓으렴. 뭔가 엉뚱한 일이 슬슬 벌어질 때가 되었다고 생각하고 있었지. 두 달 넘도록 잠잠했으니까. 자, 머리를 어떻게 한 거냐?"

"물들였어요."

"물들였다고! 머리를 물들였다고? 앤 셜리, 그런 일을 해선 안 된다는 것을 몰랐니?"

앤은 고개를 끄덕였다.

"네, 좋은 일이 아니라는 것은 알고 있었어요. 하지만 빨강머리만 벗어날 수 있다면 약간 나쁜 짓을 해도 괜찮을 거라 여겼어요. 나는 먼저 이 나쁜 짓에 따를 대가를 생각해 봤어요. 그 결과 머리를 물들이는 대신 다른 점에서 특별히 좋은 아이가 되려고 굳게 결심했어요."

마릴라는 잔뜩 비꼬아 말했다.

"하지만 머리에 물을 들일 필요가 있다고 마음먹은 이상 나라면 적어도 점잖은 색으로 물들였을 게다. 녹색이라니, 정말 기가 막히는구나."

앤은 풀이 죽어 말했다.

"나도 녹색으로 물들일 생각은 조금도 없었어요. 나쁜 짓이긴 해도 내가 이런 일을 한 데는 얼마쯤 다른 계획이 있었기 때문이에요. 그 사람은 내 머리털이 까마귀 날개같이 새까만 색이 될 거라고 했거든요. 틀림없다고 장담했어요.

어떻게 그 사람 말을 믿지 않을 수 있었겠어요. 자기가 한 말을 의심받을 때 어떤 기분인지 나는 잘 알거든요. 앨런 부인도 뚜렷한 증거가 없는 한 남의 말을 의심해선 안 된다고 했어요.

하지만 지금은 그 사람의 말이 거짓이라는 뚜렷한 증거가 있어요. 이 녹색 머리털이 움직일 수 없는 증거잖아요. 하지만 그때는 알 수 없었으니 그 사람 말을 모두 믿었어요."

"누구 말이냐. 대체 누구 이야기를 하고 있는 거니?"

"오후에 행상인이 와서 머리 염색약을 샀어요."

"앤 셜리, 그런 이탈리아 사람은 집에 들여놓지 말라고 그토록 단단히 일렀잖니! 그런 사람들이 서성거려서 좋은 일은 결코 없으니까."

"어머나, 집 안에 들여놓지 않았어요. 마릴라의 말을 잘 기억하고 있었거든요.

내가 밖으로 나가 문을 닫은 뒤 층계에서 물건을 봤어요. 게다가 그 사람은 이탈리아 사람이 아니었어요. 독일계 유대인이래요.

커다란 상자 속에 재미있는 물건이 잔뜩 담겨 있었어요. 그리고 열심히 일해서 돈을 많이 벌면 독일에 있는 아내와 아이들을 데려온다고 했어요. 아주 실감 나게 이야기해서 동정심이 절로 우러났어요. 내가 무엇을 사면 그 사람이 목적을 이루는 데 도움이 될 거 같았어요.

그 순간 염색약이 눈에 띄지 않았겠어요? 그 사람이 염색약은 어떤 빛깔의 머리든 까마귀 날개처럼 윤기 나는 예쁜 색으로 물들인다고 했어요. 틀림없다며 쉽사리 색이 바래지도 않는다고 했어요. 그 순간 다이애나처럼 멋들어진 검은 머리를 한 내 모습이 떠올라 도저히 그 유혹을 이길 수가 없었어요.

그 약은 한 병에 75센트였는데 내 용돈은 50센트밖에 없었어요. 그랬더니 그 행상인 아저씨가 이렇게 말했어요.

'아가씨라면 50센트에 드리지요. 거저 드리는 거나 다름없습니다.'라고요.

친절한 사람 같았어요. 그래서 염색약을 샀어요. 그 사람 모습이 보이지 않게 되자 나는 곧 방으로 올라와 이 설명서에 쓰인 대로 낡은 머리빗에 묻혀 머리에 발랐어요. 한 병을 다 썼어요. 머리털이 터무니없는 빛깔로 물든 걸 알았을 때 비로소 내 실수를 깨달았어요. 정말이에요. 내내 후회하고 있어요."

마릴라는 엄하게 꾸짖었다.

"그러냐. 그 후회가 앞으로 좋은 밑거름이 되었으면 좋겠구나. 네 허영심의 결과가 어떤 것인지 똑똑히 봤을 테니. 그건 그렇고, 이 일을 어쩌지. 우선 머리를 감아서 물이 빠지는지 봐야겠다."

앤은 비누칠해서 정성껏 감았지만 원래의 빨강머리가 흐려지면 흐려졌을까 염색된 머리에는 아무 변화도 일어나지 않았다. 그 행상인의 다른 말은 거짓말이었는지 모르지만 이 염색약의 색이 쉽사리 빠지지 않는다는 것만큼은 진실이었던 것이다.

앤은 울먹이며 물었다.

"아, 마릴라, 어떻게 하면 좋아요? 이토록 부끄러운 일은 아무리 시간이 흘러도 잊히지 않을 거예요. 목사님 부부가 오셨을 때 향료 대신 진통제를 넣고 케이크를 구운 일이나 다이애나를 취하게 만들었던 사건이나 발끈해서 린드 아주머니에게 화를 냈던 일을 사람들이 이제 겨우 잊어가는 참이었는데…… 저의 다른 모든 실수는 잊어도, 모두들 이것만은 오래도록 기억할 거예요. 그리고 나를 멀쩡한 사람으로 봐주지 않겠지요. 아, 마릴라, '한번 사람을 속이면, 우리는 얼마나 얽히고설킨 거미줄을 자아내야 하는가.'[1] 이것은 시에 나온 구절인데 맞는 말인 것 같아요.

아, 더구나 조지 파이가 얼마나 비웃을까요! 절대로 조지 파이를 만나지 않겠어요! 지금 이 프린스에드워드섬에서 가장 불행한 소녀는 나, 앤 셜리예요."

불행은 그 뒤로 일주일간 이어졌다. 그동안 앤은 한 걸음도 집 밖에 나가지 않고 날마다 머리를 감았다. 그린게이블즈 외부 사람으로는 다이애나만이 이 치명적인 비밀을 알고 있었다. 그러나 다이애나는 결코 아무에게도 말하지 않겠다고 엄숙하게 약속했고 그 약속을 지켰다.

일주일이 지난 다음 마릴라는 단호하게 말했다.

"앤, 하는 수 없다. 이토록 지독한 염색약은 처음 보는구나. 머리를 자르는 수밖에 없겠다. 그렇지 않고는 도저히 밖에 나갈 수 없으니 말이야."

---

[1] 월터 스콧의 이야기시 《마미언》에서 따옴.

앤의 입술이 파르르 떨렸다. 그러나 좋건 싫건 마릴라의 말이 사실임에 틀림없었다. 무겁게 한숨을 내쉬며 앤은 가위를 가져왔다.

"마릴라 말이 맞아요. 당장 머리를 싹둑 잘라 주세요. 얼른 끝내버리는 게 좋겠어요. 아, 가슴이 찢어질 것 같아요. 이런 고난은 조금도 낭만적인 데가 없네요.

책에서 읽은 소녀들은 열병에 걸려 머리가 빠지거나 어떤 착한 일을 위해 돈을 마련하려고 머리카락을 자르던데.[2] 나도 그런 이유로 머리를 자른다면 이토록 괴롭지는 않을 거예요. 터무니없는 색으로 머리를 물들였기 때문에 잘라야 하다니 정말이지 한심해요. 마릴라에게 방해가 되지 않는다면, 머리를 자르는 동안 저는 내내 눈물을 흘리겠어요. 너무 비극적인 일이니까요."

앤은 울었지만 나중에 2층으로 올라가 거울을 들여다보고 어쩔 수 없음을 깨닫자 오히려 냉정하게 마음을 가라앉혔다. 마릴라는 빈틈없이 할 일을 해냈다. 염색한 머리의 흔적이 보이지 않게 하기 위해 되도록 짧게 잘라야만 했다. 그 결과물은 아무리 좋게 봐주려 해도 어울린다고 할 수는 없었다. 앤은 급히 거울을 벽 쪽으로 돌려놓았다.

그리고 단호한 목소리로 말했다.

"머리가 자랄 때까지 절대로 거울을 보지 않겠어."

그랬다가 갑자기 거울을 다시 제자리로 돌려놓았다.

"아니야, 역시 봐야 해. 나쁜 짓을 한 대가를 받아야지. 방에 들어올 때마다 거울을 보고 자신이 얼마나 미운지 눈으로 확인해야 해. 상상으로 밀지 않다

---

[2] 몽고메리가 태어나기 전에 출간되어 베스트셀러가 된 미국 작가 루이자 메이 올컷(1832~1888)의 《작은 아씨들》에서 둘째 딸 조가, 남북전쟁에서 부상을 입고 병원에 입원한 아버지를 위해 머리를 잘라 팔아서 돈을 마련한 경우가 있음.

고 생각해서는 안 돼.

다른 일이라면 몰라도 내 머리카락에 대해 허영심을 가졌다고 느낀 적은 한 번도 없었는데, 알고 보니 있었네. 그래도 전에는 빨강머리였지만 길고 풍성하고 굽슬거렸는데 이게 뭐람. 다음에는 코마저 어떻게 되는 게 아닐까."

다음 월요일, 짧게 자른 앤의 머리는 학교에서 큰 화제가 되었다. 그러나 아무도 그 이유를 몰랐으므로 앤은 마음을 놓았다. 조지 파이도 전혀 짐작하지 못했지만, 앤에게 허수아비 같다고 말하는 것을 잊지 않았다.

앤은 그날 밤 마릴라에게 말했다.

"조지가 내게 그런 말을 해도 나는 잠자코 있었어요."

마릴라는 늘 앓는 두통이 도져 소파에 누워 있었다.

"허수아비 같다는 말을 들었을 때 무척이나 괴로웠어요. 하지만 속죄하는 뜻에서 꾹 참았죠. 뭐라고 말대꾸하고 싶었지만 그저 무시하는 눈으로 그 애를 쓱 한번 훑어본 뒤 용서해 주었어요. 남을 용서하니까 굉장히 훌륭한 사람이 된 듯한 느낌이 들었어요.

앞으로는 착한 사람이 되는 데만 힘쓰고 예뻐지려는 생각은 하지 않기로 했어요. 그편이 훨씬 훌륭하다는 것을 잘 알고 있지만, 아무리 머릿속으로는 알아도 진심으로 믿는 게 힘들 때가 있기는 해요. 그래도 마릴라나 앨런 부인이나 스테이시 선생님처럼 착한 사람이 되고 싶어요. 그래서 다 컸을 때 마릴라가 자랑스럽게 여길 수 있는 사람이 되고 싶어요.

다이애나는 내 머리털이 좀 자랐을 때 검은 벨벳 리본을 머리띠처럼 둘러 옆쪽에서 나비매듭으로 매면 어울릴 거래요. 나는 그 리본을 스누드[3]라고 부

---

[3] 스코틀랜드에서 머리띠를 뜻하는 말로, 여성이 독신이라는 표시로 리본을 머리띠처럼 둘렀음.

르고 싶어요. 낭만적으로 들리니까요. 내가 너무 떠들어서 머리를 더 아프게 했나요?"

"두통은 좀 나아졌어. 아까 오후에는 꽤 심했단다. 어찌 된 일인지 날이 갈수록 두통이 더 심해지는구나. 진찰을 받아봐야겠어. 네가 재잘대는 게 성가신 일인지 어떤지는 잘 모르겠다. 아마 꽤 익숙해졌나 보다."

앤의 이야기를 좀 더 듣고 싶을 때 마릴라는 이런 식으로 표현하였다.

불운한 백합 공주

"물론 네가 일레인[1] 역을 맡아야 해, 앤. 나는 그렇게 멀리까지 배에 실려 내려갈 용기가 없어."

다이애나가 잔뜩 겁내며 이렇게 말하자, 루비 길리스도 무서워 몸을 바들바들 떨며 말했다.

"나도 싫어. 두세 명이 함께 타고 제대로 앉아서 간다면 재미있겠지만 배 안에 누워 죽은 척하고 있어야 한다니 도저히 할 수 없어. 난 무서워서 정말 죽을지도 몰라."

제인 앤드루스가 앤의 눈치를 살피며 둘러댔다.

"앤의 제안은 낭만적이긴 하지만, 나 같으면 꼼짝하지 않고 누워 있지 못할 거야. 1분마다 일어나서 내가 어디에 있는지, 너무 멀리 떠내려가지 않았는지 살펴볼 거야. 그러면 안 되겠지, 앤?"

그러자 앤은 슬프게 말했다.

"그렇지만 빨강머리 일레인 공주라니 아무리 생각해도 우스꽝스러워. 나는 배에 실려 떠내려가는 것쯤 아무렇지도 않고, 기꺼이 일레인이 되고 싶지. 하지

---

[1] 영국의 빅토리아 시대 계관시인 앨프리드 테니슨(1809~1892)이 아서왕 전설을 토대로 쓴 시 《왕의 노래》에서 〈랜슬롯과 일레인〉의 등장인물.

만 빨강머리는 역시 이상해.

루비가 일레인 역을 해야 돼. 살빛도 희고 게다가 멋진 금발이잖아. '일레인은 빛나는 머리털이 풍부하게 물결치고 있었다.'라고 묘사되어 있잖니. 그리고 일레인은 백합 공주야. 빨강머리는 백합 공주에 어울리지 않아."

다이애나는 열심히 앤을 타일렀다.

"네 얼굴도 루비만큼 하얀걸. 머리 색깔도 자르기 전보다 훨씬 진해졌어."

"어머, 정말로 그렇게 생각하니?"

앤은 손뼉을 치며 너무 기뻐서 얼굴이 빨갛게 달아올랐다.

"나도 그런 생각이 들 때가 있었지만, 혹시나 다른 사람에게 물어봤는데 아니라고 할까 봐 무서워서 못 물어봤어. 지금은 적갈색이라고 해도 괜찮겠니, 다이애나?"

다이애나는 짧은 비단실 같은 곱슬머리를 황홀하게 바라보며 말했다.

"응, 내 눈에는 굉장히 예뻐 보여."

앤의 머리에는 나비 모양으로 묶은 예쁜 검은 벨벳 리본이 매어 있었다.

소녀들은 '언덕의 과수원' 아래 호숫가에 서 있었다. 자작나무로 에워싸인 곳이 호숫가에서 튀어나와 있고 그 끝에는 호수로 나갈 어부며 오리 사냥꾼을 위한 작은 나무 발판이 세워져 있었다. 루비와 제인이 다이애나네 집에 놀러 와 이곳에서 한여름의 오후를 즐기고 있는 중에 앤까지 놀러 왔던 것이다.

앤과 다이애나는 그 여름내 이 호수에서 배를 타거나 호숫가에서 시간을 보냈다. 둘만의 놀이터였던 '아이들와일드'는 두 사람에게 이미 과거의 시간 속에 묻혀 있었다. 벨 씨가 지난봄 저택 뒤쪽 목장에 조그만 원을 그리며 늘어서 있는 나무들을 사정없이 베어버렸기 때문이다. 앤은 나무 그루터기에 앉아 하염없이 울었다. 그러고 있노라니 낭만적인 기분이 조금은 스며들었다.

그러나 앤의 마음은 곧 이 호숫가에서 위안받았다. 앤과 다이애나의 말을 빌리면, 13살 여자아이, 더욱이 곧 14살이 되려는 다 큰 아가씨에게 소꿉장난이나 하는 놀이터는 너무 유치했다. 이제는 호숫가에서 노는 편이 훨씬 유쾌했다. 다리 위에서 낚싯줄로 송어를 낚는 것도 재미있고, 배리 씨가 오리 사냥할 때 이용하는 거룻배에 타서 이리저리 노 저어 다닐 수도 있었다.

일레인 이야기를 연극으로 꾸며보자는 말을 꺼낸 건 역시 앤이었다. 아이들은 지난겨울 학교에서 테니슨의 시를 배웠는데, 프린스에드워드섬의 학교들에 그 시를 영어 교재로 채택하라는 교육장의 지시가 내려왔기 때문이었다. 시는 문법을 헤아려보고 또 분석하기 위해 낱낱이 해체되어 마지막에는 그 의미조차도 알 수 없게 되었지만, 아이들에게는 아름다운 백합 공주와 기사 랜슬롯과 귀네비어왕비와 아서왕이 실제로 존재했던 인물처럼 여겨졌다. 특히 앤은 자기가 캐멀롯에서 태어나지 못한 것을 남모르게 많이 아쉬워했다. 앤에게는 그 무렵이 지금보다 훨씬 낭만적으로 느껴졌기 때문이다.

앤의 제안은 모두에게 큰 환영을 받았다. 소녀들은 거룻배를 나루터에서 밀어내면, 흐르는 물을 따라 배가 유유히 떠내려가다가 다리 밑을 지나 자연히 아래쪽 후미진 데 있는 또 다른 곳에 다다르는 것을 알고 있었다. 지금까지 여러 번 그 흐름을 따라 뱃놀이를 하였기 때문이다. 일레인의 이야기를 연극으로 할 때 이보다 더 알맞은 장소는 달리 없었다.

"알겠어. 그럼 내가 일레인 역을 맡을게."

앤은 하는 수 없이 승낙했다. 주인공을 맡은 것은 기뻤지만, 앤의 예술적인 감각은 그 역할에 맞는 적임자를 갈망했는데, 자신의 머리색으로 인해 그럴 수 없음을 알았던 것이다.

"루비는 아서왕이 되고, 제인은 귀네비어왕비, 다이애나는 랜슬롯 역을 맡아.

하지만 그보다 먼저 일레인의 오빠들과 아버지를 연기해야 해.

늙은 벙어리 하인이 일레인과 함께 배에 타야 하지만, 내가 드러누우면 한 사람 더 타기는 힘드니까 하인 역은 빼는 수밖에 없겠어. 일레인의 관이 될 배는 앞에서부터 끝까지 새까만 비단으로 씌워야 해. 다이애나, 네 어머니의 낡은 검은 숄이 어울리지 않을까."

검은 숄을 가져오자 앤은 거룻배에 펼쳐놓고 그 위에 드러누운 다음 눈을 감고 가슴에 두 손을 얹었다.

루비 길리스가 어른거리는 자작나무 그림자 밑에서 눈을 감고 꼼짝도 하지 않는 앤의 조그만 하얀 얼굴을 지켜보며 불안한 듯 말했다.

"어머나, 정말 죽은 사람 같아. 얘들아, 어쩐지 무서운 생각이 들어. 이런 연극을 해도 정말 괜찮을까? 린드 부인은 연극이란 무엇이건 나쁘다고 했어."

앤이 날카롭게 말했다.

"루비, 린드 부인 이야기는 그만둬. 몰입이 깨져버리잖아. 이건 그 부인이 태어나기 몇백 년 전 이야기야. 제인, 네가 지휘해. 죽은 일레인이 말을 한다면 우습지 않겠니."

제인이 그 뒤의 일을 떠맡게 되었다. 일레인의 유해를 덮을 금색 비단 헝겊이 있을 리 없어 쪼글쪼글한 노란색 일본산 크레이프[2]로 된 낡은 피아노 덮개가 안성맞춤의 대용품이 되었다. 또 이 계절에는 새하얀 백합을 구할 수 없었지만 앤의 마주 잡은 두 손에 쥐어진 기다란 하늘색 붓꽃은 더할 나위 없는 효과를 자아냈다.

제인이 말했다.

---

2) 강연사를 평직으로 짜서 겉면에 쪼글쪼글한 잔주름을 잡은 비단·폴리에스테르·양모·레이온 등의 직물.

"자, 준비 다 됐어. 이제부터 일레인의 싸늘한 이마에 입맞춤하는 거야. 그리고 다이애나, 너는 '누이동생아, 잘 가거라.' 이렇게 말해. 루비, 너는 '안녕, 사랑하는 누이동생이여.' 하고 아쉬운 듯 말해야 돼. 둘 다 되도록 슬픈 표정을 지으면서 연기해줘.

앤, 제발 좀 미소 지어봐. 일레인은 '누워 있는 그녀 얼굴에 미소가 어린 듯했다.'라고 시에 씌어 있는걸. 응, 좋아. 그럼 배를 밀어내자."

거룻배는 기슭을 떠나갔다. 그때 배 밑바닥이 호수에 묻혀 있던 낡은 말뚝 끝에 부딪치며 긁혔다.

다이애나와 제인과 루비는 배가 다리 쪽을 향해 떠내려가자 곧 숲을 지나 길을 가로질러 아래쪽의 후미진 곳을 향해 뛰어가기 시작했다. 그곳에서 세 사람은 랜슬롯과 귀네비어왕비와 아서왕이 되어 백합 공주를 실은 배가 닿기를 기다려야 했던 것이다.

처음 얼마 동안 앤은 천천히 떠내려가며 자기가 놓인 낭만적인 상황을 마음껏 즐겼다. 그런데 조금 뒤 낭만적일 수 없는 사태가 일어났다. 배에 물이 새어 들어오기 시작한 것이다. 일레인은 곧 일어서지 않을 수 없었고, 금빛 피아노 덮개와 새까만 숄을 걷어올리자 배 밑바닥의 갈라진 틈으로 물이 뿜어들어오는 것을 보고 깜짝 놀랐다. 나루터의 뾰죽한 말뚝이 배 밑바닥을 뚫었던 것이다. 앤은 자세한 사정은 알지 못했지만, 자기가 지금 위험한 상태에 놓여 있음을 곧 깨달았다. 이대로 가다가는 배가 저 아래쪽 곶에 다다르기 전에 물에 잠겨 가라앉을 게 틀림없었다. 노는 어디 있지? 맙소사, 나루터에 두고 오지 않았는가!

앤은 숨이 넘어갈 것 같은 비명을 질렀지만 아무에게도 들리지 않았다. 입술이 새파래졌지만, 그래도 침착성은 잃지 않았다. 아직 기회가 남아 있다, 오직

단 한 번뿐인.

앤은 다음 날 앨런 부인에게 이렇게 말했다.

"정말 무서워 소름이 끼쳤어요. 배가 다리까지 떠내려가는 시간이 굉장히 길게 느껴졌어요. 물은 시시각각 불어나고 있었지요. 아무튼 저는 간절히 기도를 드렸어요. 하지만 눈은 감지 않고 기도를 드렸어요. 하느님의 도움을 받으려면 눈을 똑바로 뜨고 배가 다리 기둥에 가까이 갔을 때 얼른 그것을 붙잡고 매달리는 수밖에 없었기 때문이에요. 다리 기둥은 오래된 나무 줄기로 만들어서, 잘려나간 나뭇가지들이 남아있는 부분이랑 울퉁불퉁한 옹이가 잔뜩 있잖아요. 기도도 중요하지만 다리 기둥으로 다가가는 것을 내 두 눈으로 똑똑히 지켜보고 내 몫을 제대로 해야 했거든요.

'하느님, 부디 배를 다리 기둥 가까이에 대주십시오. 그다음은 제가 어떻게든 하겠습니다.' 이렇게 자꾸만 되풀이하면서 기도했어요. 그런 상태에서 미사 여구를 넣어서 기도드릴 수는 없었어요.

그래도 제 기도는 이루어졌어요. 얼마 뒤 배가 다리 기둥 하나에 쾅 부딪쳐서 1분쯤 멈춰 있었거든요. 하느님이 보우하신 덕분에 그 다리 기둥의 나뭇가지가 잘린 토막을 붙들고, 스카프와 숄을 어깨에 걸치고 그 기둥으로 기어올라갔어요. 그러고는 더 올라갈 수도 내려갈 수도 없게 된 채 미끈미끈한 기둥에 매달려 있었어요. 결코 낭만적인 모습은 아니었지만 그때는 낭만을 찾을 상황이 아니었어요. '물의 무덤'[3]에 잠길 뻔하다가 막 벗어난 마당에 낭만이고 뭐고 생각할 겨를이 없었거든요.

나는 곧 감사 기도를 드렸어요. 그리고 떨어지지 않도록 기둥을 꼭 붙잡고

---

[3] 〈랜슬롯과 일레인〉에서 일레인의 유해가 배를 타고 강을 내려가는 것을 물의 무덤이라고 표현.

있었죠. 이제 육지로 올라가기 위해서는 사람의 도움을 기다려야 했으니까요."

한편 거룻배는 다리 밑을 지나자 곧 호수 한가운데에서 가라앉고 말았다. 루비와 제인과 다이애나는 아래쪽 곶에서 기다리고 있었는데, 자기들 눈앞에서 배가 가라앉는 것을 보고 앤도 함께 가라앉았다고 생각했다. 한순간 얼굴에서 핏기가 사라진 세 소녀는 이 끔찍한 비극 앞에 온몸이 얼어붙은 듯 말뚝처럼 서 있었다. 그런 다음 있는 힘을 다해 비명을 지르며 미친 듯이 숲을 달려갔는데, 큰길을 가로질러가다 멈춰 서서 다리 쪽은 돌아볼 겨를조차 없었다. 앤은 위태로운 기둥에 필사적으로 매달려 세 소녀가 달려가는 모습을 보았고 소리도 들었다. 얼마 있으면 누군가 도와주러 오겠지만 그때까지 앤이 매달린 채 버틸 수 있는지가 문제였다.

시간이 얼마쯤 지나갔지만 불운한 백합 공주에게는 1분이 한 시간만큼이나 길게 느껴졌다. 어째서 아무도 오지 않을까? 모두들 어디로 간 것일까? 만일 누구 하나가 기절이라도 했다면! 아니, 셋이 한꺼번에 기절해 버렸다면! 아무도 도와주러 오지 않는다면! 자신이 지쳐서 손발이 마비되어 더 이상 기둥을 붙잡고 있을 수 없게 된다면! 앤은 기다랗게 일렁거리는 어두운 그림자가 드리워진 발밑의 시퍼런 물을 내려다보고 몸서리를 쳤다. 온갖 무서운 상상이 잇따라 머리에 떠올랐기 때문이다.

마침내 팔과 손목이 아파 더 이상 못 버티겠다고 절실하게 느끼기 시작했을 때, 길버트 블라이드가 하먼 앤드루스 씨의 조각배를 저어 다리 밑으로 다가왔다!

무심히 위를 올려다본 길버트는 조그맣고 핼쑥한 얼굴이 자기를 쌀쌀맞게 내려다보고 있는 것을 보고 깜짝 놀랐다. 그 겁먹은 잿빛 눈에는 여전히 경멸하는 듯한 표정이 담겨 있었다.

그는 외쳤다.

"아니, 앤 셜리! 어째서 그런 곳에 있니?"

대답을 기다리지 않고 길버트는 배를 다리 기둥으로 가까이 대어 한 손을 내밀었다. 어쩔 수 없었다. 앤은 길버트의 손을 붙잡고 배로 옮겨 탔다.

앤은 두 팔에 물이 뚝뚝 떨어지는 스카프와 숄을 안은 채 흙탕물을 뒤집어 쓴 처참한 몰골로 분한 표정을 지으며 배꼬리 쪽에 앉았다. 이런 상황에서 위엄 있는 자세를 취한다는 것은 확실히 불가능한 일이었다.

길버트는 노를 젓기 시작하며 물었다.

"어떻게 된 일이니, 앤?"

앤은 생명의 은인 쪽은 쳐다보지도 않으며 차갑게 말했다.

"일레인 연극을 하고 있었어. 그래서 나는 배를 타고…… 왜, 그 거룻배 있잖아…… 아무튼 그걸 타고 캐멀롯을 향해 떠내려가게 되었어. 그런데 배에 물이 새어 들어오기 시작해서 난 다리 기둥에 매달린 거야. 다른 아이들은 사람을 부르러 갔어. 미안하지만 나루터까지 좀 데려다 주겠니?"

길버트는 기꺼이 나루터까지 가주었다. 앤은 길버트가 내미는 손을 뿌리치고 재빠르게 기슭으로 건너뛰었다.

"너한테 폐를 많이 끼쳤네. 고마워."

오만하게 말하고 앤은 가버리려 했다. 그러나 길버트도 기슭으로 뛰어내려 앤의 한쪽 팔에 손을 얹고 붙잡았다.

"잠깐만 기다려줘. 우리 좋은 친구가 될 수 없겠니? 그때 네 머리에 대해 놀린 것은 정말 잘못했어. 너를 괴롭히려고 그런 게 아니라 그저 장난이었어. 그리고 이제는 오래된 일이잖아. 지금은 네 머리가 굉장히 아름답다고 생각해. 맹세코 진심이야. 앤, 우리 화해하자."

한순간 앤은 머뭇거렸다. 길버트 따위에게 도움을 받았다는 사실에 자존심이 구겨져 분개하면서도, 앤은 자기 가슴속에 지금까지와는 다른 기묘한 감정이 솟아나고 있음이 느껴졌다. 자기를 지그시 바라보는 길버트의 갈색 눈동자 속에 떠오른 수줍음과 열의 넘치는 표정에 이상한 설렘을 느꼈다. 앤은 가슴이 묘하게 두근거렸다.

그러나 오래된 상처의 쓰라린 아픔이 곧 한순간 흔들리던 앤의 결의를 굳혔다. 2년 전 광경이 마치 어제 일처럼 또렷이 앤의 기억 속에 되살아났다. 길버트는 자기를 '당근'이라고 놀리며 전교생 앞에서 망신을 주었다. 이런 분한 감정이나 그 분노의 이유가 다른 사람들, 특히 나이 든 사람들에게는 가볍게 웃어넘길 일이었을지도 모른다. 그러나 오랜 시간이 지났음에도 앤의 마음은 조금도 누그러지지 않았다. 앤은 길버트 블라이드를 미워하고 있었다. 결코 용서할 수 없었다!

앤은 단호히 말했다.

"싫어. 나는 너와 화해할 수 없어, 길버트 블라이드. 그렇게 하고 싶지 않아!"

"알았어!"

길버트는 노여움이 가득한 얼굴로 배에 훌쩍 올라탔다.

"친해지자는 말을 두 번 다시는 하지 않겠어, 앤 셜리. 나도 그러고 싶지 않아."

길버트는 노를 힘껏 저어 어느새 멀리 가버렸다.

앤은 단풍나무 밑에 고사리가 무성한 오솔길을 올라갔다. 여전히 도도한 자세를 유지했지만 후회 비슷한 감정이 앤의 마음속에 깃들기 시작했다. 길버트에게 그런 말을 하지 말 걸 그랬다는 아쉬움마저 들었다. 물론 길버트가 심하게 모욕을 준 것은 사실이다. 하지만……!

앤은 그 자리에 주저앉아 실컷 울면 얼마나 가슴이 후련해질까 생각했다. 잔뜩 겁먹은 채 팔이 저리도록 매달려 있던 일이 떠오르면서 갑자기 긴장이 풀렸던 것이다.

오솔길을 반쯤 올라간 곳에서 앤은 거의 미친 사람같이 뛰어서 호숫가 쪽으로 되돌아가고 있는 제인과 다이애나와 마주쳤다. '언덕의 과수원'으로 달려가니 배리 부부는 외출 중이어서 아무도 없었다. 루비 길리스는 히스테리 발작을 일으켜 그대로 거기에 있고 제인과 다이애나는 '도깨비숲'을 지나 시냇물을 건너 그린게이블즈로 달려갔는데 그곳에도 사람은 없었다. 마릴라는 카모디에 갔고 매슈는 밭에서 마른풀을 만들고 있었기 때문이었다.

"어머나, 앤!"

다이애나는 앤의 목을 끌어안으며 안도와 기쁨의 눈물을 흘렸다.

"아, 앤, 우리는…… 네가…… 물에 빠져 죽은 줄 알고…… 그래서 우리가 너를 죽인 거나 다름없다는 생각이 들었어…… 우리가……너에게……일레인이 되라고 했으니까. 그리고 루비는 발작을 일으켜서…… 아, 앤, 어떻게 살아났니?"

앤은 힘없이 말했다.

"다리 기둥에 매달려 있었어. 그런데 길버트 블라이드가 앤드루스 씨네 배를 타고 지나가다 기슭까지 데려다줬어."

가까스로 말할 수 있는 여유가 생긴 제인이 말했다.

"어머나, 앤. 길버트가 구해 주다니 정말 멋지잖아! 얼마나 낭만적이니! 그럼 이제부터 그 아이하고 말을 하겠구나."

단번에 원래의 기분으로 돌아간 앤이 울컥하며 말했다.

"아니, 하지 않을 거야. 게다가 낭만적이라는 말 따윈 하지 말아줘, 제인 앤드루스. 너희들을 무척 놀라게 해서 미안해. 모두 내 탓이었어. 나는 어지간히 운 나쁜 아이인가 봐. 내가 하는 일은 무엇이건 가장 친한 사람까지 같이 궁지에 몰아넣는 결과를 가져오니까. 다이애나, 우리가 너의 아버지 배를 가라앉혀 버렸어. 앞으로는 호수에서 배를 타고 놀지 못하게 할 거라는 예감이 들어."

앤의 불길한 예감은 대개 보통 사람들의 예감보다 잘 들어맞는데, 이번에도 그대로 들어맞았다. 오후에 있었던 일이 배리네와 커스버트네에 알려지자 모두들 이만저만 놀라지 않았다.

마릴라가 크게 꾸짖었다.

"앤, 대체 너에게는 분별력이라는 게 있니, 없니?"

앤은 낙천적으로 말했다.

"아, 물론 있어요, 마릴라."

지붕 밑 동쪽 방에서 오롯이 혼자 들어앉아 실컷 울고 난 앤은 곤두섰던 신경이 가라앉아 여느 때의 쾌활함을 이미 되찾았다.

"내가 분별 있는 사람이 될 전망이 그 어느 때보다 밝아진 것 같아요."

"어째서 그렇다는 거냐?"

"나는 오늘 매우 중요한 교훈을 새로 배웠어요. 그린게이블즈에 와서 많은 실수를 저질렀지만 그 덕분에 큰 결점들이 하나씩 고쳐졌어요.

자수정 브로치 사건의 결과로 자기 것이 아닌 물건을 만지는 버릇이 없어졌고, '도깨비숲'의 실수는 걷잡을 수 없는 상상에 빠지지 않도록 하는 교훈을 주었어요. 바르는 진통제를 케이크에 넣은 사건으로 요리할 때는 정신을 바짝 차리게 되었고 머리 염색 덕분에 허영심이 없어졌어요. 이제는 머리 빛깔이나 코에 대해 신경 쓰지 않거든요. 음, 전혀라고는 할 수 없겠지만 아주 조금밖에 신경 쓰지 않아요.

오늘의 잘못으로 낭만적인 것에 흠뻑 빠지지는 않게 될 거예요. 어쨌든 애번리에서 낭만을 찾는다는 건 불가능한 일임을 깨달았어요. 탑이 우뚝 솟은 몇백 년 전의 캐멀롯 성에서라면 또 모를까, 이 시대에 낭만이란 어울리지 않아요. 이런 면에서 앞으로 내가 훨씬 나아진 모습을 확실히 보게 될 거예요."

마릴라는 얼마쯤 의심스러워하며 말했다.

"제발 그렇게 되었으면 좋겠다."

그러나 마릴라가 나가자 늘 앉는 구석 자리에서 귀 기울이고 있던 매슈는 앤의 어깨에 손을 얹고 수줍은 듯 말했다.

"너의 낭만을 모조리 저버리지는 말아라, 앤. 낭만은 얼마쯤 있는 편이 좋단다. 그야 너무 많으면 난처하지만…… 조금은 남겨둬야 해, 앤. 조금은 말이다."

기념비적 사건

앤은 집 뒤의 목초지에서 소떼를 몰고 '연인의 오솔길'을 지나 집으로 돌아오고 있었다. 9월의 해 질 녘 저녁노을은 숲속과 개간지를 온통 루비색으로 물들이고 있었다. 앤이 걸어가는 오솔길에도 저녁해가 비쳐들었으나 단풍나무 아래는 이미 어두컴컴한 그림자로 뒤덮였고, 전나무 아래는 마치 포도주로 물들인 듯한 보랏빛 땅거미가 젖어들고 있었다. 바람이 나뭇가지를 스쳐 지나며 저물녘의 고요한 전나무를 연주했고, 그 감미로운 음악은 이 세상 것이 아닌 것처럼 느껴질 정도였다.

소떼가 느릿느릿 몸을 흔들며 오솔길을 걸어가고, 그 뒤에서 앤은 《마미언》[1]의 전쟁 장면 한 구절을 소리 높이 읊으며 꿈꾸는 기분에 젖어 걸어가고 있었다. 지난해 겨울 영어시간에 배운 시로 스테이시 선생님이 모두에게 암송시켰었다. 앤은 그 시 속의 병사들이 돌격하는 장면이나 창이 부딪치는 소리를 마음속에 또렷이 그려보자 가슴이 두근거렸다.

창을 든 불굴의 용사들 계속 앞으로

---

1) 월터 스콧의 이야기시.

맹공격에도 쓰러지지 않는 그들은 검은 숲처럼 강하다

이 구절에 이르자 앤은 걸음을 멈춰 서서 그 용감한 병사들 가운데 한 사람이 바로 앤 자신이 되는 모습을 더 자세히 떠올려보려는 듯 스르르 눈을 감았다.

앤이 다시 눈을 떴을 때 다이애나가 자기 집 밭으로 통하는 대문을 나서서 이쪽으로 오는 게 보였다. 다이애나는 할 말이 있는 듯한 표정이었으므로 앤은 무슨 일이 일어났음을 금세 알아차렸다. 그러나 지나치게 호기심을 드러내보이는 것은 앤이 원하는 바가 아니다.

"오늘 저녁은 마치 보랏빛 꿈을 꾸고 있는 것 같아. 다이애나, 산다는 것이 무척 즐거워. 날이 밝으면 언제나 아침이 가장 좋다는 기분이 들지만, 해가 지면 또 저녁이 더 좋은 것 같거든."

다이애나도 감격하며 말했다.

"정말 아름다운 저녁놀이야. 그런데 앤, 좋은 소식이 있어. 맞혀봐. 세 번까지 기회를 줄게."

앤은 외쳤다.

"샬럿 길리스가 결국 교회에서 결혼식을 올리게 돼서 앨런 부인이 우리에게 장식하는 것을 도와달라고 했지?"

"아니야, 샬럿의 약혼자가 그런 일을 찬성할 리 없으니까. 아직까지 교회에서 결혼식을 올린 사람은 아무도 없고, 만일 그렇게 한다면 너무 장례식 같을 거라고 했어.[2] 말이 너무 심하지 않니. 교회 장식을 우리가 하게 되면 정말 재미

---

2) 그즈음 북미의 프로테스탄트는 대개 집에서 결혼식을 올렸음.

있을 텐데. 아무튼 틀렸으니 다시 맞혀봐."

"제인 어머니가 생일 파티를 열어도 좋다고 했니?"

다이애나는 고개를 저었다. 다이애나의 검은 눈이 초롱초롱 빛나고 있었다.

앤은 절망적으로 말했다.

"무슨 일인지 도저히 모르겠어. 설마 무디 스퍼전 맥퍼슨이 어제 저녁 기도회를 마치고 너를 집까지 바래다주었다는 것은 아니겠지? 혹시 정말 바래다주었니?"

다이애나는 뾰로통하여 큰 소리로 말했다.

"천만에. 그 애가 바래다준다 해도 조금도 기쁘지 않을 텐데 너한테 자랑을 할 리가 있겠니. 네가 못 맞힐 줄 알았어. 오늘 조지핀 할머니로부터 편지가 왔는데, 너와 내게 다음 주 화요일에 샬럿타운으로 놀러 오지 않겠느냐고 했어. 공진회(共進會)[3]를 구경한 다음 할머니 댁에서 자고 가라시는 거야. 어때?"

무엇에라도 몸을 의지하지 않고는 쓰러질 것만 같아 앤은 단풍나무에 기댔다.

"아, 다이애나! 정말이니? 하지만 마릴라가 허락해 주지 않을 것 같아. 나돌아다니는 것은 나쁘다고 할 거야.

지난주 화이트샌즈 호텔에서 미국 사람들이 여는 콘서트에 큰 마차를 타고 가지 않겠느냐고 제인에게 권유받았을 때도 그렇게 말했거든. 나는 가고 싶었지만 마릴라는 나도 제인도 집에서 공부를 하는 편이 훨씬 나을 거라고 했어. 절망한 나머지 너무 슬퍼서 자기 전에 기도드리고 싶은 생각마저 없어지더라. 하지만 나중에 잘못을 깨닫고 한밤중에 일어나 기도했지."

---

3) 지방도시에서, 특히 가을철 수확이 끝난 뒤 농산물·유제품·수예품의 품평, 새로운 농기구 소개 등이 이루어진 박람회.

다이애나가 말했다.

"좋은 생각이 있어. 우리 어머니에게 부탁해 마릴라에게 허락받아 달라고 하자. 아마 틀림없이 보내줄걸?

만일 가게 된다면 평생 잊지 못할 추억이 될 거야. 다른 아이들은 공진회에 갔다 왔는데 나는 아직 가보지 못했거든. 아이들이 거기에 갔다 온 이야기를 하면 나도 모르게 화가 나지 뭐니. 제인과 루비는 두 번이나 다녀왔는데 올해 또 간대."

앤은 도리질을 치며 딱 잘라 말했다.

"확실히 갈 수 있게 될 때까지 그 일은 생각하지 않겠어. 기대를 걸었다가 못 가게 되면 견딜 수 없을 거야.

하지만 갈 수 있게 된다면 새로 짓는 코트가 그때까지 완성될 테니 참 다행이야. 마릴라는 내게 코트는 더 이상 필요 없다고 말했지. 헌 코트도 아직 이번 겨울은 충분히 더 입을 수 있고, 원피스를 한 벌 새로 만들어줬으니 그것으로 만족해야 한다고.

그 원피스는 아주 멋지단다. 짙은 남색이고 최신 유행 스타일이야. 마릴라도 이젠 유행에 맞춰서 옷을 지어줘. 매슈가 린드 아주머니에게 또다시 가서 부탁하는 건 질색이라면서. 나는 굉장히 기뻐.

옷이 유행에 맞으면 착한 아이가 되는 것도 더 쉬워. 적어도 나는 그래. 천성이 선량한 사람은 사소한 옷 같은 것은 그리 상관하지 않겠지만 말이야. 아무튼 매슈가 코트를 새로 지어줘야 한다고 해서 마릴라가 고급 브로드[4] 천을 사다가 카모디의 근사한 양장점에 맡겼어. 토요일 저녁이면 다 만들어질 거야.

---

4) 면사 따위를 평직으로 짠 것으로 촘촘하고 광택이 있음.

일요일에 새 옷을 입고 새 모자를 쓰고 교회에 가는 나 자신의 모습을 생각지 않으려 애쓰고 있어. 그런 상상은 아무래도 바람직하지 않거든. 그래도 자꾸만 상상하게 돼. 모자도 꽤 멋있어. 같이 카모디에 갔을 때 매슈가 사줬어. 요즘 한창 유행하는 금줄과 술이 달린 하늘색 벨벳 모자란다.

너의 새 모자도 아주 우아하더라, 다이애나. 그리고 무척 잘 어울려. 지난 일요일에 네가 교회에 들어오는 모습을 보고 나는 네가 나의 가장 친한 친구라는 게 자랑스러워 가슴이 뿌듯했단다.

옷에 대해 너무 신경 쓰는 것은 나쁘겠지? 마릴라는 기독교인답지 못하다고 몹시 질색을 해. 하지만 옷 이야기는 너무도 재미있는 걸 어떡하니."

마릴라는 앤이 샬럿타운에 다녀오는 것을 허락했다. 배리 씨가 다음 화요일에 두 소녀를 데려가게 되었다. 샬럿타운까지 30마일(약 48킬로미터) 거리였고 배리 씨는 그날 안으로 돌아와야 하므로 일찍 떠날 필요가 있었다. 앤에게는 그것조차도 즐거운 일이어서 화요일에 미처 해가 뜨기도 전에 일어났다.

창문 밖을 흘끗 내다보고 날씨가 좋다는 것을 금방 알았다. '도깨비숲'의 전나무 뒤에 펼쳐진 동녘 하늘은 온통 은빛으로 반짝였고, 구름 한 점 없었다. 나뭇가지 사이로 '언덕의 과수원'의 지붕 밑 서쪽 방에 불이 켜진 게 보였다. 다이애나도 벌써 일어나 준비하는 것이리라.

앤은 매슈가 부엌에 불을 피울 즈음 이미 옷까지 갈아입고 내려와 마릴라가 일어나기 전에 아침 식사 준비를 다 마쳤지만, 정작 자신은 부푼 기대감에 너무 들뜬 나머지 아무것도 먹을 수 없었다.

식사가 끝나자 최신유행 모자와 코트를 걸치고 시냇물을 건너고 전나무숲을 지나 '언덕의 과수원'으로 서둘러 걸어갔다. 배리 씨와 다이애나가 모든 준비를 끝내고 기다리고 있었으므로 세 사람은 곧 큰길로 나갔다.

갈 길이 멀었지만 앤과 다이애나는 매 순간을 즐겼다. 갈무리를 마친 밭에 비쳐드는 새벽녘의 햇빛을 받으며, 아침이슬이 촉촉히 내린 길을 마차에 몸을 맡겨 흔들리며 가는 기분은 굉장히 유쾌했다. 공기는 차갑고 상쾌했다. 푸르스름한 엷은 안개가 골짜기로부터 올라와 언덕 쪽으로 감돌았다. 조그마한 깃발을 내건 듯한 빨간 잎이 돋아나기 시작한 단풍나무숲을 지나고, 강물에 가로놓인 다리를 건너기도 하며 앤은 오래전 어린 날에 맛보았던 기쁨과 두려움이 엇갈리는 기분에 다시금 젖어들었다. 큰길은 항구의 해안을 따라 비바람에 시달려 잿빛으로 바랜 어부들의 오두막을 지나기도 하고, 또는 언덕을 올라가 저 멀리 고지대의 구불구불한 능선이며 안개 낀 푸른 하늘을 마음껏 볼 수 있도록 뻗어나가기도 했다. 어디를 지나가든지 흥미를 끌 만한 화제가 끊이지 않았다.

샬럿타운에 닿아 '너도밤나무집'으로 향한 것은 정오가 가까워서였다. 너도밤나무집은 오래된 훌륭한 저택으로 큰길에서 깊숙이 들어간 곳에 있었으며, 초록빛 느릅나무와 큰 가지가 엇갈린 커다란 너도밤나무들로 둘러싸여 있었다.

미스 배리는 검고 날카로운 눈을 반짝이며 그들을 현관에서 맞이했다.

"아, 드디어 와주었구나, 앤. 어쩌면 이렇게 많이 컸니! 나보다도 키가 크구나. 얼굴도 전보다 훨씬 예뻐졌어. 너도 그것을 잘 알고 있겠지?"

"아뇨, 전혀 몰랐어요."

앤은 환히 웃으며 말을 이었다.

"다만 전보다 주근깨가 적어졌다는 것은 알고 있어요. 그래서 무척 행복해요. 하지만 그것 말고는 전과 다름없다고 생각했어요. 예뻐졌다고 칭찬하시니 정말 기뻐요, 배리 할머니."

미스 배리네 저택 안의 가구는 집에 돌아가 앤이 마릴라에게 말했듯 '참으로 으리으리했다'. 식사 준비가 어떻게 되어가는지 보기 위해 미스 배리가 나가자 응접실에 남겨진 두 시골 소녀는 실내의 웅장함에 그만 넋을 잃고 말았다.

다이애나가 소곤소곤 속삭였다.

"마치 궁전 같지? 조지핀 할머니 댁은 이번이 처음이야. 이토록 훌륭한 줄은 몰랐어. 줄리아 벨에게 보여주고 싶어. 줄리아 벨은 자기 어머니 응접실을 굉장히 자랑하거든"

앤은 크게 한숨을 쉬었다.

"온통 벨벳을 깔았구나. 게다가 비단 커튼! 나는 이런 것을 늘 꿈에 그리고 있었어. 도저히 믿어지지 않을 정도지만, 막상 이런 멋진 가구들에 둘러싸여 있으니 마냥 좋지만은 않네. 이 방에는 모든 게 갖춰져 있고, 하나하나 다 훌륭하니 더 이상 상상을 펼칠 여지가 없어. 가난하다는 것도 위안이 될 때가 있구나. 얼마든지 상상을 해 볼 수 있으니까."

앤과 다이애나에게 이 도시에서의 추억은 여러 해 동안 잊을 수 없게 되었다. 처음부터 끝까지 즐거운 일들뿐이었다.

수요일에 미스 배리는 두 소녀를 공진회장으로 데려가 온종일 그곳에서 시간을 보냈다.

집으로 돌아온 뒤 앤은 마릴라에게 말했다.

"정말 굉장했어요. 그렇게 재미있을 줄은 상상도 못 했어요. 어느 부분이 가장 재미있었다고 꼬집어 말하기는 어려워요. 굳이 고른다면 말과 꽃과 수예부문이 좋았던 것 같아요.

조지 파이가 레이스 뜨기에서 1등상을 탔어요. 나는 무척 즐거웠어요. 그리고 내가 기뻐하는 게 또한 좋았어요. 왜냐하면 조지 파이의 성공을 진심으로 축하할 수 있다는 것은 내가 착해졌다는 증거가 아니겠어요, 마릴라?

하먼 앤드루스 씨는 그라벤슈타인 사과 재배로 2등상을 탔고, 벨 씨는 돼지로 1등상을 탔어요. 다이애나는 주일학교 교장선생님이 돼지로 입상하다니 우습다고 했지만 나는 그렇게 여기지 않아요. 마릴라는 어떻게 생각해요? 다이애나는 앞으로 벨 씨가 엄숙하게 기도드릴 때마다 떠오를 거래요.

클래라 루이즈 맥퍼슨은 그림으로 입상했고, 린드 아주머니는 손수 만든 버터와 치즈로 1등상을 받았어요. 애번리 사람들이 꽤 좋은 성적을 올렸다고 할 수 있죠. 린드 아주머니를 그곳에서 만났는데 온통 모르는 사람들 틈에서 낯익은 아주머니를 보니까 너무나 반가웠어요. 몇천 명의 사람들이 구름처럼 가득 있었거든요. 어쩐지 나 자신이 보잘것없는 존재가 된 느낌이 들었어요.

그다음에 배리 할머니는 경마[5]를 구경시켜 준다면서 특별석으로 데려갔어요. 그런데 린드 아주머니는 가지 않았어요. 아주머니는 경마를 좋아하지 않을 뿐 아니라 독실한 신자라면 그런 곳에 가지 않는 훌륭한 모범을 보여야 할 의무가 있다고 했어요. 그 많은 사람들 속에서 린드 아주머니가 없다는 것을 그 누구도 눈치챘을 것 같지 않지만 말예요.

내 생각에도 경마는 자주 갈 곳이 아닌 것 같아요. 왜냐하면 너무도 매력이 있어서 푹 빠지기 쉽거든요. 다이애나는 흥분한 나머지 빨간 말이 이길 테니 10센트 걸고 자기랑 내기하지 않겠느냐고 했어요. 나는 그 말이 이길 거라는 생각은 안 들었지만, 그래도 내기는 안 했어요.

앨런 부인에게 모든 일을 하나도 빠짐없이 말하고 싶은데 내기 이야기는 하지 못할 테니까요. 목사님 부인에게 차마 말할 수 없는 것은 틀림없이 나쁜 짓

---

[5] 지금처럼 사람이 말 위에 타서 경주하는 방식이 아니고 한 사람이 타는 이륜마차인 설키를 말이 끌고 가는 방식이었음.

이겠죠. 목사님 부인을 친구로 두는 일은 양심을 또 하나 갖는 거나 다름없어요. 그런데 나중에 보니 내기하지 않기를 정말 잘한 거 있죠. 빨간 말이 '정말로' 이겼거든요. 다른 말에 10센트 걸었더라면 몽땅 잃을 뻔했어요. 역시 미덕이란 그 자체가 보답이라는 말이 맞나 봐요.

그리고 우리는 어떤 사람이 기구를 타고 둥실둥실 떠오르는 것을 봤어요. 나도 한번 타보고 싶어요, 마릴라. 무척 짜릿할 거예요. 그리고 운세를 봐주는 사람도 봤어요. 10센트 내면 작은 새가 운세를 물어다 줘요. 배리 할머니가 운세를 한번 뽑아보라고 다이애나와 내게 10센트씩 줬어요. 내 것에는 돈 많고 살빛이 거무스름한 남자와 결혼해 해외에 나가 산다고 씌어 있었어요. 그래서 피부빛이 좀 검다 싶은 사람을 만나면 모두 주의 깊게 쳐다봤어요. 하지만 마음에 드는 사람은 한 명도 없었어요. 그렇지 않았더라도 어차피 지금부터 결혼 상대자를 구하는 것은 너무 이르다고 생각해요.

아, 평생을 두고 고이 간직하고 싶은 하루였어요. 나는 너무 고단했지만 밤새도록 잠을 이룰 수 없었죠.

배리 할머니는 약속대로 우리를 손님용 침실에서 자게 해줬어요. 우아한 방이었어요. 하지만 손님용 침실에서 잔다는 건 이제까지 내가 기대했던 것과 좀 달랐어요. 이런 게 어른이 되어가는 일의 가장 나쁜 점인가 봐요. 이제야 알 것 같아요, 어린 시절 그토록 가지고 싶었던 것도 막상 커서 가져 보면 그리 좋지만은 않다는 것을요."

목요일에 소녀들은 공원으로 드라이브를 나갔다. 그리고 저녁에는 미스 배리가 음악학교에서 여는 음악회에 소녀들을 데려갔다. 유명한 프리마돈나가 노래를 불렀다. 앤에게 있어 그날 밤은 환희의 꿈을 꾸는 듯한 빛나는 밤이었다.

"아, 마릴라, 뭐라고 설명해야 좋을지 모르겠어요. 매우 감동해서 말을 할 수가 없었어요. 어느 정도였는지 짐작할 수 있겠죠. 너무 황홀해 말 한마디 못 하고 가만히 앉아 있었어요. 프리마돈나인 셀리츠키 여사는 굉장한 미인이었어요. 새하얀 새틴 옷을 입고 반짝거리는 다이아몬드로 치장을 했죠. 하지만 노래가 시작되자 다른 생각은 전혀 할 수 없었어요.

아, 어떤 감정이었는지 뚜렷이 설명할 수가 없어요. 그저 착한 아이가 되는 게 그리 힘들지 않을 거라는 느낌이 들었어요. 별을 바라보고 있을 때의 기분과 비슷했어요. 눈물이 났지만 물론 기쁨의 눈물이었어요.

음악회가 끝나자 너무 아쉬워서 배리 할머니에게 다시 평범한 생활로 돌아갈 수 있을 것 같지 않다고 말했어요. 배리 할머니는 길 건너 레스토랑에 가서 아이스크림을 먹으면 기분이 나아질 거라고 하셨죠. 참으로 무미건조한 대답이라고 생각했는데, 놀랍게도 그 말이 딱 맞았어요. 아이스크림은 정말 맛있었거든요. 더구나 밤 11시에 거리의 레스토랑에서 아이스크림을 먹고 있으니 기분이 좋아지고 해방감마저 느껴졌어요.

다이애나는 자기가 도시생활에 어울리는 사람이라고 말했어요. 배리 할머니가 너는 어떻게 생각하느냐고 저한테 물었어요. 하지만 저는 대답하기 전에 곰곰이 생각해 봐야 알겠다고 했죠. 그래서 잠자리에 들어 상상해 보았어요. 생각을 정리하기에는 가장 좋은 시간이니까요.

이윽고 나는 도시생활에 어울리지 않고, 전원생활을 하는 편이 훨씬 더 좋다는 결론을 얻었어요. 가끔은 밤 11시에 환히 밝혀진 레스토랑에서 아이스크림을 먹는 것도 좋지만, 여느 때에는 그 시간에 그린게이블즈의 동쪽 방에서 깊이 잠들어 있을 테고 그것이 더 좋다고 생각했어요. 자면서도, 하늘에는 별이 반짝이고 시냇물 건너편 전나무 가지 사이로 바람이 불어오는 소리가 들려오는 걸 느끼면서요.

　다음 날 아침 식사 때 배리 할머니에게 그 이야기를 했더니 마구 웃으셨어요. 배리 할머니는 내가 무슨 말을 하든 대개 웃어요. 아무리 진지한 이야기도 웃으시니 그리 좋은 느낌이 들지는 않았어요. 나는 웃기기 위해 말한 게 아니니까요. 하지만 배리 할머니는 매우 상냥한 분이고, 우리가 꼭 공주라도 되는 것처럼 대접해 주셨어요."

　금요일, 집으로 돌아갈 시간이 되었다. 배리 씨가 마차로 두 소녀를 데리러 왔다.

　작별할 때 미스 배리가 물었다.

　"두 사람 다 재미있었니?"

　다이애나가 공손히 대답했다.

　"네, 너무나 재미있었어요."

　"앤, 너는?"

　"처음부터 끝까지 즐거움의 연속이었어요."

　앤은 말하며 노부인의 목을 두 팔로 꼬옥 끌어안고 주름진 볼에 입맞춤했다. 다이애나는 도저히 그럴 수 없었으므로 앤의 허물없는 행동을 눈을 동그랗게 뜨고 말똥말똥 쳐다보았다.

　미스 배리는 매우 기뻐했고 베란다에 서서 마차가 보이지 않게 될 때까지 손을 흔들어주었다. 그리고 한숨을 쉬며 웅장한 집 안으로 들어갔다. 활기찬 두 소녀의 모습이 사라지자 집 안이 텅 빈 듯 몹시 쓸쓸했다. 실제로 미스 배리는 자기중심적인 사람이어서 남에게 깊이 마음이 끌린 적은 한 번도 없었다. 남을 평가할 때에는 늘 상대가 자기에게 쓸모가 있는지, 자기를 즐겁게 해주는지 여부를 따지는 게 가장 중요했다.

앤은 지난번에 미스 배리를 즐겁게 해주었으므로 노부인 마음에 쏙 들었다. 그러나 미스 배리는 이제 자신을 즐겁게 한 앤의 특이한 표현법보다도 그 아이의 남다른 열의며 감정을 숨길 줄 모르는 꾸밈없는 모습과 귀여운 매력, 눈과 입술의 사랑스러움에 이끌리고 있었다.

미스 배리는 혼잣말을 했다.

"마릴라 커스버트가 고아원에서 여자아이를 데려다 기른다는 이야기를 처음 들었을 때는 정말 별일도 다 있다고 생각했었지. 지금 와서 보니 잘못한 일은 아닌 것 같네. 앤 같은 아이가 내 곁에 늘 있어준다면 나도 좀 더 행복하고 더 나은 사람이 될 수 있을 텐데."

앤과 다이애나는 갈 때와 마찬가지로 올 때도 역시 즐거운 마차 여행을 했다. 아니, 집으로 돌아간다는 기쁨 때문에 한층 더 즐거웠다. 화이트샌즈를 지나 바닷가로 접어들자 해가 저물었다. 저녁놀 붉게 지는 하늘 저 멀리 애번리의 언덕이 검게 가로누워 있었다. 뒤쪽 바다에서는 이제 막 달이 떠오르고 있었다. 바다는 달빛을 받아 주위가 온통 성스럽게 바뀌었다. 구불구불한 길이 바다 쪽으로 모퉁이를 돌 때마다 조그만 후미가 나타났으며 잔물결이 찬란하게 반짝이고 있었다. 길 아래쪽에서는 바위에 파도가 하얗게 부딪쳐 철썩이는 소리가 들렸고, 코를 찌르는 바다 내음이 물씬 감돌았다.

크게 숨을 들이쉬며 앤은 말했다.

"아, 살아 있다는 건 멋진 일이고, 집으로 돌아간다는 게 정말 기분 좋아."

앤이 마차에서 내려 시냇물에 걸린 통나무다리를 폴짝폴짝 건너자 그린게이블즈 부엌에서 새어 나오는 불빛이 앤을 정답게 맞이했다. 열린 문으로 싸늘한 가을 밤공기 속에 빨갛게 타오르는 난롯불이 따뜻하게 보였다. 앤은 활기차게 언덕을 뛰어올라 부엌으로 들어갔다. 식탁 위에는 푸짐한 저녁 식사가 준비되어 앤을 기다리고 있었다.

마릴라는 손에 들고 있던 뜨갯감을 접어서 치우며 물었다.

"어머나, 이제 오니?"

앤은 기쁨이 벅차서 말했다.

"네, 지금 돌아왔어요, 마릴라. 집으로 돌아온다는 것은 정말 즐거워요. 여기저기 마구 입 맞추고 싶은 심정이에요. 시계에도 말예요. 어머나, 통닭구이잖아요![6] 설마 저를 위해 만든 건 아니죠!"

"맞아, 긴 여행 끝에 배가 몹시 고플 테니 뭔가 기운도 나고 맛있는 걸 먹여야겠다고 생각했지. 어서 웃옷을 벗거라. 매슈 오라버니가 돌아오는 대로 식사하도록 하자. 돌아와 정말로 기쁘구나. 네가 없으니 쓸쓸해 견딜 수 없지 뭐니. 나흘이 이렇듯 길게 느껴진 건 처음이었단다."

저녁 식사 뒤, 앤은 난롯가에서 매슈와 마릴라 사이에 앉아 시시콜콜 모든 일을 말했다.

마지막으로 앤은 만족스러운 듯 이야기를 끝맺었다.

"아무튼 마냥 행복했어요. 내 평생 기념비적 사건으로 남을 거예요. 하지만 그 무엇보다 기쁜 것은 집으로 돌아온 일이에요."

---

[6] 닭고기는 돼지고기보다 귀한 것으로 여겨졌음. 소는 우유를 얻는 게 목적이므로, 식육으로는 사용되지 않았음. 돼지는 해마다 몇 번 도살해, 소금에 절여 보관하므로 신선한 고기가 없었지만, 닭은 농장에서 기르는 것을 특별한 때 잡아 요리하므로 사치스러운 것에 속했음.

수험 준비

마릴라는 무릎 위에 뜨갯감을 내려놓고 의자에 등을 기댔다. 눈이 피로했다. 마릴라는 다음에 읍내로 나가면 안경을 바꿔야 할지 알아봐야겠다고 멍하니 생각했다. 요즘은 눈이 자주 피로하고 시렸기 때문이었다.

날이 거의 저물어 흐릿한 11월의 땅거미가 그린게이블즈를 에워싸고 있었다. 난로에서 타오르는 빨간 불빛만이 부엌 안을 비추어 주었다.

앤은 난롯가 바닥에 터키[1] 사람처럼 책상다리를 하고 앉아 그 활활 타오르는 불길을 바라보고 있었다. 마치 수십 번의 여름을 보낸 단풍나무 장작에 배어있던 여름의 햇살이 스며 나와 그 불꽃이 되어 타오르고 있는 것 같았다. 읽다 만 책이 손에서 미끄러져 바닥에 떨어지는 것도 모르고 반쯤 벌린 입가에 미소를 띠며 앤은 몽상에 젖어 있었다. 스페인의 화려한 성[2]이 안개와 무지개 속에 또렷이 모습을 보였고, 그 꿈속에서 조마조마한 대모험을 하고 있었다. 모험은 모두 승리로 끝났으며, 현실세계에서처럼 앤을 갖가지 곤경에 빠뜨리지도 않았다.

---

1) 튀르키예의 옛 이름.
2) '스페인의 성'이라는 말은 본래 프랑스어에 있는 표현으로, 상상 속의 즐겁고 황홀한 장소, 꿈의 세계를 뜻함.

마릴라는 애정 어린 눈으로 상상에 잠긴 앤을 바라보고 있었다. 그 다정한 눈길은 난로 불빛과 그림자가 부드럽게 어우러진 어둑어둑함 속이 아니면 마릴라가 좀처럼 드러내지 않는 것이었다. 마릴라는 결코 말이나 표정으로 사랑하는 마음을 쉬이 내보이는 일은 할 수 없었다. 그러나 겉으로 드러나지 않는 만큼 한층 더 열렬하게 이 가냘픈 잿빛 눈의 소녀를 마릴라는 깊이 사랑하고 있었다.

사실 마릴라는 앤에 대한 자기의 애정이 정도를 넘어서게 될까 봐 두려워하고 있었다. 앤에 대해 느끼는 강렬한 애정을 사람에게 쏟는다는 건 때로는 신에 대한 모독이 아닌가 여겨져 마릴라를 불안하게 했다. 어쩌면 마릴라는 앤이 사랑스러울수록 더 엄하게 힐책하여 무의식중에 속죄하고 있는 셈인지도 몰랐다.

확실히 앤 자신은 마릴라가 자기를 그토록 깊이 사랑하는 줄 몰랐다. 마릴라는 늘 까다로웠고 아무리 보아도 자기에게 공감하거나 자기를 이해해주지 않는 느낌이 들어 서글프기도 했다. 그러나 앤은 자기가 마릴라에게 얼마나 크게 신세 지고 있는가를 되새기며 그런 생각을 해서는 안 된다고 스스로 타이르곤 했다.

마릴라는 별안간 말했다.

"앤, 오후에 너와 다이애나가 나간 뒤 스테이시 선생님이 오셨었다."

앤은 퍼뜩 제정신으로 돌아오며 한숨을 쉬었다.

"어머나, 정말이에요? 그럴 줄 알았으면 나가지 말걸. 부르지 그랬어요, 마릴라. 다이애나와 나는 바로 '도깨비숲'에 있었거든요.

숲은 요즘 한결 아름다워요. 고사리도 새틴리프도 풀산딸나무도 고요히 잠들어버렸어요. 마치 누군가가 봄이 올 때까지 커다란 낙엽을 담요로 덮어씌운 것 같아요. 아마 무지갯빛 스카프를 두른 조그만 잿빛 요정이 지난번 달빛이 은은히 비추던 밤에 살짝 와서 그렇게 했을 거예요.

다이애나는 이제 그런 상상을 하지 않으려고 해요. '도깨비숲'에 유령이 있다고 상상했다가 어머니에게 꾸중 들은 일을 결코 잊지 못하나 봐요. 그것은 다이애나의 상상력에 나쁜 영향을 주었어요. 피기도 전에 시들어버리고 말았거든요.

린드 아주머니가 머틀[3] 벨은 시든 사람이라고 했어요. 나는 루비 길리스에게 머틀 벨이 어쩌다 시들게 되었냐고 물었죠. 루비는 애인에게 배반당했기 때문일 거라고 말했어요. 루비의 머릿속엔 애인에 관한 생각밖에 없어요. 나이가 들수록 점점 더해져요. 애인도 그 나름대로 좋은 점이 있겠지만, 모든 일에 애인을 끌어들이는 것은 좀 심하잖아요.

다이애나와 나는 둘 다 결혼 같은 건 하지 말고 평생 독신으로 지내며 함께 살기로 약속하는 일에 대해 진지하게 고민하고 있어요. 다이애나는 아직 결심하지 못했지만요. 어쩌면 늠름하지만 거칠고 성질이 나쁜 남자와 결혼해 그 사람을 새 사람으로 만드는 것도 숭고한 일이 아닐까 한대요.

우리는 요즘 여러 가지로 진지한 이야기를 주고받아요. 우리도 이만큼 컸으니 어린아이 같은 이야기는 어울리지 않는 것 같아요. 곧 14살이 된다는 것은 매우 중대한 일이잖아요, 마릴라.

스테이시 선생님은 지난주 수요일에 13살이 넘은 여자아이들을 시냇가로 데려가 그런 말씀을 해줬어요. 우리 나이에는 어떤 습관을 붙이고 어떤 이상을 가질 것인지에 절대적으로 주의를 기울여야 한다고요. 20살이 될 때까지는 각자의 성품이 서서히 형성되어 앞으로의 인생을 위한 기초가 탄탄히 굳어진다

---

[3] 식물이름(한국명 은매화)에서 비롯된 여자 이름.

고 했어요. 만일 그 기초가 흔들리면 그 위에 온전한 것을 하나도 세울 수 없대요.

다이애나와 나는 학교에서 돌아오면서 이것저것 많은 이야기를 했어요. 매우 엄숙한 기분이 들었죠. 우리는 열심히 좋은 습관을 많이 기르고, 되도록 분별 있는 사람이 되기 위해 노력하자고 약속했어요. 그렇게 하면 20살 무렵에는 어엿한 어른이 되겠죠.

20살이 될 것을 생각하니, 어쩐지 겁이 나요. 엄청나게 나이 든 노인이 되는 기분이에요. 그런데 스테이시 선생님은 무슨 일로 오셨어요?"

"그 말을 이제부터 하려는 참이다, 앤. 도대체가 나한테 말할 기회를 줘야 이야기하지. 선생님은 너에 대해 말씀하셨어."

"저에 대해서요?"

앤은 좀 겁먹은 표정을 지었다. 그리고 얼굴을 붉히며 외쳤다.

"아, 무슨 이야기인지 알겠어요. 말하려고 했었어요, 마릴라. 정말로 그랬었는데 그만 잊어버렸어요.

어제 오후 학교에서 캐나다 역사 시간에 《벤허》[4]를 읽다가 선생님에게 들켰어요. 제인 앤드루스가 빌려주었거든요. 점심시간에 읽기 시작했는데 전차경주 장면에 이르렀을 때 오후 수업이 시작된 거예요. 하지만 그 뒤가 궁금해 견딜 수 없었어요. 물론 벤허가 틀림없이 이길 거라는 아주 강력한 예감이 들기는 했어요. 그렇지 않으면 인과응보의 원칙에 들어맞지 않으니까요. 아무튼 그래서 책상 위에 역사책을 펴놓고 책상과 무릎 사이에 《벤허》를 놓았어요. 그렇게 하면 캐나다 역사를 읽는 것같이 보이면서 《벤허》를 읽을 수 있으니까요.

---

4) 미국 군인·소설가 루 월리스(1827~1905)의 소설.

너무 재미있어서 완전히 책에 빠져있다가 스테이시 선생님이 통로를 걸어오는 것도 몰랐어요. 문득 고개를 드니 선생님이 나무라는 얼굴로 나를 내려다보고 있었죠. 부끄러워 견딜 수 없었어요. 특히 조지 파이가 킥킥 비웃는 소리가 들렸을 때는요.

스테이시 선생님은 《벤허》를 압수하고 그 자리에서는 아무 말씀도 하지 않았어요. 그리고 쉬는 시간에 나를 남게 해서 꾸중하셨어요. 내가 두 가지 면에서 나쁜 짓을 했다고 했죠. 첫째는 열심히 공부해야 할 시간을 낭비했고, 둘째는 역사책을 읽는 척하며 소설책을 읽어 선생님을 속인 점이라고요.

그 말을 들을 때까지 나는 내가 한 짓이 남을 속이는 일인 줄 전혀 몰랐어요. 무언가 얻어맞은 듯 큰 충격을 받았죠. 그래서 무척 울었어요. 그리고 스테이시 선생님에게 다시는 이런 짓을 하지 않을 테니 용서해 달라고 했어요. 그리고 벌로 꼬박 1주일 동안 《벤허》를 손에 잡지 않고 전차경주가 어떻게 되었는지 알아보지도 않겠다고 말했어요.

스테이시 선생님은 그럴 필요는 없다고 하시며 너그러이 용서해 주셨어요. 그런데 집에까지 오셔서 마릴라에게 이야기하다니 좀 너무한걸요."

"스테이시 선생님은 그런 말씀은 한마디도 하지 않았어, 앤. 공연히 네가 양심의 가책을 받아 제멋대로 그렇게 여긴 거지. 학교에 소설책을 가져가다니 좋지 않아. 너는 소설을 너무 많이 읽는구나. 내가 어렸을 때는 소설을 보지도 못하게 했다."

앤은 항의했다.

"어머나, 《벤허》같이 훌륭한 종교적인 책을 어떻게 소설이라고 할 수 있어요? 그야 주일에 읽을거리로는 좀 자극적이라 할 수 있겠죠. 그래서 평일에만 읽는걸요.

그리고 지금은 스테이시 선생님이나 앨런 부인이 13살 9개월 된 여자아이가 읽어도 좋다고 한 책 말고는 읽지 않아요. 선생님과 약속했거든요.

선생님은 어느 날 내가 《유령의 집의 무서운 비밀》이라는 책을 읽는 것을 보았어요. 루비 길리스가 빌려준 그 책은 소름이 오싹 끼칠 만큼 재미있었어요. 정말 온몸의 피가 얼어붙는 것 같았다니까요. 하지만 스테이시 선생님은 보잘것없는 해로운 책이라며 그 책뿐 아니라 그와 비슷한 책도 일절 읽지 말라고 하셨어요.

앞으로 읽지 않는 것은 상관없었지만, 끝이 어떻게 되는지 모르는 채 그 책을 돌려줘야 하니 무척 괴로웠어요. 하지만 스테이시 선생님을 좋아하는 내 마음이 그 유혹을 눌러서 겨우 참을 수 있었어요. 소중한 사람을 기쁘게 해주기 위해서는 어떤 어려운 일이라도 할 수 있는 것 같아요."

마릴라가 말했다.

"그럼 나는 램프에 불을 켜고 일이나 시작해야겠다. 너는 스테이시 선생님이 한 이야기를 들을 생각이 없는 듯하니까. 어쩌면 너는 그토록 네 입에서 나오는 소리에만 관심이 있니."

앤은 후회하며 외쳤다.

"어머나, 아니에요, 마릴라. 제발 말해주세요. 이제부터는 아무 말도 하지 않을게요. 한 마디도요. 나도 내가 너무 말이 많다는 것을 잘 알고 있어요. 그러지 않으려 노력하지만 잘 안 돼요. 내가 하고 싶은 말을 얼마나 많이 참는지 안다면 마릴라도 조금은 칭찬해 줄 거예요. 어서 알려 줘요, 마릴라."

"스테이시 선생님은 공부 잘하는 아이들 가운데 퀸즈아카데미 입학시험을 치를 아이들을 모아 수험준비반을 만들 생각이라고 하셨어. 방과 뒤 한 시간씩 보충수업을 시키려는 것 같더라. 선생님은 매슈 오라버니와 내가 너를 그

반에 넣을 생각이 있는지 물으러 오셨어. 너는 어떻게 생각하니? 퀸즈아카데미에 진학해서 선생님이 되고 싶은 생각이 있니?"

"아, 마릴라!"

바닥에 앉아 있던 앤은 자세를 고쳐 무릎을 꿇고 두 손을 꼭 마주 잡았다.

"그거야말로 내 일생의 크나큰 꿈이에요. 지난 여섯 달 동안 루비와 제인이 입학시험 준비에 대한 이야기를 시작한 다음부터 내내 그랬어요. 하지만 나는 아무 말도 하지 않았어요. 말해봐야 소용없을 것 같아서였죠.

나는 선생님이 되고 싶어요. 하지만 그러려면 돈이 무척 많이 들지 않나요? 앤드루스 씨는 프리시를 퀸즈아카데미에 보내는 데 150달러나 들었다고 했어요. 게다가 프리시는 저처럼 기하를 못해서 속을 썩이지도 않았거든요."

"그 점에 대해서는 걱정할 것 없다. 매슈 오라버니와 내가 너를 맡을 때 우리는 할 수 있는 일이라면 무엇이든 해주기로 했고, 교육을 소홀히 해선 안 된다고 마음먹었거든.

나는 여자가 그럴 필요가 있건 없건 자기 힘으로 먹고살 능력을 갖추고 있어야 한다고 생각한다. 물론 매슈 오라버니와 내가 있는 한 그린게이블즈는 네 집이야. 그러나 이 세상 일이란 꼭 뜻대로 되는 것이 아니니 살다가 무슨 일이 생길지 누가 알겠니. 대비를 해두는 게 좋아. 그러니 네가 정말 하고 싶다면 퀸즈아카데미 수험반에 들어가도 좋다, 앤."

"아, 마릴라, 고마워요!"

무릎을 꿇은 채 앤은 두 팔을 벌려 마릴라의 허리를 감싸 안으며 올려다보았다.

"두 분에게 진심으로 감사해요. 열심히 공부할게요. 두 분의 자랑거리가 되도록 최선을 다하겠어요. 기하만은 그리 기대를 걸 수 없지만 다른 과목은 열심히 하면 누구에게도 뒤지지 않을 거예요."

"너라면 틀림없이 잘할 수 있어. 스테이시 선생님은 네가 머리도 좋고 공부도 열심히 한다고 했으니까."

마릴라는 스테이시 선생님이 앤을 칭찬하는 말을 그대로 전해줄 생각은 없었다. 자칫 앤의 허영심을 부추기게 된다고 여겼기 때문이다.

"하지만 지나치게 공부해서 병나지 않도록 조심해라. 그리 서두를 것은 없어. 입시까지는 아직 1년 반이나 남았으니까. 다만 스테이시 선생님은 지금부터 슬슬 시작해 기초를 다져두는 게 좋을 거라고 하셨어."

앤은 기뻐하며 말했다.

"앞으로는 지금보다 더욱더 열심히 공부하겠어요. 인생에 뚜렷한 목표가 생겼으니까요. 앨런 목사님이 말씀하셨죠. 사람은 반드시 자기 인생의 목표를 세우고, 그것을 향해 충실히 나아가야 한다고요. 다만 그 목표가 가치 있는 것인지 처음에 잘 확인할 필요가 있다고 했어요. 스테이시 선생님처럼 되려는 것은 훌륭한 목표가 될 수 있겠죠? 선생님이란 아주 고귀한 직업 같아요."

드디어 퀸즈아카데미 수험반이 만들어졌다. 길버트 블라이드, 앤 셜리, 루비 길리스, 제인 앤드루스, 조지 파이, 찰리 슬론, 그리고 무디 스퍼전 맥퍼슨이었다.

다이애나 배리는 부모님이 다이애나를 퀸즈아카데미에 보낼 생각이 없다고 해서 들어오지 못했다. 이 일은 앤에게 비극 그 자체였다. 미니 메이가 크루프에 걸렸던 그날 밤 이후로, 앤과 다이애나는 무엇을 하든 떨어져 본 적이 없기 때문이다.

퀸즈아카데미 수험반이 시작된 첫날, 다이애나는 다른 학생들과 함께 무거운 걸음으로 터덜터덜 교실을 나갔다. 앤은 그 뒷모습을 멀리서 바라보고 있었다. 다이애나 혼자서 '자작나무길'이며 '제비꽃 골짜기'를 지나 돌아가리라고 생각하니 앤은 자리를 박차고 나가 친구 뒤를 따르고 싶은 충동을 느꼈다. 커다란 무언가가 목구멍으로 울컥 솟구쳐 올랐다. 흐르는 눈물을 감추기 위해 앤은 다급하게 손에 든 라틴어 문법책으로 얼굴을 가렸다. 길버트 블라이드와 조지 파이에게 절대로 눈물을 보이고 싶지 않았기 때문이다.

앤은 그날 밤 슬픈 얼굴로 말했다.

"마릴라, 다이애나가 혼자 돌아가는 것을 보고 나는 지난주 일요일 설교 때 앨런 목사님이 말했듯 죽음의 고통을 맛보는 듯한 느낌이었어요. 다이애나도 함께 수험 준비를 하게 된다면 얼마나 좋을까요.

하지만 린드 아주머니는 이 불완전한 세상에 완전한 것은 있을 수 없다고 했어요. 린드 아주머니 말 가운데는 사람 마음에 거슬리는 것도 있지만 맞는 말씀도 꽤 많아요.

퀸즈아카데미 수험반은 무척 재미있을 것 같아요. 제인과 루비는 선생님이 되기 위해 공부할 거래요. 그것이 그 애들에게는 최대 희망이라고요.

루비는 졸업하고 2년 동안만 가르치고 결혼할 작정이라고 했어요. 제인은 생애를 교직에 바치며 무슨 일이 있어도 결혼하지 않겠대요. 가르치면 월급을 받을 수 있는데, 남편은 임금도 주지 않으면서 달걀이나 버터를 팔아서 들어온 수입을 나눠 달라고 하면 투덜거리기 때문이래요. 아마 제인의 서글픈 경험에서 나온 말 같아요. 린드 아주머니가 그랬는데, 제인 아버지는 불평꾼인 데다 유지방을 두 번이나 걷어낸 멀건 우유보다도 더한 구두쇠[5]래요.

조지 파이는 그저 교양을 쌓기 위해 학교에 간대요. 자기는 돈을 벌 필요가

---

5) 그즈음에는 각 가정에서 크림분리기를 이용해 우유에서 유지방을 걸러내고 그것을 모아 버터를 만들었음. 지방을 두 번이나 걸러내고 난 우유는 묽은 탈지유가 되어 풍미가 남지 않게 됨.

없다나요. 남의 신세를 지며 살고 있는 고아와는 처지가 다르대요. 고아는 그런 태평스러운 생각을 하고 있을 수 없다는 거죠.

무디 스퍼전은 목사가 되고 싶대요. 린드 아주머니가 그 이름에 걸맞은 사람이 되려면 목사가 되는 길밖에 없다[6]고 했어요. 하지만 마릴라, 이런 말 하면 나쁜 줄 알지만 무디 스퍼전이 목사가 된다고 생각하니 나는 자꾸만 웃음이 나와요. 무디는 통통한 얼굴에 작고 파란 눈을 가진 데다 귀가 이상스레 툭 튀어나왔거든요. 자라면 좀 더 지적인 얼굴이 될지도 모르지만요.

찰리 슬론은 정계로 나가 국회의원이 되겠대요. 하지만 린드 아주머니 말로 찰리는 그렇게 되기 힘들 거래요. 슬론 집안은 모두 정직한 사람들뿐인데 요즘 정치에서 성공하는 건 순 악당들뿐이라고요."

앤이 《카이사르》 책을 펼치는 것을 보고 마릴라가 물었다.

"길버트 블라이드는 무엇이 되겠다고 하든?"

앤은 경멸하는 듯한 목소리로 말했다.

"길버트의 야심 따윈 관심 없어요. 그런 게 비록 있다 할지라도 말예요."

요즘 길버트와 앤의 경쟁의식은 누구 눈에나 뚜렷했다. 이제까지는 앤이 일방적으로 맞서 싸워 이기려 했지만, 지금은 길버트도 분명 앤에게 지지 않고 1등 하겠다고 결심했음을 의심할 바 없었다. 길버트는 앤에게 더할 나위 없이 좋은 경쟁상대였다. 학급의 다른 아이들은 성적이 뛰어난 두 사람을 묵인하는 형태로 그들과 겨루어볼 생각조차 하지 않았다.

앤이 호숫가에서 용서를 바라는 길버트의 애원을 물리친 다음부터 길버트는 경쟁의식을 불태울 때 말고는 앤 셜리의 존재를 완전히 무시하는 태도로

---

[6] 미국 침례교 복음 전도사 드와이트 라이먼 무디(1837~1899)와 영국 침례교 목사 찰스 H. 스퍼전(1834~1892)이라는 두 명의 유명한 성직자가 있었기 때문.

나왔다. 다른 여자아이들과는 이야기나 농담을 주고받으며, 책이나 문제집을 바꿔보기도 하고, 학과 내용이며 장래 계획에 대해 토론하기도 했다. 때로는 기도 모임이나 토론 클럽이 끝나 돌아가는 길에, 특별히 어느 누구라고 정해져 있지는 않았지만 집까지 바래다주기도 했다.

그러나 앤 셜리만은 외면했다. 그리고 앤은 자기가 무시당하는 것이 그리 즐겁지 않다는 사실을 깨달았다. 아무려면 어때, 고개를 쳐들며 스스로에게 말해도 소용없었다. 앤의 마음은 굳건했지만, 한편으로 여리고 잘 다스려지지 않는 마음 깊숙한 곳에서 그것을 가슴 아프게 여기고 있었던 것이다. 만일 그날의 '반짝이는 윤슬의 호수'에서와 같은 기회가 다시 찾아온다면 자기는 틀림없이 그때와는 다른 대답을 하리라고 생각했다. 길버트에 대해 품고 있던 적개심이 그야말로 흔적도 없이 사라져버린 것을 깨닫고 앤 스스로도 내심 당혹감을 느낄 정도였다. 바로 지금이야말로 그 적개심이 앞으로 공부를 해나가는 데 가장 필요한 때인데도 말이다.

그 잊을 수 없는 '당근 사건'의 매 순간에 깊이 새겨진 모든 격분의 감정을 들여다보고 예전 같은 격심한 노여움에 몸을 내맡기려 해도 잘 되지 않았다. 그날 호숫가에서의 일은 노여움의 마지막 불길이 순간적으로 타오른 것에 지나지 않았다. 앤은 자기도 모르는 사이에 그를 용서하고, 그 사건을 잊고 있었음을 깨달았다. 그러나 이미 때는 늦어버렸다.

그렇지만 길버트를 비롯한 다른 사람들, 아니, 다이애나조차도 앤이 오만하고 밉살스러웠던 자신의 태도를 얼마나 후회하는지 모르고 있었다. '마음속 번민을 저 먼 망각의 나라로 보내 감춰두어야겠다'[7]고 앤은 결심했던 것이다. 앤

---

7) 펠리시아 도로시아 헤먼즈의 시 〈제노바의 밤의 한 장면〉에서 따옴.

이 그 결심을 어찌나 훌륭하게 이행했던지, 겉보기만큼 무심하지 못했던 길버트는 자기가 앤을 일부러 무시하고 있는 게 전혀 보복으로 통하지 않는다고 생각했다. 그래서 조금도 마음이 후련하지 않았다. 다만 앤이 찰리 슬론을 언제나 무자비하리만큼 매정하게 대하는 데서 얼마쯤 위안을 받았다.

그 밖의 모든 점에서는 즐거운 일과와 공부의 나날로 그 겨울은 지나갔다. 앤에게 있어 그즈음 하루하루는 1년이라는 목걸이에 꿰어진 금구슬이 실에서 미끄러지듯 유유히 흘러가고 있었다. 앤은 몹시 행복했다. 배울 게 너무나 많았고, 쟁취해야 할 영예도 있었다. 읽고 싶은 책도 산더미처럼 쌓였고 주일학교 성가대에서는 새로운 노래 연습도 했다. 토요일 오후는 앨런 부인과 목사관에서 즐겁게 보냈다. 그러는 동안 앤이 알아차리지 못하는 사이 또다시 봄이 다가와 그린게이블즈와 이 세상을 온통 화려한 꽃으로 감쌌다.

그맘때 방과 후에도 남아 공부하는 퀸즈아카데미 수험반 아이들은 공부에 좀 싫증이 나기 시작했다. 다른 아이들이 싱그러운 초록빛 길이며 어린잎이 무성한 숲속 지름길, 그리고 목장을 지나는 오솔길로 저마다 자유롭게 흩어지는 것을 교실에 남은 수험반 아이들은 부러운 듯 창문으로 물끄러미 내다보았다. 추운 겨울 동안 라틴어 동사며 프랑스어 연습문제에 대해 품고 있었던 흥미와 열의가 차츰 식는 것은 어쩔 수 없었다. 앤과 길버트조차도 마음이 느슨해졌. 6월이 되어 학기가 끝나고 즐거운 방학이 되었다. 장밋빛으로 펼쳐질 앞으로의 화창한 나날에 선생님도 학생도 매우 기뻐했다.

방학하는 날 스테이시 선생님은 아이들에게 말했다.

"여러분은 지난 1년 동안 열심히 잘했어요. 부디 즐거운 방학을 보내도록 해요. 밖에서 실컷 뛰어놀아 새 학년에 대비할 활력과 건강과 큰 희망을 듬뿍 안고 와요. 드디어 결전의 시기, 입시에 대비하는 마지막 한 해가 될 테니까요."

조지 파이가 물었다.

"스테이시 선생님, 새 학년에도 저희를 가르쳐주시나요?"

조지 파이는 무슨 질문이건 머뭇거리는 법이 없었는데, 이 경우만은 아이들 모두 조지 파이에게 고마운 마음이었다. 왜냐하면 얼마 전부터 스테이시 선생님에게 선생님의 고향에 있는 좀 더 큰 학교에서 와달라는 교섭이 있었던 것이다. 그래서 선생님이 그 제안을 받아들여 새 학년부터는 가르치지 않을 거라는 안타까운 소문이 돌고 있었다. 퀸즈아카데미 수험반 학생들은 숨을 죽이고 선생님 대답을 잠자코 기다렸다.

"가르치고말고요. 다른 학교로 옮길까 생각했었지만, 애번리에 머무르기로 결정했어요. 솔직히 말하면 이 학교 학생들에게 너무 정이 들어서 갈 수가 없었어요. 여러분이 졸업할 때까지 함께 있겠어요."

무디 스퍼전이 외쳤다.

"만세!"

무디 스퍼전은 지금까지 그토록 정신없이 외칠 만큼 흥분한 일이 없었으므로 그 뒤 1주일 동안 그 일을 생각할 때마다 얼굴을 붉히며 안절부절못했다.

앤은 두 눈을 반짝이며 말했다.

"아, 저도 정말 기뻐요. 사랑하는 스테이시 선생님, 선생님이 돌아오시지 않으면 큰일이라고 걱정했어요. 만일 선생님이 계시지 않는다면 공부를 계속할 열의를 완전히 잃을지도 모르니까요."

그날 밤, 집에 돌아온 앤은 교과서를 몽땅 지붕 밑 다락방의 낡은 트렁크 속에 넣고 자물쇠를 채운 다음 그 열쇠를 이불 보관함 속에 던져 넣었다.

앤은 마릴라에게 말했다.

"방학 동안 교과서는 아예 펼쳐보지도 않겠어요. 학기 중에 공부는 열심히 할 만큼 했고, 기하도 기호를 바꿔서 써놓더라도 상관없을 만큼 제1권의 정리를 완전히 읽었어요. 이젠 머리 쓰는 일에 진력났으니 이번 여름 동안은 상상의 날개를 한껏 펼쳐 보겠어요.

어머나, 마릴라, 그렇게 놀라지 마세요. 적당한 선까지만 펼칠 테니까요. 어쨌든 올여름은 마음껏 유쾌하게 놀아보고 싶어요. 소녀로서 지내는 마지막 여름일지도 모르니까요.

린드 아주머니는 내가 내년에도 올해처럼 키가 쑥쑥 큰다면 치마를 더 길게 해야 한다고 했어요.[8] 내가 다리랑 눈만 자라는 사람 같대요. 정말로 어른처럼 긴 치마를 입게 되면 그 옷에 어울리는 의젓한 행동을 해야 할 것 같아요.

그때는 요정의 존재도 더 이상 믿지 않게 되는 게 아닐까요. 그래서 올여름은 실컷 믿기로 했어요. 이번 여름방학은 무척 재미있을 거예요. 루비 길리스가 곧 생일 파티를 연다고 했고, 주일학교에서는 소풍을 갈 예정이고, 다음 달에는 선교사를 위한 음악회가 있어요.

그리고 배리 씨가 얼마 뒤 다이애나와 나를 화이트샌즈 호텔에 데려가 저녁을 사주시겠다고 했어요. 제인 앤드루스는 지난여름에 한 번 갔는데 전등이 달려 있고, 꽃으로 가득 꾸며지고, 예쁘게 차려입은 여자들을 보니 눈이 부셨대요. 제인은 상류사회의 생활을 엿본 건 그때가 처음이고, 영원히 잊을 수 없을 거래요."

마릴라가 목요일의 교회 후원회 모임에 출석하지 않았다. 마릴라가 결석을 하는 것은 그린게이블즈에 뭔가 심상치 않은 일이 일어났기 때문임을 모두들

---

[8] 19세기까지는 정숙한 성인 여성이라면 다리가 모두 가려질 만큼 긴 치마를 입어야 했음. 머리도 소녀는 늘어뜨리고 성인 여성은 뒤로 묶어 올렸으나 20세기 초부터는 겉으로 보아 어른인지 아이인지, 미혼인지 기혼인지 나타내는 관습이 없어졌음.

알고 있었기에 린드 부인은 다음 날 오후 무슨 일인지 알아보러 왔다.

지친 기색의 마릴라가 설명했다.

"어제 매슈 오라버니가 심장발작을 일으켰어요. 그래서 오라버니를 혼자 두고 나가는 게 아무래도 마음에 걸려서 못 갔어요. 네, 지금은 기운을 되찾았지만, 전보다 발작을 일으키는 횟수가 늘어서 걱정이에요. 의사 선생님이 흥분하는 일을 피하도록 조심하라고 하셨지만, 그거야 그리 어렵지 않아요. 오라버니 스스로 흥분할 일을 찾아다니는 사람이 아니니까요.

그런데 문제는 힘든 일도 하지 말라는 거예요. 오라버니에게 일을 하지 말라는 것은 숨을 쉬지 말라는 거나 다름없으니 큰일이에요. 자, 어서 이리 와 앉아요. 차 한잔 들고 갈 거죠?"

린드 부인은 처음부터 그럴 작정이었지만, 점잔을 빼며 이렇게 말했다.

"말씀하시니, 그렇게 할까요?"

린드 부인이 마릴라와 응접실에서 이야기하는 동안 앤은 차를 끓이고 비스킷을 구웠는데, 린드 부인도 흠잡을 수 없을 만큼 노릇노릇 바삭하게 구워졌다.

해 질 녘이 되어서야 마릴라는 오솔길을 걸어가 린드 부인을 큰길까지 배웅했다. 린드 부인은 고개를 끄덕이며 흐뭇하게 말했다.

"보면 볼수록 앤은 정말 잘 컸어요. 앤이 있어서 무척 도움이 되겠어요."

"그렇답니다. 제법 차분하고 믿음직스러워졌어요. 함부로 덤비는 그 애의 버릇이 고쳐지지 않을까 봐 몹시 걱정했는데, 이젠 무슨 일이건 마음 놓고 맡길 수 있어요."

"3년 전 처음 보았을 때는 이렇게 잘 클 거라고는 결단코 생각지 못했어요. 그때 그 애가 버럭 화냈던 일은 한평생 잊지 못할 거예요. 그날 밤 집에 돌아가 토머스에게 '여보, 내가 장담하는데 마릴라 커스버트는 머지않아 자기가 한 일을 틀림없이 후회할 거예요.'라고 말했다니까요.

하지만 내 말이 맞지 않아서 정말 다행이에요. 나는 내 잘못을 인정하지 않는 그런 사람은 아니에요.

나는 분명 앤을 잘못 보았어요. 하지만 그때는 그럴 만도 했죠. 세상에 그토록 별나고 뜻밖의 일을 잘 저지르는 아이가 또 어디 있겠어요. 다른 아이들과 같은 방식으로는 다룰 수 없는 아이예요.

그런데 정말이지 지난 3년 동안 놀랍게 변했어요. 특히 외모로도 참으로 예쁜 아가씨가 되었어요. 나는 그 애처럼 핼쑥하고 눈이 큰 아이는 원래 그리 좋아하지 않아요. 다이애나 배리나 루비 길리스처럼 좀 더 활기 있고 혈색도 발그레한 아이를 좋아하죠. 특히 루비 길리스의 얼굴은 화려해서 눈에 확 띄지요.

그런데 어찌 된 셈인지 도무지 알 수 없지만, 그 애들이 다 같이 있으면 앤이 그만큼 예쁘지 않은데도 그 두 아이가 오히려 평범하고 어딘가 과해 보여요. 그 두 아이가 크고 붉은 작약이라면, 앤은 마치 6월의 하얀 수선화 같아요. 왜, 그 있잖아요, 앤이 나르키소스라고 부르는 그 꽃 말이에요."

시내와 강이 만나는 곳[1]

멋진 여름이었다. 앤과 다이애나는 거의 밖에서 지냈고, '연인의 오솔길', '드리아스의 샘', '윌로미어', '빅토리아섬'을 거닐며 그 아름다움을 한껏 즐겼다. 마릴라는 앤이 나돌아다녀도 잔소리하지 않았다. 미니 메이가 크루프를 앓은 날 밤 왔던 스펜서베일의 의사가 우연히 여름방학이 시작될 무렵 애번리로 왕진을 왔다가 어떤 환자의 집에서 앤을 보게 되었다. 그는 날카로운 눈으로 앤을 요모조모 관찰하고 입을 굳게 다문 채 고개를 젓고는 인편으로 마릴라 커스버트에게 전했다.

"댁의 빨강머리 아가씨는 여름 내내 밖에서 지내도록 해야겠습니다. 활발히 뛰어다니게 하고 책은 절대로 못 보도록 하십시오."

이 전갈은 마릴라를 두렵게 했다. 그 말대로 하지 않으면 앤이 폐결핵으로 죽을지도 모른다는 의미로 받아들였던 것이다. 그래서 앤은 마음껏 자유롭게 뛰어놀며 생애 최고의 여름을 보내게 되었다. 앤은 산책하고, 배를 저었으며, 딸기를 따고 몽상에 젖기도 했다.

9월이 되자 앤의 눈은 다시 반짝거리고, 발걸음도 민첩해졌다. 이제 스펜서

---

[1] 미국 시인 헨리 워즈워스 롱펠로(1807~1882)의 시 〈소녀〉의 3연 2행에서 따옴. 이 구절 다음에 '여성 시절과 소녀 시절이 갈라지는 곳'이라고 이어짐.

베일의 의사도 마음을 놓을 수 있으리라. 앤은 희망과 열의에 넘쳐보였다.

앤은 지붕 밑 다락방에서 교과서를 꺼내오며 말했다.

"이제부터 다시 열심히 공부해야지. 아, 나의 소중한 옛 친구여, 너희들의 진지한 모습을 다시 보니 반갑구나. 오, 기하여, 너도 마찬가지야.

마릴라, 참으로 멋진 여름이었어요. 지난주 앨런 목사님이 설교에서 말했듯 나는 이제부터 장사(壯士)가 되어 기꺼이 나의 길을 달리기 위해 나가는 거예요.[2] 앨런 목사님 설교는 정말 훌륭하지 않아요?

린드 아주머니는 앨런 목사님이 나날이 훌륭해져 언젠가는 큰 도시 교회에서 낚아채 갈 거래요. 그 뒤에 남은 우리들은 어쩔 수 없이 풋내기 목사님을 새로 모셔다 이 과정을 다시 반복해야 할 거라고 한탄했어요.

하지만 그런 걱정을 미리 할 필요는 없다고 생각해요. 마릴라 생각은 어때요? 앨런 목사님이 계시는 동안 기쁜 마음으로 설교를 들으면 그만이죠.

내가 남자라면 나는 목사가 되고 싶어요. 신학의 체계만 확고하면 신자들에게 선한 영향을 줄 수 있으니까요. 그리고 훌륭한 설교를 해서 신자들을 감동시키는 것은 감격스러운 일일 거 같거든요.

여자는 왜 목사가 될 수 없을까요, 마릴라? 린드 아주머니에게 그렇게 물었더니 아주머니는 펄쩍 뛰며 큰일 날 소리라고 하셨어요. 미국은 어쩌면 여자 목사가 있을지 모르고, 아마도 있겠지만, 캐나다에는 다행히 그런 일이 없고 앞으로도 없기를 바란다고 했어요.

내 생각으로는 여자도 멋진 목사가 될 수 있을 것 같아요. 교회의 친목회며 다과회며 기부금을 걷어들이는 일 등으로 여성 후원회에 많이 의존하고 있잖

---

2) 《구약성서》〈시편〉 19편 5절. '해는 그 신방에서 나오는 신랑과 같고 그의 길을 달리기 기뻐하는 장사(壯士) 같아서' 참고.

아요. 린드 아주머니는 이미 벨 씨 만큼 기도를 훌륭하게 드릴 줄 알고 연습만 하면 설교도 잘할 것 같아요."

마릴라는 은근한 농담조로 말했다.

"그건 그래. 지금도 교회 밖에서 늘 비공식 설교를 하고 있잖니. 레이철이 지켜보고 있는 한 이 애번리에서는 아무도 엇나가서 나쁜 길로 빠질 염려가 없을 게다."

갑자기 목소리를 죽이며 앤은 말했다.

"마릴라에게 할 이야기가 있어요. 늘 마음에 걸리는 일이어서 마릴라의 의견을 듣고 싶어요. 스스로를 반성하는 생각을 많이 하게 되는 일요일 오후면 특히 더 마음에 걸리더라고요.

나는 착한 아이가 되고 싶어요. 진심으로 그렇게 생각하고 있어요. 마릴라나 앨런 부인이나 스테이시 선생님과 함께 있으면 여느 때보다 더 그렇게 되고 싶은 마음이 간절해요. 그리고 무엇보다 마릴라가 기뻐할 일, 칭찬할 일을 하고 싶어요.

그런데 린드 아주머니와 함께 있으면 왠지 모르게 나는 아주 나쁜 아이가 되는 것 같고, 아주머니가 하지 말라는 일은 괜히 더 하고 싶은 마음이 들어요. 도저히 참을 수 없는 유혹을 느껴요.

어째서 그런 기분이 들까요? 내가 나쁜 사람이고 죄가 많은 탓일까요?"

마릴라는 잠시 당황하는 듯싶었지만, 곧 웃기 시작했다.

"네가 나쁜 사람이라면 나도 마찬가지일 게다, 앤. 네가 지금 말한 그런 기분을 나도 레이철하고 있으면 곧잘 느끼니까. 레이철이 지금처럼 만나는 사람마다 올바른 일을 하라고 귀찮게 잔소리하지 않는다면 아마 더 선한 감화를 줄 수 있을지도 몰라. 모세의 십계명에 '지나친 잔소리를 하지 마라'라는 열한 번째 계율이라도 있었으면 좋으련만. 하지만 이런 이야기는 그만두자. 레이철은 훌륭한 크리스천이고 모두 잘되라고 하는 말이니까. 애번리를 두루 뒤져보아도 그처럼 친절한 사람은 없고, 자기가 해야 할 일을 게을리하는 법도 결코 없지."

앤은 또렷이 말했다.

"마릴라도 나랑 같은 생각을 하고 있다니 마음이 놓여 매우 기뻐요. 앞으로는 이 문제로 너무 고민하지 않겠어요.

어차피 그것 말고도 틀림없이 또 다른 걱정거리가 생길 거예요. 내게는 언제나 새로운 고민이 꼬리를 물고 떠오르거든요. 머릿속이 어수선해질 만큼 걱정거리가 많아요. 한 가지 해결되었다고 생각하면 그다음 것이 떡하니 기다리고 있으니 말예요.

어른이 되어가니 이것저것 고민하고 결정해야 할 일이 잔뜩 생겨요. 늘 깊이 생각하고 올바른 결정을 내려야 하니 마음이 바쁘네요. 어른이 된다는 건 그리 쉬운 일이 아닌가 봐요, 마릴라. 하지만 내게는 마릴라와 매슈, 앨런 부인과 스테이시 선생님 같은 좋은 분들이 계시니 훌륭한 어른이 될 수밖에 없다고 생각해요. 혹시라도 잘 안 된다면 그것은 순전히 내 탓이죠. 기회는 단 한 번뿐이라고 생각하면 책임이 무겁게 느껴져요. 온전한 어른이 못 되었다고 해서 도로 아이가 되어서 다시 시작할 수는 없으니까요.

올여름에 키가 2인치(약 5센티미터) 컸어요. 길리스 씨가 루비의 생일 파티 때 재줬어요. 새 옷을 좀 길게 만들어줘서 고마워요, 마릴라. 특히 그 짙은 녹색 원피스는 정말 예뻐요. 그리고 단에 하늘하늘한 주름장식이 달려 있어 마음에 쏙 들어요. 물론 없어도 상관은 없죠. 하지만 이번 가을엔 물결 주름장식이 워낙 유행이라 조지 파이는 모든 옷에 그 주름장식을 달았대요. 내 치마에도 물결치는 주름장식이 달렸다고 생각하면 공부가 저절로 잘될 것 같아요. 유행에 뒤처지지 않았다는 것에 마음 깊은 곳에서 만족감을 느낄 것이거든요."

마릴라는 흐뭇해하며 맞장구쳤다.

"그렇다면 주름장식을 달기 정말 잘했구나."

새 학기가 시작되자 스테이시 선생님이 애번리 학교로 다시 돌아와 학생들은 전보다 더 열심히 공부하려는 의욕에 불탔다.

특히 퀸즈아카데미 수험반은 먼 길을 떠나기 위해 허리띠를 단단히 매듯 마음을 다지고[3] 시험에 대비할 자세를 갖추고 있었다. 그해 말에 치러지는 입학 시험이 각자의 운명을 결정지을 것이다. 그것은 이미 무서운 모습으로 어두운 그림자를 드리우고 있었다. 시험에 대한 생각을 하면 누구나 마음이 무거워진다. 혹시나 시험에 떨어진다면! 앤은 겨울 동안 내내 그런 부정적인 생각에 시달렸다. 일요일 오후에도 그 걱정은 사라지지 않아 윤리적 문제며 신학상의 문제는 거의 소홀히 하게 되었다. 앤은 악몽도 꾸었다. 길버트 블라이드의 이름은 보란 듯이 첫 번째로 씌어 있는데 자기 이름은 아무 데도 없는 합격자 발표 명단을 풀 죽어 바라보는 그런 꿈이었다.

그러나 여러모로 즐겁고 바쁜 겨울이 눈 깜짝할 사이에 지나갔다. 수업은 전과 마찬가지로 흥미진진했고 학생들 사이의 경쟁 또한 치열했다. 의욕적인 앤의 눈앞에는 처음으로 알게 되는 새로운 지식의 세계가 사상·감정·야심면에서 매력적으로 폭넓게 펼쳐지는 느낌이었다.

산 너머에 또 산이 이어지고

---

[3] 《구약성서》〈열왕기 하〉 4장 29절. '네 허리를 묶고 내 지팡이를 손에 들고 가라에서 따옴.

알프스 위에 또 알프스가 솟아 있다[4]

공부를 하면 할수록 목표는 점점 높아져 갔다. 이것은 스테이시 선생님의 주의 깊으며 넓은 시야에 의한 지도 덕분이었다. 스테이시 선생님은 학생들이 스스로 생각하고 해답을 탐구하며 진실을 발견하도록 이끌었다. 예로부터 밟아온 평범한 길에서 되도록 벗어나게 지도했으므로 린드 부인을 비롯한 학교 이사들은 큰 충격을 받았다. 이런 사람들은 이제까지 써온 방법을 개혁하는 것에 대해 회의적이고 불신감을 품고 있었기 때문이다.

앤은 공부 이외에 젊은이들과의 사교에도 적극적으로 나서게 되었다. 마릴라가 스펜서베일의 의사 말을 명심하여 때로 앤이 외출하는 것을 너그럽게 봐주었기 때문이었다.

특히 토론 클럽의 활동이 활발해 발표회도 가끔 열었다. 어른들 모임과 같은 파티도 한두 번 있었다. 썰매를 타고 멀리 나가거나 스케이트를 타러 가는 유쾌한 놀이도 흔히 있었다.

그러는 동안에도 앤은 자꾸 자랐다. 너무 눈에 띄게 키가 훌쩍 자라 어느 날 마릴라는 옆에 서 있는 앤의 키가 자기보다 큰 것을 알고 깜짝 놀랐다.

마릴라는 믿을 수 없다는 듯이 말했다.

"아, 앤, 굉장히 컸구나!"

그리고 마릴라는 한숨을 쉬었다. 앤의 키가 자신보다 훌쩍 자랐다는 사실에 아쉬운 듯한 쓸쓸함을 느꼈던 것이다. 마릴라에게 사랑을 가르쳐준 어린아이는 눈 깜짝할 새 사라지고 그 대신 눈앞에 진지한 눈길의 15살 된 아가씨가 생

---

[4] 영국 시인·비평가 알렉산더 포프(1688~1744)의 《비평론》에서 따옴.

각에 잠긴 얼굴로 조그만 머리를 꼿꼿이 들고 서 있었던 것이다. 마릴라는 그 어린아이에게 기울였던 애정을 이 아가씨에게도 똑같이 주고 있긴 하지만 무언가를 잃어버린 듯한 기묘한 슬픔을 느꼈다.

그날 밤 앤이 다이애나와 함께 기도 모임에 나간 다음 마릴라는 땅거미 지는 겨울 어스름 속에 홀로 앉아 있었다. 그러자 마음이 약해지며 눈물이 흘러나와 하염없이 흐느꼈다. 일을 끝낸 뒤 등불을 들고 집에 돌아온 매슈는 그런 마릴라를 보고 깜짝 놀라 눈을 휘둥그레 떴다. 마릴라는 얼른 눈물을 닦고 억지로 웃음을 지어 보였다.

"앤에 대해 생각하고 있었어요. 그 애가 어느새 훌륭한 아가씨가 다 되었더라고요. 내년 겨울에는 이 집에서 떠날 생각을 하니 쓸쓸한 기분이 들었어요."

매슈는 위로하는 목소리로 말했다.

"하지만 자주 돌아올 텐데 뭘."

매슈에게 있어 앤은 여전히, 그리고 앞으로도 4년 전 6월 어느 날 저녁 브라이트리버에서 데려온 작고 꿈 많은 소녀였다.

"그때쯤에는 철도 지선(支線)이 카모디까지 이어질 거야."

"하지만 늘 집에 함께 있던 때와는 다르겠지요."

마릴라는 무거운 한숨을 내쉬었다. 위로받을 수 없는 슬픔이라면 한껏 그 속에 잠겨보고 싶었다.

"남자들이란 이런 기분을 이해하지 못할 거예요."

앤이 달라진 것은 겉모습만이 아니었다. 뚜렷한 변화가 분명히 있었다. 그 가운데 하나는 전보다 말수가 적어진 사실이었다. 무엇을 생각하는 버릇은 전보다 더했고, 몽상에 젖는 것도 여전했지만, 말수만은 뚜렷이 적어졌다.

마릴라는 그 사실을 깨닫고 앤에게 직접 말을 한 적도 있다.

"예전의 절반만큼도 말을 하지 않는구나, 앤. 그리고 거창한 단어를 쓰는 버릇도 훨씬 줄어들었어. 무슨 일이라도 있는 거니?"

앤은 얼굴을 붉히며 살며시 웃더니 책을 덮고 꿈꾸듯 창밖을 내다보았다. 봄빛을 받은 창가의 담쟁이덩굴에서 새빨간 새싹이 금방이라도 터질 것처럼 부풀어 오르고 있었다.

앤은 생각에 잠기며 집게손가락을 턱에 갖다 댔다.

"저도 모르겠어요. 예전만큼 이야기를 많이 하고 싶지가 않아요. 소중하고 아름다운 생각은 보물처럼 마음속에 깊이 간직하고 싶어져요. 말을 해서 남에게 놀림받거나 이상한 사람 취급받고 싶지 않아요. 그리고 왜 그런지는 모르지만 거창한 단어도 이제 더 이상 쓰고 싶지 않네요. 좀 섭섭하기도 해요. 이제는 얼마든지 거창한 표현을 써도 될 만큼 컸는데 굳이 그렇게 하고 싶지 않으니까요. 어른이 되어간다는 건 어떤 뜻에서는 즐겁기도 하지만 내가 생각했던 종류의 즐거움과는 좀 달라요. 새롭게 배우고 해 보고 생각해야 할 일이 너무 많아서 거창한 단어들을 생각할 틈도 없어요.

게다가 스테이시 선생님은 간결한 단어를 쓰는 편이 훨씬 설득력 있고 알기 쉽다고 했어요. 논문을 쓸 때는 되도록 간결하게 쓰라고 했죠. 여태껏 머리에 떠오르는 멋있고 거창한 단어들을 잔뜩 늘어놓는 버릇이 있어 처음에는 어려웠어요. 하지만 지금은 익숙해져서 짧게 표현하는 게 나름 묘미가 있음을 알게 되었어요."

"너희들의 이야기 클럽은 어떻게 됐니? 그 이야기를 요즘 통 하지 않는구나."

"이미 없어졌어요. 시간이 없는걸요. 그리고 모두 싫증 났어요. 사랑이니 살인이니 애인과의 도주니 비밀이니 하는 꾸며낸 이야기를 쓴다는 게 실없게 느껴졌어요.

스테이시 신생님은 작문 연습 삼아 때로 허구의 이야기를 쓰게 하지만 애번리의 일상생활에서 실제로 일어날 듯한 일만 써야 한다 하세요. 그리고 매우 엄격한 비평을 해주시고, 스스로도 자기 글을 평가해야만 돼요.

　내 작문의 결점을 스스로 찾아보려 하기 전에는 그토록 부족한 점이 많은지 몰랐어요. 너무 부끄러워 다시는 글을 쓰지 말아야겠다는 생각이 들더라고요. 하지만 스테이시 선생님이 자신의 글에 대해 가장 신랄한 비평가가 될 수 있도록 훈련한다면 좋은 글을 쓸 수 있을 거라고 말씀하셔서 노력하고 있어요."

　"입학시험이 이제 두 달밖에 남지 않았구나. 합격할 자신 있니?"

　그러자 앤은 몸을 와들와들 떨었다.

　"모르겠어요. 문제없다는 생각이 드는 적도 있지만…… 아무래도 안될 거라고 두려워지는 때도 있어요. 하지만 모두들 열심히 공부하고, 스테이시 선생님도 철저하게 가르쳐주고 있어요.

　그렇게 해도 모두 합격할 수는 없을지도 모르죠. 저마다 발목을 잡는 과목이 있으니까요. 나는 물론 기하이고, 제인은 라틴어, 루비와 찰리는 대수, 조지는 산술이에요. 무디 스퍼전은 영국 역사에서 낙제할 것 같대요. 6월에는 스테이시 선생님이 모의고사를 치르신다고 했어요. 진짜 입시만큼 어려운 문제를 내고 마찬가지로 꼼꼼하게 채점하시겠대요. 그러면 우리 실력을 대강 파악할 수 있을 거라고요. 아, 마릴라, 빨리 끝났으면 좋겠어요. 이 고민이 언제나 머리에서 떠나지 않아요. 때때로 한밤중에 깨서 떨어지면 어떻게 해야 하나 하는 걱정을 해요."

　그러자 마릴라는 태평스럽게 말했다.

　"그렇게 되면 다시 1년 공부해서 다음 기회를 기다리면 되지."

　"어머나, 그럴 용기는 없어요. 떨어지면 비참할 거예요. 특히 길……아니, 다른 아이들은 전부 합격했는데 나만 떨어진다면 말예요. 그런데 저는 시험을 치를 때면 긴장을 많이 하니까 꼭 망칠 것만 같아요. 나도 제인 앤드루스같이 강심장이었으면 좋겠어요. 그 애는 그 어떤 일에도 동요하지 않아요."

앤은 한숨을 푹 쉬었다. 그리고 아쉬운 듯 봄 경치에서 눈을 돌려 굳은 결의로 다시 교과서에 온 정신을 쏟았다. 창밖은 마법에 걸린 봄의 세계였다. 푸른 하늘 아래 산들바람이 살랑이고, 앞뜰의 풀과 나무에는 새싹이 파릇파릇 돋아나 앤에게 놀러 나오라며 손짓하고 있었다. 봄은 해마다 돌아오겠지만, 입학시험에 떨어지면 두 번 다시 마음껏 봄을 즐길 수 없다는 생각이 들었다.

합격자 발표

6월이 끝남과 더불어 학년말이 다가왔다. 그것은 스테이시 선생님이 애번리 학교를 떠날 때가 되었다는 슬픈 일을 뜻하기도 했다. 그날 저녁, 앤과 다이애나는 숙연한 마음으로 집에 돌아오고 있었다. 빨갛게 부은 눈과 젖은 손수건은 스테이시 선생님의 작별인사가 3년 전 필립스 선생님의 작별인사 못지않게 학생들의 마음을 울렸다는 증거였다.

다이애나는 가문비나무 언덕 기슭에 멈춰 서서 학교를 돌아보며 깊은 한숨을 쉬고는 쓸쓸하게 말했다.

"이젠 모든 게 끝났다는 생각이 들어."

"그래도 너는 나보다 나은 편이야."

앤은 손수건의 젖지 않은 부분을 찾았지만 헛수고였다.

"너는 9월에 새 학년이 시작되면 다시 올 수 있잖니. 하지만 나는 정든 모교와 영원히 작별해야 할지도 몰라. 물론 운이 좋을 경우의 이야기지만."

"학교로 돌아간다 해도 지금까지와는 전혀 다를걸. 스테이시 선생님도 안 계시고, 너도 제인도 루비도 없을 테니까. 이제부터는 나 혼자 앉아야겠어. 너와 나란히 앉아 공부했던 생각을 하면 도저히 다른 아이와 앉을 마음이 생기지 않아. 우리 그동안 정말 즐거운 일이 많았지, 앤. 이젠 모든 것이 끝났다고 생각하니 참을 수 없어."

두 줄기 눈물이 다이애나의 뺨을 타고 주루룩 흘러내렸다.

앤은 애원하듯 말했다.

"네가 울음을 그치지 않는 한 나도 그칠 수 없어. 가까스로 손수건을 집어넣으려 했는데 네 눈에 눈물이 흐르니 나도 또 눈물이 나. 린드 아주머니 말대로 명랑해질 수 없을 때라도 그렇게 되도록 노력하는 수밖에 없겠어. 하지만 난 새 학기에 틀림없이 다시 돌아오게 될 거야. 도저히 합격하지 못할 거라는 예감이 자꾸만 들거든. 요즘 그런 기분을 정말 심하게 자주 느껴."

"어머나, 모의시험에서 좋은 성적을 받았잖니?"

"응. 하지만 그때는 긴장하지 않았거든. 진짜 시험은 생각만 해도 가슴이 서늘해지고 두근거려. 더구나 내 수험번호는 13번이야. 조지가 아주 운 나쁜 숫자라고 했어. 나는 미신 같은 건 믿지 않고 어떤 번호든 아무 상관 없다는 거야 알지만, 그래도 13번이 아니면 좋겠어."

"나도 함께 샬럿타운으로 갈 수 있으면 좋겠다. 무척 즐거울 텐데. 하지만 입시 동안은 매일 밤 온 힘을 기울여 공부해야 할 테니 안 되겠지?"

"그렇지 않아. 이제 교과서는 보지 말라고 스테이시 선생님이 말씀하셨어. 이제 교과서를 펼쳐봐야 머리만 지치고 오히려 혼란을 느낄 테니 시험 생각은 하지 말고 산책이나 한 뒤 일찍 자야 한다고 했어. 그렇게 해야 한다는 것은 알지만 지켜질 것 같지 않아. 충고란 그런 것 아니니?

프리시 앤드루스는 시험기간 내내 한밤중까지 필사적으로 벼락치기 공부를 했대. 그러니 나도 프리시만큼은 일어나 있을 작정이야. 너네 조지핀 할머니가 시험을 치르는 동안 너도밤나무집에 머물게 해주셔서 정말 다행이야."

"거기에 가 있는 동안 편지 쓸 거지?"

"시험 첫날이 어땠는지 화요일 밤에 꼭 써서 보낼게."

앤은 약속했다.

"그럼 수요일에 우체국에서 배회하고 있을게."

다음 월요일, 앤은 샬럿타운으로 떠났다.

그리고 약속대로 수요일에 우체국 가까이에서 배회하던 다이애나는 편지를 받았다.

다이애나에게

지금은 화요일 밤이야. 나는 지금 너도밤나무집 서재에서 이 편지를 쓰고 있어. 어젯밤 방에 혼자 있으니 무척 쓸쓸하더라. 네가 있으면 얼마나 좋을까 생각했지.

역사교과서를 보고 싶었지만, 스테이시 선생님과 한 약속 때문에 벼락치기를 할 수 없었어. 그 일은 전에 숙제가 끝날 때까지 소설을 읽지 못했던 만큼이나 괴로웠어.

오늘 아침에 스테이시 선생님이 데리러 와주셔서, 가는 도중 제인과 루비와 조지가 묵고 있는 곳에 들러 함께 학교에 갔어.

루비가 자기 손을 만져보라고 해서 만져보니 얼음장 같았어. 조지는 나더러 밤새 한잠도 못 잔 사람 같다고 했지. 그리고 시험에 합격한다 해도 교원양성과정의 심한 공부에 몸이 견뎌내지 못할 거라고 하더구나. 조지 파이를 아무리 좋아하려 해도 그것은 참 어려운 일이야! 아직도 때때로 그렇게 여겨져.

학교에 도착하니 섬 곳곳에서 온 학생들이 잔뜩 모여 있었어. 맨 먼저 무디 스퍼전을 만났는데, 층계에 혼자 앉아 중얼거리고 있어서 제인이 뭘 하는

냐고 물었어. 그랬더니 마음을 가라앉히려 구구단을 외고 있으니 방해하지 말라며, 도중에 그만두면 마음이 산란해져 이제까지 배운 것도 몽땅 잊어버릴 것 같다고 했지. 그래도 구구단을 외고 있으면 머릿속 어딘가 공부한 것이 제자리에 있을 거라면서 말이야.

우리들이 교실로 들어간 다음 스테이시 선생님은 돌아가셨어. 제인과 나는 함께 앉게 되었는데, 제인이 너무나 침착해서 부러웠어. 똑똑하고 침착하고 분별있는 제인에게는 구구단 같은 게 필요 없겠지! 다른 사람 눈에 내 긴장한 모습을 들키지 않을까, 교실 저 끝에서도 내 가슴의 고동소리가 들리지 않을까 걱정되었어.

드디어 어떤 남자분이 들어와 영어시험지를 나눠주었어. 그것을 받아들었을 때 두 손이 차가워지고 머리가 어지러워지더구나. 두려운 한순간이었단다. 그 기분은 4년 전 마릴라에게 그린게이블즈에 있게 해줄 것인지 아닌지 물어볼 때와 똑같았지. 하지만 차츰 머리가 맑아지고 심장의 고동도 정상으로 돌아갔어. (실은 그때까지는 완전히 멎어 있었단다!) 문제를 보니 그 시험은 그럭저럭 치를 수 있다는 것을 알았기 때문이야.

12시에는 점심을 먹으러 일단 각자 숙소로 돌아왔다가 오후에 역사시험을 치르러 다시 학교에 갔어. 역사는 문제가 꽤 어려웠고 연대가 머릿속에서 뒤죽박죽이 된 것 같았어. 그래도 오늘은 그런대로 제법 잘 치른 것 같아.

아, 다이애나, 하지만 내일은 기하시험이 있어. 기하책을 펼쳐보고 싶은 유혹을 억누르려면 굉장한 노력이 필요하단다. 혹시라도 구구단이 도움이 된다면 무디 스퍼전처럼 구구단을 지금부터 내일 아침까지 쉬지 않고 외고 싶은 심정이야.

저녁에는 다른 아이들을 만나러 나갔어. 도중에 무디 스퍼전이 안절부절

못하며 거리를 서성거리고 있는 것을 보았어. 자기는 역사에서 낙제점을 받았고 부모님을 실망시키기 위해 태어난 사람이다, 내일 아침에는 기차를 타고 돌아가야겠다, 목사가 되는 것보다 목수가 되는 편이 훨씬 낫겠고 하더라.

나는 무디를 격려해 주고 마지막까지 버텨야 한다고 설득했어. 그렇지 않으면 애쓰신 스테이시 선생님에게 죄송한 일이라고 말이야. 나는 남자로 태어났으면 좋겠다는 생각을 한 적도 있지만, 무디 스퍼전을 보면 내가 여자이고 또 무디의 여동생이 아닌 게 다행으로 여겨져.

여자아이들이 묵고 있는 숙소에 가보니 루비가 히스테리를 일으키고 있었어. 영어시험에서 큰 실수를 저지른 것을 그때 알았기 때문이래. 루비의 마음이 좀 가라앉은 다음 함께 나가 아이스크림을 먹었어. 너도 같이 있으면 얼마나 좋을까 모두들 이야기했단다.

아, 다이애나, 기하시험만 끝나면 얼마나 좋겠니? 린드 아주머니 말대로 내가 기하에서 낙제를 하건 말건 태양은 여전히 뜨고 지겠지. 그럴 것이 틀림없지만 그리 위안은 되지 않아. 내가 낙제하면 차라리 해가 뜨지 않았으면 좋겠다는 심정이야!

진심으로 너를 그리워하는

앤 셜리

모든 시험이 끝나고 앤은 금요일 저녁에 집으로 돌아왔다. 얼마쯤 피로해 보였으나 고난을 헤치고 돌아온 승리자의 기운이 앤을 감싸고 있었다.

다이애나는 그린게이블즈에 미리 가서 앤이 돌아오기를 손꼽아 기다리고 있었다. 두 소녀는 마치 몇 년 동안이나 헤어져 있다가 다시 만난 것처럼 무척 반가워했다.

"아, 보고 싶어 혼났어. 네가 돌아오기를 무척 기다렸어. 네가 떠난 지 굉장히 오래된 것 같았거든. 앤, 시험은 잘 치렀니?"

"기하만 빼놓고 그럭저럭 잘한 것 같아. 기하는 아무래도 자신이 없어. 떨어지지 않을까 불길한 예감이 들어. 아, 돌아오니 정말 기뻐. 그린게이블즈는 이 세상에서 가장 소중하고 사랑스러운 곳이야."

"다른 아이들은 어떻게 됐니?"

"여자아이들은 말로는 엄살을 피우지만 내가 보기에는 다들 잘 본 것 같아. 조지는 기하가 너무 쉬워서 10살 난 아이도 할 수 있을 거라고 말했어! 무디 스퍼전은 여전히 역사가 자신 없다고 말하고, 찰리는 대수를 망쳤다고 하더라.

하지만 모두들 합격될지 어떻게 될지는 아무도 몰라. 합격발표는 앞으로 2주일이나 있어야 해. 이런 불안한 기분으로 2주일이나 기다려야 하다니! 차라리 그때까지 계속 잠들어 있었으면 좋겠어."

다이애나는 길버트 블라이드에 대해서는 물어본들 소용없다는 걸 잘 알기에 다만 이렇게 말했다.

"걱정 마. 너는 꼭 합격할 거야."

앤은 얼굴을 살짝 붉히며 말했다.

"좋은 성적으로 합격하지 못하면 오히려 떨어지는 편이 나아."

그것은 길버트 블라이드보다 성적이 좋지 못하면 합격해도 그리 기쁘지 않을뿐더러 오히려 괴로우리라는 뜻이었다. 다이애나도 그 말의 속뜻을 잘 알고 있었다.

길버트보다 좋은 점수를 받아야 한다는 목표를 염두에 두고 앤은 시험에 온 힘을 기울였었다. 길버트도 마찬가지였다. 두 사람은 샬럿타운에서 오가면서 여러 번 마주쳤지만 모르는 척 휙 스쳐 지나갔다. 그럴 때마다 앤은 쌀쌀맞은 얼굴로 머리를 꼿꼿이 치켜들고 지나갔지만, 마음속으로는 길버트가 사과했을 때 화해할 걸 그랬다는 후회가 한층 더 커졌다. 한편으로는 시험에서 길버트를 꼭 이겨야겠다는 더욱 굳은 결의로 시험지에 머리를 푹 수그렸다.

앤은 애번리 학생들이 두 사람 가운데 어느 쪽이 더 좋은 성적을 받을지에 관심을 모으고 있다는 걸 알고 있었다. 그뿐만 아니라 지미 글로버와 네드 라이트가 이 사안에 내기를 걸고 있으며, 길버트 블라이드가 틀림없이 이긴다고 조지 파이가 주장한 사실도 알고 있었다. 그러니 만일 불합격이라도 한다면 부끄러워서 어떻게 해야 하나 걱정했다.

그러나 앤에게는 좋은 성적을 받고 싶어하는 또 다른 훌륭한 동기가 있었다. 앤은 매슈와 마릴라를 위해—특히 매슈를 위해—좋은 성적으로 합격하기를 바랐다. 매슈는 앤이 '온 섬 안의 수험생을 물리치고 1등 할 것'이라고 확신하고 있으며, 앤에게도 그렇게 말했었다.

앤은 아무리 큰 희망을 품는다 해도 1등까지는 될 수 없을 거라고 생각했다. 그러나 10등 안에라도 들어서 매슈의 부드러운 갈색 눈동자가 앤을 자랑스럽게 여기며 빛나는 것을 보게 되기를 진심으로 바랐다. 그것이야말로 이제까지 재미도 없는 방정식이며 동사의 활용 등을 잘 참고 공부한 데 대한 가장 큰 보답으로 느꼈다.

간신히 2주일이 지나자 제인, 루비, 조지 등 안절부절못하는 친구들과 함께 앤도 역시 우체국에서 자주 배회하기 시작했다. 그리고 시험 치르는 동안 겪었던 것과 같은 땅속으로 끌려 들어가는 듯한 기분을 느끼며 떨리는 손으로 샬럿타운 일간신문을 펼쳐 보았다. 찰리와 길버트도 우체국에 나왔지만 무디 스퍼전만은 고집스럽게 우체국을 멀리했다.

그는 앤에게 말했다.

"우체국에 가서 당당하게 신문을 들여다볼 용기가 없어. 붙었는지 떨어졌는지 누군가가 와서 알려줄 때까지 가만히 기다리겠어."

그러나 3주일이 지나도 여전히 합격자 발표가 없자 앤은 이러한 긴장 상태를 더 이상 견디어낼 수 없게 되었다. 식욕이 떨어지고 애번리에서 일어나는 여러 가지 일에도 관심이 시들해졌다.

린드 부인이 보수당 계열의 교육감이 하는 일이니 그 모양일 수밖에 없다고 말했기 때문에, 앤의 핼쑥한 얼굴이며 기운 없는 모습과 날마다 오후면 우체국에서 느릿느릿한 걸음으로 돌아오는 모습을 보다 못한 매슈는 다음 선거에서는 자유당에 표를 던져야 할 것 같다고 진심으로 생각하기 시작했다.

그러던 어느 날 내내 기다리던 소식이 마침내 들려왔다. 앤은 활짝 열린 창가에 앉아 잠시 동안 입시에 대한 걱정이나 그 밖에 세상의 시름을 잊고, 창 아래 뜰에서 풍겨오는 꽃향기에 감싸여 바람에 사그락거리는 포플러잎의 소리를 들으면서, 여름날 저녁 풍경의 아름다움에 도취되어 있었다. 전나무 우듬지 위에 펼쳐진 동쪽 하늘은 저무는 저녁 햇살이 비추어 엷은 핑크빛으로 물들었다. 앤이 색채의 정령이 나타나면 저럴까 하고 멍하니 생각하고 있는데, 다이애나가 손에 신문을 펄럭이며 전나무숲을 지나 통나무다리를 건너 날아갈 듯이 언덕을 달려오는 모습이 보였다.

앤은 벌떡 일어섰다. 그 신문에 무엇이 실려 있는지 곧 깨달았기 때문이었다. 합격 발표가 나와 있을 것이다! 머리가 빙글빙글 돌고 가슴은 두방망이질하며 바짝바짝 죄어들었다. 앤은 못박힌 듯 그 자리에 우뚝 섰다. 다이애나가 현관 홀을 지나 흥분한 나머지 노크도 하지 않고 방 안으로 뛰어들어올 때까지 한 시간도 넘게 걸린 듯한 느낌이었다.

다이애나가 외쳤다.

"앤, 축하해! 1등으로 합격했어…… 너랑 길버트 둘이 동점이래…… 하지만 네 이름이 먼저 나와 있어. 아, 나는 정말 기뻐!"

다이애나는 탁자 위에 신문을 내던지고 앤의 침대로 몸을 던졌다. 숨이 끊어질 것 같아 가까스로 말했던 것이다.

앤은 손이 바들바들 떨려 성냥갑을 뒤엎었고 여섯 개비의 성냥을 긋고야 비로소 램프에 불을 켤 수 있었다. 그러고 나서 급히 신문을 집어들었다.

사실이었다. 2백 명의 합격자 맨 위에 앤의 이름이 보란 듯이 있었다! 그 순간 앤은 살아 있는 보람을 느껴 가슴이 뿌듯했다.

헐떡이던 숨이 가라앉자 다이애나는 몸을 일으키며 말했다.

"정말 장해, 앤!"

어찌할 바 모르는 앤은 한 마디도 할 수가 없었다.

"아버지가 브라이트리버역에서 신문을 가지고 돌아오셨어. 아직 10분도 채 안 되었을걸. 오후 기차로 오셨으니까 우체국에는 내일에나 도착할 거야. 합격 발표가 나와 있는 것을 보고 정신없이 달려왔어.

너희들 한 사람도 빠짐없이 모두 합격이야. 무디 스퍼전도 포함해서 말이야. 하지만 그 애는 역사가 조건부로 되어 있어. 제인과 루비는 성적이 꽤 좋은 편이야. 중간보다 위니까. 찰리도 마찬가지야. 조지는 낙제점에서 3점을 겨우 넘겨서 합격했지만 아마 1등이라도 한 듯이 으스댈걸. 스테이시 선생님도 틀림없이 기뻐하시겠지?

앤, 1등으로 합격한 기분이 어떠니? 나 같으면 너무 기뻐서 머리가 돌아버릴지도 몰라. 지금도 머리가 좀 이상해지는 것 같은데 너는 어쩌면 봄날의 저녁처럼 차분한 표정을 짓고 있니?"

앤은 눈을 반짝거리며 말했다.

"마음속에서는 현기증이 나고 가슴이 두근거리고 있어. 하고 싶은 말이 산더미처럼 있는데 말이 나오지 않아. 정말 뜻밖이야…… 아니, 상상은 해 본 적 있어. 단 한 번! 단 한 번 '만일 1등이라면' 전율하면서 생각했지. 섬 안에서 1등한다는 건 너무나 거만하고 건방진 생각 같았으니까.

잠깐만 기다려줘, 다이애나. 빨리 밭에 가서 매슈에게 알리고 올게. 그리고 큰길로 가서 다른 아이들에게도 이 소식을 알려주자."

두 소녀는 매슈가 마른풀을 쌓고 있는 헛간 뒤쪽 들판으로 달려갔다. 마침 린드 부인이 오솔길의 울타리에 기대어 마릴라와 이야기하고 있었.

앤이 외쳤다.

"아, 매슈! 합격했어요. 1등으로! 또 한 사람 1등이 있지만요. 자랑하는 것은 아니지만 굉장히 기뻐요."

매슈는 합격자 명단을 들여다보며 대견스러워 말했다.

"그럴 테지. 내가 말한 대로 되었구나. 너라면 문제없이 다른 아이들을 거뜬히 이길 줄 알았다."

마릴라는 앤에 대한 자랑스러움을 린드 부인이 알아차리지 못하도록 조심하며 말했다.

"정말 장하구나, 앤."

하지만 사람 좋은 린드 부인은 진심으로 말했다.

"정말 훌륭해. 진심으로 축하한다, 앤. 너는 우리 모두의 명예며 자랑이야."

그날 밤, 앤은 목사관에서 앨런 부인과 짧게나마 진지한 이야기로 즐거운 밤의 마지막 시간을 장식하고 돌아왔다. 그러고는 환한 달빛이 비쳐드는 활짝 열린 창가에 다소곳이 무릎을 꿇고 가슴속 깊은 곳에서 우러나오는 감사와 희망의 기도를 드렸다. 그 기도에는 과거에 대한 감사와 미래에 대한 경건한 소망이 담겨 있었다.

　그리고 새하얀 베개에 머리를 누였을 때, 앤의 꿈은 소녀티를 막 벗고 맞이한 꽃다운 시절의 소망 그대로 고결하고 빛나는 아름다움에 넘실거리고 있었다.

호텔 콘서트

"앤, 하얀 오건디 옷이 가장 좋겠어."

다이애나는 단호한 목소리로 권했다.

두 소녀는 앤의 조그만 방에 있었다. 밖은 아직 완전히 어두워지지 않았다. 구름 한 점 없는 맑은 하늘에 황혼이 깃들고 있었다. 크고 둥근 달은 그 희끄무레한 빛에 광채가 더해져 선명한 은빛으로 빛나며 '도깨비숲' 위에 걸려 있었다. 졸린 듯한 작은 새의 지저귐, 이따금 희미하게 들려오는 산들바람 소리, 멀리서 웅성거리는 목소리며 웃음소리 등, 주위에는 여름날 저녁의 술렁거림이 감미롭게 녹아들고 있었다.

그러나 앤의 방에는 블라인드가 드리워지고 램프에 불이 켜져 있었다. 지금 한창 몸단장을 하고 있는 중이었다. 이 동쪽 방은 4년 전과는 완전히 다른 모습이었다. 처음 그린게이블즈에 왔던 날 밤 그때 이 방의 아무 장식 없이 텅 빈 모습은 앤으로 하여금 사람을 떠다미는 듯한 싸늘함을 뼛속까지 느끼게 했다. 그런데 유유히 흐르는 세월과 더불어 많은 변화를 일으켰다. 깔끔한 것을 좋아하는 마릴라가 체념하고 못 본 척해 주는 동안 지금 그곳은 앳된 아가씨의 아름답고 우아한 보금자리로 바뀌어 있었다.

앤이 어렸을 때 꿈꾸던 핑크빛 장미무늬 벨벳 카펫이며 비단 커튼 등은 실현되지 않았지만, 앤의 성장과 더불어 그 꿈도 발걸음을 맞추어 나갔기에 그것들이 이루어지지 않았다고 해서 앤이 서운하게 생각하지는 않았다. 바닥에 귀여운 깔개가 깔렸고, 높은 창문을 부드럽게 장식한 산들바람에 팔랑이는 커튼은 연초록 모슬린이었다. 금실과 은실로 짠 태피스트리는 없었지만 앙증맞은 사과꽃무늬 벽지를 바른 벽에 앨런 부인이 선물한 몇 장의 아름다운 그림이 걸려 있었다. 애번리를 떠난 스테이시 선생님 사진이 걸린 곳을 명예의 전당으로 여기는 앤은 감사의 뜻을 담아 그 밑의 선반에 늘 신선한 꽃을 꽂아 두었다. 오늘은 새하얀 백합이 그윽한 향기를 온 방 안에 풍기고 있었다.

'마호가니 가구'는 없지만 책이 가득 꽂힌 하얀 책장, 쿠션이 얹혀 있는 고리버들로 짠 흔들의자, 주름이 잡힌 하얀 모슬린이 깔린 화장대, 전에 손님용 침실에 걸려 있던, 분홍빛 살결의 통통한 아기 큐피드와 보랏빛 포도송이가 아치형 꼭대기에 그려진 금테 두른 낡은 거울, 그리고 흰색의 낮은 침대가 놓여 있었다.

앤은 지금 화이트샌즈 호텔에서 열리는 콘서트에 가기 위해 몸단장을 하고 있는 중이었다. 호텔 손님이 샬럿타운의 병원을 돕기 위해 개최하는 콘서트로, 그 성공을 위해 이 부근에 있는 아마추어 음악가들도 모두 출연할 예정이었다.

화이트샌즈 침례교 성가대원인 버사 샘프슨과 펄 클레이는 이중창을 하게 되어 있었다. 뉴브리지의 밀턴 클라크는 바이올린 독주를 하고, 카모디의 위니애들러 블레어는 스코틀랜드 민요를 부르기로 했다. 그리고 스펜서베일의 로러 스펜서와 애번리의 앤 셜리는 암송을 할 예정이었다.

지난날 앤이 했던 표현을 빌리자면, 이것은 '기념비적 사건'이 될 만한 일이었다. 앤은 한껏 그 설렘을 맛보고 있었다. 매슈도 귀여운 앤에게 주어진 이 명예에 한없는 자랑스러움과 기쁨을 느껴 구름 위에 떠있는 기분이었고, 마릴라 역시 그 점에서는 동감이었다. 다만 마릴라는 그런 내색을 하고 싶지 않았으므로, 젊은 아이들이 저희들끼리 우르르 몰려 호텔에 가는 것은 품격 있는 행동이 아니라고 괜스레 한 마디 했을 뿐이다.

앤과 다이애나는 제인 앤드루스와 함께 그녀의 오빠 빌리가 모는 마차를 타고 갈 예정이었다. 그리고 그 밖에도 애번리 젊은이들이 몇 사람 더 가게 되어 있었다. 호텔 손님 말고도 샬럿타운에서 많은 사람들이 관객으로 참석하고, 콘서트가 끝난 뒤 출연자에게는 저녁 식사를 대접하기로 되어 있었다.

앤은 걱정스러운 듯 물었다.

"정말 이 오건디 옷이 제일 좋다고 생각하니? 파란 꽃무늬 모슬린 옷이 더 좋을 것 같기도 한데…… 게다가 유행에 좀 뒤떨어져 있는 것 같거든."

"하지만 이 옷이 너에게 훨씬 어울려. 프릴 장식이 풍성하면서도 옷매무새가 하늘하늘하니 날아갈 듯하고 몸에 착 감기는 맛이 있어. 모슬린은 뻣뻣한 데다 지나치게 차려입은 느낌이 들지. 오건디는 몸의 일부처럼 자연스러워 보여."

앤은 한숨을 쉬며 다이애나의 의견에 따르기로 했다. 다이애나는 옷에 대한 안목이 매우 세련됐다는 평을 듣고 있고, 이런 문제에 대하여 도움을 청해 오는 사람이 많았다. 이 특별한 밤을 위해 다이애나는 사랑스러운 들장미 빛깔의 옷을 입어 눈부시게 아름다웠다. 더구나 그러한 핑크빛 옷은 빨강머리의 앤이 아무리 원해도 평생 입을 수 없는 것이었다.

다이애나는 콘서트에 출연하지 않으므로 자신의 옷차림은 아무래도 상관없었다. 그래서 친구인 앤의 몸단장을 위해 온 정성을 기울였다. 애번리의 명예를 위해서도 오늘 밤 앤은 옷차림도 머리 모양도 액세서리도 여왕에 비길 만한 것이어야 한다고 주장했다.

"그 프릴을 좀 더 부풀게 해야지. 옳지, 됐어. 자, 허리띠는 내가 매어줄게. 그리고 이 구두를 신어야 해.

머리는 두 가닥으로 땋아내리다가 중간쯤에 하얗고 큰 나비 리본으로 묶는 게 좋겠어. 어머나, 머리가 이마에 조금이라도 흩어지면 안 돼. 사뿐히 갈라놓기만 하면 그만이야. 이런 머리 모양이 너에게 가장 잘 어울리거든. 앨런 부인도 네가 그런 식으로 머리를 빗으면 그림이나 조각 작품 속 마돈나 같다고 했어.

귀 뒤에 이 작은 흰 장미를 꽂아줄게. 뜰에 꼭 한 송이 피었는데 네게 주려고 가져왔어."

앤은 말했다.

"진주 목걸이를 해도 좋을까? 매슈가 지난주 샬럿타운에 나갔다가 사다줬어. 내가 이걸 걸면 좋아할 거야."

다이애나가 입을 뾰족이 내밀고 검은 머리를 갸우뚱하고는 유심히 살피더니 목걸이를 하는 것이 좋겠다고 허했으므로 곧 앤의 가냘픈 우윳빛 목에 진주목걸이가 감겼다.

다이애나는 질투하는 기색이 조금도 없이 순수하게 감탄조로 말했다.

"너는 어딘지 우아한 분위기가 있어. 고개를 꼿꼿이 세우고 있는 모습이 정말 기품 있어. 아마 네가 날씬하기 때문일 거야. 나는 얼굴이 동글동글해서 틀렸어. 전부터 이렇게 되리라고 짐작했지만 역시 그대로 되어버렸지 뭐니. 체념하는 수밖에 없지."

앤은 다이애나의 예쁘고 명랑한 얼굴을 향해 애정 어린 미소를 지으며 말했다.

"하지만 너는 이렇게 예쁜 보조개가 있잖니. 굉장히 예쁜 보조개야. 마치 손가락으로 크림을 살짝 찍어낸 것 같아. 나는 보조개에 대해서는 깨끗이 단념

했어. 그 꿈은 결코 실현될 것 같지 않으니까. 대신에 다른 꿈이 많이 실현됐으니까 불평은 없어. 나 이젠 다 됐겠지?"

"완벽해."

다이애나가 대답했을 때 마릴라가 문가에 모습을 나타냈다. 흰머리가 전보다 많아지고 여전히 뼈가 앙상해 보였지만 표정은 훨씬 부드러워져 있었다.

"어서 안으로 들어와 우리의 친애하는 낭송자를 봐주세요, 마릴라. 아름답죠?"

마릴라는 코웃음 같기도 하고 끙 하며 불평하는 소리 같기도 한 감탄사 끝에 말했다.

"산뜻하면서도 격이 있어 보여서 나쁘지 않구나. 그 머리 모양이 마음에 퍽 든다. 하지만 먼지를 뒤집어쓰며 마차를 타고 거기까지 가면 옷이 엉망이 될 거야. 이런 습기 찬 밤에 그 옷은 너무 얇구나. 오건디란 도무지 쓸모없는 천이야. 매슈가 그 옷감을 사왔을 때도 그렇게 말했지.

하지만 요즘은 매슈에게 무슨 말을 해도 소용이 없어. 전에는 내 말을 잘 들었는데 요즘은 앤의 것이라면 덮어놓고 무조건 사오거든. 그래서 카모디의 점원들이 팔아치워야 하는 게 있으면 무엇이든 매슈에게 내놓지. 예쁘고 유행하는 것이라고 말하기만 하면 매슈 오라버니는 돈을 척척 내놓으니까. 치맛자락이 바퀴에 닿지 않도록 조심하려무나. 그리고 따뜻한 겉옷을 입고 가거라, 앤."

그리고 마릴라는 천천히 아래층으로 내려갔다. '한 줄기 달빛이 이마에서 머리 위로 흘렀다'[1]라는 시구 속 모습처럼 앤이 무척 아름답다고 생각하며 마릴라는 자랑스러움을 느꼈다. 자신도 콘서트에 가서 앤의 암송을 들을 수 없는

---

1) 엘리자베스 배럿 브라우닝의 장편시 《오로라 리》에서 따옴.

게 매우 유감스러웠다.

앤은 걱정스러운 듯 말했다.

"오늘 밤은 이 옷을 입을 수 없을 만큼 추울까?"

"그렇지 않을 거야."

다이애나는 말하며 창문의 블라인드를 걷어 올리고 밖을 내다보았다.

"더할 나위 없는 포근한 밤이야. 이슬도 내리지 않고. 저 밝은 달빛을 봐."

앤은 창가의 다이애나 쪽으로 다가갔다.

"나는 이 방의 창문이 동쪽으로 나있어 해돋이를 볼 수 있어서 참 좋아. 저 멀리 가로누운 언덕에서 아침해가 떠올라 뾰족뾰족한 전나무 우듬지 사이로 반짝이기 시작하는 건 언제 보아도 참으로 멋진 광경이야. 태양은 날마다, 아침마다 달라. 이제 막 떠오른 아침 햇살을 받고 있으면 내 영혼이 속속들이 맑아지는 것 같아. 아, 다이애나, 나는 이 작은 방이 너무너무 좋아. 다음 달부터 샬럿타운에 살게 되면 이 방이 그리워 어떡하지?"

다이애나는 부탁했다.

"오늘 밤은 샬럿타운 이야기는 하지 말자. 그 일은 생각하고 싶지 않아. 슬퍼지거든. 오늘 밤만큼은 한껏 즐겁게 보내고 싶어. 앤, 무엇을 암송하니? 떨리지 않니?"

"조금도 떨리지 않아. 사람들 앞에서 여러 번 암송해서 이젠 익숙해졌어. 〈소녀의 맹세〉[2]를 암송할 예정이야. 아주 슬픈 시란다. 로러 스펜서는 희극적인 작품을 암송한대. 하지만 나는 사람들을 웃기는 것보다 울리는 게 더 좋아."

"앙코르 요청을 받으면 또 뭘 암송할 거야?"

---

[2] 스코틀랜드 시인 캐럴라인 올리펀트(1766~1845)의 시.

"그럴 리가 있니?"

앤은 웃어넘겼지만 마음속으로는 그렇게 되기를 은근히 바랐고, 다음 날 아침 식탁에서 매슈에게 그 이야기를 하는 자기 모습을 잠시 머릿속에 그렸다.

"빌리랑 제인이 왔나 봐. 마차 소리가 났어. 어서 나가자."

빌리 앤드루스가 앤에게 자기와 함께 앞자리에 앉도록 고집하는 바람에, 앤은 하는 수 없이 그렇게 했다. 앤은 다이애나와 제인과 함께 뒷자리에 앉아 실컷 웃으며 이야기하면서 가고 싶었다. 빌리는 그리 잘 웃거나 말을 잘 하지 않았기 때문이었다. 그는 몸집이 크고 뚱뚱하며 둔한 20살 된 젊은이로, 둥근 얼굴은 무표정한 데다 대화는 서툴렀다. 그는 앤을 매우 숭배해 이 늘씬한 모습의 아름다운 소녀와 나란히 앉아 화이트샌즈까지 마차로 달릴 것을 생각만 해도 어깨가 으쓱했다.

앤은 어깨 너머로 뒷자리의 소녀들과 이야기를 주고받고 때로 빌리에게도 정중하게 말을 건네며—빌리는 싱글거리거나 쿡쿡 웃음을 터뜨릴 뿐 제대로 된 대답을 할 때를 번번이 놓쳐버렸다—갖가지 어려움에도 불구하고 드라이브를 나름 즐기려 했다.

참으로 즐거운 밤이었다. 큰길은 호텔을 향해 달리는 마차로 가득했다. 맑은 은방울 같은 웃음소리가 여기저기에서 울려 퍼졌다. 호텔은 위에서 아래까지 온통 전등이 켜져 휘황찬란했다. 콘서트 준비위원인 여성들이 그들을 맞아주었다. 그 가운데 한 사람의 안내를 받아 앤은 출연자 대기실로 들어갔다. 거기는 샬럿타운 교향악 클럽 단원들로 붐비고 있었다. 그들 속에 끼게 되자 앤은 갑자기 주눅이 들고 겁이 덜컥 나면서 자기가 시골뜨기라는 기분이 들기 시작했다.

그린게이블즈의 방 안에서 보았을 때 그토록 우아하던 앤의 옷도 여기서는 단순하고 보잘것없어 보였다. 사각사각 소리 나는 화려한 비단이며 레이스의 향연 속에서 그 옷은 지나치게 밋밋하고 초라하게 여겨졌다. 앤의 진주 목걸이는 옆에 있는 키 크고 아름다운 귀부인의 번쩍거리는 다이아몬드에 비하면 아무것도 아니었다. 그리고 앤의 작은 흰 장미는 다른 부인들이 달고 있는 온실에서 키운 탐스러운 꽃과 비교해 볼 때 참으로 소소했다. 앤은 모자와 웃옷을 벗고 비참한 기분으로 구석에 몸을 움츠리고 있었다. 그린게이블즈의 자기 방으로 돌아가고 싶은 마음마저 들었다.

이윽고 드넓은 호텔 대연회장으로 안내되어 무대에 오르자 사태는 더욱 나빠졌다. 눈부신 전등빛에 현기증이 나고 향수 내음과 사람들의 웅성거림이 앤을 당황하게 만들었다. 앤은 자기가 다이애나며 제인과 함께 저 밑의 청중석에 앉아 있으면 얼마나 좋을까 생각했다. 두 소녀는 뒤쪽 좌석에서 충분히 즐기고 있는 것 같았다.

앤은 핑크빛 비단옷을 입은 뚱뚱한 부인과 하얀 레이스 옷으로 몸을 감싸고 사람을 깔보는 듯한 표정을 짓고 있는 소녀 사이에 끼어 있었다. 뚱뚱한 부인은 이따금 몸을 돌려 안경 너머로 앤을 지그시 내려다보았다. 요모조모 뜯어보는 듯한 시선이 너무나 따갑게 느껴져 앤은 그만 큰 소리로 고함을 지르고 싶은 충동마저 느낄 정도였다.

하얀 레이스 옷을 입은 소녀는 목소리를 낮출 생각도 없는 듯이 옆에 있는 친구에게 청중 속의 '시골뜨기'며 '촌티 나는 아가씨'들에 대해 떠들었다. 그러면서 프로그램 가운데서 이 고장 토박이들이 출연하는 부분은 '그야말로 볼만 할 거야'라며 처음부터 앤을 얕보며 무시하는 말을 했다. 앤은 그 하얀 레이스 옷의 소녀를 죽을 때까지 미워하리라 생각했다.

앤에게는 엎친 데 덮친 격으로, 때마침 호텔에 전문적인 낭독가가 묵고 있어 암송을 하게 되었다. 그녀는 호리호리한 몸집에 검은 눈동자를 하고 있었다. 마치 달빛으로 자아낸 듯한 반짝이는 멋진 회색 옷을 입었으며, 목과 검은 머리에는 보석이 빛나고 있었다. 그녀는 놀랄 만큼 자유자재로 변화하는 목소리에 기막힌 표현력을 갖추고 있었다. 청중은 그녀가 하는 시 낭독에 기립박수를 보내며 열광했다. 앤 역시 그 순간만큼은 자기 차례도, 방금까지 자신을 괴롭히던 걱정마저도 잊고 황홀하게 바라보며 귀 기울였다. 그러나 암송이 끝나자 갑자기 앤은 두 손으로 얼굴을 가렸다. 저 훌륭한 낭독 뒤에 어떻게 자기가 나가서 암송을 하겠는가! 도저히 할 수 없다. 도대체 암송을 잘한다는 생각을 이제까지 어떻게 하고 있었을까. 아, 그린게이블즈로 돌아갈 수만 있다면!

그 최악의 순간에 앤의 이름이 불려졌다. 앤은 가까스로 일어섰다. 하얀 레이스 옷의 소녀가 좀 움찔하며 놀랐지만 그것도 눈치채지 못한 채—비록 눈치챘다 해도 얼마쯤 칭찬이 어린 듯한 미묘한 표정까지는 도저히 알아차리지 못했을 것이다—비틀거리며 앞으로 나아갔다. 앤의 얼굴빛이 너무도 창백한 나머지 청중 속에 있던 다이애나와 제인은 걱정스러워 서로 두 손을 꼭 잡았다.

앤은 무대공포증으로 바짝 긴장하고 있었다. 이제까지 사람들 앞에서 여러 번 암송했지만 이토록 많은 청중 앞에서 해 본 적은 한 번도 없었으므로 그저 그 앞에 서 있는 것만으로도 온몸의 힘이 빠지는 것 같았다. 줄지어 앉아 있는 야회복 차림의 부인들, 비판적인 시선을 던지는 표정들, 앤을 둘러싸고 있는 이부와 교양이 넘치는 분위기—이 모든 게 낯설고 눈이 부셔 앤을 어지럽게 했다. 토론 클럽의 소박한 긴 의자에 나란히 앉아 따뜻하고 호의적인 눈길을 보내는 친구와 이웃사람들을 마주하고 있을 때와는 너무나 동떨어진 세계였다. 여기 모인 사람들은 하나같이 가차 없는 비평가처럼 여겨졌다. 저 하얀 레이스 옷의 소녀와 마찬가지로 '시골뜨기'의 정성을 다해 애쓴 노력을 일시적인 재밋거리로 삼으려 기다리고 있는지도 모른다.

앤은 절망했고, 무기력한 자신이 부끄러워 비참한 기분을 되씹었다. 무릎이 떨리고 가슴이 두방망이질치며 곧 기절할 것 같았다. 앤은 한 마디도 입 밖에 낼 수 없었다. 그리고 영원히 굴욕 속에 빠지게 될지언정 지금 이 무대 위에서 달아나려 했다.

그런데 겁을 잔뜩 집어먹은 채 눈을 크게 뜨고 청중을 바라보던 앤은 갑자기 저 뒤쪽에 길버트 블라이드가 얼굴에 미소를 띤 채 이쪽으로 몸을 내밀고 있는 것을 보았다. 하지만 앤에게는 그 미소가 의기양양한 비웃음으로 보였다. 다만 실상은 그것과 전혀 달랐다. 길버트는 이곳 분위기가 매우 마음에 들었고, 특히 하얀 옷에 감싸인 앤의 가냘픈 모습과 청초한 얼굴이 종려나무를 배경으로 잘 어우러져 미소를 짓고 있었을 뿐이었다. 그가 모는 마차를 타고 온 조지 파이는 길버트 옆에 앉아 있었는데, 그녀야말로 승리의 비웃음을 입가에 머금고 있었다. 그러나 조지는 앤의 눈에 들어오지도 않았다. 설혹 조지를 보았다 한들 대수롭게 여기지도 않았을 것이다.

앤은 깊이 숨을 내쉬고 당당하게 머리를 쳐들었다. 마치 번개에라도 맞은 것처럼 용기와 결의가 앤의 온몸을 짜릿하게 훑고 지나갔다. 무슨 일이 있어도 길버트 블라이드의 눈앞에서 실패하는 모습을 보일 수는 없다. 결단코 길버트에게 웃음거리가 되어서는 안 된다! 그러자 두려움과 불안이 흔적도 없이 사라졌다. 앤은 암송을 하기 시작했다. 아름답게 울리는 맑은 목소리가 전혀 떨리거나 갈라지지 않고 대연회장 곳곳으로 울려 퍼졌다. 앤은 완전히 차분함을 되찾았다. 그 두렵고 무기력한 순간으로부터 빠져나온 앤은 지난날의 어느 낭송보다도 훌륭하게 해냈다.

암송을 끝내자 터질 듯한 박수 소리가 여기저기서 들려왔다. 부끄러움과 기쁨에 얼굴을 붉히며 자리로 돌아가니 핑크빛 비단옷의 뚱뚱한 부인이 앤의 손을 꼭 잡고 격하게 흔들었다.

그녀는 칭찬했다.

"참으로 훌륭했어요. 나는 어린애처럼 울었답니다. 어머나, 앙코르예요. 모두들 아가씨가 다시 한번 암송하기를 바라고 있어요!"

앤은 당황했다.

"아, 어떡하죠. 도저히 못 할 것 같은데. 하지만 해야만 돼요. 안 하면 매슈가 무척 실망할 테니까요. 틀림없이 앙코르를 받을 거라고 말했거든요."

핑크빛 옷을 입은 부인은 웃으며 말했다.

"그렇다면 매슈를 실망시켜서는 안 되죠."

앤은 선홍빛으로 상기된 얼굴로 미소를 지으며 맑은 눈동자를 동그랗게 뜨고 다시 무대 위로 올라갔다. 익살스럽고 짤막한 옛날 시를 암송했는데 이것은 더욱 청중의 마음을 사로잡았다. 그다음부터는 모든 것이 성공적이었다.

콘서트가 끝나자 핑크빛 옷을 입은 뚱뚱한 부인—미국 백만장자의 아내였다—은 앤을 옆에 데리고 다니며 여러 사람에게 소개했다. 모두들 친절히 대해 주었다. 낭독 전문가 에번스 부인도 다가와 앤이 매력적인 목소리를 가졌을 뿐만 아니라 작품도 잘 이해하고 있다고 칭찬했다. 하얀 레이스 옷을 입은 소녀조차도 공손한 찬사를 늘어놓았다.

모두들 화려하게 꾸며진 넓은 식당에서 저녁 식사를 들었다. 다이애나와 제인도 앤의 동행이므로 다 같이 식사하게 되었는데, 빌리는 이런 초대를 꺼린 나머지 아예 어디론가 숨어버려 끝내 찾을 수 없었다.

식사가 끝나고 세 소녀가 웃고 즐거워하며 하얀 달빛이 비치는 밖으로 나오니 빌리는 마차 위에서 묵묵히 기다리고 있었다. 앤은 숨을 깊이 들이마시며 어두컴컴한 전나무숲 저쪽의 맑은 하늘을 올려다보았다.

아, 맑고도 고즈넉한 밤의 세계에 다시 돌아온 이 기쁨! 모든 것이 장엄하고 고요하며 경이롭지 않은가! 밤의 정적을 헤치고 파도소리가 들려왔다. 그리고 맞은편에 거무스레 우뚝 솟은 절벽은 마치 마법에 싸인 바닷가를 지키고 있는 요지부동의 거인처럼 보였다.

마차가 덜커덩 움직이기 시작하자 제인이 한숨 쉬며 말했다.

"정말 멋진 밤이었어. 나도 백만장자 미국인처럼 호텔에서 여름을 보내고, 보석으로 몸을 단장하고, 가슴이 파인 옷을 입고 싶어. 그리고 날마다 아이스크림과 닭고기 샐러드를 먹으며 지낼 수 있으면 얼마나 즐거울까. 학교 선생님이 되는 것보다 훨씬 재미있지 않겠어?

앤, 너의 암송은 참 좋았어. 처음에는 안 하고 그냥 들어가는 게 아닌가 걱정했지만 말이야. 에번스 부인보다 네가 더 잘했어."

앤은 당황하여 말했다.

"설마, 제인, 그런 말은 믿을 수 없어. 어떻게 내가 에번스 부인보다 잘했겠니. 그분은 전문가지만 나는 그저 암송을 조금 할 줄 아는 학생에 지나지 않는걸. 사람들이 조금이라도 마음에 들어 했다면 그것으로 충분히 만족해."

다이애나가 함박웃음을 지으며 말했다.

"너를 칭찬하는 사람들이 있었어, 앤. 말투로 봐서, 호감이 듬뿍 담긴 말투였으니까 분명히 칭찬이었을 거야. 제인과 내 뒤에 앉아있던 미국 사람이었는데 새카만 머리와 눈을 한 꽤 낭만적인 남자였어. 조지 파이의 말로는 그 사람이 유명한 화가인데, 보스턴에 살고 있는 조지 어머니의 사촌 하나가 그 사람의 동창생하고 결혼을 해서 들어본 적 있다고 했어. 아무튼 그 사람이 이렇게 말하는 것을 똑똑히 들었어. '저 무대 위에서 암송하는 아름다운 티치아노[3] 작품에 나오는 듯한 여인의 머리를 가진 아가씨는 누구지? 저런 얼굴을 한번 그려봤으면 좋겠군.'이라고 말이야. 그렇지, 제인? 그런데 티치아노 작품에 나오는 여인의 머리라는 게 뭘까?"

앤은 웃으며 말했다.

"빨강머리를 뜻하는 말인 것 같네. 빨강머리 여자를 즐겨 그렸던 티치아노라는 유명한 화가가 있었거든."

제인이 또 땅이 꺼져라 한숨지으며 말했다.

"거기에 온 여자들은 온통 다이아몬드를 달고 있었어. 번쩍번쩍 눈부시더라. 모두들 부자가 되고 싶지 않니?"

앤은 고개를 절레절레 흔들며 단호하게 말했다.

"우리들도 부자야. 지금까지 16년 동안이나 이렇게 잘 살아왔고 여왕님처럼 행복해. 게다가 크건 작건 나름대로의 상상력을 지니고 있거든.

저 바다를 좀 봐. 온통 넘실거리는 은결과 그림자와 보이지 않는 환상으로 가득 차 있어. 백만금의 돈이 있고 다이아몬드 목걸이가 몇 개나 있다 해도 이 바다의 아름다움을 즐기는 데 있어서는 모두 평등해. 그 사람들과 내 삶을 바꾸고 싶은 생각은 조금도 없어.

그 하얀 레이스 옷을 입은 여자아이처럼 이 세상을 멸시하기 위해 태어난 것 같은 찌푸린 얼굴로 일생을 살고 싶지는 않아. 그 핑크빛 드레스의 여자분도 친절하고 좋은 사람이기야 했지만 땅딸막하고 통통해서 어디 볼품이 있었니? 에번스 부인만 해도 쓸쓸함이 깃든 가련한 눈을 하고 있었어. 틀림없이 불

---

[3] 이탈리아 르네상스 전성기 베네치아파 화가 티치아노 베첼리오(1477?~1576).

행한 일을 겪었기 때문에 그런 얼굴이 되었을 거야. 그렇게 되고 싶은 생각은 없겠지, 제인 앤드루스!"

"잘 모르겠어."

제인은 쉽사리 판단하기 어려운 듯 머뭇거렸다.

"다이아몬드는 꽤 마음에 위안을 줄 것 같거든."

앤은 딱 잘라 말했다.

"그렇구나. 그래도 나는 다른 사람이 되고 싶지 않아. 다이아몬드로 마음의 위안을 얻을 일이 평생 없다 해도 말이야. 진주목걸이를 한 그린게이블즈의 앤으로 있는 것에 진심으로 만족하고 있어. 그 핑크 드레스를 입은 부인의 보석에 결코 뒤떨어지지 않는 매슈의 애정이 여기에 담겨있는 것을 잘 알거든."

퀸즈아카데미 입학

그 뒤 3주일 동안, 그린게이블즈에서는 쉴 새 없이 바쁜 나날이 이어졌다. 앤이 퀸즈아카데미에 입학하는 준비 때문에 바느질할 것이 많고 서로 의논하여 결정해 두어야 할 일도 산더미 같았다.

앤의 옷은 아름다운 것들로 넉넉히 마련되었다. 매슈가 꼼꼼히 마음 써 주었기 때문이었다. 마릴라도 이번만은 매슈가 무엇을 사오고 무엇을 제안하든 조금도 반대하지 않았다. 그뿐만이 아니었다. 어느 날 저녁, 마릴라가 연녹색 옷감을 한 아름 안고 앤의 방에 나타났다.

"앤, 너를 위해 화사한 드레스를 만들 옷감이란다. 예쁜 옷을 여러 벌 준비했으니 이게 꼭 필요하지 않을지 모르지만 샬럿타운에서 야회(夜會)에라도 초대받을 때는 맵시 있는 옷이 한 벌 있으면 좋을 것 같구나. 제인과 루비와 조지도 야회복인지 뭔지를 마련했다더라. 너만 혼자 뒤져서야 되겠니. 지난주에 앨런 부인과 함께 읍내에서 이것을 골랐어. 에밀리 길리스에게 만들어달라고 부탁하자. 에밀리는 취향도 워낙 고상하고 바느질 솜씨도 뛰어나니까."

앤은 기뻐하며 말했다.

"어머나, 마릴라, 정말 멋진 옷감이네요. 고마워요. 이렇게까지 살뜰히 신경을 써주시다니 집을 떠나는 게 더욱 괴로워져요."

드디어 화사한 연녹색 드레스가 완성되었다. 에밀리는 자기의 감각을 한껏 살려 셔링 주름을 촘촘히 잡고 프릴을 달아 옷을 만들어 왔다.

어느 날 밤, 앤은 매슈와 마릴라를 위해 그 옷을 입고 부엌에서 〈소녀의 맹세〉를 암송했다. 그 환하고 생기 넘치는 얼굴과 우아한 몸짓을 바라보던 마릴라는 앤이 처음 그린게이블즈에 온 날 밤의 기억이 되살아났다. 이상야릇하고 누르스름한 갈색 무명옷을 입은 겁먹은 아이가 눈에 눈물을 가득 머금고 가슴이 무너지는 듯한 표정을 짓고 서 있었다…… 그 모습이 기억 속에 선명하게 떠올랐다. 그런 추억이 마릴라의 눈에 눈물을 괴게 했다.

"어머, 내 암송을 듣고 울어주는군요, 마릴라."

앤이 기쁜 듯 말하며 마릴라의 의자 위로 몸을 굽히고 그 뺨에 가볍게 키스했다.

"내가 암송을 너무 잘했나 봐요."

"아니야, 그것을 듣고 우는 게 아니다."

'시 따위'로 그런 마음 약한 모습을 보인다는 것은 마릴라로서 용납할 수 없는 일이었다.

"네 어릴 적 일이 생각났단다, 앤. 말썽을 부리든 이상한 말을 늘어놓든 할 수만 있다면 그냥 조그만 여자아이인 채로 있어주었으면 했지. 이젠 이렇게나 많이 커서 집을 떠나게 되다니…… 게다가 그 옷을 입으니 더 늘씬하고 의젓해 보여서 전혀 다른 사람 같구나. 아예 애번리 사람이었던 적이 없는 것만 같아. 그런 생각을 하다 보니 왠지 쓸쓸한 마음이 들어서 그랬단다."

"마릴라!"

앤은 마릴라의 깅엄 옷 무릎에 앉아 마릴라의 주름진 얼굴을 두 손으로 감쌌다. 그리고 마릴라의 눈을 진지하고도 다정하게 들여다보았다.

"나는 조금도 달라지지 않았어요. 정말로 변한 것은 아무것도 없어요. 그저 조금 가지를 다듬고 또 다른 가지를 뻗었을 뿐이에요. 진실한 나는 그 아래 뿌리에 있고, 언제나 똑같아요. 내가 어디로 가든 어떤 겉모습을 하고 있든 아무것도 달라진 게 없어요. 마음속의 나는 앞으로도 내내 마릴라의 어린 앤이에요. 마릴라와 매슈와 이 그린게이블즈를 앞으로 더욱더 사랑할 거예요."

앤은 자신의 부드러운 뺨을 마릴라의 눈물로 얼룩진 뺨에 비볐다. 그리고 매슈에게도 한 손을 뻗어 그 어깨를 어루만졌다. 마릴라는 이때야말로 앤처럼 자신의 기분을 마음껏 표현하고 싶었을지도 모른다. 그러나 마릴라의 성격과 지금까지의 습관 때문에 쉽게 되지 않았다. 마릴라는 다만 두 팔로 앤의 몸을 안으며 마음속으로 이 아이를 멀리 보내지 않을 수만 있다면 얼마나 좋을까 바랄 뿐이었다.

두 볼이 젖어오는 것을 깨닫고 매슈는 소매로 눈물을 훔치며 일어나 밖으로 나갔다. 푸르른 여름 밤하늘의 별빛 아래에서 가슴이 파도치는 것을 느끼며, 매슈는 뜰을 가로질러 포플러가 늘어선 문쪽으로 걸어갔다.

그는 가슴을 펴며 중얼거렸다.

"암, 그렇고말고. 저 아이를 그리 버릇없이 키우지는 않았어. 이따금 내가 간섭한 것도 나쁘지 않은 듯싶군. 저 아이는 영리하면서도 예쁘고, 무엇보다 다행스러운 것은 정이 많다는 점이야. 하느님이 우리에게 주신 은총이지. 스펜서 부인이 착오를 일으키길 정말 잘했어. 이것은 그냥 운 좋게 일어난 일이 아니야. 아니, 하느님 뜻이었겠지. 전능하신 하느님이 우리에게 저 아이가 필요한 것을 알고 보내주신 거야."

드디어 앤이 샬럿타운으로 떠나야 할 날이 왔다. 맑게 갠 9월 어느 날 아침, 앤은 다이애나와 눈물을 흘리며 작별했고 마릴라와는 담담한 이별을 한 다음—적어도 마릴라는 그러했다—매슈와 함께 마차를 타고 떠났다. 앤이 가고 난 뒤 다이애나는 눈물을 닦고 카모디의 사촌들과 화이트샌즈 바닷가로 소풍을 가서 어떻게든 기분을 바꿔보려고 무던히도 애썼다. 한편 마릴라는 가슴이 미어지는 것 같아, 하지 않아도 될 일까지 온종일 맹렬히 계속했다. 가슴이 아프고 찢어질 듯해 눈물로 씻어낼 수 있을 것 같지 않은 고통이었다.

그러나 그날 밤, 잠자리에 누운 마릴라는 복도 끝에 있는 조그만 동쪽 방에 이미 활발한 소녀의 모습이 사라지고 텅 비어 부드러운 숨소리가 어린 공기가 감도는 일도 없다고 생각하니 슬픔이 북받쳐 베개에 얼굴을 묻고 격렬하게 흐느꼈다. 이윽고 마음이 가라앉아 여느 때 같은 정신으로 돌아왔을 때 자신과 마찬가지로 원죄를 짓고 태어난 인간이라는 존재에게 이렇듯 집착하는 게 얼마나 큰 죄인가를 생각하고 두려운 생각마저 들었다.

앤과 애번리에서 온 다른 학생들은 샬럿타운에 닿자 쉴 겨를도 없이 퀸즈아카데미로 달려갔다. 입학 첫날은 모든 신입생이 모여 서로 인사하고 교수 소개, 학급편성 등으로 흥분의 도가니 속에 그럭저럭 즐겁게 보냈다.

앤은 스테이시 선생님의 권고에 따라 제1과정에 들어가기로 했다. 길버트 블라이드도 마찬가지였다. 이 반은 2년 걸리는 일급교원 자격을 1년 만에 마칠 수 있다. 그 대신 더 힘든 공부를 더 열심히 해야 했다. 제인, 루비, 조지, 찰리, 무디 스퍼전 등은 야심을 요하는 큰 목표에 쫓겨 괴로움 겪는 일 없이 제2과정에 들어가는 것으로 만족했다.

50명의 낯선 학생들과 함께 교실에 들어가자 앤은 극심한 고독감에 휩싸였다. 아는 사람이라곤 한 사람도 없다. 아니, 교실 저쪽에 앉아 있는 키 큰 갈색 머리 소년을 알기야 하지만, 그를 알고 있다고 해서 아무 도움도 되지 않으리라 앤은 비관적으로 생각했다. 그럼에도 그와 같은 반이 되어서 다행이라 여겼다.

이제까지처럼 앞으로도 경쟁을 계속할 수 있기 때문이다. 그 일마저 없었다면 앤은 어찌해야 좋을지 난처했을 것이다.

'길버트와 경쟁이 없어지면 재미없을 거야. 길버트는 꽤 긴장한 것 같아. 아마 지금 메달을 꼭 따야겠다는 결심을 하고 있는지도 모르지. 그런데 그의 턱선이 정말 날렵하구나. 처음 알았어.

제인과 루비도 제1과정에 들어왔으면 좋았을 텐데. 하지만 앞으로 익숙해지면 남의 집 지붕 밑에 숨어들어간 고양이 같은 기분이 들지 않아도 되겠지.

과연 여기 있는 여자아이들 중에서 누구와 친구가 될 수 있으려나. 물론 다이애나와 약속했듯 퀸즈아카데미에서 친구를 사귄다 해도 다이애나만큼 소중한 친구는 있을 수 없지. 하지만 다이애나 다음으로 친하게 지내는 것은 상관없으니까.

저 갈색 눈의 빨간 옷을 입은 여자아이가 괜찮아 보이는데. 발랄해 보이고 마치 빨간 장미꽃 같아. 창밖을 내다보고 있는 하얀 얼굴의 금발 소녀도 좋은 걸. 머릿결이 아름답고 꿈 많은 소녀 같아. 저 두 아이와 친해졌으면 좋겠어. 꼭 붙어다니면서 함께 산책하고 애칭도 부를 정도로 친해지고 싶어. 하지만 지금은 저 아이들에 대해 아무것도 모르고 저쪽에서도 나를 알지 못할 테지. 게다가 나에 대해 특별히 알고 싶은 마음이 없을지도 몰라. 아, 외로워!'

그날 저녁, 해가 저문 뒤 하숙방에 혼자 남게 되자 그 외로움은 한층 더했다. 다른 아이들은 저마다 샬럿타운에 보살펴 줄 친척이 있어 그곳에 묵었지만 앤은 낯선 남의 집에 머물고 있었다. 미스 조지핀 배리는 앤을 자기 집에 있게 하고 싶어했지만 너도밤나무집은 학교에서 꽤 멀어 그럴 수 없었다. 그래서 미스 배리가 직접 하숙집을 구하고, 매슈와 마릴라에게 앤을 위한 가장 좋은 곳이라고 안심시켜 주었다.

"그 하숙집 주인은, 원래는 부유한 양가집 부인인데 집안이 기울어 하숙을 하고 있는 거예요. 남편은 영국 장교였고, 부인은 하숙인을 구할 때도 워낙에 신중해요. 바람직하지 못한 인물이 앤과 한 지붕 아래에서 지내게 될 염려는 전혀 없어요. 식사도 나름 괜찮고 학교에서 가깝고 조용한 곳이지요."

그 말은 모두 틀림없었다. 실제로 그대로였지만, 그렇다고 해서 앤이 처음으로 경험하는 향수를 달래주지는 못했다. 앤은 길쭉한 작은 방을 불안한 듯 둘러보았다. 칙칙한 벽지에다 액자 하나 없는 텅 빈 벽, 덩그러니 놓인 작은 철제 침대와 텅 빈 책꽂이 등을 보자 그린게이블즈의 하얀 자기 방이 생각나 울컥 무언가가 치밀어 올라왔다. 그곳에서는 한 발자국만 밖으로 나가면 초록빛 대자연이 펼쳐져 있는 게 느껴져 마음이 부드러워졌다. 밤의 뜰에는 스위트피가 손 내밀 듯 줄기를 뻗고, 과수원에 달빛이 은은히 내리비치며, 언덕 아래에는 시냇물이 졸졸 흐르고, 건너편에는 가문비나무가 밤바람에 살랑이고 있다. 까만 밤하늘에 별이 반짝이고, 다이애나의 방 창문에서 새어 나오는 불빛이 숲 사이로 보이리라.

그러나 이곳에는 그런 게 하나도 없었다. 창밖은 포장된 딱딱한 도로로 전화선이 그물처럼 하늘에 걸려 있고, 누구인지도 모를 사람의 발소리가 쿵쿵 들려왔으며, 수없이 많은 전등이 비춰 주는 것은 낯선 얼굴뿐이었다. 앤은 소리내어 울고 싶은 충동을 꾹 참았다.

'울어선 안 돼. 운다는 건 어리석은 짓이고 마음 약하다는 증거야. 세 번째 눈물방울이 코 옆으로 또 흘러내렸어. 자꾸만 눈물이 날 것 같아. 좋았던 일이라도 생각해서 울음을 그쳐야 할 텐데. 하지만 유쾌한 일은 모두 애번리와 관계있는 것이니 더욱 슬퍼질 뿐이야. 넷…… 다섯…… 이번 금요일이면 집에 갈 수 있는데, 꼭 백 년은 기다려야 할 것 같은 느낌이야. 아, 지금쯤 매슈가 밭에서 집으로 돌아오겠지. 마릴라는 문간에 서서 매슈가 오솔길로 오는 모습이 보이려나 하며 기다리고 있을 테고. 여섯, 일곱, 여덟, 아, 눈물방울을 세다니 무슨 소용이람! 이러다 곧 홍수처럼 흘러넘쳐 버릴 텐데. 기운을 내야겠지만 그러고 싶은 마음이 들지 않아. 차라리 슬픔에 한껏 젖어야겠어.'

그 순간 조지 파이가 나타나지 않았다면 앤은 틀림없이 눈물로 범벅이 되어 괴로움에 휩싸였을 것이다. 앤은 낯익은 얼굴을 만난 기쁨에 조지와 그리 친밀하지 않았다는 사실도 까맣게 잊어버렸다. 그래도 애번리 생활의 일부였으므로 파이네 사람조차 두 팔 벌려 환영하고 싶었다.

앤은 진심으로 기뻐하며 말했다.

"어서 와."

조지가 가엾은 듯이 말했다.

"너 울고 있었구나."

조지는 동정을 표할 때조차 화가 울컥 치밀게 하는 재주가 있었다.

"향수병에 걸렸나 보지? 그런 면으로 자제심이 모자라는 사람이 있어. 나는 향수병 같은 건 결코 걸리지 않아. 그렇게 숨 막힐 듯한 지루한 애번리에서 벗어나 얼마나 즐거운지 몰라. 따분한 시골에서 어떻게 그토록 오래 살아올 수 있었는지 이상할 정도야.

울지 마, 앤. 너한테 영 안 어울려. 머리도 빨간데 코랑 눈도 빨개져서 온통 새빨갛잖니.

오늘 퀸즈아카데미에서의 첫날은 무척 재미있었어. 프랑스어 교수님이 마음에 들어. 콧수염이 아주 멋지거든.

앤, 먹을 것 없니? 배고파 죽겠어. 마릴라가 케이크를 들려 보냈겠지? 그래서 온 거야. 그렇지 않았으면 프랭크 스토클리와 밴드 연주를 들으러 공원에 갔을 텐데. 프랭크는 나랑 같은 하숙집에 있는 싹싹한 남학생이야. 그런데 프랭크가 오늘 교실에서 너를 보고는, 저 빨강머리 소녀는 누구냐고 나한테 묻더라. 그래서 그 애는 커스버트네에서 데려다 기른 고아인데, 그전에는 어떻게 지냈는지 아무도 모른다고 가르쳐줬어."

앤이 결국 고독의 눈물을 흘리는 편이 조지와 함께 있는 것보다 훨씬 낫지 않을까라는 고민이 들기 시작할 즈음 제인과 루비가 찾아왔다. 두 사람은 퀸즈아카데미를 상징하는 색깔인 보라와 빨강으로 이루어진 1인치(2.5센티미터) 길이의 리본을 자랑스럽게 핀으로 코트에 꽂고 있었다. 조지는 제인과 서로 말을 섞지 않기로 한 사이라 독설을 거두고 침묵하는 수밖에 없었다.

제인은 한숨 쉬며 말했다.

"여기 온 지 몇 달이나 된 것 같은 느낌이야. 실은 베르길리우스[1]의 시를 라틴어로 읽어두어야 해. 그 무서운 노교수가 내일부터 스무 줄 읽을 테니 예습해 오라고 했거든. 하지만 오늘 밤은 도저히 차분히 앉아 공부할 수가 없어.

앤, 이거 눈물 자국 아니니? 울고 있었다면, 그렇다고 솔직히 고백해. 그러면 마음이 한결 편해질 것 같아. 루비가 올 때까지 나도 울고 있었거든. 다른 사람도 울었다면 나만 마음이 약한 게 아니었구나 하고 위로가 될 것 같아.

어머나, 이 케이크 좀 먹어도 되니? 고마워, 이거야말로 애번리의 맛이로구나."

루비는 퀸즈아카데미의 일 년 일정표가 책상 위에 놓인 것을 보고 앤에게 금메달을 목표로 하고 있느냐고 물었다.

앤은 얼굴을 붉히며 나직이 생각 중이라고 대답했다.

---

[1] 트로이 영웅 아이네스가 로마를 건국하기까지를 그린 서사시 《아이네이스》를 쓴 고대 로마 시인.

그러자 조지가 말했다.

"아, 이걸 보니 생각나는구나. 퀸즈아카데미에서도 이제 한 사람이 에이버리 장학금을 받게 되었대. 오늘 이야기를 들었다고 프랭크 스토클리가 말해줬어. 프랭크의 삼촌이 이사래. 내일 학교에서 정식 발표가 있을 예정이라더구나."

에이버리 장학금! 앤의 심장은 한층 더 빨리 뛰었다. 마치 어떤 마법으로 야심의 지평선이 더 멀리까지 확 펼쳐진 듯했다. 조지의 이야기를 듣기 전까지 앤이 설정한 최고 목표는 1년 뒤 학년말에 주에서 인정하는 제1급 교원자격증을 따고, 할 수만 있다면 금메달을 획득하는 것이었다! 그러나 지금 이 순간 조지가 한 말의 여운이 채 가시기도 전에, 앤의 눈앞에는 에이버리 장학금을 받아 레드먼드 대학[2] 문과에 입학해 공부를 마친 뒤 졸업가운과 학사모 차림으로 학위 수여식에 참석하는 자기의 모습이 그려졌다.

에이버리 장학금은 영문학을 전공하는 학생에게 수여되는 것이었다. 영문학이라면 앤은 '히스가 무성한 고향의 언덕을 딛고 서 있는'[3] 듯한 든든함을 느끼는 분야였다.

이 장학금은 뉴브런즈윅에서 공장을 경영하던 돈 많은 실업가가 세상을 떠난 뒤 유산의 일부를 여러 장학금의 형태로 기부하면서 생긴 것이었다. 그것을 바탕으로 캐나다 대서양 연안의 세 주(프린스에드워드아일랜드주·노바스코샤주·뉴브런즈윅주)에 있는 다양한 고등학교와 전문학교에 저마다 규모에 따라 알맞게 나누어 주고 있었다.

퀸즈아카데미에도 그것이 배정될지 어떨지 지금까지는 불확실했었지만, 마

---

[2] 캐나다 동부 노바스코샤주의 주도 핼리팩스에 있는 유서 깊은 대학인 댈하우지 대학교를 모델로 함.
[3] 월터 스콧의 역사 소설 《롭로이》에서 따옴.

침내 그해 학년말 영어학과 영문학의 최고득점 졸업생에게 장학금을 수여하기로 결정이 된 것이다. 그렇게 되면, 4년 동안 매년 250달러의 장학금을 받으며 레드먼드 대학에 다닐 수 있는 것이다. 그날 밤, 앤이 부푼 꿈으로 흥분되어 볼이 화끈거리는 채로 잠자리에 누운 것도 무리가 아니었다!

앤은 결심했다.

'열심히 공부해서 꼭 그 장학금을 타야지. 내가 문학사가 된다면 매슈가 얼마나 자랑스럽게 여길까. 아, 꿈을 품는다는 것은 참으로 가슴 설레는 일이야. 이토록 많은 목표를 가질 수 있으니 정말 기뻐. 더구나 꿈에는 끝이 없어…… 바로 이 점이 최고가 아닐까. 하나의 꿈이 이루어지면 이내 다른 꿈이 좀 더 높은 곳에서 빛나고 있거든. 그래서 인생은 재미있나 봐.'

꿈꾸는 겨울

앤은 주말마다 그린게이블즈로 돌아갔다. 그러는 동안 향수병도 차츰 나아졌다. 아직 눈이 쌓이지 않아 걸어다닐 수 있는 한, 애번리 출신 학생들은 매주 금요일 저녁마다 새로 깔린 철도를 이용해 카모디까지 갔다. 다이애나와 몇몇 젊은이들은 그곳까지 마중 나와 그들을 맞았다. 모두들 왁자지껄 웃고 떠들며 애번리까지 걸어갔다. 앤은 매주 금요일 저녁 황금빛으로 물든 청량한 하늘 아래 애번리의 집집마다 켜진 등불이 저 멀리서 반짝이는 것을 바라보며, 가을 언덕을 넘어 평화롭게 걸어가는 이때가 1주일 가운데 가장 소중한 시간이라고 생각했다.

길버트 블라이드는 대개 루비 길리스와 나란히 걸으며 루비의 가방을 들어주었다. 루비는 매우 아름다운 아가씨가 되어 있었다. 스스로도 이제 완전히 어른이 되었다고 여기고 있었으며 또 사실 그러했다. 치마도 어머니가 허락하는 한 길게 입었다. 집으로 돌아갈 때는 머리를 내리지 않을 수 없었지만, 샬럿타운에 있는 동안은 풍성하게 올렸다. 루비는 반짝이는 크고 파란 눈, 눈부시게 흰 피부, 포동포동하면서 사람들의 눈길을 끄는 몸매를 가지고 있었다. 그녀는 언제나 잘 웃고, 명랑했으며, 인생의 즐거운 일은 무엇이든 꾸밈없이 아이처럼 기뻐하였다.

제인이 앤에게 작은 목소리로 속삭였다.

"하지만 루비 같은 여자는 길버트가 좋아할 타입이 아니라고 생각해."

앤도 그렇게 생각했지만, 에이버리 장학금을 준다 해도 그것을 말할 수는 없었다. 그러나 앤은 길버트와 친구가 되어 농담도 하고 이야기를 주고받으며 책이나 공부며 꿈에 대한 의견도 나눌 수 있다면 얼마나 즐거울까 생각하지 않을 수 없었다. 길버트도 앞날에 대한 꿈을 품고 있음을 앤은 알고 있었다. 루비는 그런 문제를 놓고 진지하게 토론할 만한 상대로 여겨지지 않았다.

길버트에 대한 앤의 마음에는 반했다든가 좋아한다든가 하는 들뜬 감정이 섞여 있지 않았다. 앤도 남학생에 대해 생각할 때가 있었지만, 단지 그 젊은이가 좋은 친구가 될 법한가 하는 것뿐이었다. 그러므로 길버트와 친해진다 해도 그에게 친구가 몇 명이 있든 누구와 함께 걷든 상관할 바 아니었다.

우정을 키우고 간직하는 데 특별한 재능이 있는 앤에게 여자친구들은 많았다. 그러나 남자친구와 사귀는 것도 나쁘지 않으리라고 막연히 느끼고 있었다. 인간관계가 원숙해져 좀 더 넓은 시야를 지녀 사물을 잘 판단하고 비교할 수 있게 되리라 여겼다. 물론 앤이 이 문제에 대한 자기 기분을 이런 명확한 언어로 정의 내리고 있었던 것은 아니다. 다만 기차에서 내려 상쾌한 들판을 넘고 길섶에 고사리가 무성한 오솔길을 따라 길버트와 나란히 집까지 걸어간다면 주위에 펼쳐진 새로운 세계와 그 속에서 자라나는 두 사람의 희망에 대해 유쾌하고 흥미 깊은 이야기를 얼마든지 주고받을 수 있을 거라고 생각했을 뿐이었다.

길버트는 총명한 젊은이로 무슨 일에나 자기 나름의 의견을 가지고 있었다. 인생에서 최선의 것을 끌어내면서 자기의 최선을 인생에 불어넣으려는 확고한 결심이 서 있었다.

루비 길리스는 제인 앤드루스에게 말했다.

"길버트 블라이드와 이야기하고 있으면 절반도 알아들을 수가 없어. 그 애는 무언가에 열중해 있을 때면 앤 셜리하고 똑같이 이야기하거든. 하지만 나는 책 같은 일에 대해서는 굳이 생각해야 할 필요가 없을 때에까지 생각하며 골머리 앓기 싫단 말이야. 거기에 비하면 프랭크 스토클리가 훨씬 활기 있어 좋지만 외모로는 길버트의 절반만큼도 못 따라가잖니. 그래서 어느 쪽이 더 좋은지 결정지을 수가 없어!"

이윽고 퀸즈아카데미에서 앤 주위에 작고 친밀한 친구의 무리가 생겼다. 모두 앤과 마찬가지로 사려 깊고 상상력이 풍부하며 앞날의 꿈을 품은 학생들이었다. '빨간 장미' 같은 아가씨 스텔라 메이너드와 '꿈 많은 소녀' 프리실라 그랜트와 곧 친해졌다. 뽀얗고 지적인 얼굴의 프리실라는 장난기 많고 농담을 잘했으며, 활발한 인상의, 검은 눈동자의 스텔라는 앤과 마찬가지로 잡을 수 없는 무지개 같은 아련하고 다채로운 꿈과 공상으로 가득 차 있었다.

크리스마스 휴가가 끝나자 애번리 출신 학생들은 금요일마다 집으로 돌아가던 것을 단념하고 공부에 열중했다. 그 무렵 퀸즈아카데미 학생들은 저마다 자기 자신의 위치를 찾아갔고, 미묘한 개성의 차이도 드러내기 시작했다.

몇 가지 사실이 동급생들에게 자연스레 받아들여지게 되었다. 메달 후보는 길버트 블라이드, 앤 셜리, 루이스 윌슨 세 사람이라는 게 분명해졌다. 그러나 에이버리 장학금 후보자는 그리 뚜렷하지 않아 여섯 학생에게 가능성이 있으며 그 가운데 누군가가 받을 거라고 추측하는 정도였다. 수학 최고득점자에게 주어지는 동메달은 기워 입은 외투 차림에다 이마가 튀어나오고 뚱뚱한, 섬 안쪽 고장에서 온 특이하고 조그만 소년에게 돌아갈 것이라고들 말했다.

루비 길리스는 학년 전체에서 가장 예쁜 여학생으로 뽑혔다. 제1과정에서는 스텔라 메이너드가 미인의 영광을 차지했으며, 몇몇 안목 있는 학생들 가운데에는 앤 셜리를 지지하는 이도 있었다. 에설 마는 그런 것 좀 볼 줄 안다고 여겨지는 학생들 모두의 의견일치로 머리 모양이 가장 멋지다는 인정을 받았다. 그리고 겉모습에는 마음 쓰지 않고 꾸준히 공부하는 진지한 제인 앤드루스는 가정과에서 우수생이라는 평판을 받았다. 조지 파이조차도 퀸즈아카데미 재학생 가운데 가장 뛰어난 독설가로 인정을 받았다. 즉 스테이시 선생님의 옛 제자들은 보다 넓은 무대에서 저마다 두각을 두루 나타냈다고 할 수 있었다.

앤은 목적을 이루기 위해 착실히 공부했다. 길버트에 대한 경쟁심은 학급의 다른 학생들에게 그리 알려지지 않았지만 애번리 학교에 있을 때 못지않았다. 그러나 그 속에 이미 옛날처럼 가시 돋친 마음은 없었다. 앤은 예전처럼 단지 길버트를 이기기 위해 노력하는 것이 아니었다. 더할 나위 없이 좋은 경쟁상대와 마음껏 겨루어 승리를 얻을 때의 충족감을 생각할 뿐이었다. 이기는 게 좋은 일이기는 해도 그전처럼 이기지 못하면 분하고 살 가치가 없다는 생각은 없었다.

학생들은 맹렬히 공부에 쫓기면서도 틈틈이 시간을 내어 잘 놀았다. 앤은 대개 '너도밤나무집'으로 갔다. 일요일에는 거의 그곳에서 점심을 먹고 미스 배리와 함께 교회에 갔다.

미스 배리는 비록 자신도 인정하듯 나이가 들기는 했지만, 검은 눈이 여전히 흑진주처럼 광채를 잃지 않았고, 능란한 말솜씨도 여전했다. 그러나 그 독설이 앤에게로 결코 돌려지는 일은 없었다. 앤은 지금도 이 까다로운 노부인의 마음에서 최애의 자리를 차지하고 있었다.

미스 배리는 말했다.

"저 앤이라는 아이는 나날이 좋아지고 있어. 다른 여자아이에겐 금방 싫증이

나 버리곤 하는데. 답답할 만큼 매번 똑같으니까. 그런데 앤은 무지개처럼 여러 빛깔이 어우러져 있는 데다, 어느 색이 나타나든지 말할 수 없이 아름다워. 더욱이 그 아이가 어릴 때처럼 재미있는 말로 날 웃긴다고 할 수는 없지만, 나도 모르는 새 사랑하게 되고 말아. 아끼는 마음이 저절로 우러나게 하는 사람은 나에게도 편하지. 이쪽에서 일부러 사랑하려고 애쓰지 않아도 되니까."

그러는 사이 새로운 봄이 성큼 다가와 있었다. 애번리에는 아직 눈이 군데군데 남아있는 황량한 풍경 속에 메이플라워가 핑크빛 꽃을 피우기 시작하고, 숲이며 골짜기에는 '초록빛 아지랑이'[1]처럼 어린잎이 돋아나고 있었다. 그러나 샬럿타운에서는 학년말이 다가와 학생들은 자나 깨나 시험에 대한 걱정뿐이었다.

앤은 말했다.

"벌써 한 학년이 지나가다니 믿어지지 않아. 지난해 가을에는 겨울 내내 공부하고 수업 듣는 게 먼 앞날의 일처럼 여겨졌었는데. 드디어 다음 주부터 시험이라니. 어떤 때는 이번 시험에서 모든 게 결판이 나는 기분이 들다가도, 저 밤나무에 새싹이 돋아나고 거리 저쪽에는 푸른 봄안개가 어려 있는 것을 바라보노라면 시험 같은 것은 아무래도 좋다는 기분이 들어."

그 자리에 있던 제인과 루비와 조지는 그런 태평스러운 이야기를 할 수 없었다. 그녀들에게는 눈앞에 다가온 시험이 무엇보다도 중요한 것, 밤나무 새잎이나 5월의 봄안개와는 비교도 할 수 없을 만큼 중요한 것이었다. 앤은 적어도 낙제는 하지 않을 테니 시험을 가볍게 생각할 수도 있을지 모른다. 그러나 자신의 미래가 온통 이 시험에 걸려 있는—세 소녀는 진심으로 그렇게 생각했

---

[1] 앨프리드 테니슨의 시 〈시냇물〉의 '잎이 무성한 계절이 찾아오기 전에/나무는 초록빛 아지랑이로 뒤덮인다'에서 따옴.

다—사람은 그런 철학적인 달관을 가질 여유가 없었다.

제인은 한숨지었다.

"지난 2주일 동안 몸무게가 7파운드(약 3킬로그램)도 넘게 줄었어. '걱정 마.'라는 말은 소용없어. 아무리 그래도 걱정은 되니까. 걱정한다는 것도 조금은 쓸모가 있어. 걱정이 되는 걸 보면 어쨌든 뭔가 하고 있는 듯한 성취감이 들거든. 집에도 못 가고 겨우내 퀸즈아카데미에 다니며 돈을 많이 썼는데 교원자격증을 딸 수 없게 된다면 큰일이야."

뚱한 얼굴로 조지가 말했다.

"나는 아무렇지도 않아. 올해 안 되면 내년에 다시 하지, 뭐. 우리 아버지는 그만한 돈이 있으니까. 앤, 프랭크 스토클리가 말했는데, 트러메인 교수님이 길버트 블라이드가 틀림없이 금메달을 딸 거고 에밀리 클레이가 아마 에이버리 장학금을 받을 거라고 했대."

앤은 웃으며 말했다.

"내일의 나라면 그 말에 실망할지도 모르겠구나, 조지. 하지만 지금은 제비꽃이 그린게이블즈 밑의 샘 기슭을 온통 보랏빛으로 물들이고, 가냘픈 고사리가 '연인의 오솔길'에서 고개를 빼꼼히 들고 있을 걸 생각하면, 장학금을 타든 못 타든 그리 중요한 문제가 아닌 것처럼 느껴져.

나는 최선을 다했고, '건투하는 기쁨'[2]이 무엇인지도 알았어. 최선의 노력으로 얻은 승리 다음으로 좋은 것은 최선의 노력을 다했으나 아쉽게도 패배했다는 거야.

얘들아, 시험 이야기는 그만하자! 지붕 너머로 펼쳐진 푸른 하늘을 봐! 그리

---

2) 펠리시아 도로시아 헤먼즈의 시 〈전장의 여인〉에서 따옴.

고 저 하늘이 애번리의 어둡고 짙은 너도밤나무숲 위에서는 어떻게 보일지 상상해 보렴!"

하지만 루비는 앞으로 일어날 일에 대한 실질적인 질문을 했다.

"제인, 졸업식에 무슨 옷을 입을 거니?"

제인과 조지가 동시에 이 질문에 주저 없이 대답을 하며 화제는 최신 유행하는 옷으로 자연히 옮겨갔다.

앤은 창틀에 팔꿈치를 대고 마주 잡은 두 손 위에 갸름한 얼굴을 괴고 앉아, 수많은 꿈들이 어린 눈망울로 멍하니 밖을 바라보았다. 도시의 지붕과 뾰족탑 너머에 펼쳐진 저녁놀 진 하늘이 밝게 빛나는 돔처럼 펼쳐져 있었다. 앤은 젊음만이 가질 수 있는 무한한 가능성으로 이루어진 아름다운 미래의 꿈을 낙천주의라는 황금실로 자아내고 있었다. 내일은 갈피갈피에 장밋빛 가능성을 고이 숨겨놓고 있었다. 해마다 희망이라는 그 붉은 열정의 장미꽃 한 송이를 찾아 영원히 시들지 않을 화환을 엮어나가는 것이다.

영광과 꿈[1]

퀸즈아카데미 게시판에 최종시험 결과가 발표되는 날 아침, 앤과 제인은 함께 학교로 가고 있었다. 제인은 생글생글 웃는 명랑한 표정이었다. 시험이 모두 끝났고 적어도 합격은 확실하므로 안심하고 있었다. 그 밖의 일은 관심 없었다. 원대한 꿈을 품고 있지 않은 그녀는 목표에 따르는 불안을 느낄 필요도 없었다. 왜냐하면 사람이란 이 세상에서 얻는 모든 일에 대가를 치러야 하며, 꿈은 품을 가치가 있긴 하나 손에 넣기 쉽지 않으므로 노력과 자괴감과 근심과 절망이 뒤따르는 법이기 때문이다.

그러나 앤은 창백한 얼굴로 아무 말도 하지 않았다. 앞으로 10분 뒤면 누가 메달을 따고 누가 에이버리 장학금을 받을 것인지 뚜렷해진다. 앤에게 현재로서는 그 10분 너머에 있는 '시간'은 존재하지 않는 듯한 기분마저 들었다.

제인이 당당히 말했다.

"어쨌든 둘 중 하나는 네가 받을 거야."

제인은 다른 결정을 내릴 만큼 교수회가 불공평하다고는 도저히 생각할 수 없었다.

---

[1] 영국 시인 윌리엄 워즈워스(1770~1850)의 시 《영혼불멸의 송시》에서 따옴.

앤은 말했다.

"에이버리 장학금은 단념하고 있어. 에밀리 클레이가 탈 거라고 모두들 말하고 있는걸. 나는 게시판 앞으로 걸어가 여러 사람 앞에서 발표를 볼 용기가 없어. 여학생 휴게실로 곧장 가 있을 테니 네가 먼저 가서 보고 나에게 알려줘. 오랜 우정의 이름을 걸고 부탁하는데, 되도록 빨리 알려줘. 만일 안 되었더라도 우물우물하지 말고 똑똑히 말해줘. 그리고 어떤 결과가 나와도 나를 동정하지는 말아줘. 약속해 주겠지, 제인?"

제인은 엄숙한 표정을 지으며 약속해 주었다. 그러나 그럴 필요가 없었다. 그녀들이 퀸즈아카데미 입구 층계를 올라가는데 홀 가득히 모여 있던 남학생들이 길버트 블라이드를 공중으로 던져 올리며 큰 소리로 외치고 있었다.

"길버트 만세! 메달 수상자 만세!"

그 순간 앤은 패배감과 실망으로 심장이 멎는 것 같았다. 그렇다면 자기가 지고 길버트가 이긴 것이다! 아, 그토록 앤이 이기리라 믿고 있었는데 매슈가 얼마나 실망할 것인가.

그때였다!

누군가가 큰 소리로 외쳤다.

"미스 셜리를 향해 만세 삼창. 에이버리 장학금 수상자 만세!"

제인이 헐떡이며 말했다.

"아, 앤! 앤, 정말 기뻐! 진심으로 축하해."

두 사람은 우렁찬 환성 속에 여학생 휴게실로 달려갔다.

이번에는 수많은 여학생이 앤을 에워싸고 웃으며 축하의 말을 건넸다. 여러 사람이 어깨를 치고 손을 잡아 마구 흔들었다. 밀쳐지고 끌리고 안기면서 앤은 제인에게 속삭였다.

"아, 매슈와 마릴라가 무척 기뻐할 거야! 곧바로 편지를 써야겠어."

그다음의 중대한 행사는 졸업식이었다. 졸업식은 대강당에서 거행되었다. 간단한 인사말을 시작으로 논문이 낭독되고, 축가가 불렸으며, 모두들 앞에서 졸업증서와 상장과 메달 수여식이 행해졌다.

물론, 매슈와 마릴라도 참석했다. 두 사람의 눈과 귀는 단 위에 서 있는 오직 한 학생에게만 못박혀 있었다. 어렴풋이 발갛게 물든 볼에 별 같은 눈을 하고서 초록색 드레스를 입은 키 큰 여학생이 최우수논문을 읽고 있었던 것이다. 그리고 청중석에서는 그녀를 손짓하며 저 아이가 에이버리 장학금 수상자래, 속삭이는 목소리가 여기저기서 들려왔다.

앤이 논문을 다 읽자 강당에 들어온 뒤 줄곧 묵묵히 있던 매슈가 처음으로 입을 열었다.

"저 애를 우리가 맡아 기르기 정말 잘했지, 마릴라?"

마릴라는 기쁘면서도 삐죽거리며 되받았다.

"그렇게 생각하는 것은 이번이 처음이 아니잖아요. 매슈 커스버트, 그렇게 생색내는 말은 이제 그만 좀 해요."

두 사람 뒤에 앉아 있던 미스 배리가 몸을 앞으로 쑥 내밀며 양산 끝으로 마릴라의 등을 쿡 찔렀다.

"두 사람 다 앤이 자랑스럽지요? 나도 콧대가 높아졌어요."

그날 밤 앤은 매슈와 마릴라와 함께 애번리의 집으로 돌아갔다. 4월부터 오지 못했으므로, 이제는 하루도 더 기다리고 싶지 않았다.

흰 사과꽃이 활짝 피어 있었고 곳곳마다 싱그러운 어린 생명의 기운이 넘쳐 흐르고 있었다. 들뜬 다이애나는 그린게이블즈에서 앤을 내내 기다리고 있었다. 마릴라가 활짝 핀 장미꽃을 창가에 장식해 놓은 방에서 앤은 주위를 둘러보며 가슴 벅찬 행복의 한숨을 내쉬었다.

"다이애나, 집에 돌아오니 정말 행복해. 핑크빛 노을이 물든 저녁하늘이 저 뾰족한 전나무 꼭대기에 걸쳐 있는 모습이 아주 멋져. 하얀 꽃이 만발한 과수원과 옛 친구 '눈의 여왕'도 그렇고. 아, 코끝을 간질이는 박하 냄새도 좋구나. 그리고 이 티로즈 꽃향기야말로 노래와 희망과 기도가 모두 하나로 뭉쳐진 것 같잖아. 그렇지만 무엇보다 너를 다시 만난 기쁨이 가장 커, 다이애나."

다이애나는 뾰로통해서 말했다.

"나는 네가 스텔라 메이너드를 더 좋아하는 줄 알았어. 네가 그 애에게 흠뻑 빠졌다고 조지 파이가 그러더구나."

앤은 배시시 웃으며 꽃다발 속에서 시든 흰 수선화를 뽑아 다이애나에게 던졌다.

"스텔라 메이너드는 이 세상에서 단 한 사람을 빼고는 가장 사랑하는 친구야. 네가 바로 그 사람이야, 다이애나. 나는 전보다 더욱 너를 사랑하고 있어. 할 이야기가 산더미처럼 많지만 지금은 여기 앉아 너를 바라보는 것만으로 충분히 행복해. 아마 피곤한 탓일 거야. 공부하고 목표를 추구하느라 지쳤나 봐. 내일은 적어도 두 시간 동안은 과수원의 풀밭에 누워서 아무 생각도 하지 않을 작정이야."

"정말 장해, 앤. 에이버리 장학금을 받았으니 이제 선생님이 되지는 않겠구나?"

"응, 9월에 레드먼드 대학으로 갈 거야. 멋지겠지? 이제부터 석 달 동안의 황금 같은 휴가가 끝나면 다시 새로운 꿈을 키워나가게 되는 거야. 하지만 제인과 루비는 선생님이 될 거야. 무디 스퍼전과 조지 파이도 모두 합격했으니, 정말 잘됐지."

다이애나가 말했다.

"뉴브리지의 학교 이사회에서는 벌써 제인을 초빙하기로 결정했대. 길버트 블라이드도 선생님이 된다더라. 그렇게 하지 않을 수가 없대. 아버지가 그 애를 내년에 대학에 보낼 여유가 없어서 자기가 벌어야만 한다는 거야. 지금 애번리 학교를 맡고 있는 에임즈 선생님이 그만두면 길버트가 가르치게 될 거래."

뜻밖의 이야기에 앤의 가슴은 묘한 실망감으로 술렁거렸다. 이것은 전혀 예기치 못한 일이었다. 앤은 길버트도 역시 레드먼드 대학에 가는 줄 알고 있었기 때문이다. 둘이서 경쟁하며 알게 모르게 서로 북돋워주고 있던 셈이었는데 그것이 사라지면 어떻게 하지? 본격적인 학위취득을 위한 남녀공학 대학이라고는 하지만, 앤의 호적수가 없어진다면 과연 열심히 공부하고 싶은 마음이 들까?

다음 날 아침 식사 때 앤은 매슈가 늙고 기운 없어 보이는 것을 문득 알아차리고 깜짝 놀랐다. 1년 전보다 흰머리가 부쩍 늘어 있었다.

매슈가 밭일하러 나가자 앤은 망설이며 말을 꺼냈다.

"마릴라, 매슈가 어디 편찮으세요?"

마릴라는 걱정스러운 목소리로 말했다.

"그렇단다. 이번 봄에 심한 심장 발작을 일으켰지. 그런데도 전혀 쉬지 않고 일만 해. 나도 염려스럽구나. 요즘은 좀 나아진 것 같고 일할 사람도 구했으니 앞으로는 좀 쉬면서 기력을 회복하면 좋겠는데. 어쨌든 네가 돌아왔으니 아마 기운을 차릴 게다."

앤은 식탁 너머로 몸을 내밀어 두 손으로 마릴라의 얼굴을 감쌌다.

"마릴라도 그리 기운 있는 것 같지 않아요. 피로해 보여요. 무리해서 일을 너무 많이 한 거죠? 내가 돌아왔으니 마릴라도 좀 쉬어요. 나는 딱 오늘 하루만

쉬면서 추억이 깃들어 있는 장소들을 오랜만에 산책하고 옛날에 꾸었던 꿈을 되새겨보고, 내일부터는 내가 일할 테니 마릴라는 게으름을 좀 부려봐요."

마릴라는 딸에게 사랑스럽고 다정한 미소를 지어 보였다.

"일을 해서 그런 게 아니야. 두통 때문이지. 요즘은 눈 뒤쪽이 자주 아파. 스펜서 선생님이 안경을 여러 번 조절해 주셨지만 도무지 소용이 없단다.

6월 말에 유명한 안과의사가 섬에 오신다니 그때 진찰을 받도록 하라더구나. 아마 그래야 할까 봐. 책을 읽는 것도 바느질도 요즘은 힘들어 못 하겠어.

그건 그렇고, 앤, 퀸즈아카데미에서 정말 잘했다. 1년 만에 1급교사자격증을 따고 에이버리 장학금마저 받았으니 정말 대단해.

레이철 린드는 '교만은 넘어짐의 앞잡이'[2]라든가 뭐라든가 하면서 여자가 고등 교육을 받으면 여성 본연의 사명을 소홀히 하게 된다고 좋을 게 없다고 말을 하더구나. 하지만 나는 그렇게 생각하지 않아. 레이철 린드 이야기를 하니 생각나는데, 요즘 애비 은행에 대한 무슨 소문 들은 것 없니, 앤?"

"파산한다는 소문을 들은 것 같은데, 왜 그러세요?"

"레이철도 그렇게 말을 했거든. 지난주 여기에 와서 그런 소문이 나돈다더구나. 매슈 오라버니가 무척 걱정하고 있어. 우리 집 예금은 한 푼도 남김없이 몽땅 그 은행에 들어 있거든. 나는 처음부터 저축은행에 맡기는 편이 좋다고 했었는데, 애비 씨가 우리 아버지와 친한 친구였기 때문에 늘 그 은행하고만 거래를 했어. 매슈는 그 양반이 우두머리로 있는 은행이라면 걱정 없다고 말해 왔거든."

"하지만 애비 씨는 몇 해 전부터 실질적으로는 손을 뗐잖아요? 워낙 나이가

---

2) 《구약성서》 〈잠언〉 16장 18절. '교만은 패망의 선봉이요, 거만한 마음은 넘어짐의 앞잡이니라'에서 따옴.

많아 사실상 그 조카가 은행을 맡아서 하고 있을 텐데요."

"어쨌든 레이철로부터 그 이야기를 듣고 바로 예금을 찾아오라고 오라버니에게 부탁했지만 좀 생각해 보자고 하더라. 그러더니 어제는 러셀 씨가 그 은행은 끄떡없다고 했다더구나."

그 뒤 앤은 들판과 숲으로 나가 굉장히 기분 좋은 하루를 보냈다. 앤은 그날의 추억을 언제까지나 결코 잊을 수 없었다. 화창하고 밝은 금빛 태양이 내리비치는 아름다운 하루였다. 땅에는 온통 꽃이 만발해 있었다. 앤은 과수원에서 풍요로운 한때를 보내고 '드리아스의 샘'과 '윌로미어'와 '제비꽃 골짜기'를 둘러보았다. 목사관에 가서 앨런 부인과 마음껏 이야기도 나누었다.

그리고 하루의 마무리로 저녁때 소를 몰아오러 간다는 매슈를 따라 '연인의 오솔길'을 지나 목초지까지 걸었다. 숲은 깊은 안쪽까지 저녁 해가 비쳐 속속들이 금색으로 물들어 있었다. 서쪽으로는 언덕과 언덕 사이로 따스한 황혼빛이 고요히 흘러들었다. 등이 굽은 매슈는 느릿느릿 걸었다. 키 크고 자세가 반듯한 앤은 그 발랄한 걸음을 늦추어 매슈와 보조를 맞추었다.

앤은 나무라듯 말했다.

"매슈, 오늘도 일을 많이 했죠? 좀 쉬면서 할 수 없으세요?"

매슈는 울타리 문을 열고 소들을 뒤뜰로 몰아넣으며 말했다.

"글쎄다, 왠지 그게 잘 안 되는구나. 나이는 먹었는데 그 사실을 자꾸 잊어버리는구나, 앤. 어쨌든 지금까지 늘 일하며 살아왔으니까. 일하다 죽는다면 그게 내 마음이 편할 것 같기도 하고."

앤은 슬픈 듯이 말했다.

"만일 매슈가 처음에 부탁한 대로 내가 남자아이였다면 지금쯤 여러모로 도와서 편하게 해드릴 수 있었겠죠. 그 생각을 하면 내가 남자아이였다면 얼마나 좋을까 싶어요."

매슈는 앤의 손을 잡고 어루만지며 말했다.

"나는 말이다, 앤. 열두 명의 남자아이보다 너 하나가 더 좋단다. 알겠니? 열두 명의 남자아이보다도 말이다. 에이버리 장학금을 탄 것은 남자아이가 아니었잖니? 여자아이지. 바로 내 딸이었어. 나의 자랑스러운 이 딸 말이다."

매슈는 뒤뜰로 들어가며 수줍은 미소를 던졌다.

그날 밤 자기 방으로 들어간 뒤에도 앤의 가슴에는 그의 미소가 깊이 새겨져 있었다. 앤은 활짝 열어젖힌 창가에 오래도록 앉아 지난날을 돌이켜보고 미래를 꿈꾸었다. 창밖에는 벚꽃이 만개한 '눈의 여왕'이 달빛을 받아 흰 안개에 감싸인 듯이 보였다. '언덕의 과수원' 건너편 늪에서 개구리 합창이 개굴개굴 들려왔다.

앤은 은빛으로 내리는 달빛 속에서 꽃내음이 은은하게 감도는 정적에 잠겨 있던 그날 밤의 평온한 아름다움을 언제까지나 기억하고 있었다. 그것은 슬픔이 뻗은 손이 앤의 인생에 닿기 전 마지막 밤이었다. 그 누구도 피할 수 없는 차디찬 슬픔의 손이 한번 닿으면 삶은 다시는 순수한 기쁨이 넘치던 지난날로 돌아가지 못하는 것이다.

죽음[1]

"매슈! 매슈! 왜 그래요? 어디 아파요?"

마릴라의 목소리였다. 바들바들 떨리는 목소리로 부르는 한 마디 한 마디에서 두려움이 절절히 스며 나오고 있었다.

앤은 두 팔 가득 하얀 수선화를 안고 현관으로 들어오다가—그 뒤 한참 동안 앤은 하얀 수선화의 모습도 향기도 싫어했다—마릴라의 목소리가 나는 쪽으로 고개를 돌려 매슈가 접은 신문을 손에 들고 창백하게 일그러진 얼굴로 부엌문 앞에 서 있는 것을 보았다. 앤은 저도 모르게 꽃을 떨어뜨리고 부엌을 가로질러 마릴라와 거의 동시에 매슈 곁으로 달려갔다. 그러나 두 사람이 미처 와 닿기 전에 매슈는 문가에 쓰러지고 말았다.

마릴라가 헐떡이며 말했다.

"기절했어. 앤, 마틴을 불러라. 빨리, 빨리. 헛간에 있을 거야."

고용인 마틴은 마차를 타고 우체국에서 막 돌아온 참이었으므로 곧 의사를 부르러 갔다. 도중에 '언덕의 과수원'에 들러 배리 부부에게 도움을 청했다. 때마침 일이 있어 그 집에 있던 린드 부인도 함께 왔다. 세 사람이 와 보니 앤과

---

[1] 원제를 우리말로 옮기면 '죽음이라는 이름의 수확인'. 이때 '수확인(Reaper)'이란 일반적으로 머리까지 푹 뒤집어쓴 수의 차림에다 긴 손잡이의 낫을 든 죽음의 신을 의미함.

마릴라가 미친 듯이 매슈의 의식을 회복시키려 애쓰고 있었다.

린드 부인은 두 사람을 살며시 밀어내고 매슈의 맥을 짚어보았다. 그리고 가슴에 자기 귀를 갖다 대더니 앤과 마릴라의 불안한 얼굴을 올려다보았다. 그 슬픈 눈에는 눈물이 어려 있었다.

부인은 무거운 목소리로 말했다.

"아, 마릴라. 이젠…… 아무래도 손쓸 수 없는 것 같아요."

"린드 아주머니, 설마…… 설마 매슈가……."

앤은 무서운 말을 차마 입에 담을 수 없었다. 얼굴에서 핏기가 사라지고 정신이 아득해졌다.

"유감스럽게도 그렇단다, 앤. 매슈의 얼굴을 보렴. 나는 저런 얼굴을 몇 번 본 일이 있어서 알아."

앤은 꼼짝도 하지 않는 매슈의 조용한 얼굴을 바라보았다. 그리고 거기에서 아무도 원치 않는 죽음의 방문을 읽었다.

이윽고 의사가 와서 매슈의 죽음은 순간적으로 엄습해, 고통이 거의 없었으며, 아마도 어떤 갑작스러운 충격으로 인한 것이라는 진단을 내렸다. 충격의 원인은 매슈가 손에 들고 있던 신문에 있었음이 밝혀졌다. 마틴이 그날 아침 우체국에서 가져온 그 신문에는 애비 은행 파산 기사[2]가 실려 있었다.

이 부고는 눈 깜짝할 사이에 온 애번리 마을에 퍼졌다. 하루 종일 친구며 친지들이 그린게이블즈에 찾아와 고인과 유족을 위해 여러 가지로 친절하게 도와주었다. 말수가 적고 수줍음 많던 매슈 커스버트가 이토록 사람들 관심을 끈 일은 이것이 처음이자 마지막이었다. 싸늘한 죽음의 위엄이 깃든 매슈는 왕

---

[2] 1873년 비엔나 증권거래소에서 발단한 유럽의 장기불황이 뒤늦게 북미에도 미쳐, 실제로 19세기 말 캐나다에서 작은 은행들이 파산했음.

관을 쓴 낯선 존재처럼 딴사람이 되어버렸다.

밤의 정적이 그린게이블즈에 살포시 내려앉았을 때, 인기척도 사라진 낡은 집은 한층 더 적막했다. 응접실에 안치된 관 속에 누워 있는 긴 백발의 매슈 커스버트는 마치 그저 즐거운 꿈을 꾸며 잠들어 있는 듯 부드러운 미소를 짓고 있었다. 매슈는 꽃 속에 묻혀 있었다. 매슈의 어머니가 시집올 때 뜰에 심은 것으로, 매슈는 입 밖에 낸 적은 없었지만, 이 달콤한 향기가 나는 예스러운 꽃들에 남몰래 애정을 품고 있었다. 이 꽃은 앤이 꺾어와 매슈에게 바친 것이었다. 앤은 그 순간 울고 있지 않았다. 다만 핏기 없는 얼굴에는 눈빛에만 비통함이 어려 있을 뿐이었다. 매슈를 위해 이제 그녀가 마지막으로 해줄 수 있는 일이라고는 이것밖에 없었다.

그날 밤, 배리 부부와 린드 부인이 함께 있어주었다. 동쪽 방으로 찾아간 다이애나는 창가에 서 있는 앤에게 조용히 말을 걸었다.

"앤, 나도 오늘 밤 여기서 잘까?"

앤은 친구의 얼굴을 물끄러미 보며 말했다.

"고마워, 다이애나. 내가 혼자 있고 싶다고 말한다고 해서 넌 언짢게 생각하지 않겠지. 나 무섭지 않으니까 걱정하지 않아도 돼. 다만 이 일이 일어난 뒤 아침부터 내내 혼자 있을 틈이 단 한 순간도 없었어. 말없이 앉아 실감이 될 때까지 차분히 생각할 시간이 좀 필요해.

나는 아직 실감이 나지 않아. 매슈가 죽다니 도저히 있을 수 없는 일 같기도 하고, 한편으로는 오래전에 죽었다는 느낌이 들기도 해. 그래서 이 견딜 수 없는 둔중한 통증이 줄곧 가슴을 짓누르고 있었나 싶기도 하거든."

다이애나에게는 앤의 말이 언뜻 잘 이해되지 않았다. 마릴라는 여느 때의 조심성이며 오랜 세월 동안의 습관을 내려놓고 봇물이 터진 듯 목놓아 울었는데, 앤처럼 눈물을 감추고 고통을 참는 것보다 그편이 훨씬 더 이해하기 쉬웠다. 그러나 다이애나는 앤이 혼자 슬픔에 잠겨 하룻밤을 지내도록 조용히 그 자리를 떠났다.

앤은 혼자 있게 되면 울음이 터져 나오리라고 생각했다. 자기가 그토록 사랑하고 또 자기에게 온갖 정성을 다해준 매슈를 위해 한 방울의 눈물도 흘리지 않는다는 것은 두려운 일이었다. 어제저녁 앤과 함께 어깨를 나란히 걷던 매슈는 이제 어두컴컴한 아래층 응접실에서 죽음이 가져온 평온을 얼굴에 띠고 관 속에 누워 있다.

그런 생각을 해도 눈물은 나오지 않았다. 어둠 속에서 창가에 무릎 꿇고 언덕 저편의 별을 올려다보며 기도해도 헛일이었다. 눈물 대신 무어라 말할 수 없는 비탄의 둔중한 통증만이 가슴을 짓누르며, 그날 하루 종일 시달린 고통과 긴장으로 지쳐 마침내 잠에 빠져들 때까지 앤을 괴롭혔다.

한밤중 어둠과 적막 속에서 앤은 문득 눈을 떴다. 낮의 기억이 슬픔의 밀물처럼 앤에게 밀려왔다. 어제저녁 문가에서 헤어지며 자기에게 미소를 던지던 매슈의 얼굴이 앤의 눈앞에 또렷이 떠올랐다. '내 딸…… 나의 자랑스러운 딸'이라고 말하던 매슈의 목소리가 들리는 것 같았다. 순간 눈물이 복받쳐 올라 앤은 가슴이 찢어질 듯이 울었다.

그 울음소리를 듣고 마릴라가 앤을 달래려고 조용히 방으로 들어왔다.

"아가, 앤, 이제 그만 울어라, 착하지. 울어도 매슈가 다시 돌아올 리 없잖니. 아무리 울어도 소용없어. 그런데 그것을 알면서도 나도 자꾸 눈물이 나와. 매슈 오라버니는 나에게 정말 다정했던, 세상에 둘도 없는 오라버니였으니까. 하지만 이것도 모두 하느님 뜻이야."

앤은 흐느끼며 말했다.

"아, 마릴라. 지금은 실컷 울게 해주세요. 차라리 우는 편이 나아요. 우니까 하루 종일 가슴을 짓누르던 그 통증만큼 아프지는 않아요. 여기 잠시 있다가 가줄래요. 나를 좀 안아주겠어요…… 네, 그렇게요. 다이애나는 선하고 따뜻하고 다정하지만 함께 있어달라고 할 수 없었어요. 이것은 그 애의 슬픔이 아니거든요. 다이애나는 이 슬픔의 자리 바깥에 있어요. 그러니 내 마음 가장 깊은 곳까지 다가와 위로해줄 수는 없었어요. 이것은 오롯이 우리…… 마릴라와 나의 슬픔이니까요. 아, 마릴라. 매슈 없이 앞으로 우리는 어떡하죠?"

"우리 둘이 서로 의지하며 살아야지. 아, 앤, 네가 없었다면…… 네가 이 집에 오지 않았다면 나는 어떻게 해야 할지 몰랐을 게다. 지금까지 너에게 완고하고 엄격하게 대했는지도 모르지만, 그렇다고 매슈보다 너를 덜 사랑한 것은 아니야. 그저 어떻게 표현해야 하는지 몰랐을 뿐이란다. 이런 때가 아니면 그런 말을 차마 어떻게 입 밖에 내야 할지 모르겠으니, 지금이라도 말을 하마. 나는 너를 피를 나눈 내 친자식처럼 사랑하고 있어. 그린게이블즈에 온 뒤로 줄곧 너는 내 기쁨이고 마음의 위안이었어."

이틀 뒤 매슈 커스버트는 정든 집을 떠나 지금까지 자기 손으로 갈던 밭과, 애써 가꾸던 과수원과 손수 심은 나무들을 뒤로하고 실려나갔다.

애번리는 다시 평정을 되찾았다. 그린게이블즈에서도 모든 일이 본래의 일상생활로 돌아가 규칙적인 일과가 이루어지고 있었다. 그러나 '눈에 익은 모든 것에 상실의 흔적이 남겨진'[3] 듯한 아프고 허전한 심정은 어쩔 수 없었다.

애도의 감정이 아직 낯선 앤에게는 매슈가 없어도 지금까지와 변함없이 하루하루를 살아갈 수 있다는 사실이 새로운 서글픔으로 느껴졌다. 전나무 너머

---

[3] 존 그린리프 휘티어가 여동생 엘리자베스를 잃고서 쓴 시 〈눈 속에 갇혀 : 겨울의 목가〉에서 따옴.

로 떠오르는 태양이나 뜰의 엷은 분홍빛 봉오리가 조금씩 부풀어 오르는 것을 보면 옛날과 마찬가지로 기쁨을 느꼈다. 그리고 다이애나를 만나면 즐겁고 그 명랑한 말투며 몸짓에 저도 모르게 웃고 미소 지을 수 있다는 사실, 꽃이며 사랑이며 우정에 찬 아름다운 세계가 앤에게 상상력을 불러일으키고 가슴 울렁이게 하는 힘을 잃지 않았다는 사실, 인생은 여전히 온갖 신비하고도 흥미로운 목소리로 앤을 강렬하게 부르고 있다는 사실을 발견했을 때 앤은 부끄러움과 후회 비슷한 감정을 느꼈다.

앤은 어느 날 저녁, 목사관 뜰에서 앨런 부인에게 말했다.

"매슈가 없는데도 세상일이 여전히 즐겁게 느껴지니 어쩐지 매슈를 배반하는 듯한 기분이 들어요. 매슈가 매 순간 정말 그립고 보고 싶어요. 그런데도……여전히 이 세상이며 인생이 모두 아름답고 재미있게 느껴져요. 아까도 다이애나가 어떤 우스운 이야기를 해서 해서 그만 웃음을 터뜨렸어요. 매슈가 떠나고 나서 다시는 웃지 못할 거라고 생각했어요. 그리고 무엇보다도 웃어서는 안 될 것만 같기도 하고요."

그러자 앨런 부인은 상냥하게 말했다.

"매슈는 살아 있을 때 앤의 웃음소리를 참 좋아했었지? 그러니 네가 주변의 즐거운 일에 행복을 느낀다면 오히려 기뻐할 거야.

매슈는 잠시 먼 곳에 가있을 뿐이야. 네가 그전처럼 좋아하는 모습을 보고 싶어할 테지. 마음의 상처를 낫게 하는 자연의 힘에 우리는 마음을 닫으면 안 돼. 하지만 앤, 나는 네 기분을 충분히 이해해. 누구나 같은 경험을 하게 되지. 사랑하는 사람이 세상을 떠나 함께 기쁨을 나눌 수 없게 되면 즐거운 기분이 들게 되는 모든 걸 멀리하려 들지. 그리고 인생에 대한 흥미가 되살아나면 그 사람을 잃은 슬픔에 충실치 못한 것 같은 생각이 들게 마련이야."

앤은 꿈꾸듯 말했다.

"아까 매슈의 무덤에 장미를 한 그루 심으러 갔었어요. 매슈의 어머니가 스코틀랜드에서 옛날에 가져온 흰 장미예요. 매슈는 그 장미를 가장 좋아했죠. 가시 돋친 줄기에 작고 예쁜 꽃이 피어요.

무덤 옆에 그것을 심었더니 마음의 짐을 더는 기분이었어요. 매슈가 틀림없이 기뻐할 어떤 일을 한 것 같아서요. 천국에도 그런 장미가 있었으면 좋겠어요. 어쩌면 해마다 여름이면 매슈에게 그토록 사랑받았던 조그만 흰 장미의 영혼들이 매슈를 반갑게 맞아주었을지도 모르겠네요.

이제 그만 가봐야겠어요. 마릴라가 혼자 기다리고 있어요. 요즘 해 질 녘에는 유난히 쓸쓸해해서요."

앨런 부인이 말했다.

"네가 대학에 들어가면 더욱 쓸쓸하시겠구나."

앤은 아무 대답도 하지 않았다. 인사하고 무거운 걸음으로 그린게이블즈로 돌아갔다.

마릴라는 현관 층계에 앉아 있었다. 앤도 그 옆에 나란히 앉았다. 현관문은 열어놓은 채 닫히지 않도록 두 사람의 뒤에 커다란 핑크빛 소라고둥 껍데기로 받쳐두었다. 소용돌이치며 말려들어간 소라고둥 안쪽은 마치 바다에 가라앉는 저녁놀이 어린 듯 보였다.

앤은 옆은 노란 인동덩굴 작은 가지를 몇 개 꺾어 머리에 꽂았다. 앤이 머리를 움직일 때마다 그 은은한 향기가 마치 신의 축복처럼 감돌아 머리 위 둘레를 향기롭게 하는 것이 좋았다.

마릴라가 말했다.

"네가 없는 동안 스펜서 선생님이 다녀가셨다. 내일 안과 전문의가 샬럿타운에 오니 꼭 가서 진찰받으라고 하더구나. 나도 한번 진찰받아보는 편이 좋겠다 싶어. 눈에 맞는 도수의 안경을 받게 된다면 고마운 일이지. 내가 외출하고 혼자 있어도 괜찮겠니? 다림질거리랑 빵 구워놓을 것도 있어서, 너한테 부탁을 해야 할 것 같구나. 마틴더러 마차를 몰아달라고 하고."

"염려 마세요. 다이애나가 와서 도와줄 거예요. 다림질도 빵도 잘해 놓을게요. 손수건에 풀을 먹이거나 케이크 향료로 바르는 진통제를 넣는 실수는 이제 안 해요."

마릴라는 웃었다.

"그 무렵의 너는 정말 실수덩어리였어. 늘 말썽만 일으켰으니까. 이러다가 나중에는 어떻게 되려고 저러나 하는 걱정이 들었지. 머리를 물들였을 때의 일을 기억하니?"

앤은 풍성한 머리털로 손을 가져가며 말했다.

"네, 물론이에요. 결코 잊을 수 없어요. 그때는 어째서 그토록 머리에 신경 썼는지 이따금 생각하면 우스워요. 하지만 비웃지는 않아요. 그 시절의 나에게는 심각한 고민거리였으니까요. 빨강머리와 주근깨가 중대한 고민이었어요.

주근깨는 깨끗이 없어지고 머리털은 이제 적갈색이 되었다고 모두들 말해요. 조지 파이만 빼고요. 아무튼 어제도 내 머리가 전보다 더 빨개졌다고 했어요. 그게 아니라면 검은 상복[4]을 입어서 그런지 더 붉어 보인다고요. 게다가 빨강머리인 사람은 그것에 익숙해져 신경 쓰이지 않게 될 때가 있느냐고 물었어요. 마릴라, 조지를 좋아하려고 애쓰는 일을 이제 그만두어야 할까 봐요. 예전

---

4) 19세기 말 캐나다에서 상복은 장례날뿐 아니라 가족이 죽은 뒤 한참 동안 입게 되어 있었음. 배우자가 죽었을 때는 2년, 부모는 1년, 조부모나 형제자매는 반년 동안, 검정·회색·보라·흰색 등의 상복을 입었음.

의 나였다면 '영웅적 노력'이라고 부를 만큼 노력해봤는데도 도저히 좋아할 수 없어요."

마릴라는 날카롭게 말했다.

"조지도 파이 집안사람이니까. 그 집 사람들은 남의 마음을 상하게 하는 데는 명수거든. 그런 사람들도 사회에서 쓸모없지는 않겠지만 고작해야 엉겅퀴만큼의 효용인들 있을지 모르겠구나. 조지도 선생이 된다더냐?"

"아뇨, 1년 더 퀸즈아카데미에서 공부한대요. 무디 스퍼전과 찰리 슬론도 그렇게 한다더군요. 제인과 루비는 이미 가르칠 학교가 결정되었어요. 제인은 뉴브리지고 루비는 서쪽 어디인가 봐요."

"길버트 블라이드도 교직을 맡겠지?"

"네."

앤의 대답은 그뿐이었다.

마릴라는 생각에 잠기듯 말했다.

"잘생긴 젊은이로 자랐더구나. 지난주 일요일 교회에서 보았는데, 키가 훤칠하고 서글서글해 보였지. 그 애 아버지가 젊었을 때와 똑같아. 존 블라이드도 굉장히 멋진 젊은이였거든. 그 사람과 나는 꽤 다정한 사이였단다. 사람들은 그를 내 연인이라고 불렀었지."

앤은 놀라움과 호기심으로 갑자기 마릴라를 쳐다보았다.

"어머나, 마릴라! 그래서 어떻게 되었나요? 어째서 그분이랑은 지금……."

"싸웠어. 그가 사과했는데 내가 받아주지 않았지. 조금 지나면 용서해 줄 생각이었어. 하지만 그때는 너무 밉고 화가 나서 혼을 내줘야겠다 싶었지. 그런데 그는 두 번 다시 사과하러 오지 않았어. 블라이드네 사람들은 모두 자존심이 강하거든. 나는 내내 내가 잘못했다고 후회했었지. 지금도 이따금 존이 사과했을 때 용서해 주었더라면 좋았을 거라고 생각하곤 해."

앤은 조용히 말했다.

"마릴라의 인생에도 젊은 시절 연애의 추억이 있었군요."

"그렇게까지 부를 만한 것인지는 모르겠지만, 그래, 있다면 있었지. 지금의 나를 보아서는 상상도 못 할 일일 테지만. 사람은 겉모습만으로 알 수 없단다. 모두들 나와 존에 대한 일은 잊어버렸을 테고 나도 마찬가지야. 그런데 교회에서 길버트를 본 순간 옛날 생각이 나더구나."

길모퉁이

다음 날 마릴라는 샬럿타운에 나갔다가 저녁때 돌아왔다. 다이애나를 '언덕의 과수원'으로 바래다주고 앤이 돌아오니 마릴라는 부엌에 있었다. 한 손으로 턱을 괴고 식탁에 앉아 있는 풀 죽은 마릴라의 모습을 보고 앤은 가슴이 철렁했다. 이토록 맥을 놓은 모습을 한 번도 본 적이 없었기 때문이다.

"마릴라, 고단하세요?"

마릴라는 얼굴을 들며 우울하게 말했다.

"그래…… 아니…… 잘 모르겠구나. 피곤하다고 생각하니 그런 것 같기도 하지만, 그것 때문에 이렇게 앉아 있는 건 아니란다."

앤은 근심스러운 듯 말했다.

"안과 선생님의 진찰을 받았어요? 뭐라고 하세요?"

"진찰을 받았지. 선생님은 앞으로 독서나 바느질은 물론 눈을 피로하게 하는 일을 결코 해서는 안 되고 울어서도 안 된다고 하더구나. 선생님이 처방한 안경을 끼면 눈도 더 이상 나빠지지 않고 두통도 가라앉을 거라고. 하지만 시키는 대로 하지 않으면 반년 안에 완전히 실명한다고 했어. 눈이 보이지 않게 된다는 거야. 앤, 생각만 해도 무서운 일이 아니니."

앤은 처음에는 너무 놀라 비명을 질렀지만, 그 뒤 얼마 동안 잠자코 있었다.

말이 나오지 않았던 것이다. 이윽고 용기 내어 가까스로 입을 열었지만, 목이 메어왔다.

"마릴라, 부디 그런 생각은 하지 마세요. 오히려 선생님은 희망을 준 거예요. 조심만 하면 아무 일 없어요. 더구나 새로운 안경을 써서 두통이 낫는다면 그보다 더 좋은 일이 어디 있겠어요."

마릴라는 씁쓸하게 말했다.

"무엇이 희망이란 말이냐? 책도 읽지 마라, 바느질도 하지 말라고 하니 무슨 재미로 살겠니? 차라리 눈이 멀든지 아예 죽어버리는 편이 낫겠다. 울지도 말아야 한다지만 혼자 있으면 외롭고 슬퍼서 눈물이 나는 걸 어쩌겠니. 자, 하지만 이런 이야기를 아무리 해 봐야 소용없지. 차나 한잔 끓여주면 고맙겠구나. 내가 지금 기운이 하나도 없어서 말이다. 어쨌든 이 일은 당분간 아무에게도 말하지 말거라. 모두들 와서 이러니저러니 물어보는 것도 싫고, 동정받는 것은 더더욱 질색이니까."

저녁 식사 뒤 앤은 마릴라에게 방에 들어가서 푹 쉬도록 권했다. 그런 다음 자기도 방으로 가서 창가에 앉았다. 불도 켜지 않고 어둠 속에 혼자 있으니 눈에 눈물이 괴고 마음은 납처럼 무거웠다. 졸업식을 끝내고 집으로 돌아온 날 밤 이 자리에 앉았을 때에 비하면 얼마나 슬픈 일인가! 그날 밤의 앤은 희망과 기쁨이 차올라 장밋빛 미래가 펼쳐질 나날을 꿈꾸고 있었는데! 그 사이에 몇 해나 지난 듯한 느낌이었다. 그러나 잠자리에 들 무렵 앤의 입가에는 미소가 어렸고 마음에도 평온을 되찾았다. 앤은 자기 앞에 놓인 도리를 용기를 가지고 똑바로 바라보며 해나가기로 했다. 도리라는 것도 마음을 열고 받아들이면 좋은 벗이 될 것이다.

그로부터 며칠 지난 늦은 오후, 뒤뜰에서 웬 손님과 이야기를 나누던 마릴라가 천천히 집 안으로 들어왔다. 손님은 앤도 본 적 있는, 카모디에서 온 존 새들러라는 사람이었다. 앤은 마릴라의 표정이 이상해서 무슨 일인지 궁금했다.

"새들러 씨가 무슨 일로 왔어요?"

마릴라는 창가로 가서 앉더니 얼굴을 쳐다보았다. 안과의사가 금지했는데도 불구하고 마릴라의 눈에는 눈물이 고이고 목조차 메었다.

"그린게이블즈를 판다는 이야기를 듣고 사러 왔단다."

"산다고요? 그린게이블즈를 산다고요?"

앤은 자기 귀를 의심했다.

"아, 마릴라, 설마 그린게이블즈를 팔 생각이 있는 것은 아니겠죠?"

"앤, 어쩔 수 없잖니. 나도 여러 가지로 생각해 봤는데, 내 눈이 온전하다면 언제까지나 여기 살며 믿을 만한 사람을 고용해 이 농장을 그럭저럭 꾸려나갈 수 있겠지만 그렇게 할 수 없잖니. 실명을 할지도 모르고, 그렇지 않다 해도 이젠 온전하게 일할 수 없으니까.

아, 집을 팔아야 할 날이 올 줄은 생각지도 못했어. 하지만 때를 놓쳐 버리면 집이 더 낡아서 나중에는 사겠다는 사람마저 없을 것 같아. 우리 집 돈은 모조리 그 은행에 예금되어 있었던 데다 지난가을 매슈 오라버니가 떼어준 어음도 두세 장 있단다.

레이철 린드가 집이랑 농장을 팔고 어디 세라도 들면 된다고 권유하더라만…… 아마 자기 집에 와 있으라는 말이겠지. 집을 팔아도 얼마 남지 않는단다. 땅이 그리 넓지 못하고 건물도 낡았으니까. 그래도 나 한 사람 먹고살 만큼은 될 게다.

네가 그 장학금을 타게 되어 정말 다행이야. 방학 때 돌아올 집이 없어져서 안됐지만 너는 똑똑하니까 어떻게든 잘해나가리라 믿어."

마릴라는 엎드려 흐느꼈다.

앤은 마음을 정한 듯 단호히 말했다.

"그린게이블즈를 팔아서는 안 돼요."

"팔지 않는 게 가장 좋은 일인 줄은 나도 안다. 하지만 너도 알겠지만 나 혼자 여기서 살 수는 없잖니? 걱정거리가 한둘이 아니고 외로움 때문에 아마 머리가 돌아버리고 말 게다. 눈도 언젠가는 보이지 않게 될 테고. 이것은 틀림없어."

"혼자 계실 필요 없어요, 마릴라. 내가 함께 있겠어요. 난 레드먼드에 가지 않을 거예요."

"대학에 가지 않는다고? 그게 무슨 말이냐?"

마릴라는 두 손을 떼고 눈물 젖은 얼굴을 들어 앤을 보았다.

"지금 말한 그대로예요. 장학금은 받지 않기로 했어요. 안과 선생님의 진찰을 받고 온 날 밤 그러기로 결정했어요. 마릴라가 어려운 처지에 놓여 있는데 내가 내버려둘 줄 알았어요? 나를 위해 얼마나 정성을 다해주었는데요.

앞으로의 일은 그날부터 줄곧 생각했고 나름 계획도 세웠어요. 내 계획을 말씀드릴게요. 배리 씨가 내년에 우리 밭을 빌려 달라고 했어요. 그러니 그 걱정은 없어졌어요. 그리고 나도 선생님이 되겠어요. 애번리 학교에 신청해 놓았지만…… 거기는 아마 힘들 수도 있어요. 이사회에서 이미 길버트 블라이드를 채용하기로 약속했다나 봐요.

하지만 카모디의 학교에서 가르칠 수 있을 거예요. 어제 블레어 상점에 갔었는데 블레어 씨가 그런 말을 하더군요. 그야 애번리에서 가르치는 것보다 불편하겠지만, 눈이 내리지 않는 동안은 여기에 살며 직접 마차를 몰고 다니면 돼요. 겨울이 되면 매주 금요일에 그린게이블즈로 돌아오면 되고요. 그러니 말을 한 마디는 남겨 두어야겠어요. 자, 어때요, 마릴라. 저한테 계획이 다 있어요. 내가 마릴라에게 책도 읽어주고 힘이 되어줄 테니까 지루할 일도 쓸쓸할 일도 없어요. 마릴라와 나, 우리 둘이서 앞으로도 여기서 함께 아늑하고 행복하게 살 수 있어요."

마릴라는 꿈꾸는 듯한 얼굴로 잠자코 듣고 있었다.

"앤, 그야 네가 곁에 있어준다면 아무 걱정 없지. 하지만 나 때문에 너를 희생시킬 수는 없다. 그런 큰일 날 소리는 하지 마라."

앤은 명랑하게 웃었다.

"그렇지 않아요. 희생이 아니에요. 그린게이블즈를 내놓는 것보다 더 큰 희생은 없어요. 나에게는 가장 괴로운 일인 걸요. 이 집은 무슨 일이 있어도 둘이서 지켜야 해요. 나는 이미 결심했어요. 레드먼드에 가지 않고 여기 남아서 아이들을 가르칠 테니 내 걱정은 마세요."

"하지만 네 장래의 꿈은……."

"장래의 꿈을 버린 게 아니에요. 다만 목표가 달라졌을 뿐이에요. 훌륭한 선생님이 되고 마릴라의 눈을 소중히 지키는 일이에요. 또 교편을 잡으면서 대학 과정을 독학으로 공부할 생각이에요.

아, 내게는 계획이 너무 많아요. 1주일 내내 생각해 봤어요. 여기서의 내 삶에 온 힘을 다하면 틀림없이 삶이 또 그만큼 내게 돌려줄 거예요. 퀸즈아카데미를 졸업할 때는 내 미래가 마치 똑바로 뻗은 단 하나의 길인 줄로만 알았어요. 그래서 앞쪽에 놓인 여러 개의 이정표가 다 보이는 듯한 기분이 들었죠.

그런데 지금은 길모퉁이에 이르렀어요. 길모퉁이를 돌면 무엇이 기다리고 있을지 모르지만, 아마도 멋진 세계가 있으리라고 믿어요. 게다가 마릴라, 길모퉁이라는 것에도 엄청난 매력이 있어요. 길모퉁이란 길이 어디로 어떻게 뻗어 나갈지 모르는 거잖아요? 초록빛으로 빛나는 아름다운 숲속에 나뭇잎 사이로 부드럽게 반짝이는 햇살과 쉬어갈 나무 그늘이 있을 수도 있어요. 아니면 한 번도 본 적 없는 풍경과 눈이 번쩍 뜨이는 아름다운 곳이 있을지도 모르고, 에움길이나 언덕, 어쩌면 골짜기가 있을지도 몰라요."

마릴라는 장학금을 생각하며 이야기를 했다.

"네가 그걸 포기하도록 내버려둘 수 없을 것 같구나."

앤은 웃었다.

"나는 이제 16살 반이에요. 게다가 나는 린드 아주머니 말대로 '노새처럼 고집쟁이'거든요. 그러니 마릴라, 나를 가엾게 여기지 마세요. 나는 동정받는 게 싫고, 그럴 필요도 없어요. 내가 가장 좋아하는 그린게이블즈에서 살 수 있다는 것이 그 무엇보다도 기뻐요. 마릴라와 나만큼 여기를 좋아하는 사람이 또 어디 있겠어요. 그러니 둘이서 반드시 여기를 지켜야 해요."

마릴라는 마침내 설득당했다.

"아, 얼마나 어여쁘고 고마운 아이인지! 네 덕분에 다시 살아난 기분이다. 무슨 일이 있어도 내가 고집을 세워 널 대학에 보내야 하지만…… 나로서는 그럴 수 없다는 걸 아니까 그만하마. 앤, 그 대신 언젠간 꼭 이 보답을 해주마."

앤 셜리가 대학 진학을 포기하고 자진하여 집에 남아 교편을 잡게 되었다는 사실이 온 애번리에 알려지자 갖가지 소문과 억측이 들끓었다. 마릴라의 눈에 대해 미처 알지 못한 순박한 마을 사람들은 대부분 앤을 어리석다고 했다.

그러나 앨런 부인은 달랐다. 부인에게 칭찬받은 앤의 눈에 기쁨의 눈물이 반짝였다. 친절한 이웃인 린드 부인도 마찬가지였다. 어느 날 저녁, 앤과 마릴라가 향기로운 여름 황혼 속에 싸여 문간에 앉아 있는데 린드 부인이 나타났다.

두 사람은 저녁놀이 질 무렵 이슬이 내리기 시작한 촉촉한 대기 속에 감도는 박하 향기를 맡으며 그곳에 앉아 있기를 좋아했다.

린드 부인은 현관 옆 키 큰 분홍색과 노란색 접시꽃들 앞에 놓인 돌 의자에 뚱뚱하게 살찐 몸을 맡기고 난 뒤, 피로와 안도가 뒤섞인 한숨을 크게 쉬었다.

"아이고, 앉으니까 좀 살겠네. 오늘은 온종일 엉덩이를 붙일 틈이 없었어요. 200파운드(90킬로그램)나 되는 몸뚱이를 이 두 다리가 지탱하고 돌아다닌다는 것은 그리 쉬운 일이 아니에요. 날씬한 게 얼마나 고마운 일인지 마릴라는 알아야 해요.

앤, 대학에 가는 것을 포기했다는 말을 들었는데 참 잘했다고 생각한다. 여자로서 필요한 교육은 이미 충분히 받았으니 그만하면 됐어. 여자가 남자와 똑같이 대학에 가서 라틴어니 그리스어니 하는 쓸데없는 것을 머릿속에 잔뜩 집어넣는 건 좋지 않아."

앤은 웃으며 말했다.

"하지만 린드 아주머니, 대학에 가는 것과 마찬가지로 나는 라틴어며 그리스어를 계속 공부할 거예요. 그린게이블즈에 살면서 문과 과정을 선택하여 대학에서 하는 공부를 모조리 할 작정이에요."

린드 부인은 어이없는 듯 두 손을 들었다.

"앤 셜리, 그러면 몸이 배겨나지 못해."

"염려 마세요. 그것이 내 삶의 보람이니까요. 무리하지는 않을 거예요. '조사이아 앨런의 부인'이 입버릇처럼 말하듯이 '즉당히(적당히)' 하려고요.[1] 겨울에는 일찍 해가 지고 밤이 기니까 시간은 얼마든지 있어요. 나는 바느질 같은 것

---

[1] 조사이아 앨런의 부인이란 미국 작가 마리에타 홀리(1836~1926)의 필명.

은 좋아하지 않거든요. 아시겠지만, 아마 카모디에서 가르치게 될 거예요."

"아니, 모르는 일인데? 애번리에서 가르치는 게 아니었니? 이사회에서 그렇게 결정했다던데."

"린드 아주머니!"

화들짝 놀란 앤은 외치며 벌떡 일어섰다.

"길버트 블라이드로 결정되어 있다고 했는데요!"

"그랬었지. 그런데 네가 지원했다는 말을 듣고 길버트는 곧 이사회에 면담을 요청했다는구나. 바로 어제저녁 학교에서 이사회가 열렸단다. 거기서 길버트는 자신은 철회할 테니 네 지원서를 받아들여 달라고 말했다더구나. 길버트는 너를 위해 여기 학교를 양보하고 화이트샌즈에서 가르칠 수 있도록 수속을 밟았다더라. 네가 마릴라와 함께 있고 싶어하는 것을 알았기 때문이지. 참으로 친절하고 속이 깊은 아이야. 대단한 희생정신을 발휘했다고도 봐야지. 화이트샌즈에서 가르치려면 하숙을 해야 하고, 더욱이 그 아이는 대학 갈 학비를 벌어야 하는 형편인데도 말이야. 어쨌든 그래서 이사회에서는 너를 채용하기로 결정했다더구나. 토머스가 돌아와 그 이야기를 들려주었을 때 얼마나 감격했는지 모른다."

앤은 작은 목소리로 말했다.

"그럴 수는 없어요. 길버트에게 그런 희생을 치르게 하다니…… 더욱이 나 때문에……"

"이젠 어쩔 수 없게 됐어. 길버트는 화이트샌즈의 이사회와 이미 계약했으니까. 네가 사퇴한다 해도 그 애에게 도움이 되지는 못할 거다. 마음 놓고 여기서 가르치도록 해.

이젠 파이네 아이들도 없으니 잘해나갈 수 있을 게다. 조지가 마지막이어서 참 다행이야. 지난 20년 동안 애번리 학교에는 언제나 파이네 아이들이 다녔지. 그 집 아이들은 마치 학교 선생님들에게 이 세상이 인간의 안식처가 아니라는 것을 알려주려는 사명으로 학교에 다니는 것 같았다니까.

아니, 그나저나 저게 뭐냐? 배리네 창문에서 반짝반짝하는 것 말이다."

"다이애나가 오라고 신호 보내고 있는 거예요."

앤은 웃었다.

"전부터 주고받던 신호예요. 잠시 가서 무슨 일인지 알아보고 와야겠네요."

앤은 클로버 언덕을 사슴처럼 달려내가 '도깨비숲'의 전나무 그늘 사이로 사라졌다. 그 뒷모습을 린드 부인은 정다운 눈으로 바라보았다.

"아직 어린아이 같은 데가 많이 남아 있군요."

마릴라는 옛날의 성격을 잠시 되찾은 듯이 딱딱한 말투로 되받아치며 말했다.

"하지만 어른스러운 점도 상당히 많다고요."

그러나 이젠 그런 딱딱함은 더 이상 마릴라의 특징이 아니었다.

린드 부인은 그날 밤 남편 토머스에게 말했다.

"마릴라 커스버트도 이제 사람이 아주 물러졌어요."

다음 날 저녁 앤은 애번리 공동묘지에 가서 매슈의 무덤에 신선한 꽃을 바치고 스코틀랜드 장미에 물을 주었다. 앤은 이 작은 묘지의 평화스럽고 조용한 분위기가 마음에 들어 어두워질 때까지 그 주위를 거닐었다. 포플러잎이 바람에 흔들려 다정하고 나직하게 이야기를 들려주듯 살랑거렸다. 제멋대로 무덤에 돋아난 잡초도 흔들리며 속삭였다.

이윽고 앤이 그곳을 떠나 '반짝이는 윤슬의 호수' 쪽으로 긴 언덕을 내려온 무렵에는 완전히 해가 지고 눈 아래로 애번리가 어렴풋한 저녁놀 속에 꿈꾸듯 가로누워 있었다. 마치 '태고로부터의 평화가 감도는 낙원'[2]과 같은 풍경이었다. 클로버 들판에서 불어오는 바람은 벌꿀처럼 달콤하고, 대기는 상쾌했다. 집집마다 새어 나오는 전등 불빛이 나무숲 사이로 반짝였다.

저 멀리 보이는 뿌연 보랏빛의 바다에서 찰싹찰싹 파도 소리가 영원한 속삭임을 되풀이하며 희미하게 들려왔다. 서쪽 하늘은 사그라져 가는 햇빛으로 엷고 아련한 색상이 미묘하게 뒤섞여 있었다. 호수는 저녁 하늘을 되비추어 더 엷은 빛깔로 물들어 있다. 이 모든 아름다움에 앤은 가슴이 벅차게 설레어, 영혼의 문을 기꺼이 활짝 열었다.

앤은 중얼거렸다.

"나를 길러준 그리운 세계여, 얼마나 아름다운가. 여기서 살아간다는 게 나는 너무나 기뻐!"

언덕을 반쯤 내려왔을 때 블라이드네 집 문에서 키 큰 젊은이가 휘파람을 불며 나왔다. 길버트였다. 앤을 보자 휘파람을 멈추고 정중하게 모자를 벗고 인사했다. 만일 앤이 멈춰 서서 손을 내밀지 않았다면 그는 아무 말 없이 그대로 지나쳐 가버렸을 것이다.

앤은 얼굴을 붉히며 말했다.

"길버트, 나를 위해 학교를 양보해 줘서 고마워. 친절하게 마음 써줘서 정말 고마워…… 깊이 감사하고 있다는 걸 알려주고 싶었어."

길버트는 앤이 내민 손을 꼭 쥐었다.

"뭐 대단한 일도 아니야, 앤. 조금이나마 도움이 되었다면 다행이야. 우리 이제부터 친구가 될 수 있을까? 예전에 내가 놀려댔던 일을 용서해 주겠어?"

---

2) 앨프리드 테니슨의 시 〈예술의 궁전〉에서 따옴.

앤은 웃으며 손을 빼려고 했지만 그는 아직 쥐고 있었다.

"그날 나루터에서 이미 용서하고 있었어. 다만 나 자신이 깨닫지 못했을 뿐이었지. 나도 참 어지간한 고집불통 미련쟁이였어. 이렇게 된 김에 깨끗이 고백하자면, 그때부터 내내 후회하고 있었어."

길버트는 기뻐하며 말했다.

"너와 나는 그 누구보다 좋은 친구가 될 수 있을 거야. 우리는 좋은 친구가 될 운명을 타고났는데 네가 여태 그 운명을 거스르고 있었지, 앤. 우리는 여러 가지로 도울 수 있을 거라 생각해. 넌 앞으로도 공부를 계속하겠지? 나도 그래. 자, 집까지 바래다줄게."

앤이 부엌으로 들어가자 마릴라는 호기심 어린 눈빛으로 앤을 쳐다보았다.

"지금 오솔길을 함께 걸어온 사람이 누구냐?"

"길버트 블라이드예요."

앤은 얼굴이 붉어지는 것을 느끼며 당황했다.

"배리 씨네 언덕에서 만났어요."

마릴라는 놀리듯 웃으며 말했다.

"너와 길버트가 문간에 서서 30분이나 이야기할 만큼 친한 줄은 미처 몰랐구나."

"친하기는커녕 지금까지 우리는 적이었어요. 하지만 이제부터는 친구로 지내기로 했어요. 그런데 우리가 정말 30분이나 이야기했나요? 2, 3분밖에 안 된 것 같았는데요. 하지만 마릴라, 지난 5년 동안 못다 한 대화를 나누려다 보니 할 말이 많았거든요."

앤은 그날 밤 깊은 만족감에 젖어 오랫동안 창가에 앉아 있었다. 바람이 벚나무 가지를 부드럽게 간지럽히고 박하 향기가 물씬 풍겨왔다. 골짜기의 뾰족한 전나무숲 위에 별이 반짝이고, 늘 보던 곳으로 눈을 돌리자 커다란 나무들 사이로 다이애나 방의 불빛이 아른거렸다.

앤의 꿈의 지평선은 퀸즈아카데미에서 돌아와 여기에 앉아 있었던 날 밤에 비하면 부쩍 좁혀졌다. 그러나 앤은 이제부터 나아갈 길이 아무리 좁고 구불구불해도, 그 길섶에 평온한 행복이라는 꽃망울이 피어나리라는 것을 알고 있었다. 성실히 일하는 보람, 가치 있는 포부, 믿음으로 잇닿은 우정을 갖는 기쁨이 거기에는 있다. 그 누구도 앤이 태어나면서부터 지니고 있는 상상력과 꿈꾸는 이상의 세계를 앗아 갈 수는 없었다. 그리고 무엇보다 이 길 위에는 돌고나면 그 너머에 무엇이 펼쳐질지 알 수 없는, 설레는 길모퉁이가 있다!

앤은 나직이 중얼거렸다.

"하느님은 하늘에 계시나니, 이 세상은 마냥 평안하도다."[3]

---

3) 로버트 브라우닝의 극시 《피파는 간다》(1841)의 1막 '아침'에서 따옴.